가족과 함께한

행복한
독서여행

가족과 함께한 행복한 독서여행 ■ 지은이∥박규홍 ■ 펴낸이∥이충렬 ■ 펴낸곳∥사람들

초판1쇄 2013. 4. 15∥**출판등록** 제395-2006-00063∥**주소** 경기도 고양시 덕양구 화정동 905-2 전우물빌딩 304호∥**대표전화** 031. 969. 5120∥**팩시밀리** 031. 969. 5305∥**e-mail.** minbook2000@hanmail.net ※잘못된 책은 구입하신 곳에서 바꿔드립니다. ※값은 표지에 있습니다. **ISBN** 978-89-963888-5-2 03810

가족과 함께한

행복한 독서여행

곽 규 홍

H u m a n F i e l d

가족과 함께한
행복한 독서여행

목차

가족과 함께한
독서여행

첫째 마당

프롤로그

프롤로그

나는 우리 아이들에게 무엇을 바라고 있는가? 그들이 어떤 사람이 되기를 원하고 있는가? 그러한 어려운 질문에 대해 부모 스스로 답을 구하려 애쓰는 한편, 아이들과 함께 그 답을 찾아보자는 생각이 들었다. 우리의 학교나 사회제도가 그러한 답을 제시하는 데 부족한 점이 있다면, 또한 그 누구도 쉽게 답을 제시해 주기 어려운 문제라면, 우리 가족 스스로라도 그 답을 함께 찾아 보아야 한다는 생각이다. 인류 보편의 정신적 유산인 고전을 가족이 함께 읽으면서 보다 겸손한 자세로 탐구한다면 비록 정답에 도달하지는 못하더라도 상당한 성취가 있을 수 있다는 희망에서 출발하게 된 것이다.

지난 10년간은 참으로 행복한 시간이었다. 2003년 3월부터 우리 가족 네 명과 몇몇 가족이 모여서 시작한 가족 독서모임 '네오클'. 자라나는 아이들과 무엇을 함께 할 수 있을 것인가의 고민 끝에 몇 가족이 모여 매달 한 권의 책을 읽고 독후감을 쓰며, 토론을 해 보기로 하고 어설프게 시작한 모임이 10년 동안 한 달도 빠짐없이 이어져 왔다. 큰아이 정석이가 중학교 3학년, 둘째 민석이가 중학교 2학년 때 시작된 모임이 두 아이 모두 대학생이 된 지금까지 지속되고 있다.

한 달도 빠지지 않고 책을 읽고 모임을 가졌으니, 지난 10년간 적어도 120권의 책을 함께 읽어 온 셈이다. 한 달도 빠지지 않고 120개의 독후감을 썼다. 오랜 기간 동안 너무도 즐겁게 몰두하면서 가족 독서모임을 진행해 왔기 때문에 모임의 의미나 가치를 스스로 평가하기가 쉽지 않다. 그러나 주변에서 '매우 특이한 모임'이라는 이야기도 자주 듣는 터여서 다소 쑥스럽긴 하지만 우리 모임을 소개하는 기회를 갖기로 했다. 10년의 세월 동안 지내온 시간들을 다시 돌아보며 나 스스로를 정리할 수 있는 좋은 기회도 될 것으로 생각한다.

그간 매달 써 온 나의 독후감에 우리 가족과 함께한 독서의 추억과 매달 진행한 토론 모임의 경과를 덧붙여 보았다. 그 동안 아이들 '공부걱정'을 하면서도 '네오클'에 적극 참여해 준 아내 구영미, 열심히 책을 읽으며 착하게 잘 자라준 두 아들 정석과 민석, 그리고 10년을 하루 같이 함께한 가족과도 같이 정다운 네오클 회원 여러분들께 먼저 감사의 말씀을 전한다.

우리는 자녀들에게 무엇을 바라는가?

우리나라 부모들의 교육열은 세계 제일이라고 다른 나라의 부러움을 사기도 하는 반면, 과도하거나 빗나간 교육열에 대해 다양한 비판도 제기되고 있다. 자녀에 대한 관심과 사랑이야말로 교육열의 밑바탕을 이루는 가장 강력한 에너지일 것이다. 우리 부모들은 자녀에게 무엇을 바라는가? 자녀가 어떤 사람으로 성장해 주기를 바라는가? 아이를 키우는 부모라면 누구나 이러한 문제로 고민하지 않을 수 없을 것이다. 나의 경우 아이들이 초등학교 고학년이 되고 중학교에 들어가면서 비로소 현실적인 고민을 하게 되었다.

우선 학교에서 입시를 목표로 한 공부가 점차 강조되면서 아이들에게 그와 같은 공부를 요구해야 할 것인가? 요구한다면 어떤 이유와 명분으로 '공부를 열심히 해야 한다'는 점을 강조할 수 있을지가 특히 어렵게 생각되었다. 공부를 잘하지 못하면 좋은 대학에 갈 수 없고, 좋은 대학에 못 가면 좋은 직장을 얻을 수 없고, 좋은 직장을 얻지 못하면 훌륭한 사람이 될 수 없다? 아니, 좋은 직장을 얻지 못하면 잘 먹고 잘 살 수 없다? 이런 점들을 어떻게 멋지고 일관되게 설명할 수 있을 것인가?

이른바 일류대학 입학이나 사회적 성공은 충분히 중요하고 가치 있는 일이라고 생각한다. 그러나 인생에서 궁극적인 행복을 달성하려면 그것만으로는 충분하지 않다. 좋은 대학에 들어가거나 사회적으로 성공하더라도 '행복하지 않다면' 결국 아무 소용도 없는 일이기 때문이다. 사람의 궁극적인 행복을 교육의 목표로 삼아야 한다는 것은 어찌보면 당연한 생각일 것이다. 한 번뿐인 인생을 아름답게 가꾸고 기필코 행복을 이룩해 나가야 한다는 관점에서 보면 교육의 목표를 입시공부에 맞추는 것은 상당히 위험하고 무모할 수 있다고 생각한다. 그런 문제에 관해 아이들과 어떻게 대화하고 방향을 제시할 수 있을 것인지가 어렵게 생각되었다. 논리적인 설명이 아니라 실천적이고 자연스러운 방법으로 의견을 나누고 방향을 모색하고 싶다는 생각이 절실했다. 아이들에게 '지금은 아무 생각도 하지 말고 일단 공부나 열심히 해야 한다'고 말하는 것은 부모로서 참으로 내키지 않는 부끄러운 일로 생각되었기 때문이다.

나는 우리 아이들에게 무엇을 바라고 있는가? 그들이 어떤 사람이 되기를 원하고 있는가? 그러한 어려운 질문에 대해 부모 스스로 답을 구하려 애쓰는 한편, 아이들과 함께 그 답을 찾아보자는 생각이 들었다. 우리의 학교나 사회제도가 그러한 답을 제시하는 데 부족한 점이 있다면, 또한 그 누구도 쉽게 답을 제시해 주기 어려운 문제라면, 우리 가족 스스로라도 그 답을 함께 찾아 보아야 한다고 생각했다. 인류 보편의 정신적 유산인 고전을 가족이 함께 읽으면서 보다 겸손한 자세로 탐구한다면 비록 정답에 도달하지는 못하더라도 상당한 성취가 있을 수 있다는 희망에서 출발하게 된 것이다.

'가족'과 함께하는 독서모임의 의미는 무엇일까?

대개 부모와 자녀로 구성된 요즈음의 '가족'이 어떤 의미를 가지는
지 새삼 생각하게 된다. 같은 집에서 잠을 자고, 아침이면 식탁에 모
여 앉아 함께 밥을 먹고 나서 학교나 직장으로 뿔뿔이 흩어지는 오늘
날 우리 사회의 가족. 자녀가 어릴 때는 사랑과 관심으로 애지중지 키
우지만, 학교에 들어가면서부터는 공부에만 내몰리면서 대화조차 단
절되어 가는 부모와 자녀 관계. 부모의 입장에서 자녀의 입시공부를
뒷받침하고 경제적으로 돌본다는 것 이외에 가족 간의 정신적 유대가
점점 희미해져 가는 것이 우리네 '가족'의 현실이다. 먹고 살기 바쁘
고 공부하느라 정신없이 보내는 하루하루가 오히려 당연한 일상이 되
어 버려서 그 속에서 가족의 의미를 되새겨 보려고 하는 것조차 오히
려 사치스럽게 여겨질 정도다.

출신이나 가문이 신분의 차이를 결정하던 시대에 있어서는 가족이
가지는 의미는 더 컸을 것이다. 오늘날 개인주의가 심화되어 '가족의
해체'라는 말까지 나오게 된 것은 '가족'이 우리 사회의 개인에게 더
이상 제대로 도움을 주지 못하기 때문으로 볼 수도 있을 것이다. 경제
적 운명을 함께하는 경제공동체로서의 '가족'은 선사시대부터 지금
까지 남아 있지만, 오늘날 정신적 공동체로서의 역할은 제대로 하지
못하고 있다. 가족은 구성원에게 빵이나 떡뿐만 아니라 정신적 위안
과 안정을 줄 수 있어야 한다. 종교가 힘을 잃고 전통적 가치에 대한
신념을 공유하지 못하는 시대에서 가족의 중요성은 더욱 크다고 생각
한다. '가족'이 이전 시대의 종교나 전통사회의 마을이 담당했던 역할
까지 모두 떠맡게 되었다고 볼 수 있다.

오랜 세월 동안 우리의 가족제도를 뒷받침해 왔던 조상숭배나 가문
의 빛나는 전통 같은 것도 이제는 가족 구성원들을 함께 묶어 이끌어

나갈 수 있는 힘을 거의 잃고 있다. 전통사회의 권위는 오늘날의 개인에게 더 이상 '진리'로서 빛을 발하지 못한다. 가족 간의 따뜻한 혈육의 정은 아직도 무엇보다 큰 힘이 되긴 하지만 개인의 정신적 요구를 모두 충족시켜 주지는 못한다. 가족이 개인을 위로할 수 있고, 행복의 원천으로 될 수 있으려면 '진리 공동체'로서의 기능을 회복해야 한다고 생각한다. 조상숭배나 가문의 빛나는 전통으로 다시 거슬러 되돌아가기 어렵다면 가족이 함께할 수 있는 새로운 정신적 가치를 모색해야 한다고 본다. 새로운 공통의 정신적 가치를 모색해야 한다는 필요성에 온 가족이 공감하기만 해도 그것만으로 우선 큰 도움이 될 것으로 생각한다.

가족 독서모임을 통해 온 가족이 고전을 함께 읽는 것은 그러한 모색의 훌륭한 한 방법이 될 수 있을 것이다. 적어도 온전한 의미에서의 한가족이라고 할 수 있으려면 같은 집에서 잠을 자고, 함께 식사를 하고, 경제적으로 서로 돕는 것만으로는 부족하다. 매주 일요일 온 가족이 함께 교회에 가서 간절하게 기도하는 것과 같이, 어떤 정신적 가치를 진심으로 함께 추구하는 것이 필요하다. 직장도 중요하고 공부도 중요하지만 개인이 스스로 행복을 이룩하는 것을 가족이 도와 줄 수 있으려면, 정신적 가치를 함께 나누고 가꾸어 나가는 '가족'이 다시 살아나는 것이 무엇보다 중요하다고 생각한다.

꼭 '다른 가족'과 함께 독서모임을 해야 하는가?

가족 독서모임이라고 하면 우리 가족끼리만 모여서 책을 읽고 토론할 수도 있는데, 군이 다른 가족과 함께 해야 할 이유가 있을까? 내가 생각한 정답은 꼭 다른 가족과 함께 해야 한다는 것이다. 우리 가족이 아닌 다른 가족과 함께함으로써 가족적 테두리를 넘어설 수 있다. 가족적 테두리를 넘어설 때만이 객관적인 관점으로 올라설 수 있고 지적, 정서적인 면에서의 성취를 얻을 수 있다고 생각한다. 애정과 혈연으로 결합된 가족 사이의 정은 말할 필요 없이 소중한 것이지만, 가족이 구성원에게 정신적 도움을 줄 수 있기 위해서는 혈육의 정을 넘어서는 객관적인 이해의 태도가 필요하다. 혈육의 정을 단절하거나 제한하자는 것이 아니라 혈육의 정을 더 깊고 넓고 온전하게 하는 길이라고 생각한다.

또한 아무리 지적이고 분별력이 뛰어난 부모라고 할지라도 가정을 이끌어 가는 데 있어서 부족하거나 편벽된 부분이 있을 수 있다. 다른 가족과 함께 머리를 맞대고 진지하게 대화를 나누는 과정에서 우리 가족의 부족함이나 치우침 같은 것을 자연스럽게 깨달을 수 있을 것이다. 다른 가족의 훌륭한 점을 보고 도움을 얻기도 하겠지만, 다른 가족의 부족하거나 치우친 모습으로부터 오히려 스스로를 돌아보며 배우는 효과도 얻을 수 있다. 다른 가족과 함께하는 시간은 곧 우리 가족을 더 잘 이해하고, 우리 가족의 소중함을 확인하는 정답고 풍요로운 시간이 될 것으로 생각한다.

가족 독서모임에 참여하는 가족은 어떠한 자격이나 제한도 없어야 한다고 생각한다. 불가피하게 서로 알음알음으로 모이게 되더라도 기존의 친분관계에 얽매이는 폐쇄적인 모습을 탈피하는 것이 중요하다고 본다. 어느 누구나 가입해서 자유롭게 활동할 수 있는 개방적인 성격의 모임이 되어야 한다. 다양한 직업이나 서로 다른 관심사를 가진 가족이 모인다면 더욱 재미있을 것이다. 다만 가족 간의 불필요한 비교나 경쟁의식 같은 것은 물론 바람직하지 않을 것이고, 서로 존중하는 소박하고 겸허한 분위기를 만들어 나가면 좋을 것이다.

아이들의 입장에서 다른 가족이 좋아 보이고 부럽게 보인다고 하여 반드시 부정적이라고 생각하지 않는다. 어떤 가족이 폐쇄성을 벗어나 다른 가족 앞에 스스로를 열어 보인다는 것은 어렵고도 소중한 일이다. 그러한 시도 자체로써 이미 아이들에게 떳떳한 자세로 세상을 향해 나아갈 수 있는 새로운 길을 열어 줄 수 있다. 겸허한 자세로 다른 가족 앞에 나서고 다른 가족을 받아들이려는 태도는 건강한 사회생활을 시작하는 훌륭한 연습이 될 것이다.

가족적 이기주의나 '가족 안에서만 통하는' 편협함을 벗어나 보편적인 관점을 열어가는 것이 중요하다. 이러한 시도는 아이들을 진정한 의미에서 씩씩하게 키우는 데 큰 도움이 될 것으로 생각한다. 몇 가족의 모임만으로도 아이들을 장차 나아가게 될 사회로 인도하는 징검다리 역할을 할 수 있다고 본다. 더구나 어떤 공리적인 목적이 아닌 애정과 선의로 뭉친 가족들의 모임이기 때문에 더 도움이 될 수 있다. 아이들은 '부모가 아닌 다른 어른'으로부터 자연스럽게 영향을 받기도 하고 배우기도 할 것이다. 동네어른으로부터 많은 가르침을 얻던, 지금은 사라진 우리 고유의 사랑방 문화와 비슷한 효과를 거둘 수도 있을 것이다.

우리 사회의 많은 젊은이들은 지나치게 오랜 기간 동안 가족의 테두리 안에서 보호만 받고 지내다가 학교 교육을 마친 후 취업이나 결혼과 함께 갑자기 사회로 내던져지는 느낌을 받을 수 있다고 생각한다. 계속 어린아이 취급만 받다가 갑자기 성인으로 내몰리면서 직장생활이나 결혼생활에 대한 준비가 되어 있지 않은 경우가 많다. 왕자나 공주처럼 살아온, '가족'이라는 테두리가 폐쇄적이었던 만큼 자신이 내던져진 사회를 더욱 냉혹한 것으로 받아들이면서 불필요한 고통과 어려움을 겪을 수 있다. 가족 독서모임을 통해 '사회'를 약육강식의 살벌한 곳으로만이 아니라 애정과 선의에 기반을 둔 '확대된 가족'으로 받아들이는 따뜻한 이해를 가질 수 있을 것이다.

아무런 이해나 관심도 가질 수 없는 단순한 아빠, 엄마의 친구나 이웃 아저씨, 아주머니로서가 아니라, 진리와 아름다움에 대하여 함께 열띠게 토론할 수 있는 어른들과 대등하게 만나는 일은 아이들에게 매우 소중한 경험이 될 것이다.

선배나 친구에게서는 얻을 수 없는 어떤 정신적 도움을 자기도 모르는 사이에 받을 수 있다고 생각한다. 사회생활에서 큰 어려움에 처했을 때, 그 아저씨, 아주머니 같은 어른들이 있기에 사회를 그래도 살아갈 만한 곳으로 생각해 볼 수도 있을 것이다. 그 아저씨, 아주머니가 돌아가시기라도 하면 아이들은 친구를 잃은 것처럼 진심으로 슬퍼할 것이다.

어른과 청소년이 함께 토론하는 것이 가능할까?

가족 독서모임과 관련해서 어른과 청소년이 함께 모여 토론하는 것이 가능하냐는 질문을 많이 받았다. 네오클 모임을 시작할 무렵 자녀 중에는 중학교에 재학 중인 학생이 가장 많았지만 초등학교 3학년생도 한 명 있었다. 지적으로나 정신적으로 아직은 미숙한 청소년과 어른이 대등하게 토론하고, 더구나 진지하고 흥미 있게 토론할 수 있느냐에 대해서 의문을 가질 수 있다.

이 점에 관하여는 인간 사이의 진정한 소통이란 무엇일까 하는 근본적인 의문에까지 거슬러 올라가 고민해 보았다. 어른들끼리의 모임이라고 하더라도 대화나 토론을 통해서 어느 정도까지 진정한 소통이 가능한 것인지는 사실 의문이라고 할 것이다. 학회 같은 모임에 참석해 보면 토론을 통한 의미 있는 소통이라는 것이 참으로 쉽지 않다는 것을 절감하게 된다. 소통이 그토록 어렵다는 점에서, 우리가 대화나 토론을 통해 상대방에게 전달하려는 것은 그 내용이 아니라 어떤 진지함이나 정서 같은 것일 수 있다는 생각까지도 해 보게 된다.

어른과 청소년이 함께 토론하면서 지식이나 논리력의 차이로 충분한 이해를 나누지 못할 경우도 있을 것이다. 나름대로 각자의 이야기만을 하거나, 심지어는 서로 어긋난 엉뚱한 이야기를 할 수도 있을 것이다. 그러나 서로 조심하고 배려하면서도 최선을 다하는 진지한 토론의 분위기를 유지한다면 오히려 즐거운 긴장감이 배가될 수 있다. 최선을 다하되 청소년을 배려하여 불분명한 개념적 용어나 현학적인 논리를 자제하면서, 보다 소박하면서도 정확한 표현을 찾으려 애쓰는 과정은 어른들에게도 많은 도움이 될 것이다. 진선미를 추구하는 진지함을 함께 나눌 수만 있다면 어른이나 청소년 모두에게 가치 있는 시간이 될 수 있다. 화려한 언변이나 지식을 과시하려는 것이 아니라, 진지함과 즐거움을 나누는 토론이 된다면 오히려 진정한 의미의 소통에 보다 다가서는 길이 될 수 있다.

그런 점에서 토론의 방식도 신랄한 비판보다는 자신의 의견이나 느낌을 개진하는 방식이 바람직할 것이다. 물론 다른 사람과 상반되는 견해를 주장하게 되는 경우도 있겠지만 승패를 다투는 논쟁이 아니라 항상 여유롭고 즐거운 마음으로 이야기를 나누는 분위기의 새로운 토론문화를 모색할 수 있다. 그러기 위해서는 사회자의 역할도 중요할 것이다. 처음에는 성인이 사회를 보다가 곧바로 청소년이 사회를 맡게 되었고, 2007년부터는 연초에 사회자를 미리 신청하게 하여 매월 바뀌는 책에 따라 사회자를 번갈아가면서 맡도록 했다.

물론 토론에서의 발표는 의무적으로 하지 않고 자유롭게 진행하였다. 그렇기 때문에 학생회원들이 지식이 부족하거나 생각이 따라가지 못하여 아무런 발표도 하지 못하고 듣고만 있는 경우도 많았다. 아무런 말도 하지 못하고 그저 듣고만 있으려면 지루하고 고통스럽기도 하겠지만, 사실은 그런 시간도 매우 중요하고 많은 도움이 될 수 있다고 생각한다. 전혀 이해되지 않는 논의를 듣고만 있더라도, 진지하고 겸손한 마음만 유지할 수 있다면 예상치 않은 많은 도움을 얻을 수 있다고 생각한다. 무언가 하고 싶은 말이 머릿속을 맴돌지만, 제대로 정리나 표현을 할 수 없는 어려움을 겪으면서 청소년들의 억눌려진 잠재력은 그 반발력으로 급성장할 것으로 생각한다. 활발하게 발표하는 적극적인 자세도 중요하지만, 다른 사람의 말을 유심히 듣고 침착하게 물러나서 깊이 있게 생각하는 습관이 더 중요하다고 본다. 제대로 뜻도 모르면서 발표하려는 것보다는 묵묵히 듣고 있는 편이 낫다. 토론의 기술이나 말재주가 중요하지 않다는 것은 말할 필요도 없다. 토론하는데 있어서 청소년에 대한 지나친 배려나 어린아이 취급 같은 것은 물론 바람직하지 않을 것이다. 참석자 모두 자신의 지성과 감성을 최대한으로 끌어올려 최선을 다하는 진지한 토론이 되어야 할 것이다.

꼭 '고전'을 읽어야 할까?

가족 독서모임에서는 어떤 책을 읽어야 할까? 반드시 고전을 고집할 필요가 있는가? 아니면 최근의 문제작이나 실용서, 시사성 있는 책도 좋을 것인가? 어떤 책이 고전인가라는 논란도 있었고, 반드시 고전에 얽매이지 말고 현재적 관심을 반영한 책들도 중요하다는 반대의견도 있었지만, 크게 보면 역시 고전을 선택했을 경우에 많은 도움을 받았다는 의견이 많았다. 특히 '가벼운 읽을거리'에 가까운 책을 선정한 경우 십중팔구 회원들의 반응이 좋지 않았다.

고전이 읽기에 어렵다는 학생회원들의 문제 제기도 있었다. 하지만 원전의 이해를 돕기 위한 해설서나 원전을 재해석한 책보다는, 읽기에 힘들더라도 원전이 더 도움이 된다는 결론에 이를 때가 많았다. 학생회원들을 배려하여 읽기 쉬운 책으로 골라 선택하는 것은 그다지 바람직하지 않다고 생각한다. 오히려 딱딱하고 읽기 힘든 고전을 회피하지 않는 도전적인 책읽기가 청소년들에게 도움이 될 수 있다는 생각을 많이 하게 되었다.

물론 실제 네오클 진행에 있어서는 학생들의 다양한 관심을 유도하기 위하여 일 년에 한두 권 정도는 경제학, 과학, 역사와 관련된 교양서를 선정하기도 했다. 또 현재적 관심을 유지한다는 취지에서 비교적 최근의 신작 소설을 집어넣기도 했지만, 주로는 고전의 반열에 드는 책을 골랐다. 사상서보다는 문학작품을 많이 택했는데 이는 청소년들의 정서에 도움이 될 수 있다는 생각에서. 문학작품 속에 나타나는 사랑, 용기, 열정 등의 순수한 감정이야말로 현대사회에서 강조되는 어떠한 지식이나 정보보다도 청소년들이 행복하게 살아갈 수 있는 든든한 밑거름이 되리라고 생각한다.

요즈음 인문학의 중요성을 강조하는 글이나 주장을 자주 접하게 된다. 인문학과 전혀 관계 없는 실용적인 공부나 실용적인 업무를 하는데 있어서도 고전에서 배우는 인간의 본원적인 감정을 이해하는 것이 큰 도움이 된다고 생각한다. 얼핏 생각하면 실생활이나 다른 공부에 도움이 될 것 같지 않은 고전의 중요성을 네오클을 진행하면 할수록 더욱 많이 느끼게 된다. 특히 청소년기에 자기 자신을 이해하고 자아를 확립해 나가는 과정에서 가장 보편적이고 바람직한 영향을 줄 수 있는 것이 바로 고전이라고 생각한다. 청소년에게 부모나 어떤 한두 사람의 인생관을 제시하는 것보다 다양한 고전을 제시하는 것이 더 도움이 되리라는 것은 명백할 것이다. 부모의 아무리 값진 인생 경험이나 교훈이라고 하더라도 그것이 자녀에게 제시될 때는 어느 일면이 부당하게 강조되거나 어느 한편으로 치우칠 수 있기 때문이다.

반드시 '독후감'을 쓰도록 해야 할까?

모임을 시작하면서 한 달에 한 권의 책을 읽고, 반드시 독후감을 작성하도록 구상했다. 한 달에 한 권의 책을 읽는 것도 부담스럽지만, 책을 읽고 독후감을 쓴다는 것은 더욱 부담이 되는 것이 사실이다. 실제로 가족 독서모임에 참여하려는 사람들로부터 독후감 작성 부담에 관한 호소(?)를 많이 듣기도 했다. 그러나 독후감 작성이라는 부담을 앞에 두고 책을 읽는 것과 아무런 부담이 없이 그냥 책을 읽는 것은 그 효과 면에서 큰 차이가 있다. 특히 학생들이 공부를 해 나가고 지적인 자세를 가다듬는 데 있어 독후감 작성과 같은 부담이 큰 도움이 되리라고 생각한다. 인생이란 결국 부담을 감당해 나가는 것이라고 한다면 너무 거창한 말일까? 부담을 일상적인 것으로 소화하면서 자신의 역량을 키워 갈 수 있도록 연습할 수 있는 좋은 기회가 독후감 작성이라고 생각한다.

말로는 거짓말을 할 수 있지만, 글로는 거짓된 내용을 쓰기 어렵다는 말이 있다. 글은 말과는 달리 즉석에서 사라지는 것이 아니기 때문에 글로 쓴다는 것은 책임이 따르는 일이다. 토론을 하는데 있어서도 만약 미리 독후감을 작성하지 않고 모여서 각자 그때그때 생각나는 대로 이야기를 하게 된다면 책임 있고 짜임새 있는 토론이 이루어지기는 현실적으로 쉽지 않다. 독후감 작성은 토론에 임하는 마음의 준비다. 즉흥적인 발언이나 토론은 의미 없는 논쟁으로 흐르기 쉽고, 진지한 분위기를 유지하기도 어렵다. 독후감을 쓰면서 작품에 대해, 자기 자신에 대해 정직하게 생각해 보는 시간은 너무도 소중하고 도움이 되기 때문에 독후감은 상당한 부담이 되더라도 반드시 작성해야 한다고 생각한다.

가족 독서모임의 특성상 독후감은 자신의 부모나 자녀, 평소 친숙한 사람들이 읽는 것을 전제로, 그들을 향해 쓴다는 측면도 있다. 그 또한 쑥스럽고 부담스런 일이기도 하지만, 우선 가까운 사람을 상대로 하여 자기 자신을 드러내는 연습을 하기에 좋은 기회다. 말이 아니라 글로 자기 자신을 드러낸다는 것은 단지 글쓰기 실력 향상을 넘어 사회생활에 있어서의 자기표현에 큰 도움이 될 것으로 생각한다. 정성스럽게 작성한 독후감을 애정 어린 관심을 가지고 있는 어른들이나 같은 또래들을 상대로 발표하는 과정에서 청소년들은 책임감 있고 진지한 사람으로 자라날 수 있으리라고 확신한다.

그렇게 작성한 독후감을 매달 인터넷 카페에 올려서 돌려보고 토론의 주제로 삼으며, 매년 1년 분의 독후감을 모아서 독후감모음집을 간행하기로 처음부터 계획을 세웠다. 자녀들에게 어떤 구체적인 성과물을 보여주는 것이 자극과 격려가 될 것이라고 생각했기 때문이다. 우리들이 직접 쓴 글을 엮어서 다 함께 힘을 모아 만든 책이라는 점에서 애정도 느낄 수 있고, 책의 표지 디자인, 편집 과정 등도 학생들에게 도움이 될 것으로 생각했다. 실제로 10년의 기간 동안 한 해에 한 권씩 모두 열 권의 독후감모음집을 간행했다. 매년 가족별로 돌아가면서 편집위원을 맡아 그 가족이 모두 지혜와 노력을 기울여 그 가족의 특징이 나타나는 독후감모음집을 만들어 왔다. 한 해를 보낼 때마다 한 권씩의 새로운 책을 한 해의 결실처럼 받아보며 온 가족이 뿌듯해하던 기쁨은 지나온 시절의 아름다운 추억으로 새겨져 있다. 거실 책장에 꽂혀 있는 열 권의 독후감모음집은 먼 훗날까지도 즐거운 이야깃거리가 될 것이라고 생각해 본다.

가족 독서모임의 명칭 '네오클'과 카페 개설

2002년 말경부터 2003년 새해를 맞으면서 가족 독서모임에 대한 구상을 계속 진척시켰다. 모임의 명칭은 고전이라는 뜻의 'classics'에 새롭다는 뜻의 'neo'를 결합한 'neoclassics'로 정했다. 줄여서 'neocle'로 부르면 발음하기도 좋아 '네오클'을 애칭처럼 사용하면 좋겠다고 생각했다. 인터넷 카페는 다음커뮤니케이션에 개설했다. 2003년 1월 13일 네오클에 대한 기본적인 구상을 담은 '네오클을 처음 구상하며'라는 제목의 글을 카페에 첫 번째 글로 올렸다. 중학생인 아들 둘을 떠올리다 보니 조금 거창하면서도 비장한 어조를 띠어 지금 보면 조금 어색하기도 한 그 글의 내용은 다음과 같다.

네오클을 처음 구상하며 (2003. 1. 13.)

교육문제가 우리 사회의 화두라고 할 정도로 우리 모두가 아이들의 장래와 그 장래를 결정하는 과정으로서의 '교육'에 대해 지대한 관심과 열정을 가지고 있습니다. 이미 진부한 생각일 수도 있겠지만 입시 위주의 교육과정 속에서 아이들의 인생에서 중요한 가치가 무엇인지 진지하게 생각할 기회를 갖지 못하고, 그러한 문제에 관한 논의조차 제대로 이루어지지 못하는 것이 우리사회의 교육현실이 아닌가 하는 안타까운 생각을 해 봅니다.

그러한 현상은 가정에서나 학교에서나 마찬가지로 보이고, 심지어는 그런 현상을 어쩔 수 없는 당연한 현실로 받아들이는 냉소적인 세태마저 느껴지는 것이 사실입니다. 지나친 이상론에 빠져서도 안 되겠지만 이른바 일류대학 입학이나 사회적 성공 그 자체가 교육의 목적이나 목표가 될 수는 없다고 생각합니다.

특히 부모의 입장에서는 한 사람의 인생에 있어서의 진정한 가치와 기쁨이 무엇인지, 사람이 그가 처한 자연과 사회에 어떻게 대응하며 살아가야 하는지에 대해 진지하게 고민해야 하고, 그와 같은 고민의 내용이 자녀의 교육에 임하는 참다운 자세가 아닐까 감히 생각해 봅니다. 우선 당장 눈앞의 입시공부가 시급한 것이 어쩔 수 없는 현실이기도 하고, 바쁜 공부 일정 속에서 한 달에 한 권씩 책을 읽고 모여서 토론한다는 것이 사실상 힘든 면도 있을 것입니다.

그러나 인생의 전반에 대해 조금 멀리 내다본다면 독서를 통하여 보편적인 주제에 관하여 부모와 자녀가 함께 진지하게 토론한다는 것은 어디에서도 쉽게 얻을 수 없는 가치 있는 성과를 가져다 줄 것으로 생각합니다. 더구나 만일 위와 같은 가족 간의 독서가 몇 년이라는 기간 동안 일상적인 생활의 한 부분으로 자리 잡아 유지될 수만 있다면 아무리 정성어린 백 마디 훈계나 어떠한 값비싼 교육 투자 못지않게 더욱 값진 '교육'이 될 것으로 확신합니다. 우리가 몇 년 동안 유지한 그 진지함은 아이들이 우리와 떨어져 지내거나 각자 결혼하여 자식을 낳고 살아가더라도 그 각각의 가정 안에서도 계속 이어져 유지될 것이 분명하기 때문입니다.

한편 우리 부모들의 입장에서 보더라도, 아이들과 함께 고전을 순차적으로 읽어 나가면서 서로 의견을 나누는 시간이야말로 지나간 인생을 되돌아보고 남은 인생을 값지게 정리하는 데 큰 도움이 되리라고 확신합니다. 소년, 소녀시절 가슴을 설레며 밤을 새워 읽었던 책들, 인생의 기쁨과 아름다움을 처음으로 깨닫게 해 준 그 책들을 아이들과 함께 다시 읽으며 그 시절의 눈부셨던 감동을 되새길 수 있을 것입니다. 우리 부모 중에는 혹시 어린 시절에 책을 제대로 접할 기회가 없어 그런 기쁨과 감동을 충분히 느껴보지 못한 경우도 있을 것입니다. 그러나 이제라도 그런 책을 읽으면서 인생의 무게를 겸허하게 다시 느껴보려고 한다면 그와 같은 시도만으로도 우리의 나머지 인생을 더욱 귀중하고 풍요롭게 할 수 있을 것으로 생각합니다.

아이들의 시각으로 함께 책을 읽어나가며, 아이들을 따라서 함께 성장하며, 아이들이 대학생이 될 때 따라서 같이 대학생이 되어 그 신선한 눈으로 세상을 다시 한 번 바라볼 수 있다면 그것이야말로 인생을 '두 번 사는' 길이 되지 않을까요? 그것이 우리가 아이들을 키우는 과정에서 아이들에게 줄 수 있는 마지막 선물이자 아이들로부터 받을 수 있는 마지막 선물이 아닐까요?

현대사회가 개인에게 시시각각 촉구하는 급박하고 다양한 요구들, 부모나 아이들에게 쉴 새 없이 밀려드는 여러 가지 과중한 과제들, 그런 틈 속에서 우리가 작은 뜻을 모아 나름대로의 가치를 의연하게 추구해

나갈 수 있다면 그것은 진정한 삶의 여유가 아닐까요? 그것이 현대사회에서 우리가 스스로 선언하고 스스로 구현할 수 있는 '자유'의 한 내용이 될 수 있지 않을까요?

도서목록 선정과 회원모집

도서목록 선정은 상당히 고민스러운 문제였다. 고전을 위주로 한다고 생각은 했지만, 막상 어떤 책을 선정할지가 막연했다. 여러 출판사의 출판목록, 주요 일간지의 도서소개 기사 수년 분을 스크랩해서 도서목록을 준비했다. 그 스크랩한 내용을 한 권의 책으로 만들어서 여러 사람들에게 보여주며 자문을 구하기도 했다. 당시 중학교 2학년이던 둘째 민석이가 대학교 2학년이 될 때까지 매월 어떤 책을 읽으면 좋을 것인가를 기준으로 책을 선정했다. 당시 회원이 될 것으로 예상하고 있었던 가까운 지인들의 자녀 중에 중학교 2학년 학생이 유달리 많았기 때문이기도 했다. 많은 시간을 보내며 궁리를 계속한 끝에 2009년까지 매월 1권씩의 7년 분 도서목록 초안을 겨우 만들었다.

아이들이 어느 해에 몇 학년이 되는지를 하나하나 따져가면서 점차 난이도를 높여가는 적절한 책을 고르기 위해 애썼다. 분량이 많거나 읽기가 힘든 책들은 여름방학이나 겨울방학에 해당하는 달에 배치했다. 네오클의 초기 2년 동안은 그때 작성한 도서목록대로 진행을 했었고, 그 후에는 매년 말에 몇 명이 모여 회의를 하여 다음 해 1년 분의 도서목록을 정해 나가는 방식으로 변경하여 진행하였다.

회원모집은 도서목록 선정보다 더욱 어려웠다. 가족 독서모임이라는 취지가 상당히 건전하고 이상적이라는 자신감이 있었지만, 막상 회원모집은 생각과는 달리 쉽지 않았다. 학창시절의 친구들, 이웃사람 등 주변에서 가리지 않고 널리 모집하려고 애썼다. 그렇게 모인 가족이 그 주변의 또 다른 가족을 순차로 추천하면 될 것이라고 믿고 진행했다. 대개는 가족이 함께하는 독서모임이라는 취지에 크게 공감하면서도 막상 한 달에 고전을 한 권씩 읽고, 독후감을 쓰며, 모여서 토론한다는 진행 방법을 들으면 상당한 부담을 느끼며 난색을 표하곤 했다. 네오클에 대한 기본적인 구상을 바탕으로 한바탕 열변을 토하면 그 자리에서는 크게 공감하며 참여하겠다고 굳게 약속한 분들도 실제로 모임일자에는 나오지 못하는 경우가 많았다.

그러한 현상은 네오클을 10년간 진행해 온 요즈음에도 크게 달라지지는 않은 것 같다. 지금도 네오클을 함께 하자고 권유하면 그 취지에는 크게 공감하면서도 실제로 참여하지는 못하는 분들을 자주 만나게 된다. 가족을 위주로 한 이런 종류의 모임이 어떤 점에서 참여하기 어려운 것인지, 하나의 사회문화 현상으로서 연구해 보면 재미있겠다는 생각이 들 때조차 있었다. 참여할 가족을 제대로 구하지 못하여 첫 달과 그 다음 달 독서토론은 우리 가족 네 명과 또 한 가족을 합한 두 가족 여덟 명만이 참가한 초라한 모임이었다. 회원모집에 더욱 노력하여 십여 명 정도가 참여하는 모임으로 점차 자리를 잡아가는 데는 몇 개월이 걸렸다. 회원이라고는 하지만 구성원이 고정된 것이 아니라 기회가 될 때 누구나 부담 없이 들러 볼 수 있는 개방적인 형태의 모임이 바람직할 것으로 생각했고 실제 그렇게 진행했다. 물론 오랜 세월 진행해 오면서 이른바 모범적인 '골수 회원'이 형성된 것은 당연하지만, 그간 네오클 모임에 다녀간 분들의 전체 숫자는 상당히 많을 것으로 생각한다.

네오클의 본격적인 출발

2003년 3월, 드디어 네오클이 출발할 수 있었다. 첫 번째 독서토론 일자를 3월 2일로 정했다. 첫 번째 책은 아직 중학생인 아이들이 흥미를 가질 수 있도록 칼싸움 하는 이야기, 알렉산더 뒤마의 〈삼총사〉로 택했다. 두 번째 달도 같은 작가의 역시 유명한 작품인 〈몬테크리스토 백작〉으로 정했다. 인터넷 카페에 모임일자, 장소를 공고했다.

매달 진행되는 독서토론 장소도 문제였다. 여러 가지로 알아본 끝에 집 근처인 성남시 분당구의 시립도서관인 분당문화정보센터 세미나실을 무료로 빌려 쓰게 되었다. 담당 공무원에게 모임의 취지를 설명하고 여러 가지 신청서를 적어내며 열심히 뛰어다니던 열정이 어느덧 아련한 추억으로 새겨진다. 10년 동안 같은 장소에서 모임을 가지는 동안에 담당 공무원이 여러 번 바뀌었다. 요즈음에도 공연장이나 야외 등 특별한 장소를 이용할 때 이외에는 분당도서관 세미나실을 빌려서 토론모임을 하고 있다.

2003년 가을로 접어들면서 참석회원도 십여 명으로 늘어나고 한 달에 한 번씩의 독후감 작성, 독서토론도 서서히 자리를 잡아가기 시작했다. 그토록 어렵게 구상하여 진척시킨 네오클이 안정적인 궤도에 올라서게 되는 것에 벅찬 기쁨과 보람을 느낀 기억이 새롭다. 이 모임이 몇 년간 지속될 수만 있다면 얼마나 좋을까, 우리의 아이들에게 얼마나 큰 도움이 될 것인가, 간절하게 기도하던 마음이 명백하게 기억난다. 그 당시에 만약 향후 10년 동안 네오클 모임을 끊이지 않고 진행할 수 있게 되리라고 미리 알았더라면 얼마나 기뻤을 것인가! 그 해 10월 15일 네오클의 순조로운 출범에 대한 안도감과 기쁨과 기대를 담은 글을 카페에 올렸다. 네오클의 취지가 보다 분명해졌고 약간의 자신감도 드러나 있는 그 글의 제목은 '가을의 한가운데에서'였다.

가을의 한가운데에서(2003. 10. 15.)

올해도 가을은 어느새 찾아와, 어렸을 적 갑자기 쌀쌀해져서 깜짝 놀라

움츠리던 어느 가을 아침, 새로 꺼내 입은 스웨터의 선뜻한 감촉과도 아주 똑같은, 가장 아름답고 명징한 새로운 가을을 다시 한 번 바라보게 됩니다.

2003년 3월에 소박하고 조심스럽게 첫걸음을 내디딘 네오클은 회원 여러분의 진지하고 열성적인 참여 속에 기대 이상으로 빠르게 자리를 잡아가고 있습니다. 학생회원들도 바쁜 공부 일정을 쪼개가면서 최선을 다하여 참여하였고, 회를 거듭할수록 더욱 심도 있고 정성어린 독후감이 게시되면서 네오클의 모습이 자연스럽게 다듬어지고 풍부해지게 된 것을 회원 여러분과 함께 축하하며, 진심으로 기쁘고 보람되게 생각합니다.

토론모임 진행에 있어서도 우선 다른 사람의 말부터 주의 깊게 듣고 이해하려는 겸손한 마음가짐과 학생회원과 성인회원 사이의 상호존중이 바탕이 된, 네오클 특유의 바람직한 토론문화가 정착되어 간다는 느낌입니다. 특히 학생회원들이 정신적으로나 지적으로 하루가 다르게 성장해 감에 따라 앞으로 토론 내용이 더욱 의미있어지고, 그 수준도 갈수록 높아질 것으로 기대됩니다.

네오클은 그 설립취지에서도 나타나 있듯이 어떤 정형적이고 고정적인 목표를 추구한다기보다는, 인류문화의 보편적 업적에 대한 존중감을 큰 전제로 하고, 매우 높아서 때로는 막연하게조차 보일 수 있는 커다란 이상적 기준들을 오히려 포기하지 않으며, 회원들의 소박하고 진지한 모색과 겸허한 실천으로 그 내용을 하나하나 채워 나가려는 개방적이고 형성적인 성격의 모임으로 생각합니다.

따라서 앞으로도 네오클 회원 구성에 있어서의 개방성은 반드시 유지되어야 할 것으로 생각합니다. 네오클은 특정 학연이나 지연, 기존의 친분관계에 국한됨이 없이 '누구나' 새롭게 참여할 수 있어야 하고, 참여에 있어서의 자율성이 항상 존중되어야 할 것입니다. 그리고 무엇보다도, 다른 어떤 모임과도 비교될 수 없는 소박함과 진지함을 견지함으로써 사회의 여러 '모임'들이 흔히 빠질 수 있는 모든 부정적이고 제한적인 속성에서 멀리 벗어나야 한다고 생각합니다.

그러므로 네오클은 구성원 간의 '친목단체'적인 성격을 훨씬 넘어설 수 있을 때만 비로소 참다운 의미와 가치를 가질 수 있으며, 이런 점에서 네오클은 차라리 앞으로 네오클의 구성원이 될 모든 사람들에게 속해 있다고도 할 수 있을 것입니다. 극단적으로는 현재의 구성원이 모두 바뀌더라도 여전히 더 큰 즐거움과 활력으로 의연하게 나아갈 수 있는, 앞을 향해 무한히 열려 있는 모임이 되어야 할 것으로 생각합니다. 네오클은 우리들 각자를 안주하게 하거나 얽매이게 하는 것이 아니라, 더 큰 세계를 향하여 끝없이 일어서게 하고, '영원히 꿈꾸게 하며, 결코 잠들지 못하게' 할 것입니다. 네오클은 우리들 각자의 '닻이 아니라 돛이 되어야' 할 것입니다.

우리가 사회 도처에서 쉽게 발견할 수 있고, 안타까운 마음으로 자주 개탄하기도 하는, 우리사회의 냉소주의, 물질주의, 편의적 절충주의 등을 힘차게 뛰어넘어 우리의 자녀들이 진정으로 아름다운 것만을 아름답다고 하고, 진정으로 좋은 것만을 좋다고 하고, 진정으로 옳은 것만을 옳다고 말하면서, 자신의 아직은 연약하고 아직은 불분명한, 그러나 분명히 옳고, 확실히는 아름다운, 스스로의 꿈과 희망이 바로 자신의 '생활'이라고 몸으로 느껴 가면서, 그러한 꿈과 희망을 '생활'이 되게 하는 것은 수고로운 자신의 땀방울이라는 것을 즐거움 속에서 배워 가면서, 그렇게 달성한 '생활'의 기쁨이 역사적으로나 세계적으로 추구되는 보편적 가치와 다르지 않다는 일치감을 새로운 이해와 자신감으로 깨닫게 되기를 기대하면서, 이 아름다운 가을날 네오클의 아름다운 앞날을 회원 여러분과 함께 그려봅니다.

가족과 함께한
독서여행

둘째 마당

삼총사

첫 번째 토론 모임이어서 토론 방법이나 예절 같은 것도 새롭게 정착시켜 나가야 했다. 두 가족 여덟 명만
이 참석했지만 그래도 격식과 예절은 갖추기로 했다. 서로 무조건 경어를 사용하며, 엄마 아빠로 호칭하지
않고 'ㅇㅇㅇ회원' 식으로 공식적으로 호칭하기로 했다. 여덟 명이 모여 앉아서 갑자기 그런 식으로 진행
하자니 무척 어색하긴 했지만 할 수 없다.

저자 : 알렉산더 뒤마 ‖ 읽은 때 : 2003년 3월

어린 시절 〈삼총사〉를 멋진 기사들이 칼싸움을 하는 신나고 흥미진
진한 영화로 보았던 기억을 갖고 있다. 하지만 내용을 자세히 살펴보
면 17세기 프랑스의 치열한 전쟁과 권력 투쟁 등 매우 복잡한 역사적
사건들이 얽혀져 있는 이야기다. 주요 등장인물인 리슐리외와 루이13
세, 왕비 안느는 모두 역사상의 실존인물이며 1628년 구교와 신교의
전투인 라로셸La Rochelle의 공방과 함락이라는 역사적 사건을 배경으
로 하고 있다. 주인공 다르따냥의 출세와 사랑 이야기가 흥미진진하
게 전개되고, 낭만주의 소설답게 아름다운 여인들이 상대역으로 등장
한다. 아름다운 악역으로서의 밀레디, 다르따냥을 모험으로 끌어들이
는 역할을 하는 보나시외 부인, 다르따냥을 비롯한 삼총사가 사랑과
충성을 바치는 왕비 안느.

　　팜므파탈femme fatal이라고 할 수 있는 밀레디는 〈삼총사〉의 이야기
를 중심적으로 이끌어가고 있다. 밀레디는 아토스의 옛 아내, 리슐리
외의 밀정, 다르따냥의 연인, 펠튼의 유혹자, 윈터경의 제수弟嫂, '붉은

망토'의 원수로서 너무도 많은 역할을 맡고 있다. 밀레디는 〈삼총사〉의 모든 갈등의 원인을 제공하고, 버킹엄의 암살, 보나시외 부인의 독살 등 가장 중요한 일들을 담당한다. 그러나 밀레디 혼자서 여러 악행을 순서대로 저지르는 식의 전개 방식은 사실은 전혀 있을 법하지 않아 보이고, 밀레디를 실제의 구체적인 인물로 느끼기 어렵게 한다.

삼총사들을 모험에 뛰어들게 하는 기사들의 '아름다운 귀부인'은 루이13세의 왕비인 안느Anne d'Autriche로서, 가장 아름다운 여성상으로 그려진다. 왕비 안느는 영국의 버킹엄 공작과의 부정한 관계 등 윤리적으로 비난 받을 소지가 있음에도, 뒤마는 왕비 안느에 대한 어떠한 비판적 표현도 하지 않는다. 뿐만 아니라, 작품의 역사적 배경이 된 라로셸의 전쟁을 버킹엄 공작과 리슐리외가 왕비 안느에 대한 사랑을 사이에 두고 충돌하는 거대한 전선戰線으로 설정하고 있다. 왕비 안느를 트로이 전쟁의 원인이 된 아름다운 헬레네처럼 신화적인 여성상으로 설정하여 낭만적 사랑과 모험의 근원적 에너지로 삼고자 한 것이다.

1638년에 미래의 태양왕 루이14세를 낳은 왕비 안느는 1643년 5월 14일 루이13세가 사망하여 섭정을 맡을 때의 나이가 42세였다고 하니, 〈삼총사〉의 이야기가 진행될 당시에는 27세의 아름다운 왕비였을 것이다. 뒷날 모후母后 안느는 재상 마자랭과 손을 잡고 5년간에 걸친 프롱드의 난을 진압했다. 1661년 3월 마자랭이 사망하자 루이14세는 친정親政을 시작했다. 유방암에 걸린 모후 안느는 1666년 1월 20일에 사망했다.

...

〈삼총사〉, 네오클의 첫 번째 책, 첫 번째 모임이다. 사실 나도 중학교 때인가 영화로만 본 것 같고, 책으로는 제대로 읽어보지 못했던 것 같다. 일곱 명이 카페에 독후감을 올렸고, 여덟 명이 토론 모임에 참석했다. 참석한 아이들 네 명이 모두 독후감을 올렸다. 중학생들의 글이 유치하게 보이기도 하지만 정성을 다해서 쓴 것이 느껴진다. 글을 잘 쓴다는 것이 무슨 소용이 있으랴! 저렇게 정성스럽게 생각하고 정성스럽게 쓰는 것이 아름답고 소중할 뿐이다!

큰아이 정석의 독후감을 보면 특징적인 점이 보인다. 〈삼총사〉의 주인공들이 '도의적'이지 못하다는 지적이 여러 번 나온다. 중학교 3학년 학생의 마음에 '도의적'이란 말이 무엇을 의미할 수 있는가. 지금까지 자라 오면서 어떤 영향이 등장인물들이 '도의적'인지 아닌지에 관심을 가지게 했을까? '다르따냥과 삼총사가 그다지 대의를 위해 행동했다고는 할 수 없을 것 같다'는 부분, 왕비 안느의 '부정행각'을 준엄하게 지적하는 대목도 역시 같은 방향의 관심을 나타내는 것일 게다. 정석의 특징과 지향을 나타내는 듯하여 관심이 가지 않을 수 없다. 작은아이 민석의 독후감은 그에 비하여 '문학적'이라고 해야 하나?

"인물 하나하나의 개성이 뛰어나며 인물 하나하나의 대사 또한 명쾌하다. 인물의 행동 하나하나 또한 놓치면 큰 손해이다. 그러므로 〈삼총사〉를 유심히 읽어 완벽한 짜임새와 인물의 명쾌한 대사를 확인하는 것도 좋겠다."

작품의 '완벽한 짜임새'를 언급하는 것은 문학에 대한 관심 방향 같은 것을 암시할 수 있는 것일까? '유심히' 읽겠다는 결의도 마음에 들면서, 역시 즐거운 관심이 간다.

카페에 참고자료로 '삼총사 시대의 실제 역사는?'이라는 글을 올려 놓았다. 아이들로 하여금 〈삼총사〉가 실제 역사적 인물과 사건을 배경으로 한 것이라는 재미와 실감을 느끼게 하고 싶었다. 다니엘 리비에르Daniel Rivière 저 〈프랑스의 역사(Histoire de la France)에서 해당 부분을 찾아 재미있는 부분 위주로 요약해서 올려 놓은 것이다. 욕심이 더 생겨서 문예사조 일반에 관한 인터넷 자료도 카페에 올려 놓았다. 고전주의, 낭만주의 등의 개념이라도 좀 설명해 주고 싶어서였는데, 아이들에게 너무 어렵고 분량도 많아 부담스럽게 느낄 것 같아 후회가 되었다. 역시 지나친 욕심은 금물이다!

첫 번째 토론 모임이어서 토론 방법이나 예절 같은 것도 새롭게 정착시켜 나가야 했다. 두 가족 여덟 명만이 참석했지만 그래도 격식과 예절은 갖추기로 했다. 서로 무조건 경어를 사용하며, 엄마 아빠로 호칭하지 않고 '○○○회원' 식으로 공식적으로 호칭하기로 했다. 여덟 명이 모여 앉아서 갑자기 그런 식으로 진행하자니 무척 어색하긴 했지만 할 수 없다. 앞으로 오랜 기간 동안 계속 모임을 진행해 가자면 이런 식으로라도 토론 예절을 정착시켜 나갈 수밖에 없는 노릇 아닌가!

몬테크리스토 백작

이번에는 작은아이 민석의 독후감이 새로운 형식을 띠었다. '1.장소, 2.인물 사이의 관계' 등으로 항을 나누어 독후감을 쓴 것이다. 누가 시킨 것도 아닌데 그렇게 항을 나누어 쓰려는 생각은 그 내용과 맞아떨어지느냐와 관계 없이 좋게 생각되었다. '장소'를 하나의 기준으로 삼아 작품을 분석하려는 것이 작위적이고 억지스럽게도 보이지만, 그러한 시도 자체는 도움이 될 수 있다고 생각한다.

● ●

저자 : 알렉산더 뒤마 ‖ 읽은 때 : 2003년 4월

〈몬테크리스토 백작〉이 주는 감동의 원천은 주인공 에드몽 당테스가 겪은 남다른 고통과 그에 따른 거대한 분노에서 출발한다. 그 극한적인 고통과 분노는 보통사람이면 누구나 공감할 수 있는 보편적인 것이기 때문에 이 작품이 오랫동안 여러 사람들의 사랑을 받을 수 있었을 것이다. 사랑하는 아름다운 여인과의 결혼, 자신의 재능을 인정받아 선장 승진이라는 사회적 성공을 바로 눈앞에 둔 선량하고 유능한 청년 에드몽 당테스. 그에게 갑자기 닥친 고난은 전혀 예측할 수 없었고, 절망적이며, 심하게 부당한 것이었다.

이야기의 초반에 에드몽 당테스가 음모에 의하여 무고하게 체포된 후 배에 태워져 어딘지도 모르는 곳(이프 섬의 감옥)으로 끌려가는 장면에서 우리는 그가 느낀 공포와 분노, 좌절에 공감하며, 그와 함께 절망의 어두운 밤바다를 뚫어지게 바라보게 되는 것이다. 에드몽 당테스를 끌고 가는 배가 약혼녀 메르세데스가 살고 있는 카탈로니아 마을의 불빛이 보이는 지점을 지날 때의 장면은 이 소설에서 가장 아

름답고 애절한 대목으로서 이후 소설을 이끌고 갈 수 있는 거대한 분노의 에너지가 이곳에서 축적되는 것이다.

그는 잠자코 생각하면서 기다리고만 있었다. 그리고 어둠에 단련되고 넓은 바다에 익숙한 뱃사람의 눈으로, 컴컴한 밤을 꿰뚫어 보려고 애썼다. 등대가 반짝이는 라토스 섬을 뒤에다 두고, 계속해서 해안을 끼고 가던 배는, 카탈로니아 만의 정면에 다다랐다. 그곳에 이르자, 죄수의 눈은 더욱 힘 있게 어둠을 꿰뚫어 보았다. 그곳은 메르세데스가 있는 곳이었다. 그에게는 그 어두운 해안에 여자의 모습이 뿌옇게 자꾸만 어른거리고 있는 것만 같았다.

메르세데스가 지금 이 순간 자기 애인이 삼백 보밖에 떨어져 있지 않은 곳을 지나가고 있다는 사실을 예측하지 못하란 법이 어디 있겠는가? 불빛이 하나, 카탈로니아 마을에서 반짝이고 있었다. 당테스는 그 불빛의 위치로 보아, 그것이 자기 약혼녀의 방에 켜진 불일 것이라고 생각했다. 이 작은 마을에서는 메르세데스만이 혼자 밤을 새우고 있는 것이었다. 소리를 크게 질러 보면, 그 아가씨에게까지 들릴 수도 있었을 것이다.

공연히 부끄러운 생각이 들어, 그는 멈칫했다. 미친 사람처럼 소리를 지르는 걸 보면, 이 사람들은 어떻게 생각할 것인가? 그는 아무 소리 않고, 그 불빛만을 뚫어지게 바라보고 있었다.

그 사이에도 배는 계속해서 길을 가고 있었다. 그러나 이 죄수는 배 생각은 완전히 잊어버리고 있었다. 그는 메르세데스만을 생각하고 있었다.

위 대목에서 이 소설을 이끌고 갈 수 있는 거대한 에너지, 즉 에드몽 당테스의 절망과 분노라는 거대한 위치에너지에 도달하고, 그 뒷부분은 축적된 에너지를 순차적으로 방류하는 과정이라고 생각한다. 〈몬테크리스토 백작〉은 에드몽 당테스가 이프 섬을 탈출하기 이전인 '분노' 부분과 그 이후의 '복수' 부분으로 나누어 볼 수 있다. 후반부의 '복수' 부분은 뒤마 특유의 치밀한 구성으로 몬테크리스토 백작의 복수의 과정을 그리고 있지만, 앞의 '분노' 부분에서 조성된 긴장과 감동을 산만하게 해소하는 데 그칠 뿐, 그 긴장과 감동을 심화시키거나 끌어올리는 데는 실패했다고 본다.

막대한 재력을 갖게 되어 전지전능한 몬테크리스토 백작으로 다시 태어난 에드몽 당테스가 자유자재로 복수를 전개하는 과정은 백일몽白日夢적 성격의 통속소설의 느낌이 강하다. 막시밀리앙 모렐과 발랑틴의 사랑, 빌포르와 바롱 당글라르 부인과의 불륜 관계, 안드레아 카발칸티의 가짜 소동 등 다양한 이야기들을 치밀하게 구성했지만 모두 복수를 완성하기 위한 억지스러운 전개로 느껴진다. 페르낭의 아들 알베르 드 모르세르, 빌포르의 딸 발랑틴, 당글라르의 딸 외제니 당글라르 등 복수의 대상 3인의 자녀들을 내세워 새로운 희망을 제시하면서, 몬테크리스토 백작의 용서와 화해라는 결말로 이끄는 것 또한 지나치게 도식적이며 안이한 전개다. 특히, 결말 부분에서 몬테크리스토 백작과 하이데가 결합하는 장면은 3류영화의 해피엔딩처럼 엉뚱하고 미흡한 결말이라는 느낌을 지울 수 없다. 다만 특이한 인물로서 빌포르의 아버지인 누아르티에 드 빌포르와 당글라르의 딸인 외제니 당글라르를 들 수 있다. 이들은 줄거리 전개를 위해 개성이 희생되지 않은, 매력적인 인물로 그려진다.

어린 시절 〈암굴왕〉이라는 제목의 학생판 〈몬테크리스토 백작〉을 읽었던 것도 그 전반부만 기억에 남아 있는 것은 아마 전반부의 '분노' 부분에서 더 큰 감동을 받았기 때문이 아닌가 한다. 그러나 〈암굴왕〉을 읽은 지 30년 만에 다시 〈몬테크리스토 백작〉을 읽으면서 어린 시절 느꼈던 감동을 다시 되짚어 본 것은 매우 흥미로웠다. 마르세이유 앞바다에는 이프 섬의 감옥이 관광지로 되어 있다고 하니 언젠가 프랑스를 여행할 때 그곳을 돌아보며 〈몬테크리스토 백작〉의 감동을 다시 새롭게 느껴보고 싶다.

...

네오클의 두 번째 책도 알렉산더 뒤마의 작품이라서 겹치는 감은 있었는데, 그래도 〈삼총사〉와는 다른 재미를 줄 수 있다고 생각해서 선정했다. 영화 〈쇼생크탈출〉 등에서 익숙한 탈옥 대목과 악당들에 대한 통쾌한 복수가 아이들의 흥미를 돋울 수 있다고 생각했다. 만화와도 같은 통속적인 복수극에 대해 중학생인 아이들이 어떻게 받아들일지도 사실 궁금했다. 어쨌든 이제 막 시작한 네오클 모임을 일단 띄우는 것이 중요하다!

이번에는 작은아이 민석의 독후감이 새로운 형식을 띠었다. '1.장소, 2.인물 사이의 관계'등으로 항을 나누어 독후감을 쓴 것이다. 누가 시킨 것도 아닌데 그렇게 항을 나누어 쓰려는 생각은 그 내용과 맞아떨어지느냐와 관계 없이 좋게 생각되었다. '장소'를 하나의 기준으로 삼아 작품을 분석하려는 것이 작위적이고 억지스럽게도 보이지만, 그러한 시도 자체는 도움이 될 수 있다고 생각한다. '1.장소'부분은 다음과 같이 마무리되어 있다.

"세 번째로 그가 복수의 발을 내민 곳은 바로 파리다. 파리의 사교계는 소문이 진실처럼 여겨지고 명성이 목숨처럼 여겨지는 곳이다. 이곳이야말로 몬테크리스토 백작이 원수들의 추악한 과거를 드러내어 파멸시키기에 적합한 곳이다. 소설의 끝부분에서 가족이 몰락해 버린 메르세데스는 아들을 데리고 다시 마르세이유로 간다. 마르세이유야말로 메르세데스가 가장 행복했던 곳이었기 때문이었을 것이다. 몬테크리스토 백작의 끝은 바로 몬테크리스토 섬이다. 에드몽 당테스의 복수의 원천은 돈이었으므로 복수의 희망은 이곳에서부터 시작되었고 복수도 이곳에서 시작되었다. 그래서 알베르와 발랑틴도 이곳에서 시작하란 뜻인지도 모른다."

억지스러운 면도 느껴지지만 열심히 생각하려고 애쓴 것이 대견스럽다. 아내의 독후감은 나하고 생각이 비슷하다.

"지난번의 〈삼총사〉보다는 등장인물들의 성격이나 행동이 일관성이 있어 읽기에 거부감이 덜했다."

는 부분은 역시 알렉산더 뒤마의 통속소설다운 전개에 대한 불만족을 표현한 듯하다.

"1권부터 5권까지는 복수에 관한 이야기다. 우리는 깊은 감동을 느낄 때 카타르시스를 느낀다. 그러나 몬테크리스토 백작의 복수에서는 감동을 느낄 수 없었다."

는 대목도 '복수' 부분의 백일몽적 전개에 대한 나의 비판과 의견을 같이 하고 있다.

대위의 딸·외

아이들에게 '특별연구 과제'를 부여하여 토론모임 초반에 발표하게 하는 시도를 처음으로 해 보았다. 부담스럽게 느낄 수도 있지만, 발표력을 향상시키기 위해서는 억지로라도 실제 발표의 기회를 가져보는 수밖에 없을 것이다. 푸시킨의 〈대위의 딸〉과 관련이 있는 과제를 찾아보았다. 큰아이 정석에게는 〈러시아 역사.개관〉, 작은아이 민석에게는 〈러시아 문학 개관〉 과제를 부여해서 발표하게 했다.

● ●

저자 : 푸시킨 ‖ 읽은 때 : 2003년 5월

머리, 내 머리
일로 늙은 이 내 머리!
내 머리는
서른하고도 꼭 세 해를 살았다네, 아흐 내 머리는
기쁨도 부도 누려본 적 없고,
영광이나
고관자리 하나 누려본 적 없다네.
내 머리가 차지한 것이라고는
허공에 우뚝 솟은 두 개의 말뚝과
가로지른 단풍나무 들보에
비단실 올가미라네.
　　　　　　　　　－러시아 민요

〈대위의 딸〉 첫머리에 소개된 위 시는 뿌가쵸프의 난으로 대변되는 전란 속에서 러시아 민중이 겪는 고난과 비탄을 노래한 것으로 러시아 문학의 대표적 정서로서의 애조哀調가 잘 나타나 있다. 위 시에서 느껴지는 러시아 농민, 민중의 고단한 삶은 다른 러시아 소설에 있어서도 자주 등장하는 익숙한 정서이다. 프랑스를 비롯한 서구가 자유주의 시민혁명을 통해 일찍이 민주화와 근대화를 이룬 반면, 상대적으로 후진적이었던 러시아 민족이 겪은 고난이 반영되어 있다.

푸시킨은 뿌가쵸프의 반란(1773–1775)이 진압된 지 수년 후에 태어났지만 젊은 시절에 그 반란의 주된 역사적 근거지를 직접 답사해가며 〈대위의 딸〉과 〈뿌가쵸프 반란사〉를 저술하였다. 푸시킨이 뿌가쵸프에 중요한 비중을 두고 연구하거나, 작품 속에서 뿌가쵸프에 대해 긍정적인 태도를 보이는 것은 농노제를 반대해 온 그의 민중에 대한 깊은 사랑 때문일 것이다. 〈대위의 딸〉의 주인공 뾰뜨르 안드레이치는 황제에 대한 충성을 끝까지 포기하지 않지만, '짜리즘'에 반발하는 뿌가쵸프와 농민들의 입장을 생각하는 푸시킨의 고뇌가 〈대위의 딸〉 곳곳에 나타나 있다.

푸시킨의 민중에 대한 뜨거운 사랑과 러시아의 앞날에 대한 우려와 희망은 그 이후 투르게네프, 도스토예프스키, 톨스토이 등 후대의 작가들의 작품에서도 계속 이어지고 있다. 뿌가쵸프의 반란은 진압되어 비록 실패로 끝났지만, 러시아 전역의 농민들의 의식을 흔들었으며, 최초로 비판적인 지식인 층이 대두하게 되는 계기가 되었다. 〈대위의 딸〉의 뿌가쵸프의 반란을 보면서 세계 최초의 무산계급 혁명이 러시아에서 일어난 사건을 떠올리게 된다. 러시아라는 나라와 러시아 민족을 생각할 때 푸시킨의 〈대위의 딸〉에서 보리스 파스테르나크의 〈의사 지바고〉까지 이어지는 러시아의 역사를 동시에 떠올리지 않을 수 없다.

푸시킨과 그 뒤를 이은 위대한 러시아 작가들이 서구적 '근대성'의 달성과 '어머니인 대지', 조국 러시아에 대한 강한 애착과 향수 사이에서 고뇌하고 갈등을 겪는 것 역시 러시아 문학의 특징이라고 생각한다. 푸시킨의 다른 단편 〈로슬라블레프〉에서 주인공인 뽈리나가 자신이 숭배하는 나폴레옹·스탈 부인과 조국 러시아 사이에서 갈등하는 모습에서도 그런 점이 잘 나타나 있다.

우리의 근대문학 형성 과정에서 러시아 문학이 큰 영향을 미쳤고, 우리가 러시아 문학의 정서에서 쉽게 동질감을 느낄 수 있는 것도 러시아 역시 근대의 후발국가로서, 서구의 근대성과 민족의 고유성을 동시에 달성해야 하는 커다란 시련을 감당해야 했던 공통점 때문일 것이다.

〈대위의 딸〉은 러시아 문학을 일관하는 민중에 대한 사랑을 잘 느낄 수 있는 작품이다. 푸시킨 이후 러시아 문학은 서구의 문학을 받아들여 탁월한 사실주의 문학을 꽃피우는 데 그치지 않고, 이를 인류 보편의 깊은 고뇌로 심화시키고, 극복함으로써 오히려 인류에게 새로운 '현대성'의 비전을 제시했다는 점에서 위대하다고 할 것이다. 푸시킨이 안타깝게 재조명하려고 애쓴 실패한 뿌가쵸프의 난. 아무런 죄 없이 '가로지른 단풍나무 들보'에 목 매달린 무수한 민중. 도스토예프스키, 톨스토이가 끝없는 사랑을 바친 러시아 민중과 러시아 문학에 나타난 지식인들의 고뇌. 무산계급 혁명이 세계 최초로 러시아에서 성공한 것이 그에 대한 대답이 될 수 있을까?

토론모임에서의 주제는 〈작가 푸시킨은 뿌가쵸프의 난을 어떻게 평가하고 있는가?〉와 〈사람의 우연한 만남, 인연은 소설의 진행에서 어떠한 역할을 하고 있는가?〉였다. 토론에서 특징적이었던 것은 아이들 대부분이 주인공 남녀보다도 반란군의 대장인 뿌가쵸프에게 많은 관심을 보인 것이다. 어떤 규범적인 인물보다는 용감하고 야성적인 인물에게 보이는 자연스러운 관심일 것이다. 그러나 큰아이 정석만은 의외로 규범적인 태도를 견지하고 있다.

"먼저 독후감을 올린 사람들 중엔 뿌가쵸프에 초점을 맞춘 사람들이 많은 것 같은데 나는 뾰또르 안드레이치의 성격이 더 관심이 간다. 자신의 상관들이 눈 앞에서 교수형을 당했는데도 변절하지 않은 것도 그렇지만, 그 후의 뿌가쵸프와의 애매한 관계를 지속시키면서 결국 여왕에 관한 충성, 마리아 이바노브나의 안전, 그리고 자신의 목숨 모두를 지키는 매우 어려워 보이는 일을 해낸 것이다."

라고 쓰고 있다. 책임감과 규범의식이 대단하다!

이번 세 번째 토론모임부터는 모임 후에 카페에 후기를 올리기로 했다. 토론 내용을 기록으로 남길 필요도 있고, 참석하지 못한 회원들에게 진행 상황을 알려줄 수 있기 때문이다. 지금은 사회를 내가 계속 보고 있지만, 조만간 아이들에게도 토론의 사회를 맡길 것이다. 여러 의견들을 분석하고 종합하는 능력, 돌출 발언에 대한 순간적인 대처 능력을 키울 수 있는 기회가 될 것이다.

그리고 아이들에게 '특별연구 과제'를 부여하여 토론모임 초반에 발표하게 하는 시도를 처음으로 해 보았다. 부담스럽게 느낄 수도 있지만, 발표력을 향상시키기 위해서는 억지로라도 실제 발표의 기회를 가져보는 수밖에 없을 것이다. 푸시킨의 〈대위의 딸〉과 관련이 있는 과제를 찾아 보았다. 큰아이 정석에게는 〈러시아 역사 개관〉, 작은아이 민석에게는 〈러시아 문학 개관〉 과제를 부여해서 발표하게 했다. 발표내용이라고 해 봐야 인터넷에서 다운 받는 수준의 자료들이지만, 문서로 정리해서 여러 사람 앞에서 발표하는 것이 의미가 있다. 가족들 앞에서의 공식적인 발표는 아이들이 의젓하게 성장하는 데에 도움이 되리라고 본다. 엄마, 아빠와 몇 안 되는 가족 앞이지만 상당히 긴장하고 얼굴이 상기되기도 한다. 앞으로 많은 연습을 통해 향상될 것이다. 매끄럽고 유려한 말솜씨가 중요한 것이 아니다. 솔직한 태도와 진심을 전달하려는 정성이 훌륭한 발표의 핵심이라고 생각한다!

각종 면접에서 자기 의사를 설득력 있게 표현하려고 애쓰는 젊은이들을 보게된다. 말만 번듯하게 해서는 절대 안 된다. 내용이 없이 말만 번듯하게 한다면 그 사람 자체의 진실성을 바로 의심 받기 때문에 오히려 치명적이다. 면접관을 속이는 것은 사실상 불가능하다고 생각한다. 말을 더듬거리더라도 전하고자 하는 내용과 진심이 전달되는 것이 중요하다. 많이 읽고 많이 생각하는 것 이외에 다른 지름길은 없다. 발표라는 것은 결국 자신이 가지고 있는 것을 내보이는 것이므로 자신이 갖고 있지 않은 것을 남에게 보일 수 없다. 면접관들이 생각의 주체성이나 진실성을 중요하게 생각하는 것은 조금만 입장을 바꾸어 놓고 생각해 보면 사실 너무 당연한 것이다. 네오클 모임을 통해서 아이들이 진정한 의미의 발표력이 향상될 수 있기를 간절히 바란다.

쿼바디스

아이들이 특히 관심을 갖는 네로황제의 이야기를 세계사적인 중요성을 곁들여 설명하는 좋은 기회로 삼을 수 있었다. 아이들이 대개 역사에 관심을 많이 갖는 점에 착안하여, 아이들의 참여를 유발하고 공부와 발표 연습에 도움을 주기 위해 이번에도 '특별연구과제'를 부여해서 연구, 발표하도록 시도해 보았다. 종교에 대해서 생각해 볼 수 있는 기회이기도 하다. 큰아이 정석에게는 〈기독교의 역사〉, 작은아이 민석에게는 〈쿼바디스 시대의 배경 역사〉라는 제목으로 발표하도록 했다.

● ●

저자 : 솅키에비치 ‖ 읽은 때 : 2003년 6월

소설 〈쿼바디스〉의 배경이 된 시대는 세계사의 중요한 시기였다. 서양에서는 최초의 제국인 로마제국이 자리를 잡으며 기독교가 예수 사후에 로마로 전파되어 세계적인 종교로 성장해가는 시기이며, 동양에서는 후한의 광무제가 역시 중국 최초의 제국인 한나라의 기틀을 잡아가는 시기이다. 특히 서양에서는 당시까지 문화의 중심이었던 그리이스 · 로마 문화가 기독교 문화와 충돌하고 이를 받아들임으로써 양대 문화가 오늘날의 서양을 성립시킨 가장 중요한 시기라고 할 것이다. 로마제국과 중국의 진秦 · 한漢 제국이 거의 비슷한 시기에 성립되었을 뿐 아니라, 기독교의 로마 전파와 불교의 중국 전파가 시기적으로 거의 일치한다는 것도 매우 흥미로운 사실이다.

작가 솅키에비치가 그리이스 · 로마 문화와 기독교 문화 간의 최초의, 거대한 문화적 충돌이라는 극적인 사건을 포착한 것이 소설 〈쿼바디스〉 탄생의 출발점이다. 서로 융합이 불가능한 이질적인 두 개의 문화권에 속해 있는 두 남녀 주인공, 로마를 대표하는 비니키우스와 기독교를 대표하는 리기아의 사랑이 흥미롭게 전개되고, 이를 방해하는 거대한 절대악으로서의 네로황제가 갈등 구조를 이루고 있다. 결국 현실의 권력을 대표하는 포악한 네로황제의 모순의 심화와 몰락, 이에 대비되어 '떠오르는 새로운 진리'로서의 기독교의 역사적 승리를 바탕으로 결말지어진다. 초반의 엄청난 갈등은 비니키우스의 개종, 킬로의 순교, 우르수스의 기적과도 같은 괴력 등 오로지 기독교 중심적인 관점에서 극적으로 해소된다.

어렸을 적에 데보라 카가 리기아 역으로 출연한 영화 〈쿼바디스〉를 재미있게 본 기억이 있다. 그러나 이번에 책을 다시 읽어보니 흥미 위주의 통속적인 역사소설이라는 비판적인 생각도 많이 들었다. 특히 로마 정신을 대표하는 매력적이고 지성적인 주인공 페트로니우스와 기독교 사상과의 대립이 치열한 문제의식으로 심화되지 못하고, 기독교의 무조건적 승리와 통속적인 '사랑 이야기'로 얼버무려진 점은 불만스럽지 않을 수 없다. 이 소설이 나온 1896년이라는 시대의 정신에도 훨씬 미치지 못하는, 낭만주의와 낙관주의적 기독교 사상에 안주하는 역사소설의 범주를 벗어나지 못했다는 비판을 받을 수밖에 없다고 생각한다.

그러나 이 소설을 읽어볼수록 작가인 솅키에비치 자신도 기독교 신앙에 완전히 귀의하고 있지 않다는 느낌을 갖게 된다. 〈쿼바디스〉의 주인공 리기아나 사도 베드로, 바울의 입을 통하여 기독교적인 삶의 불멸의 아름다움과 절대적인 선善을 역설하고는 있지만, 그 주장은 오히려 공허하며 현실감이 떨어지는 것처럼 느껴진다. 작가 솅키에비치는 오히려 지혜와 관용, 용기를 겸비한 매력적이고 현실적인 인물인 페트로니우스나 심지어는 비록 광기에 사로잡혀 있지만, 예술적인 고귀한 영혼을 가진 네로황제에게 심정적으로 더 기울어져 있다고 보이는 것은 나 혼자만의 느낌일까?

이 소설의 주인공 비니키우스처럼 기독교를 처음으로 접한 로마인의 마음을 헤아려 보게 된다. 그것은 마치 불교를 처음 접한 중국인의 마음과 비슷할지도 모른다. 이미 고도로 성숙한 문화권에 밀어닥친 강력한 이질적 종교, 놀라운 평등사상과 현세 부정否定 사상은 그들의 마음에 커다란 충격과 의문을 던졌을 것이다. 우리는 그 이후의 역사를 나름대로 알고 있고 이해하고 있다. 서구에 있어서 중세 기독교의 역사와 다시 르네상스를 거쳐 근대와 현대로 이어진 역사를, 또한 중국에 있어서의 수당隋唐의 불교의 융성, 송명宋明의 불교에 대한 비판과 탄압의 역사를 알고 있다. 소설 〈쿼바디스〉는 통속적인 역사소설에 불과할지 모르지만, 어쨌든 역사와 종교에 대해 많은 생각을 하게 하는 작품이다.

고전이라기보다는 역사소설의 범주에 속하는 작품이지만 아이들은 〈쿼바디스〉에 상당한 흥미와 관심을 보였다. 아이들의 독후감을 보면 기독교의 종교 이야기보다는 네로황제의 궁정 이야기에 많은 관심을 갖고 있음을 알수 있다. 기독교의 내세적 인생관에는 비판적이면서도, 지성적인 쾌락주의자인 페트로니우스에 강한 매력을 느끼는 아이들의 태도가 특히 인상적이었다.

작은아이 민석은 독후감에서,

"페트로니우스는 누구보다도 당당하고 인생을 즐기면서 살아가는 것 같다."

"페트로니우스의 귀찮아하는 성격은 천재적인 느낌을 준다."

고 썼다. 종교에 관한 견해도 엿보이는데,

"페트로니우스의 당당하고 인생을 즐기는 삶, 이것은 그리스도 교도의 인생의 즐거움을 버리는 삶보다는 훨씬 더 공감이 가는 것이다."

라고 평가하고 있다. 앞으로 네오클을 통해 많은 책을 읽고, 많은 의견을 접하면서 자연스럽게 종교관을 형성하게 될 것이다.

특히 〈쿼바디스〉는 아이들이 많은 관심을 갖는 네로황제의 이야기를 세계사적인 중요성을 곁들여 설명하는 좋은 기회로 삼을 수 있는 책이다. 아이들이 대개 역사에 관심을 많이 갖는 점에 착안하여, 이번에도 '특별연구과제'를 부여해서 연구, 발표하도록 시도해 보았다. 큰아이 정석에게는 〈기독교의 역사〉, 작은아이 민석에게는 〈쿼바디스 시대의 배경 역사〉라는 제목으로 토론 시작 전에 발표하도록 했다. 발표가 끝나면 발표 내용에 대한 질문과 대답을 함으로써 주의를 집중할 수 있도록 했다.

토론의 주제로는 〈인간이 받는 고통과 종교(기독교)에 대한 귀의와는 어떠한 관련이 있을까?〉〈쿼바디스의 작가 셍키에비치는 기독교적 입장과 그리스·로마 정신 둘 사이의 어느 편의 입장에서 이 작품을 구상했을까?〉로 선정해서 이야기했다. 네오클의 네 번째 모임은 15명의 회원이 참여해서 처음으로 풍성하게 진행할 수 있었다. 이번 달부터는 효율적인 토론을 위해서 카페에 토론 주제를 미리 올리도록 새로운 제도를 만들어 시행하기로 했다. 토론 당일 즉흥적으로 주제를 선정하는 것보다 미리 준비하고 생각할 수 있게 한다면 도움이 될 것이다.

로빈슨 크루소

흥미로운 모험소설이 왜 고전이 될 수 있으며, 지속적인 가치를 지닐 수 있는지에 대해 아이들과 함께 이 야기해 보고 싶었다. 작은아이 민석의 독후감에서도 어렸을 적에 읽었던 〈로빈슨 크루소〉와 이번에 다시 읽는 〈로빈슨 크루소〉를 비교해서 생각하려는 노력이 잘 나타나 있다. 큰아이 정석의 독후감도 〈로빈슨 크루소〉가 다른 소설들과 차별되는 고전으로 읽힐 수 있다는 점에 관심을 갖고 있다.

●●

저자 : 다니엘 디포 ‖ 읽은 때 : 2003년 8월

1719년에 출간된 〈로빈슨 크루소〉는 출간 당시 선풍적인 인기를 누렸다고 한다. 지금도 세계적으로 널리 읽히고 있는 이 책은 처음 출간될 당시에 훨씬 더 재미있게 읽을 수 있는 책이었을 것이다. 위험한 항해, 난파, 표류와 같은 사건이 일상에서 실제로 일어날 수 있었던 시대였기 때문이다. 네덜란드 인 하멜이 스페르웨르 호를 타고 타이완에서 일본의 나가사키로 항해하던 중 배가 파선되어 제주도에 표류한 1653년 8월은 로빈슨 크루소가 작품 속에서 첫 항해를 떠난 2년 후이다. 당시의 사람들은 오늘날의 우리와는 사뭇 다른 실감을 느끼면서 〈로빈슨 크루소〉를 재미있게 읽었을 것이다.

　로빈슨 크루소의 시대보다 300년이 더 지난 오늘날의 우리가 로빈슨 크루소와 같은 처지에 빠지더라도 그보다 더 현명하거나 더 용감하게 행동할 수 있을 것 같지는 않다. 지난 300년 동안 인류가 습득한 과학 지식이나 정신적 역량이 무인도에서 혼자서 28년 동안 살아나가는 데 얼마나 도움이 될지는 의문이다. 우리가 로빈슨 크루소의 종교적 편견에 대해 비판할 수도 있겠지만, 위험과 공포 앞에서 홀로 자신을 지탱해 나가는 그의 모습에서 종교의 힘과 인간의 '종교적 본성'에 경의를 표하게 된다. 그는 무인도에서 혼자 살아가면서도 하루 세 번씩 기도, 총 들고 사냥, 잡아 온 짐승을 간수하며 요리하는 일 등 일과표를 작성하여 규칙적으로 생활하고자 애쓴다. 그의 경건하면서도 처절한 모습은 시대와 지역의 차이를 뛰어넘는 인간의 존엄하고 아름다운 모습이다.

로빈슨 크루소는 28년간의 생활 속에서 인간적인 품성을 잃지 않았을 뿐 아니라, 초인적인 의지로 물질적, 정신적 기반을 만들어 냈다. 그가 무인도에 자신의 왕국을 건설한 것은 인간성의 확대이며, 인간성의 승리이다. 자신의 생명과 재산을 절대적으로 여기고 이를 성실하게 가꾸어 나가며, 그 모든 것을 가능하게 해 준 신에게 감사의 기도를 올리는 로빈슨 크루소의 경건한 모습은 300년 전 서유럽의 가장 훌륭한 인간상일 것이다. 다니엘 디포는 로빈슨 크루소를 통해 당시의 인간상을 반영했을 뿐만 아니라, '인간'의 새로운 모습을 발견해 내기도 했다. 〈로빈슨 크루소〉가 통속적인 모험소설이 아닌 고전으로서 오랜 세월 사람들의 마음에 남아 있는 이유일 것이다.

다니엘 디포가 발견해 낸 새로운 '인간'은 로빈슨 크루소의 고뇌와 불굴의 의지를 담고 있는 근대적 인간상이다. 그 인간상이 오늘날 현대인의 바탕이 되었기에 우리는 오늘날에도 〈로빈슨 크루소〉에 대해 끊임없는 감명을 느낄 수 있다. 1687년 로빈슨 크루소가 28년 2개월 만에 무인도를 벗어난 바로 그 해, 아이작 뉴턴은 '만유인력의 법칙'을 확립한 〈자연철학의 수학적 원리(프린키피아)〉를 출판했다.

어렸을 적에 누구나 한 번쯤은 읽어 보았을 〈로빈슨 크루소〉다. '누구나 다 아는 이야기'라는 점 때문에 작품이 가지는 의미와 가치에 대한 생각을 서로 비교해 보기에 좋은 책이라고 생각한다. 흥미로운 모험소설이 왜 고전이 될 수 있으며, 지속적인 가치를 지닐 수 있는지에 대해 아이들과 함께 이야기해 보고 싶었다. 작은아이 민석의 독후감에서도 어렸을 적에 읽었던 〈로빈슨 크루소〉와 이번에 다시 읽는 〈로빈슨 크루소〉를 비교해서 생각하려는 노력이 잘 나타나 있다. 큰아이 정석의 독후감도 〈로빈슨 크루소〉가 다른 소설들과 차별되는 고전으로 읽힐 수 있다는 점에 관심을 갖고 있다.

어렸을 적에 읽었던 모험소설에서 한 발 더 나아가 생각이 깊어지는 아이들을 볼 수 있다. 민석은 독후감에서,

"이 소설의 무대는 무인도이지만 로빈슨 크루소는 매우 영국적인 사람이다. 로빈슨 크루소는 순수 자연인 같아 보이지만 영국적인 것을 버리지 못했다."

라고 제법 날카롭게 지적하고 있다. 로빈슨 크루소라는 사람을 통해서, 보편적인 인간으로서의 존재와 대항해시대大航海時代의 중상주의重商主義적인 인간을 동시에 떠올려 보는 것은 의미 있는 파악이라고 생각한다. 이 작품을 통해서 로빈슨 크루소를 근대적 서구인의 모범적이고 상징적인 인물로 볼 수 있다는 점, 그렇게 성립한 근대인의 모습은 오늘날의 우리, 현대인의 정신적 바탕을 이루고 있다는 연결성을 꼭 한 번 강조해 보고 싶었다.

돈키호테

사실 〈돈키호테〉라는 작품을 이번에 처음 제대로 읽어 보았는데, 매우 중요한 작품이라는 생각이 거듭 들었다. 어렸을 적 교과서에 실린 이야기를 읽을 때도 감명 깊었지만, 이번에 예상치 못한 놀라운 재미를 느끼면서 읽게 되었다. 아이들을 위한다는 명분으로 시작한 독서모임에서 실제로 큰 재미와 혜택을 받는 것은 바로 부모 자신이 아닐까!

저자 : 세르반테스 ‖ 읽은 때 : 2003년 10월

1605년에 출판된 〈돈키호테〉는 수많은 찬사를 받아 왔고 주인공 돈키호테는 한 소설의 주인공을 넘어서 전형적인 인간유형의 하나로 세계인의 마음에 각인되어 있다. 스페인의 황금시대라는 역사적 배경을 가진 〈돈키호테〉는 최초의 근대소설로 평가되기도 하지만, 무엇보다도 오늘날 세계의 모든 사람들이 자연스럽게 '돈키호테 같은 사람'이라는 말을 사용할 정도로 '돈키호테'라는 매력적이고 특징적인 인물을 창조해 냈다는 점이 중요하게 생각된다.

돈키호테라는 인물을 현실적으로 생각해 본다면, 오늘날의 음식점이나 공원 같은 곳에서 우연히 맞닥뜨릴 경우 불의不意의 피해를 당할수 있는 매우 위험하고 불쾌한 인물일 수도 있을 것이다. 그러나 우리는 〈돈키호테〉를 읽으면서 그의 인간적인 매력에 이끌리고 무한한연민과 공감을 느끼게 된다. 돈키호테의 매력은 그의 광기狂氣나 무모함에서 나오는 우스꽝스러움 때문만은 아니다. 돈키호테의 터무니없을 정도의 용기와 불굴의 의지는 그가 혼란스럽게 추구하는 진리 지향의 열정과 순수성에 의하여 뒷받침되고 있다. 돈키호테의 매력은 그가 일관되게 이상理想을 추구하는 모습이 우리 모두가 가슴속 가장 깊고 높은 곳에 하나씩은 지니고 있는 내면의 고결성高潔性에 맞닿아 있기 때문일 것이다.

돈키호테의 용기는 그가 미쳤거나 상황 판단을 제대로 하지 못하는 데서 나오는 것은 아니다. 여러 군데에서 돈키호테가 기사도騎士道의 이상을 위하여 죽음을 감수하겠다고 결의하는 대목이 나오고, 돈키호테 스스로 인간적인 두려움을 토로하는 대목도 여러 번 나온다. 제38장에서 돈키호테가 돈페르난도 일행에게 문반文班과 무반武班을 비교하여 설명하면서 총포銃砲에 대한 두려움을 드러내는 대목만 보더라도 그가 '용기' 문제에 관해 상당히 현실적인 인식을 하고 있는 것을 알 수 있다. 그의 용기는 두려움에 대한 감각이 없어서가 아니라, 자신이 믿고 있는 이상을 실현하기 위하여 스스로를 기꺼이 희생하는 모습이 밖에서 볼 때 두려움을 뛰어넘은 것처럼 보이는 것이다.

또한 돈키호테의 특징으로 빼놓을 수 없는 것은 그의 엄청난 불굴의 의지이다. 지독한 봉변과 고통을 당하면서도 전혀 기가 꺾이거나 굴복하지 않는 것에는 누구나 감명을 받지 않을 수 없다. 번번이 참담한 실패와 좌절을 겪을 때마다 계속 마술사가 환술幻術을 부린 것으로 주장하면서 끝까지 현실을 인정하지 않는 것은 황당한 자기 합리화의 부정적이고 희화적인 모습이지만, 이는 궁극적으로 모든 인간은 이상의 추구를 끝까지 포기할 수 없다는 점을 상징하는 것으로 보고 싶다.

돈키호테가 엄청난 용기와 불굴의 의지를 가지고 추구하고 주장하려 한 가치가 '기사도' 자체일 수는 없으며, 〈돈키호테〉가 당시 세태의 모순을 풍자하려 한 것이라는 관점도 지나치게 좁다고 생각한다. 풍차를 향해 돌격하는 돈키호테가 온몸으로 절규하고 있는 것은 이상理想에 대하여 인간이 취할 바, 인간의 운명에 대한 하나의 대답이라고 생각한다. 돈키호테는 인류사에서 최초로 표명된 '근대인'의 모습이다. 세르반테스의 인간성에 대한 깊은 탐구가 있었기에 오늘날에 이르기까지 '돈키호테 같은 사람'이라는 말이 남아 있게 된 것이다.

　제50장에서 돈키호테가 라만챠 교구 참사원에게 기사도의 의의에 관하여 말하면서 '이상理想'에 대해 인간이 취할 바 태도에 관하여 진지하게 설명하는 대목은 환상적이고 황당해 보이기도 하지만, 〈심청전〉에서 심청이 치마를 머리에 뒤집어쓰고 인당수印塘水에 몸을 던지는 대목을 연상케 하는 의미심장하고 비장한 대목이다. 돈키호테의 속마음을 잘 알 수 있는 대목이다.

> 가령 여기 우리 앞에 방죽이 하나 있다고 합시다. 방죽이라도 역청이 펄펄 끓는 무지무지한 방죽인데, 그 속에서는 큰 뱀, 작은 뱀, 도마뱀, 꽃뱀들, 그리고 독하고 무시무시한 짐승들 따위가 우글우글거린다고 칩시다. 그런데 그 방죽 한복판에서 불쑥 비명소리가 울려 퍼지기를, '무서운 방죽을 쳐다보고 서 있는 기사님아, 그대 중에 누구든 펄펄 끓는 이 물 밑에 감춰져 있는 보화를 캐내려거든 그대의 그 가슴의 용기를 뿜어내어서 이 열탕 속으로 몸소 몸을 던져라. 그러지 아니하면, 이 열탕 속에 잠재되어 있는 일곱 선녀들의 일곱 성에 보유되어 있는 굉장한 신비를 못 보리라'라고 했다 합시다.
> 그러니까 그 기사는 그 무서운 비명소리를 다 듣기도 전에 앞뒤도 가리지 않고 무장도 갖추지 않은 채로 오직 천주님께 몸 하나만을 맡기고 그 속으로 풍덩 뛰어들었다는 말입니다. 여느 사람이 이런 경우를 당했더라면 어이가 없고 공포에 떨어 안절부절못할 참인데 그는 어느덧 세상 온 천하의 어떤 아름다운 동산도 비길 수 없는 꽃동산 안에 자기가 와 있음을 본다면 어떻겠습니까.

...

2003년 10월 12일, 네오클의 여덟 번째 모임은 〈돈키호테〉, 12명의 회원이 참여한 조촐한 모임이었다. 사실 〈돈키호테〉라는 작품을 이번에 처음 제대로 읽어 보았는데, 매우 중요한 작품이라는 생각이 거듭 들었다. 어렸을 적 교과서에 실린 이야기를 읽을 때도 감명 깊었지만, 이번에 예상치 못한 놀라운 재미를 느끼면서 읽게 되었다. 아이들을 위한다는 명분으로 시작한 독서모임에서 실제로 큰 재미와 혜택을 받는 것은 바로 부모 자신이 아닐까!

세미나의 첫 번째 주제는 1605년에 발표된 〈돈키호테〉가 오늘날까지 인기를 유지하는 고전이 될 수 있는 이유는 무엇인가였다. 아이들도 어렸을 적부터 알고 있던 이야기, 창을 들고 풍차를 향해 돌진하는 우스꽝스러운 돈키호테의 이야기가 왜 그토록 오랜 세월 동안에 전 세계인의 마음을 사로잡을 수 있었을까, 지난달의 〈로빈슨 크루소〉에 이어서 어떤 작품이 오래 살아남을 수 있으며 그 비결은 무엇일까라는 관점으로 '고전성'에 대해 이야기했다. 아이들이 스스로 생각할 수 있도록 쉬운 표현으로 이야기하려고 애썼지만 그래도 아이들에게는 역시 벅찬 듯하다.

두 번째 주제는 〈주변에 돈키호테와 같은 친구가 있다면 어떻게 조언을 해 줄 것인가〉였다. 아이들과 함께 주변의 친구들의 사례를 들어가면서 이야기해 보았다. 돈키호테 같은 친구란 오늘날 어떤 성격의 사람을 지칭할 수 있을까? 친구에게 조언을 해 준다는 일의 실제적 어려움, 친구 관계 일반에 대해서까지 범위를 넓혀가며 자유롭게 이야기할 수 있었다. 네오클 모임을 통해서 아이들에게 하고 싶은 말, 듣고 싶은 말을 '마음껏', '포멀하게' 하거나 들을 수 있다는 점은 커다란 이익이다. 집안에서 하는 일방적인 설명이나 훈계보다 얼마나 유리한 차원인가! 또한 그런 말들을 개인적으로나 가족 내부에서가 아니라 여러 사람 앞에서 '포멀하게' 말하고 들을 수 있다는 점이 특히 중요하다고 생각한다.

일리아스

토론에 있어서 아이들에게 '상당히 어렵게' 이야기가 진행되는 점에 대하여는 여러 견해가 있을 수 있다.
아이들이 이해하기 어렵게 토론이 진행되어도 크게 나쁠 것이 없다는 것이 나의 생각이다. 흔히 말하는
'아이들의 눈높이'나 '어린이용 고전' 등의 단계적 접근 방법은 오히려 중요한 점을 놓치거나 왜곡할 수 있
다고 생각한다. 어려운 것은 어렵게 접근해야 하고, 전혀 이해되지 않는 과제와도 일단 그대로 부딪치는
것이 좋다고 본다.

● ●

저자 : 호머 ‖ 읽은 때 : 2003년 11월

〈일리아스〉는 BC 1250년경에 일어난 트로이 전쟁을 배경으로 호메로
스(BC 800—750) 시대에 쓴 서사시이다. 트로이 전쟁은 그 역사적 사
실성 여부가 다투어지기는 하나 〈일리아스〉에 등장하는 무기가 모두
청동제인 것으로 보아 청동기 시대에 벌어진 그리스와 소아시아 도시
국가 사이의 거대한 세력다툼이라는 점은 틀림없을 것이다. 신화神話
는 사실은 '신들의 이야기'가 아니라 '인간의 이야기'로, 〈일리아스〉
를 읽으면서 문명의 여명黎明에 선 인류의 옛 모습을 떠올리게 된다.
　가장 많이 나오는 것은 전쟁에서의 살육 장면이다. 흙먼지 속에 피
를 뿜고 쓰러지는 영웅들과 병사들의 모습이 매우 상세하고 반복적
으로 묘사되고 있다. 전쟁 장면이 지나치게 강조되는 것은 살육과 전
쟁이 당시의 사람들에게 실제로 가장 중요하고 가장 감명 깊은 현실
이었기 때문일 것이다. 인간들의 전쟁에 개입하는 여러 신들도 욕망
과 질투심에 가득 찬 변덕스러운 존재에 지나지 않고, 선善, 정의正義
의 관념 같은 것도 아직 보이지 않는다. 제우스 신의 근친 간의 성관

계 등 문란한 성생활은 전前문명기 인류의 성생활을 짐작하게 하는 대목으로 보이지만, 헤라의 질투로 제우스의 바람기가 견제되고 있다는 것은 벌써 일부일처제가 자리를 잡아감을 뜻하는 것일 게다.

〈일리아스〉에는 나오지 않지만 트로이 전쟁의 원인이 된 것은 헬레네를 납치한 트로이의 왕자 파리스, 바로 파리스의 심판(Judgement of Paris)이다. 파리스가 세 여신 중에서 "가장 아름다운 여자를 아내로 얻어주겠다."고 제시한 미와 사랑의 여신 아프로디테를 선택했다는 것은 문명의 초기에서 앞으로의 인류의 방향을 설정한 매우 중요한 사건이다. 권력과 부를 약속한 헤라, 전쟁에서의 영광과 공명을 약속한 아테네 대신 아프로디테를 선택한 것은 사실은 파리스 개인이 아니라 당시의 인류 전체인 것이다. 권력이나 부, 전쟁에서의 승리와 같이 물질적이거나 확정적인 가치가 아닌 "가장 아름다운 여자를 아내로 얻어주겠다."는 아프로디테를 선택했다는 것은 결국 인류가 미美와 불확정적인 이상理想과 불가능한 자기실현自己實現의 되돌아올 수 없는 길을 선택한 것이다. 자연사自然史나 동물사動物史를 벗어나 진정한 인류 문명사로 들어서게 된 중요한 사건이다.

〈일리아스〉에서 가장 감동적인 부분은 트로이의 왕자 헥토르의 고뇌와 장렬한 죽음일 것이다. 트로이의 모든 백성들이 사랑하고 의지하는 트로이의 영웅 헥토르는 '신神과도 같은' 아킬레우스에 비하여 무용武勇이 떨어진다. 문제는 헥토르 스스로 자신이 아킬레우스에 비하여 약하다는 사실을 어느 정도 인식하고 있다는 데에 헥토르의 불행과 비극이 있다. 그는 헬레네를 납치해 와서 나라를 재난에 빠뜨린 분별없는 동생 파리스에 대해 원망하는 마음을 마음껏 표현하지도 못하고, 파리스나 헬레네에 대해서 관용적이고 균형 잡힌 태도를 보이려고 애쓴다. 그의 죽음을 미리 예감하며 젖먹이 아들을 안고 매달리는 아내 안드로마케, 역시 자신만을 의지하는 늙고 힘 없는 아버지 프리아모스 왕, 어머니인 왕비 헤카베 사이에서 헥토르의 고뇌와 갈등은 깊어간다.

헥토르가 아킬레우스와 승산 없는 대결을 하게 되는 것은 '신들의 계책'에 의한 것으로 설정되어 있지만, 헥토르는 본인이 목숨을 잃을 것을 잘 알면서도 아킬레우스와 대결함으로써 죽음을 스스로의 운명으로 받아들인 것이다. 헥토르의 죽음과 아킬레우스의 관용에 의하여 헥토르의 시신이 반환됨으로써 커다란 갈등은 해소되고, 헥토르의 장례식과 함께 〈일리아스〉는 끝을 맺는다.

> "그러니 당신은 나의 아버님도 되시고 어머님도 되시고 또 형제도 되는 셈이에요. 그리고 무엇보다도 제가 의지하는 귀한 남편이시기도 합니다. 그러므로 제발 저를 가엾게 여기시고 지금 이 자리에, 이 보루에 머물러 계세요. 제발 이 어린 것을 고아로, 또 아내를 과부로 만들지 말아 주세요."

> "내 남편이여, 나와 어린 아기를 두고 어찌하여 떠나셨소. 우리 왕실과 일리아스의 기둥이 어찌하여 떠나셨소. 당신과 나의 아기는 자라지도 못할 것이오. 아니 정말 이 도성도 지켜 나가지 못하게 되었습니다."
>
> —안드로마케

> "아들 헥토르야, 많은 자식들 가운데 가장 너를 소중히 여겼는데 이렇게 되다니! 하지만 너는 살아 있는 동안 신들에게 사랑을 받고 있어서 이처럼 죽은 뒤까지 걱정해 주셨구나. 정말 우리 자식들은 아킬레우스에게 붙잡혀 쓸쓸한 바다 저 편의 사모스 섬이며 임브로스며 렘노스 섬 등으로 팔리기도 했다. 그런데 네 목숨은 파트로클로스를 되살아나게 하지는 못했다. 그러고 보니 싱싱한 너의 모습, 부르면 대답할 것 같은 너의 모습, 어쩌면 은의 활을 가지신 아폴론 신께서 부드러운 화살로 쏘아 죽이신 사람 같구나."

"헥토르님, 당신은 시아주버니들 가운데서도 유달리 소중한 분, 내 남편은 신으로도 보일 알렉산드로스(파리스)입니다. 그 사람이 나를 트로이로 데리고 온 사람이고 보면 나는 그 이전에 죽을 수 있었으면 좋을 것을. 그런데 그것도 벌써 20년 전의 일. 그 동안 당신은 저에게 훌륭한 시아주버니였습니다. 뿐만 아니라 시누이들이나 동서들이나 또 의리 있는 시어머님, 시아버님께서도 마찬가지로 언제나 부드러운 분이셨습니다. 그리고 나를 나무라시기라도 했을 때 꼭 당신은 부드러운 마음씨며 부드러운 말로 달래시고 마음을 돌려 주셨습니다. 그래서 더욱 쓰라린 마음으로 당신에 대해서, 또 운명이 기구한 내 몸을 슬퍼합니다. 이제는 이 넓은 트로이에 당신이 없는 것을 생각하면 내 가슴은 찢어질 것 같습니다."

―헬레네

어렸을 적에 학생판 〈호머 이야기〉라는 제목으로 흥미진진하게 읽었던 추억의 책이다. 아이들과 함께 이 책을 다시 읽게 되니 감개가 무량하다. 책을 읽고 난 다른 회원들도 〈일리아스〉가 이처럼 훌륭하고 중요한 작품인지 몰랐다는 의견들이 많았다. 역시 네오클은 '인생을 두 번 사는 길'이 아닐까!

〈일리아스〉를 통해 신화神話라는 것의 의미에 대해서 살펴보고 싶었다. 토론 주제로도 〈신화가 오늘날 우리의 삶에서 가지는 의미〉가 선정되었다. 아이들이 조금 어려워하기는 했지만, 신화 자체가 흥미 있는 소재이므로 마음껏 이야기할 수 있었다. 이와 함께 그리스 신화에 나오는 '파리스의 심판'의 의미, 그 선택이 오늘날의 인류의 발전과 어떠한 연관이 있는 것인가에 대해서도 토론이 이어졌다. 역시 아이들에게는 상당히 어려운 주제였다.

토론에 있어서 아이들에게 '상당히 어렵게' 이야기가 진행되는 점에 대하여는 여러 견해가 있을 수 있다. 아이들이 이해하기 어렵게 토론이 진행되어도 크게 나쁠 것이 없다는 것이 나의 개인적인 생각이다. 흔히 말하는 '아이들의 눈높이'나 '어린이용 고전' 등의 단계적 접근 방법은 오히려 중요한 점을 놓치거나 왜곡할 수 있다고 생각한다. 어려운 것은 어렵게 접근해야 하고, 전혀 이해되지 않는 과제와도 일단 그대로 부딪치는 것이 좋다고 본다. 이 세상에 전혀 이해되지 않는 어려운 이야기가 있다는 것을 아는 것만으로도 소득이 있다고 생각한다. 그런 상황을 자연스럽게 접하여 이해력을 높여 나갈 때, 아이들은 더욱 겸손하고, 단단하고, 의젓한 사람으로 자라날 것이다.

이번에 〈일리아스〉를 읽으면서 아내가 책에 나오는 복잡한 신들의 계보를 표로 만들어서 카페에 게시해 놓았다. 처음에는 아이들 공부에 도움이 될지 반신반의하며 네오클 활동에 그다지 적극적이지 않던 아내의 변신이 고맙다. 어떤 신이 누구와 결혼해서 누구를 낳고 하는 식의 복잡한 계보를 네 개의 표로 만들어 정리한 것이다. 컴퓨터 문서 작성도 익숙하지 않은데 얼마나 힘들었을까! 그

표가 실제 얼마나 도움이 될 것인지를 떠나서 그러한 정성만은 확실하게 도움이 될 것이다. 지극한 정성만이 아이들의 교육에 도움을 줄 수 있다고 생각한다. 과외선생을 구해 주거나 아이들을 학원에 차로 데려다 주거나 백일기도를 하는 것만이 교육을 위해 엄마가 할 수 있는 일은 아니다. 그런 일들은 상대적으로 쉬운 일들이다. 큰 도움이 되지 않는다고 생각한다. 그보다 훨씬 더 어려운 일을 아이를 위해서 해야 한다. 부모라면 평생을 통해 매우 어려운 책을 아이들과 함께 읽어나가는 일 같은, 자기 변화를 요구받는 지극히 어렵고 피곤한 길을 자기 자신을 위해서, 자녀를 위해서 걸어갈 각오가 있어야 한다고 생각한다.

플루타크 영웅전

플루타크 영웅전의 영웅들이 오늘날 우리들과 무슨 관련이 있는지에 관해 연결된 이해를 설명해 보고 싶었다. 오늘날의 민주주의와 공화제가 모두 이 시기에 성립된 것이라는 점을 대한민국 헌법 제1조를 통해 설명했다. 지금 우리가 살고 있는 법질서도 조선시대의 경국대전이나 고려시대의 법률과는 사실 아무런 관련이 없고, 차라리 수천 년 전의 로마법과 더 관련이 있다는 역사를 아이들에게 소개해 주고 싶었다.

저자 : 플루타르코스 ‖ 읽은 때 : 2003년 12월

서양에서 위대한 업적을 남긴 사람들 치고 어린 시절에 〈플루타크 영웅전〉을 읽지 않은 사람이 없고, 이 책으로부터 영향을 받지 않은 사람이 없다고 소개되는 책이다. 기원전 6세기에서 서기 전후까지 생존했던 그리스, 로마 인물들의 주로 전쟁에서의 업적과 공과功過를 다룬 것이어서 우리에게는 먼 이야기로 생각될 수 있다. 그러나 대한민국 헌법 제1조 제1항이 '대한민국은 민주공화국이다'로 규정하고 있는 것에서 알 수 있듯이 아테네의 민주주의, 로마의 공화정은 우리가 현재 살고 있는 세계를 형성하는 중요한 원리를 제공했고, 우리의 생활은 지금도 그 기본정신 아래에 놓여 있다. 〈플루타크 영웅전〉의 주인공들의 활약은 대한민국에 사는 오늘날의 우리와 매우 관련 있는, 중요한 사건들이라고 하지 않을 수 없다.

아테네와 로마에서 시작된 민주주의, 공화제는 로마제국과 중세를 거치면서 오랜 세월 속에 묻혀 있다가 르네상스와 계몽사상으로 부활하였고, 프랑스혁명을 통해 현실적인 정치제도로서 자리 잡게 되었

다. 오늘날 서양의 우위는 가까이는 근대 과학기술의 발달로 인한 제국주의의 무력에 힘입은 것으로 볼 수 있겠지만 그리스, 로마의 오랜 인간존중의 정신적인 전통을 무시할 수 없을 것이다. 근대에 이르러 시민혁명을 통하여 이를 피와 땀으로 실천하고 구현해 낸 서양인들의 업적에 존중감을 갖게 된다. 〈플루타크 영웅전〉의 영웅들이 더욱 가깝게 느껴지는 이유다.

〈플루타크 영웅전〉의 영웅들이 활약하던 시대는 중국에서도 대표적인 전쟁 시기인 춘추전국시대인데, 춘추전국시대의 영웅들의 활약상을 그린 〈열국지列國誌〉〈초한지楚漢誌〉의 영웅들과 비교해 보는 것도 흥미로울 것이다. '영웅'들의 이야기를 읽으면서 '영웅'이란 도대체 어떤 사람을 일컫는 것인지에 대해 생각하게 된다. 오늘날 '평범하게 살아가는' 현대인은 영웅이 아닌 것인가? 현대에 있어서는 영웅이 있을 수 없는가?

르네상스 시대를 연구한 부르크하르트에 의하면 '개인주의'라는 관념은 르네상스 시대에 와서야 처음으로 탄생했다고 한다. 〈플루타크 영웅전〉에 나오는 페리클레스의 시대의 아테네 시민은 페리클레스를 '나보다 우월한 다른 개인'으로 생각하지 않았을 것 같다. 페리클레스의 영광을 곧 자신의 영광으로 생각했을 것 같다. 알렉산더 대왕을 따라 인도에까지 원정해서 전쟁을 치른 이름 없는 병사들도 알렉산더 대왕의 영광을 당연히 자신의 영광으로 여겼을 것 같다. '영웅의 시대'에는 대개 그러했을 것이다. 그러나 각자가 스스로의 주인인 오늘의 우리는 다른 사람의 영광을 그대로 나의 영광으로 받아들일 수 없다. 영웅은 '영웅의 시대'에만 존재할 수 있다. 그렇다면 현대인을 〈플루타크 영웅전〉의 영웅들과 비교하여 영웅이 아니라고 단정하는 것은 정확하지도 공평하지도 않을 수 있다.

〈플루타크 영웅전〉에 나오는 여러 영웅들의 용기와 지혜, 희생정신, 웅변이나 무술에 대한 열정적인 노력은 오늘날의 우리에게도 모두 가치 있는 중요한 덕목이다. '개인'의 시대에 사는 현대인들도 모두 힘써 새로운 의미에 있어서의 '영웅'이 되고자 애써야 할 것이라고 생각한다. '영웅'은 모든 인간이 스스로의 내부에서 발견하고 싶은 최고의 '인간상'이라고 정의 내려본다.

···

〈플루타크 영웅전〉의 영웅들이 오늘날 대한민국에 사는 우리들과 무슨 관련이 있는지에 관해 연결된 이해를 설명해 보고 싶었다. 오늘날의 민주주의와 공화제가 모두 이 시기에 성립된 것이라는 점을 대한민국 헌법 제1조를 통해 설명했다. 지금 우리가 살고 있는 법질서도 조선시대의 경국대전이나 고려시대의 법률과는 사실 아무런 관련이 없고, 차라리 수천 년 전의 로마법과 더 관련이 있다는 역사를 아이들에게 소개해 주고 싶었다.

이번에도 큰아이 정석에게 특별연구 과제를 부여했는데, 제목은 〈그리스 역사〉였다. 아테네 정치체제의 발전, 페르시아 전쟁과 아테네 제국의 탄생, 펠로폰네소스 전쟁 전후 그리스 세계, 마케도니아 왕국의 그리스 제패 등으로 나누어 요약 설명했다. 처음 발표할 때보다는 훨씬 여유가 있어 보인다.

네오클을 처음 시작한 2003년 한 해가 저물었다. 올해를 마감하는 토론모임이 끝나고 참석자 11명이 분당도서관 세미나실 앞과 도서관 정문에서 기념촬영을 했다. 이미 어두워졌고 바람도 차가웠지만 모두 함께 웃으며 네오클의 첫해를 축하했다. 처음부터 계획한 대로 3월부터 카페에 게재했던 독후감들을 모아 〈네오클 2003〉이라는 제목의 독후감모음집을 만들었다. 카페를 통해 독후감을 충분히 읽을 수 있지만, 책의 형태로 받아보는 것이 아이들에게 색다른 성취감을 줄 수 있을 것이다. 편집, 표지 디자인도 모두 우리가 직접 진행했다. 편집이 엉성한 상태로 그대로 책을 묶은 형태이지만, 지금에 봐도 정감이 가고 대견한 452쪽 분량의 네오클의 첫 번째 독후감모음집이다. 책의 뒷 표지에는 토론모임 장소인 분당도서관의 전경 사진을 실었다. 그 책에 실린 아이들의 사진을 보면 아직 어린 아이 티를 벗지 못한 앳된 중학생 얼굴들이 애틋하기만 하다. 참으로 빠르게 흘러간 시간이다! 참으로 정겹게 보낸 세월이다!

프린키피아의 천재

'천재성'이란 무엇인가에 관해 아이들과 이야기하고 싶었다. 아이나 부모들이 흔히 부러워하기도 하는 '천재성'이란 도대체 무엇이며, 천재와 노력의 관계는 어떠한가에 대해 이야기하고 싶었다. 그러면서 자연스럽게 일상적인 학교 공부를 어떻게 할 것인가, 또 지적인 방면에서 사회에 어떻게 기여할 수 있을 것인가에 대해서도 이야기할 수 있었다.

● ●

저자 : 리처드 웨스트폴 ‖ 원제 : The Life of Isaac Newton ‖ 읽은 때 : 2004년 1월

뉴턴에 대해서는 '만유인력의 법칙'과 '미적분'을 발견한 가장 위대한 과학자, 수학자로 알고 있었지만, 이 책을 읽기 전에는 뉴턴의 일생이나 구체적인 업적에 대해 제대로 알지 못한 것이 사실이다. 뉴턴하면 역시 '사과' 이야기와 '만유인력'이라는 단어가 먼저 떠오른다. 대학교 초년생 시절 경제학원론 강의 첫 시간에 교수님이 '뉴토니안 패러다임Newtonian Paradigm'이라는 말을 여러 차례 하실 때 "경제학 시간에 왜 과학자 이야기를 하지?"라고 생각했던 부끄러운 기억이 새삼스럽게 떠오르기도 한다.

어떤 유명한 사람의 전기傳記나 어렸을 때 읽었던 많은 위인전들에 대해 생각해 보게 된다. 우리나라의 대표적 '위인'으로 일컬어지는 세종대왕이나 이순신 장군 같은 분들에 대해서도 사실은 피상적인 지식 수준의 이해에 그치기 쉽다. 그분들의 '위대성'은 어떤 것이며 어떠한 성장 과정, 어떠한 사고思考의 지향이 '위대성'의 바탕이 되는지를 깨닫는 것이 전기나 위인전을 읽는 가장 중요한 의미일 것이

다. 어떤 위인에 대한 전기를 읽고 난 다음에도 '위인'은 역시 그대로 '위인'이고, '나'는 여전히 '나'로 남아있을 뿐이라면 책을 읽은 의미는 없을 것이다.

이 책을 읽으면서 뉴턴에 관하여 새롭게 알게 된 사실은 많다. 뉴턴이 종교적으로 아리우스파 사상에 치우친 이단사상을 평생 동안 숨기면서 지내왔고, 조폐국 국장직을 26년간이나 맡으면서 화폐주조, 위폐사범을 처단하는 사법업무를 열정적으로 처리한 사실이 있고, 특히 왕립학회장직을 장기간 수행하며 동시대의 학자인 후크, 플램스티드, 라이프니츠 등과 정치적, 학문적인 암투를 벌인 점 등은 한 사람의 일생에 있어서의 명암을 전반적으로 이해하는 데 도움이 되었다.

그러나 가장 흥미 있고 감동적인 부분은 역시 뉴턴의 천재성과 그 천재성을 끝까지 밀고 나가 위대한 진리를 발견해 나가는 과정이다. '천재'라는 말의 사전적 의미는 '보통사람에 비하여 극히 뛰어난 정신 능력을 선천적으로 가진 사람'으로 되어 있다. 천재가 아닌 보통사람들이 천재인 뉴턴으로부터 어떤 시사示唆와 도움을 얻을 수 있을 것인지가 중요한 관심이다. "천재는 1%의 영감과 99%의 노력으로 이루어진다."는 교훈적인 말은 그 뜻이 모호해서 잘 이해되지 않는다. 노력을 너무 강조한 나머지 마치 열심히 노력만 하면 누구나 천재가 될 수 있는 것으로 오해할 여지도 있다고 생각한다. 차라리 '천재성'은 선천적으로 타고나는 것이지만, '떠오르는 섬광'을 인간 한계의 극단까지 밀어붙여서 업적으로 이루어내는 '인간적 능력'이 함께 갖추어져야 비로소 '천재'라고 설명해 보면 어떨까.

'천재성'이 자연적으로 우연히 주어진 자질인데 비하여 후자의 '인간적 능력'은 때로는 용기 있는 결단과 자기 희생이 요구되는 것으로 오히려 '천재'의 진정한 위대성을 느낄 수 있는 부분이라고 생각한다. 만약 뉴턴이 자신의 천재적인 자질을 적당하게 활용하여 학과공부에만 충실했다거나, 교수가 되기에 충분한 한두 개의 탁월한 논문을 제출하는 데 만족했었더라면 그 이후의 세계사는 다르게 전개되었을 것이다. '무한(Aleph)'을 연구하면서 인간정신의 심연深淵으로 스스로를 던져 넣어 미쳐 버린 천재 수학자 게오르그 칸토어Georg Cantor(1845–1918)의 경우도 '천재성'이 발휘된 '천재'의 한 예가 될 수 있다. 평범한 보통사람들이 '천재 이야기'에 흥미를 가지게 되는 것은 천재들의 놀라운 능력에 대한 경탄과 선망 때문이기도 하지만, 천재적 자질을 업적으로 이루어내고자 하는 자기희생의 인간적 면모에 이끌려서일지도 모른다.

자라나는 아이들에게 훌륭한 인물들의 전기傳記는 많은 도움이 될 것이다. 첫 번째로 아이작 뉴턴을 선정했다. 앞으로 네오클에서는 프란츠 파농, 모택동, 석가모니, 간디, 정약용 등 여러 사람의 전기를 읽게 될 것이다. 어렸을 적에 읽었던 많은 위인전이나 전기가 나에게 어떻게 작용했었던가를 되돌아보면서 고심하게 된다. 어떤 책을, 어떻게 읽었을 때 도움이 되었던가?

특히 뉴턴 하면 떠오르는 '천재성'에 관해 아이들과 이야기하고 싶었다. 아이들이나 부모들이 흔히 부러워하기도 하는 '천재성'이란 도대체 무엇이며, 천재와 노력과의 관계는 어떠한가에 대해 이야기하고 싶었다. 그러면서 자연스럽게 일상적인 학교 공부를 어떻게 할 것인가, 또 지적인 방면에서 사회에 어떻게 기여할 수 있을 것인가에 대해서도 충분히 이야기를 전개해 볼 수 있을 것이다. '천재성'에 대해서 아이들과 이야기하면서 어떤 결론을 도출하기는 쉽지 않았지만, 흔히 말하듯 '머리가 뛰어나게 좋은 사람'인 천재에 관하여 다각적으로 이야기하는 것은 재미있었다.

토론 주제도 주로 '천재성'에 관한 것이었다. (1)천재는 환경 또는 인간의 의지나 노력과 관련 있는 것인가, 아니면 이와 무관하게 선천적으로 타고는 것인가? (2)천재는 그 업적이 사회적, 인간적 가치를 지닌다는 것이 필수적 요소인가, 아니면 가치중립적인 자질로 보아야 하는가? (3)우리가 천재의 언행이나 그일대기를 읽으면서 정신적인 도움을 받을 수 있다면 어떤 부분일까? 등이었다.

'우리 아이가 혹시 천재가 아닐까?' 불필요하게 걱정하는, 부모들이 흔히 빠지기 쉬운 다양한 종류의 천재 신드롬, 영재교육의 필요성 등에 대한 이야기도 자연스럽게 흘러 나왔다. 이 점에 관하여는 아내의 독후감 중 다음 대목이 인상적이다.

"천재에게도 어느 정도의 환경은 필요하겠지만 우리가 요즘 생각하는 식의 영재교육은 그다지 중요한 환경이라고 생각되지 않는다. 천재는 영재교육보다 훨씬 상위의 능력이므로 그런 교육으로 천재를 도울 수는 없는 것이라 생각된다 (뉴턴은 기존의 수학책의 도움 없이도 더 진보된 수학적 업적을 이루었다). 천재를 돕는다는 것은 정말 어렵고 예민한 문제인 것 같다."

아무래도 아내는 영재교육 무용론에 가까운 의견인 듯하다. 천재가 겪을 수 있는 어려움에 대해서까지 다양하게 이야기하는 가운데 아이들도 '무조건 부럽기만 한' 천재 관념에서 벗어나, 무언가 조금은 마음 무겁게 생각했을 것이다. 아내의 독후감 마지막 부분에 그런 마음이 잘 표현된 것 같다.

"아직 규명 되지 않은 이 세상의 모든 것은 뉴턴을 생각에 잠기게 했다. 우리 스스로는 미처 알지 못하고 있던 우리 인간들의 고민을 혼자 짊어지고 힘겹게 살다 간 뉴턴에게 천재라는 찬사보다는 무한한 연민과 사랑과 존경을 보내고 싶다."

첫사랑

투르게네프의 〈첫사랑〉은 특히 소년적 감수성이 빼어난 작품으로서 학생들도 재미있게 읽을 것으로 기대했는데, 생각보다 아이들의 사춘기적 감수성 발달이 빠르지 않음을 느끼게 된다. (……) 중학교 3학년 학생에게 〈첫사랑〉은 과연 너무 어려운 책인가? 주인공 블라디미르의 나이와 거의 비슷한 것 같은데!

• •

저자 : 투르게네프 ‖ 읽은 때 : 2004년 4월

나는 들었노라

무심한 사람의 입에서

그녀가 죽었노라고

또한 나도 같이 무심하게

그 소식에 귀 기울였노라.

1978년 4월 15일로 날자가 기재된 대학시절 독후감 노트의 누렇게 바랜 한 페이지는 투르게네프의 〈첫사랑〉의 맨 처음 구절을 그대로 옮겨 놓고 있다. "사람의 가슴을 가장 설레게 하는 3음절로 된 단어는 무엇인가?"라는 퀴즈 문제가 출제된다면 그 정답은 바로 '첫사랑'일 것이다. 투르게네프의 〈첫사랑〉을 처음 읽던 스무 살 시절, '첫사랑'이라는 단어의 의미를 새롭게 이해하고 깨닫기 위해 애쓰던 힘겹고 아름다운 시간들이 다시 떠오른다. 그 감동의 무게를 이기지 못하여 여기저기 헤매 다니며 뜻 없이 중얼거리고 되뇌던,

"Que suis—je pour elle?(그녀에 있어서 나의 존재는 무엇인가?)"

　주인공 블라디미르가 지나이다의 집에서 놀다온 날 저녁에 처음으로 사랑에 빠져 잠을 이루지 못하고 뇌우雷雨의 밤을 새벽까지 뜬 눈으로 밝히는 대목, 지나이다의 말 한 마디에 높은 담장 위에서 그대로 뛰어내리다가 기절하는 대목, 지나이다가 '왕궁의 여왕 이야기'를 지어내어 '분수대에서 나를 기다리고 있는 남자'에게로 가겠다며 자신의 사랑과 고뇌를 슬프게 암시하는 대목 등 몸서리쳐질 정도로 정제된 장면들은 그 시절 이후 줄곧 문학적 아름다움을 가늠하는 변할 수 없는 기준으로 자리 잡았다.

　여주인공 지나이다는 빼어난 외모와 함께 발랄하면서도 종잡을 수 없는 모호한 매력, 영민함을 골고루 갖춘 사랑스런 스물한 살의 소녀이다. 그녀의 아름다움은 몰락한 귀족으로서의 상처 받은 명예심, 천박하고 품위 없는 어머니, 절박한 경제적 파탄 등 영락零落의 어두운 환경과 대조되어 더욱 눈부시게 빛난다. 블라디미르는 여신과도 같은 지나이다가 현실적인 힘과 남성적 매력을 모두 지닌 자신의 아버지와 서로 사랑하는 관계임을 알게 된다. 지나이다와 아버지가 만나는 장면을 우연히 엿보게 되는 블라디미르. 두 사람의 대화 내용은 제대로 들리지 않고 흐릿한 영상처럼 처리됨으로써 블라디미르 내면의 참혹한 충격은 오히려 가장 효과적으로 증폭된다. 아버지가 지나이다의 팔에 내리친 채찍 자국의 날카로운 상흔을 남긴 채 블라디미르의 소년 시절은 산산이 부서진다.

　블라디미르와 지나이다의 사랑이 대등하지 않은 것처럼 지나이다와 아버지, 아버지와 어머니의 사랑 또한 대등하지 않다. 사랑은 본래 불평등하기 때문에 비극적이고, 비극적이기 때문에 아름답다. 〈첫사랑〉에 등장하는 모든 인물들은 사랑으로 인하여 상처 받는다. 블라디미르, 지나이다, 블라디미르의 아버지, 어머니, 벨로브조로프, 루신,

마이다노프……. 모두 사랑으로 인하여 깊은 상처를 받는다. 그래도 첫사랑은, 사랑은, 과연 아름답기만 한 것인가? 사랑에 대해 고뇌하고 방황하던 젊은 시절을 통해 오래도록 위안이 되었던 글귀를 다시 떠올려 본다.

> 사랑이라는 것은 처음에 내가 두려워하면서 느낀 것과 같이 동물적인
> 어두운 충동도 아니고, 또 내가 베아트리체 상에 바친 신성한 정신적인
> 숭배도 아니었다. 오히려 사랑은 그 양쪽 모두였다. 그리고 또 그보다
> 훨씬 이상의 것이었다.
>
> ―헤르만 헷세, 〈데미안〉

러시아 문학은 2003년 5월 푸시킨의 〈대위의 딸〉에 이어 〈첫사랑〉이 두 번째이다. 앞으로 도스토예프스키, 톨스토이를 순차적으로 읽어 나가야 할 것이다. 아이들이 문학의 재미를 느끼기에는 특히 러시아 문학이 가장 좋다고 생각한다. 결국은 모두 다 읽어야겠지만 일단 러시아 문학 중에서 〈죄와 벌〉, 〈전쟁과 평화〉, 〈카라마조프 형제들〉, 〈안나 카레니나〉 등을 어떤 순서로 배열해야 할 것인가를 정해야 할 것 같다!

투르게네프의 〈첫사랑〉은 특히 소년적 감수성이 빼어난 작품으로서 학생들도 재미있게 읽을 것으로 기대했는데, 생각보다 중학생들의 사춘기적 감수성 발달이 빠르지 않음을 느끼게 된다. 남녀 간의 사랑에 대한 이해의 어려움을 토로하는 작은아이 민석의 독후감이 인상적이다.

"이 책의 주제—사랑이라는—가 나를 더욱 버겁게 한 것 같다. 나의 부족한 인식 능력 중에서도 이 사랑에 대한 나의 인식은 아주 미미한 것이어서 이 책에 나온 사랑을 이해하기에는 역부족인 것이다."

중학교 3학년 학생에게 〈첫사랑〉은 과연 너무 어려운 책인가? 주인공 블라디미르와 거의 비슷한 나이인 것 같은데!

이번 달부터는 매월의 토론모임에서 아이들이 돌아가면서 사회를 보기로 했다. 학생회원들이 서로 사회자를 하겠다고 지원을 해서 순서를 정하여 한 해 또는 6개월 단위로 정하여 번갈아가면서 사회를 보기로 했다. 매월 사회자를 바꾸는 것보다 진행에 어느 정도 익숙해질 수 있도록 연속해서 사회자를 맡는 것이 도움이 될 것 같아서이다.

삶과 언어

자라나는 아이들에게 "언어란 무엇이라고 생각하는가?"라는 질문을 던져 보는 것 자체가 의미가 있다고
생각한다. 모 대학에서 교양과목 교재로 사용하는 책을 소개 받았는데, 중학교 학생들에게는 조금 어려
울 수도 있지만 그대로 진행했다. 아무리 어려운 책이라도 "언어가 해독 가능한 한 이해하지 못할 것이 없
다."는 기백과 인내심으로 책을 읽어야 한다고 생각한다.

●●●

저자 : 박희석 · 장복명 ‖ 읽은 때 : 2004년 5월

'인간의 기원은 언어의 기원(Human origin is language's origin)'이라
는 말처럼, 언어 능력은 인류만이 갖고 있는 상징화의 능력, 즉 사물
에 의미를 부여하는 능력에서 나왔다고 한다. 언어가 처음에 어떻게
생겨났는지, 언어와 인간 정신은 어떠한 관련이 있는지는 궁금한 문
제이다. 언어와 사고思考는 분리할 수 없다는 견해, 언어와는 관계 없
는 비언어적 사고, 비지적非知的 사고가 있다는 등의 다양한 견해가 있
다. 여하튼 인간이 어떤 정신적 발달로 인하여 언어를 사용하게 되었
으며, 거꾸로 언어는 다시 인간 정신에 어떠한 영향을 미치는지는 흥
미롭지 않을 수 없다.

언어나 문자가 인간의 사유 패턴에 영향을 미친다는 것에는 쉽게
생각이 미친다. 언어를 사용하게 된 이후에 '언어로 인해' 인간은 비
로소 진정한 사유를 시작했을 것 같다. 문자도 마찬가지다. 자신이 한
번 내뱉은 말이 허공에 흩어져 사라져 버리는 것이 아니라, 저장되고
축적될 수 있다는 새롭고도 놀라운 가능성은 거꾸로 언어와 사유에

거대한 충격과 변화를 주었을 것이다. 문자가 없다면 당연히 글을 쓸 수도 없겠지만, 그렇다고 그 내용을 말로 하고 살지도 않았을 것 같다. 언어와 문자 때문에 비로소 가능하게 된 생각이 많을 것이기 때문에, 언어와 문자를 사용함으로써 생각의 분량은 비약적으로 늘어났을 것이다.

당연히 문자가 없었던 시대에 라스코 동굴의 벽화를 그렸던 구석기시대 인들은 서로 어떤 말을 주고받았을까? 예술에 관한 아주 어려운 대화를 나누면서 동굴 벽에 그림을 그리고 있었던 것이 아니라, 그들은 거의 말을 하지 않고 지냈을 것 같다. 개나 오리 같은 동물이 이솝우화에서처럼 말을 하지 않는 것은, 할 말이 아주 많은데 단지 말할 능력이 없어서가 아니라, 사실 할 말이 별로 없기 때문이다. 석기시대의 사랑하는 두 남녀가 연애편지 같은 것을 주고받지 않았던 것은 종이나 펜 또는 문자가 없어서이기도 하지만, 사실 그들은 연애편지에 쓸 만한 내용을 말로도 하지 않고 살았으며, 사랑의 고백 같은 것도 결코 하지 않았을 것 같다.

종이나 펜 또는 문자의 발명은 연애편지를 써서 교환하거나 사랑을 고백할 수도 있는 새로운 마음과 정신적 경향을 만들어내고 그러한 방향으로 인간을 변화시켰을 것 같다. "미디어는 메시지다!"라는 마셜 맥루언의 유명한 말이 생각난다. 말과 글과 종이뿐 아니라 그 이후의 인쇄술, 타자기, 전화, 녹음기, 라디오, 텔레비전, 컴퓨터, 인터넷의 발명도 모두 마찬가지다. 붓, 새의 깃털, 파커만년필, 컴퓨터 자판을 이용하여 쓴 시詩는 모두 서로 다른 정신세계에 속해 있을 것이다.

언어와 문자가 인간 정신의 가장 최종적이고 고도高度의 표현수단인 것인가? 우리는 언어와 문자를 이용하여 소통하고 사고하고 꿈도 꾼다. 그러나 또한 비언어적 표현의 중요성이 더욱 강조된다는 것은 우리 정신의 많은 부분은 여전히 언어 이외의 영역에 속해 있음을 말해준다. 몸짓이나 표정, 울음, 춤, 음악 연주, 그림 그리기, 만들기, 달리기 등.

노자의 도덕경에서는 언어에 대해 부정적으로 표현하고 있다.

道可道 非常道.

도를 도라고 말할 수 있다면, 그것은 참 도가 아니다.

知者不言, 言者不知.

아는 자는 말하지 않고, 말하는 자는 알지 못한다.

이는 언어 이전의 인류로 돌아가야 한다는, '언어의 부정'을 주장하는 것으로 생각되지는 않는다. 언어의 제한성을 지적하는 언설 또한 하나의 '언어적 행위'임을 피할 수 없다. 언어나 개념의 제한을 벗어나고자 할 때 인간 정신의 더욱 정밀하고 지극한 경지로 나아갈 수 있다는 뜻이라고 이해한다.

언어학에 관한 입문서를 통해 '언어'에 대해 생각할 기회를 갖기 위해 일부러 선택한 책이다. 자라나는 아이들에게 "언어란 무엇이라고 생각하는가?"라는 질문을 던져 보는 것 자체가 의미가 있다고 생각한다. 모 대학에서 교양과목 교재로 사용하는 책을 소개 받았는데, 중학교 학생들에게는 조금 어려울 수도 있지만 그대로 진행했다. 아무리 어려운 책이라도 "언어가 해독 가능한 한 이해하지 못할 것이 없다."는 기백과 인내심으로 책을 읽어야 한다고 생각한다. 생각했던 것보다 아이들도 '언어'에 대해 상당히 큰 관심이 있다는 것을 진행 과정에서 느꼈다. 중학교 3학년인 작은아이 민석이도 그런대로 책을 읽은 것 같다. 오히려 이 책을 통해 독창적인 생각과 글쓰기의 실마리를 잡은 듯하여 반가웠다.

"〈삶과 언어〉는 언어에 대한 많은 이론들로 나에게 새로운 시각을 갖게 했고 정말 공감이 가는 부분도 있었지만, 학문적이고 전문적이어서 혼란스러운 부분도 없지 않았다. 그러던 차에 이 책의 제목인 '삶과 언어'에 대해 생각해 보게 되었다. 책을 읽어 얻은 정보도 정보지만 이번 독후감은 텍스트에 관련 없이 나의 삶과 관련 지어 써볼까 한다."

민석의 독후감에 어떤 독창적인 생각이 새롭게 등장한 것은 아니었지만, 아무튼 주체적으로 생각하고 글을 쓰겠다는 결의 같은 것이 느껴져서 보기 좋았다. 민석의 말대로 텍스트라는 것은 그 자체가 중요한 것이 아니라, '생각의 재료'가 될 수 있다는 점에서만 중요한 것이 아닌가!

마침 언어학을 전공한 회원이 있어서 토론모임 초반에 언어학의 기본적인 내용에 대한 간략한 설명을 미리 부탁하였다. 1.언어란 무엇인가? 2.언어능력이란 무엇인가? 3.언어학은 무엇을 연구하는 학문인가? 4.언어학 지식이 우리의 생활에 어떤 도움을 줄 수 있을까? 네 개의 제목으로 나누어진 설명이었다. 딱딱한 설명일 수 있지만, 선생님이 아니라 평소에 잘 아는 친근한 어른의 설명이어서 그런지 학생들도 집중하는 것 같았다. 사실 언어학에 대한 지식의 전달이 중요하다기보다는 이와 같이 어떤 것에 대하여 진지하게 탐구하고 생각한다는 분위기의 전달이 더 중요할 것이다!

토론에서는 '(1)세대언어 또는 은어 사용의 문제점, (2)외국어 습득 시기에 관한 것으로서 조기영어교육 문제, (3)언어와 사고와의 관계'가 주제였다. 세 주제 모두 결론을 내리기 쉽지 않은 주제였고 꽤 산만하게 토론이 진행됐지만, 어쨌든 참석자 모두가 언어에 대해서 한참 동안 진지하게 몰입하면서 생각해 볼 수 있었다는 점이 큰 수확이었다.

나는 내가 아니다

청소년기의 자아 정체성의 문제를 아이들과 함께 이야기해 보고 싶었다. 식민지의 유색인종이라는 불우한 조건에서 태어나 정체성에 대한 심한 고민을 뚫고 일어서 치열한 삶을 산 프란츠 파농의 전기가 적당해 보였다. 아프리카 흑인이면서 자랑스러운 프랑스 국민이었고, 고등교육을 받은 의사이며 혁명가였던 프란츠 파농의 운명과 일생에 대해서 아이들이 한 번 생각해 보는 것만으로도 도움이 될 것 같았다.

● ●

저자 : 패트릭 엘렌 ‖ 원제 : 프란츠 파농 평전 ‖ 읽은 때 : 2004년 6월

프란츠 파농은 1925년 프랑스 식민지인 서인도 제도의 조그만 섬 마르티니크에서 흑인 아버지와 프랑스 백인 어머니 사이에서 태어났다. 아프리카 흑인, 식민지 출신이라는 제약을 뚫고 그는 의사로서, 인권 운동가로서 활동했다.

17세의 나이로 프랑스해방군에 지원하고, 제대 후 리옹의 의과대학을 나와 의사로 활동하다가 알제리민족해방전선FLN(Front de la Libération National)에서 알제리의 독립을 위해 활동하게 된다. 아프리카 흑인이자 식민지 출신인 프란츠 파농의 '나는 누구인가'에 대한 정체성의 혼란은 저자 패트릭 앨런이 붙인 제목 〈나는 내가 아니다〉에 압축되어 있다. 프란츠 파농의 다른 저서의 제목 〈검은 피부, 하얀 가면〉도 마찬가지다.

프란츠 파농이 일생을 통하여 가장 큰 영향을 받은 인물은 동향인 마르티니크의 시인이자 정치가 에메 세제르와 프랑스의 대통령을 지낸 샤를 드골이다. 그가 에메 세제르의 네그리뛰드Négritude(흑인성黑人性

복권운동)를 통하여 자신의 태생적인 정체성에 관하여 깨달았다면, 드골을 통해서는 '자유'라는 보편적 가치를 이해하고 받아들이게 된다. 자신의 정체성에 대한 내면적 각성을 통해 이해된 자기 자신을 보편적인 가치를 향해 마음껏 열어 보인다는 것은 자기실현의 일반적이고 자연스러운 과정일 것이다.

프란츠 파농의 인물됨은 독불장군식의 추진력을 가진 열정적이고 투쟁적인 성격으로 묘사되어 있다. 우리네 동양적 덕목인 사회적 원만성과는 거리가 멀어 보인다. 알제리의 블리다조앵빌 정신병원에서 주변과 불화를 일으키며 미친 듯이 정열적으로 일하는 그의 모습은 조직이나 단체의 일원으로서 협력과 조화를 강조하는 우리 현실에 비춰볼 때 여러 가지 생각을 하게 한다. 우리가 가까운 주변에서 프란츠 파농 같은 사람과 함께 일하게 된다면 어떠한 평을 하게 될 것인가. "사람이 능력은 좀 있는지 모르지만 인간성이 영 덜 되어먹었다."든지 "혼자만 잘난 척하는 약간 미친 사람"으로 쉽게 매도할 수도 있겠다는 생각이 든다.

무섭도록 강하고 단호한 그의 성품은 개인적인 안위나 평안을 박차고 나가 항상 더 위험하고 벅찬 투쟁 속으로 스스로를 던져 넣는다. 통합 아프리카 연합국가 건설과 흑인 주권을 위해 끝까지 투쟁한 프란츠 파농은 백혈병으로 미국 워싱턴 D.C.에서 치료받다가 1961년 12월 6일 36세로 사망했다.

> 내가 말하고 싶은 것은 죽음은 언제나 가까이 있다는 것이니, 중요한 것은 그것을 피할 수 있는가 없는가가 아니라, 내가 죽기 전에 나 자신의 사상을 실현시키기 위해 최선을 다했다는 것을 인정할 수 있어야 한다는 것이네. 만약 사람이 무엇보다 대의의 노예, 다시 말해 인민의 대의, 정의의 대의, 해방의 대의를 위한 노예가 되지 않는다면 우리는 이지구상에서 쓸모없는 인간인 것이네.

　프란츠 파농과 마찬가지로 식민지의 유색인종으로 태어나 조국 인도의 독립투쟁에 헌신한 마하트마 간디의 일생과 비교하게 된다. 식민지 유색인종으로서의 정체성에 대한 고민, 강인하고 단호한 투쟁 정신, 이상주의적 경향 등 여러 가지로 비슷한 점이 떠오른다. 개인적 안위를 떨쳐 버리고 많은 사람들을 위하여 스스로를 헌신한 보기 드문 사람의 평전을 읽으면서 '먹고 사는 문제'에 골몰하는 우리의 일상을 다시 돌아보게 된다.

　　나는 그의 목숨을 앗아간 바로 그 정열에 감격했다.
　　그는 다른 사람들에게 그 정열을 나누어 주었다.
　　파농과 함께 있던 사람은 삶이 비극적 모험이요, 때론 공포지만,
　　무한한 가치를 지니고 있다는 것을 느꼈을 것이다.

—시몬 드 보부아르

사실 프란츠 파농이라는 인물에 대해 이전에는 전혀 알지 못했는데, 네오클 도서를 선정하기 위해 이리저리 검색하는 과정에서 이 책을 발굴하게 되었다. 청소년기의 자아 정체성의 문제를 아이들과 함께 이야기해 보고 싶었다. 식민지의 유색인종이라는 불우한 조건에서 태어나 정체성에 대한 심한 고민을 뚫고 일어서 치열한 삶을 산 프란츠 파농의 전기가 적당해 보였다. 아프리카 흑인이면서 자랑스러운 프랑스 국민이었고, 고등교육을 받은 의사이며 혁명가였던 프란츠 파농의 운명과 일생에 대해서 아이들이 한 번 생각해 보는 것만으로도 도움이 될 것 같았다. 별다른 의식 없이 '언제까지나 어린애 같이' 공부에만 매달리는 요즘 아이들 앞에 '정체성'이라는 개념을 던지고 싶었다. 작은아이 민석의 독후감 마지막 대목처럼 '정체성'에 대해 어느 정도 생각해 볼 기회가 되었을까?

"끝으로 〈나는 내가 아니다〉는 내게 '정체성'이란 과연 무엇인지 명확히 알 수 있게 해 줬다는 점에서 내가 읽은 다른 전기와는 차별된다고 할 수 있다."

우선 '정체성', '정체감'이라는 개념 자체도 익숙하지 않은 것이기 때문에 도움말이 필요했다. 심리학을 전공한 회원께 부탁하여 토론모임 초반에 간략한 설명 시간을 가졌다. 에릭슨의 8단계 발달이론 중 청년기의 아이덴티티 개념, 마르시아의 정체성 이론 중 정체성 위기에 대처하는 네 가지 주요 방식 등에 대한 설명이었다.

에릭슨의 8단계 발달이론에 따르면 청년기에 '정체성'의 개념이 등장한다는 것이다.

"사춘기 동안의 급격한 신체적 변화는 정체감의 혼란을 가져오며 너무나 급격한 성장과 자신 앞에 놓인 무한한 가능성 때문에 오히려 압도 당하게 된다. 이 시기에 역할 혼란이라는 위기를 겪게 되는데, 이는 정체감을 형성하지 못해 자신이 속한 집단이나 군중의 영웅에게 감정적으로 과잉동일시하게 된다. 청소년들은 정체감 혼란에 대한 방어로서 자신과 다른 사람에 대해 배타적이고 무자비하며 매우 당파적이고 편협한 태도를 나타낼 수 있다.”

　나도 처음 듣는 설명이었지만 흥미 있게 들었다. 그러나 정체성과 자아와의 관계에 대한 설명은 너무 어려웠다. 이야기가 너무 어렵게 진행되는 것 같아, 정체성에 대하여 조금 쉽고 소박하게 진행 방향을 돌리기도 했다. 청소년기에 가졌던 장래에 대한 ‘꿈’에 대하여 서로 돌아가며 가볍게 이야기하면서 경험적으로 이해할 수 있는 ‘정체성’에 대하여도 접근해 보았다. 아이들이 엄마, 아빠, 아저씨, 아주머니의 청소년기의 ‘꿈’에 대해서 자연스럽게 들을 수 있는 시간이었다. 조심스럽게 이야기하는 아이들의 ‘꿈’에 대해서도 재미있게 들었다.

검은고양이

문학을 전공한 회원께서 아이들을 위해 〈단편소설의 다섯 가지 규칙〉과 〈추리소설의 역사〉에 대해 간단한 설명을 해 주었다. 아이들을 위한 이러한 노력이 너무 작위적이라거나 역효과가 날 수 있다는 비판적인 견해도 있을 수 있다. 실제로 진행해 본 입장에서도 단언할 자신이 없다. 한 가지 말할 수 있는 것은 교육적인 어떤 시도의 성패나 가치를 '이론적으로만' 접근할 수는 없다는 것이다.

●●●

저자 : 에드거 앨런 포우 ‖ 읽은 때 : 2004년 7월

〈검은 고양이〉에는 고양이가 두 마리 등장한다. 만취한 '나'에 의하여 한쪽 눈이 도려내진 후 나뭇가지에 목매달려 죽은 첫 번째 검은 고양이 '플루토'와 그 이후 술집에서 우연히 발견하여 집으로 데리고 온, '플루토'와 거의 닮은 두 번째 검은 고양이다. 두 번째 고양이를 도끼로 죽이려다가 이를 말리는 아내를 살해하게 된다. 두 마리의 고양이를 상대로 두 번의 악행이 반복되는 구조다. 두 번이라는 횟수는 이 경우 최대의 숫자로서, 인간의 운명적 악성惡性을 표현한다. 첫 번째 악행에 따른 피해와 여러 가지 불길한 전조前兆, 주인공의 회오悔悟로 두 번째 악행을 중지할 법도 한데 피할 수 없는 운명적인 힘에 이끌리게 된다.

고양이의 눈을 칼로 도려낸다든가, 아내를 살해한 후 시체를 유기하는 잔인한 묘사는 당시 미국인들을 짓누르고 있던 불안과 공포, 죄의식에서 나왔을 것이다. 특히 불에 타고 남은 벽에 나타난 목에 밧줄을 감은 고양이 상과 두 번째 검은 고양이의 배 부분에 새겨진 교

수대絞首臺 형상의 흰 반점 무늬는 거의 같은 시기에 발표된 호오도온 Nathaniel Hawthorne의 〈주홍글씨〉에서 반복적으로 등장하는 교수대 장면을 연상하게 한다. 공포와 불안은 모든 인간의 잠재의식에 내재한 것이기도 하지만, 당시 미국 사회를 지배하던 기독교에서의 죄의식이 크게 반영된 듯하다.

〈검은 고양이〉뿐 아니라 포우의 다른 단편소설도 섬뜩한 범죄를 소재로 하거나 공포스럽고 기괴한 분위기를 담고 있다. 포우가 꼭 그와 같은 소재를 택하게 된 것은 어린 시절부터의 불행하고 불안정한 환경에서 비롯된 면도 있겠지만, 근본적으로는 서구 기독교 문화의 바탕에 흐르고 있는 죄악 사상 때문일 것이다. 포우는 매우 불우한 환경에서 자랐고 경제적 어려움, 마약, 알코올 중독 등의 어려운 상황을 겪었다. 그는 1849년 여행 중 볼티모어에서 술에 만취되어 의식불명인 상태에서 거리에 쓰러져 정신병원으로 옮겨졌으나 회복되지 못하고 정신착란 증세를 보이면서 사망했다고 한다.

〈검은 고양이〉의 치밀한 구성에 감탄하면서 생활의 어려움과 정신적 고통을 극복해낸 외로운 천재의 일생에 대해 생각하게 된다. 술에 만취되어 끔찍한 범죄를 반복하는 '나'는 포우의 자화상일지 모른다. 포우의 말년 작품인 〈검은 고양이〉를 보면서 포우가 일생에 걸친 불안과 고통을 이 작품을 통해 극복해냈을 것이라는 생각이 들었다. 알코올 중독자나 미치광이로서는 〈검은 고양이〉 같은 작품을 결코 쓸 수 없을 것이다. 고통과 불안정을 이겨낸 인간성의 고귀함과 고도의 정신력이 느껴진다. 인간의 본원적인 악惡의 문제와 정면으로 대결하여 간결하고 정제된 단편으로 형상화해낸 〈검은 고양이〉는 과연 천재적이고 선구자적인 작품이라고 생각한다.

포우가 발견해 낸 아름다움은 그 반면反面인 괴로움과 고통, 공포로 표현된다. 우리는 그 반면을 보고 그저 '기괴하다'고 느낄 뿐이다. 포우가 제시한 '아름다움'은 당대는 물론 그가 죽은 후 1세기가 지날 때까지 올바르게 평가되지 못했다고 한다.

　포우 사후에 출판된 시 〈에너벨 리〉에서처럼, 그의 사랑과 아름다움의 한 가운데에는 죽음과 이별이 놓여 있다. '바닷가 무덤 내 신부의 곁에 누워', 분리될 수 없는 영혼끼리의 사랑을 나누는 모습이야말로 포우 자신이 살아온 인생의 모습일 것이다.

섬뜩하고 괴기스러운 〈검은 고양이〉를 비롯한 포우의 단편소설들을 읽고 우리는 어떠한 느낌을 받을 수 있을까? 자라나는 아이들은 또한 어떠한 느낌을 받을 수 있을까? 궁금하고 흥미진진하지 않을 수 없다. 작품이 재미있다고 생각해서 그런지 지금까지의 토론모임 중 최대 인원인 17명이 참석했다.

아이들이 괴기한 이야기나 추리소설에 흥미를 가질 수 있기 때문에 그러한 흥미를 좀 더 심화시켜 생각해 보면 좋을 것이라고 생각했다. 큰아이 정석의 독후감에도 자신의 느낌을 심화시키려는 시도가 보인다.

"잘은 모르겠지만 뭔가 심리학과 관련된 내용 같다는 느낌을 받았다. 주인공들 중 대부분은 이상한 증세를 보이며 사람을 죽이거나 자신의 원수에게 잔인하게 복수한다. 우울, 공포가 지배하는 소설의 전반적인 분위기도 확실히 추리소설이라기보다는 괴기소설에 좀 더 가깝게 하는 이유 같다."

작은아이 민석도 상당히 길게 독후감을 썼다. 포우 소설의 특징으로서 '짧음', '공포', '표현 방법' 등으로 제목을 붙여 가면서 나름대로 분석적인 틀로 쓴 독후감이다. 조금 작위적으로 보이기도 하지만 진지하게 연습하려는 모습이라고 좋게 이해한다. 의무적으로 쓰든 억지로 쓰든, 어쨌든 어떤 것을 흉내 내는 것이 아니라 스스로 생각하고 써 본다는 것은 정신이 성장하는 바탕이 될 수 있다고 믿는다.

이번에도 문학을 전공한 회원께서 아이들을 위해 〈단편소설의 다섯 가지 규칙〉과 〈추리소설의 역사〉에 대해 간단한 설명을 해 주었다. 아이들을 위한 이러한 노력이 너무 작위적이라거나 역효과가 날 수 있다는 비판적인 견해도 있을 수 있다. 실제로 진행해 본 입장에서도 단언할 자신이 없다. 한 가지 말할 수 있는 것은 교육적인 어떤 시도의 성패나 가치를 '이론적으로만' 접근할 수는 없다는 것이다. 어떤 프로그램이냐 하는 내용도 중요하지만, 어떤 태도로 정성을 기울여 진행하느냐가 중요함은 물론이다. 어떤 일률적인 방법론 같은 것을 자신 있게 주장할 수 없는 어려운 부분이다.

모택동 자서전

이번 기회에 평소 중국에 관심이 많은 작은아이 민석에게는 김하중 주중대사가 쓴 〈떠오르는 용 중국, 騰飛的龍〉을 선물해 주었는데, 매우 재미있게 읽고 독후감에서도 많이 언급했다. 큰아이 정석에게는 위 〈다큐멘터리 중국 문화대혁명〉을 소개해 주었는데 역시 긴박한 중국의 문화대혁명 이야기를 흥미 있게 읽은 것 같았다. 〈모택동 자서전〉과 함께 읽으면서 중국에 대해 관심을 가지는 데 도움이 되었으리라 생각한다.

저자 : 모택동 ‖ 읽은 때 : 2004년 8월

모택동은 1920년대부터 중국 공산당의 지도자로 부상하면서 공산당을 이끌어 왔고, 1949년 중국을 통일한 이래 1976년 사망할 때까지 계속 중국의 최고 지도자로 군림했다. 모택동을 이해하기 어렵다는 것은 그가 공산주의 이론가이자 실천적 지도자라는 측면과 함께 중국의 역대 황제 중의 한 사람에 해당하는 특성을 복합적으로 지녔기 때문으로 볼 수도 있을 것이다. 실제로 존 킹 페어뱅크는 모택동을 한 고조, 명 태조 또는 진시황이나 수 양제와 비교하기도 한다. 즉 모택동을 이해하는 데는 광대한 영토와 유구한 역사를 지닌 '중국'이라는 나라를 통째로 이해하는 것과 맞먹는 어려움이 있다는 것이다.

〈모택동 자서전〉은 소년기와 청년기의 모택동에 대하여 청조 말과 신해혁명 직후의 혼란과 피폐에 빠진 민족을 구하겠다는 열정으로 가득한 순수하고 총명한 인물로 묘사하고 있다. 특히 국민을 구해낼 힘을 기르기 위하여 중국 최초로 도덕성을 갖춘 군대라는 홍군紅軍을 육성하면서, 병사들과 함께 똑같이 먹고, 자고, 입으며 감화를 넓혀 나가는 젊은 시절 모택동의 모습은 당시 중국 민중의 입장에서 가장 존경할 만한 애국적인 정치인의 모습이었을 것이다. 끊임없는 독서와 사색, 열정적인 토론을 통하여 민족의 앞날을 구상해 나가는 모습, 가족과 동료가 죽어나가는 대장정의 고난 속에서도 전혀 굴하지 않고 의연하게 시를 쓰는 모택동의 모습, 그 신념과 열정에 찬 모습은 대장정 직후 모택동을 방문하여 수 개월간 함께 머물면서 〈서행만기西行漫記〉를 쓴 에드거 스노 등 서방 언론에 처음으로 비쳐진 모택동의 일관된 긍정적인 모습이기도 하다.

책은 당시 중국의 끝없는 혼란을 종식시키고 통일과 안정을 확보할 수 있는 가장 유효한 방안을 스스로 창안해내고, 성공적으로 실천한 점을 강조하고 있다. 모택동에 있어서 공산주의란 방편에 불과했을 수 있고, 그의 진심은 민중에 대한 뜨거운 사랑에서 출발했을 것이다. 뛰어난 지적 능력, 엄청난 독서와 사색을 통하여, 그는 앞이 보이지 않는 현실을 뚫고 먼 미래를 내다볼 수 있었고, 승리에 대한 확신을 가질 수 있었을 것이다.

그러나 중국 통일 이후의 모택동에 대해서는 대체적으로 부정적이고 비판적인 시각이 많은 것 같다. 50년대의 대약진운동, 60년대의 문화대혁명, 70년대의 비림비공非林非孔 운동은 모택동의 중대한 과오로 평가되고, 그 시기의 비도덕적인 사생활에 관하여도 비판이 제기되었다. 모택동이 위와 같은 과격한 혁명운동들을 약 7년의 주기로 계속 추진한 것은 단순히 스스로의 신격화나 권력 투쟁을 위한 것이 아니라 중국의 특수한 사정 때문이라는 견해도 있다. 즉 실용노선만 가지고는 언제라도 다시 혼란에 빠질 수 있는 중국의 특수한 현실에서, 국가 통합을 위하여 현대화와 공산화라는 두 가지 과제를 동시에 추구할 수밖에 없는, 모택동의 입장에서는 실용노선과 혁명 사이에서의 줄타기가 피할 수 없는 최선의 선택이었다고 평가하는 견해가 그것이다. 그러나 모택동 사후의 중국의 개방화와 그 이후 구소련의 해체로 대변되는 공산주의 몰락의 결과를 이미 모두 알고 있는 우리로서는 과격한 혁명운동의 오류와 비인간적인 만행, 가정의 파괴, 모택동 개인숭배와 신격화의 시대착오를 지적하지 않을 수 없을 것이다.

어떤 사람에 대해서나 그런 평가가 가능하겠지만, 모택동도 '훌륭한 만큼만 훌륭하고, 훌륭하지 않은 만큼은 훌륭하지 않은' 사람에 지나지 않을 것이다. 그는 비상한 사유思惟와 전략, 웅대한 신념으로 도탄에 빠진 중국 민중을 구해내고 안정시킨 위대한 정치가이지만, 그에게는 통합된 중국을 계속적인 혁명의 열기로 몰아넣어 수억의 인민을 새로운 공포와 비극에 빠뜨린 큰 잘못이 있을 것이다. 모택동을 훌륭한 '혁명가'로서의 역할에 머무는, 스스로의 한계를 지닌 인물로 평가할 수 있을까? 모택동이 중국을 통일한 후 당 태종 이세민李世民과 같은 대변신을 하지 못한 점을 비판한다면 이는 역사에 관한 지나치게 평면적인 비교일까?

···

모택동이라는, 아이들이 관심을 가질 만한 인물을 통해서 여러 가지 생각 거리를 끄집어 낼 수 있다고 생각했다. 아편전쟁, 신해혁명, 공산화에 이르는 중국의 근대사를 통해 중국이라는 나라에 대한 관심의 계기로 삼을 수 있고, 저절로 우리의 근대사와 비교해 보게도 될 것이다. 이를 위해서 중국의 근대사를 정리한 〈아편전쟁에서 중국 공산당의 통일까지〉라는 제목의 참고자료를 카페에 올려놓았다.

나부터가 중국에 대해서 아는 것이 없기 때문에 이 기회에 책을 몇 권 읽어보았다. 도서관에는 주로 나온 지 오래된 책들이 있었다. 1978년에 나온 〈모택동의 생애와 사상〉은 당시 우리나라 제1무임소 정책조정실장인 나창주羅昌柱가 쓴 책인데 유신시대라는 당시의 시대상황에도 불구하고 모택동에 대하여 상당히 객관적인 관점으로 서술하였고, 실무가답게 당시 중국의 정치적 동향을 정확하게 분석하려 애쓴 점이 보여 인상적이었다. 그 외에도 1985년에 나온 일본의 中鵪嶺雄이라는 사람이 편집한 〈중국혁명사〉, 1988년에 나온 중국 사회과학원 정치학 연구소장 엄가기嚴家其의 〈다큐멘터리 중국 문화대혁명〉을 읽었고, 존 킹 페어뱅크의 〈미국과 중국〉도 대강 훑어보았다.

이번 기회에 평소 중국에 관심이 많은 작은아이 민석에게는 김하중 주중대사가 쓴 〈떠오르는 용 중국, 騰飛的龍〉을 선물해 주었는데, 매우 재미있게 읽고 독후감에서도 많이 언급했다. 큰아이 정석에게는 위 〈다큐멘터리 중국 문화대혁명〉을 소개해 주었는데 역시 긴박한 중국의 문화대혁명 이야기를 흥미 있게 읽은 것 같았다. 〈모택동 자서전〉과 함께 읽으면서 중국에 대해서 관심을 가지는 데 도움이 되었으리라 생각한다.

토론 주제로는 상당히 어려운 것들이 선정되었는데, (1)중국에서 온건한 사회변혁이 아닌 폭력적인 공산혁명이 성공하게 된 배경은 무엇일까? (2)모택동과 같은 정치적인 인물에 대하여(중공군의 한국전쟁 참전과 같은) 주관적인 요인을 배제한 객관적인 평가가 가능할 것인가? (3)유구한 역사를 가지고 있고, 현재 급속한 경제발전을 이룩하고 있는 중국이라는 나라를 어떻게 보아야 하는가? (4) 최근 중국의 고구려사 왜곡을 어떻게 볼 것인가? 등에 대하여 이야기했다.

　모두가 너무 거창하고 어려운 주제들이라서 진행하기가 쉽지 않았다. 본론에서는 다소 벗어난 감이 있지만, (2)주제와 관련해서, 안중근과 이토 히로부미를 한국인과 일본인의 시각에서 각각 어떻게 볼 것인가? '오사마 빈라덴과 같은 테러리스트를 이슬람 세계의 시각에서 평가할 수 있을 것인가?'에까지 이야기가 옆으로 번졌다. 중구난방식의 토론이었지만 열띠게 이야기할 수 있었던 점이 오히려 좋았다. 어떤 타당한 결론을 내린다는 것에 의미가 있다기보다는 아이들에게 어떤 착잡한 의문 같은 것을 던질 수 있으면 족하다고 위안을 가져본다.

레미제라블

아이들의 입장에서 〈레미제라블〉을 전체적으로 이해하면서 받아들이기는 어렵더라도 자기 나름대로 재미있게 느껴지는 부분을 중심으로 읽어 나갈 수밖에 없을 것이다. 핵심적인 주제에서 벗어나더라도 큰 상관은 없다고 생각한다. 작은아이 민석의 독후감을 보더라도 〈레미제라블〉의 방대한 주제를 제대로 이해하지 못하는 것을 염려하면서, 주변적인 인물인 에포닌, 가브로슈, 질르노르망 등의 인물에 대한 느낌을 언급하고 있다.

• •

저자 : 빅토르 위고 ‖ 읽은 때 : 2004년 9월

작품의 구상에서 완성까지 30년 이상 걸려 1861년에 발표된 대작을 통해 빅토르 위고는 너무도 많은 이야기를 하려고 한다. 종교와 혁명과 사랑과 양심. 개인의 구원을 포함한, 인간과 사회에 대한 궁극적인 해답을 시도하고 있다. 미리엘 주교를 통해 종교를, 앙졸라를 통해 혁명을, 꼬제뜨와 마리우스를 통해 사랑을, 장발장을 통해 양심에 대해 이야기하고 있다. 위고는 프랑스대혁명의 보편적 의의와 인류의 진보에 대하여 확신한다. 곳곳에서 인류 정신의 선두에 서서 혁명을 이끄는 프랑스에 대한 사랑과 자부심이 드러난다.

> 1789년 7월 14일에 불가항력적으로 시작된 장대한 인류의 운동을 찬란한 최상의 보편적인 결과로 이끌어오기 위해서, 그들 전사戰士들은 사제司祭이며, 프랑스대혁명은 신의 몸짓인 것이다.

> 유럽의 횃불, 즉 문명의 횃불은 우선 그리스에 의해서 쳐들려졌고, 그

리스는 그것을 이탈리아에 전하고, 이탈리아는 그것을 프랑스에 넘겼다. 빛을 높이 드는 신성한 민중들이여! '그들은 생명의 등불을 전한다.'

장발장은 미리엘 주교로부터 감화를 받아 새로운 사람으로 다시 태어나지만, 위고의 입장은 미리엘 주교로 대표되는 전통적인 종교의 입장과 일치하는 것 같지는 않다. 또한 혁명의 중요성에 대해 여러 군데에서 강조하고 있으나 혁명 자체가 핵심적 주제는 아니라고 본다. 마리우스가 바리케이드 전투에 참여하게 되는 계기도 혁명에 대한 열의가 아닌 꼬제뜨에 대한 실연失戀에서 오는 자포자기적 충동 때문이었고, 장발장이 혁명 전투에 끼어들게 되는 것도 오직 꼬제뜨의 연인인 마리우스를 구해내기 위한 것으로 설명된다. 마리우스는 꼬제뜨를 차지한 후에는 혁명에 대한 어떤 관심도 보이지 않고, 꼬제뜨와 마리우스의 낭만적 사랑과 행복한 결합으로 이 작품은 결말지어진다.

종교나 혁명이 아닌, 낭만적인 사랑에 치우친 위고의 내심은 꼬제뜨와 마리우스의 결혼식에서의 마리우스의 외할아버지인 아흔 두 살의 질르노르망 노인의 흥분된 축하 연설에 잘 표현되어 있다.

이 마리우스라는 과격 민주정치파에게 물어보아라. 그도 이 꼬제뜨라는 조그마한 전제군주의 노예가 아니냐고 말이다……. 나는 왕당파지만 지금은 그 여자의 왕권을 받드는 왕당파일 따름이다. 아담이란 무엇인가? 그것은 이브의 왕국이다.

신을 숭배하는 방법은 사람에 따라 각각 다르다. 그러나 신을 숭배하는 가장 좋은 방법이란 자기 아내를 사랑하는 일이다. 나는 너를 사랑한다! 이것이 교리니까. 사랑하는 사람은 모두가 정통신앙자이다.

장발장이 내면의 고통과 갈등을 극복하고 양심에 따라 큰 결단을 내리는 대목이 두 군데 나온다. 장발장으로 오인되어 체포된 쌍 마띠외를 구하기 위해 자수하기로 결심하는 대목과 마리우스와 꼬제뜨가 결혼한 후 마리우스에게 자신이 전과자인 사실을 고백하기로 결심하는 대목이다. 장발장의 양심은 위선이나 결벽증 같은 것이 아님은 물론이고, 전통적인 의미에서의 종교적 의무의 실천과도 반드시 같지는 않을 것이다.

　장발장은 미리엘 주교의 종교 정신을 바탕으로 하여, 새롭게 전개되는 세상에서 통용될 수 있는 새로운 진리에 대해 모색한다. 위고는 장발장을 혁명의 전면에 내세우지 않았지만, 장발장 역시 혁명의 성과 위에 서 있다. 장발장의 양심은 자기희생의 종교 정신, 혁명에 의한 개인의 자각, 꼬제뜨에 대한 육친적 사랑이 합쳐진 것이라고 이해한다. 장발장은 '꼬제뜨의 곁을 떠날 수 없기 때문'이라는 인간적인 욕망과 '꼬제뜨를 위한 것이었을 동안은 거짓말을 할 수도 있었지만, 자기 자신을 위해서는 거짓말을 할 수 없다'는 양심을 동시에 긍정한 것이다. 장발장의 양심의 결단은 혁명의 후퇴나 전통 종교로의 회귀가 아니라, 한 개인의 내부에서 종교와 혁명과 사랑이 더욱 심화된 형태로 나타난다.

　위고는 꼬제뜨와 마리우스의 결합을 통해 현세적이고 세속적인 사랑을 찬양한다. 그러나 그 사랑은 장발장의 양심과 희생에 의해 뒷받침되고 있다. 사랑과 자유가 우리에게 거저 주어지는 것이 아니라는 엄중한 진실이 내포되어 있다고 이해한다. 장발장이 보여준 양심은 인류의 어려운 선택이며, 혁명을 겪은 인류의 미래에 대한 작가의 신뢰와 희망을 반영하고 있다. 위고가 장발장을 신인(神人, L'homme Dieu)으로서의 예수에 비유한 대목에서 장발장을 통하여 인류 전체의 구원 가능성을 암시하려 한 것이라는 생각이 들었다.

　〈레미제라블〉의 마지막 부분이다.

이 불행한 영혼은 몸부림치고 있었다. 이 불운한 사나이보다 천팔백 년이나 옛날에 인류의 모든 신성과 모든 고뇌를 한 몸에 짊어졌던 신비한 사람, 그 사람 역시 올리브 산의 나무들이 휘몰아치는 무한의 바람에 떨고 있을 동안에는 별빛 가득한 저 깊은 하늘에서, 그림자를 드리우고 어둠에 넘쳐 흐르는 무서운 잔이 앞에 내밀어졌을 때, 그 잔을 받기를 오래 망설이지 않았던가.

사실 네오클 모임을 시작하지 않았다면 〈레미제라블〉을 원본 완역으로 다시 읽게 될 일은 절대 없었을 것이다. 〈돈키호테〉나 〈로빈슨 크루소〉도 마찬가지지만, 대부분의 기성세대도 어렸을 적 〈장발장〉으로 빈약하게 읽은 기억밖에 없는 경우가 많을 것이다. 인생을 이미 많이 지나온 지금, 다시 읽는 〈레미제라블〉은 너무도 훌륭하고 풍부한 이야기다. 그러나 어찌 보면 학생들이 제대로 이해하기에는 상당히 어려운 책이라는 생각도 든다. 이런 작품들을 어렸을 적에 '세계 명작 시리즈'로 당연한 듯이 접하게 되는 것이 과연 바람직한 것인지, 과연 어느 정도 도움이 될 수 있는 것인지 의문이 들기도 한다. 고등학교 고학년이나 대학교 초년생 정도는 되어야 〈레미제라블〉을 제대로 읽고 이해할 수 있다는 생각도 든다.

아이들의 입장에서 〈레미제라블〉을 전체적으로 이해하면서 받아들이기는 어렵더라도 자기 나름대로 재미있게 느껴지는 부분을 중심으로 읽어 나갈 수밖에 없을 것이다. 핵심적인 주제에서 벗어나더라도 큰 상관은 없다고 생각한다. 작은아이 민석의 독후감을 보더라도 〈레미제라블〉의 방대한 주제를 제대로 이해하지 못하는 것을 염려하면서, 주변적인 인물인 에포닌, 가브로슈, 질르노르망 등의 인물에 대한 느낌을 언급하고 있다.

"주변 인물들에 대한 나의 생각이 〈레미제라블〉의 핵심을 놓치고 이런 대작을 수박 겉핥기식으로 다가가고 있는지는 모르겠지만, 이런 것들 또한 〈레미제라블〉을 구성하는 하나의 중요한 요소이며 이런 인물들의 매력이 바로 〈레미제라블〉의 매력이 아닐까 한다."

프랑스대혁명이라는 중요한 사건을 중심으로 삼아 '이 세상의 모든 이야기를 망라한' 〈레미제라블〉을 읽으면서 여러 가지 감상을 느끼게 된다. 젊은 시절처럼 위고의 낭만적인 결론에 흔연하게 동참하기도 어렵고, 여러 생각으로 마음이 무거워지기도 한다. 아이들은 이 '대작'을 어떻게 받아들일 것인가. 이해되지 않는 많은 부분을 부담으로만 받아들일 것인가. 그 마음의 부담은 자라나는 젊은 이들에게 과연 어떻게 작용할 것인가. 이 세상의 모든 일들을 더 진지하고 더 무겁게 받아들이는 데 조금이나마 도움이 되기를 바랄 뿐이다.

어린왕자

논쟁의 방식이 아니라 참석 회원들이 돌아가면서 견해를 이야기하는 방식으로 진행했다. 어찌 보면 제각기 중구난방으로 의견을 말하는 것이지만, 오히려 도움이 되는 면이 많다고 본다. 모든 참석자가 관심을 갖고 참여할 수도 있고, 전후 맥락과 관계 없이 자신이 정말 하고 싶은 말을 할 수 있으며, 주어진 시간에 자신의 견해를 효과적으로 표현하는 연습도 되어서 앞으로도 이 방식을 자주 채택하면 좋을 것 같다.

저자 : 생텍쥐페리 ‖ 읽은 때 : 2004년 10월

〈어린왕자〉는 어린이들이 좋아할 만한 삽화와 우화적인 이야기로 가득하지만 어린이들이 읽기에는 어려운 책이다. 청소년기의 감수성으로 읽을 만한 책도 사실은 아니라고 생각한다. 생텍쥐페리의 다른 작품인 〈야간비행〉(1931)이나 〈인간의 대지〉(1939)를 읽고 나면 그의 마지막 작품인 〈어린왕자〉(1943)를 무겁게 받아들이지 않을 수 없다. 인간의 진정한 의무와 책임을 깨닫고 실천하려는 생텍쥐페리의 생애 전체에 대한 결론처럼 생각되기 때문이다.

생텍쥐페리는 비행기 조종사로서 불시착, 실종 등 많은 위험을 겪다가 결국 자신의 작품 속의 비행기 조종사들과 마찬가지로, 비행 중 실종되어 44세의 일생을 마쳤다. 그러나 그는 결코 위험 자체를 즐기거나 목숨을 가볍게 여기는 충동적인 사람은 아니다. 그는 누구보다도 현실의 삶을 명확하게 인식하려 애쓰는 정확하고 책임감 강한 사람이며, 몽롱한 환상 속에 사는 '비현실적인' 인물과는 가장 거리가 먼 사람일 것이라고 생각한다.

흔히 사람들은 이러한 사람을 투우사나 노름꾼들과 혼동하려 든다. 사람들은 죽음을 깔보는 것을 자랑스럽게 생각한다. 그러나 나는 죽음을 깔보는 사람을 비웃고 싶다. 맡은 바 책임에 뿌리박고 있지 않는 한, 그것은 빈곤의 표시나 젊음의 만용밖에는 되지 않는다.

—〈인간의 대지〉

'코끼리를 삼킨 보아뱀 그림' 이야기를 비롯한 어린왕자의 말이나 행동을 쉽게 '비현실적'이라고 해서는 안 될 것이다. 어린왕자가 아니라, 소혹성 325호, 326호, 327호, 328호, 329호, 330호에 사는 〈왕, 허영장이, 술꾼, 상인, 점등인, 지리학자〉가 '비현실적'일 것이다. 어린왕자는 '모든 인간은 죽는다'는 '현실'의 바탕 위에서 가장 중요한 것이 무엇인가를 탐구한다. 그가 '철새의 이동을 이용하고 뱀의 도움을 받아야 하는(죽음을 포함하는)' 위험한 여행을 무릅쓰는 이유다. 인간이 할 수 있는 최선의 행위로서의 사랑과 그에 따르는 책임의 문제로 고심하는 것은 매우 '현실적'이며 성숙한 태도인 것이다.

생텍쥐페리는 단순한 사랑이나 동정의 감정을 넘어서 '구제해야 할 더 영구한 다른 무엇'이 존재할 것이라고 믿었고, '영구히 산다는 것, 창조한다는 것, 자신의 덧없는 육신을 무엇과 교환한다는 것'에 골몰했다. 이 모두가 인간의 궁극적 관심이 아니겠는가!

사랑한다는 것, 단순히 사랑한다는 것은 막다른 골목이 아니고 무엇이겠는가!

—〈야간비행〉

생텍쥐페리가 〈어린왕자〉에서 '아무 것도 모르는 양이 꽃을 먹어버려 당장 모든 별들이 빛을 잃게 되는 것'이야말로 가장 중요한 일이며, "중요한 것은 눈에 보이지 않는다(L'essentiel est invisible pour les yeux)."고 단언하는 것을 단순히 심미審美적인 경향을 표현한 것으로만 볼 수 없다. 어린왕자가 말하려 한 것은 다른 작품에서도 직접적으로 표현된, '개인적인 죽음을 넘어선 인간의 참다운 가치'인 것이다.

어린왕자는 생텍쥐페리 자신의 모습일 뿐이다. 〈어린왕자〉의 '세상에서 가장 아름답고 가장 쓸쓸한 풍경(le plus beau et le plus triste paysage du monde)'인 '어린왕자가 땅 위에 나타났다가 사라진' 지점은 바로 생텍쥐페리가 마지막 비행 중 실종된 지점이라는 생각이 든다. 생텍쥐페리는 그 장소의 중요성을 강조하기 위해 똑같은 그림을 두 번이나 반복하여 그리면서 약 1년 후 '그곳에서 사라질' 자신의 운명을 이미 예감하고 받아들이고 있었을지 모른다. 그는 자신의 정찰기 안에서의 최후의 순간에, 죽는 것이 아니라 "자신의 별로 돌아간다."는 확신을 가지고 있었는지 모른다.

"내가 죽는 것처럼 보일지도 모르겠지만, 사실은 그렇지 않아."
"그건 내던진 낡은 허물과 같은 거야. 낡은 허물은 슬픈 게 아니지."
— 〈어린왕자〉

〈어린왕자〉는 많은 사람들이 사랑하는 책이지만, 그만큼 많이 오해되거나 남용(?)되는 면도 있다고 본다. 청소년기의 감수성을 대변하는 책처럼 널리 알려진 점이 상당히 엉뚱한 결과라는 생각도 든다. 네오클에서 〈어린왕자〉를 읽으면서 생텍쥐페리의 다른 작품들, 〈야간비행〉이나 〈인간의 대지〉를 꼭 함께 읽고 이야기를 해 보았으면 했던 것도 바로 그 때문이다. 〈어린왕자〉를 제대로 이해하기 위해 꼭 필요하다고 생각한다. 그런 점에서 작은아이 민석이 그 책들을 모두 다 읽고 독후감을 쓴 점은 흐뭇하게 생각한다. 중학교 3학년으로서 읽기에 쉽지 않았을 것이다. 독후감에 "〈인간의 대지〉는 10%도 이해하지 못한 것 같다."고 썼지만, 어쨌든 흐뭇하게 생각한다. 그 10%가 중요할 수 있다고 믿는다.

〈어린왕자〉가 유명한 작품이라서 그런지 많은 학생회원들이 책을 읽고 독후감을 썼으며 토론모임에도 19명이나 참석했다. 큰아이 정석의 독후감도 마찬가지지만, 학생회원들의 독후감에서 〈어린왕자〉가 '우울한 분위기를 느낄 수 있는' 작품이라는 의견이 많이 나왔다. 동화책이라고 생각했고 동화책처럼 읽었던 〈어린왕자〉를 네오클을 통해 좀 더 진지하게 다가갈 수 있었기 때문일 것이다. 흔히 말하는 '동화의 세계'는 우리가 순수하고 아름다운 세계라고 말하기도 하지만, '동화의 세계'는 우리가 그 세계를 벗어남으로써만 비로소 존재하는 세계일 것이다. 우리는 '동화의 세계'를 벗어남으로써만 비로소 〈어린왕자〉를 제대로 읽을 수 있다. 생텍쥐페리가 그의 마지막 작품을 전작인 〈야간비행〉이나 〈인간의 대지〉와 같은 형식이 아닌 '동화'의 형식으로 쓴 이유를 짐작할 수 있을 것 같다.

토론모임에서는 제일 먼저, 학생회원들을 중심으로 어린왕자가 지구로 오기 전에 방문한 소혹성들에 사는 왕, 상인 등 6명의 캐릭터들에 대해 돌아가면서 설명하는 시간을 가졌다. 각각의 캐릭터의 입장에서 설명해 보기도 하면서 〈어린왕자〉에서 말하려는 '현실세계'에 대한 여러 가지 생각을 해볼 수 있는 시간이었다. 두 번째 주제로는 〈어린왕자〉에서 말하는 '길들여진다'는 것의 의미, 그에 따른 책임의 문제에 관해 이야기했다. 논쟁의 방식이 아니라 참석 회원들이 돌아가면서 견해를 이야기하는 방식으로 진행했다. 어찌 보면 제각기 중구난방으로 의견을 말하는 것이지만, 오히려 도움이 되는 면이 많다고 본다. 모든 참석자가 관심을 갖고 참여할 수도 있고, 전후 맥락과 관계 없이 자신이 정말 하고 싶은 말을 할 수 있으며, 주어진 시간에 자신의 견해를 효과적으로 표현하는 연습도 되어서 앞으로도 이 방식을 자주 채택하면 좋을 것 같다고 생각한다.

세 번째 주제는 '〈어린왕자〉가 설명적인 산문이 아니라 간결한 동화의 형식을 취한 이유는 무엇일까?'였다. 이 질문에 대한 답으로는 이성이 아닌 감성에 호소하기 위한 것, 자신의 죽음을 예견한 비약적·초월적 심리상태 때문이라는 등의 다양하고 재미있는 의견이 나오기도 했다. 아름답고 순수한 동화라고 생각할 수도 있는 〈어린왕자〉를 소재로 하여 사랑, 책임, 죽음의 문제를 연결해서 생각해보고 이야기할 수 있었던 점이 만족스럽게 생각되었다.

멋진 신세계

'멋진 신세계는 과연 멋진가?'라는 주제를 정하여 여러 가지 이야기를 나눌 수 있었다. 이 주제를 가능하면

깊게 끌고 들어가고 싶었다. 어른들은 이런 논의가 어차피 '관념적'일 수밖에 없다는 한계를 느낄 수도 있

지만, 학생회원들은 진지한 열의를 가지고 몰입할 수 있는 주제였다. 토론모임에서의 다른 주제들은 '헉슬

리가 미래에 대해 경고했던 문제들은 그 이후 오늘날까지 실제 어떻게 전개되었는가?', '인간복제에 관한

찬반의견' 등이었다.

●●

저자 : 올더스 헉슬리 ‖ 읽은 때 : 2004년 11월

작품의 무대인 BNW(Brave New World)는 포드기원(AF, After Ford,) 632년에 시점이 맞추어져 있다. 포드기원은 1908년에 시작하므로 서기로는 AD 2540년에 해당한다. BNW가 도래한 결정적인 계기는 AF 141년(AD 2049)에 시작된 9년 전쟁과 그로 인한 인류사회의 파괴로 설명된다. 이 작품은 1932년에 발표되었고, BNW의 밑바탕이 되는 기술혁명은 1차 세계대전 이후의 미국에서 시작되었기 때문에 BNW가 미국사회를 은유하는 것으로 보는 견해도 있다.

BNW는 인간의 숙명인 생生·노老·병病·사死의 사고四苦를 해결한 사회이다. 죽음에 대해서는 '죽지 않는 것(不死)'은 아니지만 적어도 죽음의 고통과 공포를 극복하였고, 살아있는 동안의 모든 육체적, 정신적 고통을 제거하기 위하여 그 원인이 될 수 있는 모든 사회적 요인(전쟁, 기아 등 사회적 갈등)과 개인적 요인(신체적 요인으로서 질병, 노화, 정신적 요인으로서 격정, 불안정, 욕망의 불충족)을 사전 조정하는 데 성공한 사회이다. 그러한 사회를 유지하기 위한 수단으로 필

요인구를 산정하여 시험관에서 유전적 조작으로 생산하는 출생, 수면학습(sleep—teaching) 등의 반복적인 세뇌교육과 선전, 그리고 최후의 긴급한 조절수단으로 일종의 환각제인 소마(soma)가 동원된다.

1932년 시점에서의 작가의 상상력의 산물인 미래세계에 대한 공학적, 생물학적 예언들이 80년이 지난 현재의 시점에서 얼마나 적중했는지를 따져보는 것은 흥미 있다. 핵심적 주제에 관한 BNW의 서부유럽 통제자인 무스타파 몬드와 헬름홀츠 왓슨, 야만인 존 사이의 치열한 논쟁 또한 흥미롭다. 무스타파 몬드는 진리(과학)와 미美를 행복과 대응되는 것으로 설명하면서 인간이 둘 중 어느 하나를 선택해야 한다고 주장한다. 행복을 위해 진리와 미를 포기해야 한다는 그의 이원론적인 설명에 공감하기는 어렵지만, 어쨌든 이런 논의는 오늘날에도 있을 법하기는 하다.

작가인 올더스 헉슬리는 자유주의·개인주의적 인간관의 입장에서 전체주의(totalitarianism)에 대항한다는 위기의식에서 이 작품을 구상했다. 다만 정치적 이데올로기로서의 전체주의를 고도의 과학기술에 의해 통제되는 미래사회로 대치해서 설정한 것이다. 오늘날 작가의 그와 같은 위기의식의 바탕이 된 정치사회적 배경은 크게 변화했지만, 과학기술의 발달과 사회체제의 변화, 이에 따라 제기되는 인간성의 본질에 관한 질문들은 현재에도 여전히 유효할 것이다. 1932년의 작가 올더스 헉슬리에 비해 오늘날의 우리는 자유주의·개인주의에 대한 자신감을 훨씬 잃고 있다. 야만인 존이 현재의 시점에서도 그토록 힘찬 목소리와 격정으로 "인간은 본래 어떠해야 한다."고 강하게 주장할 수 있을지, 헉슬리가 예로 든 셰익스피어의 시詩가 1932년과 같은 정도로 인간성의 불변의 아름다움과 진리를 대표할 수 있을지도 의문이다.

우리가 인간성에 대하여 지극히 당연한 것으로 전제하는 여러 관념들도 오늘날 무수한 변화를 겪고 있음을 실감한다. 급속히 변화하는 가족제도나 윤리관은 인간의 본성에 대해 끊임없는 의문을 던지게 한다. 인간에 대한 기본적인 전제들, 예를 들어 "인간은 자연친화적인 존재이고 자연을 떠나서는 살아갈 수 없다."는 생각도 고층빌딩의 숲 속에서 태어나고 자라는 요즘의 젊은이들의 입장에서는 절대적이 아닐 수 있다. 요즘과 같은 초고속 정보화시대에 있어서 '깊이 사색하는 것', '사려 깊음'과 같은 근대적 인간의 지성적이고 바람직한 모습도 더 이상 덕목으로 유지될 수 없을지 모른다.

혁슬리가 예상한 대로, 현대인은 1932년의 인간에 비하여 과학기술에 기반을 두고 감각적 만족을 최대의 목표로 하는 BNW의 인간의 모습에 보다 가깝게 변화했을 것이다. 그러나 혁슬리가 풍자적으로 지적한 BNW의 문제점이나 위험성은 지금에 와서 보면 상당히 엉성하게 보일 수밖에 없다. 혁슬리의 예언은 구체적인 부분에 있어서 많이 빗나갔고, 그의 비판적 주장도 현재적 중요성에서 많이 벗어나 보인다. 하지만 그가 제기한 인간성에 대한 진지한 질문들은 여전히 유효하고 앞으로도 그럴 것이다. 이 작품을 아직도 재미있게 읽을 수 있는 이유다.

...

〈멋진 신세계〉를 처음 접했던 것은 대학시절 TV에서 본 영화에서였다. 당시 스토리 자체가 충격적이었고 여주인공이 특히 매력적이었던 것으로 기억한다. 이번에 네오클에서 책을 읽으면서 인터넷을 검색해 보니 1980년에 미국에서 TV용으로 제작된 영화인데, 여주인공 Lenina역은 Marcia Strassman이라는 배우였다. 그러나 역시 영화보다는 책으로 읽을 때 더 많은 느낌을 받게 된다. 〈멋진 신세계〉의 중심적 메시지는 이제 와서 보면 오히려 구닥다리 같이 느껴지지만, 작가 올더스 헉슬리가 모색한 인간성에 대한 탐구는 여전히 대학시절의 열정을 떠올리기에 충분하다.

대학시절에 영화를 볼 때도 그랬지만, 이번에 다시 책을 읽으면서도 가장 관심 깊었던 것은 〈멋진 신세계〉의 근본적인 문제의식, 즉 인간의 운명과 행복에 관한 주제였다. 과학기술을 통하여 인간의 고통과 죽음을 극복한다는 가정은 오늘날의 시각으로 보면 다소 유치하고 도식적으로 생각되기도 하지만, 어쨌든 인류의 뿌리 깊은 갈망과 의문에 대한 하나의 대답이라고 볼 수 있다. 그런 점에서 〈멋진 신세계〉는 네오클 토론모임에서도 여전히 많은 이야깃거리를 제공해 줄 수 있는 책이라고 생각한다. 작은아이 민석도 독후감에서 이 점에 관해 길게 언급하고 있다. 민석이 "진정으로 행복한 것이 무엇인지 힌트를 얻을 수 있었다."고 하면서 인용한 무스타파 몬드와 야만인 존의 문답 부분을 다시 인용해 본다. 〈멋진 신세계〉의 클라이맥스에 해당하는 부분이라고 할 수도 있을 것 같다.

"하지만 저는 불편한 것을 좋아합니다."

"우리는 그렇지 않아. 우리는 여건을 안락하게 만들기를 좋아하네."
하고 총통이 말했다.

"하지만 저는 안락을 원치 않습니다. 저는 신을 원합니다. 시와 진정한 위험과 자유와 선을 원합니다. 저는 죄를 원합니다."

"그러니까 자네는 불행해질 권리를 요구하고 있군 그래."

"그렇게 말씀하셔도 좋습니다."

야만인은 반항적으로 말했다.

"저는 불행해질 권리를 요구합니다."

"그렇다면 말할 것도 없이 나이를 먹어 추해지는 권리, 매독과 암에 걸릴 권리, 먹을 것이 떨어지는 권리, 이가 들끓을 권리, 내일 무엇이 일어날지 몰라서 끊임없이 불안에 떨 권리, 티푸스에 걸릴 권리, 온갖 표현할 수 없는 고민에 시달릴 권리도 요구하겠지?"

긴 침묵이 흘렀다. 야만인이 마침내 입을 열었다.

"저는 그 모든 것을 요구합니다."

지나치게 단순한 이분법적 논쟁이긴 하지만, 그래도 인생에 관해 여러 가지 생각을 열어 보일 수 있는 대목이라고 생각한다. 토론모임에서도 이에 관하여 '멋진 신세계는 과연 멋진가?'라는 주제를 정하여 여러 가지 이야기를 나눌 수 있었다. 이 주제를 가능하면 깊게 끌고 들어가고 싶었다. 어른들은 이런 논의가 어차피 '관념적'일 수밖에 없다는 한계를 느낄 수도 있지만, 학생회원들은 진지한 열의를 가지고 몰입할 수 있는 주제였다. 토론모임에서의 다른 주제들은 '헉슬리가 미래에 대해 경고했던 문제들은 그 이후 오늘날까지 실제 어떻게 전개되었는가?', '인간복제에 관한 찬반의견' 등이었다.

토론모임 뒤풀이에서는 2004년을 마무리하는 다음 달에는 책을 따로 정하지 않고 클래식 음악을 함께 감상하면서 클래식 음악에 대한 이해를 높이는 특별한 기회를 갖기로 논의하였다. 분당도서관 시청각실을 빌려 모차르트 교향곡 41번, 베토벤 교향곡 9번을 함께 감상하면서 전공 선생님을 초빙하여 '빈 고전파 음악의 의의'에 대해서 간단한 강의를 듣기로 했다. 평소 아이들에게 클래식 음악을 소개하기 위해 음악회에도 자주 가려고 노력하지만, 네오클 모임을 통해서 함께 '공식적이면서도 친근한' 기회를 만들어 나가기 위한 것이다. 시청각실이 우리 회원만 사용하기에는 너무 넓기 때문에 아이들의 친구들도 널리 초청하기로 했다. 기억에 남을 송년모임이 될 것이다.

적과 흑

〈적과 흑〉은 1830년대에 출간됐지만 매우 현대적인 작품처럼 느껴진다. 프랑스 문학에 대해서는 잘 모르지만, 동시대의 발자크의 작품과 비교하더라도 특별히 뛰어난 작품이라는 생각이 든다. 이번 토론모임에는 마침 가까운 분 중에 스탕달을 전공하신 불문학과 교수님이 계셔서 초대하여 도움말을 들을 수 있었다. 초빙 교수님이 있어서 그런지 토론모임은 22명이 참석하는 성황을 이루었다.

● ●

저자 : 스탕달 ‖ 읽은 때 : 2005년 1월

연애소설의 백미로 흔히 일컬어지는 〈적과 흑〉은 미천한 신분의 명민한 미소년 줄리앙 소렐의 출세 과정과 레날 부인, 마띨드라는 아름다운 두 여인과의 사랑 이야기다. 고결한 성품의 레날 부인은 시장市長 부인이고 마띨드는 당대 최고 권력자의 딸이라는 점에서 줄리앙과의 신분의 차이가 극적인 흥미를 불러일으킬 만하다. 자식들을 사랑하는 정숙한 여인인 레날 부인이 아이들의 가정교사인 제재소집 아들 줄리앙과의 금지된 사랑에 빠지는 이야기는 여성 내면의 정열과 윤리의식의 충돌로 문학사상 가장 충격적이고 아름다운 사랑을 보여준다.

  그러나 레날 부인의 아름다움은 2부에 등장하는 마띨드와의 대비에 의하여 한층 두드러진다. 줄리앙과 마띨드가 낭만주의·자유주의, 왕정·귀족주의를 각각 대표하면서 사건의 전개를 이끌어 가는 것과 대비되어, 레날 부인은 '사랑밖에 모르는' 철저한 무자각과 수동성으로 내면화된, 가장 아름답고 사랑스러운 여인으로 형상화될 수 있었다. 결말 부분에서 마띨드가 비극적인 영웅의 모습으로 줄리앙의 장

레식을 치르는 것에 비하여, 레날 부인은 줄리앙이 죽은 후 3일 만에 아이들을 품안에 꼭 껴안은 채 세상을 떠나게 된다.

자존심 강한 귀족 소녀 마띨드는 줄리앙과의 사랑을 통해 진정한 자기 자신을 발견해 나가는데, 이는 귀족주의에서 자유주의로 이행하는 시대의 거대한 변화와 맞물린다. 줄리앙의 레날 부인에 대한 사랑 때문에 마띨드와의 사랑이 상대적으로 작게 취급되고 빛이 바래보이지만 마띨드의 사랑 또한 아름답고 소중한 사랑의 전형이다. 마띨드의 줄리앙과의 사랑싸움을 단순한 소녀적 변덕이나 귀족의 오만함 때문으로는 볼 수 없고, 생애를 건 필사적인 자신과의 싸움이라고 이해한다. 그런 점에서 마지막에 마띨드가, 죽은 줄리앙의 머리를 탁자에 얹어놓고 먼 옛날의 마르그리트 드 나바르와 똑같은 의식儀式을 올리는 대목을 단순히 귀족적 허영심이나 영웅주의로 볼 수는 없다고 생각한다.

줄리앙 소렐은 귀족사회를 비판하면서도 출세를 지향하고, 그러한 모순된 야망을 위선적으로 감춘다. 또한 자신에게 모든 것을 바치는 순수하고 아름다운 여인들의 사랑을 공리적인 계산으로 대하며, 그녀들에게 귀족과 부자에 대한 반감을 유치한 방식으로 분출하기도 한다. 줄리앙 내면에서의 위와 같은 대비들, 즉 야비함과 순수함, 비겁함과 용기, 그리고 준수한 외모나 명석한 지성과는 어울리지 않는 비천한 신분의 대비는 레날 부인과 마띨드에게 오히려 눈부신 아름다움으로 받아들여진다. 우리가 주인공 줄리앙을 통해 보게 되는 것은 그의 모순과 치기稚氣가 아니라 용기와 자존심을 지닌 고귀한 인간성이다.

특히 레날 부인 살인미수죄로 체포된 이후의 줄리앙은 그 이전의 줄리앙과는 구별되는 각성된 인물로 부각된다. 그는 레날 부인에 대한 사랑의 진정한 가치를 마치 꿈에서 깨어난 것처럼 새롭게 깨닫게 된다. 또한 재판과정에서나 사형집행을 기다릴 때의 냉철하고 비종교적인 입장은 시대를 훨씬 앞선, 실존주의적인 느낌마저 준다. 사형집행을 앞둔 줄리앙의 독백은 까뮈의 〈이방인〉의 마지막 대목을 연상하게 한다.

> 마음이 냉정할지 어떨지, 그것은 장담할 수 없어. 이 지하 감방은 이처럼 더럽고 축축한 곳인데다가, 가끔 열이 나서 마음이 이상해질 때가 있을 정도거든. 그러나 절대로 무서워지는 않을 거야. 얼굴빛 하나 바꾸지 않을 거야.
>
> —제2부 45장 중에서, 줄리앙이 푸케에게

두브 강기슭의 제재소 대들보 위에 걸터앉아 정신없이 책을 읽다가 아버지에게 매를 맞는 줄리앙. 라틴어 성경을 줄줄 암송하는 영민하고 자존심 강한 청년 줄리앙. 시계가 새벽 한 시를 치자마자 온갖 무기를 몸에 지니고 마띨드의 방으로 사다리를 타고 올라가는 줄리앙. 고검古劍을 꺼내 마띨드를 향해 칼을 겨누는 줄리앙. 줄리앙이라는 인물은 낭만주의 시대 최후의 매력적인 주인공일지 모른다.

〈적과 흑〉은 고등학교 시절 어머니가 사다 주신 동서문화사 판으로 읽었던 기억이 너무 생생한 책이다. 소설의 재미를 처음으로 느낄 무렵 그야말로 소년기의 '꿈과 희망을 가지게 했던' 작품이라고 할 수 있다. 그 시절 출세와 사랑을 향해 매진하는 줄리앙 소렐과 스스로를 동일시하면서 열중할 수 있었는데, 줄리앙이 라틴어 성경을 줄줄 암송하는 데 자극을 받아 영어 공부에 더욱 매진했던 기억도 난다. 대학시절에 한두 번 정도 다시 읽기도 했다. 그런 책을 지금에 와서 우리의 아이들과 함께 다시 읽게 되다니!

〈적과 흑〉은 1830년대에 출간됐지만 매우 현대적인 작품처럼 느껴진다. 프랑스 문학에 대해서는 잘 모르지만, 동시대의 발자크의 작품과 비교하더라도 특별히 뛰어난 작품이라는 생각이 든다. 이번 토론모임에는 마침 가까운 분 중에 스탕달을 전공하신 불문학과 교수님이 계셔서 초대하여 도움말을 들을 수 있었다. 초빙 교수님이 있어서 그런지 토론모임은 22명이 참석하는 성황을 이루었다. 세미나실이 좁아 문화교실로 자리를 옮겨서 진행해야 했다. 네오클 모임이 전공 교수님을 모시고 토론을 진행할 만한 수준은 전혀 되지 못하지만, 특히 학생회원들에게 진지함과 자부심 같은 것을 줄 수 있다고 보기 때문에 앞으로도 이런 기회가 있을 때는 적극 추진할 생각이다.

토론은 주인공인 줄리앙, 레날 부인, 마띨드의 인물 분석을 중심으로 진행했고, 특히 작품 전체의 중요한 방향을 암시하는 제1부 5장과 6장을 중심으로 집중적으로 이야기했다. 그 밖의 개별적인 주제로 〈줄리앙의 레날 부인 살인미수 사건이 개연성이 떨어지는 논리적 비약으로 볼 수 있을 것인지〉, 〈레날 부인이 자살이 아닌 극도로 소극적인 방법으로 죽음에 이른 것의 의미〉에 대해서도 이야기했다.

그러나 가장 치열하게 이야기했던 부분은 오히려 '줄리앙과 마띨드의 사랑'에 관해서였다. 그 사랑이 허영심에 의한 가식적인 사랑인가, 아니면 레날 부인과의 사랑에 못지않은 진실한 사랑으로 보아야 하는 것이냐였다. 우리 가족의 독후감을 보더라도 이 점에 관해서 의견이 엇갈리는 것을 볼 수 있다. 큰아이 정석은 나와 비슷하게 "자신의 명예와 부, 그리고 가장 친근한 가족마저도 포기하고 줄리앙을 사랑했다는 점에서 마띨드는 레날 부인에 뒤질 이유가 전혀 없다." 고 쓰고 있다. 하지만 아내는 "사랑을 할 수 없어 시종일관 불행했던 마띨드는 이 소설에서 외견상 가장 강해 보이지만 실은 가장 나약한 인간으로밖에 볼 수 없을 것 같다. 마띨드가 마지막에 줄리앙의 사면을 위해 몸과 마음을 바쳐 뛰어다니는 모습은 중요한 역할이지만 역시 나약한 인간의 전형적인 모습을 보여준 것이다. 나약한 인간은 사랑의 능력이 있는 강한 인간을 모방한다. 줄리앙이 그것이 모방이라는 것을 눈치 챘다는 것이 그러한 평가의 근거다. 그래서 줄리앙이 감옥에서 절실하게 기다린 사람은 그를 위해 백방으로 뛰고 있는 마띨드가 아니라 바로 레날 부인이었던 것이다."라고 쓰고 있다. 의견이 서로 많이 엇갈리기는 했지만, 참으로 재미있고 의미도 있는 주제라고 생각한다.

뒤풀이에서는 다음 달에 진행할 서양미술에 관한 특별 모임에 대해 의논했다. 지난해 말 클래식 음악 감상이 도움이 되었다는 의견이 많아서 이번에는 서양미술을 개관할 수 있는 프로그램을 진행해 보기로 한 것이다. 서양미술을 개관할 수 있는 책으로는 이주헌 저 〈서양화 자신있게 보기〉를 선정해서 일독한 후에 전공 교수님을 초빙하여 강의를 듣기로 했다. 미술사조에 대한 이해는 문학사조와 마찬가지로 서구문화를 이해하는 데 많은 도움이 될 것 같아 학생회원들을 위해 특별히 준비하기로 했다. 전공 교수님을 쉽게 섭외하지 못해 회원들이 이리저리 많은 노력을 해서 겨우 초빙할 수 있었다. 독후감을 따로 작성하지는 않았지만 서양미술 전반에 대해 개관할 수 있는 소중한 기회가 될 것이다.

리어왕

전문가들에게도 어려운 주제들일 텐데 서로 지식이 없는 회원들끼리 모여 이야기를 한다는 것이 염려되는 면도 있다. 그런 문제는 사실 매번 모임마다 마찬가지지만 서로 견해를 나누면서 생각할 기회를 가질 수 있다는 것을 위안으로 삼고 진행하기로 한다. 전문가를 초빙해서 어떤 것을 배우는 것이 도움이 되기도 하지만, 항상 너무 '공부'처럼 진행하는 것이 반드시 바람직한 것인지도 의문이다.

저자 : 셰익스피어 ‖ 읽은 때 : 2005년 3월

〈리어왕〉의 비극은 리어왕이 딸들에게 왕위 계승, 재산 분배에 관한 갑작스런 제안을 하는 것에서 비롯된다. 딸 셋 중에서 자신에 대한 사랑과 효성이 가장 지극한 딸에게 제일 큰 몫을 주겠다며 각자의 사랑과 효성에 대하여 이야기해 보도록 한 것인데, 첫째 거너릴과 둘째 리이건은 아버지에 대한 사랑과 효성을 그런대로 잘 표현한 것에 비하여 셋째 코델리아는 "아무런 할 말이 없다."는 식으로 대답하면서 예기치 않은 파국을 맞게 된다.

코델리아가 순간적인 착오나 실수로 그와 같은 대답을 한 것이 아닌 것과 마찬가지로, 리어왕도 코델리아의 말을 잘못 알아듣거나 말의 진정한 의미를 오해해서 그토록 가혹한 처분을 한 것은 아니다. 리어왕의 처분이 지나치게 가혹하고 부당하며, 도저히 이해할 수 없는 어리석은 행위라고 얼핏 생각할 수도 있을 것이다. 리어왕의 결정은 과연 '말도 안 되는' 부당하기만 한 것일까? 코델리아의 대답에 어떠한 커다란 잘못이나 부족함이 있는 것은 아닐까?

리어왕의 갑작스런 제안과 처분으로 인해 엄청난 비극이 잉태되고 전개되는 것에서 우선 연상되는 작품은 〈심청전〉이다. 심봉사가 개천에 빠진 자신을 구해준 몽은사夢恩寺 화주승化主僧에게 공양미 삼백 석을 시주하겠다는 전혀 가능하지도 않은 약속을 하면서 〈심청전〉은 갑자기 커다란 비극으로 치닫게 되는 것이다. 리어왕의 결정과 마찬가지로, 심봉사가 공양미 삼백 석을 시주하겠다고 약속한 것은 매우 갑작스런 돌출행동으로 일견 불합리하고 부당하게 생각된다. 아무런 대책도 없이 자신의 처지에서 절대 불가능한 약속을 함으로써 불쌍한 외동딸을 바다에 뛰어들어 죽게 만든 점이 너무 무책임하고 파렴치하기 때문이다. 우선 리어왕과 코델리아의 주요 대사를 살펴보도록 하자.

ⓐ 코델리아 : (방백) 다음은 불쌍한 나의 차례. 뭐라고 말씀드릴까? 아니야, 상관없어. 나의 사랑은 말로써 못할 만큼 비중이 큰 것이니까.

㉠ 리어왕 : …언니들 것보다 더욱 비옥한 셋째 영토를 받기 위해서 너는 무엇이라 말하겠느냐?

ⓑ 코델리아 : 아무 할 말이 없군요.

㉡ 리어왕 : 아무 할 말이 없으면 아무 소득이 없을 것이니 다시 말해 보아라.

ⓒ 코델리아 : 불행하게도 저는 제 마음을 말할 수가 없습니다. 아버님을 사랑하는 것은 자식 된 도리로서의 저의 본분입니다. 오직 그것뿐이옵니다.

㉢ 리어왕 : 뭐라고 코델리아! 말을 좀 고쳐 하는 것이 어떠냐. 네 재산에 손해가 오지 않도록.

ⓓ 코델리아 : 아버님, 아버님은 저를 낳으시고 기르시고 또한 사랑해 주셨습니다. 그 은혜의 보답으로 저는 당연히 해야 할 의무를 다하겠습니다. 아버님께 복종하고 아버님을 사랑하고 아버님을 누구보다 존경합

니다. 언니들은 오직 아버님만을 사랑한다고 하면서 왜 남편을 맞았을
까요? 아마 제가 결혼한다면 저의 맹세를 받아줄 남편을 위해 저의 애
정과 심로와 의무의 절반을 바치게 될 것입니다. 언니들처럼 오직 아버
님을 사랑하려면 저는 결혼 같은 것은 하지 않겠어요.

ⓔ 리어왕 : 그것이 너의 본심이냐?

ⓔ 코델리아 : 네.

ⓜ 리어왕 : 어린 나이로 어떻게 그럴 수가?

ⓕ 코델리아 : 비록 어리긴 하지만 진심을 말씀드리고 있을 뿐입니다.

ⓗ 리어왕 : 좋다, 그러면 그 진심을 네 지참금으로 삼아라! ……나는 아
비로서의 애정도 한 핏줄이라는 것도 전부 부정하고 이제부터 영원히
너는 나와는 아무 상관없는 남남으로서 생각하겠다……. 너는 정직이
라는 자만심을 지참금으로 가지고 시집을 가려무나.

ⓖ 코델리아 : (리어왕에게) 전하께 부탁드립니다. 제가 심중에 있는 것을
술술 잘 이야기하지 못한 것이 흠이 될지는 모르지만, 저는 마음에 생
각한 것은 기필코 실행을 합니다. 그러니 부디 한마디만 변명하게 해
주십시오. 제가 아버님의 총애를 상실한 것은 결단코 악덕의 오명, 살
인, 혹은 망측한 과오 때문이거나, 음란한 행동, 또는 불명예스런 행동
때문이 아니라, 오직 남의 표정을 살피는 눈이나, 아첨하는 혓바닥을
지니지 못했기 때문입니다. 그런 것이 없어서 아버님의 역정을 샀을지
라도 그런 것은 없는 편이 차라리 인간으로서 훌륭하다고 생각합니다.

ⓢ 리어왕 : 너 같은 딸은 오히려 태어나지 않았더라면 좋았을 것을. 아비
의 마음을 거스르다니.

위 대사들을 되풀이해서 읽어볼수록 코델리아의 대답에는 어딘가
상당한 잘못이 있고, 오히려 리어왕의 실망과 분노를 이해할 수 있을
것 같다는 생각이 든다. 코델리아가 스스로 '진심'이라고 주장하는 내
용은 매우 협착하고 제한적이며 자기중심적인 것에 불과하고, 사실은

'진실한' 사랑에서 크게 벗어나 있다는 생각이다. 아버지에 대한 사랑의 마음을 부모와 자식 사이의 도리나 본분으로 설명하려 하거나(ⓒⓓ), 언니들과의 비교(ⓐⓓ), 남편과의 대비(ⓓ)를 통하여 이야기한다는 것은 리어왕이 당연히 바라는 사랑에 대한 '진실'과는 매우 어긋나 있다는 것이다. 리어왕이 너무 안타까운 마음으로 재차 여러 번 되묻는데도(ⓛⓒⓔⓜ) 끝까지 깨닫지 못한 자신의 어리석은 변명을 확신에 찬 태도로 되풀이하는 모습(ⓖ)에서는 용서하기 힘든 교만이 비쳐지기도 한다.

위와 같은 코델리아의 답변을 켄트 백작은 '뜻은 정당하고 말씀은 진실한' 것이라고 감쌌지만, 리어왕은 애초에 코델리아가 대답한 정도의 말을 듣기 위해 딸들에게 그런 질문을 한 것이 아니고, 코델리아가 답변한 뜻이나 취지를 제대로 이해하지 못해서 계속 다시 되묻거나 격분하게 된 것도 아닐 것이다. 막중한 사랑에 대하여 묻고 있는데 대하여 "아무런 할 말이 없다."고 답변하는 것이나, 무조건적인 사랑을 이야기하는 데 대하여 이런저런 제한과 비교로 재단된, 도리와 본분에 관한 일반적인 설명으로 답변한다는 것은 사실 해명이나 회복이 불가능한 근본적인 잘못일 것이다. 리어왕의 질문은 거짓 대답이나 아첨을 듣기 위한 어리석은 질문이 아니고, 도달하기 힘든 '진실'과 '깨달음'에 관한 매우 엄중한 질문이다. 리어왕의 질문은 코델리아가 스스로 벗어나지 못하고 있는 '본분', '정직', '사심 없음', '무욕', '공정함' 같은 가치들을 훨씬 뛰어넘는 차원에서의 보다 절실한 질문인 것이다.

왕국의 재산 상속과 관련된 코델리아의 태도는 구약 창세기에 나오는 야곱Jacob이 부정직한 방법으로 그 아버지인 이삭Issac을 속여서 그의 형 에서Esau에게 주려고 한 여호와의 축복(상속권)을 몰래 가로챈 것과 대비될 수 있다. 불의한 속임수를 쓴 야곱이 처벌이나 비난을 받기는커녕 오히려 정통성을 인정받고 여호와의 사랑을 받게 된 것은 야곱의 적극성과 절실함이 보다 큰 '진실'의 편에 서 있었기 때문일 것이다. 리어왕은 코델리아로부터 야곱의 선택과도 같은 답변을 기대하고 있었는지 모른다. 리어왕이 코델리아를 '정직이라는 자만심' 또는 '몰인정'을 들어 비판한 것에서 단순히 아집이나 격분에 휩싸인 상태에서 경솔한 결정을 내린 것이 아니라 코델리아의 답변이 진실에서 크게 벗어났음을 지적하려 한 것임을 알 수 있다.

〈리어왕〉의 갈등 구조는 리어왕을 중심으로 〈코델리아, 켄트, 오올버니, 에드거〉와 〈거너릴, 리이건, 콘월, 에드먼드〉의 양대 진영의 대립과 대결을 통하여 전개된다. 전자가 도리·신의信義·정직 등 규범의 편에 서 있다면, 후자는 욕망·생존·'자연상태에서의 힘'을 대표한다. 거너릴은 뚜렷한 흠이 없는 남편 오올버니를 버리고 당시로는 아직 입지가 불안전하고 출신도 미천한 에드먼드를 사랑의 대상으로 선택하며, 음모가 탄로 난 최후의 순간에도 전혀 굴복하지 않고, 리이건을 독살한 후 스스로 목숨을 끊는 과감하고 강인한 인간상을 보여준다. 에드먼드는 후세의 모든 무신론적 주인공들의 전신前身처럼 느껴지는 인물이다. "자연이여, 너만이 나의 신이다."로 시작되는 에드먼드의 첫 번째 대사(제1막 제2장)는 그의 지향과 앞으로의 운명을 전율처럼 예감하게 한다. 거너릴과 에드먼드는 같은 속성으로서, 관습이나 규범에 얽매일 수 없는 순수하고 용감한 전前문명기, 초기 문명기의 인류의 모습을 느끼게 한다.

〈심청전〉에서의 '공양미 삼백 석'도 심봉사의 단순한 '주책없는 실수'로 인한 '말도 안 되는' 전개로 볼 수는 없다. '공양미 삼백 석'에는 '부처님 앞에 허언虛言을 하면 도리어 앉은뱅이가 되는' 엄청난 위험과 부담이 감추어져 있는 것이다. 그 안에 인당수印塘水의 넘실대는 시퍼런 물결도 숨어 있는 아주 무서운 것이다. '공양미 삼백 석'의 약속은 심청의 효심으로 표현된 인간의 지극한 도리가 스스로의 생명을 부정함으로써만 기적적으로 극복할 수 있는 위험이다. 종교적 공포,

우연한 사고나 실수에 의해 언제든지 우리의 운명이 될 수 있는 무서운 세계가 바로 우리의 일상이라는 것을 상징하는 매우 의미심장한 설정으로 생각되는 것이다.

죽음과 위험으로부터의 자기 보호 본능, 자연 상태에서의 무제약적인 욕망은 동물 시절부터의 모든 인류에게 주어져 있는 것이다. 그러한 본능과 욕망을 이겨내고 자신만의 질서를 확립하고자 하는 반대되는 의지, 그 의지를 표현하고자 하는 문화적 속성 또한 인류에게 주어진 것이다. 인간 내부에서 공존하고 대립하는 두 속성은 셰익스피어의 시대에도 역시 쉽게 해답을 제시할 수 없는 중요하고 어려운 문제였을 것이다. 리어왕도 그에 대한 확신이 없었기 때문에 그것을 문제로 낸 것이다.

리어왕의 제안과 결정은 인간의 두 속성 사이의 커다란 전쟁을 선포한 것이며, 그 전쟁은 사실 리어왕(인간) 내면에서의 전쟁인 것이다. 리어왕의 결연한 처분은 리어왕이 자기 자신(의 일부인 코델리아가)이 놓치고 있는 '원시성과 힘'의 가혹한 진실을 회복하도록 스스로 촉구하기 위한 것으로 볼 수 있다. 리어왕의 처분은 거너릴이나 리이건으로부터 속았기 때문으로 되어 있긴 하지만, 사실은 리어왕 내면의 회의懷疑가 거너릴 측의 손을 들어준 것이다. 대립하는 양대 진영인 코델리아와 거너릴은 리어왕의 부분 인격들에 불과하기 때문이다. 아무튼 리어왕의 결정 때문에 전쟁은 먼저 거너릴·에드먼드 진영 쪽으로 대세가 기울게 된다. 리어왕이 어느 성城도 아닌 황야에서 광인狂人으로 방황하는 것은 두 진영 중 어느 편에도 속할 수 없는 중간자中間者로서의 리어왕 내면의 극한적인 혼란 상태를 상징하며, 이는 리어왕이 그 자신에게 스스로 부여한 상황이며 과제이기도 한 것이다.

모든 권위와 명예와 힘을 빼앗기고 추위와 비바람, 모멸과 조롱에 시달리며 영혼마저 상실한 인간의 가장 밑바닥까지 떨어졌을 때에야 리어왕은 스스로에게 제시한 질문에 대한 해결을 발견할 수 있었던 것이다. 코델리아·켄트 진영이 프랑스 왕의 원군이라는 '외부로부터의 사실적인 힘'을 보충 받아 비로소 질서를 회복하게 된다는 설정도 리어왕 내면에서의 새로운 질서 회복 과정을 상징할 수 있을 것이다. 거너릴과 에드먼드의 패배와 죽음으로 코델리아·켄트가 승리하는 듯했으나, 코델리아와 리어왕도 죽음을 맞이하면서 두 진영 간의 전쟁은 승자도 패자도 없는 비극으로 끝나게 된다. 리어왕의 최초의 결정을 어리석다고 할 수 있다면 그것은 규범과 힘, 질서와 욕망 사이에서 해답을 구하지 못하고 미혹에 빠지는 모든 인간의 어리석음일 뿐이다. 리어왕의 극심한 번민과 고통, 연극의 비극적인 결말은 사실은 모든 인간의 일상적인 고통이나 비극과 다름아니다.

오늘날에는 왕도 없고 공주도 없지만 우리는 일상의 생활 속에서 코델리아가 리어왕으로부터 받은 것과 동일한, 아주 어렵고 곤혹스런 질문을 역시 받고 있는지 모른다. 그때 우리들 각자는 어떻게 대답할 것인가? 어떻게 대답하는 것이 옳은 대답인가? 우리는 오늘날에 있어서도 야곱과 같이 야비하면서도 지혜로운 결단을 내려야 할 상황 앞에 서 있기도 하고, 사실은 심청처럼 인당수 푸른 파도가 넘실대는 뱃전 위에 서 있기도 한 것이다.

셰익스피어의 비극 중에서 어떤 작품을 특별히 정하지 않고 자유롭게 읽기로 했다. 4대 비극을 모두 읽고 전체에 대한 느낌을 독후감으로 쓴 회원도 있고, 〈햄릿〉이나 〈리어왕〉 등 하나의 작품에 대해 독후감을 쓴 사람도 있었다. 나는 〈리어왕〉에 대해서만 독후감을 썼는데, 리어왕이 코델리아에게 한 질문과 처분이 어떤 의미가 있는 것인지에 초점을 맞추어 분석하는 방식으로 써 보았다. 연극을 이해할 때 분석적인 방법이 반드시 필요한 것인지는 모르겠지만, 사물의 이면이나 내적 연결을 통한 이해도 하나의 길은 될 수 있을 것이다.

토론모임의 주제는 다음과 같다. (1)〈햄릿〉에서 햄릿과 오필리어는 진정으로 사랑하는 관계였는가? (2)〈햄릿〉에서 왕비 거트루트는 부왕의 독살에 대해 어느 정도 관여하거나 알고 있었는가? (3)셰익스피어 시대 사람들은 망령, 유령, 계시 등에 실제로 어느 정도의 영향이나 지배를 받았을까? (4)셰익스피어의 작품에서 희극보다 비극이 더 선호되거나 중요시된다면, 그 이유는 무엇일까? (5)〈리어왕〉의 첫머리에서 리어왕이 코델리아에게 한 질문의 의미는 무엇이고, 코델리아의 대답에 어떠한 큰 잘못이 있는 것인가?

전문가들에게도 어려운 주제들일 텐데 서로 지식이 없는 회원들끼리 모여 이야기를 한다는 것이 염려되는 면도 있다. 그런 문제는 사실 매번 모임마다 마찬가지지만 서로 견해를 나누면서 생각할 기회를 가질 수 있다는 것을 위안으로 삼고 진행하기로 한다. 전문가를 초빙해서 어떤 것을 배우는 것이 도움이 되기도 하지만, 항상 너무 '공부'처럼 진행하는 것이 반드시 바람직한 것인지도 의문이다. 그런 점에서 어떤 견해를 너무 확정적인 것으로 주장하는 태도는 물론 바람직하지 않고, 항상 겸손하고 조심스러운 자세로 의견을 나누는 것이 중요하다고 생각한다.

위 여러 주제들 중에서 마지막 (5)번 주제에 대해 특히 다양한 의견들이 많이 나왔다. 리어왕의 결정이 너무 터무니없어 짜증스러웠다는 의견도 있었고, 나의 독후감과 비슷한 견해도 있었다. 어떤 결론을 내리기보다는 각자의 의견을 최대한 이끌어내는 식으로 진행되어 재미있었다. 이야기를 진행하다 보니, 부모와 자식 사이의 세대 간의 갈등이라는 방향으로 자연스럽게 이야기가 흘러갔다. 학생회원들과 세대 간의 이야기를 진솔하게 해볼 수 있는 시간이었다. 마지막에는 참석한 모든 회원이 〈내가 코델리아라면 어떻게 대답했을 것인가?〉에 대하여 돌아가면서 이야기하는 순서를 가졌다. 부모님의 뜻, 효도, 재산상속, 가족 간의 불화 등 어느새 오늘날 우리네 가족의 문제로 돌아와서 아이들과 함께 솔직하게 이야기를 나누는 시간이 되었다.

죄와 벌

청년기에 흔히 빠지기 쉬운 관념적 경향에 대해서는 꼭 한 번 짚어보고 싶었기 때문에 관념에 의한 '철학적 살인'이라는 극단적 소재를 다루어 보는 것은 의미가 있다고 생각했다. 또한 이런 기회에 라스콜리니코프가 처한 절망적인 경제적 상황을 오늘날의 우리 사회와 대비해 가면서 생각해 보는 것도 좋을 것이다. 가난, 불평등의 문제는 〈죄와 벌〉의 중요한 배경이 되는 것이지만, 오늘날에도 크게 달라진 것은 없다. 오늘날 우리의 대학생이나 젊은이들도 이런 문제로 고뇌하고, 절망에 빠지기도 할 것이다.

●●●

저자 : 도스토예프스키 ‖ 읽은 때 : 2005년 5월

고등학교 시절 읽었던 〈죄와 벌〉을 그 당시에 읽었던 1975년판 동서문화사 세계문학사상전집 제7권 바로 그 책으로 30년 만에 다시 읽었다. 검누렇게 변색된 퀴퀴한 책장을 넘기면서 30년 전의 기억들이 유난히도 생생하게 떠오르는 것은 그 무렵 문학에 처음으로 관심을 갖게 되고, 인생의 가치나 목표 같은 것에 대해 어렴풋하게나마 생각하기 시작한 계기가 된 작품이 바로 〈죄와 벌〉이었기 때문일 것이다.

〈죄와 벌〉의 이야기는 주인공 라스콜리니코프의 살인 범행을 중심으로 진행된다. 강도를 하기 위해 전당포 노파를 살해하게 되는 정신적 배경과 심적 갈등, 범행 후의 죄책감, 수사관과의 숨 막히는 심리전, 자수한 후 재판을 받고 8년의 징역형에 처해진다는 것이 주된 줄거리이다. 경제적으로 궁핍하지만 섬세하고 명민한 청년인 라스콜리니코프는 자신의 독특한 철학적 이유로 살인을 하게 된다. 그러나 그의 살인 범행은 결코 정당화되거나 미화될 수 없다고 생각한다. 법률적인 평가를 떠나서라도 그의 살인은 인간성의 고귀한 어느 일면도

드러낼 수 없는 추악하고 초라한 '악행'일 뿐이라고 생각한다.

라스콜리니코프가 "내가 죽인 것은 인간이 아니다. 난 인간을 죽인 것이 아니라 주의主義를 죽였다."는 식의 철학적인 주장만을 끝까지 유지했다면 그는 정말 왜소하고 보잘것없는 인물에 지나지 않을 것이다. 그의 미칠 지경에까지 이른 치열한 내면적 고뇌도 진지하게 받아 줄 수 없을 것 같다. 우리가 주인공 라스콜리니코프에게 공명共鳴하게 되는 것은 그의 명석한 지성이나 병적일 정도로 예민한 자의식自意識, 또는 무고한 사람을 관념적인 이유로 살해할 수 있는 결단력 때문이 아니라 그가 겪은 고통의 진실성 때문이다. 또한 그가 보여준 타인에 대한 사랑 때문이다.

라스콜리니코프가 자신의 가족과 쏘냐를 비롯한 마르멜라도프의 가족에 대한 사랑을 끝까지 저버리지 않고, 오히려 자신의 개인적인 회의懷疑와 고뇌를 그 사랑의 높이에까지 끌어올렸기 때문에 그의 고통은 비로소 보편적인 것으로 이해될 수 있다. 라스콜리니코프가 범행의 죄책감과 체포에 대한 불안감, 열병에 시달려 거의 미쳐가는 극도의 긴장과 고통 속에서도 가족과 주변에 대한 사랑, 생에 대한 강한 긍정을 포기하지 않는 데서 우리는 인간성에 관한 새로운 진실과 가능성을 발견하게 된다. 도스토예프스키는 당시 러시아 민중의 고통스러운 삶의 모습과 순수한 젊은이의 영혼을 통해서, 극한적인 상황에서도 결코 부정될 수 없는 인류애를 발견해 내서 인간 존엄과 구원救援의 가능성을 제시한 것이다.

라스콜리니코프는 본인이 인정하고 있듯이 '초인超人'이 아니다. 그러나 그에 비한다면 다른 유형의 작중인물인 마르멜라도프나 스비드리가일로프는 자신의 고통을 제대로 이해하거나 짊어지지 못하고, 굴복하거나 스스로 무너진 사람으로 볼 수 있을 것이다. 라스콜리니코프가 관념적 고뇌의 결론으로서 살인을 '결행'하는 데에 그치고 말았다면 사실 그는 마르멜라도프나 스비드리가일로프 같은 사람과 별다른 차이가 없을 것이다. 그러나 라스콜리니코프는 그들보다 더 큰 사랑과 더 큰 고통을 짊어졌다. 그는 비록 엄청난 범죄를 저지르긴 했지만 회피하거나 굴복하지 않았고, 고통을 스스로 감당함으로써 '인간'으로 된 것이다.

> 나 때문에 울 건 없다. 살인자이긴 하지만 나는 평생을 두고 용기 있고
> 성실한 인간이 되도록 노력하겠어. 난 절대로 너희들의 명예를 더럽히
> 는 그런 짓은 하지 않겠다. 그 증거를 앞으로 보여줄 테니 두고 보렴.
> (6부 7장)

라스콜리니코프를 매우 명민하면서도 경제적으로 절망적인 처지에 빠져, 관념적인 혼란과 불안에 사로잡힌 오늘날 우리 사회의 어느 대학생과 비교해 볼 수 있을까? 가족이나 사회에 대한 원망, 자기 자신에 대한 회의에서 벗어나지 못하는 어느 대학생과. 누가 더 큰 의문을 가졌는가? 누가 자신의 의문에 더 끝까지 진지한가? 누가 더 많은 사랑을 짊어졌는가? 누가 더 많은 고통을 짊어졌는가? 누가 더 사랑과 고통을 피하지 않고 똑바로 마주보며 스스로 감당하는가?

도스토예프스키의 여러 작품 중에서 네오클에서 우선 어떤 작품을 읽을 것인가를 고심했다. 〈죄와 벌〉, 〈악령〉, 〈백치〉, 〈까라마조프 형제〉 중에서 어느 것을 먼저 읽는 것이 좋을까? 모두 매력적인 작품이고, 언젠가는 당연히 읽어야 할 작품이지만, 〈죄와 벌〉을 먼저 읽기로 일찌감치 생각해 두었다. 위의 대표적인 작품들 중에서 가장 먼저 출판되었기도 하지만, 주인공 라스콜리니코프가 처한 상황이 자라나는 청소년들에게 가장 어필할 수 있을 것 같아서였다.

특히 청년기에 흔히 빠지기 쉬운 관념적 경향에 대해서는 꼭 한 번 짚어보고 싶었기 때문에 관념에 의한 '철학적 살인'이라는 극단적 소재를 다루어 보는 것은 의미가 있다고 생각했다. 또한 이런 기회에 라스콜리니코프가 처한 절망적인 경제적 상황을 오늘날의 우리 사회와 대비해 가면서 생각해 보는 것도 좋을 것이다. 가난, 불평등의 문제는 〈죄와 벌〉의 중요한 배경이 되는 것이지만, 오늘날에도 크게 달라진 것은 없다. 오늘날 우리의 대학생이나 젊은이들도 이런 문제로 고뇌하고, 절망에 빠지기도 할 것이다. 라스콜리니코프가 택한 길이 반드시 옳은 길이 아닐 수도 있고, 도스토예프스키의 결론이 시대적으로 타당하지 않을 수도 있지만, 어쨌든 젊은이들이 상당한 관심을 가질 수 있는 부분이라고 생각했다.

토론모임에서는 우선 '죄와 벌'에 대한 일반적인 상념, 3부 5장에 나오는 라스콜리니코프의 논문 등에 관해서도 이야기했다. '죄와 벌'에 대한 일반적인 상념 부분에서는 특정 독후감과 관련하여 부모의 자식에 대한 체벌 문제에 관한 이야기가 나왔다. 가족 간의 경험적인 이야기들도 많이 나와서 부모와 자식이 함께 있는 자리가 어색하기도 했지만, 이런 문제들을 공개적으로 논의할 수 있다는 점은 좋게 생각되었다. 다만 정직하고 진지한 자세는 필요할 것이다. 다음으로는 라스콜리니코프의 살의의 동기와 관련하여, 경제적인 궁핍에 관해 특히 많은 이야기를 했다. 가난에 어떻게 대처할 것인가, 법이란 가진 자에게 유리한가 등의 현실적인 문제에 대해서까지 논의가 이어졌다. 물론 어떤 결론을 도출하자는 것이 아니라, 서로 다른 다양한 의견을 말하고 듣는 것일 뿐이다. 이런 주제들에 대한 학생회원들의 생각이나 발표 내용은 사실 추론에 불과하거나 '관념적인' 틀을 벗어나지 못하는 경우가 많았지만, 그렇더라도 이런 문제에 대해 한 번 깊이 생각해 볼 기회는 되었을 것이다.

데미안

〈데미안〉의 문제 제기 자체는 인류 보편의 문제일 것이다. 그러나 헤세의 접근은 구닥다리 같다는 것이 오랜 만에 다시 읽은 솔직한 느낌이다. 토론모임에서도 학생회원들이 〈데미안〉을 읽기에 어렵다는 의견이 나왔고, 〈이 작품이 청소년의 필독서로 적합한 것인가?〉라는 주제로도 이야기했다. 고등학생이 읽기에 너무 어렵고 청소년의 필독서로 적당하지 않다는 의견도 있었고, 자기 자신에 대한 진지한 관심을 촉발시킬 수 있는 책으로서 당장 완전한 이해가 어렵다고 하더라도 훗날에 도움이 될 수 있는 책이라는 견해도 만만치 않았다.

●●●

저자 : 헤르만 헤세 ‖ 읽은 때 : 2005년 6월

현재 우리 인간들은 모두 다 자연의 단 한 번의 귀중한 실험이다… 그러므로 어떤 인간의 이야기라 할지라도 중요하고 영원하고 장엄하다. 누구든지 인간은 살아서 자연의 뜻을 실현하고 있는 한은 훌륭한 존재이므로 행여 멸시를 받는 일이 있어서는 안 된다. 모든 인간은 '정신'의 일시적인 모습이며, 이 세상에 생을 부여받은 자의 고뇌의 한 예이므로 그리스도의 수난은 모든 인간 속에서 되풀이되는 것이다.

인간의 일생이라는 것은 모두 자기 자신에게 도달하기 위한 여정旅程이다. 그것은 크고 넓은 길을 찾아내려는 시도이며, 작고 좁은 오솔길의 암시이다. 사람은 이제까지 완전히 자기 자신이 된 적은 없다. 하지만 의식하고 있는 경우와 그렇지 않은 경우의 구별은 있을지언정 누구나 모두 완전한 자기 자신이 되려고 노력하는 것이다.

〈데미안〉의 깔끔한 머리말은 학창시절 처음 읽었을 때의 충격을 일깨우며 언제 읽어도 머리를 시원하게 하는 정돈감과 명징한 매력을 느끼게 한다. 또한 '프란츠 클로머 사건'으로 강하게 각인되어 있는 첫 장 〈두 개의 세계〉는 모두가 간직하고 있는 어린 시절의 상처와 아련한 향수를 불러일으킨다.

〈데미안〉은 우리 세대가 학창시절을 통하여 하나의 트렌드처럼 가장 많이 영향을 받은 작품일 것이다. 청소년기를 지나 대학생활로 접어들 무렵, 누구나 인생에 대한 근원적인 고뇌에 한 번쯤은 빠져들게 된다. 그러한 고뇌는 '나는 누구인가', '인간이란 어떤 존재인가'라는 식의 매우 관념적이고 사변思辨적인 천착穿鑿으로 나타나기도 하고, 이성異性에 대한 열정과 정념으로 표출되기도 하며, 장래의 불확실성에 대한 현실적인 고민의 형태를 띠기도 한다.

그러한 시기에 읽은 〈데미안〉은 방황하는 젊은 영혼의 안내자로서 커다란 자극과 위안을 준 것도 사실이지만, 지금에 와서 돌아본다면 한편으로 상당한 혼란과 모호함을 새로운 과제처럼 던져준 것으로도 회고된다. 그것은 헤세가 이 작품 안에서 스스로의 완결적인 결론에 이르지 못했기 때문일 수도 있겠지만, 당시의 우리에게 〈데미안〉의 바탕을 이루고 있는 서구문화에 대한 이해의 기반이 턱없이 부족한 데서 기인한 오해 때문이기도 할 것이다. 〈데미안〉에서 헤세 자신의 성장과정에 대한 검토, '자기실현'에 대한 비전과 함께 서구문명 자체의 운명과 진화의 방향이 모색되는데, 기독교의 제한으로부터 벗어나고 이를 극복하려는 관점으로 자주 표현된다. 그러나 위와 같은 치열한 문제의식도 사실은 헤세 자신의 문제였으며, 반드시 우리 자신의 문제와 일치할 수 있는 것도 아니었다는 점을 뒤늦게 깨닫는다.

〈데미안〉에서 제시된 것은 물론 모두 인류 보편의 문제 제기였지만, 헤세의 문제를 '나의 문제'로 다시 이해하고 깨닫기까지는 또 다른 엄청난 세월이 필요했던 것이다. 우리는 피를 뚝뚝 흘리면서, 아무런 보장이나 기약도 없이, 커다란 닫힌 문 앞에 서서, 그저 기다려야 했던 것이다. 아프락사스, 베아트리체, 에바 부인, 그것들은 모두 하나의 상징에 지나지 않았던 것이다. 헤세가 '자기 자신에게 도달하기 위한' 어두운 길을 더듬어 가면서 어렵게 발견해 낸 하나의 설명 방법이며, 우연히 떠오른 이해의 방편에 불과했던 것이다. 데미안, 싱클레어, 피스토리우스도 마찬가지다. 우리는 때로는 싱클레어도 되고, 때로는 데미안이나 피스토리우스도 되어 그 모든 상징들을 이해하기 위해, '알을 깨고 나오기 위해' 얼마나 애썼던가! 그 모든 의지와 노력은 하나하나 바윗돌에 새겨져 다시 엄청난 세월을 서서 견디면서, 더 큰 이해에 의해 스스로 깨뜨려지기를 얼마나 갈망했던가!

〈데미안〉은 그 시절의 우리가 자신을 이해하기 위한 하나의 열쇠였다. 어떤 의미에서 매우 불친절한 열쇠였다. 하지만 이 세상에 열쇠라는 것이 있을 수 있다는 것, 해답의 존재 가능성 자체는 얼마나 꿈같은 희망이며 믿어지지 않는 구원이었던가! 우리 각자는 '자기 자신에 도달하기 위한' 스스로의 유일한 열쇠일지 모른다. 우리는 헤세와 마찬가지로, 자신이 혼자서 발견해낸 상징과 설명 방법을 통해서만 자기 자신을 이해할 수 있을 것이다. 우리가 불가피하게 어떤 상징을 통해서만 진실에 다가설 수 있다면, 우리가 사랑하는 사람들은 우리가 찾아낸 가장 훌륭한 상징일 것이다.

⋯

우리의 젊은 시절에 〈데미안〉은 그야말로 유행병과도 같은 필독서였다. 헤르만 헤세라는 작가의 인기나 비중도 지금과는 비교할 수 없을 정도였다. 당시 종로서적 같은 대형 서점마다 헤르만 헤세 코너가 따로 있었던 기억이 난다. 〈데미안〉은 웬만하면 멋으로라도 한 권씩 들고 다녔던 것 같다. 젊었을 때 매우 중요한 책으로 생각하며 심취했던 〈데미안〉을 이번에 네오클 도서로 다시 읽어보니 다소 쑥스러운 느낌이 드는 것이 사실이다. 유치하다고까지 할 것은 없지만, 지나치게 관념적이라는 느낌이랄까? 역시 지나간 시절의 추억 속에서만 크게 자리 잡은 작품이 아닌가 하는 거리감 같은 것이 느껴진다.

아이들은 이런 책을 과연 어떻게 읽을 것인가? 공감 여부를 떠나서 일단 매우 어렵다고 생각하는 것 같다. 큰아이 정석의 독후감을 보더라도 "재미있게 읽었지만 반도 이해하지 못한 것 같다."는 것이다. 고등학교 2학년 정도로서는 제대로 이해하기 쉽지 않을 것이다. 그래도 〈데미안〉을 몰입해서 읽을 수 있었던 이유를 다음과 같이 쓰고 있다.

"이 소설의 배경은 20세기 초 독일이고 주인공 싱클레어는 독일의 유복한 집안에서 자라는 소년이지만 그런 것은 별로 문제가 아니었다고 생각한다. 그가 고민했던 문제는 이 세상에 태어나서 죽어야 하는 인간이라면 시대, 국가, 연령에 상관없이 모두가 한번쯤은 생각해 보아야 할 인류의 보편적인 문제인 것이다."

〈데미안〉의 문제 제기 자체는 인류 보편의 문제일 것이다. 그러나 헤세의 접근은 구닥다리 같다는 것이 오랜 만에 다시 읽은 솔직한 느낌이다. 토론모임에서도 학생회원들이 〈데미안〉을 읽기에 어렵다는 의견이 나왔고, 〈이 작품이 청소년의 필독서로 적합한 것인가?〉라는 주제로도 이야기했다. 고등학생이 읽기에 너무 어렵고 청소년의 필독서로 적당하지 않다는 의견도 있었고, 자기 자신에 대한 진지한 관심을 촉발시킬 수 있는 책으로서 당장 완전한 이해가 어렵다고 하더라도 훗날에 도움이 될 수 있는 책이라는 견해도 만만치 않았다. 〈데미안〉을 왕년의 문제작으로 볼 것인가, 아니면 인류의 영원한 고전으로 보아야 할 것인가?

　두 번째 주제는 〈데미안에게도 싱클레어 같은 시절이 있었을까?〉라는 재미있는 제목이었다. 즉, 싱클레어가 겪은 자기 파괴적인 정신적 방황이나 갈등은 성장을 위해서 반드시 필요한가의 문제다. 적정한 교육을 통해 대혼란이나 좌절 없이도 정신적 성취를 이루어 나갈 수 있다는 견해와 '알을 깨고 나오는' 과정에는 커다란 진통과 자기부정自己否定이 불가피하다는 견해가 역시 대립되었다. 어찌 보면 질문 자체가 어리석다고도 할 수 있지만 아이들과 함께 이야기하기에는 재미있는 주제였다. 어느 한 방향으로의 답을 말하게 되면 틀린 답이 될 것이다. 둘 다 맞는 답이라고 말하고 싶다. 얼핏 모순되는 듯한 여러 차원을 동시에 받아들이고 이해하려는 것은 나이 먹은 사람의 특징일 것이다. 그래도 그런 문제에 관해 최선을 다해서 아이들과 함께 이야기해 보는 것은 재미있는 일이다.

서정주 시선

요즘 학생들은 예전처럼 시를 가까이 하지 않는 것 같다. 학교에서 시를 배우기는 하는 것 같은데 시집을 사서 읽거나 하는 일은 거의 없는 것 같다. 참 아쉬운 일이다. 정석, 민석에게도 이전부터 생일선물로 시집을 사 주거나 좋은 시를 메일로 보내주기도 하고 신문에서 오려서 스크랩을 해서 주기도 했는데, 그다지 반응을 보이지 않는 것 같다. 네오클에서 올해 4월에 영미시선英美詩選을 할 때에도 민석이 예이츠의 〈첫사랑〉이라는 시에 대해 독후감을 올린 것을 제외하고는 학생회원들의 호응은 거의 없었다.

● ●

저자 : 서정주 ‖ 읽은 때 : 2005년 7월

서정주의 시는 20대 중반 어느 시절에 거의 외울 정도로 매일 읽어 그 시 세계가 현실과 혼동되고, 시어詩語가 일상의 언어와 뒤섞인다는 느낌마저 들 때가 있었다. 하지만 불우했던 그 시절을 돌아볼 때, 자기 감흥에 치우쳐 시를 읽으면서 오직 나 자신만을 계속 반추하는 데 그쳤다는 아쉽고 부끄러운 기억이 먼저 떠오른다. 서정주 시인은 시적 체험에 대해 "그것은 울음이나 환희의 마지막인 것과 동시에 그뿐만 아니라 또 제일로 잠 잘 깬 밝은 눈의 이해임에 틀림없다."고 했다. 울음이나 환희의 주관적인 체험을 넘어설 수 있을 때만이 '시'라고 할 수 있다는, 항상 새겨야 할 따끔한 말이다. '시'는 인간과 사물에 대한 전혀 새로운 이해이며, '지금까지의 나'를 초과하는 곳에서 시작되는 것이리라.

　제1시집 〈화사집花蛇集〉(1938) 시대의 서정주의 시는 쉽게 이해할 수 있을 것 같다. 수천 년간의 전통사회 정서 속에서 살아온 명민한 소년과 거센 서양 문화의 충돌은 '화사花蛇'의 징그럽고 강한 이미지로 표출될 수밖에 없었음을 이해한다. 그러한 충격은 서정주의 시대뿐 아니라, 길게 본다면 1970년대까지 이 땅의 모든 지식인들의 젊은 시절을 휩쓸고 지나간 일반적인 충격이기도 할 것이다. 성경, 보들레르, 니체 등 거역할 수 없는 '새로운 힘과 진리'는 시인이 그때까지 살아온 삶과 도대체 아무런 관련도 없는 것이었고, 따라서 강력한 파괴와 혼란은 불가피한 것이었다. 그러한 시기의 '무한 욕망의 그윽한 전율'(〈정오正午의 언덕〉)은 '미친 하늘에서 들리는 미친 오필리아의 노래 소리'(〈도화도화桃花桃花〉)나, '스물 난 색시, 순네의 고양이 같은 고운 입술에 스미는 배암'(〈화사花蛇〉)에서 놓여날 수 없었던 것이다.

방향을 잡을 수 없는 정열과 관능이 제2시집 〈귀촉도歸蜀途〉(1946)에서 우리 고유의 정서로 순화된 것은 어쩌면 당연한 귀결일지도 모른다. 거대한 혼란과 파괴의 포연砲煙 속에서 시인은 여러 가지 모색을 거듭하면서, 역시 본인이 '가장 잘 아는 소재'로써 돌파구를 찾을 수밖에 없었을 것인데, 그 소재는 다름 아닌 '우리 고유의 정서에로의 복귀'였을 것으로 이해된다. 시인은 '저 마약痲藥과 같은 봄과 무지無知한 여름'을 다 지냈다고 술회하고(〈목화〉), "눈이 부시게 푸르른 날은 그리운 사람을 그리워하자."(〈푸르른 날〉)고 노래할 정도의 여유를 찾으면서, 새로운 정신세계의 지평을 열어가는 것이다.

제3시집 〈서정주 시선〉(1955)에서 시인은 삶에 대한 결론적인 이해에 도달하여 그의 시에 있어서 개인적 정신세계를 완성했다고 생각한다. '국화 옆에서', '추천사鞦韆詞', '춘향유문春香遺文', '상리과원上里果園', '산하일지초山下日誌抄'의 시 세계에서 시인은 스스로도 궁금해 하고, 의심하기도 했던 자신 내부의 폭발을 아름다움과 기쁨이라고 완전히 이해했을 뿐 아니라, 그 이해는 매우 충족적인 것이어서 사실 더 이상 앞으로 나아갈 곳도 없는 그러한 이해였던 것이다. 시인은 '누이의 어깨 너머 누이의 수繡틀 속의 꽃밭을 보듯'(〈학鶴〉) 세상을 보자고 권유하며, '저승이 어딘지는 똑똑히 모르지만 춘향의 사랑보다 오히려 더 먼 딴 나라는 아닐 것'(〈춘향유문〉)이라고 확신한다. 또한 시인이 살아가는 '이 세상'인 '꽃밭'은 '우리 조카딸년들이나 그 조카딸년들의 친구들의 웃음판과도 같은 굉장히 즐거운 웃음판'이고, '하나도 서러울 것이 없고, 이것들을 서러워하는 미물微物 하나도 없는' 곳이기 때문에 "저것들의 꽃봉오리와 꽃숭어리의 어느 것에 대체 우리가 항용 나직이 서로 주고받는 슬픔이란 것이 깃들어 있단 말인가."(〈상리과원〉)라고 오히려 우리에게 되묻고 있는 것이다.

제4시집 〈신라초新羅抄〉(1960), 제5시집 〈동천冬天〉(1968)과 그 이후의 시에서 시인은 위와 같은 깨달음을 불교, 윤회사상, 삼국유사를 통한 우리 민족의 신화 속으로 심화시켰다. 천년 땅속 깊은 곳에서 '신라新羅'를 캐내어 우리 앞에 펼쳐 보인 시인의 접신接神의 경지는 우리 정신문화의 깊이를 새롭게 했다. 그러나 '꽃밭의 독백', '사소娑蘇의 편지', '연꽃 만나고 가는 바람같이', '외할머니 마당에 올라온 해일'과 같은 아름다운 작품들, 그 이후의 〈서정주 문학전집 I 〉에 수록된 훌륭한 시들은 그 영역을 확장하고, 깊게 하고, 풍부하게 했지만, 정신세계 근본에 있어서의 새로운 진전은 없다고 생각한다.

시인 서정주의 천재성은 〈서정주 시선〉 시대에 이미 가능한 정신세계의 끝에 도달한 것으로 생각된다. 특히 시인이 이 시기에 도달한 아름다움의 자기충족은 매우 완결적이고 순환론적인 것이어서 더 이상의 새로운 정신세계로 발전하는 것이 불가능하다고 생각되기 때문이다. 아름다운 것은 아름답기 때문에 진리이며, 다시 진리이기 때문에 역시 아름다운 것이어서 새로운 단계로의 개벽이 있을 수 없다는 것이다. 〈신라초新羅抄〉 이후의 시에서의 윤회사상과 그 이후 제6시집인 〈질마재 신화〉(1972), 제7시집 〈떠돌이의 시〉(1975)에서 시인 내면의 가장 아름다운 풍경인 고향과 어린 시절의 추억으로 회귀하는 것도 위와 같은 시인의 순환론적인 정신세계와 깊은 관련이 있다고 생각되는 것이다. 그 이후 시인이 세계 각국을 여행하면서 쓴 많은 시들도 그 소재의 다양성과는 관련 없이, 새로운 정신세계의 개척과는 무관할 것이다.

서정주 시인은 사람과 자연의 아름다움의 비밀을 어렵게 발견하고 드러내어 우리 앞에 펼쳐 보여 주었다. 우리의 손톱에 '분홍'과 '초생달'과 '반달'이 있다는 것을 일깨워 주었고[1], '호화로운 꽃을 피운 하늘의 부분'이 따로 있으며[2], 쟁기질 같은 일도 '예쁜 계집애 배 먹어 가듯' 할 수 있다고 알려 주었다[3]. 그러한 발견은 아주 중요한 것이다. 손톱은 그냥 손톱이 아니고, 돌은 그냥 돌이 아니며, 꽃은 그냥 꽃이 아니라는 것. 그런 발견은 아주 중요한 것이다. 손톱이 그냥 손톱이고, 돌이 그냥 돌이고, 꽃이 그냥 꽃이라면 우리 인간은 그냥 인간이고, '단백질의 우연하고 일시적인 결합'에 불과할 것이다.

우리 앞에 놓인 인간과 자연은 대체 무엇일까? 우리가 철석鐵石같이 믿고 의지하는 감각 작용에 의하여 우리가 '그러하다'고 막연히 느끼고 생각하는 모든 것들은 실제로 '그러한가'? 시인은 과학자와 마찬가지일 것이다. 인간을 포함한 세계를 정확하게 이해한다는 것, 보이는 것을 통하여 보이지 않는 것을 보며, 또는 본다는 행위가 과연 무엇인가를 다시 새롭게 규정하고 이해해가는 일은 얼마나 어렵고, 힘든 일인가? 또한 얼마나 재미있고, 즐거운 일인 것인가?

---

1. 우리 님의/손톱의/분홍 속에는/내가 아직 못다 부른,/노래가 살고 있어요.〈우리 님 손톱의 분홍 속에는〉아 내 곁에 누워있는 여자여./네 손톱에 떠오르는 초생달에도/내 연인의 꿈은 또 한 번 비친다.〈눈오는 날〉그 애 손톱의 반달 속에서/다시 뻗쳐 나가는 뻐국새 소리/나와 둘이 숨 모아 뻗쳐 보내던/그 계집아이는.〈기억〉
2. 어느 해 봄이던가, 머언 옛날입니다./나는 어느 친척의 부인을 모시고 성 안 동백꽃 나무 그늘에 와 있었습니다./부인은 그 호화로운 꽃들을 피운 하늘의 부분이 어딘가를 아시거나 하는 듯 앉아 계시고, 나는 풀밭 위에 홍건한 낙화가 안쓰러워 주워 모아서 부인의 펼쳐 든 치마폭에 갖다 놓았습니다./쉬임없이 그 짓을 되풀이했습니다.〈나의 시〉
3. 우리 마을 진영이 아재 쟁기질 솜씬/예쁜 계집애 배 먹어 가듯/예쁜 계집애 배 먹어 가듯/안개 헤치듯/장갓길 가듯.〈진영이 아재 화상(畵像)〉

···

네오클 모임을 구상할 때부터 기회가 될 때마다 네오클을 통해서 시를 자주 접하면 좋겠다고 생각했다. 뚜렷한 근거를 대지는 못하지만, 시에는 문학의 다른 장르에서 얻을 수 없는 중요한 무엇인가가 있다는 것이 개인적인 생각이다. 과학으로써만 도달할 수 있는 어떤 정신적 경지가 있듯이, 시로써만 도달할 수 있는 지극한 정신적 경지가 있다고 생각하는 것 같다. 한 나라의 정치 지도자가 꼭 시인일 필요는 없지만 반드시 시를 이해해야 한다고 생각한다. 정치지도자라면 노동자나 농부나 군인의 마음 뿐 아니라 시인의 마음도 역시 잘 이해해야 할 것이다. 그래야 비로소 인간 정신에 대한 깊이 있는 이해가 가능하다고 생각한다. 시는 사람의 가장 깊은 마음을 표현한다고 생각한다.

그러나 요즘 학생들은 예전처럼 시를 가까이 하지 않는 것 같다. 학교에서 시를 배우기는 하는 것 같은데 시집을 사서 읽거나 하는 일은 거의 없는 것 같다. 참 아쉬운 일이다. 정석, 민석에게도 이전부터 생일선물로 시집을 사 주거나 좋은 시를 메일로 보내 주기도 하고 신문에서 오려서 스크랩을 해서 주기도 했는데, 그다지 반응을 보이지 않는 것 같다. 네오클에서 올해 4월에 영미시선英美詩選을 할 때에도 민석이 예이츠의 〈첫사랑〉이라는 시에 대해 독후감을 올린 것을 제외하고는 학생회원들의 호응은 거의 없었다. 이번에 〈서정주 시선〉을 할 때에도 학생회원들은 토론모임에는 참여했지만 독후감은 아무도 올리지 않았다. 이를 너무 아쉽게 생각하는 것이 기성세대로서의 편협한 집착인지도 모르지만 아쉽게 느껴지는 것은 어쩔 수 없다. 언제 더 좋은 기회에 반드시 다시 시에 대해서 거론하고 싶은 욕심이 있다.

토론모임의 첫 번째 주제는 서정주 시인의 친일 행적과 관련하여, 〈예술가의 예술적 활동과 사회적 책임과의 관계〉였다. 개인적으로는 그다지 마음에 들지 않는 주제였다. 학생들의 입장에서는 서정주 시의 아름다움을 이해하고 즐기는 것이 우선 더 중요하다고 생각하기 때문이다. 사회적 책임이나 비판의식이 중요하지 않다는 것은 아니지만, 먼저 본령을 제대로 알아야 정당하고 의미 있는 비판이 가능하다고 생각한다. 아무튼 토론과정에서 서정주의 친일시親日詩, 군사정권을 찬양하는 시가 소개되기도 하고 서정주에 대한 비판적인 견해도 많이 거론되었다.

　두 번째 주제는 내가 제안한 것인데, '서정주의 시 〈춘향유문春香遺文〉을 읽고 춘향에 대해 갖게 되는 개인적 느낌, 그 시에 나타난 춘향의 성향을 통하여 〈춘향전〉이라는 작품을 어떻게 다시 조명할 수 있을 것인가?'였다. 서정주의 시를 하나라도 제대로 감상해 보자는 간절한 마음에서 제안한 것이다. 또한 서정주가 새롭게 발견해 낸 '춘향'을 통해서 우리가 익히 알고 있는 〈춘향전〉을 새로운 시각으로 바라본다는 것도 의미 있다고 생각했다. 〈춘향유문春香遺文〉을 함께 낭송해 가면서 열심히 즐겁게 이야기했다.

개선문

작은아이 민석은 독후감에서 라비크를 "순수한 사랑을 하기에는 너무 상처를 많이 받았다."고 규정하고 "그에 비하면 조앙 마두는 오히려 더 열정적이고 인간적인 사랑을 하려 한다."고 쓰고 있다. 큰아이 정석 도 "조앙 마두는 매우 당찬 여주인공이다. 그녀는 라비크에 대한 자신의 사랑에 강한 자신감을 갖고 있으 며 자신의 소신에 따라 당당하게 행동한다."고 쓰고 있다. 윤리적으로 비난받을 법한 조앙 마두에 대한 긍 정적인 관점들이 꽤 인상적이다.

●●●●●●●●●●●●●●●●●●●●●●●●●●●●●●●●●●●●●●

저자 : 레마르크 ‖ 읽은 때 : 2005년 8월

레마르크의 〈개선문〉은 독일의 폴란드 침공으로 시작되는 제2차 세계대전 전야前夜의 파리를 배경으로 전쟁의 먹구름에 짓눌린 외국인 피난민, 창녀 등 하층민들의 불행하고 어두운 분위기를 그리고 있다. 나치를 피해 독일을 탈출한 피난민으로서, 군건한 의지로 묵묵히 휴머니즘을 실천하는 유능한 외과의사 라비크. 상처 입은 고독한 맹수와도 같은 라비크는 아마도 문학사상 가장 매력적인 남자 주인공일 듯하다. 늦은 밤 카페에 혼자 앉아 단숨에 들이키는 칼바도스 한 잔, 밤샘 수술 후 따뜻한 커피 한 잔에 몸을 맡기는 라비크의 우수 어린 모습은 대학시절 이 책을 처음 읽었을 때부터 강렬한 이미지로 남아 있다. 라비크가 퐁드랄마 다리 위에서 갈 곳 없이 자살하려고 서성대는 불쌍한 여인 조앙 마두를 우연히 만나 도와주면서 이야기가 시작된다.

　〈개선문〉은 무엇보다도 라비크와 조앙의 사랑 이야기다. 중간에 나오는 라비크와 케이트 헤이그슈트램과의 관계, 하아케에 대한 복수 이야기 등은 핵심적인 내용은 아니다. 반전反戰사상이나 휴머니즘도 배경에 불과하고, 〈개선문〉이 고전으로 길이 남을 수 있는 것은 남녀 간의 사랑 이야기가 탁월하기 때문이라고 생각한다. 그러나 완벽하다고 할 수 있는 남자 라비크와 여성스럽기 그지없는 조앙의 사랑은 전혀 원만하게 진행되지 않는다. 그들의 사랑은 불안 속에서 시작되어 자포자기적인 열정과 갈등으로 이어지다가, 결국 허무하고 비극적인 결말을 맞게 된다. 언제 추방될지 모르는 라비크의 난민의 처지나 고조되는 전쟁의 공포와 같은 외부의 상황 탓으로만 돌릴 수는 없을 것 같다.

두 사람의 계속 평행선을 달리는 반복되는 갈등은 남녀 간의 근본적인 차이, 멀고 깊은 역사적·생물학적 기원의 차이마저 생각하게 한다. 남녀 간의 사랑의 본질을 간파한 것이 〈개선문〉의 중요한 매력이라고 생각한다. 예민하고 사려 깊은 라비크도 조앙의 사랑을 제대로 이해하지 못하고 조앙이 마지막 숨을 거두는 순간에야 사랑의 진실에 대해 깨닫게 되는 것이다.

> "당신이 나에 대해 뭘 안다는 거지? 모든 것을 의심하지 않을 수 없게 된 한 생명에 애정이 싹튼다면 어떻게 되는지 당신이 알고 있나? 여기에 비하면 당신의 도취 따위는 아무것도 아냐. 아무렇게나 흘러가는 헛바닥이 재빨리 압착해서 말과 감정의 스테레오판을 만들어 낼 수 있다고 생각하나? 당신은 도취를 사랑하고 있는 거야."(25장)

> "당신이 없었더라면 나는 더욱 외로웠을 거야. 당신은 나의 빛이었으며 슬픔과 기쁨이었어. 당신은 나를 일깨워 주고 나에게 당신과 나 자신을 주었어. 당신은 나에게 생명을 불어넣어 준 거야."(33장)

라비크에 비한다면 조앙은 처음부터 매우 일관되고, 끝까지 사랑에 충실하다고 할 수 있을 것이다. 그녀가 다른 남자를 만나는 등으로 신의에 어긋나게 행동한 것은 사랑이 깨지게 된 원인이 아니고, 사랑이 깨진 결과라고 생각한다. 그녀가 여성성女性性을 충분히 발휘하였음에도 그 여성성이 제대로 꽃피지 못한 것은 그녀의 잘못만은 아니라고 생각한다.

> "사람이 자기 자신의 일부만으로 살지 않고 전체로 살고 있을 때 얼마나 아름다워요! 사랑이 가장자리까지 가득 차 더는 집어넣을 수가 없어서 조용히 안정되어 있을 때 얼마나 아름다워요."(16장)

> "당신을 사랑한다는 것, 그것은 변함없는 나의 진심이에요. 당신은 나의 지평선, 저의 모든 생각은 당신으로 가득 찼어요. 제게 일어나는 일은 어떠한 일이든 항상 당신의 범주를 벗어나는 법이 없어요."(22장)

> "아니에요. 저는 그때, 우리가 처음 만났을 때… 이미 각오를 하고 있었는걸요. 어디로 가야 좋을지 몰라 방황했었으니까요. 지난 1년은 당신이 저에게 주신 거예요. 선물로 받은 인생이었어요."(33장)

〈개선문〉은 주인공들의 비극적인 사랑과 점령 당하기 직전의 파리의 어둡고 우울한 인간 군상들을 잘 조화시키면서 점차 종국을 향해 치닫게 된다. 주점 세헤라자드의 도어맨 모로소프, 주점 오시리스의 마담 롤랑드, 낙태수술을 잘못하여 라비크의 수술로 목숨을 건진 후 창녀로 전락하는 뤼시앵 마르틴, 교통사고 배상을 더 받기 위하여 다리 절단을 요구하는 어린 소년 잔노 등 주변 인물들도 비극적인 연인들과 어우러져 작품의 무거운 분위기를 더욱 어둡게 한다. 교향곡의 주제가 주변과 서로 상응하면서 마침내 절정에 도달하듯이, 케이트 헤이그슈트렘을 태운 현대판 '노아의 방주' 노르망디 호가 떠나가면서 조앙 마두의 죽음으로 이야기는 어두움의 극점에 도달하게 된다.

라비크는 모두 떠나간 파리에 남아 있다가 불법입국자로 체포된다. 소설의 마지막 대목은 트럭에 태워져 어딘지도 모르는 수용소로 끌려가는 라비크의 시선에 비치는 개선문을 묘사하고 있다.

> 트럭은 와그람 거리를 달리다가 에뜨왈 광장으로 꼬부라졌다. 어디에
> 도 불빛은 없었다. 광장에는 어둠만이 감돌고 있었다. 너무나 어두워서
> 개선문조차 볼 수가 없었다.(33장)

작품의 제목이기도 한 마지막 대목의 '개선문'은 무엇을 상징하고 있을까? "개선문조차 볼 수가 없었다."는 것은 또 무슨 뜻일까? 나폴레옹에 의해 전 세계로 퍼져간 프랑스혁명의 빛나는 자유, 전체주의에 의해 짓밟히기 직전인 그 자유의 위기를 안타깝게 상징하고 있는가? 아니면 개인과 자유를 위해 신념과 사랑을 잃어버린 현대의 출발점을 상징하고 있는 것일까?

...

〈개선문〉은 매력적인 소설이고 라비크는 매력적인 주인공이다. 큰 상처를 입은 고독한 남자, 불안정한 처지의 불법입국자이면서도 강인한 정신과 완력을 지닌 휴머니스트이자 유능한 외과의사이다. 여성에 대한 이해와 따뜻한 배려심까지 겸비했다. 수술을 대행한 후의 쓸쓸한 커피와 담배, 혼자서 들이키는 칼바도스 한 잔까지, 매력 만점의 남자다! '전쟁과 사랑'이라는 전형적인 흥행 요소까지 갖추어서 그런지 회원들 모두 재미있게 읽었다는 평이다.

전쟁의 공포, 라비크의 정치적 상황에 초점을 맞춘 독후감도 있었지만, 개인적으로는 라비크와 조앙 마두와의 사랑에 중점을 두게 된다. 나의 독후감도 '사랑에 충실한' 조앙 마두를 이해하고자 하는 편에 서 있지만, 우리 가족들의 관점도 대개 비슷한 것 같다. 작은아이 민석은 독후감에서 라비크를 "순수한 사랑을 하기에는 너무 상처를 많이 받았다."고 규정하고 "그에 비하면 조앙 마두는 오히려 더 열정적이고 인간적인 사랑을 하려 한다."고 쓰고 있다. 큰아이 정석도 "조앙 마두는 매우 당찬 여주인공이다. 그녀는 라비크에 대한 자신의 사랑에 강한 자신감을 갖고 있으며 자신의 소신에 따라 당당하게 행동한다."고 쓰고 있다. 윤리적으로 비난받을 법한 조앙 마두에 대한 긍정적인 관점들이 꽤 인상적이다.

아내의 독후감도 역시 조앙 마두의 편에 서 있다.

"조앙이 라비크를 진정 사랑하면서도 라비크에 정착하지 못하고 이중생활을 하며 흔들리는 모습도 처음에는 선뜻 이해가 가지 않았지만 차츰 잘 이해할 수 있게 되었다. 라비크의 너무 단정한 태도에서 받는 상처, 스스로 너무 약하기 때문에 라비크의 사랑을 신뢰할 수 없는 능력 부족, 그리고 불안한 시대가 가져다주는 긴장은 연약한 조앙에게는 견디기 힘든 상황이었으리라 생각된다."

그러나 마무리는 역시 라비크의 매력에 대한 칭찬으로 돌아간다.

"라비크는 황당한 행동을 하는 조앙을 있는 그대로 이해하며 받아들이고 그녀의 부정한 행동까지도 당연히 용서할 수 있는 깊은 사랑을 보여준다. 그가 조앙에게 보여준 이런 사랑이 사실은 라비크의 가장 큰 매력이자 이 소설의 가장 중요한 내용이라고 생각한다."

토론모임에서 진행한 주제들은 다음과 같다.

(1)작품의 마지막에서 '개선문'이 상징하는 바는 무엇인가? (2)라비크가 조국 독일의 전쟁을 회피하면서 스페인 내전에 참전했던 점을 어떻게 평가할 것인가? (3)라비크와 조앙 마두의 사랑, 갈등과 관련한 두 사람의 상반된 입장을 어떻게 이해하는가? (4)주인공 라비크의 직업이 의사로 설정된 것에 대하여 어떻게 생각하는가?

〈개선문〉을 읽으면서 네오클 모임도 30회를 맞이했다. 시작한 지 어느덧 2년 반을 넘어섰다. 뒤풀이 모임에서 50회 모임 쯤에는 간단한 자축연을 갖자는 즐거운 구상도 이어졌다.

전쟁과 평화

학생회원들은 학교 공부를 하느라 분량이 많은 〈전쟁과 평화〉를 읽지 못했다. 나중에 시간을 내서 꼭 읽어 보라고 당부하긴 했지만 안타까운 일이다. 〈전쟁과 평화〉같은 책을 제대로 한 번 읽는다면 사실 어떤 공부 보다도 소중한 성과를 가져다 줄 텐데……. 토론모임에는 우리 아이들을 비롯한 많은 학생회원들이 참석했는데, 책을 읽지 않은 사람이 많아서 작품의 내용에 관해 이야기하기가 어려웠다. 궁여지책으로 '전쟁'에 관한 일반적인 주제를 정해서 이야기했다.

● ●

저자 : 톨스토이 ‖ **읽은 때 : 2005년 9월**

〈전쟁과 평화〉의 장대한 구성은 빅토르 위고의 〈레미제라블〉과 〈삼국지三國志〉를 동시에 읽는 듯한 재미를 느끼게 한다. 〈레미제라블〉이 프랑스혁명의 성과 위에서 인류의 미래를 희망적으로 예언했다면, 〈전쟁과 평화〉는 프랑스혁명을 보다 객관적으로 바라보며 전쟁에 대한 비판적인 입장을 견지한다. 나폴레옹 전쟁을 인류가 최악의 살육을 감행하면서 한 번 서에서 동으로 크게 이동했다가 다시 동에서 서로 크게 이동한 것으로 보며, 혁명과 전쟁, 인류의 운명을 좌우하는 것은 나폴레옹과 같은 영웅이 아니라 민중이라는 점을 지적한다.

작품의 중심적인 인물은 볼콘스키 집안의 안드레이와 로스토프 집안의 나타샤, 그리고 피에르 베주호프다. 세 사람은 모두 비범한 인물들로서 그들의 정신적 성장, 그들 사이의 사랑과 갈등이 전쟁이라는 거대한 배경과 얽히면서 이야기가 진행된다. 안드레이는 아우스테를리츠 전투에서 포로가 되었다가 귀향한 후 2년간 시골에서 한걸음도 나오지 않은 채 침체된 생활을 하게 된다. 이 무렵 안드레이가 전쟁의 충격에 의한 좌절과 침체에서 벗어나 다시 사회로 복귀하는 계기가 되는 매우 중요한 장면이 나온다. 커다란 떡갈나무 아래를 혼자 걸어가면서 안드레이는 인간과 사회에 대한 커다란 사랑과 책임감을 갑자기 깨닫게 되는데, 이는 나타샤와의 비약적인 사랑을 가능하게 하는 출발점이 되는 감동적인 장면이다.

나는 내가 내 안에 가지고 있는 모든 것을 자기 혼자서 알고 있다는 것만으로는 불충분하다. 이것은 모든 사람에게 알려 주어야 한다. 피예르도, 하늘로 날아가고 싶다고 한 그 소녀(나타샤)도 모두 나를 알아 주어야 한다. 내 생활이 나만을 위해 흘러가거나, 그 사람들이 내 생활과는 아무런 관계도 없이 살고 있어서는 안 된다. 내 생활은 모든 사람에게 반영되어, 모든 사람이 나와 더불어 살아가게 되어야 한다!(2권 3편)

—안드레이

안드레이가 보르지노 전투에서 중상을 입은 후 나타샤의 간호를 받다가 죽는 과정에서 두 사람의 사랑은 더욱 아름답고 애절하게 꽃피게 된다. 두 사람의 사랑이 안드레이가 죽은 후에 나타샤와 피예르와의 사랑으로 이어질 수 있었던 것도 안드레이가 죽음 직전에 도달한 고도의 정신적 경지가 나타샤에게 이해되고 전달되었기 때문에 가능했던 것으로 생각한다.

사랑은 죽음을 방해한다. 사랑은 생명이다. 모든 것, 내가 이해하고 있는 모든 것이 존재하는 것도 다만 내가 사랑하고 있기 때문인 것이다. 모든 것은 다만 이 사랑으로 맺어져 있다. 하느님은 사랑이다.(4권 1편)

—안드레이

피에르가 안드레이를 뒤이어 나타샤를 사랑하기까지는 자기 발견과 이해의 험난한 과정을 거쳐야 했다. 순수한 감각을 지녔으나 여러 면에서 미숙하고 때로는 어리석었던 피에르의 무한한 가능성은 톨스토이가 꿈꾸던 러시아의 잠재력이자 희망이었을 것이다. 엘렌과의 어정쩡한 결혼, 방탕한 생활, 자유석공조합 가입 등의 방황은 비약적인 변신을 내재한 피에르에게는 필연적인 과정이다. 그는 나타샤를 비롯한 모든 사람을 이해하고 사랑할 수 있는 성숙한 사람, 실제적인 일들을 능숙하게 처리하는 거대한 인물로 다시 태어나 새로운 시대정신을 홀로 깨닫고 실천하게 된다. 피에르가 관념적인 고뇌와 방황을 극복하고 나타샤와 함께 견실한 가정을 꾸려나간다는 설정에서 작가 톨스토이의 조국 러시아에 대한 뜨거운 사랑과 염원이 느껴진다.

톨스토이의 주된 관심 방향은 주인공들의 개인적인 각성이나 사랑보다도 전쟁을 비롯한 인류의 역사와 운명에 관한 것으로 생각되는데, 이를 통찰하는 탁월한 인물로 설정된 사람은 러시아의 총사령관 쿠투조프 장군이다. 삼국지의 제갈공명諸葛孔明을 연상시키는 이 인물은 동양적인(러시아적인) 미덕을 지닌 고독한 위인으로 등장한다. 지식이나 지혜를 무시하며, 작전회의 때 아무런 말을 하지도 듣지도 않고 계속 졸기만 하는 쿠투조프. 전황 보고조차 전혀 듣지 않으며, 보고하는 사람의 표정이나 뉘앙스를 통해서만 상황의 진실을 파악하려 애쓰는 쿠투조프. 인간적인 약점도 숨김없이 그대로 드러내는 이 애꾸눈 노인의 위대성은 조국 러시아에 대한 뜨거운 사랑에서 나온다. 톨스토이에 의하면 전 러시아, 전 세계에서 오직 한 사람, 쿠투조프만이 눈앞의 현상에 말려들지 않고 그 현상 이면에 있는 핵심적인 흐름을 놓치지 않고 있다는 것이다. 쿠투조프는 자기 의지보다도 더 강한 어떤 것, 말하자면 사건의 필연적인 진전이 있음을 알고 있다. 전쟁은 병력이나 무기, 작전에 의해 좌우되는 것이 아니라 죽음을 앞에 둔 인간의 용기와 같이, 눈에 보이지 않는 것에 의해 좌우된다는 진실을 아무리 급박한 상황에서도 그는 끝까지 놓치지 않았던 것이다.

> 역사적인 인물 가운데 그 사람만큼 일정한 목적에 꾸준히 정력을 기울인 사람은 달리 찾아 볼 수 없을 정도다. 그보다 더 훌륭하고 그보다 더 국민의 의지와 일치한 목적은 거의 상상하기도 어려울 지경이다. 역사상의 인물이 품고 있던 목적이 1812년의 전쟁에서 쿠투조프가 온 정력을 기울인 목적만큼 충분히 완전하게 달성된 실례를 역사에서 찾기는 더욱 어려운 일이다.
>
> 소박하고 겸허하고, 그랬기 때문에 진정 위대했던 이 인물은 역사가 만들어 낸 유럽적인 영웅, 그러니까 사람들을 지배하고 있다고 착각하는 사이비 영웅의 범주에는 들어갈 수 없었다.(4권 4편)

제갈공명의 신출귀몰하는 병법이나 계책도 하늘에서 떨어진 것이 아니라 쿠투조프에 있어서와 같이 인간에 대한 지극한 사랑과 고뇌, 사물의 원리에 대한 깊은 이해와 통찰에서 나왔을 것이다. "인내와 때보다 더 강한 용사는 없다."고 주장하며 끝까지 전투를 피함으로써 프랑스군을 괴멸시킨 쿠투조프는 고도의 분석력과 함께 동양적 직관력을 겸비한 인물이다. 톨스토이가 65세에 무위無爲에 대한 글을 쓰고 노자老子의 번역에 몰두했다고 하는 것으로 보아 작가의 동양적인 관점이 쿠투조프라는 인물에 반영되어 있지 않을까 하는 생각도 해 보게 된다. 우연과 천재를 부정하고, 인간의 인식과 이해의 정도로 파악하는 톨스토이에 있어서 쿠투조프는 〈전쟁과 평화〉의 진정한 주인공일 것으로 생각된다.

> 우연이니 천재니 하는 말은 실재하는 것을 표현하고 있는 것이 아니기 때문에 정의를 내릴 수 없다. 이 말들은 다만 현상에 대한 이해의 어떤

단계를 의미하는 것에 불과하다. 예를 들면 어떤 현상이 어째서 일어나는지를 모르는 경우가 있다. 그리고 도저히 알 수는 없다고 생각한다. 그러므로 알려고도 하지 않고, 그저 그것은 우연이라고 하는 것이다. 또 나는 보통 일반인의 행위와는 전혀 비교가 되지 않는 효과를 일으키는 힘을 보지만, 왜 그것이 일어나는지 전혀 모른다. 그러면 그때 천재라고 말하는 것이다.(에필로그 1편)

부끄럽게도 유명한 〈전쟁과 평화〉를 이번 기회에 처음 읽어 보게 되었다. 분량이 방대함에도 불구하고 생각보다 매우 재미있었다. 많은 등장인물이 나오는 장대한 구성도 좋았지만, 주인공인 안드레이, 나타샤, 피예르, 쿠투조프의 매력 때문이다. 다만, 피예르가 나폴레옹 군에게 점령 당한 모스크바에서 모험적인 활약을 하는 대목은 다소 황당하게 보여 짜임새가 느껴지지 않았다.

아내도 매우 재미있게 읽었으며 세 번 정도는 읽어야 할 책이라고 독후감에 썼다. 특히 나와 마찬가지로 쿠투조프 장군의 매력을 강조하고 있다.

"내가 그에게 받은 감동의 90%는 그의 인내심 때문이다. 모든 것의 답을 꿰뚫어 다 알고 있으면서도 수많은 무지하고 경솔한 사람들 틈에서 무지막지한 인내심으로 버티는 모습은 가장 아름다운 모습으로 나에게 큰 감동을 주었다."

읽는 속도가 느리다면서 3개월 전부터 미리 시작하여 〈전쟁과 평화〉를 읽어낸 아내의 정성이 고맙다.

그러나 정석, 민석은 학교 공부를 하느라 분량이 많은 〈전쟁과 평화〉를 읽지 못했다. 나중에 시간을 내서 꼭 읽어보라고 당부하긴 했지만 안타까운 일이다. 다른 학생회원들도 모두 읽지 못했다. 〈전쟁과 평화〉같은 책을 제대로 한 번 읽는다면 사실 어떤 공부보다도 소중한 성과를 가져다 줄 텐데……

토론모임에는 우리 아이들을 비롯한 많은 학생회원들이 참석했는데, 책을 읽지 않은 사람이 많아서 작품의 내용에 관해 이야기하기가 어려웠다. 궁여지책으로 '전쟁'에 관한 일반적인 주제를 정해서 이야기했다.

(1)침략전쟁을 주도한 칭기즈칸이나 나폴레옹을 오늘날의 관점에서도 '영웅'으로 평가할 수 있을 것인가? (2)전쟁이 인류 문명사에서 미친 영향 (3)과학의 발달이 전쟁에 미친 영향 (4)전쟁 없는 평화를 누릴 수 있는 방안 등의 주제였는데, 다소 진부하긴 하지만 어쨌든 아이들과 함께 이야기할 수는 있었다. 누군가가 한반도에서 전쟁이 발발했을 경우 개인적으로 참전할 것인지에 대한 문제를

제기해서 아이들과 함께 각자의 의견을 이야기해 보았다. 전쟁이 인류 문명에 미친 영향과 관련해서는, 의외로 전쟁의 '긍정적인' 측면에 대한 이야기가 많이 거론된 점도 기억에 남는다.

무진기행

저자 : 김승옥 ‖ 읽은 때 : 2005년 11월

대학 초년 무렵 김승옥의 작품을 열심히 읽던 시절이 있었다. 앞이 보이지 않는 '어두운 시대'를 핑계 삼던 시절, 그러나 돌이켜 보면 '어두운 시대'가 아니라 '어두운 개인'이 더욱 문제였다는 점이 역시 뼈아픈 부끄러움으로 떠오른다. 어쨌든 김승옥의 여러 작품의 소재인 대학생(젊음과 지성)의 특권, 끝 모를 순수와 방종과 일탈, 그리고 그 모든 것 사이를 사정없이 헤집고 꿰뚫는 무시무시한 감수성이 나의 대학시절 전체를 물들인 혼란스런 아름다움의 주된 에너지원이었다는 점은 꽤나 명확한 사실로 회고된다. 수업을 빼먹고 햇볕이 따스한 도서관 개가실開架室 창가에 앉아 김승옥의 소설을 정신없이 읽던 시절. 김승옥의 〈내가 훔친 여름〉의 무전여행을 모방한 두서없는 무작위無作爲 여행들. 다시는 돌아올 수 없이 흘러가 버린 그 시절을 그저 아름다웠다고만 쉽게 말할 수 있을까?

　〈무진기행〉은 김승옥의 여러 작품 중에서도 특히 뛰어난 단편이라고 생각한다. 대학시절 처음 읽을 때의 기억도 그렇게 남아 있지만, 이번에 다시 읽어 보아도 같은 생각이다. 문학상에 빛나는 〈서울 1964년 겨울〉, 〈서울의 달빛 0장〉이나 가장 매력적인 작품으로 기억하고 있는 〈다산성多産性〉 등 거의 모든 작품에서 넘쳐흐르는 감수성의 과잉이 모처럼 절제되어 있다. 가상적인 어떤 장소로서의 '무진'을 끌어들인 첫머리와 끝부분의 정돈된 구성. 마음대로 뚝뚝 짧게 끊어진 문장에 의해 안개 속에서 점점 모습을 드러내는 '무진'. 한두 마디의 간단한 터치로도 마치 장편소설의 주인공들처럼 선명하고 풍부하게 살아나는 등장인물들. 음악선생 하인숙, 동창 조, 후배 박 등 '무진'의 사람들.

언제나 짙은 안개에 뒤덮여 있는 '무진'은 작가 자신이나 우리 사회가 넘어서지 못하는 의식意識의 장벽이나 어긋남일 수 있다. 하인숙, 동창 조, 후배 박, 광주역에서 본 미친 여자, '바다로 뻗은 긴 방죽' 아래에서 약을 먹고 자살한 술집여자는 모두 '무진'의 일부분이다. 서울에 살고 있는 주인공 윤희중도 '무진'을 벗어날 수 없기는 마찬가지인데, 결말 부분에서 하인숙에게 쓴 편지를 부치지 않고 찢어버림으로써 이를 확인한다. 윤희중은 편지를 찢고, '무진'을 떠나면서 '심한 부끄러움'을 느낀다. 〈서울의 달빛 0장〉의 끝부분에서 주인공의 처인 유명 탤런트 한영숙이 편지 대신에, 주인공이 준 예금통장을 찢어버린 대목이 연상된다.

그러나 윤희중이 하인숙에게 편지를 보내 그녀를 서울로 데리고 간다고 해서 그들이 과연 '무진'을 벗어날 수 있는 것일까? 편지를 찢고, '무진'을 떠나면서 '심한 부끄러움'을 느꼈다는 것은 오히려 결코 '무진'을 떠날 수 없다는 한계를 표현한 것으로 받아들이게 된다. '무진'은 타도해야 할 사회적 부조리나 문화적인 속물근성 같은 것으로 쉽게 압축되지 않는다. 문제점이 무엇인지 쉽게 드러날 수도 없으며, 그 문제점에서 벗어날 수도 없는 것이기에 '무진'은 항상 안개 속에 묻혀 있는 것이리라. 〈무진기행〉은 당시 23세의 작가가 자기도 모르게 너무 일찍 도달해 버린, 본인의 내면세계를 향한 가장 아름다운 결론일 수는 있을 것이다. 하지만 이 작품에서 어떠한 희망도 들여다 볼 수 없다. 먼 훗날의 희망 같은 것을 기대하게 하는 깊은 절망이나 분노조차 감지되지 않는다. 지금 다시 읽어 보더라도 깊이 가슴이 아픈 소설이다.

젊은 날의 초상

저자 : 이문열 ‖ 읽은 때 : 2005년 11월

작가 이문열의 자서전처럼 자꾸 착각하게 되는 〈젊은 날의 초상〉을 읽으면서 만약 자서전이라면 상당히 과장되고 미화된 이야기라는 느낌을 받게 된다. 등장하는 여러 일화들이 지나치게 극적이어서 현실감이 잘 느껴지지 않기 때문이다. 싸구려 여인숙에서 만난 맹랑한 거지소년, 경상북도 산촌 색시집에서의 '방우생활', 칼갈이 사내와의 거듭되는 조우遭遇 등 꿈같고 그림 같은 에피소드들은, 그것이 설령 모두 실화라고 하더라도, 쉽게 빠져들게 되지는 않을 것 같다. 뿐만 아니라 '해따기' 우화 등 군데군데 줄기차게 끼어드는 작가의 관념적인 집착도 책을 읽으면서 불편하게 느껴진 것이 사실이다.

　도대체 이런 이야기를 왜 소설로 쓸 생각을 했을까 하는 의심과 비판적인 생각은 자신이 지나온 방황의 궤적을 최대한 정확하게 복원하고 규명하려는 작가의 집념, 근력과 시종 충돌하게 된다. 사소한 추억이나 단상斷想의 부스러기까지 이끌어내고 재구성하여 자신의 정신적 여정旅程을 되짚어 설명해 내려는 작가의 의지와 뚝심이 책을 쉽사리

놓지 못하게 하는 것이다. 그 재료로 사용된 이야기 전체가 완전한 허구이건 실화이건 간에, 이를 통하여 어쨌든 작가가 스스로에 대해 설명하려고 그토록 애쓰는 어떤 중요한 점이 반드시 있기는 있을 것 같기 때문이다.

　　여러 일화 중 비슷한 경험 때문에 공감이 갔던 부분은 주인공 이영훈이 세 시간 동안 해발 칠백 미터의 눈 덮인 창수령蒼水嶺을 넘는 대목이었다. 주인공이 '처절한 아름다움'이라고까지 흥분하여 묘사한 것과 같은, 무섭도록 아름다운 풍경을 언젠가 폭설이 내리는 소백산小白山을 하루 종일 혼자 등반하면서 본 적이 있다. 그때 이영훈이 창수령에서 본 것은 '아름다움의 실체와 그 도달에 대한 절망'이었다. 내가 소백산에서 느꼈던 것은 '삶에 대한 무조건적인 강한 긍정의 감정'이었던 것 같다. 어떤 짐승도 감히 다니지 않을 정도로 폭설에 파묻혀 가는 산을 뚜렷한 이유도 없이 오르는 나 스스로에게 뜨거운 연민을 느끼면서, 작위作爲의 어려움, 내 앞에 남아있는 삶의 어려움, 그에 대한 반발로서의 강한 생명력 같은 것을 느꼈던 것 같다.

　　독자들에게 실감나게 와 닿지 않을 수 있는 작품 속의 사건과 일화들도 작가 자신에게는 하나하나가 매우 소중할 것이라는 생각이 든다. 나에게도 스스로의 〈젊은 날의 초상〉에 포함될 만한 소중한 사건과 일화들이 있을까? 세월이 갈수록 과장되고 미화되기 쉬운 허술한 무용담 몇 개. 인생의 대전환大轉換을 혼자서 비장하게 예감하는 바람 부는 날의 어느 낯선 시골 역. 대낮의 산길에서 불같은 내 눈길에 나무와 풀이 견디지 못하고 모두 타들어 가는 것을 어쩔 수 없이 지켜보던 슬픈 오후. 지하철 안에서 철제 손잡이 기둥을 붙잡으면 그대로 휘어져 버릴까봐 진심으로 조심하던 병적인 감각들. '봄 · 여름 · 가을 · 겨울'의 사계절을 몸의 느낌으로 다시 정확하게 구성해 내는 데만 오로지 바쳐진, 넘쳐흐르던 무수한 시간들. 영원히 빠져나올 수 없을 것 같이 꼼짝없이 잡혀 있던, 지금이라도 다시 끌려 들어갈 것 같아 겁이 나는, 무한과 연결되어 드리워진 시간의 함정들. 빗소리, 벌레소리, 개울물 소리, 소의 울음소리, 눈 내리는 소리. 그 각각의 소리들. 그리고 절대 잊을 수 없는 젊은 날의 몇몇 중요한 꿈들.

불타 석가모니

<불타 석가모니>는 마치 역사책을 읽는 듯한 느낌이 들 정도로 객관적인 시각을 유지하고 있어서 흥미롭게 읽을 수 있었다. 큰아이 정석도 흥미를 가지고 읽은 것 같다. "특히 독자가 궁금해 할 수 있는 석가모니가 태어나 자란 시대적 특징을 잘 서술한 부분은 세계사 시간에 단편적으로 배운 인도사보다 훨씬 현실감 있게 다가왔다."고 쓰고 있다. 연대기적인 역사 공부보다는 관심 있는 테마 위주로 역사를 공부하는 것이 훨씬 도움이 되는 것은 당연할 것이다.

● ●

저자 : 와타나베 쇼코 ‖ 읽은 때 : 2005년 12월

이 책은 석가모니 부처님의 일대기로서 전기傳記의 형식을 취하고 있다. 불교 관련 책을 읽을 때 흔히 기대하게 되는 명철한 진리의 경구나 벼락같이 정수리를 내리치는 촌철살인의 선문답 같은 것을 만날 수는 없다. 그러나 입문서답게 여러 종교 중의 하나로서의 불교를 객관적인 입장에서 차분하게 설명한 점이 오히려 도움이 된다. 저자가 머리말에서 말했듯이, 불타를 어떻게 보느냐가 불교 전체에 대한 태도를 결정하는 데 매우 중요하다는 점을 새겨볼 수 있는 기회였다.

저자는 부처님에 대한 종교적 신화화神話化에 열중하지도 않고, 실증적인 합리성에 매몰되지도 않으면서 자신이 생각하는 '부처님'에 대해 담담하고 겸손하게 기술하고 있다. 작가의 그러한 태도는 의지할 만한 명쾌한 종교적 가르침을 기대하는 사람에게는 다소 답답하게 생각될 수도 있지만, 불교 입문자에게는 도움이 될 수 있다고 생각한다. 많은 불타 전기 중에서 이 책을 골라 번역하게 된 이유를 설명한 법정 스님의 머리말에도 비슷한 취지의 저자에 대한 평가가 실려 있다.

그러나 저자는 학문적인 입장만을 전개하는 것은 아니고 자신의 신앙적 입장에 대해서도 소박하게 밝히고 있다. 부처님의 초자연적인 신통력에 관한 저자의 설명은 학문적인 견지에서만 접근한 것은 아니다. 그런 설명은 이른바 '합리성'이라는 것을 너무 크게 생각하고, 자기중심적 사고에 젖어있는 현대인들에게는 새로운 이야기처럼 들리거나 거부감을 줄 수도 있을 것이다.

경전에 기록되어 있는 여러 가지 사건, 특히 마라와의 싸움 같은 것을 전기 작가의 창작이거나 후세 사람이 첨가한 것이라고 단정하는 학자가 지금도 있다. 그러나 그러한 사고방식으로는 부처님의 참다운 모습을 이해할 수 없을뿐더러 불교의 본질에 접근할 수도 없다.

사람들은 자신의 능력에 맞는 범위 안에서만 사물을 생각하려 한다. 타고난 장님이나 귀머거리는 빛깔이나 소리를 알 수 없기 때문에, 그것에 대한 설명을 듣더라도 자기 나름대로 판단할 수밖에 없다. 부처님에 대해서도 이와 마찬가지다. 우리들은 부처님이 아니므로 부처님의 심경이나 그 경지를 실제로 알 수는 없다. 그러나 우리들이 알 수 없다고 해서 부처님의 특수한 모습이 실재하지 않았다고 말할 수는 없다. 경전에 기록된 내용을 통해서 어느 정도까지는 헤아려 볼 수 있다. 경전에 쓴 말의 표면적인 의미가 아니라, 진실한 뜻을 체득하려고 노력하지 않으면 안 된다.

"그렇게 초자연적인 일이 어떻게 사실일 수 있느냐."고 말하면서 처음부터 아예 문제 삼지 않는다면 이야기는 달라진다. 그와 같은 태도라면 아무리 성전을 읽어도 소용이 없다. 자기의 상식으로 이해할 수 있는 것만을 사실로 받아들이고 그 외의 것은 잘라 버린다면 종교문학은 성립될 수 없을 것이다. 종교문학은 처음부터 우리들이 가진 상식 이상의 것을 말하려고 한다. 그러므로 단순한 사실보다는 거기에 들어 있는 의미를 알아차리지 않으면 안 된다.

저자는 부처님의 전지전능한 초자연적 능력의 의미를 중요하게 생각하면서도 부처님이 여든 살의 고령에 금속세공인 춘다가 공양한 어떤 특수한 음식을 먹고 설사병에 걸려 돌아가신, 종교적 신성감과는 어울리지 않는 역사적 사실에 대해서도 담담하게 이야기한다. 또한 성경에서 베드로가 예수님을 세 번 부인한 것이 '죽지 않는 사람(不死者)을 죽게 하는 데 필요한 준비'이듯이, 애제자 아난다가 바이샬리 교외에 있는 차팔라의 사당에서 부처님의 생명력을 세 번이나 부인한 사실에 관해서도 자세히 설명한다. 부처님의 입적에 관하여 종교적인 일대사건이라는 의미와 함께, 한 자연인의 노쇠와 죽음의 쓸쓸함을 포착하려는 작가의 동시적 관점이 책을 읽는 내내 긴장감을 유지시켜 준다. 시종일관 팽팽하게 견지되는 두 방향의 관점을 통해 불교의 본질에 대한 저자의 생각에 다가설 수 있기 때문이다.

인간의 종교적 심성은 인간과 우주에 대한 불가지不可知와 관련 있을 것이다. 혹심한 가뭄에 기우제를 지내거나, 용왕에게 처녀를 제물로 바치거나, 현대의학으로 간단히 치료될 수 있는 환자에게 굿을 했던 원시사회의 예에서와 같이, 우리가 이미 알고 있는 사항에 관하여 종교는 깃들 여지가 없을 것이다. 그러나 이 세상에 대해 인간이 알고 있는 내용은 사실 너무 미미하다. 너무 미미해서 거의 아는 것이 없다고 보아도 좋을 것이다. 우리가 알고 있는 것에 대해 따져 볼수록, 인간의 지식과 예측력이 증대할수록, 인간이 모르는 영역은 더욱 확대될 것 같다. 인류는 원숭이에서 진화해 왔는가, 아니면 신이 창조한 것인가? 인간이 죽은 다음에는 어떻게 되는가? 영혼은 불멸하는가? 생명은 윤회하는가? 우주의 끝은 어디인가? 그 끝의 너머에는 그러면 무엇이 있는가? 시간이라는 것은 무엇인가? 시간이라는 것이 있기는 한 것인가?

인류는 문명이 시작된 때부터 위와 같은 많은 의문들을 품어 왔지만 그 해답은 여전히 주어지지 않고 있다. 근대의 과학, 기술의 급격한 발달로 예전에 모르던 것들을 갑자기 많이 알게 되면서 종교의 역할이 줄어들었다고 볼 수도 있겠지만, 사실 현대에 있어서도 인간이 알고 있는 것은 극히 제한적이다. 오늘날의 인간이 2천 년 전 또는 5천 년 전의 인간보다 특별히 더 아는 것도 없다고 본다면 인간은 여전히 '종교적'이다. 신은 아직 죽지 않았다.

움베르토 에코는 신의 죽음이 '시체에 번식하는 박테리아처럼' 많은 새로운 우상숭배와 미신을 낳았다고 경고한다.[4] 오늘날의 세계에 만연하는 상업주의, 물신주의, 목적과 수단의 전도 등은 약화된 기존의 종교를 대신하는 새로운 우상숭배와 미신일지 모른다. 오늘날의 우리가 간단한 항생제 처방 대신에 주술과 굿에 의존하는 수백 년 전, 수천 년 전의 사람들을 비웃을 수 있다면, 그들 또한 물신주의에 사로잡힌 현대인들을 전혀 이해하지 못하거나 어리석고 불쌍하다고 생각할 수 있다. 인간은 넓은 의미에 있어서의 종교에서 결국 벗어날 수 없다는 생각도 든다. 그런 종교적 관점에서 살필 때만 석가모니 부처님 시대의 많은 왕족과 귀족 젊은이들이 모든 것을 버리고 앞다투어 출가하는 마음을 어느 정도 이해할 수 있을 것이다.

---

4. 움베르토 에코의 2005. 11. 27. 선데이텔레그래프지 기고문 '신은 어떤 이들에겐 충분히 크지 않다'(God isn't big enough for some people)의 일부가 발췌되어 동아일보 2005. 11. 28.자 17면에 '참을 수 없는 크리스마스의 가벼움'이라는 제목으로 실린 것에서 인용한 것임. 에코는 위 기고문에서 세속화될 대로 세속화된 오늘의 크리스마스 문화코드를 분석하면서, 종교적 크리스마스는 '논리적이고 이치에 닿는 어리석음'(logical and coherent absurdity)일 수 있지만, 상업적 크리스마스는 그것조차 아니며 신비주의 밀교(密敎, occult)문화와 다를 게 없다고 강조했다고 한다.

···

네오클을 처음 구상하면서부터 네오클 모임에서 종교 관련 책도 당연히 읽어야 한다고 생각했다. 성경이나 불경 같은 경전도 함께 읽어보고 싶지만, 우선 종교 입문서의 성격을 가진 부처의 일대기 〈불타 석가모니〉를 택한 것이다. 특정한 종교적 신앙을 강조하려는 것은 아니지만, 어느 종교에 대해서든지 경외심을 갖고 알아보려는 자세가 필요하다고 생각한다. 회원 중에 특정 종교를 가진 분도 있지만, 네오클 모임의 취지를 이해하면서 서로 개방적인 마음으로 책을 읽고 토론할 수 있다고 생각한다. 다음 해에는 성경의 〈창세기〉와 〈요한복음〉을 함께 읽을 예정이다.

〈불타 석가모니〉는 마치 역사책을 읽는 듯한 느낌이 들 정도로 객관적인 시각을 유지하고 있어서 흥미롭게 읽을 수 있었다. 큰아이 정석도 흥미를 가지고 읽은 것 같다. "특히 독자가 궁금해 할 수 있는 석가모니가 태어나 자란 시대적 특징을 잘 서술한 부분은 세계사 시간에 단편적으로 배운 인도사보다 훨씬 현실감 있게 다가왔다."고 쓰고 있다. 연대기적인 역사 공부보다는 관심 있는 테마 위주로 역사를 공부하는 것이 훨씬 도움이 되는 것은 당연할 것이다.

토론모임에서는 우선 〈부처님 시대와 오늘날에 있어서의 '출가'가 가지는 의미의 차이〉라는 주제로 이야기했다. 현대에 있어서 종교가 가지는 의미, 가족의 중요성과 출가 등에 대해서 이야기가 이어졌다. 학생들로서는 출가라는 것을 그다지 실감하기 어려울 것 같은데도, 상당히 관심을 보이며 열띠게 이야기가 진행되었다. 그 다음으로 작은아이 민석이 토론 주제로 제안한 것은 〈종교에 있어서 천지창조, 천국, 부활 등 합리성을 벗어난 듯한 요소가 가지는 의미는 무엇인가〉였다. 학생다운 의문이지만, 종교의 본질과 직결되는 의문이라고 생각한다. 어떤 답을 제시한다기보다는 소박하게 각자의 생각을 이야기했다. 다른 주제도 마찬가지지만 특히 이런 주제에 관하여 어른들이 당연한 결론이라는 듯한 논조로 이야기하는 것은 좋지 않을 것이다. 학생회원을 포함한 모든 회원들이 생동감을 잃지 않고 참여할 수 있도록 항상 겸손하게 주의를 기울여야 할 것이다.

이번 달 토론모임이 2005년의 마지막 모임인데, 성탄절 오후에 도서관에서 만나 마침 종교에 대해서 열심히 토론하면서 한 해를 마무리하게 되어 더욱 뜻 깊게 생각되었다. 올해의 네오클 독후감모음집을 만들 편집위원이 민석으로 정해져 있어서 우리 가족이 힘을 모아 올 한 해의 독후감을 모아 〈네오클 2005〉라는 제목으로 독후감모음집을 만들기로 했다. 카페에 올려진 올해의 독후감들을 모아서 하나의 파일로 만들고, 앞뒤 표지를 디자인했다. 앞표지는 민석이 초등학교 때 그린 나무 숲 그림을 스캔했고, 표지 위쪽에 제목 '네오클 2005'는 아내가 수채화 붓으로 써서 스캔했다. 뒤표지도 민석이 초등학교 때 그린 장미 그림을 스캔했는데, 장미 그림 아래에는 〈어린왕자〉에 나오는 장미꽃에 관한 유명한 글귀 두 개를 써 넣기로 했다.

"My flower is ephemeral and she has only four thorns to defend herself against the world. 내 꽃은 유한하고 그녀는 세상에 대해서 그녀를 지킬 네 개의 가시만을 가지고 있을 뿐이다."

"It is time you have wasted for your rose that makes your rose so important. 너의 장미를 그토록 중요하게 만드는 것은 네가 너의 장미를 위해 쓴 시간이다."

이로써 네오클의 3년이 지나가고, 세 번째 독후감모음집 〈네오클 2005〉가 나오게 된다.

의사 지바고

저자 : 파스테르나크 ‖ 읽은 때 : 2006년 1월

〈의사 지바고〉는 오마 샤리프가 지바고로 출연한 영화로 유명하다. 라라 역의 줄리 크리스티가 너무 인상적으로 아름다웠던 영화, 설원雪原의 슬픈 이별의 장면, 서글프게 흐르는 주제가 '라라의 테마'로 기억되는 영화다. 영화도 굉장한 명화라고는 생각하지만, 시적詩的인 묘사로 가득 찬 소설 원작의 아름다움에는 미치지 못한다고 생각한다. 오히려 영화의 장면과 배우들의 얼굴이 자꾸 연상되어 책을 읽는 데 상당한 방해가 되었다. 특히 주인공 지바고 스스로도 갈피를 잡지 못하는 미세한 뉘앙스의 철학적 논변, 라라의 남편인 파샤 안띠뽀브의 설명하기 어려운 입장과 고뇌에 대한 묘사 같은 부분은 영화에서는 도저히 표현할 수 없을 것이다. 영화가 너무 유명하기 때문에 오히려 원작의 진정한 맛을 제대로 이해할 기회를 가로막을 수 있다고 생각한다.

〈의사 지바고〉에 비친 러시아 민중의 고통은 약 100년 전인 톨스토이의 〈전쟁과 평화〉 시대의 고통과 이어져 있다. 프랑스혁명에서 시작된 '혁명'은 1800년대의 고통과 시련, 1905년과 1914년의 혁명, 제1, 2차 세계대전과 냉전의 시대를 거쳐 1990년의 소연방 해체에 이르기까지의 이른바 '민주화'의 길을 따라 진행되었다. 〈전쟁과 평화〉에서도 그렇지만 〈의사 지바고〉에서도 러시아의 민중이나 지식인들조차 혁명의 의미, 그들에게 내려진 고통의 의미, 서로 죽이고 죽임을 당하는 의미를 정확하게 이해하지 못하고 있다. 1950년에서 1953년 사이에 우리나라 땅에 살았던 사람들이 정확한 의미도 알지 못한 채 서로 죽이고 죽임을 당했던 고통도 그러했을 것이다.

지바고는 유산계급 출신임에도 혁명과 자유를 지지하고 환영하는 입장이었다. 그러나 실제 진행되는 혁명의 비인간적인 면에 차츰 환멸을 느끼게 된다. 지바고는 제1차 세계대전의 발발로 군대에 징집되었다가 1914년의 혁명 후에 모스코바의 집으로 돌아온 다음 바리끼노로 떠나기 전에 앞으로 진행될 혁명에 대해 기대와 우려를 동시에 예감한다.

낡은 질서는 생활이 확고한 사람들로 하여금 대중이 비참한 생활을 하고 있는 동안 딴 사람의 희생에 의하여 그들의 엉터리와 괴벽을 부릴 수 있도록 하였으며 이 낡은 질서 하에서는 특권 소수의 어리석음과 게으름을 순수한 특성과 독창성으로 오인하기가 쉬웠을 따름이었다. 그러나 하류계급들이 일어서고, 제일 꼭대기에 있는 그들의 특권이 철폐되는 순간, 그들은 얼마나 빨리 사라져 버렸으며, 얼마나 후회 없이 그들은 독립된 생각들을 포기했을까!

혁명 기간에는 생명이 정지되고 개성이라곤 남지 않으며 온 천지엔 죽이고 죽는 것 이외에는 아무것도 이루어지지 않는다는 것을 일선에 있던 우리들이 느꼈던 바와 같이 여러분도 느낄 것입니다. 만약에 우리가 오래 살아서 이 기간의 연대기나 회고록을 읽을 수 있다면, 우리는 5년

내지 10년 동안에 딴 사람들이 1세기 동안에 겪는 것보다 더 많은 경험을 겪었다는 것을 알게 될 것입니다.

그러나 지바고가 가족과 함께 바리끼노로 이주하고 빨치산들에게 포로로 잡혀 억류생활을 겪으면서 혁명에 대한 그의 회의와 분노는 더욱 깊어진다. 사람이란 살기 위해 태어난 것이지 삶을 준비하기 위해 태어난 것은 아니라는 지바고의 외침이 뚜렷한 울림을 갖기 시작한다.

그래 당신은 이 끝도 없이 하는 준비가 아무 소용도 없는 거란 까닭을 알겠습니까? 그건 그 사람들이 사실 아무 실력이 없고 무능하기 때문에 그런 거요. 사람이란 건 살기 위해 태어난 것이지 삶을 준비하기 위해 태어난 건 아니오. 삶 자체, 삶이란 현상, 삶이란 선물, 그거야말로 기막히게 심각한 것이오! 그런데 왜 이것을 되어먹지도 못한 망상에서 하는 이런 장난 같은 광대 노릇과, 풋내기들이 하는 철없는 것으로 바꿔 논단 말입니까?

　　　　　　　　　　　—지바고가 유리아띤에서 다시 만난 라라에게

인생을 고쳐 만든다! 이런 소리를 할 수 있는 사람들은 비록 그들이 본 것이나 행한 일이 아무리 많더라도 인생에 대해 아는 게 하나도 없으며, 인생의 숨결도 고동도 느껴보지 못한 사람들이오. 그들은 인생을 가공되지 않은 물질 덩어리로 보고, 자기들의 손으로 가공해야 하고, 고상하게 해야 하는 것이라고 여기고 있소. 그러나 인생이란 결코 물질이 아니며 만들어질 물체가 아니오. 만일 당신이 알기를 원한다면, 인생이란 자기 갱신의 원리이며 그 자체를 끊임없이 갱신하고 다시 만들고 변화시키고 변모시키는 것이니, 당신이나 나의 우둔한 인생관을 가지고선 도저히 그것을 파악할 수가 없는 것이오.

—지바고가 빨치산 포로가 되었을 때 빨치산 대장 리베리우스에게

〈의사 지바고〉를 읽으면서 작가의 시인으로서의 특징을 강하게 느낄 수 있었다. 작가와 마찬가지로 시인인 지바고는 이성적이거나 의지적인 힘을 발휘하기보다는 그의 지성은 심미적인 쪽으로 많이 치우쳐 보인다. 토론을 하거나 중요한 결론을 내릴 때에도 논리적인 접근을 하는 것이 아니라, "우리가 논의하고 있는 이런 문제는 사실 어떻게 되더라도 그렇게 중요한 것은 아니다."는 식으로 빗나가거나 전혀 다른 방향으로 비약하는 경향도 보인다.

또한 지바고가 라라를 사이에 두고, 파샤와 같은 지성적인 사람에게는 어떠한 질투도 느끼지 않으면서 삼데비아또브나 꼬마로브스키와 같은 현실 사회의 '실제적 힘'을 가진 인물들에 대해서는 강한 질투를 느끼는 점, 생애의 마지막 시기에 예전의 하인이었던 마르켈의 딸 마리나를 세 번째 여자로 맞아 자식까지 낳고 살아가는 모습도 모두 몽환적이고 우유부단한 시인으로서의 특징을 보여주는 것처럼 생각되었다. 작품의 후반부로 갈수록 지바고는 더욱 감정적인 면에 치우치는 것으로 느껴진다.

같은 맥락에서 이야기 전개의 지나친 우연성도 눈에 띤다. 등장인물들이 계속 극적으로 우연히 마주치는 점은 현대의 작품으로서 의외라고 할 정도로 엄밀하지 못하게 보인다. 그러나 작가는 그런 점을 의식하지 못할 정도로 관심이 이미 전혀 다른 곳에 가 있는 것 같다. 작가에게는 오직 한 장면 한 장면의 시적 완성도만이 중요한 문제였을 것 같다는 생각이 든다. 아름답고 매력적인 여주인공 라라가 한 인물로서의 주체성이나 구체성을 가지지 못하는 점도 작가의 그러한 경향을 보여주는 것 같다. 라라는 지바고(작가)의 꿈과 이상이 투영된 환영幻影에 불과하다는 느낌을 준다. 라라가 갑자기 지바고와 거의 같은 입장과 시각에서, 지바고의 말투로 이야기하는 점도 라라의 주

체성에 대해 작가가 전혀 관심을 두지 않았다고 생각하게 한다. 라라는 점차 지바고의 이지적인 인격이 전적으로 투사된 강인한 이미지로 전화轉化하면서 젊은 시절의 지바고, '영원히 젊은' 지바고를 대변하는 듯하다.

지바고의 라라에 대한 사랑은 남녀 간의 정념적 사랑과는 조금 다른 양상을 띤다고 할 것인데, 그와 같은 사랑도 지극히 내향적인 시인 지바고의 독특함 때문으로 생각된다. 지바고가 다리미질을 하고 있는 라라에게 다가가 처음으로 갑작스레 사랑의 고백 비슷한 말을 하게 되는 대목은 매우 비약적인 아름다운 장면이다.

> 요즘 나는 솔직하고 보람 있는 생활을 하고 싶어요. 나는 각성하고 있는 것들 중의 일부분이 되고 싶답니다. 그리고 이 천지를 뒤흔드는 환호 속에서 아무도 모르는 머나먼 곳을 헤매고 있는 당신의 신비하고 슬픈 눈매를 바라보는 것입니다. 일반이 다 느끼고 있는 이 소용돌이 한가운데에서 어딘지 모르게 방황하고 있는 그 이상하고 서글픈 눈매를 바라보는 것입니다. 그렇지 않았으면 하는 것이 내 소원입니다. 당신이 자기의 운명을 행복하게 느끼고, 또 다른 사람에게 아무것도 바라지 않는다는 그런 것을 당신 얼굴에서 읽고 싶어요.

지바고가 우유부단한 시인이든 아니든 간에, 지바고와 라라의 사랑은 매우 아름답고 진실한 사랑으로 이해하고 받아들이게 된다. 한 사람의 지성인으로서의 지바고의 사랑의 진실성, 그에 따르는 윤리적 갈등, 불행한 연인들의 배경을 이루는 시대적 고통이 이 작품의 아름다움을 영원하게 할 것이다. 라라가 점차 지바고를 대변하게 되는 것은 그들 사랑의 승리를 선언하고자 하는 작가의 메시지라고 생각한다. 마지막 대목으로 갈수록, 라라의 입에서 지바고의 대사가 튀어나온다.

그리고 당신과 나는 아담과 이브의 시대와 우리들 시대 사이의 수 만년 동안 이 세상에서 창조되어 온 모든 헤아릴 수 없는 위대한 것들의 마지막인 기념물이에요. 그리고 사라져 버린 그 모든 화려한 것들을 기념하기 위해서 우리들은 살아서 사랑하고 울고 서로 매달리는 것이에요.

전쟁이란 게 모든 것에 대하여, 그 후에 오늘날까지 우리 세대에 들어붙어 다니는 모든 불행에 대하여 책임을 져야 한다고 생각해요. 나는 나의 어린 시절을 잘 기억하고 있어요. 나는 우리들이 모두 당연한 것으로 보았던 평화로운 지난 세기의 모습을 아직도 기억할 수가 있어요. 그땐 우리가 이치가 닿는 일에 귀를 기울이고 양심이 명하는 것을 행한다는 것은 옳은 일이고 당연한 일이라고 생각했어요. 그땐 사람이 다른 사람의 손으로 죽는다는 건 아주 드물고, 특별한 사건이고, 적어도 보통 일과는 아주 벗어난 것이었어요.

—유리아뗜에서 지바고와 살면서
파샤와의 결혼이 실패한 이유를 설명하는 라라

인생의 수수께끼, 천재天才의 매력, 장식하지 않은 아름다움의 매력—그래요, 이러한 것들은 우리들의 것이었어요. 하지만 실제 생활의 자질구레한 근심—혹성惑星을 개조하는 따위의 일 말이에요— 이러한 것들은 정말로 우리들과 아무런 상관이 없었어요. 잘 가요. 나의 위대한 이, 나의 사랑, 나의 자랑인 당신, 잘 가요. 나의 빠르고 깊은 작은 강, 당신이 하루 종일 철썩이는 그 물소리를 제가 얼마나 좋아했나요! 당신의 그 차가운 물결 속으로 뛰어들기를 저는 얼마나 좋아했나요.

—마지막 대목, 지바고의 관 앞에서 흐느끼는 라라

폭풍의 언덕

〈폭풍의 언덕〉은 회원들에게 인기가 많았다. 많은 회원들이 독후감을 올리고 토론모임에도 참여했다. 아내의 독후감은 히드클리프와 캐더린의 사랑에 초점이 맞추어져 있다. "그들의 사랑은 짙은 색의 크레파스로 너무 꾹꾹 눌러 색을 칠하다 그 색의 농도와 강도에 그만 도화지가 찢겨져 나가 너덜너덜하게 되어 버린 한 장의 처참한 그림 같다."고 쓰고 있다.

● ●

저자 : 에밀리 브론테 ‖ 읽은 때 : 2006년 2월

작품을 처음부터 끝까지 관통하고 있는 것은 히드클리프의 엄청난 힘과 정열이다. 강한 개성을 지닌 캐더린조차 그의 사랑의 대상으로밖에 여겨지지 않을 정도의 힘과 정열 앞에서 죠세프 영감의 성경에 관한 엉터리 설교는 물론이고, 에드거 린튼의 온당하고 합리적인 기독교적 관용조차 전혀 용납될 여지가 없다. 요크셔 지방 황무지 언덕의 억센 바람 속에서만 기쁜 듯이 흔들리는 히드(heath)로 상징되는 그의 원초적인 힘은 기독교를 받아들이기 전의 앵글로색슨 시대 또는 그보다도 더 오랜 옛 종족들의 신화적 에너지와 연결되어 있다는 느낌을 준다.

히드클리프와 캐더린의 무지막지한 정열과 사랑은 20세 전후에 처음 읽을 때 가장 인상적인 대목이었다. 당시에는 사랑은 당연히 그와 같이 정열적일 수밖에 없는 것이라고 쉽게 단정하면서, 캐더린의 강한 개성과 극단적인 행동마저도 기꺼이 이해할 수 있을 듯한 기분이었던 것으로 기억된다. 그러나 많은 세월이 흘러 이번에 다시 책을 읽

으면서는 캐더린에 대해 예전만큼 공감하기 힘들었다. 극도의 자기중심적 성향과 스스로도 걷잡을 수 없는 강한 기질에 거부감이 느껴지며, 인간관계에 미칠 어려움이 착잡하게 생각되었다. 아울러 이런 여자를 상대자로 가정하는 것조차 끔찍하다는 현실적인 판단이 먼저 떠오르는 점은 다소 서글프게 느껴지기도 한다. 남녀 간의 사랑을 처음으로 촉발시키는 무궁한 호기심, 사랑을 얻기 위해 알게 모르게 감당해야 하는 희생, 그 무모하고 격렬한 자기투여의 벅찬 과정은 그 성질상 결코 지속적일 수 없고, 어떤 의미에서는 일회적이며, 결국 아름다운 어느 한 시절의 황금으로 새겨진 전설처럼 아득하게 이해되는 것이다.

그에 비하여 이번에 다시 읽으면서 오히려 관심이 갔던 대목은 이자벨라 린튼의 히드클리프에 대한 사랑이었다. 이러한 잘못된 만남은 〈레미제라블〉에서 고제뜨의 어머니 팡띤느가 방탕아 톨로미에스에게 속아 사생아인 고제뜨를 낳게 되는 비극적인 사랑 이야기에서도 잘 그려져 있다. 히드클리프의 사악한 음모 또는 이자벨라 린튼의 일방적인 착각에 지나지 않는다고도 볼 수 있는 이 사건이 이자벨라 린튼의 입장에서는 진실하고 애틋한 사랑일 수 있다는 면이 안타깝고 착잡한 것이다. 사랑에 눈이 먼다는 말이 있듯이, 어느 정도의 착각과 자기도취는 사랑의 한 요소라고 볼 수도 있을 것이다. 또한 감정의 착오와 진정한 사랑의 열정적인 느낌은 어쩌면 쉽게 구분되기 어려운 것인지 모른다. 이자벨라 린튼은 그저 속은 것에 불과하기 때문에 그녀가 느낀 것은 사랑의 감정과는 전혀 다른 것이라고 쉽게 말할 수 있을까? 그녀의 히드클리프에 대한 짧은 시간 동안의 강력한 느낌이 한 여자가 일생 동안 이성異性에 대해 느낀 유일한 감정이었다면 어쩔 것인가? 그녀가 일생을 통해 스스로 가장 아름다웠던 순간은 그 악몽과도 같은 저주받은 시간뿐이었다면 어떻게 되는가? 그녀의 사랑은 도대체 어떻게 되는가? 그녀에게 사랑이라는 사건이 일어난 적이 없었다기보다는 사랑 때문에 불행해졌다고 해야 하지 않을까? 사랑은 자신의 껍질을 뚫고 눈부시게 터져 나오는 가장 아름다운 자신의 모습일 뿐인지 모른다.

이자벨라 린튼의 히드클리프에 대한 사랑만큼 극단적이지는 않지만, 에드거 린튼의 캐더린 언쇼에 대한 사랑도 일방적이고 불완전하며 비극적이다. 히드클리프와 캐더린의 강렬한 사랑에 가려 눈에 잘 띄지도 않고, 그들의 비웃음의 대상이 되기도 한 그 사랑은 사실은 평범한 사람들의 일상적인 사랑의 모습일 수 있다. 현실에 있어서의 대부분의 사랑은 모두 어느 정도는 일방적이고, 어느 정도는 불완전할 것이기 때문이다. 죽는 날까지 한시도 캐더린을 잊지 못하고 그녀의 무덤을 찾아 슬퍼하는 에드거 린튼의 모습이 히드클리프의 광적인 사랑과 고통보다도 오히려 뇌리에서 쉽게 지워지지 않는다. 젊은 시절에 책을 읽을 때는 안중에도 없었을 에드거 린튼의 사랑에까지 관심이 이끌리는 것은 확실히 나이를 먹었다는 것과 관련이 있을 것이다. 세상에는 히드클리프와 캐더린의 광적이고 도취적인 불멸의 사랑뿐만 아니라 다양한 사랑이 있으며, 그 사랑들은 하나같이 소중하고 위대한 것이라고 새삼 생각하게 된다.

영국 문학의 흐름이나 정서를 제대로 알지는 못하지만, 이 작품이 기독교의 영국 유입 이전의 원초적인 정신세계에 바탕을 두고 있다는 생각을 해 보게 된다. 작품의 중요한 뼈대를 이루고 있는 복수復讐, 기독교의 악마와도 구별되는 악령이나 유령이 중요하게 등장하는 점은 비슷한 소재의 셰익스피어의 작품을 생각나게 한다. 언쇼와 린튼 두 집안의 두 세대에 걸친 처절한 복수가 워더링하이츠와 드러시크로스라는 한정된 공간에서만 이루어지는 폐쇄성도 작품 전체의 원초적인 느낌을 더하게 한다. 주인공들은 외부와의 교류가 거의 단절되어 있으며, 세대를 이어 반복되는 근친결혼만이[5] 그들의 복수와 사랑의 수단이며 결과라는 설정도 지극히 폐쇄된 원시사회를 모사模寫한 것이라는 느낌을 갖게 한다. 〈폭풍의 언덕〉의 감동의 근원은 문명의 초기를 떠올리게 하는 인간본성, 인간사회의 원초성에 있다고 생각한다.

5. 이자벨라 린튼의 히드클리프에 대한 잘못된 사랑은 그들의 아들인 린튼 히드클리프와, 캐더린 언쇼와 에드거 린튼 사이의 딸인 캐더린 린튼과의 근친 간의 사랑으로 반복, 재현再現되는데 이는 히드클리프의 복수의 수단으로 이용된다. 작품 속에서의 근친 간의 사랑은 그 밖에도 결말 부분의 캐더린 린튼과 사촌 헤어튼 언쇼의 사랑을 들 수 있고, 친남매는 아니지만 히드클리프와 캐더린 언쇼의 사랑도 남매처럼 함께 자란 관계에서의 사랑이라는 점에서 근친 간의 사랑과 동일한 느낌을 준다.

〈폭풍의 언덕〉은 회원들에게 인기가 많았다. 많은 회원들이 독후감을 올리고 토론모임에도 참여했다. 아내의 독후감은 히드클리프와 캐더린의 사랑에 초점이 맞추어져 있다. "그들의 사랑은 짙은 색의 크레파스로 너무 꾹꾹 눌러 색을 칠하다 그 색의 농도와 강도에 그만 도화지가 찢겨져 나가 너덜너덜하게 되어 버린 한 장의 처참한 그림 같다."고 쓰고 있다.

큰아이 정석의 독후감은 히드클리프라는 인물에 집중되어 있다. 히드클리프라는 한 인간이 받은 고통과 그가 다른 사람에게 가한 고통에 대해 깊이 생각한 것처럼 보인다. "위에서 약간 단정적인 투로 히드클리프는 악인이라고 했지만, 사실 책을 읽은 후 내가 히드클리프에게 가졌던 감정은 주로 동정과 연민이었다."고 쓰고 있다. 평범한 생각이라고 볼 수도 있지만, 상당히 특징적이며 의미 있는 생각이라고 되새기게 된다.

작은아이 민석도 상당히 재미있게 읽은 것 같은데, 작품이 주는 애상哀傷의 느낌에 대해 길게 쓰고 있다. 자신이 느낀 슬픈 감정에 대해 장황하게 쓰고 있다.

"내가 느낀 슬픈 감정은 대부분 그리움의 감정과 비슷했다. 따라서 모든 지나간 일은 슬프게 느껴진다. 모든 추억들은 슬프다. 비록 즐거운 추억이라도 더 슬프다. 예전에 가지고 있던 것들이나 예전의 사진들을 보면 슬퍼진다. 사실 누가 죽으면 슬퍼지는 것도 그 죽음을 영원히 돌이킬 수 없기 때문이고 누구와 헤어지게 되면 슬픈 것도 같은 이유에서라고 볼 수 있다. 또한 좀 더 확장시켜 생각해 본다면 슬픔은 '어떤 것이 이미 지나간 일이라서 내가 더 이상 바꿀 수 없고 불변의 것이 됐을 때' 온다고 할 수 있다."

고등학교 2학년 시절의 슬픈 감정! 모두 소중하고 모두 아름다울 뿐이다!

토론모임에서는 중심적인 이야기인 히드클리프와 캐더린의 사랑보다도 오히려 다른 주변적인 사랑 이야기에 대해서 많이 이야기했다. 첫 번째 주제는 〈이자벨라 린튼의 히드클리프에 대한 사랑 또는 캐더린 린튼과 린튼 히드클리프의 사랑과 같이 히드클리프의 사악안 의도가 개재된 남녀 간의 불완전한 사랑도 사랑이라고 볼 수 있을 것인가?〉였다. "인간 사이의 끌어당기는 힘은 넓게 보아 모두 사랑이다."는 의견, '실패한 사랑'으로 보아야 한다는 의견들이 나왔다. 정석이 주장한 "이자벨라는 자신의 감정에 충실하게 행동했고, 그에 대해 스스로 책임을 진 것이므로 꼭 실패했다고 볼 수도 없다."는 생각이 꽤 특징적인 의견이었던 것으로 기억된다.

두 번째 주제는 역시 〈이자벨라 린튼의 히드클리프에 대한 잘못된 사랑과 도피적 결혼을 주변에서 제지할 수는 없었을까? 또는 그러한 제지 자체가 정당한가?〉였다. 학생회원들은 주로 "제지할 수 없다."는 의견이 많았고, 정석은 "제지하는 것은 정당하지 않다."는 의견을 냈다. 부모들 중에는 "사랑하는 감정 자체는 말릴 수 있는 것이 아니지만 구체적인 사회적 행동으로 나아가는 단계에서는 달리 보아야 하며, 특히 당사자의 판단이 가치관의 차이에 의한 것이 아니라 지혜나 정보의 부족에 의한 것이라면 더욱 그렇다."는 의견도 나왔다. 이 주제는 〈부모의 마음에 들지 않은 자녀의 결혼에 부모가 어느 정도 간여할 수 있을 것인가?〉의 문제로 확장되면서 부모와 자녀들 간에 상당히 진지하고 열띤 토론으로 이어졌다.

25시

저자 : 게오르규 ‖ 읽은 때 : 2006년 3월

20세기의 커다란 두 전쟁, 제1, 2차 세계대전이 인류의 정신세계에 미친 충격과 파장은 헤아리기 힘들 정도이다. 전쟁과 폭력은 인류로부터 많은 것을 앗아갔지만, 다른 한편으로 인간의 고매한 정신, 인간 존엄성의 가치를 새롭게 일깨워 주기도 했다. 주인공 요한 모리츠를 비롯한 루마니아 판타나 마을 사람들이 제2차 세계대전 중에 겪은 고초를 통하여 전쟁과 폭력의 부당성을 고발한 이 작품은 6. 25전쟁으로 우리 민족이 겪은 비극을 다룬 여러 작품들을 떠올리게 한다.

작가 게오르규 자신이라고도 할 수 있는 화자話者 드라이언 코르가는 '25시'라는 상징을 통해 파시즘과 코뮤니즘은 물론, 현대 기술사회의 요소인 군대, 정부, 국가조직 전체를 비판하면서 일관된 인도주의의 입장을 견지하고 있다. 그는 시니컬한 비관주의를 제외한다면 그 아버지인 알렉산더 코르가 사제와 동일한 종교적 정신세계에 속해 있으며, 결국 대대로 사제 집안 출신인 작가 게오르규를 대신하고 있다.

그러나 이 작품이 불러일으키는 애잔한 감동은 주인공 요한 모리츠의 순박한 인간성에 크게 의존하고 있다. 영문을 알 수 없는 잘못된 징집명령을 받고 불안 속에 밤을 새우면서도 계속 집안일을 걱정하는 요한 모리츠. 유대인으로 몰려 억울하게 강제노동을 하면서도 자신이 구덩이를 파서 만들어진 운하를 나중에 아내와 아이들에게 자랑스럽게 보여줄 생각으로 흐뭇한 미소를 짓는 요한 모리츠. 그의 선량하고 겸손한 성품은 지역과 문화를 달리하는 모든 사람들에게도 쉽게 이해될 수 있기에 그의 고통은 무한한 연민을 불러일으킨다.

소설 초반에 판타나 마을 풀밭에서의 요한과 스잔나의 사랑은 인간이 누려온 가장 기본적인 사랑의 아름다움과 기쁨을 표현하고 있다. 그들의 사랑과 행복은 매우 기본적인 것이고 누구나에게 항상 보장되어야 하는 최소한의 것이다. 그러나 2년간의 행복한 결혼생활을 보낸 두 연인에게 커다란 불행과 고통이 다가온다. 두 사람의 사랑에 가해지는 고통과 시련이 그대로 독자들에게 전달되는 것은 그들이 아무런 잘못도 없이 무고하게 피해를 당한다는 사실을 우리가 잘 알기 때문이다. 그것은 우리가 마음속에 모두 선량함을 지니고 있기 때문이며, 우리 또한 언제든지 무고하게 피해를 당할 수 있다는 동병상련 때문이다.

13년간의 죽음을 넘나들던 수용소 생활 끝에 요한이 다시 스잔나를 만나는 장면은 가슴 뭉클하다. 요한과 헤어지던 마지막 밤에 입었던 푸른 옷을 13년 만에 처음으로 꺼내 입은 스잔나. 러시아 군인의 아이를 낳아 키운 것을 죄스러워하는 스잔나를 어쩔 줄 모르며 바라보는 요한 모리츠. 마지막 이별하던 날 밤을 재현하는 그들의 사랑은 이 세상의 모든 고통을 마주하여 대응하는 인간 전체를 대표하는 장엄한 의식과도 같다.

요한은 13년이란 세월 속에서 일어난 모든 일이 지금 홀연히 사라져 버린 느낌이었다. 그들은 또 한 번 껴안았다. 바로 옛날 그때처럼. 두 사람 사이에는, 두 사람 앞에는 인생이 있었다. 요한 모리츠는 비로소 인생을 두려워하지 않았다. 날이 밝기 조금 전에 그들은 일어났다. 그들은 서로 수줍어했다.

드라이언은 '25시'는 모든 구제의 시도가 무너져 버린, '최후의 시간에서 한 시간 뒤의 시간'이라고 정의하면서, "흰 토끼가 죽은 뒤로는 해피엔딩이 있을 수 없다."는 비관론을 제시했다. 그러나 요한과 스잔나의 사랑의 부활은 폭력과 죽음에 대한 인간의 승리를 선언한다. 드라이언의 죽음은 그 승리를 위해 바쳐진 매우 자각적인 행동이다. 죽음으로부터의 자유를 선포한, 그가 속해 있는 종교의 정신에 들어맞는 행동이다.

드라이언도 비슷한 말을 했지만, 〈25시〉는 특별히 기구한 운명을 타고난 사람들의 파란만장한 이야기가 아니라, 스스로 평범하다고 할 수 있는 우리들 모두의 이야기라고 생각한다. 우리는 물론 전쟁을 겪지 않을 수도 있고, 요한 모리츠처럼 모진 고문을 받거나 드라이언처럼 장렬한 죽음을 택하지 않을 수도 있다. 그러나 요한과 스잔나의 사랑의 기쁨과 행복감을 우리가 당연히 이해하고 공감하는 것과 마찬가지로, 우리 일상의 갖가지 고통도 사실은 요한과 스잔나가 받은 커다란 고통과 상통하는 것임을 깨닫는다. 그러한 고통과 그 고통을 뛰어넘으려는 정신적인 자각은 전쟁이 일어나거나 일어나지 않았다는 것과 같은 우연한 사실에 의해 좌우될 수 없기 때문이다. 사랑하는 사람과의 이별을 슬퍼하며, 불안에 떨면서 마지막 밤을 꼬박 지새우는 가련한 요한 모리츠. 우리 모두는 그러한 밤에 대하여 예전부터 이미 잘 알고 있기 때문이다.

설국

저자 : 가와바타 야스나리 ‖ 읽은 때 : 2006년 4월

〈설국〉의 주인공들은 비범한 인물이라고 할 수 없고, 극적인 사건이 전개되는 것도 아니다. 주인공 시마무라는 물려받은 재산으로 무위도식하는 평범한 지식인이고, 고마꼬도 산촌 관광지의 게이샤로서 역시 쉽게 떠올릴 수 있는 여인이다. 주된 줄거리인 시마무라와 고마꼬의 만남이라는 것도 기이하고 애틋한 인연으로 이어지는 사랑 이야기는 아니다. 중년의 도회지 유부남이 시골 관광지에서 심심풀이 삼아 게이샤를 찾은 것이 계기가 되어 '3년이 못 되는 기간에 세 번' 만나게 되는 그런 덤덤한 관계인 것이다. 윤리적으로 온당하지도 않고, 그렇다고 치열한 윤리적 갈등이 내재된 것도 아닌 중년 유부남과 19살의 게이샤의 만남. 3류 영화처럼 범속하기만 한 그들의 만남을 소재로 한 이 작품이 아름다울 수 있는 이유는 무엇인가?

어디에나 널려 있어 진부하기조차 한 남녀 간의 흔한 만남을 작품의 소재로 택한 것은 아름다움이란 우리의 가까운 일상 안에 있다는 것을 증명해 보이고자 하는 작가의 계획이라고 생각한다. 문학작품

의 단골 인물인 유업遊業에 종사하는 젊은 여인, 조금만 더 들여다보면 쉽게 발견되는 그녀의 순정, 도시의 부유한 유부남과의 상투적인 관계. 그러나 작가는 그 '흔한' 고마꼬를 조금 더 깊이 들여다 본 것이다. 고마꼬가 아닌 어떤 시골 술집 아가씨라도 수년간 차곡차곡 일기를 쓸 수 있고, 아무런 소용도 없이 자신이 읽은 책의 작자와 등장인물들을 낱낱이 정성스럽게 기록해 둘 수 있을 것이다. 정식의 약혼자도 아닌 사람을 치료하기 위해 스스로 몸을 팔게 되는 일도 어쩌면 흔한 신파조의 이야기에 불과하다. 그러나 작가의 심미안은 여기에서 다시 한 걸음 더 깊이 들어가 고마꼬를 이해하고자 한다.

시마무라가 한 번씩 올 때마다 점점 더 환경이 나빠지며 무너져가는 고마꼬. 키를 넘게 쌓인 눈과 게이샤의 빚에 갇혀 오도가도 못하며, 기약 없이 그저 시마무라가 올 때만을 기다릴 수밖에 없는 고마꼬. 움직이지 못하는 붙박이 정물靜物과도 같은 그녀의 고통과 희망. 손님들이 준 술에 취해 비틀거리면서도 정신을 잃지 않으려 애쓰는 고마꼬. 술에 만취하여 투정을 부리다가 곧바로 사과하며 어쩔 줄 모르는 고마꼬. 금방 다시 어질러질 방을 끊임없이 청소하면서 스스로 마음을 다잡는 고마꼬. 허무한 헛수고로 여겨지는 가엾고 아득한 동경憧憬. 그러한 그녀의 생태生態가 그녀 자신의 가치로서 늠름하게 넘쳐나는 맑은 날 아침의 샤미셍 음향.

결국은 가장 '흔하고 범속한' 사례를 통해 한 여성, 한 인간을 구체적으로 깨닫고 이해한다는 것이 무엇인지를 증명해 보이고자 한 것이다. 작가에게 있어 고마꼬는 화가가 반복해서 그려보는 한 개의 사과와도 같은 것이다. 어디에나 흔하게 있고, 어느 것이나 비슷하게 생긴 사과 하나를 제대로 그려보는 것이다. 후기인상파 화가 세잔(Paul Cézanne)의 사과와도 같은 것이다. 사과 정물화를 유달리 즐겨 그렸던 세잔은 "사과 한 알로 파리를 정복하겠다."고 했다고 한다. 사과 하나를 진정하게 이해함으로써 사물의 형상에 관한 불변의 법칙을 알

아내려 한 세잔처럼, 작가는 고마꼬를 통해 '한 여인을 사랑한다는 일'의 정확한 액면과 그 속에 감추어진 비밀을 드러내 보이고자 한 것이다.

그렇다면 또 다른 주인공 요오꼬는 누구인가? 요오꼬가 시마무라에게 던지는 강력한 아름다움의 정체는 무엇인가? 그녀의 강렬한 눈빛과 진지한 태도는 시마무라에게 벅찬 감동과 사랑의 충동을 일으킨다. 요오꼬는 고마꼬와 다른 사람으로 생각되지 않는다. 요오꼬는 시마무라가 사귀기 전의 고마꼬, '최초의 고마꼬'이며, '고마꼬에 이르는 과정에 있는' 것이다. 요오꼬는 '이해되기 전의 고마꼬'며, 고마꼬는 '이해된 요오꼬'다. 시마무라가 고마꼬와 요오꼬를 동시에 사랑할 수 있는 것은 고마꼬와 요오꼬가 다른 사람이 아니기 때문이다. 기차의 창에 비친 요오꼬의 얼굴에 빛나는 들과 산의 등불은 고마꼬의 얼굴에 비쳐 흘러내리는 은하수의 물결과 다르지 않다. 요오꼬는 고마꼬와 별개의 사람이 아니라, 고마꼬의 한 속성屬性처럼 생각된다. 우리가 고마꼬 같은 사람을 최초로 발견하게 되는 계기인 찰나적인 섬광만을 따로 떼어내어 설명해 본 것일 뿐이다. 소설의 뒷부분에 나오듯이 시마무라가 요오꼬를 도쿄로 데리고 가든지 하면 요오꼬는 고마꼬처럼 '이해될' 것이다. 하지만 요오꼬는 소설이 끝나기 전에 죽었기 때문에 고마꼬처럼 '이해되지' 않았으며, 그럼으로써 고마꼬(요오꼬)의 슬픔과 아름다움을 더욱 강력하게 압축해 낼 수 있었다.

창세기

읽은 때 : 2006년 5월

〈창세기〉를 〈어린이 성경〉으로 처음 읽었을 때 '말도 안 되는 엉터리 이야기'라고 자신 있게 단정했다. 대학시절에는 이것은 특정한 민족의 역사를 소재로 했지만 보편적 신화이며, 언뜻 공감이 가지 않는 이야기들도 모름지기 하나하나가 심오한 해석을 필요로 하는 상징적인 내용이라고 주장했다. 다시 상당한 세월이 흘러 다시 읽은 지금의 느낌은 "여기에 나오는 이야기들은 모두 매우 진실하고 매우 중요하다."는 것이다.

구약성경의 맨 첫머리는 〈창세기〉로 시작하고, 〈창세기〉는 우리가 현재 살고 있는 이 세상이 처음 만들어지게 된 경위, 즉 천지창조의 이야기로 시작된다. 이러한 시작은 당연한 것인가? 종교에 있어서 세계창조의 이야기는 어떤 중요성을 갖기에 맨 처음에 등장하는가? 유한하고 제한된 삶을 살다 죽는 우리들 각자에게 아득하고 광대한 천지창조의 이야기는 도대체 무슨 의미를 갖는 것인가? 엘리아데(Mircea Eliade)의 〈성聖과 속俗, The Sacred and the Profane〉에는 천지창조의 순간이 모든 인간에게 가지는 중요한 의미가 자세히 설명되어 있는데, 엘리아데에 의하면 종교적 계기는 우주 창조적 계기를 이미 그 안에 간직하고 있다고 한다. 살아있는 모든 인간은 스스로가 항상 세계의 중심에 있고자 하며, 세상이 처음 만들어진 그 순간과 영원히 함께 하고자 하기에 종교와 세계창조 설화는 매우 밀접한 관련이 있다는 것이다. 천지창조와 인간의 탄생에 관한 〈창세기〉의 이야기는 진실인가? 성경의 연대기에 따르면 그리스도의 탄생을 기준으로 하여 천지창조는 BC 4004년, 대홍수는 BC 2348년, 모세의 출애굽은 BC 1446년에 해당한다고 한다. 이러한 연대는 성경에 등장하는 중요 인물을 발췌해서 계산한 것이지만, 현재까지 연구된 우주(지구)의 탄생에 관한 과학적 성과와는 큰 차이가 있다. 인간을 비롯한 생명체의 탄생에 관해서도 창조론과 진화론이 대립이 치열하다. 이번에 〈창세기〉를 읽으면서 지금까지의 이 세상의 기원에 관한 어떤 '과학적' 설명도 〈창세기〉보다 특별히 설득력이 있지 않다는 생각이 들었다.

지금까지 살아 온 모든 인간들은 이 세상과 인간의 기원에 대해 정확한 답을 모른 채 세상을 떠나가야 했다. 엘리아데가 '인간의 존재론적 갈망'으로 표현한 바와 같이 모든 인간은 세상의 기원에 대한 의미있는 해답을 필요로 한다. 인간이 세계창조의 경위에 대해 알고자 하는 절실함과 긴박함은 그 답이 정확한지 여부보다 더욱 중요한 것 같다. 어떤 답이라도 제시되어야 한다는 점 자체가 특히 중요하다는 것이다. 그런 관점에서 다른 종교의 창조설화와 마찬가지로, 〈창세기〉의 천지창조 이야기는 어느 과학 이론과 비교해서도 중요한 진실일수 있을 것이다. 우주는 우리가 볼 수 있는 만큼의 어떤 것, 바라보아 깨닫는 만큼의 어떤 것, 우리가 그 이름을 불러주기 전까지는 존재할수 없는 어떤 것일지 모른다. 우리가 우주라고 인식하고 있는 그것은 하루살이나 박테리아의 우주와는 같지 않을 수 있으며, 더구나 우주 그 너머의 어떤 것들의 우주로는 될 수 없는 것인지 모른다.[6]

〈창세기〉에서 특히 감동적으로 읽은 부분은 천지창조 이후의 4대 족장인 아브라함, 이삭, 야곱, 요셉에 관한 이야기다. 아브라함은 100세에 아들 이삭을 낳게 된다. 아브라함이 그토록 귀한 아들인 이삭을 하나님에게 제물로 드리려는 대목은 특히 감동적이다. 아브라함이 번제燔祭에 쓸 나무를 어린 아들 이삭에게 지우고 걸을 때, 이삭이 "불과 나무는 있거니와 번제할 어린 양은 어디 있나이까."라고 묻자 아브라함은 "번제할 어린 양은 하나님이 친히 준비하신다."라고 대답한다. 하나님이 지시하신 곳에 이르러 아브라함은 단을 쌓고 나무를 벌여놓고 아들 이삭을 결박한 다음 칼을 들고 이삭을 잡으려 한다.

어린 아들에게 나무 짐을 지우고 묵묵히 길을 걷는 아브라함의 심정은 어떠했겠는가? 자기 자신이 바로 제물인 줄도 모르고 제물이 어디 있느냐고 묻는 사랑스런 눈빛을 바라보는 그 마음은 어떠했겠는가? 어린 이삭은 아버지의 대답을 들었을 때 자신이 제물인 줄을 충분히 알아챘고, 이를 순종하고 받아들였을 것이다. 아브라함의 행동을 윤리적으로 이해되지 않는 잔인한 처사라고 비판하는 견해도 있을 것이다. 그러나 이 대목은 부모와 자식의 관계는 어떠해야 하는지, 자식에 대한 진정한 사랑이란 어떤 것인지, 생명의 소중함은 어디에서 오는 것인지에 대한 진리를 정확하고 간결하게 설명한 것이라고 나는 생각한다.

이삭과 리브가의 결혼, 그리고 이를 반복하는 듯한 야곱과 라헬의 사랑과 결혼은 면면히 이어지는 인간 생존의 고통과 함께, 사랑의 기쁨과 아름다움을 잘 표현하고 있다. 그들의 결합은 오늘날의 사랑과 결혼 과정에서 나타날 수 있는 여러 곡절과 고비들을 그대로 담고 있다. 먼 옛날, 다른 민족의 이야기로 생각되지 않을 만큼 가깝게 와 닿는 아름다운 이야기다. 특히 야곱은 매우 특징적이고 중요한 인물로 생각된다. 야곱의 12명의 아들들이 이스라엘 12지파의 조상이 된 점으로 보아도 성경에 있어서의 야곱의 역할과 비중을 짐작할 수 있다.

아버지 이삭을 속여 상속권을 가로채는 이야기, 야곱의 꿈, 하늘에 이르는 사다리, 천사와의 씨름 등 참으로 풍부한 이야기를 이끌어 낸 인물이다.

그중에서도 야곱과 라헬의 결합은 남녀의 만남과 사랑은 어떻게 시작되고 어떻게 이루어져 가는 것인지, 결혼의 본질은 무엇인지 등을 깨닫게 하는 참으로 아름답고 소중한 이야기다. 야곱의 두 아내인 라헬과 그 언니 레아의 질투와 경쟁, 장인인 라반과의 쟁투, 라헬의 기지와 용기로 라반으로부터 무사히 탈출하는 대목 등은 오늘날의 부부 생활 이야기와 전혀 구별되지 않을 정도로 인간관계의 중요한 국면들을 모두 담고 있다. 라헬은 야곱의 막내아들인 베냐민을 낳다가 죽게 되는데, 야곱과 라헬의 사랑은 그들 사이의 다른 아들인 요셉이 야곱을 계승하여 이스라엘을 넘어 애굽 민족까지 구원하는 장대한 이야기로 이어지게 된다.

야곱의 딸 디나의 강간사건과 이에 대한 야곱의 아들 시므온과 레위의 처절한 피의 복수는 착잡한 많은 생각을 하게 한다. 디나를 강간한 하몰의 아들 세겜은 디나를 진정으로 사모했기 때문에 모든 예의를 갖추고 디나와 결혼하기 위하여 전 부족이 할례까지 받는데, 야곱의 아들들은 이를 이용하여 세겜의 부족을 잔인하게 몰살한다. 이 사건은 야곱에 의해서도 비판 받게 되고 성경 해석상으로도 매우 잘못된 행동으로 평가되는 것 같다.[7] 이후 이스라엘 민족이 다른 민족으로부터 배척 받고 많은 수난을 받게 되는 것이 이런 사건 때문이 아닌가 하는 생각도 들었지만, 이와 같은 대목을 통하여 성경이 이스라엘 민족의 입장에 치우치지 않고 매우 객관적인 사실에 기초하여 솔직하게 서술되었다는 생각도 하게 된다.

마찬가지로 야곱의 아들인 유다가 며느리인 다말과 관계하여 쌍둥이를 낳게 되는 이야기나, 야곱의 장자 르우벤이 그 서모庶母인 라헬의 여종 빌하와 통간하는 대목도 이스라엘 민족의 수치스런 오점으로 기록된다. 그러나 예수 그리스도는 유다지파 출신으로 유다가 다말에게서 난 베레스의 직계 후손이라는 점에서[8] 이 또한 성경의 다른 사건들과 마찬가지로 섣부른 윤리적 판단을 어렵게 하는 심원한 뜻을 지닌 대목이라고 생각한다.

야곱의 아들인 요셉의 수난과 애굽에서의 위기와 출세, 형제들과의 감격적인 상봉 등은 너무도 완벽하게 짜인 한 편의 드라마틱한 이야기다. 그 앞의 아브라함, 이삭, 야곱의 이야기와는 전혀 다른 느낌을 주는 독립적이고 완결적인 이야기라고 생각한다. 요셉의 생애는 여러 가지 면에서 예수 그리스도의 생애를 예표豫表하고 있는 것으로 설명된다.[9] 그는 깊은 신앙심과 고도의 윤리성을 겸비한 명민한 미소년으로서, 지혜로운 해몽解夢과 명쾌한 정사政事 처리로 온 세상을 구해내는 뛰어난 인물로 그려진다. 그러나 요셉의 인물됨이 주는 감동은 그의 초인적인 능력뿐 아니라 부모형제에 대한 뜨거운 사랑에서 더욱 구체적이고 압도적으로 느껴진다. 자신을 죽이려다가 애굽에 노예로 팔아버린 형제들을 진심으로 용서하고 사랑하며, 부모를 잊지 못하고 그리워하는 요셉을 통하여 우리는 인간됨의 온전하고 완성된 모습을 보게 된다. 그의 인간에 대한 사랑이 부모형제와 동족을 넘어서서 애굽을 비롯한 이방인들에 대한 보편적인 사랑과 구원으로 확대되는 점에서 그의 생애가 예수 그리스도의 생애를 예표하고 있다는 설명을 나름대로 이해할 수 있었다.

요셉이 형들에게 자기 자신이 누구인지를 밝히며 부둥켜안고 뜨거운 눈물을 흘리는 인간적인 모습은 〈심청전〉에서 심봉사가 황후가 된 심청과 상봉하는 '심봉사 눈 뜨는 대목'을 연상하게 한다.

요셉이 시종하는 자들 앞에서 그 정을 억제하지 못하여 소리 질러 모든 사람을 자기에게서 물러가라 하고 그 형제에게 자기를 알리니 때에 그와 함께한 자가 없었더라. 요셉이 방성대곡하니 애굽 사람에게 들리며 바로의 궁중에 들리더라. 요셉이 그 형들에게 이르되 나는 요셉이라 내 아버지께서 아직 살아 계시니이까. 형들이 그 앞에서 놀라서 능히 대답하지 못하는지라 요셉이 형들에게 이르되 내게로 가까이 오소서. 그들이 가까이 가니 가로되 나는 당신들의 아우 요셉이니 당신들이 애굽에 판 자라 당신들이 나를 이곳에 팔았으므로 근심하지 마소서 한탄하지 마소서. 하나님이 생명을 구원하시려고 나를 당신들 앞서 보내셨나이다……(45장)

6. 슈뢰딩거(Erwin Schrödinger, 1887~1962))와 같은 과학자도 종교의 진정한 영역은 과학의 영역을 초월한다고 선을 그었다. "현대 물리학의 거장들은 물리학과 종교의 강제결혼에 의한 물리학의 왜곡을 원하지 않았고, 신비주의를 값싸게 팔아버릴 생각도 없었다."고 윌버(Ken Wilber, 1949~)는 강조한다. "아인슈타인의 이론은 훗날 미래의 물리학에 의해 다른 이론으로 대체될 것이다. 그러나 붓다의 깨달음은 대체될 수 있는 것이 아니다!"
   "인간은 우리가 '우주'라고 부르는 전체의 일부분, 시간과 공간에 의해 한정된 일부분이다. 인간은 자신이 아닌 다른 것들과 분리되어 있다고 생각하지만 이는 인간 의식의 시각적인 착각에 지나지 않는다."(아인슈타인)
   슈뢰딩거는 이렇게까지 말한다. "우리를 포함한 다른 의식 있는 존재들은 모든 것 안에 존재하는 모든 것이다. 우리의 생명은 단순히 전체의 부분이 아니라 어떤 의미에서는 '전체' 그 자체다."
   1960년대에 블랙홀이라는 신조어를 만든 현대물리학자 존 휠러(John Archibald Wheeler, 1911~)는 '아원자 물질은 실체가 없다'는 스승 보어(Niels Henrik David Bohr, 1885~1962)의 주장에서 나아가 이 세계의 실재가 전혀 물리적이지 않을 것이라고 단언했다. 그의 세계관은 우리 우주는 관측이라는 행위, 즉 우리의 의식이 필요한 '참여적 현상'이라는 것이다. 우리는 진리를 창조할 뿐 아니라 실재 자체, 바로 그 '만물'을 우리가 제기하는 질문을 통해 창조한다는 것이다. 그는 말한다. "만물의 본질에 들어 있는 것은 답이 아니라 물음이다. 우리가 물질의 가장 깊은 곳, 우주의 가장 먼 변방에 다다라서 그곳을 들여다보았을 때, 궁극적으로 발견하게 되는 것은 우리를 마주 보는 당황스러운 자기의 얼굴이다!" ─동아일보 2006. 4. 〈테마가 있는 책 여행〉 현대물리학과 신비주의
7. 종교란 미명하에 야곱 아들들이 세겜 성에 자행한 끔찍한 피의 보복은 분명 하나님의 뜻에 어긋난 비윤리적 행위이며 동시에 비인간적인 행위였다. 그 이유는 첫째, 신성한 할례 의식을 무서운 보복의 수단으로 타락시켰고 둘째, 세겜의 과실에 비해 그 보복의 정도가 지나쳤을 뿐만 아니라 셋째, 인간적 신의 및 약속을 가장 처절한 배신으로 갚았다는 점이다. 성경은 악을 악으로 갚는 자의 죄 역시 변명의 여지없는 큰 죄라고 지적하고 있다. (톰슨 주석 성경 창세기 34장 : 25~29 주석)
8. "아브라함과 다윗의 자손 예수 그리스도의 세계라. 아브라함이 이삭을 낳고 이삭은 야곱을 낳고 야곱은 유다와 그의 형제를 낳고 유다는 다말에게서 베레스와 세라를 낳고 베레스는 헤스론을 낳고 … 엘르아살은 맛단을 낳고 맛단은 야곱을 낳고 야곱은 마리아의 남편 요셉을 낳았으니 마리아에게서 그리스도라 칭하는 예수가 나시니라. 그런즉 모든 대 수가 아브라함부터 다윗까지가 열네 대요 다윗부터 바벨론으로 이거할 때까지 열네 대요 바벨론으로 이거한 후부터 그리스도까지 열네 대러라." (마태복음 1장 1-17)
9. 톰슨 주석 성경 〈창세기〉 서론

신화, 인류 최고最古의 철학

호머의 〈일리아스〉이후에 다시 접하는 신화神話다. 〈신화, 인류 최고의 철학〉은 신화에 관한 연구서지만
소설처럼 부담 없이 읽을 수 있는 책이다. 이 책 덕분에 신데렐라, 콩쥐팥쥐, '나무꾼과 선녀'의 재미있는
이야기를 마음껏 할 수 있었다. 큰아이 정석도 그런대로 재미있게 읽은 것 같다. 그러나 저자의 신화 해석
에 대해 특유의 비판적인 견해를 독후감에 적고 있다.

● ●

저자 : 나카자와 신이치 ‖ 읽은 때 : 2006년 7월

신화를 '인류 최고最古의 철학'이라고 정의하는 것 자체가 신화에 대
한 새로운 관점으로 다가온다. 신화를 중석기시대에 유라시아 대륙에
서 광범위하게 흩어져서 생활하던 사람들이 공유했던 사고방식의 단
편으로 이해하는 것이 그 출발점이다. 미나카타 구마구스(南方熊楠)
의 말과 같이, 인간의 사고 능력이 아주 오래 전에 이미 거의 완성단
계에 이르렀으며, 인간은 그 이후로 그다지 변화하지 않았다는 생각
과도 연관되는 것이다. 학창시절에 배웠던 것처럼 큰 강 유역의 이른
바 인류 4대문명의 발생에 의하여 문명은 비로소 시작된 것이라는 생
각과는 사뭇 다르다.

저자 나카자와 신이치(中澤新一)에 따르면 '제1차 형이상학 혁명'
에 해당하는 일신교의 성립에 의해 발생한 종교는 '신석기 혁명'에 의
한 문명에 대한 대규모의 부정이나 억압 위에 성립되었고, 이와 같이
억압 당한 '야생의 사고'로 불리는 사고능력이 '제2차 형이상학 혁명'
을 통해 겉포장이나 근거도 새롭게 바뀌어 '과학'으로 부활했다는 것

이다. '과학'을 비롯한 현대문명도 모두 '신석기 혁명'의 토대 위에서 개화한 것이라는 저자의 관점은 결국 국가나 종교의 발생에 대해서 부정적인 입장에 서 있는 것처럼 보인다.

저자에 따르면 신화의 사고 방법은 인간이 살고 있는 구체적인 세계에 대한 것이고, 그 구체성의 세계는 눈과 귀에 의해 감지할 수 있는 정보만으로 구성되어 있지 않다는 것이다. 그러나 역사의 시작과 더불어 시작된 '합리화'는 지나치게 풍요로운 현실로부터의 정보량을 인간의 사고와 행동으로 조절할 수 있는 영역으로 제한하고, 계획이나 예측이 가능한 영역을 확대하여, 결국은 그러한 영역만을 '세계'로 간주하기에 이르는 전체적인 프로세스를 의미한다는 것이다. 특히 1만 년 전 무렵부터 발생한 '도시'는 '합리화'를 더욱 가속화하였는데, 예측과 조절이 가능한 영역을 공간 안에 확실하게 만들어 놓고, 그 공간의 내부에서 행해지는 것에 대해서만 높은 가치를 인정하려는 운동에 현실성을 부여했다는 것이다. 오늘날에는 사람의 신경조직이나 대뇌 내부의 과정과 무의식의 과정 또는 육체의 사용법으로까지 '내부화'되어, 합리화를 꾀하고 개발해야 할 새로운 분야로 변모해 가고 있기 때문에 이제까지의 '인간' 개념까지 크게 동요하고 있다는 것이 그 주장의 요지다.

국가나 종교의 발생, 즉 고대문명의 발생 이전에 이미 현대문명의 토대를 이루는 인간의 정신세계가 확립되었고, 신화를 그에 대한 하나의 흔적으로 이해하는 저자의 관점은 매우 흥미롭다. 신데렐라의 유리구두 한 짝, 콩쥐의 신발 한 짝을 비롯한 세계 각국의 신데렐라 이야기와 그리스 신화에 나오는 이아손(Iason, Jason)의 외짝 신(Monosandalos) 이야기[10] 등 여러 민족의 공통된 신화가 역사시대 이후의 전파傳播에 의하여 공유된 것으로 보기 어렵다는 것이다. 그렇기에 고신화古神話는 역사시대보다 훨씬 이전의 '아주 오래된 이야기'이고, '아주 오래된 이야기'라는 것은 결국 특정 민족이나 지역에 국한되지 않는, 나 자신에 관한 '영원한 현재의 이야기'라는 것이다.

그러나 다른 한편으로 보면, 저자의 주장은 역사에 있어서의 정설이 아니며, 많은 논쟁의 여지가 있을 수 있다는 생각도 든다. 저자의 관점과 같이 국가의 발생은 착취와 불평등을 낳았고, 같은 발전 단계에서 탄생한 종교도 그 추상성과 독단성으로 인간 정신의 온전성을 깨뜨렸다고만 볼 수 있을까? 국가와 종교로 합리화, 조직화되기 이전의 인류의 삶은 과연 얼마나 '온전'했을까? 이러한 의문에 대해 답을 구하기는 쉽지 않겠지만, 저자의 관점과 같이 문명 발달에 있어서의 일종의 '불연속'을 상정하게 되는 것은 어쩌면 인류 문명에 대한 비판적 성찰에서 비롯된 것이 아닐까 생각해 본다. 즉 인류 문명 발전의 부정적인 측면에 착안해서, 이와 대비되는 초기 문명기의 인간 정신 본래의 '온전성'을 상정하고자 한 것은 아니었을까 하는 의심이다. 저자가 말하는 '신화의 구체성의 세계'라는 개념이 문명의 작위作爲가 인간의 전체성을 깨뜨린다는 관점이라면, 지금까지 살아왔던 모든 인간들의 노력과 추구는 오로지 퇴보를 위한 것이었느냐 하는 의문이 드는 것이 사실이다. 그 비관적인 견해의 근거가 다 이해되지는 않는다.

신화에 관해 생각할 때, 어린 시절부터 가장 감동적으로 기억하고 있는 이야기는 '나무꾼과 선녀' 설화다. 인간인 나무꾼이 감히 선녀의 옷을 감추는 놀라운 불법不法은 얼마나 숨 막히는 비약인가? 선녀는 또한 어찌하여 인간적인 정을 뿌리치고 아이들까지 데리고 하늘로 올라가 버렸는가? 어린 시절부터 마음의 안타까운 상처로 남아 있는 이 설화가 슬프고도 아름다운 이유는 신화에 뿌리를 두고 있기 때문일 것이다. 세계적으로 널리 분포되어 있다는 설화들 중에서 우리나라에서 잘 알려진 줄거리는 다음과 같다.

어느 나무꾼이 사냥꾼에게 쫓기는 노루를 숨겨서 구해 주었다. 노루는 은혜를 갚기 위하여 선녀들이 목욕하는 못가를 알려주었다. 사냥꾼은 선녀 셋이 목욕하고 있는 못가에 접근하여 숨어서 목욕하는 것을 몰래 지켜보다가 노루가 알려준 대로 그중 한 선녀의 천의天衣를 훔친다. 천의가 없어 하늘나라로 올라갈 수 없게 된 선녀는 슬피 운다. 이때 나타난 나무꾼은 선녀를 위로하며 함께 살자고 제의한다. 선녀는 할 수 없이 지상에 남아 그 나무꾼과 더불어 살면서 아들딸을 낳는다. 나무꾼은 자식을 셋 낳을 때까지는 천의를 숨겨 놓은 곳을 절대 알려주어서는 안 된다는 노루의 당부를 잊은 채, 아들딸을 낳았으니 하늘나라로 돌아가지 않으리라 믿고 천의를 숨겨 놓은 곳을 알려준다. 그러자 선녀는 바로 천의를 입고 아들딸을 팔에 하나씩 안고 하늘로 올라가 버렸다. [11]

'나무꾼과 선녀'는 지상의 남자가 천상의 여자의 옷을 훔쳐 혼인을 하게 되는 천녀지남天女地男의 신성혼神聖婚 구조를 가진 '백조소녀형' 설화 중의 하나라고 한다. [12] 이런 유형의 '백조소녀형' 설화는 유럽에서 시베리아, 중국과 일본에 걸쳐 널리 퍼져있고, 4세기 중국 동진東晉 사람 간보干寶가 기록한 〈수신기搜神記〉에도 모의녀毛衣女라는 백조처녀의 설화가 실려 있다고 한다. 시베리아 바이칼 호수 부근에 사는 몽골 브리야트족의 '백조소녀형' 설화인 '호리 투메드 호릴다이 메르겡' 설화는 '나무꾼과 선녀'와 비슷한 구조를 가지고 있다. 우리의 단군신화에 해당하는, 브리야트 씨족의 기원설화의 내용은 다음과 같다.

아내와 자식이 없는 호리 투메드가 바이칼 호숫가를 지나고 있었다. 아홉 마리의 백조가 호수로 하강하여 백조옷을 벗고 여인이 되어 목욕을 하는 것을 목격했다. 한 여인의 백조옷을 감추었다. 백의가 없는 여인은 하늘로 날아갈 수 없어 지상에 남게 되었다. 그는 여인을 아내로 맞이하여 열한 명의 자식을 낳고 행복하게 살았다. 그가 겔 안에서 냄비로 음식을 할 때 아내가 백의를 달라고 간청했다. 그는 설마 아내가 날아갈까 하는 생각을 가지고 백의를 내어 주었다. 백의를 입은 아내는 백조로 변하여 겔의 천창天窓을 통하여 하늘로 날아갔다. 그는 검댕이 묻은 손으로 백조의 두 다리를 잡았으나 놓치자 열한 명의 자식의 이름을 지어달라고 외쳤다. 백조가 열한 명의 자식에게 이름을 지어주고, "자나 깨나, 자손 대대로 괴로움 없이 지낼지어다. 자손이 번성할 지어다."라고 축언을 하였다. 호리 투메드의 자손은 열한 개의 씨족의 시조가 되었다. [13]

10. 이윤기의 〈그리스 로마 신화〉 1권의 도입 부분에는 이아손의 Monosandalos 이야기 이외에도 신발에 관한 이야기가 많이 나오는데, 아테네의 왕 아이게우스가 트로이젠의 공주 아이트라와 하룻밤 동침하여 낳은 아들 테세우스에게 신표(信標)로 남긴 가죽신, 달마대사의 무덤에 남아 있는 신발 한 짝, 신데렐라와 콩쥐의 외짝 신 등의 연관성에 대해 설명하고 있다.
11. 그 뒷이야기로서 나무꾼이 아내와 자식들을 만나기 위해 노루의 도움을 받아 하늘에서 내려온 두레박을 타고 하늘로 올라가 아내인 선녀와 아이들을 다시 만난다. 그러나 지상에 두고 온 부모님을 그리워하여 땅을 밟지 않는다는 조건으로 용마를 타고 지상으로 내려와 부모님을 뵙게 되는데, 어머니가 떠 주신 뜨거운 팥죽을 먹다가 흘리는 바람에 용마가 놀라 뛰면서 땅에 뒹굴게 되어 승천하지 못하고 혼자 부모님 곁에 남게 된다는 이야기가 있다. 이 뒷이야기는 유교적 도덕관념이 가미된 후대의 덧붙인 이야기로 생각되고, 세계 여러 곳에 흩어진 백조소녀형 설화의 공통적인 줄거리와는 차이가 있다.
12. 장두식, 〈몽골의 '백조소녀'형 소설의 전승양상 연구〉(〈몽골학〉 제15호, 한국몽골학회, 2003) 140p
13. 장두식, 〈한 · 몽 설화에 나타난 여성성 비교 연구〉 133p에서 [체렌스드놈, 이평래 역, 〈몽골민간신화〉(대원사, 2001) 226~227] 에서 인용

호머의 〈일리아스〉 이후에 다시 접하는 신화神話다. 〈신화, 인류 최고의 철학〉은 신화에 관한 연구서지만 소설처럼 부담 없이 읽을 수 있는 책이다. 이 책 덕분에 신데렐라, 콩쥐팥쥐, '나무꾼과 선녀'의 재미있는 이야기를 마음껏 할 수 있었다. 큰아이 정석도 그런대로 재미있게 읽은 것 같다. 그러나 저자의 신화 해석에 대해 특유의 비판적인 견해를 독후감에 적고 있다.

"이 책은 신화적인 논리, 신화적인 사고를 설명하는 데 집중하고 있다. 여러 가지 소재의 상징성을 다각적으로 분석하고 관련된 신화를 소개함으로써 이해를 돕고 있다. 이러한 내용은 신화적인 사고가 무엇인지를 이해하는 데에는 도움을 주지만, 반면 신화적 사고란 약간 허술해 보인다는 느낌을 주었다. 여러 곳에 흩어진 신화적 상징들을 구슬을 꿰듯이 한꺼번에 억지스럽게 연결시킨다고 생각되는 부분도 있다. 예를 들어 어떤 한 사물의 속성은 매우 다양한데, 저자의 입맛에 맞는 것 하나만 골라다가 설명한다고 느껴지는 면이 없지 않았다."

토론모임의 첫 번째 주제는 〈신데렐라 이야기〉였다. 신데렐라 이야기에서 사회적 중개 기능으로서의 결혼의 의미는 무엇인가, 어떤 이야기 구조에 있어서 우리가 흔히 말하는 해피엔드의 진정한 의미는 무엇인가에 대해서 이야기했다.

두 번째 주제는 〈신화에 자주 등장하는 소재〉에 관한 것이었는데, 신화에 자주 등장하는 '물', '변신'이 상징하는 바에 대해 이야기했다. 성경, 그리스 신화, 〈변신 이야기〉, 미녀와 야수 등을 넘나들면서 신화의 여러 가지 소재에 대해 이야기했다.

세 번째 주제는 〈'나무꾼과 선녀' 신화〉였다. 특히 아이를 셋 낳을 때까지는 천의天衣가 있는 곳을 알려주어서는 안 된다는 대목과 관련하여, 〈신화에 있어서 금기禁忌가 가지는 의미〉에 대해 이야기했다. 뒤를 돌아보면 소금 기둥으로 변하는 금기, 절대 열어보아서는 안 된다는 판도라의 상자 등 지금의 합리화된 시각으로는 도저히 이해할 수 없는 금기들은 그 신화가 형성되던 시기에 있어서는 매우 필요하고 중요한 '인간의 조건'이었을 것이라는 의견도 제시되었다. 뒤를 돌아보지 말라는 금기는 아무런 의미 없이 변덕스러운 신의 뜻에 의해 부여된 것이 아니며, 이를 어기는 것도 사소한 잘못이 아닐 수 있다고 생각한다. 그 시대에는 금기를 어기는 행위는 돌이나 소금 기둥으로 변해 버려 마땅한 큰 잘못이었을 것이라고 생각한다. 인간 존재 전체를 부정하는 마음의 간격이나 괴리를 뜻할 수 있는 것이어서 오늘날의 법이나 윤리를 어긴 것보다 더 큰 잘못일 수 있기 때문이다. 금기는 신화가 먼 옛날 우리의 삶이 오늘날보다 훨씬 더 위험했던 시기에 형성되었기 때문이라는 생각도 든다. 그러나 인간의 삶은 근본적인 위험에서 멀리 벗어나지 못했으며, 사실은 여전히 많은 금기 속에 놓여 있다는 점을 잊지 말아야 한다고도 생각한다.

'나무꾼과 선녀'와 관련하여 결혼의 중요성에 대해서도 이야기했다. 오늘날에도 결혼에는 '옷을 감추어 선녀를 얻는' 매우 비상한 모험, 또는 비약적인 상승의 의미가 들어있다고 생각한다. 인류사회에서 신성혼神聖婚의 정신이 사라지고 결혼이 세속화된 것은 오히려 극히 최근의 현상이라는 생각도 든다. 또한 아들딸까지 낳아서 행복하게 잘 살다가도 천의가 있는 곳을 알자마자 그대로 하늘로 날아가 버린다는 이야기가 엄중하게 지적하는 바에 대해서도 이야기했다. 삶에 있어서 방심放心은 언제나 허용되지 않는다. 행복과 이별, 삶과 죽음을 잇는 슬프고 아름다운 '나무꾼과 선녀'의 신화는 오늘날의 남녀의 결합에 있어서도 여전히 유효한 것이라고 생각해 본다.

이방인

학생회원들이 '이방인'이라는 제목 자체에 전혀 공감하지 못한다는 점이 매우 놀랍도록 시사적으로 느껴진 것이 사실이다. 뫼르소오의 행동은 매우 자연스럽고 이해되지 않는 부분이 전혀 없는데, 어떻게 '이방인'으로 불릴 수가 있느냐는 것이다! 그야말로 세월의 흐름을 실감하게 하는 에피소드가 아닐 수 없다. 우리의 젊은 시절만 해도 뫼르소오는 그런 대로 상당한 '이방인'이었는데…….

● ●

저자 : 알베르트 카뮈 ‖ 읽은 때 : 2006년 8월

　

"오늘 어머니가 돌아가셨다.(Aujourd'hui maman est morte)"

이보다 더 충격적인 소설의 첫 문장이 있겠느냐며 열을 내어 강의하시던 대학시절 불문학과 교수님의 얼굴이 떠오른다. 그러나 더 충격적인 것은 오히려 그 다음 문장이다.

"아니 어쩌면 어제였을지도, 나로서는 알 수가 없다(Ou peut-être hier, je ne sais pas)."

작품 전체를 첫 두 문장으로 요약해 버린 듯하다. 죽음과 무관심. 부조리와 반항. 까뮈에 따르면 이성理性을 지닌 존재, 곧 인간에게는 합리의 욕망이 있는 까닭에 세계의 뜻을 알아보고자 한다는 것이다. 그런데 인간이 알아볼 만한 그 어떠한 뜻도 세계는 갖고 있지 못한 것이다. 인간이 지닌 바, 〈합리의 욕망〉과 세계의 〈몰합리沒合理〉라는

두 개의 상극적인 것, 이러한 앤티노미(antinomy)한 것으로부터 파생되는 모순, 바로 그것이 까뮈가 강조한 '부조리(허망)'의 문제이며, 피할 길 없는 인간의 숙명과 조건이라는 것이다.

짧게 끊어 내던지는 듯한 냉정한 문장들. 창 밖의 풍경과 지나가는 사람들을 무심하게 바라보는 주인공의 날카롭고 비판적인 시선. 인물과 사건을 물샐 틈 없이 치밀하게 배열한 정밀한 구성. 침착하게 억제된 문장 밑으로 용암처럼 흐르는 정열. 냉소적인 유머. 그 문장들은 얼마나 많은 후대 작가들의 지칠 줄 모르는 모방을 견뎌내야 했던가! 뫼르소오의 말투와 시선은 과연 한 시대의 유행이 될 만도 했다. 주변 인물들에 대한 아량과 이해심의 바탕은 바로 철저한 무관심.

"(어떻게 되더라도) 나에게는 마찬가지다(ça m'est égal)."

온통 죽음에 관한 이야기다. 죽음으로 시작하여 죽음으로 끝나는데, 차례대로 모두 세 개의 죽음이 등장한다고 배웠다. 어머니의 죽음, 아라비아인의 죽음, 뫼르소오의 죽음. 그 중에서 뫼르소오가 살해한 아라비아인의 죽음만이 실제로 확인할 수 있는 죽음이고, 나머지 다른 죽음들은 확인할 수 없는 죽음이라는 것이다. 1부는 어머니의 죽음으로 시작하여 아라비아인의 죽음으로 끝나고, 2부는 처음부터 끝까지 뫼르소오의 죽음을 향해 치닫는다. 확실한 죽음을 정가운데에 두고, 이미 죽은 후에 소식으로만 접하게 되는 어머니의 죽음(과거의 죽음)과, 확정되었으나 아직 집행되지 않은 뫼르소오의 죽음(미래의 죽음)이 대칭을 이루는 '거울 효과'를 거두고 있다는 것이다.

1부에 나오는 사람들은 2부에서 증인으로 하나하나 다시 등장하여 재조명된다. 양로원장, 수위, 토마 페레, 레이몽, 살라마노, 셀레스트, 마리. 그들은 1부에서 뫼르소오의 꼼꼼한 시선에 의해 한 사람 한 사람이 면밀하게 관찰된 바 있는데, 그 관찰된 내용이 2부의 재판과정에서 다시 검증받는 중복적인 구조를 취하고 있다. 수사, 재판 등 사법작용은 모두 지나간 일들을 되돌아보는 회고적 과정이다. 그런 과정이 뫼르소오의 개인적인 관점을 다시 확인하고 강조하는 수단으로 사용되었다. 예심판사, 검사, 변호인의 신문과 변론은 모두 사후적인 평가에 불과하다. 그러한 평가로써는 우리의 삶을 온전하게 이해할 수 없다고 말하려는 듯하다.

1부에서의 〈햇빛이 눈부신 바닷가, 마리의 하얀색 옷, 풀어서 늘어뜨린 머리〉는 2부의 〈어두운 감옥, 재판정의 답답한 공기〉와 회화적인 대비 효과를 거두고 있다. 1부에서의 바닷가 수영 장면은 특히 정밀하게 고안된 장면일 것이다. 마리와의 바닷가에서의 수영은 2부의 감옥, 재판정에서 원초적 자유를 꿈꾸는 재료가 된다. 마리(Marie)는 바다(mer)와 통하고, 바다는 어머니, 원초적 생명력을 상징한다고 배웠다. 어머니 장례식 바로 다음날 마리를 만나 바다에서 수영하는 장면은 사실은 돌아가신 어머니를 대체하는 생명력의 회복을 의미할 수 있을 것이다. 돌아가신 어머니를 떠나보낸 바로 다음 날 뫼르소오가 바다에서 마리를 다시 맞이하는 것이다.[14] 마리는 바다 위 부표浮漂 위에서 하늘을 보고 누워 있고, 뫼르소오는 마리의 배에 머리를 대고 목덜미 아래로 마리의 배가 숨결을 따라 오르내리는 것을 느끼면서 한참 동안을 그렇게 하고 있다. 하늘이 하나 가득 눈 안으로 들어왔다. 그것은 푸르고 금빛으로 빛난다. 마리는 계속해서 웃음을 터뜨린다.

'태양 때문에' 총을 쏘았다는 것은 무엇인가? 살인 장면에서의 눈부시고 숨 막히는 묘사. 거대한 운명적 자연력이 모두 힘을 합하여 한 인간을 아주 가지고 노는, 그리스 비극과도 같은 구조를 느끼게 하는 대목이다. 1부의 마지막인 살인 장면에서 뫼르소오는 냉정, 침착하게 억제해 오던 자기 자신을 갑자기 비약적으로 모두 쏟아낸다. 2부의 마지막에서 신부神父를 향해 분노를 폭발시키는 대목과 역시 대칭을 이루고 있다. 1부에서의 살인 범행은 매우 돌발적인 사건처럼 설명되지만, 사실 우연은 전혀 아닌 것이다. 그것을 우연이라고 부른다고 해도, 그러한 우연성은 모든 인간에게 주어진 운명의 내용을 이룬다. 2부에서 신부를 상대로 폭발하는 뫼르소오의 거대한 분노를 통해서 1부에서의 살인이 사실은 전혀 우연이 아니었음을 알 수 있다.

2부의 재판과정은 사회제도의 불합리 같은 것을 고발하기 위함이 아니다. 어떤 불합리 같은 것을 지적하려는 듯이 보이기도 하지만, 그 불합리라는 것이 사회제도보다는 더 근본적인 것이라고 생각된다. 재판정의 심판관들은 우연히 발생한 특정 사건에 대해 심판하고자 하는 것이 아니라 모든 인간에게 필연적으로 주어지는 운명에 대해 심판하려는 것처럼 느꼈다. 따라서 뫼르소오는 다른 사람에 비하여 특별히 억울하거나 불운한 피고인이라고 할 수 없다. 사형은 하나의 사회제도지만, 이 작품에서는 언젠가는 모두 죽어야 할 인간의 운명을 상징하는 것처럼 생각된다. 우연히 아라비아인을 죽인 죄로 사형을 당하는 것이 아니라, 어떤 병을 얻어 병실에서 앓다가 죽더라도, 그에 대해 까뮈는 마찬가지의 관점을 견지할 것 같다.

14. 어머니 장례식 바로 다음날인 토요일에 마리를 만나 수영하고 영화를 본 후 잠자리를 함께 하게 되는데, 그 다음날인 일요일은 하루 종일 혼자서 창 밖을 구경하는 등으로 아무 하는 일 없이 빈둥빈둥 지낸다. 토요일과 일요일에 지낸 내용을 서로 바꿀 수 있었을 텐데도 작가는 당연히 의도적으로 설정한 것 같다. 어머니에서 마리로 생명력을 대체하려는 인간의 원초적인 욕구 자체가 (재판과정에서) 사회적, 윤리적으로 준엄하게 비판 받는다는 설정을 위한 것으로 생각된다.

...

이제는 약간 '철 지난' 듯한 〈이방인〉을 네오클에서 읽었다. 젊은 시절의 흥분과 감동을 그대로 되살릴 수는 없더라도, 그래도 새로운 세대와 함께 다시 〈이방인〉을 읽기는 읽어야 한다고 생각한다. 현재 우리의 삶이 〈이방인〉의 문제의식과 무관할 정도로 아주 벗어나 버렸다고 보지는 않는다. 그러나 학생회원들이 '이방인'이라는 제목 자체에 전혀 공감하지 못한다는 점이 매우 놀랍도록 시사적으로 느껴진 것이 사실이다. 뫼르소오의 행동은 매우 자연스럽고 이해되지 않는 부분이 전혀 없는데, 어떻게 '이방인'으로 불릴 수가 있느냐는 것이다! 그야말로 세월의 흐름을 실감하게 하는 에피소드가 아닐 수 없다. 우리의 젊은 시절만 해도 뫼르소오는 그런 대로 상당한 '이방인'이었는데…….

큰아이 정석의 독후감을 보더라도 이런 식이다.

"책을 읽으면서 '이방인'의 의미가 뭔지 생각해 볼 기회가 없었다. 다 읽고 나서 카페에 올려진 세미나 주제를 보니 '이방인'이란 뫼르소오를 지칭하는 말이라는 것을 그때야 알았다. 뫼르소오가 겉으로 보이는 행동들이나 속으로 생각하는 것들이 내게 매우 친숙했기 때문에 '이방인'이라는 말이 선뜻 다가오지 않았다."

작은아이 민석의 독후감도 거의 비슷하다.

"뫼르소오라는 사람이 실제로 있으면 주위 사람들에게 아주 인기 있을 것이라는 생각이 들었다. 원래 집착하지 않고 매사에 무관심한 사람이 매력적으로 보인다고 생각한다. 또 그가 멋지다고 생각한 큰 이유는 가식적인 면이 별로 없다는 것이다. 이 성격은 아주 특징적이고 멋있게 느껴졌는데 처음 부분에서 어머니가 죽었음에도 울지 않는 것이나, 마리가 사랑하느냐고 물어봐도 그렇지 않다고 솔직하게 말하는 부분, 재판을 받을 때 전혀 자기변호를 하지 않고 사실을 말하는 부분은 정말 어떻게 사람이 저럴 수 있을까 하는 생각까지 들었다. 이 소설에서 가장 명대사를 꼽으라면 역시 '어찌 되든 내게는 상관이 없다'이다. 이 말은 상당히 인상적이었는데 그의 인생관뿐 아니라 인생 자체를 잘 보여준다고 생각한다."

또한 민석은 〈이방인〉의 끝 부분에 관해서도 고등학교 2학년생다운 생각을 보여준다.

"끝내 뫼르소오는 사형이 집행되는 날 구경꾼들이 많이 와서 그를 증오에 찬 고함 소리로 맞아주기를 바란다. 무슨 소린지는 잘 모르겠지만, 자유로움과 반항감과 해방감과 진지함까지 느껴지는 아주 멋있는 말이라고 생각한다."

생각했던 것보다 학생회원들이 〈이방인〉이나 뫼르소오를 친숙하게 받아들이는 것 같다. 토론모임에서도 역시 뫼르소오에 대하여 '이방인'이 아니라 '현대인의 전형'이라는 표현도 나왔다. 죽음을 앞에 둔 무신론적 태도에 대해서도 학생회원들은 대개 당연하게 받아들인다는 입장이었던 것 같다. 정석도,

"내가 뫼르소오와 같은 상황에 처했을 때 죽음을 받아들이는 태도는 뫼르소오의 그것과 거의 같을 것 같다. 죽음이 닥쳤다고 해서 갑자기 종교적 절대자에게 의지하거나 패닉 상태에 빠져 다른 극단적인 방법을 시도하지는 않을 것 같다."

고 쓰고 있다.

이기적 유전자

저자 : 리쳐드 도킨스 ‖ 읽은 때 : 2006년 9월

핵심 내용

어떤 개체의 행동을 결정하는 일관된 기준은 그 소속 집단이나 가족의 이익이 아니고, 그 개체 자신의 이익도 아니다. 개체는 오로지 유전자의 이익을 위해 행동한다는 것이다. 개체는 자기복제자인 유전자가 계속 존재하기 위하여 만든 용기容器 내지 운반체(vehicle), 또는 생존기계(survival machine)에 불과하다는 주장이다.

위와 같은 이론은 1960년대 중반 해양생물학자 출신인 조지 윌리엄스(George Williams)와 군생곤충학자인 윌리엄 해밀턴(William Hamilton)에 의하여 생물학계의 일대 혁명으로 주도되었고, 리쳐드 도킨스에 의하여 '이기적 유전자'라는 개념으로 널리 알려지게 되었다고 한다. 저자는 이러한 이론을 통해 인간 행동의 이해되지 않았던 부분을 새롭게 설명하고, 인간의 도덕적 본성에 대한 실증적인 비판을 제기하려 한다.

'이기적 유전자'라는 제목 또는 '이기적'이라는 용어의 문제

'이기적 유전자'라는 용어는 성공한 유전자에 기대되는 특질 중에 가장 중요한 것이 '비정한 이기주의'라는 데서 유래한다고 설명되어 있다. 그러나 '이기적' 또는 '이기주의'라는 용어 자체가 혼란을 줄 수 있다고 본다. '이기적'이라는 용어를 〈어떤 생명체가 계속 존재하려는 경향〉으로 정의한다고 하더라도, 유전자에 대해 '이기적'이라고 표현할 때 독자의 입장에서는 개념적, 감각적 착오에 빠질 수 있다.

'이기적'이라는 말은 글자 자체의 뜻이 그렇듯이(利己, selfish), 일상적인 언어의 용법으로는 오로지 (인간이라는) '개체'에 합당한 형용사일 것이다. 인간만이 '이타적'일 수 있기 때문에 인간만이 '이기적'일 수 있을 것이다. 유전자는 도대체 '이타적'일 수 없기 때문에 '이기적'일 수도 없을 것이다. '이기적 유전자'라는 제목은 '선택의 기준이 되는 단위가 개체가 아니라 유전자'라는 위 이론의 핵심적인 메시지와도 사실은 무관하고, 용어의 혼란을 야기하는 자극적인 제목일 뿐이라고 생각한다.

'이기적 유전자'라는 의인擬人적인 표현의 문제점에 관하여 조금 더 생각해 본다. 인간의 '이기성'의 궁극이라고 할 수 있는 존재 유지 욕구의 중요한 부분은 (의식의) 영원불멸永遠不滅에 대한 욕구라고 생각한다. 유전자의 자기복제 욕구(?)는 이와 똑같은 것이 아님에도 이를 '이기적'이라는 동일한 용어로 포섭한 것의 문제점도 지적하고 싶다. 의식은 복제될 수 없으므로 유전자가 자기복제 되더라도 인간의 '이기성'은 상당 부분 충족되지 못한다. 그런 점에서 보더라도 유전자와 인간은, 의식을 지닌 개체의 불멸에의 갈망이 담겨 있는 '이기적'이라는 용어를 공유하기에 부적합하다고 생각한다.

선택의 단위는 과연 유전자인가?

생물들의 모든 선택이 유전자의 생존이나 자기복제만을 위한 것이고, 인간(개체)은 단순히 유전자의 운반체에 지나지 않는다는 관점에 쉽게 공감하기 어려웠다. 유전자의 발견으로 인간 개체를 더욱 잘 설명할 수 있게 된 것은 사실이다. 그러나 유전자뿐 아니라 부족이나 가족 등 집단(개체군)이 상대적으로 중요한 선택의 단위일 수 있고, 개체는 물론 중요한 선택의 단위임에 틀림없다. 그중 어느 단위를 특별히 더 결정적인 것이라고 볼 수 있을까? 어찌 보면 관점의 문제라고 생각된다. 리쳐드 도킨스가 말하는 '유전자'가 인류라는 종족의 유전자를 말하는 것인지, '나'라는 개체의 고유한 '유전자'를 말하는 것인지도 분명하게 이해되지 않았다. 그런 개념적 구별 없이 그 어떤 '유전자'를 중심으로 한 설명은 (우리 인간에게) 의미 있기 어렵다는 생각이 들었다.

또한 자살, 알코올 중독, 독신주의, 산아제한, 입양제도 등 개체가 〈유전자의 '이기성'〉에 반하여 독자적인 선택을 하는 예외가 너무도 많은 것도 사실이다. 그러한 예외들은 개체에 대한 유전자의 우위를 인정하는 데 있어서 치명적인 방해가 될 것이다. 자연법칙을 이해하고자 하는 시도 자체가 이미 자연법칙에 반하는 것은 아닌가? 따라서 문화적인 상태의 인간이 자연법칙이라고 할 수 있는 〈유전자의 '이기성'〉에 반하는 것은 오히려 당연하다는 생각도 든다.

저자도 유전자의 우위를 인정하는 데 '문화'가 상당한 장애인 점을 인정하는 듯하다. 현대인의 진화를 이해하기 위해서는 유전자만을 그 유일한 기초로 보는 입장을 버려야 한다고 설명한다. 또한 문화를 신종의 자기복제자로 설명하면서 '밈(meme)'이라는 문화 전달의 단위를 표현하는 새로운 용어를 제시한다. 그러나 자기복제라는 유전자의 자연법칙적 특성을 인간의 문화에까지 적용하여 설명하는 것이 어떠한 가치나 정확성이 있을지는 의문이다. 유전자에 대해 '이기적'이라는 형용사를 사용하는 것이 오해의 여지가 있는 의인擬人적인 비유이듯이, 인간의 문화를 자기복제라는 관점으로 설명하려는 것 역시 지나치게 의물擬物적이고 기계적인 비유일 수 있다고 생각한다.

얼마나 새로운 관점인가?

인류는 최근까지 유전자에 대해 알지 못했다. 그러나 〈유전자의 '이기성'〉으로 설명되는 '유전자의 (자기복제를 통하여) 생존을 이어 가려는 경향'이 개체의 특징임은 일찍이 이해했을 것이다. 비록 유전자의 존재나 구조를 모르더라도 살아있는 생명체가 계속 삶을 추구하고 죽음을 피하며, 종족을 퍼뜨리려는 욕망과 경향이 있다는 것은 쉽게 알 수 있다. 그러한 경향은 인간에게 '주어진' 것이고, '본능'이라는 말로 표현되어 왔다. 그렇게 본다면 '선택의 단위가 유전자'라는 핵심적 메시지는 그다지 놀랍거나 새로운 관점이 아니라고 볼 수도 있을 것이다.

신을 숭배하고, 처녀를 용왕에게 제물로 바치고, 충효나 정절을 목숨보다 소중히 여겨온 것을 유전자(의 '이기성')에 대한 인식이 없는 데서 나온 무지몽매無知蒙昧로 볼 수만은 없을 것이다. 유전자의 ('이기적인') 경향에 대해서는 이미 잘 알고 있었지만, 인간이 그것을 감히 뛰어넘으려는 장대한 욕망을 꿈꾼 데서 비롯된 것이라고 생각한다. 그러한 비약적 욕망 중에는 유전자의 실체를 밝혀내려는 과학적 탐구에 대한 욕망도 물론 포함되어 있을 것이다.

잠수복과 나비

저자 : 장 도미니크 보비 ‖ 읽은 때 : 2006년 11월

모든 신체가 마비되고 단지 왼쪽 눈꺼풀만을 깜박일 수 있는 상태
의 저자가 한쪽 눈을 깜박이는 방법으로 의사를 표현하여 자신의
심적 상태를 기록하게 한 작품이다. 록크드 인 신드롬(locked—in
syndrome)에 대한 일종의 투병기라고도 할 수 있는 이 작품의 강렬한
인상은 제목 '잠수복과 나비(le scaphandre et le papillion)'에 들어있
다. 몸과 마음 상태를 대비시킨 제목 속에 작품을 쓰게 된 계기인 모
든 에너지와 희망이 담겨있다. 고상한 철학적 내용이나 죽음을 앞에
둔 사람의 심오한 깨달음에 대한 이야기는 아니다. 있는 그대로 드러
나는 절망감, 개인적인 잡다한 추억, 때때로 절제되지 못하고 흘러내
리는 감정들.

　사람이 죽기 직전 수 초 사이에 생의 모든 순간들이 어느 한 장면도
빼놓지 않고 압축적으로 재현된다는 말이 있다. 책을 쓸 당시에 저자
의 의식은 뚜렷했지만, 사실 정상적인 상태로 볼 수 없다. 이 글은 약
두 달간에 걸쳐 기록된 것이지만, 사람이 갑작스런 사고를 당하여 죽

기 직전의 몇 분 동안을 급하게 포착한 것처럼 느껴지기도 한다. 인생 전체를 통틀어서 마지막으로 섬광처럼 떠오르는 애틋한 장면 장면들, 짤막한 조각들로 깨어져 도무지 이어지지 않는 기억들. 1995년 12월 8일에 일어난 청천벽력 같은 발병 당일에 대한 기억의 시작 부분이다.

늘씬한 갈색 머리 여인의 따뜻하고 보드라운 육체 곁에서 정상인으로서의 마지막 잠을 자고 눈을 떴으면서도, 그것이 행복인지도 모르는 채 오히려 툴툴거리며 일어났던 그 아침을 어떻게 말로 표현한단 말인가?

인간의 가치에 대해 생각하게 된다. 한쪽 눈만이 세상에 대한 유일한 출구인 인간은 어떠한 가치를 가지는가. 그러한 삶의 의미나 목적은 무엇이라고 해야 할 것인가. 얼마 전에 읽은 〈이기적 유전자〉에서 선택의 기준으로 제시되었던 유전자의 '자기복제의 목적'이라는 관점을 저자의 상태에 적용시키기는 어려울 것이다. 인간으로서의 실체를 거의 잃어버리고 오로지 의식만이 남아있는 경우에도 인간으로서의 가치를 가질까? 의식이 있다고 하더라도 그 의식을 외부에 표현할 수 있는 수단조차 가지지 못한 경우는 또한 어떠할 것인가? 한쪽 눈을 깜박이거나 눈물이 흘러내리는 표현조차 불가능한 경우에는.

모든 인간이 가지는 인격 또는 인격권에 대해 대학시절 헌법 과목을 공부하면서 처음 생각해 보았던 것 같다. 모든 인간은 왜 기본적 인권을 가지는가? 모든 인간은 왜 존엄한 것인가? 무고한 사람을 살해하거나, 주변 사람에게 피해만 끼치고 반성의 빛도 전혀 없는 극악한 사람도 왜 존엄한 인간으로 대접받아야 하는가. 모든 인간은 아름답고 완전하고 영원한 존재이거나 또는 그러한 존재로 될 가능성이 있기 때문에 존엄하다고 생각한다.

식물이나 광물로까지 표현될 정도의 상태에 있는 저자가 인간으로서의 존엄성을 가진다면 그것은 의식작용 때문이다. '바위에 붙어 사는 소라게처럼' 침대에 붙어 있으면서도 비틀스의 노래를 떠올릴 수 있기 때문이다. 인간의 의식작용은 인간 존엄의 가능성이다. 의식작용은 사람을 아름답고 완전하고 영원한 존재로 만들 가능성을 지니고 있기에 저자는 존엄하다. 저자는 '유전자 운반체(vehicle)'로서의 가치는 이미 없지만 여전히 존엄하다. 나비처럼 가볍게 날아다니는 의식의 자유는 바로 인간의 존엄성이다. 저자는 이 책이 발간된 직후인 1997년 3월 9일 "잠수복을 벗어던지고 나비가 되어 날아갔다.".

잠수복이 한결 덜 갑갑하게 느껴지기 시작하면, 나의 정신은 비로소 나비처럼 나들이 길에 나선다. 하고 싶은 일이 너무 많다. 시간 속으로, 혹은 공간을 넘나들며 날아다닐 수도 있다. 불의 나라를 방문하기도 하고, 미다스 왕의 황금궁전을 거닐 수도 있다. 사랑하는 여인에게로 달려가 그 곁에 누워, 그녀의 잠든 얼굴을 어루만질 수도 있다.

카라마조프가의 형제들

저자 : 도스토예프스키 ‖ 읽은 때 : 2007년 3월

"도대체 신은 존재하는 것인가?", "영생이란 정말 있는 것인가?" 어릿광대를 자처하는 천박한 인품의 표도르 카라마조프까지 포함한 모든 작중인물들의 진지한 질문과 궁극적 관심은 여기에 집중되어 있다. 당시의 러시아와 유럽, 모든 서구인들의 사상과 종교, 삶의 방향에 관한 핵심적 주제에 도전한 방대한 구성은 인간의 정신능력에 대한 경외감을 느끼기에 충분하다.

작품에 나오는 이른바 '카라마조프적 인간'은 당시의 기독교적 세계관을 그대로 받아들일 수 없는 인간형을 말하는 것으로 이해했다. 당시 서구인들은 아직 기독교에 대한 불신앙을 밖으로 드러내지 못했다. 니체가 "신은 죽었다."고 노골적으로 선언하기 전에, 도스토예프스키는 이 문제를 정면으로 다룬 것이다. 그는 마지막 작품인 〈카라마조프가의 형제들〉에서 문제 제기에 그치지 않고 자신의 명확한 해답을 거의 제시했다고 생각한다. 그 해답은 니체에 영향을 미쳤고, 현대를 열었다. 덕분에 오늘날 대부분의 젊은이들은 〈카라마조프가의

형제들〉의 등장인물들처럼 종교 문제에 관해 그토록 심각하게 골몰하지 않은 채 지낼 수 있게 되었다.

이반 카라마조프는 〈죄와 벌〉의 라스콜리니코프, 〈악령〉의 스따브로긴보다 한층 명확하고 강력해졌으며, 알렉세이 카라마조프도 〈백치〉의 므이시낀 공작에 비하여 훨씬 온전한 자기 확신에 도달하고 있는 것처럼 보인다. 도스토예프스키에게 드디어 결론을 내릴 만한 힘이 축적되었고, 죽음을 3개월 앞둔 마지막 작품에서 자신의 모든 역량을 다하여 마침내 결론을 제시한 것으로 본다.

이반 카라마조프가 알료사에게 들려준 극시 〈대심문관〉은 그 모호한 논변에도 불구하고, 결국은 교회나 기독교를 전면 부정한 것으로 이해했다. 도스토예프스키는 기독교와 '카라마조프' 중에서 당연히 '카라마조프'를 택했으며, 그러한 선택을 하는 데 있어서 사실은 진심으로 회의나 고민에 빠지지도 않은 것으로 보인다. 다만 작품을 읽게 될 많은 사람들의 신앙과 정서를 고려해서 유보적으로 표현한 것이라고 생각한다. 조시마 장로의 종교관을 감동적으로 묘사하는 등 모호하게 전개해 나간 부분도 보이지만, 전체적으로는 반기독교적인 입장에 서 있다고 보는 것이다. 그런 점에서 〈카라마조프가의 형제들〉을 '제2의 성경'이라고 부르는 것이 적절한지, 그러한 표현이 어떠한 의미를 가질 수 있는지에 대해 다시 생각해 보게 된다.

'카라마조프적 인간'이라는 것이 어떤 특정한 인간 유형을 말하는 것이 아니라 기존의 기독교를 더 이상 그대로 받아들일 수 없게 된 세상의 모든 사람, 또는 인간의 그러한 속성을 지칭하고자 한 것으로 생각한다. 드미뜨리나 이반에 대해서뿐만 아니라 알료사에 대해서도 '어쩔 수 없는 카라마조프 족속'이라고 표현한 대목에서 특히 그런 생각이 들었다. 도스토예프스키가 죽었기 때문에 완성하지 못한 〈카라마조프가의 형제들 2부〉가 알료사가 수도원을 나와 리자와의 사랑에 상처를 입고 혁명가가 되어 황제 암살 계획에 참가하여 단두대에 오르는 것으로 구상되었다는 설도 역시 이러한 생각을 더하게 한다.

조시마 장로나 알료사가 표방하는 '러시아 민중의 소박하고 경건한 신앙'이 반드시 교회나 기독교를 옹호하는 것으로는 보이지 않고, 반대로 이반이나 드미뜨리가 반드시 흔히 말하는 '무신론자'인지에 대해서도 의심이 든다. 도스토예프스키는 카라마조프 삼형제와 조시마 장로를 통해서 1,800여 년 동안의 기독교의 질곡에서 벗어난 새로운 '인간의 길'을 설명하려 한 것인데, 그 길은 '무신론'과는 다를 것으로 생각한다. 이른바 '무신론'이라는 것은 이미 유신론을 전제로 하고 있는 것이어서 유신론과 궤를 달리하는 별개의 사상은 아니라고 생각되기 때문이다.

흔히 드미뜨리가 욕망을, 이반이 이성을, 알료사가 종교를 대변한다고 하지만, 삼형제 모두 욕망이나 이성, 신비주의 어느 하나에 함몰되지 않는다. 세 명 모두 극도의 고통 속에서도 자기 자신을 극복하려는 치열하고 아름다운 '인간'의 모습을 보인다. 드미뜨리가 욕망의 고통 속에서 몸부림치는 적나라한 모습은 윤리적, 종교적인 비난의 대상이 아닌, 인간의 진실하고 아름다운 모습이다. 이반이 정신착란에 이를 정도의 고뇌 속에서 도달한 결론으로서의 사랑과 책임은 도스토예프스키 자신의 최종적 결론에 가깝다고 생각한다. 알료사의 거침없는 감각과 순수성은 이미 기존 기독교를 벗어나고 있으며, 조시마 장로가 알료샤에게 수도원을 떠나 결혼하게 되리라고 예언한 것도 같은 맥락으로 이해한다.

쌈쏘노프의 거짓말에 속아 3,000루블을 마련하기 위해 술에 취해 곯아떨어진 랴가브이('사냥개')를 아무 소용도 없이 깨우려고 어처구니없이 애쓰는 드미뜨리. 알료사를 향해 돈주머니가 들어 있는 가슴을 두드려 보이며 괴로워하는 드미뜨리. 그류센까가 있는 모끄로예를 향하여 트로이카를 몰고 미친 듯이 달려가는 드미뜨리. 그런 드미뜨리는 정념에 휩싸인 불행한 모습이기는 하지만, 감각적인 욕망에 굴복한 아버지 표도르와는 전혀 다른 것이다. 까쩨리나와의 운명적인 대면 사건, 수사와 재판 과정에서 드러나는 그의 솔직하고 순수한 의지, 알료샤에게 내면적 고뇌를 토로하면서 시를 읊는 감수성에서 알 수 있듯이, 그는 욕망과 고결함, 자존심과 용기를 지닌 '인간'언 것이다. 욕망 때문에 실족하는 그의 불행과 고통은 바로 '인간'의 현실이다. 모든 인간에게 운명적으로 주어진 현실이다.

이반은 순수한 사변적인 논리로 일관하는, 이른바 '머리만 있고 가슴은 없는' 사람은 전혀 아니다. 까쩨리나를 향한 뜨거운 열정, 알료샤나 드미뜨리에 대한 사랑과 책임, 진리에 대한 극단적인 추구로 정신병 발작으로까지 치닫는 이반을 차갑고 냉소적인 '무신론자'로 볼 수는 없을 것이다. 라끼찐이나 스메르쟈코프와는 아주 다른 사람인 것이다. 이반 역시 '인간'이며 오히려 매우 우수한 인간이라고 해야 할 것이다. 모든 사람을 섬기며, 누구에게도 해를 끼칠 수 없는 순수한 영혼의 알료샤도 결코 유약한 신비주의자나 광신자로는 볼 수 없다. 알료사 또한 욕망과 이성을 충분히 발휘하고 있는 '인간'으로 이해된다. 결국 삼형제 모두 '카라마조프적'인 것이다!

'카라마조프적 기질'이라는 것도 인간의 종교적 갈망 자체를 부정하는 '무신론'의 바탕 위에 서 있지는 않다. 다만 도스토예프스키는 기독교의 교리나 교회 조직에 의한 인간성의 억압을 비판하며, 이를 뚫고 일어서는 새로운 인간상을 발견하고자 한 것이다. 그 새로운 인간상은 바로 지금 우리의 모습, '현대인'에 가까울 것이다. 이반이 음식점에서 알료사를 만나 〈대심문관〉을 들려주기 전에 종교의 억압으로부터 벗어난 생명과 사랑에 대해 이야기하는 대목이 나온다. 이성적 사고에만 치우쳐 있는 냉소적인 모습은 전혀 아니다.

> 나는 봄날의 끈적끈적한 새 잎을, 파란 하늘을 사랑해, 그저 그것뿐이야! 여기엔 지식도 논리도 없어. 그저 마음속 깊이에서 우러나오는 사

랑이 있을 뿐이야. 자기의 싱싱한 젊은 힘에 대한 사랑이 있을 뿐이야.

이반은 계속해서 알료샤에게 이야기하면서 기독교의 죄의식을 부정하고 인간과 역사를 이성적으로 이해하고자 애쓰고 있다. 이반이 보여주는 현대성은 도스토예프스키가 추구한 최종적 결론에 해당한다고 생각한다.

나의 가련한 유클리드적 지혜에 의하면, 그저 고통만 있을 뿐이지 죄인은 없어. 모든 것은 단순하게, 그리고 직접적으로 하나의 사건이 다른 사건을 낳으면서 끊임없이 흐르고 흘러 평균을 유지한다는 것, 이런 것을 알 뿐이야.

달과 6펜스

저자 : 서머셋 모옴 ‖ 읽은 때 : 2007년 6월

이 책은 고등학교 시절 영어공부를 위해 영어 원문으로 읽었던 기억이 있다. 찰스 스트릭랜드의 갑작스러운 가출, 찰스 스트릭랜드와 블란치 스트로브 사이에 벌어진, 당시로는 이해하기 힘들었던 격렬한 충동적 사랑과 반전, 비극적인 결말 부분이 충격적인 대목으로 기억에 남아 있다. 그러나 오랜 시간이 지나 이번에 다시 책을 읽으면서는 그다지 재미를 느끼지 못했고, 작가와 작품에 대해 오히려 비판적인 생각이 많이 들었다.

작가의 인간에 대한 이해가 지나치게 이분법적이고 편협하다고 생각되었다. 〈달〉과 〈6펜스〉의 구분에서부터 시작되는 집요한 이분법은 '중산층의 평균적인 속물근성'과 '정열에 휩싸인 비범한 예술적 천재'를 시종 대비하면서 전개된다. 하지만 어떤 사람에 대해 그저 '평범한 사람'이라고 하는 것은 그 의미가 모호할 뿐 아니라, 자칫 피상적인 판단이 되기 쉽다고 생각한다. 어떤 사람이라도 그의 생이 갖는 고유한 가치와 중요성을 통해서만 의미 있게 설명될 수 있을 것이다.

이른바 천재나 위인偉人에 해당하는 사람도 모든 인간이 갖는 공통적인 속성, 인간이기에 피할 수 없는 운명의 바탕 위에서만 그의 특별한 가치가 제대로 이해될 수 있을 것이다.

이러한 관점 때문인지는 몰라도 찰스 스트릭랜드(폴 고갱, Paul Gauguin)라는 인물에 쉽게 몰입할 수 없었고, 그의 강렬한 예술혼에 대해서도 공감하기 어려웠으며, 모호한 신비주의로 흐르지 않았나 하는 생각마저 들었다. 또한 작가의 이분법은 정신과 물질(육체), 사랑과 관능을 계속 대립시키고, 인간 욕망에 대한 왜곡, 여성에 대한 부당한 편협성을 드러낸다. 이 작품이 1919년에 발표된 점을 감안하더라도 이분법적인 사고의 틀에서 지나치게 벗어나지 못하고 있다고 본다. 요컨대 이 작품에서 제기된 문제의식 자체가 근본적이지 못하다는 비판적인 생각이 들었다.

이상하게도 그의 삶은 물질적인 것과 단절되어 있었다. 그래서 때로 육체가 정신에 무서운 복수를 하는 모양이었다. 자기 안에 들어 있는 사티로스가 갑자기 그를 사로잡으면 그는 자연의 모든 원시적인 힘을 가진 본능의 손아귀에 잡혀 무력한 상태가 되고 말았다. 그 강박적인 상태가 너무 완전하여 그의 정신에 신중함이라든가 고마움이라든가 하는 마음이 깃들 여지가 없었다.

"난 사랑 같은 건 원치 않아. 그럴 시간이 없소. 그건 약점이지. 나도 남자니까 때론 여자가 필요해요. 하지만 욕구가 해소되면 곧 딴 일이 많아. 난 그 욕망을 이겨내지는 못하지만 그걸 좋아하진 않아요. 그게 내 정신을 구속하니까 말이야. 나는 언젠가 모든 욕정에서 벗어나 아무런 방해도 받지 않고 내 일에 온 마음을 쏟을 수 있는 때가 있었으면 하오. 여자들이란 사랑밖에 할 줄 아는 게 없으니까 사랑을 터무니없이 중요하게 생각한단 말야. 그래서 우리더러 그게 인생의 전부인 양 믿게 하고 싶어 해요. 하지만 그건 하찮은 부분이야. 나도 관능은 알지. 그건 정상적이고 건강해요. 하지만 사랑은 병이야. 내게 여자들이란 쾌락을 충족시키는 수단에 지나지 않아. 나는 여자들이 인생의 내조자니 동반자니, 반려자니 하는 식으로 우기는 것을 보면 참을 수가 없소."

"여자는 사랑을 하게 되면 상대의 정신을 소유하기 전까지는 만족할 줄 몰라. 약해서 지배욕이 강하지. 지배하지 않고서는 만족하지 못해. 여자는 마음이 좁아요. 그래서 자기가 모르는 추상적인 것에는 화를 내는 버릇이 있어. 마음을 쓰는 것은 물질적인 것뿐이야. 관념적인 것은 시기나 하고. 남자의 정신은 우주의 머나먼 곳에서 방황하는데 여자는 그걸 자기 가계부 안에다 가둬 두려고 하는 거요."

개인의 욕망을 타인과의 관계, 사회 전체와의 관계에서 조화롭게 이해하고 완성하려는 입장에서는 공감하기 어려운 대목들이라고 생각한다. 스트릭랜드 부인, 블란치 스트로브, 아타 등 스트릭랜드 주변의 여인들은 모두 심한 왜곡을 강요 당한다고 본다. 아타의 스트릭랜드에 대한 헌신적인 사랑마저도 아름답게 생각되는 것이 아니라, 인간관계의 온전하지 못함에서 오는 불행으로 느껴진다. 물질적 욕망과 정신세계, 쾌락과 사랑을 대립적으로 이해하는 데서 오는 부담과 고통은 몹시 부당한 것이라고 생각하면서, 찰스 스트릭랜드가 추구한 궁극의 예술 세계가 과연 어떤 것인지에 대해서조차 혼란스럽게 생각되었다.

47세의 나이에 인생의 대전환을 감행한 찰스 스트릭랜드에 관한 이야기는 흥미로운 소재임에 틀림없다. 그러나 평범과 비범은 실제로 의미 있는 구별이 될 수 있는가? 관계를 떠난 존재는 가능한가? 타인에 대한 고려나 배려는 예술의 입장에서는 불철저성에 불과한 것인가? 몇 가지 착잡한 생각이 들게 하는 작품이었다.

변신 · 심판 · 성

〈변신〉은 학생회원들에게도 상당히 착잡하고 심난할 정도의 마음의 자극을 준 것 같아 그 점에서는 성공적이라고 생각한다. 상당히 어려울 것이 예상된 카프카의 작품을 이 시점에서 선택하면서, 도전적인 책읽기에 대한 욕심이 있었던 것이 사실이다. 특히 〈성〉같은 작품을 학생회원들 앞에 비난을 감수하고라도 꼭 한 번 제시해 보고 싶었다.

● ●

저자 : 카프카 ‖ 읽은 때 : 2007년 7월

카프카의 작품인 〈변신〉(1912), 〈심판〉(1914), 〈성城〉(1922)을 카프카가 쓴 순서대로 읽어 보았다. 〈변신〉은 비교적 단순한 이야기로 쉽게 읽을 수 있었는데, 〈심판〉, 〈성〉은 구성이 난삽하여 읽기에 힘들었다. 그중에서 〈성〉이 가장 읽기 힘들었지만 가장 재미있었다. 가장 읽기 힘들었던 〈성〉이 가장 재미있다는 점을 어찌 설명하면 좋을까?

카프카가 위 작품들을 쓴 시대는 어떤 시대였는가? 추상회화의 길을 예비한 흐름 중의 하나인 입체파는 1907년에서 1914년 사이에 파블로 피카소, 조루즈 브라크, 후안 그리스에 의해 주도되었다. 추상회화는 1차 세계대전 발발 직전부터 전쟁이 진행되는 동안 형성되었다. 회화에 있어서 원근법과 광학법칙 등 수백 년 동안 내려 온 사실주의적 전통이 거부되었다. 1913년 스트라빈스키의 발레음악 〈봄의 제전〉이 파리에서 초연되었다. 고전 발레의 공식이 깨져 나가는 충격에 관객은 분노했고 공연이 끝날 무렵 경찰이 출동했다. 1917년 프로이트의 〈정신분석입문〉이 출판되었다. 계몽주의 이래의 이성과 합리주의는 부정되고 도전받았다.

〈변신〉의 그레고르 잠자, 〈심판〉의 요제프K, 〈성〉의 K가 처한 불안과 질곡은 지나치게 과장된 것일까? 작가의 병적인 예민함으로 인한 지나치게 비관적인 견해일까? 그렇다고 생각하지 않는다. 〈변신〉의 그레고르 잠자는 현대 우리사회의 어떤 샐러리맨과도 사실은 구별되지 않는다고 생각한다. 어찌 보면 너무 잔인할 정도로 정확하게 그린 현대인의 자화상이라고 할 수 있다. 어느 날 아침에 잠에서 깨어나 보니 갑자기 큰 벌레로 변해 버렸다는 황당한 설정마저도 사실은 전혀 놀랍지 않다. 어떤 비유라고 생각되지도 않고, '현재의 내 상황에 아주 꼭 들어맞는 이야기'로 다가온다.

바이올린 연주를 좋아하는 아름다운 여동생을 음악학교에 보내려는 과분한 꿈을 간직한, 가난하고 성실한 영업사원 그레고르는 어느 크리스마스를 기하여 그 꿈같은 계획을 발표하려 했지만, 그 전에 벌레로 변신하고 만다. 변신 이후의 여동생, 어머니, 아버지의 급격하고 야속한 변모는 사실은 변모라기보다는 각자 본래의 실상實相이라고 할 수 있다. 그레고르는 가족으로부터 어떤 위로도 받지 못하고 죽음으로 내몰린다. 여동생이나 어머니, 아버지는 사실 벌레로 변한 그레고르보다 더 자유롭거나 힘이 있는 것도 아니다. 그들 각자도 그레고르처럼 부자유한 한 마리 벌레와 같은 존재라고 생각되었다. 아버지가 세차게 내던진 사과가 등에 박힌 채 죽어가는 그레고르의 모습은 우리 삶의 비참함을 지나치게 과장한 것일까? 아니다. 우리 삶의 어떤 국면을 정확하게 포착하여 삶의 아름다움을 드러냈다고 생각한다.

> "그의 등에 박힌 썩은 사과와, 온통 부드러운 먼지로 덮인 곪은 언저리
> 도 그는 어느덧 거의 느끼지 못했다. 감동과 사랑으로써 식구들을 회상
> 했다. 그가 없어져 버려야 한다는 데 대한 그의 생각은 아마도 누이동
> 생의 그것보다 한결 더 단호했다. 시계탑의 시계가 새벽 세 시를 칠 때

까지 그는 내내 이런 텅 비고 평화로운 숙고의 상태였다. 사위가 밝아지기 시작하는 것도 그는 보았다. 그러고는 그의 머리가 자신도 모르게 아주 힘없이 떨어졌고 그의 콧구멍에서 마지막 숨이 약하게 흘러나왔다."

〈변신〉에서 그레고르나 그의 가족을 비참하게 만드는 핵심은 단지 경제적 궁핍만이 아니다. 사람이 갑자기 '벌레로 변한다'는 설정은 사회·경제적 모순을 지적하는 것을 넘어서는 근본적인 것이다. 가족을 비롯한 타인과의 관계, 진정한 소통 가능성을 냉정하게 바라본 것이다. 어느 날 아침에 벌레로 변신한다는 것, 그것도 어떤 조짐이나 예고도 없이, '갑자기' 변신한다는 점이 놀라운 설정이다. 자기 자신이 벌레가 아니라고 여기면서 살아가는 많은 사람들도 사실은 자신이 '벌레'임을 자각하게 되는 계기가 있다. 카프카의 깨달음, 모든 인간에게 주어진 깨달음을 아름답게 표현했다.

〈변신〉을 지나 〈심판〉에서는 위와 같은 일반적인 문제 제기를 삶의 영역, 그중에서도 특히 사회적 관계를 중심으로 설명하려 한 것으로 이해했다. 〈심판〉에 있어서의 '재판'이라는 모호한 개념은 사회를 살아가는 인간 사이의 인식의 불일치의 문제를 설명하고자 한 듯하다. 그 후속편이라고 할 수 있는 〈성〉은 〈심판〉을 삶 전체 내지 인간 의식의 전 영역으로 확장한, 엄청난 '대구성大構成'을 취하고 있다. 〈심판〉에서의 '재판'에 대신하여 등장하는 '성'은 훨씬 더 종합적이며, 더욱 도달할 수 없는 미지의 거대한 존재다. 그렇지만 〈심판〉에 비하여 인간들의 자기주장은 보다 뚜렷해진다. 이야기가 진행될수록 난공불락의 거대한 '성'을 넘어서는 인간의 자기극복과 해결의 서광이 혼돈과 암흑 속에서나마 희미하게 암시된다.

K는 커다란 거미줄에 걸린 스스로를 헤쳐 나가려고 버둥대지만, 그 모든 시도는 어느 것 하나 성공하거나 조금의 진척을 보이지도 못한

다. 그러나 오로지 그 시도 자체만으로 '인간의 길'을 설명한다. 다른 주인공들인 프리다, 올가와의 치열한 대화와 논쟁을 통해서 힘들게 설명한다. 인간 세상의 모든 요소인 권력, 욕망, 사랑, 질투, 용기, 인간 존엄성이 망라된다. 사회에서 어떤 지위를 얻는다는 것, 돈을 벌어 가족과 함께 먹고 산다는 것, 그런 와중에서 사랑하고 질투하며, 스스로 존중하고 존중받는 한 '인간'이 되고자 하는 것 등. 인간이라는 존재를, 아무 것도 모르고, 아무것도 정해지지 않은 상태에서, 어딘지도 모르는 '성'에 들어가려고 애쓰는 존재로 설명한다. '성' 앞에 서 있는 인간의 모습을, 남자와 여자 등 여러 관점과 입장으로 바꾸어 가면서 반복적으로 해부하여 우리 앞에 입체적으로 펼쳐 보인다. 우리 앞에 펼쳐진 결과가 안개 속의 혼돈과도 같이 모호한 것은 해부의 칼날이 무뎌서가 아니라 인간 존재의 실상이 그러하기 때문이라고 이해했다. 아말리아가 간직한 비밀, 아말리아 가족의 비극은 K의 시도와는 또 다른 관점에서 인간 존엄의 가능성을 제시한다.

추상회화가 기존의 방식을 통해서는 그 아름다움을 표현할 길이 없어 할 수 없이 바로 그러한 표현 방법을 발견해 냈듯이, 카프카도 스스로 제기한 문제가 너무 난해해서 〈성〉과 같은 표현 방법으로만 겨우 자신의 발견내용을 설명하려 한 것이라고 이해한다. 추상회화에 있어서도 마찬가지이지만, 인간이나 인간성의 아름다움을 훼손하거나, 훼손하고자 하려는 것이 아니다. 어떤 이해의 부족 때문도 아니다. 결국 인간이나 인간성의 아름다움을 새롭게 발견한 것인데, 그 발견 안에 표현방식에 대한 발견까지 포함해 낸 것이다.

카프카의 마지막 작품인 〈성〉은 미완성의 유고遺稿이지만, 사실 〈성〉은 무한히 계속해서 쓸 수 있는 작품일 것이다. 우리의 삶이 계속되는 한, 그림자처럼 따라오는 우리 인식의 불일치와 몰이해는 언제까지나 '성'으로 남아 우리의 삶과 더불어 진행될 것이다. 우리에게 언어와 사유가 주어져 있는 한, 자유를 갈망하는 존엄한 개체들 사이의 관점의 끝없는 교착, 그 교착과 몰이해를 넘어서려는 의지, 이를 향해 끝없이 시도하고 도전하는 부단한 용기와 결단은 바로 아름다운 우리 삶의 내용이기 때문이다.

나름대로 재미있게 읽기는 했지만 이해하기 쉽지 않은 작품들이다. 학생회원들은 물론이고, 성인 회원들도 어렵다는 의견이 많았다. 카프카의 대표작들을 자유롭게 읽기로 했지만, 대부분의 회원들은 〈변신〉을 읽었고 독후감도 주로 〈변신〉에 대해서 썼다. 〈변신〉은 "하룻밤 사이에 갑자기 벌레로 변신한다."는 소재가 특이하고, 가족 간의 관계를 다룬 점에서 많은 학생회원들이 관심을 표시했다. 그러나 〈변신〉과 관련한 논의가 주로 가족 간의 이해와 소통, 속물근성 등의 문제에 국한된 점은 좀 아쉽다고 생각한다. 되도록이면 '변신'이 의미하는 바를 심화시켜 생각과 논의가 이어졌으면 하는 바람이었다.

어쨌든 〈변신〉은 학생회원들에게도 상당히 착잡하고 심난할 정도의 마음의 자극을 준 것 같아 그 점에서는 성공적이라고 생각한다. 상당히 어려울 것이 예상된 카프카의 작품을 이 시점에서 선택하면서, 도전적인 책읽기에 대한 욕심이 있었던 것이 사실이다. 특히 〈성〉같은 작품을 학생회원들 앞에 예전부터 비난을 감수하고라도 꼭 한 번 제시해 보고 싶었다. 추상회화에 대한 이해의 어려움과 대비시켜 가면서, 자신의 지력이나 상상력을 모두 동원해도 도저히 이해되지 않는 난공불락의 문학작품을 마주하는 경험은 상당히 의미 있다고 생각한다. 비록 중도에 포기하거나 책읽기에 대한 흥미를 오히려 떨어뜨릴 수도 있겠지만, 어쨌든 짐짓 모르는 척하면서라도 꼭 시도해 보고 싶은 일이었다. 또 어른들조차 읽기에 힘들어 하는 모습을 학생회원들에게 그대로 드러내 보이고 싶기도 했다.

그림이나 음악 감상도 마찬가지겠지만, 고도의 지적인 훈련, 정신적 모험으로 부를 수 있는 경험들은 모두 소중하고 도움이 된다는 것이 개인적인 견해다. 그런 경험들을 일상적인 생활의 부분으로 받아들일 수 있다면 삶을 좀 더 다양하고 재미있게 살 수 있으리라고 생각한다. 언젠가 추상회화 전시회에서 약 두 시간 이상 열심히 그림 감상을 한 적이 있었다. 전혀 이해되지 않는 그림들을 너무 치열하게 감상해서 그런지 전시장을 나올 때는 휘청거릴 정도로 머리가 몹시 어지러우면서도, 뭔가 갑자기 머리가 좋아지는 듯한 산뜻함 같은 것을 느낀 경험이 있다. 카프카의 〈성〉 같은 작품을 공부 삼아 혼자서 열심히 읽어 본다면, 상당히 힘들고 괴로울 수는 있지만, 단기간에 머리가 상당히 좋아질 수 있지 않을까 하는 생각도 해 보게 된다.

그 남자의 뇌, 그 여자의 뇌

토론모임의 초반에 주제와 관련해서 남녀의 차이에 관한 기초 정보를 나누는 시간을 가졌다. 심리학을 전공한 회원께서 생물학적 성차, 인지 · 사회적 성차에 관한 파워포인트 자료를 준비해서 간단한 소개와 설명을 해 주었다. 그 다음으로 〈남성과 여성이 과연 같은지 다른지, 다르다면 그 다름을 어떤 방식으로 이해해야 하는지〉에 관해 자유롭게 토론하였다. 학생회원들이 많이 참석했기 때문인지 대립적인 논쟁보다는 자신의 견해를 설명하는 식으로 진행되었다.

●●●

저자 : 사이먼 배런코언 ‖ 원제 : The Essential Difference ‖ 읽은 때 : 2007년 8월

사이먼 배런코언의 〈그 남자의 뇌, 그 여자의 뇌〉와 존 그레이의 〈화성에서 온 남자 금성에서 온 여자(Men are from Mars Women are from Venus)〉를 읽었다. 성性의 차이는 인간 뿐 아니라 동물과 식물에 이르기까지, 살아 있는 모든 것에 아로 새겨져, 인종이나 문화의 차이보다 더 근원적으로 우리의 마음과 뇌에 깊이 각인되어 있다. 특히 청소년 시절에는 성차性差에 대해 과장해서 느끼기 쉬운 것 같다. 고등학교 시절 생물시간에 빠져든 망상 중의 하나. 인간 남자와 수컷 고릴라 사이가 더 가까운가, 아니면 그보다는 인간 남자와 인간 여자 사이가 더 가까운 것인가? 성性의 차이를 종種의 차이와 혼동할 정도의 강한 성차性差 의식은 청소년기의 어떤 경향을 설명해 주는 특징적인 기억으로 남아있다.

배런코언에 의하면 남성과 여성에게서 나타나는 다양한 행동적, 인지적 특징의 차이는 진화 과정에서 여성의 뇌와 남성의 뇌가 각각 다른 기능을 하도록 만들어졌기 때문이다. 여성 뇌는 공감하기

empathizing에 적합하도록, 남성 뇌는 규칙에 따라 작동하는 체계를 이해하고 그 규칙을 찾아내는 활동, 즉 체계화하기systemizing에 적합하도록 설비되어 있다는 것이다. 즉 남녀의 차이는 성 역할에 대한 믿음과 같은 문화적인 요인이 아니라 진화의 결과인 생물학적 요인에 의하며 결정되며, 특히 태아기의 남성호르몬(테스토스테론) 수준에 크게 좌우된다는 것이다.

배런코언의 위와 같은 견해는 남녀의 심리 차이는 근본적인 것이 아니고, 남녀 차이는 전적으로 문화적 근원에서 생긴 것이라는 1960년대와 1970년대의 이념을 비판, 극복한 것이라고 한다. 그러나 사회·문화적 요인과 진화·생물학적 요인이라는 것이 단지 분석의 시간 범위의 차이에 지나지 않는다고 본다면, 두 요인 사이의 구분이 과연 엄밀한 것인지는 의문이다. 또한 남녀의 뇌가 진화 과정에서 다른 기능을 하도록 발전되었다는 설명을 받아들인다고 하더라도 왜 애초에 천지만물에 양성兩性이라는 것이 존재하느냐는 더욱 깊은 의심에서는 여전히 벗어날 수 없게 된다. 양성의 존재라는 것은 생명의 불가분적 요소인가? 어찌하여 양성의 존재는 생명의 특징적 요소로 자리잡았는가? 이는 지구적 현상인가? 우주의 다른 은하계에 어떤 생명체가 있어서 성의 구분도 없이 자기복제를 통해 번식하거나, 혼자서 불생불멸不生不滅하고 있는 것은 아닐까?

여성과 남성은 과연 다른가? 다를 것이다. 굳이 우열을 따지자는 것이 아니더라도 어떠한 차이가 있는 것일까? 차이가 있을 것이다. 하지만 어떻게 다르고 어떤 차이가 있는가 하는 내용은 계속 변화할 수 있을 것이다. 남녀의 차이는 진화의 과정에서 규정되어 왔을 것이라는 주장에 따라 생각해 보면 그렇다. 배런코언의 〈공감하기·체계화하기〉나 존 그레이의 〈관계지향·목표지향〉 같은 구분도 남녀의 경향에 관한 하나의 가능한 설명이겠지만, 본인들도 인정하는 바와 같이 엄밀한 구분은 아닐 것이다. 성 역할도 먼 옛날의 수렵·채취 시대나 그 이전의 동물시대 이래로 계속 자연의 위협을 받으면서 생존을 위하여 자연과 싸워야 했던 시기와 요즘과 같이 인간이 과학기술을 통해 자연을 어느 정도 장악한 시기와는 근본적인 차이가 있을 것이다. 여성의 사회 진출 확대 같은 성 역할의 변화는 생산수단 등 주로 경제적 토대의 변화와 관계 있으며, 이를 포함한 진화의 과정 안에서 앞으로의 변화를 예측해 볼 수도 있을 것이다.

여성과 남성이 다르다는 것은 중요한가? 성차性差는 혹시 지나치게 과장되고 있는 것은 아닌가? 어떤 한 사람을 정확하게 이해하거나 도와주는 데 있어서 여성인지 남성인지를 구분해서 생각하는 것이 조금 도움이 되는가? 그다지 도움이 되지 않는다고 생각하게 되는 때가 점점 더 많아진다. 여성과 남성의 차이점보다는 여성과 남성의 같은 점에 관해 더 많이 생각하게 된다. 여성과 남성은 분명 다르기는 하지만, 그들이 모두 인간이라는 점이 너무 특별하게 중요하기 때문에, 남녀의 구분이라는 것이 사실상 의미를 잃을 때가 많다고 생각한다. 어느 한 요인이 너무 결정적이어서 다른 변수들이 결과에 미치는 영향이 극히 미미한 경우다. 인간이라는 공통성 자체가 이미 너무 무거운 숙제이고, 모든 인간에게 주어진 그 숙제가 너무 어렵고 절박하기 때문에 남녀 구분을 따질 겨를이나 여유가 사실 없다고 생각한다.

구석기시대의 여성의 역할을 오늘의 시각에서 성차별이라고 비판할 수 없듯이, 역사적으로 확인되는 여성에 대한 차별도 당시 사회에서의 어떤 (진화론적인) 계기와 이유를 지니고 있었을 것이다. 시대가 변함에 따라 그런 차별은 (진화론적으로) 타당하지 않게 되어 비판받고 변화의 압력을 받았을 것이다. 우리는 진화론적 시각을 가질 수 있지만 진화론적 시간 단위로 살 수는 없다. 눈앞의 불평등을 해소하기 위한 투쟁이나 제도 개선이 중요함은 물론이다.

우리가 여성이기 때문에 받게 되는 고통, 또는 남성이기 때문에 받게 되는 고통은 물론 다를 것이다. 그 고통의 양과 부당성에 정도의 차이가 나기도 할 것이다. 그러나 그 각각의 고통들은 우리가 인간이기 때문에 받게 되는 커다란 고통에 대한 부분적인 이해이며, 표현이다. 그래서 '인간의' 고통에 대한 문제가 더욱 긴요하다고 생각한다. 여성을 보호하고 배려하기보다는 약자를 보호하고 배려해야 할 것이다. 남성을 존중하고 따르기보다는 훌륭한 인간을 존중하고 따라야 할 것이다. 선악과善惡果 나무 옆에 마주 보며 기대어 선 아담과 이브의 모습이 인간의 운명에 새겨진 슬픈 저주가 아니라, 주위의 바위나 시냇물과도 아주 잘 어울리는 아름다운 풍경으로 녹아들면 좋을 것이다.

...

이번 책은 〈여성과 남성〉이라는 제목으로 '열린토론'을 하기 위해 선정하였다. 〈여성과 남성, 얼마나 다르고 얼마나 같은가?〉라는 부제가 붙은 '열린토론'을 기획한 것이다. 참고가 될 만한 책으로 사이먼 배런코언의 〈그 남자의 뇌, 그 여자의 뇌〉와 존 그레이의 〈화성에서 온 남자, 금성에서 온 여자〉를 지정해 두고, 남녀의 차이에 관하여 다양한 이야기를 나누기로 계획했다. '열린토론'이라는 취지에 걸맞게 토론모임에는 다양한 초대 손님이 참석했다. 회원들 주변의 다양한 남녀 분들을 초대했다.

토론모임의 초반에 주제와 관련해서 남녀의 차이에 관한 기초 정보를 나누는 시간을 가졌다. 심리학을 전공한 회원께서 생물학적 성차, 인지·사회적 성차에 관한 파워포인트 자료를 준비해서 간단한 소개와 설명을 해 주었다. 그 다음으로 〈남성과 여성이 과연 같은지 다른지, 다르다면 그 다름을 어떤 방식으로 이해해야 하는지〉에 관해 자유롭게 토론하였다. 학생회원들이 많이 참석했기 때문인지 대립적인 논쟁보다는 자신의 견해를 설명하는 식으로 진행되었다. 학생회원들이 생각보다 남녀의 성차에 대해 심각하게 받아들이지 않고 있다는 느낌을 받았다. 처음에는 조금 놀랐지만, 생각해 보면 당연하기도 할 것이다. 지금은 잘 언급조차 되지 않는, '남녀칠세부동석'이라는 말을 듣고 자란 부모 세대와 같을 수가 있겠는가?

특히 〈이성친구가 가능한가?〉라는 다소 진부한 주제에 대해서는 역시 세대 간에 큰 차이가 있었다. 애인과는 구별되는, 애인에 대한 고민을 함께 이야기할 수 있는 '이성친구'가 가능할 것인가에 초점이 맞추어지면서 열띠게 이야기가 진행되었다. 〈남녀 간의 의사소통〉에 대해서도 이야기했고, 〈남자의 언어와 여자의 언어〉의 차이에 대한 이야기도 나왔다. 〈남녀공학의 문제〉도 주제로 선정되었는데, 남녀공학의 장단점에 대한 경험적 이야기도 많이 나왔다. 인간을 이해함에 있어서 성이 어떻게 개입될 수 있는지, 성차가 인간과 인간 사이의 교감을 방해하는지 등에 관해서 집중적으로 이야기했다.

초대 손님들은 책을 읽고 오지 않은 분이 많았지만, 일반적인 주제라서 그런지 다양한 의견을 제시하면서 자유롭게 이야기할 수 있었다. 이번 '열린토론'은 생각보다는 학생회원들에게 오히려 심각하지 않은 주제였지만, 어쨌든 성차에 대해서 한 번 환기해 볼 수 있는 기회는 되었을 것이다. 학생회원들도 지금은 무심하게 이야기하지만, 앞으로의 어떤 시기에 가서는 성차에 관해 지금보다는 더 심각하게 생각하게 될 일이 있을지도 모를 일이다.

간디 자서전

저자 : 간디 ‖ 읽은 때 : 2007년 9월

〈간디 자서전, 1925〉(문예출판사, 2004)과 로맹롤랑이 쓴 평전 〈마하
트마 간디, 1922〉(범우사, 1983)를 함께 읽어 보았다. 간디의 정치적
활동이나 업적보다는 그러한 행동을 가능하게 한 그의 정신세계에 대
해 더욱 관심을 가지면서 읽게 되었다. 간디의 사상이나 주장 중에서
요즈음 우리가 살아가는 모습과는 상당히 동떨어진 대목도 있었다.
부부 간의 금욕맹세, 극단적인 채식주의를 비롯하여 자신과 가족의
목숨을 담보로 한 자연요법, 장남과의 의절 등 가족 간의 불화는 특히
이해되지 않는 대목이다.

  현대의학을 철저하게 무시하는 자연요법은 (간디도 어느 정도 인정
하는 바와 같이) 무지에서 비롯된 비과학적 폐해를 가져올 수 있다는
점에서 충분히 비판받을 수 있을 것이다. 그러나 요즘 유행하는 이른
바 well—being 개념의 맹목적이고 공허한 물질주의와 대비해 본다면,
간디의 여러 실험과 주장에 오히려 귀 기울일 만한 점도 많다고 생각
한다. 장티푸스에 걸려 죽어가는 차남에게 고기와 계란을 먹이는 것

에 반대하며 의사에게 "우리가 생명을 지키는 방법에도 한계가 있어야 합니다. 심지어 생명 자체를 위해서도 할 수 없는 일이 있습니다."라고 부르짖는 간디의 확신과 용기를 무지에서 비롯된 고집이라고만 볼 수는 없을 것이다.

간디의 가족관계에 관해서도 오늘날의 관점에서 많은 비판이 가능할 것이다. 출산과 자녀 양육이 공공 봉사와 합치할 수 없다는 간디의 생각은 가족을 중요한 가치로 삼는 오늘날에 있어서는 생소하게 느껴질 수 있다. 특히 장남 하릴랄의 타락과 개종, 간디와의 심한 반목은 간디의 성자聖者적 이미지와 배치되며, 상당히 의외로 생각되었다. 가족 간의 사랑과 화목은 물론 중요하지만, 간디가 생명의 궁극적인 가치로 생각하는 진리보다 우선하지는 않을 것이기 때문에 간디의 행동을 쉽사리 비판할 수는 없다고 생각한다. 가족이나 친구가 소중한 것도 모두 삶과 진리를 위한 것이라는 관점에서, 간디의 깊은 뜻을 헤아려 보게 된다.

그러나 진실을 추구하기 위해 감각적 욕망을 억제해야 한다는 간디의 주장에 완전히 공감하긴 어려웠다. 부부간의 금욕맹세에서도 마찬가지이지만, 간디에 따르면 음식의 맛을 생각하는 것 자체가 잘못이라는 것이다. 간디의 다음과 같은 주장에 반대하는 견해도 많으리라고 생각한다.

"나는 음식 맛을 생각하는 것은 잘못임을 경험으로 알았다. 곧 우리는 미각을 즐기기 위해 먹어서는 안 된다. 오로지 몸을 유지하기 위해 먹어야 한다. 모든 감각기관이, 몸을 유지하고 그 몸을 통해 영혼을 직시하기 위해서만 기능할 때 그 특유의 맛은 없어지고, 그제야 비로소 자연이 의도하는 대로 살아갈 수 있다."

이러한 견해는 어떤 종교의 교리보다도 더 극단적인 태도일 것이다.

라빈드라나드 타고르는 1861년에 태어나 1941년에 죽었으니, 간디보다 여덟 살 위였고, 간디보다 7년 먼저 죽었다. 로맹롤랑의 〈마하트마 간디〉에서는 두 사람의 비교에 많은 지면을 할애한다. 타고르는 간디에게 마하트마(위대한 영혼)라는 호칭을 부여했고, 간디는 타고르를 '위대한 파수꾼'으로 부르며 서로 존경했다고 한다. 인도의 국부國父로 일컬어지는 두 사람이 궁극적으로는 같은 지향점을 가졌다는 견해도 있으나, 로맹롤랑은 두 사람의 차이점과 대립적인 입장에 관해 많이 설명하고 있다.

로맹롤랑에 따르면 타고르는 "통일이 진리이고 분열은 비진리이며, 부정否定에 의해서는 도달할 수 없다."고 주장하며, 동양과 서양의 참된 결합을 믿었다고 한다. 또한 타고르는 "'비협력'이라는 사상은 무섭게 울려 퍼지는 목소리나 굉장한 협박이나 부정적인 함성일 뿐 나에게는 아무 노래도 될 수 없다."고 했다. 간디는 이에 대해 "시인은 거문고를 놓으라! 노래는 나중에 부르라. 집이 불타고 있을 때에는 저마다 물통을 들고 불을 끄려고 한다."고 부르짖는다. 로맹롤랑은 "타고르는 결코 간디를 의심하지 않았지만 간디파는 두려워했다."고 쓰고 있고, 타고르가 "마하트마는 진리와 사랑의 '주인공'이지만, 간디가 아무리 위대하다고 하더라도 그가 갖고 있는 권력은 한 인간의 힘을 초월해 있다."고 비판했다고 한다.

저항하는 성자의 모습에서 간디는 확실히 타고르와 구별된다. 종교와 정치의 관계를 간결하게 압축한 간디의 말이다.

"보편적이고 모든 것을 꿰뚫어보는 진실의 영혼과 맞대면하려면, 가장 미천한 창조물도 그 자체로 사랑할 수 있어야 한다. 그리고 그것을 애타게 추구하는 사람은 생활의 어떤 면도 등한히 할 수 없다. 이것이야말로 진실에 대한 헌신이 나를 정치 영역으로 이끌어 간 이유다. 그래

서 나는 한 치의 망설임 없이, 매우 겸손하게 말할 수 있다. 곧 종교는
정치와 무관하다고 말하는 사람은 종교가 무엇을 뜻하는지 모른다고.”

간디의 불타는 저항정신은 타고르의 조화로운 사랑과 대비된다. 악
과 죽음까지도 인정하지 않는, 타고르의 삶에 대한 무한한 긍정과는
사뭇 다르다. 두 사람의 대비는 어찌 보면 많은 사람들의 보편적인 세
계관적 차이를 대변하고 있다는 생각도 든다. 간디가 스스로의 결의
를 다지는 대목이다.

> “나는 억압 당하는 계급의 나의 형제들을 부인하는 것보다 차라리 나
> 의 육신이 갈가리 찢기는 것이 나을 것이다. 나는 다시 태어나고 싶지
> 는 않으나, 만약 태어난다면 불촉천민으로 태어나 그들의 슬픔과 고통
> 을 함께 나누고 싶으며, 그들을 비참한 상태에서 해방시키고자 노력할
> 것이다.”

그러나 타고르를 시인으로, 간디를 저항적인 정치인으로 단순하게
구분하는 것도 쉽지 않다. 마치 예수 그리스도처럼 스스로가 불타는
진리의 덩어리와도 같은 간디의 ‘위대한 영혼’을 접하면서, 그를 ‘정
치가’의 범주에 넣기도 어려울 것 같다. 거대한 정열과 포부를 드러내
보이는 간디의 말은 다음과 같다.

> “나는 종파를 세우려는 생각은 조금도 없다. 사실 나의 포부는 너무나
> 크다. 나는 어떤 새로운 진리를 대표하고 있지는 않다. 내가 알고 있는
> 그대로의 ‘진리’를 보여주고, 거기에 따르려고 한다. 나는 낡은 진리에
> 새 빛을 던진다.”

한시漢詩의 아름다움

네오클 토론모임을 통해서 전문가를 초청해서 강의를 듣거나 대화를 나누는 기회는 학생회원들이 대학생활을 하거나 나중에 사회활동을 하는 데 도움이 되리라고 생각한다. 유명 교수님이나 사회적 명사가 아닌 회원들의 친척이나 친구 그룹에서 초청하는 경우라도 역시 도움이 될 것이다. 지금까지 특히 전문가의 도움이 필요한 경제학, 수학, 음악, 미술, 심리학, 불문학, 한문학 등의 분야에서 교수님들을 초청했다.

저자 : 진여의 외 ‖ 읽은 때 : 2007년 10월

年華(연화)

去國頻更歲	거국빈갱세
爲官不救飢	위관불구기
春生殘雪外	춘생잔설외
酒盡落梅時	주진낙매시
白日山川映	백일산천영
靑天草木宜	청천초목의
年華不負客	연화불부객
一一入吾詩	일일입오시

고향땅을 떠난 지 여러 해 되지만
벼슬아치가 되어도 좀처럼 먹고 살 수 없다.
잔설만 없다면 벌써 봄인데

모처럼 매화 흩어지는 때 술이 떨어졌구나.

그러나 빛나는 태양빛은 산천을 비추고

푸른 하늘 아래 초목은 때를 얻어 우거졌다.

봄빛은 역시 나그네의 기대를 저버리지 않아

눈앞의 모든 것 한결같이 나의 시가 된다.

―陳與義, 北宋(진여의, 북송)

칠언시보다 오언시가 더욱 압축미가 있는 것 같다. 칠언시나 오언시나 모두 주어와 술어가 있겠지만, 칠언시는 무언가를 조금 더 구구절절 설명하려 한다는 느낌이다. 오언시와 같은 간결함이 느껴지지 않는다. 오언시에서는 동일한 크기와 강도를 지닌 듯한 다섯 개의 글자가 다섯 번의 강한 터치를 한다는 느낌이다. 오언시에서 무엇을 설명하려 들지 않는 압축미와 그에 따른 여운을 더욱 느끼는 것은 한시漢詩에 대한 무지함이나 개인적인 편견에 지나지 않는 것일까?

작자 진여의(1093~1138)는 북송과 남송의 과도기에 있어서 가장 뛰어난 시인이었다고 한다. 제목인 '연화年華'는 광음光陰, 곧 세월을 가리키는 말이라고 한다. 이 시詩는 눈앞에 펼쳐진 봄날의 경치에 대한 느낌을 노래한 것이다. 한시를 해석할 만한 소양은 없지만, 우리말 해석을 따라가면서 나름의 흥에 겨운 제멋대로의 감상을 덧붙여 본다.

"고향땅을 떠난 지 여러 해 된다.(거국빈갱세去國賓更歲)"는 것은 세상살이에서 작가가 겪는 현실적 어려움을 표현한다. 사실 전통적인 사회에 있어서 '고향을 떠난다'는 공간적인 상황만큼 외롭고 곤고한 처지는 없을 것이다. 약 천 년 전의 사회에서는 더욱 그러했을 것이다. 오늘날 전통적인 의미의 '고향'은 퇴색했지만, 자신의 터전에서 떨어져 나와 있는 사람의 어렵고 힘든 상황은 충분히 짐작해 볼 수 있다. 2구의 "벼슬아치가 되어도 좀처럼 굶주림을 벗어나기 힘들다.(위관불구기爲官不救飢)"는 1구에서의 세상살이의 어려움을 조금더 구체화한다. 이 세상에 먹고 사는 일보다 현실적으로 중요한 문제가 또 있을 것인가? 특히 '굶주림(飢)'이라는 단어는 현실적인 어려움의 극단으로서, 뒤에서 나올 아름다운 시詩의 세계와 대비되는 세계를 나타낸다.

'춘생잔설의春生殘雪宜'로 앞 2구의 현실세계에서 벗어나 갑자기 '봄'이 등장한다春生. 현실의 세계를 벗어나는 강력한 매개로서의 '봄'이 기적과도 같이 갑자기 나온다. 다만 잔설殘雪은 아직 남아있다. '잔설'은 갑자기 봄이 온 것이 아니라는 계절의 점진적인 변화를 나타내기도 하지만, 앞 2구의 '현실적인 어려움'의 인식에서 아직 완전히는 벗어나지 못하고 있다는 중간 상태를 암시한다.

그리고 연이어 갑자기 술이 나온다.〔酎盡落梅時(주진낙매시)〕나오기만 하는 것이 아니라 술이 떨어지기까지 한다. 2구의 굶주림에 대응해서 '먹을 것'이 나오는 것이 아니라 '술'이 나온다는 것은 이미 작가가 현실 세계를 멀리 벗어나기로 결심을 굳혔다는 것이다. 다만 술이 풍족하게 넘치는 것이 아니라 나오자마자 다짜고짜 떨어졌다는 것이다. 아직도 현실세계의 제한(결핍)을 완전히는 벗어나지 못하고 있다. 그러나 술이 떨어지긴 했지만 매화꽃이 흩어져 날리며 떨어지는 환상적인 아름다움의 세계〔落梅(낙매)〕로 이미 진입하고 있다. 술이 떨어지는 비참한 현실과 흩날리는 매화꽃잎처럼 슬프도록 아름다운 세계가 혼재하면서 그 다음 5구부터의 눈부신 비약으로 치닫는다.

원래 오언율시五言律詩는 3구와 4구, 5구와 6구가 대구를 이루어야 한다고 하는데, 춘생春生과 주진酎盡, 잔설殘雪과 낙매落梅가 대구를 이룬다. 또한 각각의 구 안에서 춘생春生은 잔설殘雪과 주진酎盡은 낙매落梅와 의미상으로 대비된다. 봄은 오는데 술은 떨어지고, 잔설殘雪은 어느새 황홀하게 흩날리는 매화꽃잎으로 바뀌어 있는 것이다. 3구의 춘생春生과 잔설殘雪, 4구의 주진酒盡과 낙매落梅는 모차르트의 음악에서 전혀 예상치 못한 가락이 놀라운 아름다움으로 이어지듯이, 숨 돌릴 틈 없이 연이어 등장한다. 3, 4구는 제1, 2구의 현실세계를 벗어나 5, 6구의 눈부신 미美의 세계로 들어가는 놀랍도록 아름다운 연결을 보여준다. 잔설殘雪과 주진酒盡이 현실세계와의 다리 역할을 하고 있다.

드디어 빛나는 태양(白日)과 푸른 하늘(靑天)이 나오면서〔白日山川映(백일산천영), 靑天草木宜(청천초목의)〕현실세계는 완전히 극복된다. 인간만이 굶주림을 극복한 유일한 동물이다. 그러한 잉여剩餘와 자유는 다름 아닌 바로 아름다움의 세계요, 시詩의 세계이다. 5구와 6구는 역시 대구를 이룬다. 백일白日과 청천靑天, 산천山川과 초목草木.

7, 8구에서 시인은 잠시 정신을 차려 아름다움의 지극한 세계 속에서 비로소 자기 자신을 새롭게 깨닫는 것으로서 결론을 삼는다. "봄빛은 역시 나그네의 기대를 저버리지 않아."〔年華不負客(연화불부객)〕에서의 나그네(客)는 작자를 가리킨다. 이 아름다운 세계는 그것을 아름답다고 보는 사람이 있어서 비로소 아름다운 것이다. 꽃도 봄도 스스로 아름다울 수는 없는 것이다. 이 아름다운 세계는 그것을 보는 '나'와 다른 세계가 아니다.

"눈앞의 모든 것은 나의 시가 된다."〔一一入吾詩(일일입오시)〕꼭 봄 풍경 같이 아름다운 것들만이 시로 되는 것이 아니다. 눈앞의 모든 것이 시가 되는 것이다. 고향을 떠나온 고통, 보잘 것 없는 월급과 굶주림 등 삶의 모든 국면과 현실 하나하나가(一一) '나'에게 있어서는 모두 시詩가 되는 것이다. 자기 자신과 시詩에 대한 작가의 각성覺醒이다. 3, 4구에서 시작하여 5, 6구에서 현실에서 완전히 벗어난 아름다움의 세계는 7, 8구에 이르러 작가의 각성에 의해 비로소 '나'의 세계, 인간의 세계임이 입증된다.

　인간이 굶주림을 극복하지 못했다면 시詩는 없었을 것이다. 굶주림을 극복한 기쁨은 인류에게 큰 감명을 주었는데, 그 감명을 영원하게 하려는 시도와 결과가 시詩다. 그 감명은 굶주림을 극복하고자 하는 의지나 본능처럼 인류에게 이미 중요하게 주어져 있다. 시詩는 굶주림이나 죽음과 마찬가지로, 인간의 현실로 되었다. 시詩는 굶주림이나 죽음보다 나중에 나왔지만, 그렇다고 해서 반드시 덜 중요하다고 할 수 없다. 시詩는 어떤 의미에서는 굶주림이나 죽음을 이미 넘어섰다. 그렇지 않다면 어찌 눈앞의 모든 것이 '나의 시詩'로 될 수 있을 것인가! 〔一一入吾詩(일일입오시)〕

. . .

이번 달에는 어떤 책을 특별히 정하지 않고, 한시漢詩에 대해 공부하는 기회를 갖기로 했다. 회원들이 각자 마음에 드는 한시를 하나씩 뽑아 그에 대한 감상문을 독후감 대신 올리기로 했다. 네오클에서 지금까지 시에 대해서는 서정주의 시, 영미英美 시에 이어 세 번째로 다루는 것이다. 나는 북송 시대 진여의의 오언율시 하나를 골랐다. 다른 회원들도 추억 속의 한시를 하나씩 소개했는데, 춘향전에서 나오는 이몽룡의 '금준미주천인혈金樽美酒千人血'로 시작하는 시부터 이백의 산중문답山中問答에 이르기까지 다양한 한시가 소개되었다.

한시에 대한 기초 지식이 없기 때문에 한문학漢文學을 전공하시는 교수님을 초빙해서 한시에 대한 강의를 듣는 시간도 가졌다. 한자 문화권에 대한 전반적인 설명, 한시의 요건인 행, 운에 대한 설명을 들었다. 고체시와 근체시의 종류, 한시 전개의 기본이 되는 기승전결起承轉結과 전경후정前景後情, 북방문학과 남방문학의 전통이 된 시경詩經과 초사楚辭에 대한 설명도 기본적인 내용이지만 많은 도움이 되었다. 우리나라 한시의 주류를 이루는 당시唐詩와 송시宋詩의 경향적 차이에 관한 설명은 몰랐던 내용이었는데, 역시 흥미로웠다.

네오클 토론모임을 통해서 전문가를 초청해서 강의를 듣거나 대화를 나누는 기회는 학생회원들이 대학생활을 하거나 나중에 사회활동을 하는 데 도움이 되리라고 생각한다. 유명 교수님이나 사회적 명사가 아닌 회원들의 친척이나 친구 그룹에서 초청하는 경우라도 역시 도움이 될 것이다. 지금까지 특히 전문가의 도움이 필요한 경제학, 수학, 음악, 미술, 심리학, 불문학, 한문학 등의 분야에서 교수님들을 초청했다. 네오클 모임 자체도 마찬가지지만, 이러한 행사를 통해서 학생들이 스스로 어떤 모임을 만들고, 활동해 나가는 데 어떤 기준 같은 것을 제시할 수 있다고 생각한다. 대학에 가서 만나게 될 교수님이나 여러 분야의 전문가를 진지하고 의젓하게 만나는 연습이 될 것이다. 학생회원들이 더 성장하여 스스로 어떤 모임을 만들거나 활동을 할 때 적어도 '네오클' 이하로는 하게 되지 않을 것이라는 기대와 희망을 갖는다.

노인과 바다 · 외

저자 : 헤밍웨이 ∥ 읽은 때 : 2007년 11월

해는 또 다시 떠오른다 The Sun also rises, 1926

눈에 확 뜨일 정도로 아름다운 여인 브레트 애쉴리는 굉장한 바람둥이다. 그녀와 그녀를 둘러싼 남자들이 마셔대는 엄청난 분량의 알코올은 분명히 어떤 절망감의 표현이다. 화자인 제이콥 번즈(제이크)와 브레트 애쉴리 일행들의 행태는 미국인들의 절망을 말하고 있다. 하지만 절망의 진실성이 느껴지지는 않았다.

한 해 앞선 1925년에 발표된 스콧 피츠제럴드의 〈위대한 개츠비〉와 거의 같은 시대적 분위기다. 스콧 피츠제럴드와 헤밍웨이는 매우 가까운 사이였다. 〈위대한 개츠비〉의 데이지 뷰캐넌은 브레트 애쉴리보다 덜 노골적이지만 실제로는 더 치명적으로 부패했다.

무기여 잘 있거라 A Farewell to Arms, 1928

전쟁의 광기와 비극은 그로 인해 고통 받는 인간들의 모습, 남녀 사이의 애절한 사랑을 통해 효과적으로 부각된다. 군의관 프레데릭 헨리 중위가 지원 간호사 캐더린 바클리를 진심으로 사랑하는 것처럼 이야기가 진행된다. 그러나 프레데릭 헨리는 〈해는 다시 떠오른다〉의 제이콥 번즈와 마찬가지로 무신론적이고 냉소적인 인물이고, 두 남녀의 사랑은 진실성을 의심받을 수 있다. 헨리도 그녀와 사랑에 빠지게 될 줄 몰랐으며, "누구와도 사랑에 빠지고 싶은 생각은 없었다."고 인정한다.(2편 14장)

캐더린 바클리가 죽는 것은 전쟁과 아무런 관련이 없다. 아이를 출산하다가 출혈이 멎지 않아 죽게 된다. 작가의 진정한 관심이 사실은 전쟁에 대한 혐오나 남녀 간의 사랑에 있지 않다고 생각되었다. 작가의 관심은 전쟁 같은 것과 관련이 없고, 인생과 사랑에 대한 강한 허무라고 생각되었다. 의문의 엽총자살로 전해지는 헤밍웨이의 죽음을 생각하게 한다. 불가피하게 군대를 탈출하게 된 헨리의 '단독강화單獨講和'도 염전厭戰을 강조하려는 어색한 설정이라고 느꼈다. 〈해는 다시 떠오른다〉의 제이콥 번즈나 브레트 애쉴리의 절망감에서 사실 한 걸음도 더 나아간 것은 아니다.

누구를 위하여 종은 울리나 For Whom the Bell Tolls, 1940

가장 재미있게 읽었다. 전쟁과 죽음, 그리고 사랑. 로버트 조단과 마리아의 사랑도 이번에는 진실하다고 생각된다. 그러나 역시 헤밍웨이의 '여성'은 언제나 그저 사랑스럽고, 남자에게 절망적으로 매달리기만 한다. 마리아도 〈무기여 잘 있거라〉의 캐더린처럼 이미 큰 상처를 입고 난, 애처롭고 사랑스런 '나의 토끼'에 불과하다. 헤밍웨이가 이해하는 '여자'는 항상 그렇다. 헤밍웨이가 미국식의 매우 '남자다운' 사람인 점과 관련 있을 듯하다.

주인공들보다도 유격대원들의 인간성이 오히려 생생하게 그려진다. 음험한 힘에 넘치는 유격대장 파블로는 무시할 수 없는 담력과 판단력으로 이야기 진행의 방향을 틀어쥐고 있다. 그의 처 필라르 역시 인간성의 폭과 깊이를 들여다보게 하는 매력적인 인물이다. 유격대원들에 의한 파시스트 살육 장면 등 동원된 여러 에피소드들도 매우 실감나고 정성스럽게 배치되어 있다는 점에서 헤밍웨이의 대표작이라는 말에 공감하게 된다. 그러나 이 작품 또한 한바탕의 장쾌한 서부활극 같은 가벼운 느낌을 주는 것도 사실이다. 헤밍웨이 스스로가 이 작품 속에서 끝까지 진지하다는 점이 그러한 곤혹스런 느낌을 더하게 한다.

로버트 조단은 헤밍웨이에게는 현실적으로 가능한, 최대한의 이상형으로 생각된다. 이전의 남자 주인공들보다 더욱 확신에 차 있으며 행동적이다. 삶과 여자를 사랑하고 죽음조차 두려워하지 않는다. 남북전쟁의 영웅인 할아버지와 영혼이 맞닿아 있다. 여자를 정열적으로 사랑하기도 하지만, 그의 가슴에는 자유와 민주주의라는 미국 독립정신의 이상이 타오르고 있다. 공화주의를 위해 목숨을 걸고 다른 나라의 전쟁에 뛰어든다. 전쟁과 살육에 대한 회의懷疑는 승리를 향한 양심의 명령을 넘어서지 못한다. 미국적인 남성주의, 힘과 우월에 대한 숭배. 그야말로 '서부의 사나이'다. 오똑한 코, 슬프게 흔들리는 눈망울의 잉그리드 버그만의 상대역으로는 역시 거드름피우는 '서부의 사나이' 게리 쿠퍼가 썩 어울리는 캐스팅이었던 것이다.[15]

그토록 잘 그려진 절박하고 아름다운 이야기가 '한 편의 서부영화'처럼 가볍게 느껴지는 이유는 무엇일까? 지성적인 주인공으로 등장하는 로버트 조단의 고뇌의 깊이 때문이 아닐까? 그는 세상사에 결단력이 있고 죽음에 직면해서도 용감하지만, 우리의 삶과 고통을 너무 단순하게 이해하고 있는 듯하다. 그의 양심의 울림은 진실하고, 그의 사랑은 뜨거우며, 그의 용기는 고결하지만, 그에게는 까뮈와도 같은, 카프카와도 같은 엄밀함이 부족했던 것은 아닐까? 그 엄밀함을 온몸으로 짊어지고 지탱해 나갈 겸허한 힘이 부족했던 것은 아닐까?

불굴의 의지로 다리 폭파에 성공하고 사랑하는 여인을 구해낸 로버트 조단. 그러나 치명상을 입었기 때문에 그녀를 다른 일행과 함께 억지로 떠나보낸 후 홀로 죽음을 맞는다. 적군을 한 명이라도 더 사살하기 위해 뼈가 튀어나온 다리를 질질 끌면서 기관총을 잡은 채 최후를 기다린다. 그를 떠나지 않으려고 몸부림치는 마리아를 달래기 위한 '서부의 사나이'의 유명한 마지막 대사.

> "당신이 떠나 주면, 그러면 나도 가는 거야. 왜 그런지 모르겠어? 두 사람 중 한 쪽이 있는 곳에는 언제나 두 사람이 함께 있기 때문이야."

노인과 바다 The Old Man and Sea, 1952

이제 여자는 아니다. 이번에는 고기다. 힘과 욕망, 투쟁은 그래도 계속된다. 거대한 자연, 바다를 배경으로 노인은 그저 고기와 싸우고 있다. 디마지오[16]의 힘과 기량을 계속 그리워하고 있다. 노인의 일생은 그렇게 커다란 고기 한 마리와 맞먹을 수밖에 없는 것일까? 소년시절부터의 꿈, 사자獅子의 꿈, 그런 꿈밖에 남아있지 않은 것일까?

헤밍웨이가 브레트 애쉴리나 캐더린이나 마리아 중 한 사람이라도 진실로 사랑했더라면 그렇게 한 마리 고기와 싸우다가 죽어가지 않았을 것 같다. 여성적인 바다와 남성적인 바다에 대해 이야기하고는 있지만, 늙어가는 헤밍웨이의 가슴을 적시는 정서는 과연 어떤 것이었을까? 소년과의 교감이라는 것도 결국 힘과 기량에 관한 것일 뿐이다. 인생의 황혼에 서서, 커다란 고기밖에 상대할 것이 없었을까? 죽음을 오락가락하면서도 노인은 오직 고기와 싸우고 있다. 죽더라도 그런 상태에서 죽을 것이다. 헤밍웨이의 현실적 죽음을 이 작품의 마지막 대목과 연결시켜 이해해 본다.

> "네가 나를 죽이려고 하는구나, 고기야."
> 하고 노인은 생각했다.

"그렇지만 너한테도 그럴 권리는 있지. 나는 이제까지 너처럼 크고 멋있고 침착하고 고귀한 놈을 본 적이 없어. 이놈아, 어서 와서 나를 죽여라. 내가 너를 죽이든 네가 나를 죽이든 무슨 상관이 있겠냐."

15. 영화 〈누구를 위하여 종은 울리나〉는 1943년 파라마운트픽쳐스사가 창립 40주년을 기념하여 제작하였다. 원작자 헤밍웨이가 공동으로 각본을 썼고, 감독은 샘 우드, 게리 쿠퍼와 잉그리드 버그만이 주연을 맡았다. 푸른 달빛이 가득한 바위틈에서 마리아와 로버트가 첫 키스를 나누기 전에 코의 위치를 어떻게 해야 할지 모르겠다고 수줍게 말하는 장면은 영화사의 명 키스신으로 꼽힌다. 헤밍웨이는 이 작품을 쓸 때 영화 속의 남녀 주인공으로 쿠퍼와 버그만을 염두에 두었다고 한다. 1943년 아카데미상에서 남녀주연상 등 9개 부문 후보에 올라, 게릴라 대장 파블로의 여장부 아내 필라르 역을 맡은 카티나 파크시누(Katina Paxinou)가 여우조연상을 받았다. 파크시누와 파블로 역의 타미로프(Akim Tamiroff)는 골든글로브의 남녀조연상을 함께 받았다. —두산백과사전

16. Joseph Paul Dimaggio, 1914~1999. 뉴욕 양키스의 외야수이자 강타자이다. 1936~1951 팀이 아메리칸리그에서 10번, 월드시리즈에서 9번 우승하는 데 공헌하였다. 통산 평균타율은 3할 2푼 5리였으며, 1939년과 1940년에는 각각 3할 8푼 1리와 3할 5푼 2리라는 놀라운 타율로 아메리칸리그의 타격부문에서 1위를 달렸다. 더욱이 1941년 5월 15일부터 7월 16일까지 56게임 연속 안타를 치는 업적을 세움으로써 메이저리그 사상 가장 눈부신 기록 중 하나를 수립했다. 1951년 시즌 후 은퇴하였고, 1955년에는 야구의 명예전당에 올랐다. 영화배우 마릴린 먼로와 재혼했으나 결혼 생활은 9개월로 끝났으며, 은퇴 후에는 광고업체 이사직과 텔레비전 연기자로 활동했다. —두산백과사전, 다음백과사전

육조단경 六祖壇經

자라나는 청년들은 언제나 변화할 준비가 되어 있다. 그런 변화의 준비는 밖에서 잘 보이지 않고 본인 스스로도 알지 못한다. 그러한 변화를 유발시킬 수는 없지만, 그러한 변화를 기다릴 수는 있다. "언제가 될지 모르는 어느 한 순간, 누가 될지 모르는 어느 한 사람을 위해서, 네오클이라는 낚시를 기약 없이 드리우고 있다."고 누군가에게 말했던 것을 잊은 적이 없다. 아이들이 꼭 어떻게 성장해야 하는 원칙이나 방향 같은 것은 있을 수 없다. 변화를 향해 열려 있는 인생이 아름다울 뿐이다!

● ●

저자 : 혜능 ‖ 읽은 때 : 2008년 1월

도는 멀리 있는가? 부딪히는 일마다 진리이다. 성인은 먼 것인가? 그것을 체득하면 곧 신이다.

道遠乎哉? 觸事而眞. 聖遠乎哉? 體之卽神.

후진後秦의 승조僧肇가 〈부진공론不眞空論〉에서 한 말인데, 후세 선종의 〈본디 마음이 부처本心卽佛〉라는 범신주의적 이론의 기초를 수립한 것이라고 한다. 중국의 선종은 당唐 시대에 이르러 "부처는 곧 마음이며, 마음 밖에는 따로 부처가 있지 않다佛卽是心, 心外便無佛."는 세계관을 확립했다고 하는데,[17] 〈육조단경〉에 나오는 혜능惠能의 핵심적인 생각도 역시 〈자기 마음이 곧 부처〉라는 것이다. 〈자기 마음이 곧 부처〉라는 말의 진정한 뜻도 사실 그다지 알기 쉬운 것은 아니다. 혜능의 극적인 생애와 그의 명쾌하고 단호한 설명은 그 뜻을 이해하는 데 큰 도움이 된다.[18]

　혜능이 〈제불세존諸佛世尊이 오직 일대사인연一大事因緣 때문에 세상에 나타나셨다〉는 뜻을 대중들에게 설명하는 대목이 매우 독특하면서도 중요하게 생각되었다. 혜능은 〈일대사인연〉이란 다름 아닌 '그릇된 견해를 벗어난 것'이고, 〈깨달은 지혜로 자기의 본 성품을 보는 것〉이 곧 〈세상에 부처가 나타나는 것〉이라고 풀이한다. 그러니까 사실은 '부처'가 나타나는 것이 아니고 '자기'가 나타나는 것이라고 이해된다. 불교에서 말하는 지혜(반야般若)도 위와 같은 맥락으로 이해할 때 그 의미가 훨씬 명확하게 잡히는 듯하다. 그 지혜는 '안으로도 밖으로도 헤매지 않고, 양극단을 떠나 있어야 하는' 것이다. '밖으로 길을 잃으면 상相에 사로잡히고, 안으로 길을 잃으면 공空에 사로잡히기 때문에, 상에서 상을 떠나고 공에서 공을 떠나면, 곧 이것이 길을 헤매지 않는 것이고, 이 법을 깨달아 한 순간 한 순간 마음이 열리는 것이 부처님의 지혜를 여는 것'이라고 설명한다.

혜능은 '공덕功德'에 대해서도 독특하게 설명하고 있는데, 역시 위의 설명과 연결되는 일관성을 느낄 수 있다. 수많은 절을 짓고 보시와 공양을 한 양나라 무제에게 공덕이 없는 것은 공덕은 복전福田과 다르고, 공덕은 자기 본성에 있기 때문이라는 것이다. "견성見性 이것이 공이고, 평직平直 이것이 덕이다.", "스스로 몸을 닦는 것이 공이요, 스스로 마음을 닦는 것이 덕이다."라는 말은 매우 명쾌하면서도 놀라운 설명으로 받아들이게 된다. 하나의 종교, 사상으로서의 불교를 잘 나타내는 설명이라고 생각한다. 서구 기독교 역사에 있어서의 교회의 역할, 마르틴 루터의 종교개혁과 비교하여 생각하게 된다. 선종의 사상을 통하여 문명의 초기부터 신비주의를 이미 극복한 중국의 인문주의적 전통을 느낄 수 있다. '공덕'을 그와 같이 이해할 때 비로소 '서방정토'에 대한 혜능의 재미있는 설명은 더욱 감동적으로 다가온다.

자기 자신이 (죽어서 다시 태어난다면) 서방정토에 태어날 수 있겠느냐고 묻는 사군(使君, 지방장관)에게 혜능은 "이 혜능이 사군을 위해 서방정토를 옮겨다가 당장 눈앞에 보여줄까 하는데, 사군은 이를 원하는가?"라고 되묻는다. 이어지는 혜능의 설명은 신약성서에서 부활과 천국에 대한 사두개인들의 질문에 답하는 예수를 연상하게 하는 매우 아름다운 장면이다.[19] '부처'나 '서방정토'나 모두 인간의 마음 안에 있다는 혜능의 설명이 절절하게 가슴에 와 닿는다. 혜능은 말한다.

> 그러기에 부처님은 말씀하셨다. "그 마음이 깨끗함에 따라 곧 그 나라도 깨끗해진다."고. 사군이여, 동방도 만일 마음을 깨끗이 하면 죄가 없고, 서방도 깨끗지 못하면 허물이 있다. 동방이든 서방이든 소재처所在處는 모두 한 가지뿐이다. 마음만 깨끗지 못함이 없으면, 서방도 여기서 멀지 않다. 마음에 깨끗지 못한 마음을 일으키면 염불왕생念佛往生코자 해도 이르기 어렵다. 십악十惡을 없애면 곧 10만 리를 가고, 팔사八邪가 없으면 곧 8천 리를 간다. 다만 곧은 마음을 행하면 순식간에 이른다. 사군이여, 만일 십선十善을 행하면 어찌하여 새삼 왕생을 바랄 것이 있으리오. 십악의 마음을 끊지 못하면 어느 부처님이 와서 맞아주겠는가.

〈육조단경〉은 짧은 글임에도 오히려 불교에 대한 이해와 깨달음에 큰 도움을 주는 감동적인 글이라고 생각한다. 평생 글자를 몰랐던 혜능은 다른 사람의 글이나 생각에 의존하지 않았다. 혜능은 워낙 명철하게 깨달았기 때문에 아주 짧고 간단하게 표현할 수 있었다.[20] 불교의 용어나 개념에 대한 혜능의 짤막한 정의定義는 약 20년 전에 처음 읽을 때도 큰 놀라움으로 접했던 기억이 남아있다. 몇 개만 옮겨본다.

좌선坐禪, 선정禪定
> "밖으로 모든 존재에 대해 생각이 일어나지 않는 것을 좌坐라 하고, 본성을 깨달아 흔들리지 않는 것을 선禪이라 한다. 무엇을 이름하여 선정禪定이라 하는가. 밖으로 모든 상相을 떠난 것을 선이라 하고, 안으로 본성이 흔들리지 않는 것을 정이라 한다."

선정禪定과 지혜

"잘못 생각하고 선정과 지혜가 다른 것이라고 말하지 말라. 선정과 지혜는 한몸으로 둘이 아니다. 선정은 곧 지혜의 주체요, 지혜는 곧 선정의 작용이다. 곧 지혜일 때 선정은 지혜 안에 있고, 곧 선정일 때 지혜는 선정 안에 있다."

"선정과 지혜는 무엇과 같은가 하면 등불과 같다. 등불이 있으면 곧 빛이 있고, 등불이 없으면 곧 빛이 없다. 등은 곧 빛의 주체요, 빛은 곧 등의 작용이다."

참회懺悔

"무엇을 참회라 하는가. 참懺이라 함은 죽을 때까지 죄를 짓지 않는 것, 회悔란 지금까지의 잘못을 아는 것이다."

신수神秀의 계정혜戒定慧와 혜능의 계정혜

"수화상은 계정혜를 말할 때, 모든 악한 일을 하지 않는 것을 〈계〉라 하고, 모든 착한 일을 받들어 행하는 것을 〈혜〉라 하고, 스스로 그 마음을 깨끗이 하는 것을 〈정〉이라 합니다."

"그대는 내가 말하는 것을 잘 들어 보라. 내가 생각하는 바로는 심지心地에 그릇됨이 없는 것이 자성自性의 계요, 심지에 어지러움이 없는 것이 자성의 정이요, 심지에 어리석음이 없는 것이 자성의 혜다."

무상無相의 노래 중에서

"만일 참으로 도를 닦는 사람이면 세상의 잘못은 보지 않는다."

"만일 남의 잘못이 눈에 보이면 스스로가 틀린 것이니, 곧 이것이 잘못이다."

"남의 잘못은 내게 죄가 없다. 내 잘못이 내게 죄가 된다."

---

17. 갈조광(葛兆光), 《선종과 중국문화》 동문선 문예신서, 1991. 31p
18. "혜능이 전통적 선학에 대해 일련의 근본적인 변혁을 일으켰으므로 역사적으로는 육조혁명(六祖革命)이라는 말이 있다. 혜능은 비록 명목상 선종의 6조이지만, 사실상은 중국 선종의 실제 창시자이다. 왜냐하면 사람들이 흔히 말하는 선종은 혜능을 대표로 하는 남종을 가

네오클을 시작할 때부터 언젠가는 반드시 읽어야 할 책으로 꼽아두었던 〈육조단경〉이다. 2005년 12월에 불교에 대한 입문서로 읽은 부처의 일대기, 와타나베 쇼코의 〈불타 석가모니〉에 이어 본격적인 불경으로는 네오클에서 처음 읽는 것이다. 수능이 끝난 정석과 민석이 네오클에 돌아와 열심히 책을 읽었다. 특히 민석은 〈육조단경〉부터 갑자기 장문의 독후감을 쓰면서 생각의 깊이를 바꾼 듯한 느낌을 준다. 자라나는 청년들은 언제나 변화할 준비가 되어 있다. 그런 변화의 준비는 밖에서 잘 보이지 않고 본인 스스로도 알지 못한다. 그러한 변화를 유발시킬 수는 없지만, 그러한 변화를 기다릴 수는 있다. "언제가 될지 모르는 어느 한 순간, 누가 될지 모르는 어느 한 사람을 위해서, 네오클이라는 낚시를 기약 없이 드리우고 있다."고 누군가에게 말했던 것을 잊은 적이 없다. 아이들이 꼭 어떻게 성장해야 하는 원칙이나 방향 같은 것은 있을 수 없다. 변화를 향해 열려 있는 인생이 아름다울 뿐이다!

민석의 독후감에서는 〈육조단경〉의 "본성이 원래부터 청정淸淨하다."는 구절에 크게 주목하고 있다. '본성을 청정하게 하려는 것'이 아니라 '본성이 원래 청정하다는 것을 깨닫는 것'이라는 가르침이 놀랍다는 것이다. 그 청정은 선善과도 다른 것이고, 인간의 본성이 원래부터 '맑고 깨끗하다'는 것에서 희망을 느낀다는 것이다. 그 생각이 옳거나 그른 것은 중요하지 않고, 생각의 깊이가 있거나 없는 것도 중요하지 않다고 생각한다. 어떤 생각을 깊이 있게 하기 시작했다는 것 자체가 중요하다고 생각한다. 어떤 하나의 생각으로부터 출발해서 어떤 일이 일어날지는 아무도 모르는 것이다.

토론모임에서의 주제는 다음과 같다. (1)글도 몰랐던 혜능의 깨달음은 그에 앞선 석가모니 부처님이나 다른 경전 같은 것이 없었더라도 가능했을까? (2)"선정과 지혜가 다르지 않다."는 말은 현대적으로 어떻게 다시 해석할 수 있을까? (3)혜능이 '서방정토'에 대해 설법한 내용의 의미와 가치 (4)불교의 교리는 정욕(욕심)의 억제를 내용으로 하고 있는가? (5)혜능의 '무상無相의 노래'에 나오는 "다른 사람의 잘못을 보지 않는다."는 말에 대한 각자의 견해.

불교사상, 특히 우리 불교에 영향을 미친 중국의 선종이 우리가 살아가는 오늘날의 세계에도 많은 영향을 미치고 있다는 실감을 특히 학생회원들과 함께 나누고 싶었다. 갈조광葛兆光이 쓴 〈선종과 중국문화〉라는 책이 도움이 될 것 같아서 그 책의 내용을 요약해서 참고자료로 카페에 올려놓았다. 즉 불교의 중국 전래 이후 중국에서의 불교의 발전은 혜능에 의한 선종 정신의 비약적인 발전에 힘입은 것이고, 그 선종이 중국의 유학儒學인 육왕심학陸王心學은 물론 주자학朱子學에 지대한 영향을 미쳤으며, 다시 우리나라의 불교와 주자학에도 결정적인 영향을 미쳤다는 것이다. 그렇게 본다면 혜능이라는 사람은 사실은 오늘날 우리의 정신세계와 매우 밀접한 인물이라는 데까지 한 번 연결시켜 설명해보고 싶었다.

2008년 새로운 한 해를 시작하면서 네오클 회원 모두 힘차게 정진할 것을 다짐했다. 〈육조단경〉에 나오는, "한 개의 등불이 능히 천 년의 어둠을 없애고, 한 지혜가 능히 만 년의 어리석음을 없앤다."는 혜능의 절절한 외침을 다시 떠올리게 된다.

리키기 때문이다."—뢰영해(賴永海), 《중국불교문화론》 동국대학교출판부, 2006. 110p

"육조혁명의 가장 근본적인 성질의 혁명은 바로 전통불교에서 추상본체로 삼는 마음을 보다 구체적이고 현실적인 인심人心으로, 아울러 유학화된 심성心性으로 변화시킨 것이다. 실제로 이러한 개혁은 선종 사상에서 일련의 중대한 변화를 야기하였다. 그 가운데 가장 두드러진 것은 바로 외재적 종교를 내재적인 종교로 변화시켰다는 것, 전통불교의 부처님에 대한 숭배를 마음에 대한 숭배로 변화시켰다는 것이다. 다시 말하면 석가모니의 불교를 혜능의 마음의 종교로 변화시켰다고 하겠다."—같은 책 250p

19. "부활이 없다 하는 사두개인들이 그날에 예수께 와서 물어 가로되 선생님이여 모세가 일렀으되 사람이 만일 자식이 없이 죽으면 그 동생이 그 아내에게 장가들어 형을 위하여 후사를 세울지니라 하였나이다. 우리 중에 칠형제가 있었는데 맏이 장가들었다가 죽어 후사가 없으므로 그의 아내를 그 동생에게 끼쳐두고 그 둘째와 셋째로 일곱째까지 그렇게 하다가 최후에 그 여자도 죽었나이다. 그런즉 저희가 다 그를 취하였으니 부활 때에 일곱 중의 뉘 아내가 되리이까. 예수께서 대답하여 가라사대 너희가 성경도, 하나님의 능력도 알지 못하는 고로 오해하였도다 부활 때에는 장가도 아니 가고 시집도 아니 가고 하늘에 있는 천사들과 같으니라 죽은 자의 부활을 의논할진대 하나님이 너희에게 말씀하신 바 나는 아브라함의 하나님이요 이삭의 하나님이요 야곱의 하나님이로라 하신 것을 읽어보지 못하였느냐 하나님은 죽은 자의 하나님이 아니요 산 자의 하나님이시니라 하시니 무리가 듣고 그의 가르치심에 놀라더라."—마태복음 제22장 23—33절

20. "혜능은 글을 잘 알지 못하고, 문화 수준이 낮은 편이므로 그가 전통 인도 불경으로부터 심오한 이론, 특히 더욱이나 심오한 전통불교의 사유방식을 흡취하기란 쉽지 않았을 것이다. 게다가 그는 또 유학이 주류를 이룬 중국 전통 문화의 분위기에서 생활하였다. 따라서 사유방식이나 용어에 있어서 혜능이 갖춘 소양은 중국의 문화적 전통이지 인도불교의 전통은 아니며 그럴 수도 없었던 것이다."—앞의 《중국불교문화론》 251p

걸리버 여행기

작은아이 민석은 독후감에서 〈걸리버 여행기〉의 판타지적 요소가 그 당시의 사회를 비판하는 데 효과적이었음을 지적하면서, 독자가 책을 읽으면서 느끼게 되는 불쾌감조차도 철저하게 의도된 것이라고 쓰고 있다. 큰아이 정석도 독후감에서 〈걸리버 여행기〉는 저자의 사회인식을 표출하기 위해 소설의 형식을 차용한 에세이에 가깝다고 썼다.

● ●

저자 : 조나단 스위프트 ‖ 읽은 때 : 2008년 2월

주인공 걸리버는 자신의 여행기가 모두 실제로 보고 경험한 내용을 사실대로 기록한 것이라고 강조하지만, 그가 살던 사회와 인간에 대해 여러 방면으로 깊이 생각한 끝에 상상을 통해 지어낸 이야기임에 틀림없다. 릴리퍼트나 브롭딩낵은, 그런 소인국이나 대인국까지 굳이 찾아가지 않더라도 충분히 알아챌 수 있는 세계. 현재 살고 있는 세상에서도 자기 자신의 크기를 수백 배 확대하거나 수백 배 축소한다고 가정하면 곧 짐작할 수 있는 세계다. 어느 날 아침, 잠에서 깨어나 보니 벌레로 변해있는 카프카의 〈변신〉에서처럼 자기 자신의 크기나 종류가 변화한다는 설정은 현재의 자신에 대한 커다란 부정否定이나 각성覺醒을 뜻하는 것이라고 생각한다.

조나단 스위프트는 당시로서는 굉장한 상상력을 발휘하여 독특한 작품을 쓴 것인데, 왜 당대 또는 후대의 사람들은 〈걸리버 여행기〉를 매우 우습고 재미있는 이야기로 받아들이지 않고 신성모독적이라고 비난하며 금서禁書로 취급하였을까? 단순히 영국의 정치나 사회를 비

판적으로 풍자한 내용이 권력자의 비위를 거스르게 해서 그랬던 것만은 아니라는 생각이 든다. 그렇게 보기에는 〈걸리버 여행기〉에 대한 비난이 너무 강하고 지속적이었으며, 더구나 '신성모독적'이라는 평가는 지나치기 때문이다. 그것은 오히려 그로부터 약 200년 후에 나온 카프카의 〈변신〉을 읽은 사람들이 말도 안 되는 이야기로서 그저 신기하고 재미있다고 받아들인 것이 아니라, 뭔가 당황스럽고 불쾌한 감정을 느낀 것과 아주 똑같은 이유일 것이라고 생각한다.

'어느 날 아침에 깨어나 보니 갑자기 벌레로 변해있다는 것'이 실제로 충분히 가능한 일이라는 깨달음을 강요받기 때문에 사람들은 당황하거나 불쾌해 하거나 무서워 하는 것이다. 그렇지 않다면 사람들은 황당한 이야기라고 대수롭지 않게 코웃음치며 그다지 관심을 두지 않을 것이다. '벌레로의 변신'이 가능하다는 것을 본래는 전혀 알 수 없었던 우리의 바로 눈앞에서, 그것이 가능하다는 것을 명백하게 증명해 보였기 때문에 우리는 상처받는 것이다. 스위프트도, 200년 후의 카프카가 그랬던 것처럼, 당대의 사람들 중 어느 단 한 사람도 전혀 떠올리지 못했던 것을 황당한 상상력으로 갑자기 제시했기 때문에 사람들은 깜짝 놀랐고, 분개한 것이다. 소인국과 거인국의 이야기를 통해 자기 자신에 대한 새로운 진실을 꼼짝 못하고 바라볼 수밖에 없었기 때문이다. 모든 사람이 너무 당황했고 그래서 화가 난 것이며, 그 집단적인 모욕감을 신성神聖 모독으로 느낀 것이다.

릴리퍼트, 브롭딩낵, 라퓨타, 휴이넘은 당시의 사람들의 생각을 근본적으로 뒤흔드는 새로운 관점을 제시할 수 있었다. 그러나 그런 새로운 관점을 설명하기 위하여 굳이 그렇게 많은 여행을 계속할 필요가 있었을까 하는 의심이 들기도 한다. 릴리퍼트와 브롭딩낵만을 통해서도 작가의 생각을 충분히, 오히려 더 압축적으로 표현할 수 있었지 않나 생각한다. 릴리퍼트나 브롭딩낵을 통하여 크기라는 것이 상대적이고, 그에 따라 모든 관점이 상대적일 수 있다는 것은 이미 충분히 설명된다고 보기 때문이다. 라퓨타나 휴이넘은 그러한 상대성을 지상地上이라는 공간과 인간이라는 종種의 범위를 벗어나서까지 확장하여 더 구체적으로 설명해 본 것이다. 그 기발한 이야기들은 읽기에 재미있지만, 너무 설명적이고 산만해서 오히려 작품 전체의 함축성과 의미심장함을 감소시키지 않았는가 하는 생각도 들었다.

물론 당시의 영국사회나 인류 문명 전체에 대한 비판을 마음껏 전개하고 싶은 스위프트의 입장에서, 특히 '말의 나라' 휴이넘은 매우 중요한 부분으로 생각되었을 것 같기는 하다. 그러나 휴이넘의 이성적이고 도덕적인 면을 극구 칭송하는 반면, 인간 전체를 '야후'로 빗댄 신랄한 비판은 그 비유가 그다지 엄밀하게 생각되지는 않았고, 모두 다 공감할 수 있는 내용도 아니었다. 인간과 동물의 주객主客을 바꾸어 놓은 설정은 매우 독창적이긴 하지만, 인류 문명 자체를 무조건 비판하는 듯한 대목에서는 균형에 맞지 않는다는 생각도 들었다.

스위프트는 자기가 살고 있던 1700년대의 영국사회에 대해 매우 비판적인 생각을 가지고 있었다. 그가 비판한 당시 영국사회의 문제점은 오늘날의 세계에서도 대부분 해결되지 않았고, 어떤 문제는 더 악화되기도 했을 것이다. 인간에 의한 인간의 착취, 모함과 거짓말, 전쟁과 살육 등 인간사회의 불완전함이 있는 한, 걸리버의 방황과 모험은 사람들에게 공감을 줄 수 있을 것이다. 스위프트가 당시의 영국사회를 비판하고 풍자한 구체적인 내용에 대해서는 공감하기 어려운 부분도 있었지만, 그의 과감한 상상력은 인간에 대한 사랑과 관심, 안타까움에서 나온 것이라고 이해한다. 거의 300년이 지난 오늘날에도 〈걸리버 여행기〉가 우리에게 여전히 감명을 주는 문제작으로 남아 있을 수 있는 이유일 것이다.

〈로빈슨 크루소〉와 마찬가지로 오래된 이야기, 누구나 어린 시절에 동화책처럼 접하게 되는 작품이다. 그러나 네오클에서 2003년 8월에 읽었던 〈로빈슨 크루소〉와 비교하면 상당히 어려운 문제작이라고 생각한다. 〈걸리버 여행기〉를 훨씬 뒤에 읽기를 잘했다는 생각이 든다. 개인적으로는 헉슬리의 〈멋진 신세계〉나 카프카의 〈변신〉을 먼저 읽지 않았더라면, 〈걸리버 여행기〉를 훨씬 더 재미없게 읽게 될 것 같다는 생각도 든다.

작은아이 민석은 독후감에서 〈걸리버 여행기〉의 판타지적 요소가 그 당시의 사회를 비판하는 데 효과적이었음을 지적하면서, 독자가 책을 읽으면서 느끼게 되는 불쾌감조차도 철저하게 의도된 것이라고 쓰고 있다. 큰아이 정석도 독후감에서 〈걸리버 여행기〉는 저자의 사회 인식을 표출하기 위해 소설의 형식을 차용한 에세이에 가깝다고 썼다. 또한 스위프트에 대해, "이 책의 저자는 인간의 불완전성에 대한 깊은 통찰을 바탕으로 이 작품을 썼지만, 아쉽게도 그에 대한 해답은 제시하지 않았다."고 지적하면서도, "시대적 제약에도 불구하고 문제를 피하지 않고 직시한" 용감하고 책임감 있는 지식인이라고 평가했다.

토론모임에서도 스위프트의 비판과 풍자를 중심으로 이야기했다. 특히 정석의 주장과 마찬가지로, 〈걸리버 여행기〉가 당시 사회와 인류문명 자체를 신랄하게 비판하면서도 어떤 대안이나 희망도 제시하지 않았다는 점이 거론되었다. 이는 〈걸리버 여행기〉가 금서로 취급된 이유와도 연결되는 문제일 것이다. 이에 관하여 "인간을 야로 전락시키고 아무런 희망도 남겨놓지 않았다.", "휴이넘이 인간을 지배한다는 설정은 인성모독적인 것이며, 그것이 곧 신성모독적으로 평가된 것이다."는 등의 다양한 의견들이 나왔다.

새의 선물

네오클에서 대중적으로 널리 읽히는 국내 소설을 함께 읽는 것은 처음이다. 네오클에서는 주로 고전을 읽고 있지만, 같은 시대와 사회를 살아가는 사람들의 관심사에 잠시 마음을 기울여 보는 것도 좋을 것이다. 은희경의 〈새의 선물〉은 성장소설로서 학생회원들과 함께 읽고 이야기하기 좋다는 점에서도 적당한 책으로 생각되었다.

● ●

저자 : 은희경 ‖ 읽은 때 : 2008년 3월

수 년 전 작가 은희경의 일간신문 연재소설 〈마지막 춤은 나와 함께〉를 우연히 접하여 재미있게 읽은 일이 있다. 지금은 줄거리조차 잘 기억나지 않지만 주인공 강진희의 예민한 감수성, 삶에 대한 용기와 정직성, 남성에 대한 당당함과 아량에 감탄했던 기억이 남아있다. 그런데 이번에 〈새의 선물〉을 읽어보면서 강진희의 삶과 사랑에 대한 냉소가 사실은 과장되거나 가장假裝된 것이 아닐까 하는 의심이 들었다. 어린 시절의 절망적인 상황 속에서도 '꼬마 강진희'가 주변 인물들을 바라보는 눈길은 한결같이 따스하다. '꼬마 강진희' 같은 사람은 결코 '어른 강진희' 같은 사람으로는 성장하지 않을 것 같다. 그 정도로 예민하고 다감한 '꼬마 강진희'라면 상당한 우여곡절을 겪더라도 훨씬 따뜻하고 긍정적인 내면세계를 구축하는 데 결국에는 성공할 것 같기 때문이다.

'이모(영옥)'는 매우 중요한 등장인물이라고 생각한다. '이모'는 처음에는 철딱서니 없는 전형적인 주변인물로서 비중이 크지 않게 등장하지만, 이형렬, 허석과의 사랑과 시련을 통해 성숙해 가면서 점차 심상치 않은 인물로 부각된다. '이모'야말로 작품 속에서 현실세상을 '실제로 살아가는' 유일하게 구체적인 인물이다. '이모'는 현실감 있을 뿐 아니라 다분히 매력적인 여성으로 그려지는데, 이는 작가가 '이모'에게 각별한 애정과 가능성을 걸고 있기 때문일 것이다.

'이모'와 '꼬마 강진희'가 연적戀敵으로 대립하는 구조는 매우 의미 있게 고안된 것으로 보인다. '이모'와 '꼬마 강진희'는, 혈연관계라는 것으로 상징될 수 있듯이, 뗄 수 없는 깊은 관련으로 매여져 있다. 우리가 실제로 삶을 살아가는 과정은 '꼬마 강진희' 같은 관찰의 방식으로서가 아니라 '이모'가 겪는 어리석음과 시련의 과정이다. '이모'의 시련과 고통, 그에 따른 각성은 '꼬마 강진희'의 관찰의 대상임을 넘어서는 리얼한 삶이다. '이모'는 어떤 의미에서 '꼬마 강진희'를 대신하는 것이고, '꼬마 강진희'는 '이모'를 통하여 세상을 살아가는 것이다. '이모'는 '꼬마 강진희'와는 아주 다른 별종의 인간유형으로 묘사되기도 하지만, '이모'와 '꼬마 강진희'는 많은 부분에서 동일시되기도 한다. 정신분석학적 표현으로는, '이모'는 '꼬마 강진희'의 무의식이라고 할 수 있다. 그들이 같은 시기에, 같은 대상에 의해, 같은 사랑의 시련을 겪고, 함께 성장한다는 설정은 그들이 사실은 동일한 인물임을 뜻할 수 있다고 본다.

사랑은 작가가 말하듯이 '기질과 필요가 계기를 만나서 생겨났다가 암시 혹은 자기 최면에 의해 변형되고, 그리고 결국은 사라지는 것'이라고 생각하지 않는다. "삶에 대해 아무것도 기대하지 않는 사람만이 그 삶에 성실하다."는 말에도 동의하기 어렵다. 강진희의 냉소적이고 위악적僞惡的인 주장들은 '꼬마 강진희'의 아름다운 세계, 즉 작가가 돌아가고 싶은 어린 시절의 진실은 아니라고 보고 싶다.

삶과 사랑은 모든 인간 영혼이 나름의 최선을 다하고 있는 영역이기 때문에, 마음대로 '기대하지 않거나' 할 수 있는 것은 아니라고 생각한다. 사랑은 삶처럼 일회적이다. 사랑은 삶 전체를 관통한다. 사랑에 있어서 착오나 실수조차도 불가능하다. 사랑이 흔히 신비화되는 것은 어리석음이나 착각 때문이 아니다. 사랑의 중요성과 풍부함과 깊이가 충분히 반영되었기 때문이다. 그러므로 사랑은 유치하거나 덧없거나 배신당할지라도 모두 소중하다. 삶과 사랑에 대해 냉소적이라는 것은 그 중요성에 대한, 색다른 방식의 또 한 번의 강조에 불과하다고 생각한다.

독자는 작가의 어린 시절 이야기 자체에 관심이나 호기심을 갖고 있지 않다. 그 시절의 고통과 외로움에 대한 추억이나 동병상련 같은 것을 작가와 함께 나누고 싶은 마음도 사실은 없다. 진정한 위로나 감동은 그런 데서는 얻어질 수 없기 때문이다. 독자가 작가에게 바라는 것은, 오직 새로운 세계의 제시이다. 그 제시를 통한 만남의 과정에서 작가와 독자가 서로 존중하고 존중받는 것만이 진정한 위로가 될 수 있다. 강진희나 은희경이 독자에게 제시하는 새로운 세계는 무엇일까? 그것이 무엇이든 간에, 그녀들의 날카로운 감수성과 따뜻한 이해심은 오직 인간과 삶과 사랑을 향해 겨누어져 있다고 생각한다.

네오클에서 대중적으로 널리 읽히는 국내 소설을 함께 읽는 것은 처음이다. 네오클에서는 주로 고전을 읽고 있지만, 같은 시대와 사회를 살아가는 사람들의 관심사에 잠시 마음을 기울여 보는 것도 좋을 것이다. 은희경의 〈새의 선물〉은 성장소설로서 학생회원들과 함께 읽고 이야기하기 좋다는 점에서도 적당한 책으로 생각되었다.

작은아이 민석은 이번에도 길고 열정적인 논조로 독후감을 썼다. 그 관점이 나의 독후감과 유난히 비슷하다는 점이 눈에 띈다. 가족으로서 많은 대화를 나눌 뿐 아니라 식사 자리에서도 네오클 책에 관해 많이 이야기하기 때문에 관점이 비슷해질 수도 있을 것이다. 하지만 다른 면으로 생각해 보면, 비록 의도적인 것은 아닐지라도 부모가 자식의 관점 형성에 너무 영향을 미치는 것이 아닐까 염려되는 것도 사실이다. 부모가 어떤 관점을 너무 확정적인 것으로 강조하는 것은 물론 바람직하지 않을 것이다. 때로는 바람직하게(?) 형성된 관점이라도 가볍게 희석시키는 것이 필요할 수도 있을 것이다. 어떤 것을 새기려고 하지 말고, 계속 지우고 계속 열어 주어야 할 것이다. 그러나 어떠한 영향도 미치려고 하지 않는 그 태도조차 어차피 하나의 '영향'으로 작용할 수 있는 것은 아닌가? 참으로 어려운 문제가 아닐 수 없다.

우선 민석은 주인공 강진희의 냉소적인 면에 대해 가차없는 비판을 가하고 있다. '삶의 이면을 들여다보는' 약간의 영리함이나 분석적인 태도를 '성숙'이라고 착각하고 있고, 이 착각으로부터 비극이 시작되는 것이라고 준엄하게 지적하고 있다. '삶에 대해 아무것도 기대하지 않는 사람만이 그 삶에 성실하다'는 것은 진희의 착각이며 대단한 아이러니라는 비판이나 "성숙의 궁극적인 목표는 행복이라고 생각한다."는 어른다운 주장도, 표현은 다르지만 나의 논조와 거의 비슷하다. 이모에 대한 긍정적인 관점도 마찬가지다. "적어도 사랑만큼은 이모처럼 해야 했다."거나 "처음에는 불안하고 미성숙한 사랑이었지만 고통과 고뇌를 이겨낸 후 이모는 진정한 성숙을 하게 된다."는 식으로 매우 긍정적으로 보고 있다.

어떤 작품의 주인공을 통해 작가의 정신세계를 짐작할 수 있고, 자신의 인생관에 영향을 받게 될 수도 있다. 민석의 독후감을 유심히 읽으면서 여러 가지 생각을 하게 된다. 지극히 관찰자적이고 자기 의식적인 주인공 강진희에 대한 신랄한 비판은 리얼한 '진짜 삶'에 대한 건강한 욕구일 것이라고 생각한다.

위대한 개츠비

저자 : 스콧 피츠제럴드 ‖ 읽은 때 : 2008년 4월

그럼 황금 모자를 쓰려무나, 그래서 그녀의 마음을 움직일 수만 있다면.
높이 뛰어오를 수 있거들랑 그녀를 위해 높이 뛰어오르려무나.
그녀가 이렇게 외칠 때까지
"사랑하는 이여, 황금 모자를 쓰고 높이 뛰어오르는 사랑하는 이여, 당
신을 차지해야겠어요!"

—토머스 파크 딘빌리어스

개츠비와 데이지의 사랑, 또는 개츠비의 데이지에 대한 사랑이 주
된 이야기다. 중요한 장면으로 세 개를 꼽을 수 있다.

(1) 5년 전에 있었던 개츠비와 데이지의 사랑과 애달픈 이별
(2) 5년의 기다림을 뚫고 닉의 집에서의 개츠비와 데이지의 숨막히는 재회
(3) 플라자 호텔에서 닉과 조던이 지켜보는 가운데 개츠비, 데이지, 톰의 3
자 대면과 개츠비의 패배

아름답고 부유하고 매력적인 데이지에 개츠비는 끌리지 않을 수 없다. 데이지가 아름답고 부유하다는 것이 매우 중요하게 부각되는데, 이는 반드시 미국적인 관점으로만 생각되지는 않는다. '하얀 궁전 저 높은 곳의 임금님의 따님, 그 황금의 아가씨'는 언제나 아름답고 언제나 중요한 것이다. 개츠비가 얼핏 들여다 본 데이지의 세계는 그로서는 도저히 도달하거나 차지할 수 없는 부富하고 귀貴한 세계이다. 범접하기 힘든 〈높고 귀한 세계〉는 사랑에 있어서 특별한 경우가 아니고, 사실은 모든 사랑의 유일한 목적이자 갈망인 것이다. 첫사랑의 대상은 '서울에서 잠시 살러 온 넘볼 수 없는 고귀한 집 딸, 얼굴이 하얀 반장 아이'인 것이다. 사랑을 얻는다는 것은 그 〈높고 귀한 세계〉로 비약하기 위한 험난한 과정이며 몸부림이다. 사랑은 신데렐라처럼 재투성이의 고난을 통과하거나, 야곱처럼 14년의 긴 세월을 노동해야 하는 것이다.[21] 사랑은 비상하게 옷을 감추어 선녀仙女를 얻는 절박한 나무꾼과도 같다. 사랑은 천녀지남天女地男의 신성한 결합처럼, 본래 세속적인 것이 아니다. 사랑은 하늘과 땅의 신성한 결합(神聖婚)을 갱신更新하고 재현再現하는 것에 불과하다. 우리는 사실 모두 왕자나 공주와 결혼하는 것이다.

데이지가 개츠비를 배신하고 톰과 결혼한 것은 물론 잘못된 판단이었다. 그 잘못된 판단은 톰과의 불행한 결혼생활을 통해 그녀를 더욱 나약하게 이끌었다. 그 나약함으로 인해 그녀는 5년 후 플라자호텔에서 개츠비를 다시 배신하는, 또 한 번의 잘못된 판단을 하게 된다. 그녀의 잘못된 판단은 개츠비의 파멸과 '대학살'로 이어진다. 데이지에게 반드시 개츠비라는 남자라야만 합당하다는 것은 아니다. 다만 데이지로서는 개츠비를 통하여 진정한 자신을 이해하고 달성할 수 있는 좋은 기회를 맞이할 수도 있었다는 것이다. 톰은 너무도 당연히, 데이지에게 아무런 도움이 될 가능성이 없었다. 진정한 사랑의 감정이란,

결정적인 도움을 받을 수 있는 좋은 기회에 대한 정확한 예감이다.

데이지는 닉의 집에서 개츠비와 재회했을 때 개츠비의 오랜 열정과 눈물겹게 지녀온 사랑의 고통을 단번에 모두 이해할 수 있었다. 개츠비가 얼이 빠진 상태에서 셔츠 더미에서 셔츠를 하나씩 집어던질 때, 데이지는 셔츠에 머리를 파묻고 울음을 터뜨리면서 개츠비의 그간의 모든 고통과 사랑을 한꺼번에 이해했다. 개츠비가 자신의 집에서 만(灣) 건너의 데이지의 집을 바라보며 "그곳의 부두 끝에는 항상 초록빛 불이 켜져 있더군요."라고 말할 때 그녀는 느닷없이 개츠비의 팔짱을 끼었다. 개츠비의 오랜 세월 동안의 고통과 사랑은 그 순간에 모두 보상받았다. 그러나 그들의 다시 회복된 사랑은 왜 아름다운 결실을 맺지 못했을까? 데이지의 잘못된 판단은 그렇다고 하더라도, 개츠비에게는 어떤 잘못도 없는 것일까? 플라자호텔에서 왜 개츠비는 처참하게 실패한 것일까? 데이지는 왜 개츠비를 따라 나서지 않았을까? 적어도 데이지가 개츠비의 사랑과 열정을 충분히 이해하지 못했기 때문은 아닐 것이다. 개츠비도 데이지에 대하여 그 점에 관하여는 안타깝거나 아쉬움이 남지도 않을 것이다.

개츠비가 5년 전의 실패를 만회하고 데이지를 차지하기 위하여 막대한 재력을 확보한 것은 물론 필요했고, 정당했다. 그것이 불법과 범죄로 인한 것일지라도 데이지에 대한 사랑을 향한 그의 모든 행위는 정당하다. 그러나 문제는 데이지에게 절실한 것이 거대한 저택과 화려한 파티와 번쩍이는 고급 승용차뿐만이 아니라는 데 있다. 개츠비의 잘못은 플라자호텔에서의 그의 언행에 잘 드러나 있다. 개츠비가 데이지를 집요하게 추궁하여 얻어내려 한 것은 데이지가 톰을 한 번도 사랑한 적이 없고, 오로지 개츠비 자신만을 계속 사랑해 왔다는 고백이다. 개츠비가 플라자호텔에서 여러 사람 앞에 증명해 보이고자 했던 '진정한 사랑'은 그것이 설령 '진실'이라고 하더라도 이미 5년 전의 '죽은 사실'에 대한 집착이며, 현재적 중요성을 놓치고 있다. 데이지는 그래서 개츠비의 편을 들 수 없었다. 당시 데이지에게는 개츠비에게 5년 전에 결핍되어 있었던 재력이나 변하지 않은 사랑의 감정을 확인하는 것만이 중요한 것은 더 이상 아니었다. 개츠비는 5년 전의 과거에 얽매였던 것만큼 핵심에서 빗나갈 수밖에 없었다. 빗나가 있었기 때문에 약할 수밖에 없었고, 약했기 때문에 데이지를 돕거나 설득할 수 없었다. 개츠비는 톰과 데이지의 허위의식의 세계를 간단하게 부정할 수 있다고 생각했고, 그 점에 있어서 오만했다. 그러나 사실 개츠비가 이룩한 업적인 마이어 울푸심과 함께 한 어두운 세계도 근본적으로는 톰과 데이지가 디디고 서 있는 취약한 세계와 기반을 같이하는 것이다. 개츠비로서는 톰과 데이지의 세계를 포함한 이 세상에 대해, 보다 겸허하고 통찰력 있는 이해를 가졌어야 했다. 눈부시게 빛나는 아름다운 데이지도 자신의 사랑의 대상이나 목표이기만 한 것이 아니라, 스스로의 완성을 갈망하는 한 사람의 연약한 인간에 불과하다는 것을 이해하고자 했어야 한다. 그럴 때에만 데이지가 도저히 거부하기 불가능한 근본적인 도움을 줄 수 있었을 것이고, 데이지는 플라자호텔에서 개츠비를 따라 나섰을 것이다.

개츠비는 5년 전 아름다운 데이지를 진정으로 사랑했고, 사랑한 만큼 쓰라린 이별을 겪었다. 그는 사랑의 고통을 스스로 감당하고 극복했으며, 그가 얻은 막대한 재력은 그의 사랑과 고통에 대한 증거로 될 수 있었다. 데이지에 대한 순수한 사랑은 그 빛을 잃지 않았으며, 오히려 스스로도 감당할 수 없을 만큼 거대하게 증폭되었다. 개츠비는 만 너머로 데이지의 초록색 불빛을 지켜보면서 그녀에게 서서히 다가갔다. 자신의 원수들에게 소리 없이 다가가는 몬테크리스토 백작처럼. 그가 데이지를 당장 만나지 않은 것은 데이지에게 자연스럽게 그의 '집'을 '보여주기' 위해서이다. 개츠비는 호화로운 그의 저택을 데이지에게 보여주기 위해 매일 밤, 데이지가 우연히 참석할지도 모를, 성대한 파티를 연다. 그러한 헛된 욕망과 들뜬 열정도 모두 다 그의 사랑에서 나온 것이기에 우리는 기꺼이 이해할 수 있다.

그가 품어 온 환상의 거대한 힘은 이미 '그녀를 초월하였으며 모든 것을 뛰어넘었다'. 닉 캐러웨이가 개츠비에게 마지막으로 한 말처럼 '그 인간들은 썩어빠진 족속이고', '당신 한 사람이 그들을 모두 합쳐 놓은 것만큼이나 훌륭한' 것인가? 개츠비는 정녕 '위대한' 것인가? 개츠비는 '그녀의 마음을 움직이려고' '황금 모자를 쓴 것'이다. 개츠비는 '그녀를 위해 높이 뛰어오른 것'이다. 그러나 데이지는 이렇게 외치지 않은 것이다.

> "사랑하는 이여, 황금 모자를 쓰고 높이 뛰어오르는 사랑하는 이여, 당신을 차지해야겠어요!"

미국인들의 고뇌와 슬픔이다.

---

21. "라반이 야곱에게 이르되 네가 비록 나의 생질이나 어찌 공으로 내 일만 하겠느냐 무엇이 네 보수겠느냐 고하라/라반이 두 딸이 있으니 형의 이름은 레아요 아우의 이름은 라헬이라/레아는 안력(眼力)이 부족하고 라헬은 곱고 아리따우니/야곱이 라헬을 연애하므로 대답하되 내가 외삼촌의 작은 딸 라헬을 위하여 외삼촌에게 7년을 봉사하리이다/라반이 가로되 그를 네게 주는 것이 타인에게 주는 것보다 나으니 나와 함께 있으라/야곱이 라헬을 위하여 칠년 동안 라반을 봉사하였으나 그를 연애하는 까닭에 칠년을 수일같이 여겼더라."(창세기 29장 15—20. 그러나 라반이 라헬 대신 그 언니 레아를 몰래 들여보냈고, 야곱은 라헬을 얻기 위하여 다시 7년의 봉사를 했기 때문에 라헬을 얻기 위하여 모두 14년의 봉사를 한 것이다.(창세기 29장 21—30)

스키너의 심리상자 열기

저자 : 로렌 슬레이터 ‖ 읽은 때 : 2008년 7월

책 전체를 통하여 두 개의 대립되는 입장이 있다. 인간이란 자동화된 일련의 반응으로서 "주무르는 대로 만들어진다."는 스키너의 입장, 그와 대립되는 영혼의 성찰과 유심론唯心論적 입장이다. 약물은 본질적으로 유혹적이고 그에 노출되면 중독을 피할 수 없다는 클레버 박사의 견해와 그와 반대로 마약 중독은 환경적 요인의 지배를 받으며 자유의지와 선택의 문제라고 보는 알렉산더 박사의 견해. 정신병이 화학작용의 문제이냐 과거의 경험에 관한 문제이냐, 약으로 치료할 것인가 대화로 치유할 것인가의 논쟁. 정신질환제의 복용량을 높이고 더 많은 대뇌피질을 절단하며, "머리 안에 구멍이 뚫리는 것에 익숙해지고, 다른 수술 상처를 보여주듯 그 구멍을 보여주느냐.", 아니면 "우리의 뇌 속에는 아직 성스러운 무엇인가가 남아있다고 보느냐." 등의 대립되는 입장으로 설명된다.

위와 같은 다양한 입장과 논의가 생기는 것은 인간이라는 존재, 특히 그중에서도 인간의 마음(정신세계)에 대한 명확한 규정이나 파악

이 어렵기 때문일 것이다. 책에 나오는 표현대로 인간은 "99%는 침팬지이고 인체의 극소량만이 순수한 인간"이다. 그러나 물론 그 나머지 1%가 중요한 것이다. 인간의 마음은 말 그대로 '마음대로' 할 수 있는 것인가. 아니면 인간의 마음도 단지 우리가 미처 깨닫지 못했을 뿐인 자연의 인과관계에 의해 이미 제약되어 있는 것인가. 책에 나오는 여러 실험들이 인간의 윤리의식이나 자유의지를 의심하면서 인간을 너무 부분적이고 기계적으로 이해하려 한다는 것이 전반적인 나의 느낌이었다.

자연과학이 태동하기 이전인 고대古代나 동양에서는 이 책에 나오는 실험과 같은 관점으로 인간 정신에 접근하지는 않았을 것이다. 스키너가 비판할 법한 유심唯心적 관점은 아마 다음과 같이 표현될 수 있을 것이다.

> "인간은 동물 중의 하나로서 본래 동물과 구분이 없었기 때문에 당연히 동물과 같은 본성을 가지고 있다. 인간이 동물과 크게 구별되는 특징은 '마음'이 있다는 것인데, 그 '마음'은 스스로의 뜻에 따라 변화하고 발전할 수 있는 것이다. 인간이 살아가는 데 있어서 그 터전인 우주자연宇宙自然이나 타고 난 동물적 본성도 당연히 중요하기는 하지만, 그것은 어찌해 볼 수 없이 인간에게 '주어진' 것이기 때문에 그런 것들에 특별한 관심을 가져 보았자 별다른 소득이 없다. 따라서 인간이 좌우할 수 있는 영역인 '마음'만이 오로지 진실로 의미 있는 영역이다. 그 '마음'은 너무 중요해서 '마음'을 통해 비로소 자연의 핍박이나 동물적 본성을 극복하고 세상의 주인으로서 '인간의 삶'을 열 수 있게 되었다. 그러므로 모름지기 가장 중요한 '마음'에 집중해야 한다."

일체유심一切唯心, '마음이 곧 부처'라는 선불교禪佛敎 사상도 위의 생각과 마찬가지로 모두 '마음'에 관한 과학적 관점과는 반대편에 서 있을 것이다. 우리에게 주어진 것(운명)과, 우리가 추구하는 것(본성)을 구분하는 맹자의 다음과 같은 말은 위의 생각과의 연관을 느끼게 한다.

> 孟子曰, 口之於味也 目之於色也 耳之於聲也 鼻之於臭也 四肢之於安逸也 性也 有命焉 君子不謂性也 仁之於父子也 義之於君臣也 禮之於賓主也 智之於賢者也 聖人之於天道也 命也 有性焉 君子不謂命也 〔孟子, 盡心 下〕
> 입이 좋은 맛을 추구하고 눈이 좋은 색을 추구하고 귀가 좋은 소리를 추구하고 코가 좋은 냄새를 추구하고 사지가 안일함을 추구하는 것은 본성(性)에 속하지만, 그것을 실현하는 것은 명命에 달려있으므로 군자는 그것을 본성이라고 부르지 않는다. 부자간에 인仁이 있고 군신 간에 의義가 있고 손님과 주인 간에 예禮가 있고 지혜가 현자에게 갖추어지고 성인이 천도와 하나가 되는 것은 모두 명에 속하지만, 그것을 실현하는 것은 본성에 달려 있으므로 군자는 그것을 명이라 부르지 않는다. 〔해석1〕
> 맛있는 음식을 먹고 싶고, 아름다운 색을 보고 싶어하는 것과 같은 감각적인 욕망이 사람의 본성임에는 틀림없다. 그러나 그것이 원하는 대로 될 수 있느냐 없느냐의 문제는 사람의 능력을 초월하는 운명에 달려있는 것이다. 그렇기 때문에 군자는 그것을 본성으로 하지 않았다. 즉 무한정으로 추구하지 않는다. 부자 사이의 인仁이나 군신 사이의 의義와 같은 여러 가지 인간관계에 있어서의 도덕을 이상理想대로 행할 수 있느냐 없느냐의 문제는 운명임에는 틀림없다. 그러나 도덕성인 본성에 근거를 두고 있다. 그렇기 때문에 군자는 그 실현을 위하여 최대한의 노력을 기울인다. 〔해석2〕

율곡栗谷 이이李珥도 인간의 마음은 무한히 가변적이고 무한히 발전할 수 있는 것이어서 누구나 성인^{聖人}의 경지를 지향해야 한다고 말한다.

人之容貌 不可變醜爲姸 膂力不可變弱爲强 身體不可變短爲長 此則已
定之分 不可改也 惟有心志 則可以變愚爲智 變不肖爲賢 此則心志虛靈
不拘於稟受故也 莫美於智 莫貴於賢 何苦而不爲賢智 以虧損天所賦之
本性乎 人存此志 堅固不退 則庶幾乎道矣 〔擊夢要訣, 立志章〕

사람의 용모는 추한 것을 곱게 할 수 없고, 체력은 약한 것을 강하게 할
수 없으며, 신체는 짧은 것을 길게 할 수 없는데 이것은 이미 정해진 분
수라 고칠 수 없기 때문이다. 오직 심지^{心志}만은 어리석은 것을 지혜롭
게 바꾸고 불초^{不肖}한 것은 어질게 고칠 수 있으니, 이것은 마음의 허령
^{虛靈}함이 품수^{稟受}에 구애되지 않기 때문이다. 지^智보다 더 아름다운 것이
없고 현^賢보다 더 귀한 것이 없는데, 무엇이 괴로워서 현과 지가 되지
아니하고 하늘이 부여한 바 본성을 손상시킬 것인가. 사람이 이런 뜻을
간직하고 굳게 지켜 물러서지 않는다면 거의 도에 가까웠다고 할 수 있
는 것이다.

〈9장 : 기억력 주식회사〉에서는 기억 메커니즘을 밝혀낸 에릭 칸델
의 해삼 실험이 소개된다. 인간에게 있어 기억이라는 것이 어떤 중요
성을 갖는지 역시 매우 흥미로운 주제가 아닐 수 없다. 에릭 칸델은
기억이 단기 저장 상태에서 장기 저장 상태로 전환되는 메커니즘에
대해 연구했는데, '크렙'을 발견하여 '영구기억'이 어떻게 형성되는
가를 처음으로 보여주었다고 한다. 우리가 살아가는 동안 감각기관을
통해 인식한 모든 '기억들' 중 어떤 특별한 '기억들'만 '영구기억'으
로 저장되고, 나머지 '기억들'은 흔적도 없이 사라져 버리는 것일까?
　　그렇지는 않을 것이라고 생각한다. 우리가 지각한 모든 '기억들'은
모두 뇌 안에 저장되어 있는데, 그중에서 특히 중요한 '기억들'만이
이른바 '영구기억'으로서 쉽게 출력될 수 있는 구조로 저장되어 있을

것 같다. 우리의 뇌는 기억 용량이 매우 클 것이기 때문에 우리가 지각한 '기억들'을 모두 저장하는 데 있어 용량 부족의 문제는 전혀 없을 것 같다. 다만 그 모든 기억들이 너무 쉽게 출력이 되면 상당한 혼란이 있을 수 있기 때문에 그 중요성에 따라 출력의 난이도가 조정될 것 같다. 그러니까 이른바 '영구기억'이라는 기억이 따로 있는 것이 아니라, 저장되는 우리의 모든 기억 중에서 쉽게 떠오를 수 있도록 강하게 인상지어진 채 저장된 기억을 '영구기억'이라고 하면 좋을 것 같다.

인간에게 기억이라는 것이 없다면 어떻게 될 것인가? 수술의 실패로 새로운 기억이 생성되지 않는 헨리는 "딸기를 먹을 때마다 항상 첫 경험을 하고, 하늘에서 눈이 내릴 때도 매번 처음 보는 눈이며, 그가 무엇을 만지든지 그것은 언제나 처음, 최초의 감촉이었다." 저자는 기억에 의한 시간의 지배를 받지 않고, '있는 그대로의 현재'를 산다는 것이 동물들만 느끼는 행복이라고 이야기한다. 그러나 기억이 없다면 어찌 딸기가 딸기일 수 있고, 눈이 눈일 수 있으며, 부모·형제·연인이 부모·형제·연인일 수 있겠는가. '시간의 지배를 받지 않는' '있는 그대로의 생생한 현재'라는 표현도 사실 그 내용이 공허하게 느껴질 뿐이다. 인간이란 기억의 지속성 안에서만 존재할 수 있다는 생각이 든다.

"기억이 우리의 존재를 만든다."든가, "기억은 이야기이며, 우리의 존재에 지속성과 의미를 부여해 준다."고 할 때의 기억은 주로 '영구기억'에 해당할 것이다. 수많은 '기억들' 중에서 어떤 '기억들'이 '영구기억'으로 형성되느냐는 한 인간에게 있어 매우 고유한 것이다. 어떤 기억이 '영구기억'으로 선택되는 특별한 순간들, 그러한 순간들이 가지는 정서情緖 만큼 한 인간의 삶을 잘 설명해 주는 것이 과연 있을까? 한 인간이 죽음을 앞두고 스스로의 삶을 되돌아볼 때, 자신의 객관적 업적이나 다른 사람들로부터의 평가보다도 '자기 자신이라고 생

각되는 것'에 아로새겨진 기억, 그 기억으로부터 야기되는 주관적인
정서가 가장 애틋하고 소중하게 떠오를 것 같다.

만들어진 신

저자 : 리쳐드 도킨스 ‖ 원제 : The God Delusion ‖ 읽은 때 : 2008년 8월

〈만들어진 신〉을 리쳐드 도킨스의 명철한 견해와 설득력 있는 논변에 공감하면서 읽었다. 기독교, 이슬람교 등 유력한 종교들의 해악을 정면으로 비판하는 과학자다운 정직성과 용기도 크게 생각되었다. 그러나 리쳐드 도킨스의 비판에 공감하면서도 무엇인가 아쉽고, 항변하고 싶다고 느낀 점도 있었다. 인간에게 있어 종교란 과연 떼어내 버려야 할 부속물 같은 것에 불과한 것인가, 과학이 종교 또는 인간 정신의 전체를 대변하거나 대체할 수 있는가에 대한 의심 때문일 것이다.

〈만들어진 신〉의 키워드인 자연선택에 의한 다윈주의가 합리적으로 옳다고 생각한다. 진화는 단번에 이루어진 사건이 아니라 〈불가능한 산 오르기〉 우화[22]와 같은 점진적인 누적의 힘에 의한 것이라는 설명을 이해한다. 창조론 입장에서의 지적설계론[23]은 설계자 자신의 기원起源이라는 더 큰 문제를 야기한다는 설명도 이해한다. 무엇보다도 이 책에서 가장 통렬하게 지적하는 편협하고 강박적인 유일신 혹은 인격신의 모순과 폐해에 공감한다. 종교의 권력화, 종교교육 강요의 폐해에 공감

하고, 나아가 역사상의 모든 불행, 파괴, 테러, 무지의 원인은 종교 자체라는 다소 격한 주장에 대해서까지도 어느 정도 공감할 수 있었다.

그러나 "신의 존재 여부는 (우주에 관한) 엄밀한 과학적 질문이다."라는 주장에는 공감할 수 없었다. 같은 맥락에서 신의 존재 문제가 영구히 접근 불가능한 PAP(Perment Agnoticism in Principle : 원리상의 영구적 불가지론)의 범주에 속하는 것이 아니라, 명백히 일시적인 불가지론 즉, TAP(Temperary Agnoticism in Practice : 실질상의 일시적 불가지론) 범주에 속한다는 주장도 받아들이기 어려웠다. '일시적'이라면 도대체 언제까지 '일시적'이라는 말인가? "언제까지인지, 그 끝이 어디인지는 모르지만 어쨌든 일시적"이라는 식의 설명이라면 너무 공허한 것이 아닐까? 다윈의 진화론이 생명의 기원에 관해 최초로 타당한 설명을 한 것이라는 주장에 공감한다. 하지만 그 설명의 나머지 못다한 부분의 크기는 도대체 어느 정도일까? 최초의 설명이 확실하게 올바른 방향을 잡은 것이라고 하더라도 아직 설명을 못해낸 나머지 부분의 크기가 무한대에 가깝거나 적어도 측정이 불가능할 정도라면 최초의 설명의 타당성에 대해서도 긍정적인 전망을 갖기 어려울 것이다.

창조론과 같은 종교 교리는 과학의 발달로 인하여 더 이상 (과학적으로) 타당할 수 없게 되었다. 진화론을 비롯한 과학은 인류의 앞길을 밝게 비춰 주었다. 그러나 아주 멀리, 끝까지 밝게 비추어 주지는 못했다. 여러 세기 동안 한 치 앞도 제대로 보지 못했던 인간의 지성을 기적과도 같이 밝게 비추어 주었지만, 인류의 발끝 바로 앞을 제외하고는 온 세상은 아직도 깜깜한 암흑천지인 것은 아닌가? 과학은 인류의 경험이나 인식의 범위에 관한 제한성을 놀라울 정도로 극복하게 해 주었지만, 더욱 놀라운 것은 그 극복의 정도가 인간의 제한성 전체를 놓고 볼 때 지극히 미미하다는 점이다.

현대과학의 놀라운 업적이 인간의 수명을 70살에서 150살이나 200살로 연장시킬 수 있다고 하더라도, 모든 인간(생명체)은 죽는다는 근본적인 제한성의 입장에서 본다면 그 극복의 정도는 미미하다고 하지 않을 수 없다. 인류가 달이나 화성에 착륙해서 무슨 활동 같은 것을 한다고 하더라도, 그와 같은 업적이 은하계 전체나 그 너머의 다른 은하, 우주 전체로 이어질 것으로 예상하기에는 우주는 너무 크다. (우주의 끝은 어디인가? 그 끝의 너머에는 그러면 무엇이 있는가?) 종교는 애초에 그와 같은 인간의 커다란 제한성의 입장에서 본 것이기 때문에 그러한 제한성을 구성하는 한 내용에 불과한 과학에 의하여 완전히 해명될 수 없다. 과학의 합리적 방법론이 인류 역사상 가장 비상한 업적을 이룬 것이 사실이더라도, 나머지 과제의 크기가 무한대에 가깝다고 한다면 이를 유일하거나 유효한 방법이라고 하기 어렵다.

〈만들어진 신〉에서 우리의 뇌가 "우리 몸이 활동하는 규모에서 몸이 세계를 헤쳐 나갈 수 있게 돕도록" 진화했다고 설명한다.[24] 같은 방식으로 생각해 본다면 진화의 과정에서 우리의 뇌는 "인간이 (우주와 대비해서의) 엄청난 제한성이라는 조건에서 살아나가는 것을 돕도록" 진화했을 것이라는 생각이 든다. 종교가 인간의 커다란 제한성을 전제로 한 것이라면, 종교는 오히려 진화의 과정에서 형성되고 강화된 인간의 본성에 포함되는 것은 아닐까 하는 생각이다. 따라서 리처드 도킨스가 주장한 대로 종교가 '사랑에 빠지도록 하는 선택을 거쳐 뇌에 새겨진 비합리적인 메커니즘의 부산물'로 평가절하 되는 것[25]에는 쉽사리 찬성하기 어렵다.

창조론이 아닌 진화론이 옳다고 생각한다. 다만 '과학적으로' 옳다고 생각한다. 과학적 합리주의를 신봉한다. 과학의 발달을 위해 더욱 노력해야 한다고 믿는다. 과학에 의하여 특정 종교의 교리가 거짓으로 밝혀지고 비판 받는 것은 당연하면서도 매우 바람직한 일이라고 생각한다. 그러나 과학이 다 설명하지 못하는 (미래의 언젠가에 설명할 가능성조차도 사실은 없어 보이는) 영역이 있다고 (사실은 대부분이라고) 생각한다. '종교적 비전', '성스러움' 등의 용어로 아무렇게

나 불려도 어쩔 수 없는 그런 영역은 인간에게 언제나 중요하다고 생각한다. 과학을 포함하는 인간의 정신은 우주를 결코 이해할 수 없기에, 인간은 자신을 우주와 동일시한다. 그러한 동일시로써 이해를 대신하고자 하는 것이라고 생각한다.

22. "〈불가능한 산 오르기〉에서 나는 우화를 통해 그 점을 지적했다. 산의 한쪽은 깎아지를 듯한 절벽이어서 오를 수가 없지만, 다른 한쪽은 정상까지 완만한 비탈을 이루고 있다. 정상에는 눈이나 편모 같은 복잡한 장치가 놓여 있다. 그런 복잡성이 자발적으로 자체 조립될 수 있다는 불합리한 생각은 절벽의 밑에서 단번에 정상까지 뛰어오르는 것에 비유할 수 있다. 대조적으로 진화는 산을 돌아가서 완만한 비탈을 따라 정상까지 천천히 올라가는 것에 비유된다." 〈만들어진 신〉 김영사(2008) 189p

23. 지적 설계(知的 設計 ; Intelligent Design)는 우주와 우주 만물을 '지적인 존재나 원인으로부터 말미암은 피조물.'이라는 시각에서 해설하는 개념이다. 이는 생물의 발생과 변화에 인위적인 유도가 개입했을 가능성을 배제하는 진화론과 배치되며, 창조론과 비슷한 견해를 가지고 있다. 이 이론의 지지자들은 지적 설계가 현대 과학에서 생명의 기원을 해설하는 이론들과 비교해 동등하거나 우월한, 근거를 확보한 과학적 이론이라고 강조한다. 지적 설계는 자연계의 현상과 법칙들이 진화론으로 모두 설명되지 않고 있는데, 이것은 지적인 어떤 존재가 의도를 가지고 설계했기 때문이라고 주장한다. 기존의 기독교 창조론이 성경을 근거로 진화론을 공박한다면, 지적 설계는 성경을 기반으로 하지 않고 과학적 논증을 통해 진화론의 약점을 공격하려는 시도이다. 예를 들면 마이클 베히는 〈다윈의 블랙박스〉에서 생명체의 환원 불가능한 복잡성(irreducible complexity)은 진화론으로 설명될 수 없고 지적인 존재의 개입이 필수 불가결하다고 주장한다. 과학계(리처드 도킨스 등)에서는 지적 설계운동의 지지자들이 제시한 환원불가능한 복잡성의 예들도 진화론으로 충분히 설명될 수 있으며, 초월자의 개입에 대한 과학적인 증거가 될 수 없음을 보이고 있다. 따라서 지적 설계는 과학 이론으로 인정받지 못하고 있다. 미국 학술원은 지적 설계가 실험을 통해 입증될 수 없고 새로운 과학적 가설을 제시하지 못한다며 '기타, 생명의 기원에 대한 초자연적인 주장들'의 일부로 규정했다. 도버 교육위원회를 포함한 미국의 일부 교육위원회는 지적 설계를 진화론의 한 대안으로서 가르쳐야 한다고 결정했다. 이에 반발하여 〈날아다니는 스파게티 괴물 Flying Spaghetti Monster, FSM〉과 같은 패러디 종교가 나오기도 했다. 미국 연방법원은 이런 교육위원회의 결정이, 특정 종교를 지지하는 어떤 법률도 제정될 수 없다고 명시한 수정헌법에 어긋나므로 위헌이라고 판결했다. 키츠 밀러 대 도버교육위원회 사건(2005년)에서 연방법원 판사 존 E. 존스 3세는 지적 설계가 과학이 아니라 실질적으로 종교라고 판시했다. (다음-위키 백과사전)

24. "우리는 원자들의 세계를 돌아다니도록 진화한 것이 아니다. 우리가 그런 식으로 진화했다면, 우리 뇌는 아마 암석을 빈 공간이 가득한 것으로 인식할 것이다. 우리 손이 뚫을 수 없기 때문에 암석은 우리 손에 단단한 것으로 느껴진다. 손이 암석을 뚫을 수 없는 이유는 물질을 구성하는 입자들의 크기 및 간격과는 관련이 없다. 그것은 '고체'내에서 서로 멀찍하니 떨어져 있는 입자들이 빚어내는 역장과 관련이 있다. 우리 뇌가 고체성, 불투과성 같은 개념을 구축하는 것은 유용하다. 그런 개념들은 우리 몸이 서로 같은 공간을 점유할 수 없는 대상들(우리가 고체라고 부르는 것들)이 있는 세계를 돌아다니는 데 도움을 주기 때문이다." 위 〈만들어진 신〉 (10장 : 신이 우리에게 주는 것들, 부르카 안에서 본 세계 565-566p)

25. 위 〈만들어진 신〉 (5장 종교의 뿌리, 종교를 위한 심리적 준비 284-291p)

다산 정약용

다산의 사회비판은 오늘날의 현실에 있어서도 여전히 귀 기울여야 할 내용이라는 점에서 출발하여, 다산의 사회비판과는 다른 시각을 가졌던 그 시대의 엘리트들의 생각은 어떠할까에 대한 이야기로도 진전되었다. 사회비판이 필요하고 중요한 이유, 사회비판에 있어서의 책임, 역사 인식의 문제 등에 대해 함께 생각해 볼 수 있었다.

저자 : 정약용 ‖ 읽은 때 : 2008년 12월

다산의 글 중에서 〈목민심서〉(홍신문화사, 노태준 주해), 〈뜬 세상의 아름다움—정약용 산문선〉(태학사, 박무영 옮김), 〈다산의 마음—정약용 산문선집〉(돌베개, 박혜숙 편역), 〈다산의 풍경—정약용 시선집〉(돌베개, 최지녀 편역) 등을 읽어 보았다. 두 번째와 세 번째 책은 주로 다산의 서정적인 산문을 모아 놓은 비슷한 편집이어서 중복되는 글도 많았다. 다산의 철학 사상을 중점적으로 다룬 책은 읽지 못했지만, 편지와 같은 일상적인 글을 통해서 멀게만 생각되던 정약용이라는 인물을 조금은 가깝게 느끼고 이해할 수 있었다. 다산의 고통과 고민이 오늘날 당면한 우리들의 문제, 우리들의 고통이나 고민과 어떤 관련이 있을지에 대해서도 생각하게 된다.

다산은 기본적으로는 공자와 주자를 중심으로 하는 유교적 세계관에 뿌리를 두고 있다는 생각이 든다. 현세를 중시하고 현실생활에 있어서의 완성을 위해 애쓰는 다산의 모습은 먼 옛날의 공자를 연상하게 한다. 목민관이나 임금도 모두 백성을 위해 있는 것이라는 혁신적인 사상도 보이지만, 역시 임금의 충성된 신하라는 본분에서 벗어나 있지 않은 듯하다. 어사재기於斯齋記, 부암기浮菴記 같은 글에서 다산의 폭넓은 세계관을 볼 수 있었고, 굴원屈原과 장자莊子를 비교한 글에서[26] 그의 명철한 사유思惟를 접할 수 있었다.

아들에게 술을 자제하라고 당부하는 편지[27]에서는 다산의 엄격한 도학자적인 면모를 느낄 수 있으나, 아내와 자식들에 대한 사랑과 그리움을 표현한 시詩에서는 자신의 감정에 충실한 감성적인 한 인간을 만나게 된다. 〈뜬 세상의 아름다움〉의 서문에서는 인간을 생존의 차원에서 생활의 차원으로 승화시켜 나가는 것이 문화이며, 문화의 관념에 기본이 되는 것이 아름다움을 발견하고 추구할 줄 아는 감수성이라고 지적하고 있다. 따라서 다산에게 있어서 인생의 아름다움을 느끼고 추구하는 섬세한 감수성이 없다면, 그의 사회시社會詩들이 갖는 '삼엄한 아름다움'은 불가능했을 것이라는 견해다.[28] 먹고 사는 문제에 대한 처절하고 현실적인 비판에서부터 문화인으로서 유유자적悠悠自適하는 선인仙人의 경지에 이르기까지 다산이 추구한 폭넓고 심오한 인간의 여러 경지境地를 짐작할 수 있다.

다산이 마마에 걸려 일찍 죽은 여섯 명의 자식들에 대하여 일일이 기록을 남기고 애통해하는 글들은 특히 인상적이었다. 보통 사람이라면 그런 일을 당했을 때 일일이 기록할 생각을 하지 못하고, 감당할 수 없는 슬픔을 그저 어쩔 수 없는 상처로만 간직하고 살아가게 될 것 같다. 인간 세상의 커다란 비극에 대응하는 그러한 태도에서 다산이라는 사람을 구체적으로 느끼고 이해할 수 있었다. 다산은 크게 슬퍼하지만 슬픔에 빠지거나 사로잡히지 않았고, 초월적인 사유思惟로 슬픔에서 벗어나고자 하지도 않았다. 슬픔을 정면으로 마주하여 극복해 내고자 하는 의연함이야말로 지성인의 덕목일 것이다. 다산의 인간적인 면모와 함께 지성인다운 훌륭함을 느끼게 된다.

네 모습은 타서 숯처럼 검으니	爾形焦黑如炭
다시는 옛날의 귀여운 얼굴 없네	無復舊時嬌顔
반짝 보이던 귀여운 얼굴 기억하기 어려우니	嬌顔恍惚難記
우물바닥에서 본 별빛 같아라	井底看星一般
네 혼은 눈처럼 깨끗해	爾魂潔白如雪
날고 날아 구름 가운데로 들어가네	飛飛去入雲間
구름 사이는 천리만리	雲間千里萬里
부모는 눈물이 줄줄 흐르누나	父母淚落潛潛[29]

"내가 네 곁에 있었더라도 꼭 너를 살리지는 못했을 것이다. 그러나 네 어머니의 편지에는 네가 "아버지가 돌아오시면 내 홍역이 낫고 아버지가 돌아오시면 내 마마도 곧 나을 거야."라고 했다고 하였더구나. 네가 무슨 생각이 있어서 이런 말을 하지는 않았을 테지만, 그러나 너는 내가 돌아오는 것으로 의지를 삼았었구나. 네 소원이 이루어지지 못했으니, 슬프구나!"[30]

"모두 6남 3녀를 낳아 2남 1녀가 살고 4남 2녀가 죽었으니, 죽은 아이가 산 아이의 두 배다. 아아, 내가 하늘에 죄를 지어 이처럼 잔혹한 일을 당하는 것이니, 어찌 하겠는가."[31]

'우물 바닥에서 본 별빛'과도 같은 아름답고 귀여운 얼굴들. 6명이나 되는 어린 자식들을 잃은 슬픔을 일일이 기록한 다산의 심정을 헤아려 보게 된다. 〈마과회통麻科會通〉을 지어 자식을 죽게 한 병을 치료하려는 현실적인 노력과 함께, 간절한 슬픔을 표현한 시詩로서 정신적 구원을 추구한 다산은 '삶과 죽음의 세계에 걸쳐 널리 타당한' 진리를 발견해 내고자 애쓴 것이다. 다산이 그의 글에서 인용한 상산象山 육구연陸九淵의 말처럼, "우주의 일이 모두 내 분수 안의 일이요, 내 분수

안의 일이 바로 우주의 일이다宇宙間事 是己分內事 其分內事 是宇宙間事[32]."라는 인식에 철저했던 것이다. 인간 중심적인 입장에서, 이 세상의 모든 진리를 알아내고자 했고, 실천하고자 했다.

다산이 유배생활 중에 방대한 저술을 한 것은 자신의 글이 전해지지 않으면 후세 사람들로부터 올바른 평가를 받지 못할까 염려되어서라는 것이 다산 자신의 설명이다.[33] 다산의 글 중에는 당시 사회에 대한 비판과 애민愛民의 마음이 표출되어 있다. 우리는 다산의 글을 통해 그 시대의 관리의 부패상과 백성들의 고통에 뜨거운 통분을 느낀다. 그러나 다산은 글을 썼지만, 그 시대에 글을 남기지 않은 다른 엘리트들도 많이 있을 것이다. 다산의 유배생활 중에 실제 정치를 담당했던 사람들의 생각은 어떠했을까? 그들은 모두 다산의 비판을 받아 마땅할 정도로 무능하고 부패하기만 했을까? 그들은 다산의 주장에 대해 어떠한 항변을 할 수 있을까? 우리는 다산의 글을 통하여 그 시대를 보게 되지만, 그것이 당시 사회의 전부는 아닐 것이다. '글을 쓴 사람'과 '세상을 실제로 살아간 사람'의 차이에 대해 생각하게 된다. 다산이 아닌, 그 시대의 다른 사람들의 고뇌에 대해서도 생각이 미친다.

오늘날 우리 사회의 여러 문제점도 다산이 살았던 조선 사회의 문제점의 범주를 크게 벗어나지 않을 것이다. 다산으로부터 200년도 채 지나지 않은 오늘날, 관리들의 부패와 그로 인한 백성들의 고통은 해소되었다고 볼 수 없다. 신분제도가 철폐되었고 흉년으로 굶어 죽지는 않는다고 하더라도, 경제 양극화, 빈곤의 세습 등 경제적 고통과 사회적 모순은 많은 사람들을 절망하게 하고 스스로 목숨을 끊게 하기도 한다. 다산처럼 고뇌와 의분을 느낄 만한 상황은 오늘날에도 크게 달라지지 않았다. 〈목민심서牧民心書〉에서 다산이 열렬하게 제시한 여러 개혁방안 같은 것이 현재에도 여전히 절실할 수 있다. 오늘날 우리 사회에서의 컨센서스의 부재, 통합의 어려움은 다산의 시대에 있어서와 마찬가지일 것이다.

다산이 공자나 주자의 생각을 잘 알고 이해했듯이, 우리는 공자, 주자뿐 아니라 다산의 생각도 알고 이해한다. 다산은 공자, 주자의 생각을 기본 바탕으로 하여 자기 자신과 그 시대를 이해하고자 했다. 우리에게 주어진 과제는 다산에게 주어졌던 과제와 다르지 않고, 우리는 다산보다 더 많은 정보를 가지고 있다. 그때나 지금이나 일신一身의 유지, 가족에 대한 사랑과 의무, 사회인으로서의 떳떳한 자기실현, 자신이 속한 공동체에 대한 의무를 다하고자 하는 것은 마찬가지다. 다산의 고통과 진심, 그가 발견해내고 가꾸어 낸 진실이 오늘날 우리의 마음에 와 닿는 이유다.

시름겨워도(愁亦)[34]

시름겨워도 술은 아니 마시고	愁亦不飮酒
마시더라도 시는 아니 짓노라	飮亦不賦詩
남쪽으로 난 고요한 창(窓) 아래	寂寞南窓下
앉아서 보나니 꽃송이 한 가지.	坐看花一枝

시름에 겨우면 누구나 쉽게 술을 마실 수 있고, 술을 마시면 감정이 동하여 시를 짓게 되는 것은 사뭇 자연스러운 일이다. 그러나 시름에 겨워도 술을 마시지 않고, 더구나 술을 마시더라도 시를 짓지 않는 작가의 긴장 상태. 첫 두 연聯의 반복적인 부정을 통하여 작가의 암울한 상황이 비장한 긴장으로 고조된다. 작가의 결의는 유배생활을 꼿꼿하게 견디어내는 것을 넘어서서 고도의 정신세계에 대한 추구로 나아갈 수밖에 없다. 다산에게 있어서 시詩는 도취陶醉가 될 수 없다.[35]

유배생활의 적막함은 남쪽으로 난 창을 통해 외부 세계와 통해 있다. 작가가 앉아서 보고 있는 것은 한 가지(一枝)의 꽃송이다. 서서 보는 것이 아니라 앉아서 본다는 것인데, 이 경우에 '앉아서' 본다는 것은 쉬운 일이 아니다. 시름이 깊어도 술을 마시지 않고, 술을 마시더라도 시를 짓지 않는 격한 마음 상태에서 어찌 '앉아 있는'다는 것이 쉽겠는가. 마당을 거닐지는 않더라도 방안에서라도 서성거림직하지 않은가. 그러지 않고 방안에 그대로 앉아 있다는 것은 참으로 무서운 '자리잡음'이다.(마당을 거닐면서 꽃을 볼 수 있을 정도라면 감동이 일어 눈물을 흘리거나, 혹은 시를 지었을지도 모른다) 일어설 힘이 없어서도 아니고, 체념해서도 아니며, 스스로의 '무서운 힘으로' 앉아 있는 것이다. 동적인 상태는 아니지만 적극적으로 활성화된 상태다. '좌坐' 한 글자에 세상 전체에 대응하여 버티고 있는 다산의 내면적 결의가 단호하게 표현되어 있다.

그렇게 앉아서 보고 있는 것은 단지 한 가지의 꽃송이다. 꽃나무 한 그루도 아니고 단지 한 가지의 꽃송이일 뿐이다. 남쪽으로 난 적막한 창을 통하여 보이는 한 가지 꽃송이만이 작가의 내면이 혼신의 힘으로 마주하고 있는 유일한 외물外物이다. 본질을 향해 매우 응축되고, 단순화된 풍경, 그 정지된 순간은 이미 풍경임을 벗어나, 작가의 내면세계가 밖으로 비쳐 보이는 것에 불과하다. 그 꽃송이의 아름다운 자태나 향기에 대해 읊조릴 만큼 이완弛緩되어 있지 않다. 꽃송이가 지닌 외물에의 희미한 가능성 또는 꽃송이를 통한 외계와의 연결만이 유일하게 삶을 향해 열려있고, 작가가 살아가는 값진 이유를 지탱하고 있다.

결혼 60주년을 기념해(回졸詩)[36]

육십년 풍상(風霜)의 바퀴 눈 깜짝할 새 굴러왔지만	六十年輪轉眼翩
복사꽃 화사한 봄빛은 신혼 때와 같구려	穠桃春色似新婚
살아 이별, 죽어 이별이 늙음을 재촉하나	生離死別催人老
슬픔은 짧았고 기쁨은 길었으니 은혜에 감사하오	戚短歡長感主恩
오늘밤 뜻 맞는 대화가 새삼 즐겁고	此夜蘭詞聲更好

옛적 치마에는 먹 흔적 남아있네[37]　　　　　　　　　舊時霞帔墨猶痕

나눠졌다 다시 합해진 내 모습 같은　　　　　　　　剖而復合眞吾象

술잔 두 개 남겨 두었다 자손에게 물려주려네　　留取雙瓢付子孫

복사꽃 화사한 봄빛은 언제나 신혼 때와 같다. 육십 년 풍상風霜도 빛나는 시절을 퇴색시킬 수 없다. 누구에게 있어서나 가슴 속의 그리움으로 빛나는 그 시절은 영원하며, 결코 멸망하지 않는 것이다. 어찌 복사꽃 화사한 어느 늙은 날의 봄빛이 신혼 때와 다를 수 있겠는가. 새색시 꽃 시절은 숨이 넘어가는 그 순간까지도 언제까지나 눈부시지 않겠는가. 모든 사람은 자신의 가장 빛나는 시절 속에서 언제까지나 죽지 않고 계속 살아있는 것이다.

살아 이별, 죽어 이별을 누가 피할 수 있겠는가. 그러나 아무리 슬프고 아무리 쓸쓸해도 슬픔은 짧고 기쁨은 긴 것이다! 15세에 혼인하여 결혼 60주년을 맞는 75세의 다산. 다산은 그 회혼回婚일에 친지와 제자가 모두 모인 자리에서 평화롭게 세상을 떠났으며, 이 시는 그 사흘 전에 쓴 시라고 한다. "슬픔은 짧고 기쁨은 길다."고 다산은 외치고 있다. 죽음에 임박한 그 순간에도 '옛적 치마의 먹 흔적'을 가슴에 품고 있다. 부부의 분신과도 같은 술잔 두 개는 '나눠졌다 합해진 내 모습'과 같고, 부부는 이미 더 이상 서로 구별되지 않는 '하나'다.

죽음을 바로 앞에 두고 내세나 영생을 기원하고 있지 않다. 살아 있을 때 슬픔보다 기쁨이 더 많았다는 깨달음과 '나'와 이미 구별되지 않는 아내에 대한 사랑의 정서情緖만이 소중하다. 내세에 대한 믿음은 없지만, 삶의 아름다움과 영원함을 노래하고 있다. 죽었다가 살아나는 것도 아니요 영원히 죽지 않는다는 것도 아닌, 죽음을 결코 인정하지 않는 유가儒家적인 태도라고 생각된다. 살아 있을 때의 정서가 바로 삶이라고 생각하는 것이다. 삶은 세상과 사람에 대한 사랑이라는 것이다.

다산이라는 우리 근세사의 큰 인물을 조금이라도 이해할 기회를 가지고 싶었다. 다산은 유교적 사상 기반을 가지고 있으면서도, 실학사상, 근대적 개혁사상, 천주교 신앙, 오랜 유배생활 등 다양한 면모로 인해 관심을 가질 수밖에 없는 중요한 인물이다. 어떤 특별한 책을 정하지 않고, 다산에 관한 다양한 글을 자유롭게 읽기로 했다. 대학자라는 이미지 때문에 어렵게만 생각되는 다산에 대해서 그나마 가깝게 접근할 수 있었던 것은 개인적인 편지, 가족사에 관한 이야기를 통해 다산의 인간적인 면모를 접할 수 있어서였다. 편지와 산문 등을 묶은 책들이 생각보다 다양하게 나와 있었다.

토론모임에서는 다산에 대한 지식이 너무 부족하여 상당한 어려움을 느꼈다. 주제로서 〈다산과 천주교와의 관계(다산은 천주교를 신봉했는가?)〉, 〈다산의 애민사상, 개혁사상을 민중운동의 뿌리로 해석할 수 있는가?〉 등이 나왔지만 전문지식이 없는 회원들끼리 개인적 견해만을 주고받을 수밖에 없어서 아쉬웠다. 다산에 대한 전문가나 교수님의 도움말이 절실하게 느껴지는 토론모임이었다. 하지만 다산의 사회비판은 오늘날의 현실에 있어서도 여전히 귀 기울여야 할 내용이라는 점에서 출발하여, 다산의 사회비판과는 다른 시각을 가졌던 그 시대의 엘리트들의 생각은 어떠할까에 대한 이야기로도 진전되었다. 사회비판이 필요하고 중요한 이유, 사회비판에 있어서의 책임, 역사 인식의 문제 등에 대해 함께 생각해 볼 수 있었다.

회원 대부분은 다산의 인간적 면모 등에 대해 많은 감상을 이야기했다. 큰아이 정석도 독후감에서 국사 시간에 배운 '엘리트 관료' 정약용과 비교되는 인간적인 면모에 대해 쓰고 있다. '제세의 계책을 고민하는 정약용과 형에게 개고기 요리법을 알려주는 정약용'을 대비하고 있다. 다산 사상의 핵심을 이해하는 것 못지않게 어떤 인물에 대해 구체적 관심을 가지는 것 자체도 소중하다고 생각한다. 작은아이 민석은 다산의 인격적 훌륭함에 대해 쓰고 있다. 특히 기약 없는 유배를 당한 상황에서, 가족을 여럿 잃고도 슬픔을 부정하지 않고 직시하는, 굳건한 자세의 위대함에 대해 강조하고 있다. 그러한 정신이 있었기에 다산은 죽음을 맞이하여 "슬픔은 짧았고 기쁨은 길었다."고 말할 수 있었다는 것이다. 다산의 생애를 통해 인생의 슬픔을 대하는 자세, 인생의 행복에 대해서 생각해 본다는 것은 역시 소중한 일이다!

26. 굴원(屈原)은 취한 사람이다. 그는 성격이 너무 강직하면 자기 몸을 망치게 된다는 것과 재능이 뛰어나면 끝내 화를 불러올 수 있다는 것을 알지 못했다. 비록 술을 먹고 취한 것과는 다르지만 이 사람도 크게 취한 사람이다. 그래서 울분을 터뜨리며 자기는 취하지 않았다고 주장하며 "나 홀로 깨어 있다."라고 말했다.
장자(莊子)는 이미 깨어 있는 사람이다. 오래 사는 것과 일찍 죽는 것을 마찬가지로 여기고 길고 짧음을 한가지로 보았으니, 이 사람은 환히 깨달은 사람이다. 그러므로 "꿈속에서 그 꿈을 점친다."라고 말한 것이다.
대개 스스로를 돌아보며 자기가 "깨어 있다.", "깨달았다.", "깨쳤다."라고 말하는 것은 모두 깊이 취하거나 잠들었다는 증거다. 스스로 취하고 잠들었다고 자처할 수 있는 사람이 있다면 그 사람은 깨어날 기미가 있는 사람이다. 〈다산의 마음〉 119–120쪽, 취몽재기(醉夢齋記) 중에서
27. 〈뜬 세상의 아름다움〉 187–188쪽, 기유아(寄遊兒) 중에서
28. 〈뜬 세상의 아름다움〉 37–38쪽
29. 〈뜬 세상의 아름다움〉 121–122쪽, 유녀광지(幼女壙志)
30. 〈뜬 세상의 아름다움〉 124쪽, 농아광지(農兒壙志)
31. 〈뜬 세상의 아름다움〉 126쪽, 농아광지(農兒壙志)
32. 〈뜬 세상의 아름다움〉 204쪽, 우시이자가성(又示二子家誡) 중에서
33. "너희들이 끝내 배우지 않고 자포자기해 버리면 내가 저술하고 편찬한 것을 장차 누가 수습하고 정리하며, 바로잡고 편집하겠는가? 너희들이 그렇게 하지 않는다면 내 글은 끝내 전해지지 못할 것이다. 내 글이 전해지지 않으면, 후세 사람들은 단지 나를 탄핵한 글과 재판 기록만 보고 나를 판단할 것이다. 그러면 나는 장차 어떤 사람이 되겠느냐? 너희들은 아무쪼록 이런 점을 생각하고 분발하여 학문에 힘쓰기 바란다. 나의 이 한 가닥 학문의 맥이 너희들에게 이르러 더욱 커지고 더욱 발전한다면 그 맑음과 귀함은 대대로 벼슬한 집안과도 바꿀 수 없게 될 것이다. 어찌하여 글 읽기를 그만두고 하려 하지 않느냐?"〈다산의 마음〉 186–187쪽, 寄二兒 중에서
34. 〈다산의 풍경〉 181쪽
35. "무릇 시의 근본이란 부자와 군신과 부부 사이의 인륜에 있으니, 때로는 그 즐거운 뜻을 선양하기도 하고 때로는 원망하거나 사모하는 마음을 드러내기도 한다. 그 다음으로는 세상을 근심하고 백성을 가련하게 여겨, 구해주고 싶지만 힘이 없고, 도와주고 싶지만 재물이 없어서 방황하고 슬퍼하며 차마 그만두지 못하는 뜻이 있어야 바야흐로 시라고 할 수 있다. 만약 자신의 이해득실에만 얽매인다면 그것은 시가 아니다."〈다산의 풍경〉 80쪽
36. 〈다산의 풍경〉 211쪽
37. '치마'에 먹 흔적이 남아 있다는 말은 유배 생활을 할 때 아내의 헌 비단치마에 시를 적어 보낸 일을 말한다.

아라비안나이트

읽은 때 : 2009년 1월

왜 왕과 왕비의 이야기뿐인가? 왜 눈부시게 아름다운 왕자나 공주의 사랑 이야기뿐인가? 왕이나 왕비, 왕자와 공주는 그 시대에 있어서 정말 중요했기 때문이다. 왕이 그 나라에 사는 어떤 사람도 죽이고 살릴 수 있는 막강한 권력자라는 이유 때문만은 아닐 것이다. 당시의 사람들은 오늘날의 '개인'이라는 인식이 없었기 때문에 왕가王家의 흥망성쇠를 자신의 흥망성쇠와 완전히 동일시하였을 것이다. 왕과 왕비, 왕자와 공주의 이야기는 그 시대의 모든 사람들에게 바로 '자기 자신에 관한' 가장 중요하고 흥미있는 이야기이고, 그래서 사실은 그런 이야기밖에 할 이야기가 없었을 것이다.

오늘날에는 왕도 왕비도, 왕자도 공주도 없지만 〈아라비안나이트〉에 나오는 이야기 하나하나는 흥미진진하게 관심을 끈다. 이야기에 나오는 한 사람 한 사람의 욕망이 마치 나의 욕망인 듯하고, 그들이 겪는 슬픔과 행복이 그대로 진하게 전해져 온다. 왕자이건 공주이건 노예이건 간에, 그들 한 사람 한 사람이 헤쳐나갔던 고난과 역경, 사랑과 행복은 오늘날의 우리가 마주하는 즐겁거나, 힘든 현실과 다를 바가 없다고 생각되기 때문이다.

알라딘의 모험 등 많은 이야기의 시대적 배경이 된 압바스 왕조의 하룬 알 라쉬드 칼리프 시대(786−809)는 우리의 역사로 따져보면 통일신라시대에 해당하지만, 〈아라비안나이트〉에는 그보다 더 오랜 옛날의 신화적 기원을 가지고 있는 이야기들도 뒤섞여 있는 듯하다. 〈아라비안나이트〉에 나오는 주인공들의 생각이나 행동은 당시로서는 삶에 대한 매우 현실적인 판단과 결정이었을 것이다. 요즘의 우리가 받아들이듯이 환상이나 모험의 세계가 전혀 아니고, 그들의 진정한 정신세계요 삶의 실제 모습이었을 것이다. 이야기가 처음 시작되는 샤리야르 왕의 슬픔과 분노, 어부가 바다 속에서 건져낸 항아리에서 나온 마신魔神의 이야기를 비롯한 모든 이야기들이.

대부분 이야기들이 "그리하여 그들은 환락을 즐기며 여생을 행복하게 살았다."는 결말로 끝나는 점이 특별히 눈에 들어왔다. 어렸을 적 할머니가 해 주시던 '옛날이야기'의 결말과도 비슷한 지극히 평범한 마무리가 새삼스럽게 감동적으로 느껴진다. 젊은 시절이라면 눈에 들어오지도 않고, 좀처럼 만족하지 못했을 그런 밋밋한 결말이 감동적으로 느껴지는 이유는 무엇일까? 젊은 시절 책을 읽을 때는 옳고 그른 것, 아름답고 아름답지 않은 것의 구별이 특히 중요하게 생각되었다. '그들은 환락을 즐기며 여생을 행복하게 살았다'는 표현이 '그들은 옳고 아름답다'는 표현보다 더 중요하게 생각된다. '환락을 즐기며 여생을 행복하게 산' 그들, 이야기에 나오는 왕자와 공주들은 스스로 험난한 역경을 극복했기 때문에 이미 옳고 이미 아름답다. 그들은 '알라의 은총으로' 사랑과 행복을 달성할 수 있었다. 옳고 아름답다는 것은 사랑과 행복을 향해 더듬어가는 각자의 지팡이에 불과할 뿐 그 자체가 목적은 아니다.

〈아라비안나이트(千一夜話, Tales of a Thousand Nights and One Nights)〉는 샤

리야르 왕의 큰 슬픔과 분노로부터 이야기가 시작된다. 샤리야르 왕의 슬픔과 분노는 왕비(여자)의 부정不貞에서 비롯된 것인데, 〈아라비안나이트〉 이야기의 발단이 된 샤리야르 왕에 관한 이야기는 매우 중요하고 아름답게 생각된다. 샤리야르 왕은 멀리 사마르칸드의 왕으로 봉해진 동생 샤자만 왕이 보고 싶어 20년 만에 동생을 초청한다. 동생 샤자만 왕은 자신과 동행한 자신의 왕비의 부정을 목격하고 왕비와, 함께 간통한 흑인 요리사를 죽인 다음, 상심에 빠져 형의 궁전에 칩거하다가 우연히 형수인 샤리야르 왕의 왕비의 부정 현장을 목격한 후 고민 끝에 형에게 말하게 된다. 샤리야르 왕은 자신이 직접 보기 전에는 믿을 수 없다며 사냥을 가는 척하고 동생과 함께 궁전에 숨어서 왕비의 간통 현장을 직접 확인하게 된다.

샤리야르 왕의 왕비뿐만 아니라 동생인 샤자만 왕의 왕비도 부정을 행하게 되며, 고귀한 신분의 왕들이 동시에 이러한 커다란 일을 당한다는 설정이 중요하게 생각된다. 더구나 세상에 아무 부러울 것도 없는 왕비들이 각각 부정을 저질렀다는 점에서 여자의 부정은 우연히 일어난 특별하고 개별적인 사건이 아니라 인간 세상의 보편적인 비극을 표현하고자 함을 알 수 있다. 더 중요한 것은 샤리야르 왕은 곧바로 왕비를 처단하는 것이 아니라 인생에 대한 회의를 느껴 동생과 함께 왕궁을 떠나버린다는 설정이다. "오, 아우여! 지금 당장 여기를 떠나자. 왕위 따위에는 미련이 없으니, 알라의 대지를 두루 돌아보자. 그러는 동안 우리처럼 불행한 일을 당한 사람들을 만날 수도 있겠지. 그런 사람을 만나지 못할 때는 이 세상에 살아남기보다 차라리 죽어 없어지는 편이 낫겠다."고 부르짖으며 그 길로 형제는 왕궁을 빠져나온다.

죽음을 각오하며, 왕위를 버리고 왕궁을 떠나는 두 왕의 모습에서 운명적인 비극에 대처하는 당시 인간의 결단의 모습을 볼 수 있는데, 오늘날의 관점에서도 충분히 공감할 수 있다. 다만 "우리처럼 불행한 사람을 만나지 못할 때는 죽어버리자."고 하여 약간의 조건을 유보한 것은 자신들처럼 불행한 사람을 만날 경우에는 살아남겠다는 뜻을 표시한 것으로서, 이 또한 커다란 불행과 비극에 대응하는 인간의 보편적인 심리일 것이다.

왕궁을 나선 두 형제는 거대한 마신魔神에게 잡히게 되는데, 그 마신에게 신혼 첫날밤에 납치되어 철제상자에 감금되어 살고 있는 놀랍게도 아름다운 미녀로부터 협박을 받게 된다. 자신의 욕정을 채워주지 않으면 잠자는 마신을 깨워 죽여 버리도록 하겠다는 미녀의 협박을 받은 두 왕은 할 수 없이 잠든 마신의 머리맡에서 그 미녀와 정사情事를 벌이고 목숨을 구한다. 그 미녀는 두 왕에게 징표로서 반지를 내놓으라고 하는데, 그 미녀가 보관하고 있는 570개의 반지는 같은 방법으로 마신 앞에서 정사를 벌인 남자들의 수가 570명이라는 사실을 말해준다. 두 왕은 자기들보다 몇 배나 힘센 마신도 자신들이 겪은 불행보다 훨씬 큰 불행을 당하고 있다는 것을 알고 마음이 조금 풀리게 된다. 두 왕은 다시는 결혼하지 않기로 굳게 맹세하고 왕궁으로 돌아오게 된다.

두 왕이 다시 왕궁으로 돌아오게 된 것은 마신의 불행을 보고 위안을 얻어서이기도 하지만, 그 과정에서 왕 자신들이 마신의 포로가 된 미녀와 정사를 가져야 했다는 점이 의미심장하다. 물론 당시는 여자의 부정만이 문제가 되는 시절일지도 모르지만, 두 왕 자신들이 그토록 탓하고 저주하고 있는 부정不貞을 스스로 범했다는 점도 중요할 것 같기 때문이다. 두 왕이 어떤 교훈적인 이야기를 듣거나 하는 식의 간접적인 이해나 깨달음의 방식을 통해서가 아니라, 직접 미녀와 정사를 함으로써만 다시 왕궁으로 돌아올(죽지 않고 이 세상에서 다시 살아갈) 수 있다는 전개는 매우 의미 있는 설정으로 생각된다. 왕들(인간들)의 이 세상에 대한 한 단계 나아간 이해와 각성의 경지는 머리만으로의 이해가 아닌, 자기 부정否定과 참여와 희생을 수반하는 깨달음이어야 한다는 상징일 것이다.

샤리야르 왕은 처음에 왕비의 부정을 확인한 후 그 자리에서 왕비를 죽이지 않고, 동생과 함께 모든 것을 버리고 왕궁을 떠나왔다. 그러한 '자기 포기'는 절대권력을 가진 왕의 모습은 아니다. 욕망과 자기보존의 본능을 처음으로 벗어난 인간의 모습으로서, 샤리야르 왕의 첫 번째 단계의 깨달음을 표현한 것으로 볼 수 있다. 그 이후 마신과 미녀와 만나면서 샤리야르 왕은 인간에 대한 더욱 심오하고 보편적인 이해를 통해 두 번째 단계의 깨달음을 얻고 왕궁으로 돌아오게 되는 것이다. 그러한 두 번째 단계의 깨달음에까지 도달한 샤리야르 왕이 왕궁으로 돌아와 뜨거운 눈물로 왕비를 용서하고 백성들에게 선정善政을 베풀며 행복하게 잘 살았다면 얼마나 평화로운가. 그러나 이야기는 전혀 다른 방향으로 진행된다. 왕은 왕비를 너그러이 용서하는 대신, 왕비를 체포하여 때려죽이고 시녀들은 물론이고 함께 놀아난 사내 노예들을 모조리 죽여 버린다. 그리고 이 세상에 절개가 굳은 여자는 단 한 사람도 없다는 불신감에 사로잡혀 처녀를 하룻밤만 데리고 잔 후 왕의 명예가 손상될 것을 우려하여 다음날 아침이면 모두 죽여 버린다는 무서운 맹세를 한 후 이를 3년간이나 시행하게 된다.

샤리야르 왕의 두 번째 단계의 깨달음의 결과는 윤리적이거나 인도적인 모습과는 너무도 거리가 멀다. 도대체 인간의 욕망은 얼마나 크고 깊으며, 인간의 이기심과 아집我執은 얼마나 굳고 집요한 것인가. 왕궁으로 돌아온 샤리야르 왕의 무서운 분노와 만행은 어떠한 이해나 각성의 기회에도 쉽사리 굴복하지 않는, 인간 욕망의 무한한 깊이와 에너지를 유감없이 쏟아내고 있다. 자신의 생존이나 정념情念을 위해 전 우주를 부정하고, 전 인류를 몰살할 수도 있는 인간의 무서운 의지를 극한적으로 표현한다.

그리하여 도성 안에 왕에게 바칠 만한 나이 찬 처녀는 한 명도 남지 않게 될 때에야 대신의 큰 딸 샤라자드가 자청하여 왕과 결혼한다고 나서면서 〈아라비안나이트〉의 이야기는 비로소 시작되는 것이다. 샤라자드는 죽을 생각으로 왕과 결혼하려고 한 것이 아니라 자신도 살고 다른 많은 사람들을 살리기 위하여 왕과 결혼한다고 한 것이다. 거대한 분노와 이기심과 잔혹함에 빠진 왕(인간)으로부터 자신과 인간을 구하기 위해 샤라자드가 선택한 방법은 무엇인가? 그것은 '이야기'다. '끝없이 이어지는 이야기'다. 독이 묻은 날카로운 비수로 왕을 살해하는 것은 그녀(인류)가 선택한 방법이 아니었다.

'이야기'는 타인을 향해 열려 있다. '이야기'는 죽은 자와 산 자, 사랑하는 사람들을 서로 연결한다. 샤라자드의 이야기는 물론 샤리야르 왕에 관한 것이 아니라 수많은 다른 사람들에 관한 이야기다. 왕은 '자기 자신'에 대해서가 아니라 '남'에 대해서 끝없는 이야기를 듣게 된다. 어떤 '이야기'로써 모든 생명을 구한다는 설정은 샤리야르 왕(인간)의 세 번째 단계의 깨달음을 준비하고 있다. 만행蠻行을 똑같은 만행이나 복수復讐로 극복하는 것이 아니라, 이해와 사랑으로 이어지는 '이야기'로 극복하는 것이다. 그 '이야기'라는 것이 한두 편의 결정적인 교훈이나 감동적인 이야기가 아니라 '끝없이 이어지는 이야기'라는 점도 의미 있게 생각된다. 비슷비슷하면서도 하나하나가 다른, '끝없이 이어지는 이야기'. 이는 반복되는 듯하면서도 새로운 전개로 면면하게 이어지는 인류 문화의 전체 과정을 상징하는 것처럼 생각되기도 한다. 또한 하나의 이야기가 그 안에 독립적인 구조를 가진 또 다른 이야기를 연쇄적으로 담고 있는 점은 인간 인식의 중층적 구조를 연상하게 한다. 어떤 것을 깨닫는 주체 자체를 인식하는 또 다른 존재가 있어서 그 주체의 깨달음을 다시 하나의 이야기로 인식하는 것이다. 〈아라비안나이트〉의 '이야기 속의 이야기'라는 구조는 그런 점에서 필수적인 것으로 이해된다.

샤라자드가 샤리야르 왕과의 결혼을 결심할 때 비록 그녀의 태도는 확신에 차 있었지만, 그녀는 사실 성공을 확신할 수 없었다. 만약 성공에 대한 여유 있는 확신이 있었더라면 그렇게 많은 처녀가 무고하게 희생되기 전에 좀 더 일찍 나섰을 것이다. 샤라자드는 절박한 위험을 느꼈으며, 비상하게 결심한 것이다. 인당수 넘실대는 푸른 물을 바라보며 뱃머리에 선 심청沈淸과도 같이, 아무런 확신이나 보장도 없이 몸을 던진 것이다. 〈아라비안나이트〉 이야기는 이처럼 인간 세상의 가혹함과 인간 인식의 절망 상태를 기적처럼 뚫고 일어서려는 절실한 시도이며 그 결과다. 〈아라비안나이트〉의 이야기 하나하나는 하루하루 목숨을 연장해 가는 수단이며 그 결과다. 목숨이 경각에 달린 깊은 밤에, 오직 삶을 향하여 떨리는 가슴을 안고 '이야기'를 시작하는 샤라자드. 그녀는 아득한 신화시대의 어둠 속을 더듬어 빠져나와 문화의 빛을 향해 첫발을 내디디는 최초의 인간의 모습을 떠올리게 한다.

"인자하신 임금님께서 허락하시면 얼마든지 해주지."
마침 왕도 잠이 오지 않아 이리저리 몸을 뒤척이던 참이라 이야기가 듣고 싶었다.
"좋고말고, 어서 해 보거라."
샤라자드는 가슴을 설레며 이야기를 시작했다.
"오, 인자하시고 친절하신 임금님이시여!"
이렇게 하여 천일야화의 첫날밤 이야기가 시작되었다.

파우스트

저자 : 괴테 ‖ 읽은 때 : 2009년 2월

악마 메피스토펠레스는 인생의 모든 의미를 부정한다. 생성하는 것은 결국 모두 멸망하기 때문에 처음부터 아무 것도 없었다는 것과 똑같다고 주장한다. 메피스토펠레스에 따르면 "빛(光明)은 물체에 달라붙어 있는 것이고 물체에서 흘러나와 그 물체를 아름답게 하고 있는 것인데, 물체가 빛의 앞길을 가로막고 있기 때문에 결국 물체와 더불어 빛도 멸망한다."는 것이다. 유물론唯物論의 주장과 비슷한 메피스토펠레스의 입장은 죽음을 초월한 '영원한 생명'을 주창하는 기독교의 입장과 상반된다. 파우스트(괴테) 역시 기독교 교리에 확신을 갖지 못하고 인생에 대한 회의를 느껴 자살하려고 하는 순간, 메피스토펠레스를 만나 '내기'를 하게 되면서 〈파우스트〉의 이야기는 시작된다. 메피스토펠레스에 대한 파우스트의 약속이다.

내기는 이것이다.
내가 어떤 순간을 당하여 외치기를,

멈추어라! 참으로 아름답도다 하면,

그때 나를 묶어도 좋다.

그러면 나는 즐겁게 멸망당할 것이다.

그때 저 장송의 종소리가 울려오리니,

너는 나의 종노릇에서 풀려나리라.

시계는 멈추고, 시침은 떨어지고,

그 순간이 내 평생의 마지막 날이 되어도 좋은 것이다.

　파우스트는 메피스토펠레스에게 다채로운 삶을 경험할 수 있게 해 달라고 요구하고, 메피스토펠레스는 이에 충실하게 부응한다. 파우스트의 요구는 반드시 감각적 쾌락 자체라기보다는 현실세계의 경험으로부터 인생의 영원한 가치를 얻을 수 있느냐를 시험하기 위한 정신적인 영역에 집중된다. 파우스트가 특히 치중한 것은 여성에 대한 관능적 욕망이다. 나이를 30년이나 젊게 변신하여 사랑스럽고 순결한 소녀 그레트헨의 사랑을 차지한다. 그에 멈추지 않고, 신화시대를 포함한 인류 최고의 미인 헬레네와 결합하여 자식까지 낳는 최고의 경험을 하게 된다. 당대의 독일 뿐 아니라 고대 그리스와 사후세계까지 넘나들면서 제우스의 딸인 헬레네를 얻게 된다는 설정은 인간 세상에서의 경험의 지극한 경지를 의미할 것이다.

　파우스트와 메피스토펠레스의 내기에서의 승자는 누구인가? 내기의 형식으로만 보면 메피스토펠레스가 이겼다고 보아야 할 것이다. 파우스트가 마지막 대목에서 "멈추어라! 너 실로 아름답다! 이 세상에 남겨놓은 내 생애의 발자국은, 영원히 멸망하지 않으리."라고 외쳤고, 그 직후 뒤로 쓰러져 죽었기 때문이다.

이 사람은,

어떤 향락에도 싫증을 내지 않고,

어떤 행복에도 만족을 느끼지 못한 채,

변화하는 모습에만 마음을 빼앗기고 뒤쫓으며,

마지막의 공허한 순간을

잡아두겠다고 안간힘을 썼던 것이다.

그처럼 줄기차게 나에게 저항하더니,

이 늙은 것,

세월 앞에서만은 어쩌지 못하고

이제 모래밭 위에 넘어지고 말았구나.

시계는 섰다.

　그러나 메피스토펠레스는 죽은 파우스트의 영혼을 차지하지 못하고 천사들에게 빼앗겼기 때문에 결과적으로 낭패를 보고 헛수고를 하게 되었다는 점에서 그를 승자라고 보기도 어렵다. 메피스토펠레스가 내기에서 이겼음에도 결과적으로 낭패를 보게 되었다는 점에서 이 내기는 조건이 애매하고 불분명하며 어딘가 공정하지 못하다는 생각이 든다. 파우스트가 내기를 위와 같은 조건으로 제안한 것은 "멈추어라! 참으로 아름답도다."라고 외침으로써 자기 자신이 '감각적 현실 세계를 궁극적인 것으로 인정하는 순간'(기독교의 교리에 반하여) 메피스토펠레스에게 패배하는 것으로 보았기 때문인 듯하다. 그러나 위 내기에 있어서 파우스트와 메피스토펠레스의 의사 교환에는 약간의 착오 같은 것이 느껴진다.

　파우스트가 제시한 계약조건의 "멈추어라! 참으로 아름답도다." 나 "즐겁게 멸망당할 것이다."는 표현에 이미 불공정의 낌새가 느껴진다. 파우스트가 그런 표현을 하게 되는 경우라는 것은 메피스토펠레스가 주장하거나 표방하는 세계와는 상반되는 상황으로 볼 수 있을 것 같기 때문이다. "멈추어라!"는 흔히 어떤 '영원성' 같은 것을 자각했을 때 외칠 법하다. 또한 '즐겁게'와 '멸망'은 의미상 서로 양립하기 어렵다고 볼 여지가 있는 것이다. 결국 파우스트가 죽기 직전 실제로 외친 내용은 오히려 삶의 영원성에 대한 강한 긍정이라는 점에서, 그 조건이 달성된다는 것은 오히려 메피스토펠레스가 주장하는 세계와는 방향이 다를 것 같기 때문이다.

내기의 조건을 확실하고 공정하게 하려면, 메피스토펠레스 입장에서는 '파우스트가 삶의 온갖 경험을 한 후에 인생의 궁극적 의의를 부정하고 공허함에 도달하게 된다'는 쪽에 내기를 걸었어야 할 것 같다. 예를 들자면, 파우스트가 "내 인간으로서 경험할 수 있는 지극한 쾌락을 다 맛보았으나 모든 것이 헛되도다! 내가 애초에 태어나지 않은 것과 다를 바가 무엇이더냐!"라고 외칠 때 그의 목숨을 거두는 것으로 조건을 정했어야 할 것이다. 그럴 경우 메피스토펠레스는 확실하게 파우스트의 영혼을 차지할 수 있게 되고, 승패 여부를 떠나서 내기 자체는 공정할 수 있었던 것이 아닐까 생각해 본다.

파우스트와 그레트헨은 진정으로 사랑했다. 우리가 잘 알고 있는 현실 세계의 아름다운 사랑이다. 파우스트와 그레트헨의 사랑은 왜 처절한 비극으로 끝나야 했을까? 또한 파우스트에게는 아름답고 순결한 그레트헨 이외에, 여신女神과도 같은 헬레네가 반드시 필요했던 것일까?

> "아, 얼마나 훌륭한 분이시냐?
> 어쩌면 그렇게 빠짐없이 생각해 주실까!
> 그이 앞에선 난 부끄러워 가만히 서 있기만 했지.
> 묻는 대로 무엇이든지 그저 네, 네, 하고 대답만 했지.
> 글쎄, 나처럼 불쌍하고 철없는 아이의
> 어디가 마음에 드셔서 그러실까?"

> "아이 참, 전 당신을 만나면

어쩐지, 무슨 일이든 당신 뜻대로 해 드리게 된답니다.
지금까지, 당신을 위해서는 무슨 일이고 다 해버려서
이제는 더 해 드릴 것이 하나도 없는 것만 같아요."

"(집으로 가면서)지금까지는 한 가엾은 처녀가 잘못을 저질렀을 때,
나도 얼마든지 신이 나서 흉을 볼 수가 있었는데!
남의 죄를 이야기할 때에는,
그처럼 많은 말을 내 혀끝에 담았었는데.
남들이 저질러 놓은 잘못은 검게 보였고, 더 검게 칠을 해도
아무리 해도, 검게만 보이더니.
또, 나에게 그런 잘못이 없음을 자랑했더니
이제 나도 죄를 범한 몸이 되고 말았구나!
그러나, 모든 것이, 나를 죄로 몰아넣은 그 모든 것이
아! 그처럼 좋았는데, 아, 그처럼 아름다웠던 것을!"

"누가 능히 살펴주시오리까?
죄인의 골수에
얼마나 큰 아픔이 사무쳐 오는가를,
무엇이 죄인의 불쌍한 가슴을 근심으로 채우는지, 무엇 때문에 가슴이
떨리며, 무엇을 간구하는지,
알아주실 분은 당신 뿐, 당신만이 홀로 알고 계시나이다.
이 죄인은 어디를 가도
애통이요, 애통이요, 애통뿐입니다.
가슴 속, 여기 이곳은
아, 죄인이 홀로 있사오면
눈물이요, 눈물이요, 눈물이로소이다.
심장이 갈기갈기 찢어지나이다.

창문 앞 화분을

아아, 죄인은 눈물로 적셨습니다!

이른 아침,

당신께 바칠 꽃을 꺾을 때,

죄인의 침실을 밝히며

아침 태양이 높이 솟아오를 때,

죄인은 온갖 근심 걱정이 가득한 가운데,

벌써부터 침대 위에 일어나 있었나이다.

구하소서! 부끄러움과 죽음에서 죄인을 구해주시옵소서.

오, 고통의 성모님!

굽어보시옵소서.

당신의 얼굴을 자애롭게 드리우사,

죄인의 근심을 살펴주시옵소서!"

"앗! 당신이세요? 오! 한 번만 더 불러주세요.

그이다! 그이다! 그 괴로움이 모두 어디로 사라졌을까?

감옥의 그 무서움은 다 어디로 갔을까?

당신이세요? 저를 구해주려고 오셨군요.

이제 저는 살았어요.

그 거리가 벌써 저기 보여요.

당신을 처음 만난 그 거리가

그리고, 마르테 아주머니와 둘이서 당신을 기다리던 그 즐거운 정원

도."

 파우스트는 그레트헨을 진정으로 사랑했지만, 그 사랑에 만족하거
나 안주할 수 없어 스스로 그레트헨을 떠났다. 메피스토펠레스의 표
현에 따르면 '뺑소니를 친' 것이다. 진실하고 애틋한 사랑, 감미로운

정욕의 사랑에 파우스트는 머물 수 없었다. 파우스트는 그레트헨을 차지한 후 그녀와 '교리문답'(종교에 관한 대화)을 하기 이전에, 사랑의 설렘과 불안감에 들떠있는 그녀를 떠나갈 구상을 이미 하고 있었던 것이다. 파우스트의 괴로움에 찬 독백이다.

그녀의 두 팔에 안겨 있는 것이 천상의 즐거움이라도 된다는 말이냐?

따뜻한 그녀의 품속에 내 몸을 던지고도,

그녀의 불행을 염려하란 말이냐?

나는 망명객이 아니냐? 떠돌아다니는 나그네가 아니냐?

목적도 없고, 안정도 없는 인간 아닌 인간.

마치 바위에서 바위로, 열광적으로 심연을 바라보며 숨차게 떨어지는

폭포와 같은 놈이 아니냐?

그런데 그녀는 그 곁에 서서 어린애처럼 무심한 기분으로,

알프스의 좁은 풀밭, 초옥에 살듯이

그녀의 집안 살림살이는 온통,

한 줌밖에 안 되는 세계 안에 갇혀 있는 것이 아니냐?

그러나 신에게 저주받은 이 몸은,

바위덩이를 움켜쥐고

산산이 부수어도

시원치가 않구나!

나는 그녀를, 그녀의 평화를 매장하지 않을 수 없었으니!

지옥아, 네놈이 이 희생을 고집한 것이 아닌가!

파우스트는 그레트헨을 넘어 헬레네에게로 나아갈 수밖에 없었는데, 그것은 파우스트에 있어서 헬레네는 그레트헨의 인간적 한계를 넘어선 존재로 여겨졌기 때문이다. 인간 정신의 지극한 경험은 인간적 한계를 넘어선 곳으로 나아가서, 그곳에서마저 그 경험이 증명되

어지기를 바라기 때문이다. 그러나 신들의 세계에서도 이별과 죽음은 피할 수 없는 원리로서, 파우스트와 헬레네의 아들인 오이포리온은 이카루스처럼 하늘에서 떨어져 죽고, 헬레네도 그 뒤를 따른다. 헬레네가 죽으면서 부르는 노래다.

> 행복과 아름다움은
> 오랫동안 함께 결합되어 있을 수 없다는 옛말이,
> 유감스럽게도 지금 제 눈앞에서 증명되었습니다.
> 생명과 애정의 인연도 끊어지고
> 이 두 가지를 안타깝게 생각하면서
> 저는 쓰라린 이별을 합니다.
> 또 한 번, 당신의 품에 안기게 해주세요.
> 저승의 여신이여,
> 내 자식과 나를 함께 받아 주십시오!
> (파우스트를 포옹하는 순간, 헬레네의 육체는 사라지고 옷과 면사포만
> 파우스트의 팔에 남는다)

그레트헨도 죽고, 헬레네도 죽고, 파우스트도 결국 죽게 된다. 죽은 파우스트의 영혼은 (메피스토펠레스의 손아귀를 벗어나) 천사들에 의해 천상天上으로 인도된다. 천상에서 '속죄하는 여인의 한 사람'(그 옛날에 그레트헨이라고 불렀던 여인)이 파우스트를 축복한다. 파우스트를 천상으로 이끄는 것은 헬레네가 아닌 그레트헨이다. 비참하게 죽은 그레트헨과 그녀의 사랑은 사실은 멸망하지 않은 것이다! 파우스트에게 있어서, 헬레네와 그레트헨은 사실은 같은 사람이라는 느낌을 받는다. 헬레네는 파우스트의 깨달음의 과정을 설명하기 위하여, '신화적으로 심화된 모습으로 변신한' 그레트헨에 불과하다는 것이다. 파우스트는 헬레네를 멀고도 멀리 추구하고 돌아왔을 때에만 비

로소 그레트헨에 도달할 수 있었다. 다시 돌아와 찾은 현실세계의 사랑은 사실은 '천상의 사랑'과 다른 것이 아니며, 결국 사랑은 영원히 멸망하지 않는다는 것이 괴테의 결론이라고 이해했다. 천상에서의 그레트헨의 노래다.

비길 데 없이 고귀하신 분이여,
광명이 넘쳐흐르는 분이여,
원하옵건대, 제가 가질 수 있는 행복에, 자비로운 시선을 던져 주시옵
소서.
그 옛날 불타는 마음으로 사랑하고 그리워했던 분이,
이제는 영원히 흐려지지 않는 밝은 마음으로 여기 돌아왔습니다.

숭고한 영혼들의 무리와 함께 온 이분은,
자기 자신을 알 수 없는 모양입니다.
그러나 새로운 생명의 깨달음 없이도,
이분은 벌써, 신성한 분들을 닮은 몸으로 부풀어 오르고 있습니다.
보십시오!
이분의 온몸에서 지상의 낡은 껍질은 벗겨져 사라지고,
온갖 지상의 인연을 끊어 버리고,
신성한 옷깃으로 스며나오는 이 청춘의 새로운 힘을!
이분에게 가르쳐 드리는 것을 허락해 주십시오.
새로운 날의 광명이
이분에게는 너무 눈부신 모양입니다.

학교의 탄생

저자 : 이승원 ‖ 읽은 때 : 2009년 3월

학교라는 틀로 살펴 본 100년 전 우리의 삶의 모습은 때로는 흥미롭고, 때로는 안타까운 여러 상념들을 불러일으킨다. "근대 초기 교육의 목표가 다양한 인성人性의 계발보다는 획일화된 정신을 강요하는 교육이었고, 사회진화론에 입각하여 힘의 논리와 경쟁을 교육의 핵심으로 삼았으며, 그리하여 오늘날까지도 학생들이 학교를 교유交遊의 공간이 아니라 규율의 공간이자 개인의 욕망을 억압하는 곳으로 느낀다."는 것이 저자의 핵심적인 주장 내용이다. 그러나 위 주장에는 같은 차원에서 논하기 어려운 여러 관점들이 함께 섞여 있고, 논의가 이루어질 만큼 주장 내용이 엄밀하게 정리되어 있지 않다고 생각된다. 특히 서로 다른 역사적 의미와 중요성을 가진 여러 가치들을 그 역사성을 고려하지 않고 오로지 오늘날의 어떤 특정한 관점에서만 보고 있다는 느낌을 받았다.

　서구에 있어서나 우리나라에 있어서나 이른바 '근대화'의 역사적 중요성과 가치는 부인할 수 없다고 생각한다. 저자를 비롯한 우리 모두가 근대화의 불충분성이나 근대화의 '어두운 면'에 대해 마음껏 비판할 수 있게 된 것도 모두 우리가 '근대화'된 덕분에 가능한 것이 아니겠는가. 학교가 근대화를 위한 '최첨단의 실험실'로서 어떤 역할을 했다고 하더라도, 그것을 오늘날의 관점으로만 보아서 무조건 비판한다는 것은 타당하지 않다고 생각한다. 물론 근대화의 '어두운 면'에 대해 비판할 점도 얼마든지 있겠지만, 그 '어두운 면'은 근대화의 밝고 긍정적인 면과 불가분하게 짝을 이루고 있는 수도 있기 때문이다. 그러한 상호관련성이나 역사적 맥락을 무시한 비판은 공허할 뿐이며, 우리 앞에 더 나은 길을 제시하기도 어렵다고 생각한다.

저자는 100년 전의 우리의 학교에서 실험된 '근대적 인간 만들기 프로젝트'가 시대와 이데올로기의 변화에 발맞춰 좀 더 정교하고 세련되게 재정비되어 '지금—여기'의 삶에까지 강력한 촉수를 뻗고 있다고 우려한다. 그러나 근대의 학교가 '근대인'을 만들어 내기 위하여 노력한 것은 오히려 당연하다고 생각한다. 그것은 고대의 학교가 '고대인'을, 미래의 학교가 '미래인'을 만들기 위해 애쓰는 것과 마찬가지의 이치가 아닐까. 석기시대나 청동기시대에 어떤 식의 '교육기관' 같은 것이 있었다면, 각기 그 시대에 맞는 훌륭한 '석기시대인'과 '청동기시대인'을 만들기 위해 노력했을 법하기 때문이다. 세계 각국이 부국강병을 위해 애쓰던 시절에 학교가 그러한 목적에 들어맞는 교육 방향을 잡았다고 하더라도, 그것을 오늘날의 다양성과 공생共生의 교육이념에 반하는 이데올로기라고 비판한다는 것이 어떠한 가치가 있을까? 오늘날의 교육이념과 근대의 교육이념의 차이는 근대와 고대 세계의 교육이념의 차이와 마찬가지로 현격한 것이어서, 동일한 가치 기준으로 논하기 어렵다는 생각이 든다. 저자는 그 당시에 부국강병을 위해 애쓰지 말고, 세계평화를 위해 노력했어야 했다고 진정으로 주장하고자 하는 것인가? 세계평화에 대한 전망을 잃지 않고 노력하되, 부국강병에도 힘썼어야 한다는 것이 나의 개인적인 생각이다.

저자의 주장대로 나폴레옹이나 로빈슨 크루소를 영웅으로 칭송하는 교육은 오늘날 부적합할 것이다. 그러나 근대 초기나 100년 전의 우리나라에서는 반드시 그렇지만도 않다고 생각한다. 나폴레옹이나 로빈슨 크루소의 영웅됨을 오늘날의 관점(각 시대의 현재적 관점)으로 항상 새롭게 비판할 수 있고, 그것은 세종대왕, 칭기즈칸, 진시황에 대해서도 마찬가지일 것이다. 그러나 예를 들어 세종대왕, 칭기즈칸, 진시황에 대하여 오늘날의 평등사상이나 자유민주주의 이념에 역행하는 정책을 추진했다고 비판하는 것은 당연히 적중성을 벗어났다고 할 것이다.

저자는, 시대는 변해가지만 여전히 우리가 서구 문명의 힘과 폭력성을 무의식적으로 답습하고 있지 않을까 우려한다. 또한 교육정책 안에 본질적으로 내재하고 있는 생존경쟁에서 이기利라는 논리는 언제나 비슷하다고 비판한다. 그러나 교육의 목적이 삶의 유지나 향상을 추구하는 것은 오히려 당연하다고 생각한다. 저자가 말하는 이른바 '공생의 삶'이라는 것도 각개의 '삶'의 확장되고 향상된 모습에 불과하고, 결국은 생존이 가능한 후에야 비로소 도모될 수 있는 것이라고 생각하기 때문이다. 서구 문명의 힘과 폭력성을 비판할 수는 있겠지만, 생존을 향한 인간 본성에 대하여 가볍게 생각할 수는 없을 것 같다. 적어도 인류가 문명 시대로 진입한 이후부터는 이미 생존의 유지를 넘어선 확장된 욕구가 표명되었다. 타인에 대한 사랑과 희생, 공생의 관념이 그것이다. 그러나 어떠한 이타적인 문명도 개체나 집단의 생존이라는 기반 위에 서 있다고 생각한다. 따라서 현재나 미래의 어떤 교육이 아무리 '공생'을 강조한다고 하더라도, 그 기반이 되는 개인이나 집단의 생존을 부정하는 것은 허구적이며 독단적일 위험이 있다고 생각한다.

한편 저자는 1920년대 학교의 성性교육이 성을 불결하고 두려운 것으로 만드는 데 초점이 맞춰져 있다고 비판한다. 또한 21세기가 된 지금에도 한국의 성교육은 그러한 관념에서 그다지 변화하지 않았다고 개탄한다. 저자는 1930년대에 출판된 빌헬름 라이히의 〈성혁명〉이라는 책을 소개하면서 라이히가 펼친 청소년의 자유로운 성생활을 위한 캠페인의 의의를 강조하고, 청소년들이 섹스에 대해 부끄러워하는 시각을 교정할 필요성을 내비치고 있다.

성이나 성교육의 문제는 학교의 역할과는 반드시 범주를 같이 하는 문제는 아니겠지만, 이 또한 시대와 장소를 초월하여 어떤 한 방향만이 절대적으로 옳다고 주장하기 힘들다는 생각이다. 인류의 성에 대한 금기禁忌나 조심스러움의 역사는 성이 인간 본성의 가장 중요한 '성聖스러운' 영역에 속하기 때문일 수 있다는 생각이 든다. 즉, 성에 관한 모든 금기나 부끄러움이 오히려 '자연스러운 것'이고 '이유가 있는 것'일 수 있다는 생각이다. 성에 대한 절제나 제약('억압'이라고 불러도 좋다)이 부자연스럽다고 생각하게 된 것이 근대 자유주의 사상의 영향 때문이라면, 이 또한 절대적인 것으로 볼 수는 없을 것이다. '성의 자유'라는 표현이 정확하게 무엇을 의미하는지 사실은 애매하기도 하지만, 오늘날의 세속화된 성, 그저 '자연스럽고 자유로운' 것만이 덕목으로 받아들여지는 성이 인간 본성에 진실로 들어맞는 것인지에 대해서는 의문이다. 저자의 주장처럼 '청소년의 성이 자연스럽게 커밍아웃 되는' 것이 반드시 올바른 방향이라고 생각하지 않는다. 더구나 그런 관점과 이유로 100년 전부터 오늘날까지의 우리의 학교가 비판받아야 한다고는 더욱 생각하지 않는다.

저자는 책의 마지막 부분에서, 결론과도 같이, "교육은 '함께' 하는 것이며 우정의 역사를 만들어 가는 길"이라고 제시한다. "열등생과 우등생이 아니라 '나'와 '다른 나'가 함께 어우러지는 삶이고, 그런 소통관계 속에서는 국적도, 민족도, 문화도, 성별도 존재하지 않으며, 오직 서로의 꿈과 능력을 맘껏 펼칠 수 있도록 도와주는 공생의 관계만 있을 뿐"이라고 주장한다. 섣불리 뿌리치기 힘든 아름다운 단어들

로만 이루어진 문장들이긴 하지만, 그 내용은 정확하게 와 닿지 않는
다. 저자는 이어서 "그와 같은 공생의 관계를 만들기 위해서는 '가르
치고 배운다는 수직적 구도'가 아닌 진정한 '사우師友'의 의미에 대해
서 고민할 필요가 있다."고 한다.

　'사우'의 정확한 의미나 가치가 어떤 것인지는 모르겠지만, '가르치
고 배운다는 수직적 구도'에 어떤 잘못된 점이라도 있다는 것인지 쉽
게 공감이 가지 않는다. 어떤 중요한 것을 배우는 데 있어서 수직적인
관계인지 수평적인 관계인지가 도대체 왜 중요하다는 것인가? 오로
지 열심히 잘 배워서 제대로 깨닫는 것만이 진정 중요한 것이 아닐까?
인간의 어느 시대이던 간에 지식이나 지혜가 앞선 선각자가 있기 마
련이고, 그런 사람을 만나면 너무 놀라고 기뻐서 꼼짝 못하고 배우는
(수직적?) 관계가 오히려 자연스럽다는 생각도 든다. 아는 사람과 모
르는 사람이 어떻게 대등할 수 있으며, 왜 대등해야 하는가? 아는 사
람과 모르는 사람의 차이를 서로 인정하는 것이 진정한 상호존중이라
고 생각한다.

　'사우'에 대한 중국 명대의 철학자 이탁오李卓吾의 정의定義를 책의
마지막 대목에 인용해 놓았다.

> "친구가 될 수 없다면 진정한 스승이 아니다. 스승이 될 수 없다면 진
> 정한 친구 또한 아니다!"
> 우리는 서로를 구별 짓고 배제하지 않는 진정한 사우가 될 수 있을까?

　'사우'의 정확한 의미는 알 수 없지만, 저자는 '구별 짓고 배제하는'
것을 부정적으로 보아 '스승'보다는 대등한 관계로서의 '친구'를 강
조하는 방향으로 보는 듯하다. 그러나 나는 '스승이 될 수 없다면 진
정한 친구가 아니다'는 뒷부분에 오히려 더 중점을 두고 싶다. 자기보
다 훌륭한 사람을 훌륭하다고 인정하고, 그러한 사람으로부터 배우고

자 하는 겸손한 마음가짐이 스승을 대하는 자세라면, 바로 그런 자세로 친구를 만나고 사귀어야 할 것으로 생각한다. 어떤 사람에게 스승으로 될 수 없는 사람은 그 사람의 친구로도 될 수 없다고 생각한다. '친구'란 그저 마음이 맞아서 격의 없이 어울리거나, 의리를 지켜서 '나쁜 일이라도 함께 할 수 있는' 그런 관계를 가리키는 것은 아닐 것이다. '친구'와 관련된 논어의 구절이 떠오른다.

자기만 못한 사람을 친구로 사귀지 말라.
無友不如己者

—1편 : 8장

군자는 학문으로써 벗을 모으고, 벗으로써 인을 향상시키느니라.
君子 以文會友, 以友輔仁

—12편 : 24장

칼의 노래

저자 : 김훈 ‖ 읽은 때 : 2009년 4월

몇 년 전에 〈칼의 노래〉에 관한 작가 김훈의 간단한 강의를 들은 일이
있다. 소설의 첫 문장 "버려진 섬마다 꽃이 피었다."에 관한 이야기
가 특히 기억에 남는다. "버려진 섬에도 꽃은 피었다."와의 사이에서
많은 고민을 했었다는 것인데, 주관성이 배제된 '사실에 입각한' 태도
와 글쓰기에 대한 작가의 주장이 기억난다.

　작가의 관심사인 '언어'와 '사실'의 대비는 작품 전체를 통해서 반
복된다. 울음과 언어로 전쟁을 수행하는 선조 임금, 정치권력에 의해
전쟁을 수행하는 권율과, '나의 함대艦隊'로 전쟁을 수행하는 이순신
과의 대비. '임금의 울음을 닮은 듯한 장려하고 곡진한' 임금의 언
어, '헛것을 정밀하게 짜 맞추어 충忠과 의義의 구조물을 만들어 내는'
조선의 조정朝廷과 '바다의 사실에 입각한' 이순신과의 대비다.

　작가의 다른 작품인 〈남한산성〉도 마찬가지이지만, 〈칼의 노래〉는
큰 전쟁의 비극적 상황이 이미 개개 인물들을 압도해 있다. 이야기의
시작부터 갈등과 슬픔의 최고조의 위치 에너지가 이미 달성되어 있기

때문에, 인물들은 각자의 슬픔에 도달하기 위해 애쓸 필요가 없다. 주인공 이순신이 특히 비극적인 것은 전쟁의 모순과 불합리와 책임이 그 한 몸에 완전히 몰아져 있다는 점이다. 스스로에게 닥친 위험과 운명을 너무도 정확하게 이해하고 있다는 점이 더욱 비극적이다. 이순신의 비극 구조는 한 문장에 요약되어 있다. "적의 칼과 임금의 칼 사이에서 바다는 아득히 넓었고 나는 몸 둘 곳 없었다."

이순신의 비극의 핵심은 두 사건, 이순신의 두 개의 죽음, 즉 이순신에 대한 사형선고와 이순신의 전사戰死 사이에 놓여 있다. 삼도수군통제사 이순신은 정유년(1597년) 2월 26일 한산 통제영에서 체포되어 의금부에서 고문 끝에 사형을 선고받는다. "왕명을 어기고 출전出戰하지 않았다."는 죄목으로 보아서 이순신은 그 사형선고를 선택했다고 볼 수 있다.[38] 이순신은 무술년(1598년) 11월 19일 노량 앞바다에서 적선 200여 척을 격침시키고 전사했다. 이순신이 자살한 것은 아니겠지만, 여러 정황으로 보아 노량 해전은 이순신 자신이 선택한 것으로 볼 수 있다고 한다.[39] 이순신에 대한 사형선고는 집행만 면해진 상태였고, 그의 죽음은 노량 앞바다에 이르기까지 단지 연기된 것에 불과하다. 그는 "임금의 칼에 죽을 수 없었고, '자연사로서' 적의 칼에 죽기를 원했다." "나는 다만 적의 적으로서 살아지고 죽어지기를 바랐다. 나는 나의 충을 임금의 칼이 닿지 않는 자리에 세우고 싶었다. 적의 적으로서 죽는 내 죽음의 자리에서 내 무와 충이 소멸해 주기를 나는 바랐다." 작가가 포착한 이순신의 비극의 핵심은 그 위대성의 핵심이기도 하다.

이순신의 입장이 아닌, 선조 임금이나 권율의 입장에서는 달리 생각할 수도 있을 것이다. 이순신이 미처 생각하지 못했던 어떤 정치적, 군사적 고려가 있었거나, 이순신을 견제해야만 할 실질적인 사유가 있었는지도 모른다. 그러나 정유년(1597년) 당시의 일지를 살펴 보면 조선 조정의 지휘는 일관성이 없고, 상당한 잘못이 있다는 생각이 든다.

2월 26일 : 삼도수군통제사 이순신 한산 통제영에서 체포, 원균이 후임
으로 임명됨

4월 01일 : 이순신 출옥, 백의종군 시작

7월 16일 : 원균의 함대 칠천량 해전에서 참패. 전함 300척 이상이 깨어
지고 삼도 수군 전멸

7월 23일 : 조정은 이순신을 다시 삼도수군통제사로 임명

9월 16일 : 이순신 12척의 전함으로 명량에서 대승, 적선 133척 격침

    이순신을 촉蜀나라의 제갈량과 같은 명신名臣이나 영국의 넬슨제독
과 같은 명장名將과 같은 정도로 비교해서는 안 된다는 견해가 있다.
이순신은 삼고초려三顧草廬가 아니라 사형선고를 받으면서 전투를 해
야 했다는 것이다. 이순신은 생사를 초월한 도인道人이요 대인격을 갖
춘 성자聖者로서, 우리 역사상의 뭇 영웅 중에서 유일한 성웅聖雄이요,
민족의 영원한 참스승이라는 것이다.[40]

    이순신의 청렴강직, 충효애민 사상, 유비무환의 철저한 실천정신은
가히 전인적인 것으로서, 그의 성리학적 정신세계에 뿌리를 두고 있
을 것이다.[41] 그러나 우리 민족의 강점이면서, 이순신이 가진 또 하나
의 강한 매력은 잔인성에 가까운 그의 거친 야성野性, 그의 '무시무시
함'이라고 생각한다. 이순신의 '무시무시함'은 칼로 할복割腹하는 일
본 사무라이의 지조와는 그 '강하고 무서움'에 있어서 비교될 수 없는
것이다. 왜군은 꼭 그러지 않아도 되는데도 노량 앞바다를 끝까지 가
로막는 이순신이 진실로 '무서웠을' 것이다.

    물들일 염자가 깊사옵니다.

    그러하냐? 염은 공(工)이다. 옷감에 물을 들이듯이, 바다의 색을 바꾸
는 것이다.

바다는 너무 넓습니다.

적 또한 헤아릴 수 없이 많다. 그때, 나는 진실로 이 남쪽 바다를 적의 피로 염(染)하고 싶었다.

온 국토를 갈아엎고 돌아가는 적을 온전히 살려서 돌려보낼 것인지, 종자를 박멸해서 시체로 바다를 덮을 것인지는 적이 아니라 나와 내 함대가 결정할 일이었다. 적은 귀로의 바다 위에서 죽음을 통과해야만 돌아갈 수 있을 것이었고, 그 바다에서 적의 죽음과 나의 죽음은 또 한 번 뒤엉킬 것이었다.

저러한 노래(히데요시의 유언시), 저러한 시구를 이 세상에 남겨 두어서는 안 된다고, 진실로 이 남쪽 바다를 적의 피로 붉게 물들이지 않으면 안 된다고, 내 술 취한 칼은 마구 울었다.

38. 김종대 저 〈여해 이순신〉 (주)위즈덤하우스 (2008), 200–203쪽
   "이순신은 조정에서 오는 왕명을 거역한 적이 단 한 번도 없었다. '물길을 따라 적을 쳐라',
   '경상도로 나가 원균과 함께 왜적을 무찌르라'는 명령을 여러 차례 받았지만 언제나 주저하
   지 않고 조정의 명을 받아 출전했다. 전세의 열세 따위는 고려하지 않았다. 심지어 자신에
   게 죽음이 다가올 상황에서조차도 용기 있게 출전해 목숨을 걸고 전심전력으로 싸워 10여
   차례나 기적 같은 승리를 거두었다. 그런 그가 '남의 신하된 자로서' 어찌 감히 주인의 명령
   을 어겼을까? 조정에서 결정하고 왕명으로 하달되었으며 도원수가 직접 전달한 전투명령
   을 거역했을 때는 죽음밖에 남은 길이 없다는 사실을 잘 알고 있었을 텐데 말이다.
   첫째, 그는 도원수로부터 전해 받은 왕명의 출처를 신뢰하지 않았다. 그 정보는 우리 힘으
   로 수집한 게 아니라 적이 제공했다. 그런데 조정은 이 정보를 그대로 믿고 출전 명령을 내
   린다. 왜의 음모에서 비롯된 정보는 간첩 요시라 → 김응서 → 조정 → 왕 → 도원수 → 이
   순신에게 차례로 전달된 셈인데, 제대로 된 장수라면 그 전달 경로만 보더라도 적의 미끼일
   가능성이 크다고 볼 수밖에 없다. 더구나 그 동안 요시라에게는 아무런 실적이 없었다. 그
   런 사람이 자국을 배반하고 조선의 이익을 위해 간첩 행위를 자청할 리 만무하다. 당시 요
   시라를 이중간첩으로 보는 시각도 있지만, 그는 철저히 왜의 간첩이었다.
   둘째, 이순신은 왕명을 따를 경우 수군의 패망이라는 엄청난 결과를 피할 길이 없다고 생각
   했다. 전쟁터에 나온 장수가 작전의 시기나 방법의 선택과 같은 구체적인 전투 방편을 시의
   적절하게 시행하기 위해서는 왕명도 따르지 않을 수 있는 전시의 군 지휘법이 있다. 임진년
   에 적을 치라는 왕의 유서 속에 '그러나 천리 밖이라 혹시 무슨 뜻밖의 일이 있을 것 같으면
   반드시 이에 구애받지 말라'고 한 것으로도 이를 알 수 있다. 전투지휘관의 임기응변적 판
   단에 따라 전쟁의 승패와 장졸의 생명이 좌우되므로 왕명에 대한 재량적인 예외가 인정되
   었던 것이다.
   이순신은 왕명에 따라 출전하자니 간특한 적의 꾐으로 패전의 구렁텅이에 빠질 것 같았다.
   적이 조선 수군을 한바다로 꾀어낸 다음 웅포와 가덕의 수많은 병력으로 포위 공격해 온다
   면 아무리 신출귀몰하는 이순신이라도 패망하지 않을 수 없었다. 그렇게 된다면 그가 지켜
   야 할 나라는 어찌되며 수많은 부하 장병의 목숨은 또 어찌될 것인가? 한편 수집한 정보의
   신뢰 문제와 현지의 상황을 내세워 왕명을 거역하자니 왕은 물론 조정의 누구 하나 자신의
   충정을 이해해주지 않을 것 같았다. 전투를 피하고 군사를 보존할 수야 있겠지만 자신의 목
   숨은 건지기 어렵게 될 것이었다. 조선 수군을 살릴 것인가, 자신이 사형을 당하고 말 것인
   가의 기로에서 그는 고민했다. 유성룡은 이 상황을 '이순신이 주저했다'라고 표현한다.
   마침내 그는 경솔히 군사를 움직이지 않기로 결심했다. 설사 왕명을 거역한 죄로 자신이 죽
   는 한이 있더라도 적의 꾐에 넘어가 소중하게 길러놓은 수군을 몰살시킬 수 없다는 결단이
   었다. 일단 결심이 서자 그는 도원수의 명령도 거부한 채 나가 싸우지 않았다. 그리고 결국
   이 일로 체포되어 사형을 선고받는다.
   그러나 얼마 후 이순신의 뒤를 이은 원균도 똑같은 상황에서 출전을 강요당하게 된다. 원균
   역시 이 같은 상황에서는 싸움이 전략상 불가능하다는 것을 잘 알았다. 때문에 웅포의 적을
   무찌른 다음 부산으로 나가 적을 칠 수 있게 해달라고 간청했다. 하지만 조정에서는 아무런
   대책 없이 싸우라고만 명령했다. 이순신이 나가 싸우지 않는 것을 참소해 그의 자리를 꿰어
   찬 원균으로서는 출전 명령을 거부할 명분이 없었다. 더군다나 그는 본래부터 이순신처럼
   목숨을 걸고 나라와 부대를 지킬 위인도 아니었다. 그는 도원수로부터 곤장까지 맞은 뒤 억
   지로 전투에 나갔다가 조선 수군을 몰살시키고 자신마저 전사하고 만다."
39. 위 〈여해 이순신〉 272쪽
   "이순신의 위대하고 거룩한 생애를 돌아보고 나니 마지막 전투가 끝내 마음에 걸린다. 그
   는 늘 열세의 전투를 했지만 또한 한 번도 지지 않는 기적적인 성과를 거두었다. 그러나 마
   지막 전투만은 달랐다. 그것은 굳이 기적을 만들어야 할 전투가 아니었다. 우리는 이미 승
   리했고, 따라서 퇴각하는 적을 적당히 두들기기만 해도 승리로 기록될 수밖에 없는 전투였
   다."

40. 위 〈여해 이순신〉〈책머리에〉 참조

41. "김영숙은 이순신의 사림(士林) 정신 체득은 유교적 근왕정신과 의리정신으로 구현되었으
며 토왜활동(討倭活動)은 이 같은 정신에 의해 추구된 것으로 '인신사군 유사무이(人臣事
君 有死無貳)'라는 충절사상을 견지하고 있음을 잘 나타내고 있다고 한다."〈이순신의 리더
십에 대해 현대적 조명〉김효수(2003. 8), 63쪽

월든

저자 : 소로우 ‖ 읽은 때 : 2009년 7월

저자가 사회를 떠나 숲으로 들어가 생활한 경험이 중요한 소재가 되고 있지만, '자연으로 돌아가자'는 식의 환경 문제를 초점으로 삼은 것은 아니다. '숲으로 들어간' 행위도 문명에 대한 거부 같은 것으로는 볼 수 없다고 생각한다. 저자가 말하려는 핵심은 "잘못된 고정관념을 버리고, 진실한 생활을 통하여 행복하게 살아야 한다."는 매우 원론적이고 단순한 주장이다. 하지만 소로우의 주장은 대부분의 통념과는 다르다. 그의 강한 주장은 어느 시대나 사회에 있어서도 개인의 각성과 반성을 촉구하기 때문에 껄끄럽고 독단적으로 보인다. 다수가 추구하는 것은 생활의 안일에 불과하고, 사람들은 모두 죽음에 대한 두려움과 위선적인 종교관, 윤리관에 얽매어 있어서 진실을 보지 못하고 있으며, 다른 사람의 시선과 평판에 의존하는 유행과 관습에 빠져있다는 따가운 비판이 계속된다. 특정 종교를 주장하고 있지는 않지만, 종교적 독실함 같은 것도 느껴진다.

"우리가 서두르지 않고 분별력을 발휘할 때, 오직 위대하고 가치 있는 것들만이 항구적이고 절대적인 가치를 지니고 있다는 것을 깨닫게 될 것이며, 사소한 두려움이나 사소한 쾌락은 참된 현실의 그림자에 지나지 않는다는 것을 알게 될 것이다. 이 숭고한 진리는 우리에게 용기를 준다.

사람들은 눈을 감아버리거나 졸거나 또는 허식적인 것에 속아 넘어가기로 동의함으로써 자신들의 인습적인 일상생활을 확립시킨다. 아직도 이 일상생활은 순전한 허구의 토대 위에 세워져 있다."

인습적인 일상생활을 부정하고 모든 것을 근본적인 틀에서부터 다시 바라보려 하는 소로우의 삶은 평범한 사람과 다르고 뭔가 유별나고 독특하다고 생각될 수 있다. 우리는 그저 '남들과 같을 때' 아무 근거나 보장도 없는 '안정감'을 느끼는 것은 아닌가? 그 안정감을 혹시라도 '행복'이라고 생각하고 있는 것은 아닌가? 어쩌면 그 '안정감'이야말로 돌이킬 수 없는 쓸쓸한 쇠락과 실패로 우리를 이끌고 가는 것은 아닌가? 또한 우리가 흔히 말하는 상식常識이나 상궤常軌 같은 표현에 어떠한 함정은 없는 것인가? 소로우는 '상궤를 벗어난다는 것'에 대해서 다음과 같이 재미있게 설명하고 있다.

그러나 내가 두려워하는 것은, 나의 표현이 충분히 '상궤를 벗어난' 것이 되지 못하지나 않을까 하는 것이다. 내가 확신하고 있는 진리를 알맞게 표현할 수 있도록 나의 일상적인 경험의 좁은 한계를 벗어나 멀리 나아가지 못하지나 않을까 하는 것이다.

경제 문제에 대한 소로우의 견해 또한 요즘의 세태와는 사뭇 다르다. 물론 그 당시에도 널리 받아들여지기는 어려웠을 것이다. 그는 "'자발적인 빈곤'이라는 이름의 유리한 고지에 오르지 않고서는 인간 생활의 공정하고도 현명한 관찰자가 될 수 없다."고 말한다. 또한 "샐비어 같은 약초를 가꾸듯 가난을 가꾸어라."고 자신 있게 말한다. 오늘날의 우리는 '자발적인 빈곤'을 '유리한 고지'라고 생각할 정도로 삶에 대해 여유와 자신감을 가지고 있는가? 소로우의 지적대로 삶에 대해 너무 위축되어 있고, 너무 겁먹고 있는 것은 아닌지 되묻게 되는 대목이다.

　기술력의 증대가 우리에게 기쁨과 행복을 줄 수 있느냐는 소로우의 문제 제기는 오늘날에 있어서 더 많은 생각거리를 제공해 줄 수 있을 것이다. 소로우는 "우리의 발명품들은 흔히 진지한 일로부터 우리의 관심을 빼앗아가는 예쁘장한 장난감일 경우가 많다. 그것들은 '개선되지 않은' 목적을 달성하기 위한 '개선된' 수단에 지나지 않는다."고 지적한다. 오늘날 컴퓨터, 인터넷, 휴대전화 등 놀라운 기술력의 발달에 힘입어 우리가 구현하는 여러 행위들은 과연 필요하고, 재미있는 일일까? 아니면 우리의 기술 수준으로 그런 행위를 하는 것이 가능해졌기 때문에, 그것이 신기하고 뽐내고 싶어서 해보다가 습관이 되어버린 것일까? 사실은 재미없는 것인 줄 모르고, 재미있다고 잘못 생각하고 있는 것은 아닐까? 과학기술에 대해 무조건 배타적이어서는 안 되겠지만, 우리가 느낄 수 있는 실질적인 행복이 무엇인가라는 관점에서 음미해볼 만한 내용이다.

　미디어에 대한 소로우의 의견은 극단적이긴 하지만 여전히 귀기울일만하다고 생각한다. "우리는 우리에게 아무런 중요성도 없는 다른 사람에 관한 이야기(뉴스)를 도대체 얼마나 초과해서 보고 들으며 쓸데없이 마음을 어지럽히고 있는가." "해외뉴스라는 것은 웬만큼 기지가 있는 사람이라면 12개월 전이나 또는 12년 전에 꽤 정확하게 작성할 수 있다."는 소로우의 신랄한 지적은 지나친 것일까? 아니면 오히려 그 시절보다 오늘날에 더 타당한 이야기일까? 우리에게 진정한 행복을 주는 것은 '다른 사람에 관한 이야기'가 아니라 '우리에게 중요한 진실'이라는 주장은 생각해 보면 너무도 당연한 이야기다.

> "뉴스가 도대체 무엇인가? 그보다는 시간이 지나도 낡지 않는 것을 아
> 는 일이 얼마나 중요한가!"

미디어의 초창기 시대에 이미 위와 같이 날카롭게 지적한 소로우에게 부끄러울 정도로, 우리는 '쓸데없는 소식들'에 지나치게 관심을 기울이고 있는 것은 아닌지.

〈월든〉을 읽으면서 공감한 대목들을 단상처럼 떠올려 본다. 죽음을 회피하거나 두려워하지 않는다. 죽는다는 것을 당연한 전제로 하여 지혜롭고 즐거운 삶을 산다. 남을 의식하지 말고 진정으로 나에게 행복한 삶을 산다. 돈이 들어가는 사치스러운 행위는 어떠한 즐거움도 주지 못한다. 검소하게 살수록 즐거움은 더 커진다. 큰 집에 살지 않는다. "문명은 우리의 주택을 개선해왔으나 그 안에 사는 사람들을 똑같은 정도로 개선시키지는 못했다. 문명은 궁전을 낳았으나 왕과 귀족을 낳는 것은 그리 쉬운 일이 아니었다."는 소로우의 말처럼, 오늘을 돌아볼 때 소로우의 시대에서 어찌 보면 한 발짝도 더 나아간 것이 없는 것 같다. 삶에 대한 자신감에 넘치는, 소로우의 힘 있는 충고를 들어보자.

> "그가 자신의 생활을 소박한 것으로 만들면 만들수록 우주의 법칙은
> 더욱 더 명료해질 것이다. 이제 고독은 고독이 아니고 빈곤도 빈곤이
> 아니며 연약함도 연약함이 아닐 것이다."

에밀

저자 : 루소 ‖ 읽은 때 : 2009년 8월

20여 년 전 큰 아이가 태어날 무렵, 매우 구도적인 자세로 탐독했던 〈에밀〉을 오랜만에 다시 읽어보았다. 그 당시 교육의 '지침서'로서 탄복하며 읽었고, 아이들을 키우면서 실제로 많이 '활용'하기도 했던 〈에밀〉은 지나간 세월의 정답고 아름다운 추억으로 이미 돌이킬 수 없이 아로새겨져 있다. 〈에밀〉을 쓸 당시의 루소보다 나이가 더 들어가는 지금에 와서 다시 읽은 〈에밀〉은 더 이상 어떤 경전이나 '지침서'같은 느낌을 주지는 않았다. 그보다는 동병상련과도 같은 친밀감으로, 루소라는 중년의 사내가 가까이 다가옴을 느낀다.

지금에 와서 교육에 대한 루소의 방법론에 대해 옳다, 그르다는 식으로 분별하고 싶은 마음은 들지 않는다. 다만, 한 인간이 행복하기 위해서는 어떻게 교육받아야 할 것인가를 치열하게 탐구한 루소의 인간에 대한 사랑만이 오직 크게 생각될 뿐이다. 루소의 인간에 대한 사랑이 나의 자식들에 대한 사랑으로 바로 전이轉移될 수밖에 없었던 그 시절이 아름답게 생각될 뿐이다. 그 시절의 〈에밀〉이 나의 자식들에게 도움은커녕 어떤 폐해를 끼쳤을 수도 있지만, 자녀 교육에 관해 진지하게 생각하게 된 계기를 가져다 준 〈에밀〉에 대한 고마움을 잊을 수 없다. 〈에밀〉로부터 발단이 된 교육에 대한 관심은 이후 더욱 진전되어, 우리 가족의 생활에서 떼어낼 수 없는 부분으로 더욱 깊이 스며들어 흐르고 있음을 느낀다.

루소의 주장을 비롯한 어떤 '교육'의 방향이 잘못될 수도 있고, 오히려 교육을 받는 사람에게 폐해를 끼치기도 쉽다고 생각한다. 교육에 대한 어떤 훌륭한 이론이나 아이디어라도 모두 사후적이며 개념적일 수밖에 없는 반면, 교육을 받는 대상은 가변적 살아 숨쉬는 사람이기 때문이다. 그렇지만 현실을 살아가는 우리 모두는 어떤 '교육'을 받지 않을 수 없고, 어떤 '교육'을 하지 않을 수 없다. 어떤 '교육'을 하지 않고자 하는 결정도 하나의 선택이며, 그 선택에 따른 결과가 주어지기 때문이다. 우리 모두는 '어떤 교육'을 선택하거나 '어떤 교육을 선택하지 않는 것'을 선택해야 하기 때문이다.

20여 년 전 〈에밀〉을 처음 읽을 무렵, 소리 높여 외우듯이 열성적으로 몰입했던 대목들이 떠오른다.

> "아기는 어른들의 주인이 아니므로 어른들에게 명령하지 않도록, 또 물체는 말을 알아듣지 못하므로 물체에게도 명령하지 말도록 습관을 들여 줄 필요가 있다."
> "아이의 무분별한 욕구에 대해서는 교훈적인 가르침이나 벌을 주어서는 안 되고, 그 나쁜 행동의 자연적인 결과로서 생기는 물리적인 장애만 주어져야 한다."
> "경험이나 힘의 부족이 법칙을 대신하게 해야 한다."
> "무턱대고 거절해서는 안 된다. 그러나 일단 거절을 했으면 그것을 결코 번복해서는 안 된다."
> "그 필연성을 사물이 아닌 어른의 변덕 속에서 찾게 해서는 안 된다.

그를 억제하는 것은 힘이지 권위여서는 안 된다."

"아이가 싫어하는 일을 납득시키려고 이치를 설명해서는 안 된다."

〈에밀〉에서 루소가 강조하는 '자연'이라는 것도 문명에 의해 잊혀지고 왜곡된, 인간의 동물적 본능의 회복에 많은 비중을 두고 있다는 생각이 든다. 그런 시각은 루소 시대는 물론 오늘날까지, 문명 이후의 모든 시대에 중요하게 환기되어야 한다고 본다. 그러나 지금에 와서 〈에밀〉을 다시 생각해 본다면 그러한 '자연'으로써 인간사회의 모든 것을 끝까지 다 설명해 내려고 한 점은 다소 지나치다는 생각도 든다. 지나친 낙관론처럼 생각되기도 한다. 〈에밀〉의 주인공 에밀이 순수하고 건강하지만, 현실적인 '인간'의 모습으로는 떠오르지 않는 이유다.

헨리 데이빗 소로우의 〈월든〉이 자꾸 겹쳐져 떠오른다. 소로우의 '숲속의 생활'이 문명을 비판하기 위한 하나의 소재에 불과하듯이, 루소에 있어서의 '자연'과 '교육'도 문명화된 인간을 비판하기 위한 것이다. 루소도 소로우도 모두 인간 사회의 편견을 벗어나 참된 행복과 자유에 도달하고자 애썼기에 두 사람의 관점은 일맥상통한다. 소로우는 분명 〈에밀〉을 읽었을 것이고, 거기서 많은 영향을 받았을 것 같다. 루소나 소로우의 외침은 매우 고독하다. 둘 다 같은 시대 대다수 사람들의 견해와는 아주 달랐다. 그렇지만 문명 자체를 부정하는 비관론은 아니다. 그렇기에 후세 사람들에게 감동과 영향을 줄 수 있었다.

〈에밀〉은 그 시대적 한계성을 넘어서, 인간이 갖출 수 있는 진실된 모습을 탐구하고 있다. 루소가 '자연'에 따라 키운 아이 에밀은 가상적인 존재에 불과할지 모른다. 그러나 발그레한 뺨의 눈부신 에밀은 자유와 행복을 향한 인간의 영원한 꿈과 희망을 우리 앞에 그려 보인다. 〈에밀〉은 당대에 불태워졌지만, 루소의 정신은 그 이후의 인류의 역사였다.

중용

저자 : 주희 ‖ 읽은 때 : 2009년 9월

한길사에서 2004년도에 나온 〈대산중용강의〉라는 책으로 읽었다. 〈중용〉은 총 33장으로 편성되어 있는데, 그 내용은 크게 중용(中庸 · 中和)을 설명한 앞부분과 성誠을 설명한 뒷부분으로 나누어 볼 수 있다고 한다. 즉 전반부에서는 중용(중화)의 뜻을 철학적으로 밝혔고, 후반부에서는 중용을 실현하기 위한 천리天理로 성誠을 밝히고 있다는 것이다.[42] 중용中庸과 성誠에 대한 개념 설명을 차례로 옮겨가면서, 〈중용〉에 대한 이해를 정리해 보기로 한다.

먼저 중용中庸이 무슨 뜻인지에 대해서는 주자朱子의 중용장구대전中庸章句大全의 첫머리에 중中과 용庸으로 구분하여 매우 간명하게 설명되어 있다.

> 中者 不偏不倚 無過不及之名 庸 平常也
>
> 중中은 치우치지 않고 기울어지지 않으며, 지나침(過)과 미치지 못함
> (不及)이 없음의 이름이고 용庸은 평상平常함이다.

치우치지 않고 기울어지지 않으며, 지나침과 미치지 못함이 없는 중中은 사실 생활 속에서 실천하기 매우 어려운 경지이다. 하지만 그 중요성은 나이가 들어가면서 더욱 절감하게 된다. 세상을 살아가는 어렵고 미묘한 이치를 정확하게 알지 못하는 한, 반드시 치우치고 반드시 기울어질 수밖에 없기 때문이다. 중中에 처하고 싶고, 중中에 자리 잡겠다고 마음먹는다고 해서 쉽게 이루어질 수 없는 것이다. "중용中庸은 중간中間이 아니다."라는 말은 너무도 당연한 것 같다. 중용에 비한다면 중간中間은 이해하기도 도달하기도 너무 쉽게 느껴진다. 극단을 피한다는 식의 절충적인 모양새는 흔히 중中으로 오해될 수는 있지만, 중中과는 아무런 관련이 없을 것이다. 요즘의 흔한 표현인 이른바 '균형감각'이란 말도 '중中'의 아주 부분적이고 피상적인 일면만을 일컫는 단어로 느껴진다.

다음으로, '평상平常함'을 뜻하는 용庸은 그와 같은 중中의 상태가 변하지 않고 항상 유지되는 것을 뜻하는 것으로 이해한다. 위 중용장구대전의 첫머리 다음 부분인 정자程子의 설명에도 "바뀌지 않음을 용庸이라 한다不易之謂庸."고 명확히 설명되어 있다.

子程子曰 不偏之謂中 不易之謂庸 中者 天下之正道 庸者 天下之定理

선생이신 정자께서 말씀하시길 "치우치지 않음을 중中이라 이르고, 바뀌지 않음을 용庸이라 이르니, '중'이란 것은 천하의 바른 도(正道)요, '용'이란 것은 천하의 정한 이치(定理)이다.

중中에 도달하기는 너무 어려운 것이지만, 그러한 중中을 항상 유지한다는 것(庸)은 또한 얼마나 더 어려운 것일까! 그렇기에 중용中庸을 실천하는 것은 흰 칼날을 맨발로 밟는 것보다 더 어렵다고 한 것일까!

子曰 天下國家 可均也 爵祿 可辭也 白刃 可蹈也 中庸 不可能也 (제9장)

공자께서 말씀하시길, "천하국가도 가히 고르게 할 수 있으며, 벼슬과
녹봉도 가히 사양할 수 있으며, 흰 칼날도 가히 밟을 수 있으되, 중용은
가히 능치 못하니라."

　중용中庸의 개념을 위와 같이 대략적으로 이해한다면, 그 다음으로
넘어가서 성誠은 무엇일까? '중용을 실현하기 위한 천리天理'라는 말
의 뜻은 무엇일까? '천리天理'라고 한 것으로 보아 중용에 이르기 위한
실천적 방법론 같은 것만을 말하는 것은 아닐 듯하다. 성誠을 천리天理
라고 한 것은 '성誠'을 '성誠하려는 것(誠之)'과 분리해서 설명한 점으
로 보아 어느 정도 이해된다. 즉, 성誠이라는 것은 자연현상과 같은 하
늘의 원리(天理)를 말하는 것이어서 '성誠하려는(誠之)' 인간적인 노
력과는 구분되는 것이다. 그 점은 다음의 유명한 구절들에서 명백하
게 설명되어 있다.

誠者 天之道也 誠之者 人之道也 誠者 不勉而中 不思而得 從容中道 聖
人也 誠之者 擇善而固執之者也 (제20장)

성誠이란 것은 하늘의 도요, 성誠하려는 것은 사람의 도이니, 성誠이란
것은 힘쓰지 않아도 맞으며, 생각하지 않고도 얻어서 종용히 도에 맞으
니 성인이요, 성誠하려는 것은 선을 가려서 굳게 잡는 것이니라.

誠者 自成也 而道 自道也 (25장)

성誠이라는 것은 스스로 이루어지는 것이요, 도道라는 것은 스스로 행함
이니라.

　이와 같이 중용中庸과 성誠의 뜻을 이해했다면, 우리는 그에 이르기
위해 실천적으로 무엇을 어떻게 해야 할 것인가? 즉, 성誠과 '성誠하려

는(誠之)' 인간적인 노력과는 도대체 어떠한 관계에 있다는 것인가? 요컨대 그 둘을 다르다고 보지 않는 것이 〈중용〉에 있어서의 중요한 뜻인 것 같다. 성誠과 '성誠하려는誠之' 노력을 구분하긴 했지만, 그 둘이 사실은 다르지 않다고 보는 것이다. 하늘과 사람을 다르게 보지 않는, 유학에 있어서의 천인합일사상天人合一思想이라고 이해해 본다.[43] 이러한 내용을 성性과 교教 등의 개념을 통해 설명한 부분을 정리해서 옮겨보면,

自誠明 謂之性 自明誠 謂之教 誠則明矣 明則誠矣 (21장)
정성으로 말미암아 밝아지는 것을 성性이라 이르고, 밝음으로 말미암아 정성스러워지는 것을 교教라 이르니, 정성스러우면 밝아지고, 밝으면 정성스러워지느니라.

［해설］
〈중용〉은 이치가 깊은 글이므로 많이 생각해야 합니다. 원래 하느님에게 타고난 성실성으로 말미암아 자연스럽게 밝아지는 것은 성인에 해당하는 성품性을 말합니다. 한편 세상에 나와 선善을 밝히는 것, 즉 배움 등으로 말미암아 성실해야겠다는 생각이 들어 정성스럽게 하는 것은 본래의 성性으로 돌아가려고 노력하는 교육적인 것입니다.

그렇다면 정성誠과 밝힘明, 성性과 교教가 분리되어야 하는가, 그렇지 않다는 것이죠. 정성으로 말미암아 밝아졌거나 밝아진 것으로 말미암아 정성스러워졌거나, '생이지지'를 했거나 '학이지지'를 했거나 '곤이지지'를 했거나 그 아는 데 이르러서 성공하는 데에는 같다는 것입니다. 정성을 들이면 자연 밝아지고 밝아지면 자연 성실해지는 것입니다.

或生而知之 或學而知之 或困而知之 及其知之 一也 或安而行之 或利而行之 或勉强而行之 及其成功 一也 (제20장)
혹 태어나면서 이것을 알며, 혹 배워서 이것을 알며, 혹 고통을 이겨내

가며 이것을 아나니, 그 앎에 미쳐서는 한 가지입니다. 혹 편안히 이것을 행하며, 혹 이롭게 해서 이것을 행하며, 혹 억지로 힘써 행하나니, 그 성공에 이르러서는 한 가지입니다.

위의 설명들을 통해 정성(誠)과 밝힘(明), 성性과 교敎가 다르지 않다고 보는 것을 이해할 수 있다. 즉 우주자연의 원리(性)와 이를 이해하고 이에 도달하려는 인간의 노력(敎)은 다르지 않다는 인본주의적人本主義的인 결론에 이르게 된다. "인간의 정성이 하늘과 인간을 연결시킬 수 있다."는 뜻으로도 이해된다. 이는 얼핏 평범한 사상으로 보일 수도 있지만, 사실은 매우 놀라운 뜻을 담고 있다고 생각한다. 이 세상과 인간, 우주와 '나'를 그와 같이 연결시켜 이해한다는 것은 놀랍다고 생각한다. 그와 같은 생각에 이르기까지 인류는 실로 헤아릴 수 없는 무수한 시간을 보내야 했으며, 막대한 희생도 치렀을 것이다.

그러나 지금까지의 설명과 전개의 결론은 어디에선가 이미 본 듯하지 않은가! 〈중용〉을 펼치자마자 맨 첫 장에서 일찌감치 제시되어 있는 결론이 아닌가! 중용中庸이 어떤 것인지, 성誠이 어떤 것인지 하나도 설명하기 전에 이미, 제1장 첫 구절에서 하늘과 사람이 다르지 않다는 결론을 미리부터 제시해 놓았던 것이다. 천天과 성性과 도道와 교敎에 대한 매우 유명하고 압축적인 설명으로!

天命之謂性 率性之謂道 修道之謂敎 (제1장)
하늘이 명하신 것을 성性이라 이르고, 성性을 따르는 것을 도道라 이르고, 도道를 닦음을 교敎라 이르느니라.
[해설]
이는 천지인天地人의 삼재三才를 의미하는 것입니다. '천명지위성'은 천天, '솔성지위도'는 지地, '수도지위교'는 인人을 말하는 것입니다. 그렇습니다. 형이상학적인 하늘은 우리에게 성품을 주었고, 땅에는 가는 길

이 있고, 사람은 그것을 가르치는 것입니다.

하늘이 명하는 본성을 따르는 것이 인간의 갈 길이요, 그 길을 닦는 것이 인간의 가르침이라는 것이다. '하늘의 본성'과 '나의 길'이 일치한다는 이해는 어찌 보면 매우 독특한 생각일 수 있다. 그러한 이해로써 유한한 생명이 그 유한성을 극복해냈으며, 비로소 하나의 문화를 이룰 수 있었다. 인류의 역사를 통해 중요한 이해였으며, 오늘의 나에게도 역시 중요하다.

---

42. 〈대산중용강의〉(한길사, 2004), 16쪽, '중용이란 무엇인가'
43. 〈중용〉은 후세에 지대한 영향을 미쳤는데, 특히 성(誠)을 강조하는 대목에서 "지극한 정성은 신과 같다(至誠如神)."는 내용은 신비주의적이고 유심주의적인 천인합일사상(天人合一思想)의 극치를 이룬다. 바로 이러한 천인합일사상이 송대의 유심주의 이학(理學)에 이론적 근거를 제공하게 되었다. 위 〈대산중용강의〉, 16쪽, '중용이란 무엇인가'

그리스인 조르바

쾌락과 정념에 그대로 솔직한 '진짜의 삶'만을 사는 조르바는 대학시절에 많은 선망과 의문을 함께 던져 주었던 주인공이다. 젊었을 때 쉽게 경도될 수 있고, 쉽게 배척할 수도 있는 주인공 조르바는 이성적인 접근만으로는 쉽게 다가설 수 없는 인물이다. 그런 점에서, 〈그리스인 조르바〉는 대학생들에게 여전히 많은 토론거리를 제공할 만한 '문제작'일 수 있다고 생각한다.

● ●

저자 : 니코스 카잔차키스 ‖ 읽은 때 : 2009년 10월

젊은 시절 이 책을 처음 읽었을 때 조르바라는 인물에 대해 의구심과 함께 콤플렉스 같은 것을 느꼈던 기억이 남아 있다. 조르바와 같은 인물이 진정으로 훌륭한 사람인 것일까? 조르바와 같은 삶이 가장 참다운 삶의 모습일까? 나는 어찌하여 조르바와 같이 힘과 자신감에 넘쳐, 진심을 다하여 이 세상을 살지 못하고 있는 것일까? 등등. 이번에 다시 읽으면서 드는 생각은 조르바는 인간의 어떠한 유형이라기보다는 모든 인간 속에 내재하고 있는 하나의 속성 같다는 것이다. 모든 인간에게는 조르바와 같은 면이 있으며, 누구나 어느 정도는 '조르바처럼' 살고 있다는 생각이다.

갈탄광 개발이라는 구체적인 일에 대한 목표가 크레타 섬의 몽롱한 시적 분위기와 시종 대비된다. 화자인 작가와 조르바가 엮어가는 '시험적인 삶' 사이를 언뜻언뜻 비집고 나오는 오르땅스 부인의 파란만장한 생애는 과거와 현재의 절묘한 협주를 이룬다. 관능의 화신과도 같이 등장하는 과부, 그녀의 처참한 피살, 수도원의 음산한 이야기가

작품 전체의 슬픈 정조情調를 이루며 용의주도하게 배치되어 있다. 특히 시종일관 환상 속에 빠져 울고 웃다가 비참하게 죽어가는 오르땅스 부인에 대한 묘사는 압권이다. '인생을 깡그리 다 써 버리고 이 외로운 해안으로 유배된 퇴물 카바레 가수', '지쳐버린 퇴물 사이렌'에 불과한 오르땅스 부인. 마을 사람들의 조롱과 야유의 대상이었던 오르땅스 부인에 대하여 화자는 "오르땅스 부인은 내 어머니, 내 누이, 그리고 내 아내였다!"고 부르짖는다.

여성, 관능을 대표하는 과부는 어떠한 개성이나 인간적 특징 같은 것이 전혀 설명되지 않고, 이름도 없이 그냥 '과부'로만 추상화되어 있다. 과부가 처참하게 살해당하는 장면은 매우 의미심장하다. 인간의 운명, 죽음에 대한 대담하고 건강한 생각, 조르바가 딛고 서 있는 거칠고, 눈부시며, 야비한 세계를 과부를 통해 설명해 보려고 한 것 같다.

> "과부는 수천 년 전 에게문명 시대, 치렁치렁한 머리카락을 늘어뜨린
> 채 이 유쾌한 해변에서 매일 아침에 죽어 나가던 크노소스의 젊은 처녀
> 들이었다."
>
> —본문 중에서

과부의 죽음은 신화와 연결되어 있다. 그녀는 제물祭物과도 같다. 수천 년 전 신화 속에서 크레타의 왕 미노스는 다이달로스를 시켜 미궁(迷宮, Labyrinthus) 크노소스를 만들게 한다. 음란한 왕비 파시파에가 사나운 황소의 씨를 받아 낳은 괴물 미노타우로스를 가두기 위해서였다. 아테네의 젊은 남녀가 미노타우로스의 먹이로 제물로 바쳐지는 것을 막으려고 미노타우로스를 처치하기 위해 미궁에 뛰어든 아테네의 영웅 테세우스. 테세우스를 사랑하여 실타래를 건네주는 크레타의 공주 아리아드네.

인간의 욕망과 사랑과 죽음, 그리고 '괴물을 죽이고 문화를 세우는' 인간 역사의 시작. 과부와 조르바의 세계를 마주하는 작가 니코스 카잔차키스는 미노타우로스를 죽이는 테세우스와도 같다. 에게문명 시대의 신화는 파도치는 크레타의 바닷가에서 영원히 반복되고 있다. 에게문명의 후손인 작가 니코스 카잔차키스와 조르바의 시대, 우리의 시대에도 역시 크레타의 바닷가에서 영원히 반복되고 있다. 조르바의 거친 외침도 반복되고 있다.

"그렇다. 바다, 여자, 술, 그리고 힘든 노동! 술과 사랑에 자신을 던져넣고, 하느님과 악마를 두려워하지 말지어다……. 그것이 젊음이란 것이다!"

...

대학 초년시절 감명 깊게 읽었던 〈그리스인 조르바〉는 네오클을 시작할 때부터 당연히 목록에 들어가 있었던 책이다. 대학생이 된 아이들과 꼭 함께 읽어 보고 싶었던 책이다. 쾌락과 정념에 그대로 솔직한 '진짜의 삶'만을 사는 조르바는 대학시절에 많은 선망과 의문을 함께 던져 주었던 주인공이다. 젊었을 때 쉽게 경도될 수 있고, 쉽게 배척할 수도 있는 주인공 조르바는 이성적인 접근만으로는 쉽게 다가설 수 없는 인물이다. 그런 점에서, 〈그리스인 조르바〉는 대학생들에게 여전히 많은 토론거리를 제공할 만한 '문제작'일 수 있다고 생각한다.

토론모임에서도 주로 조르바라는 인물에 대한 평가, 화자인 '나'와의 대비에 대해 주로 이야기했다. 조르바를 모든 인간이 가진 어떤 속성을 과대하게 확대해서 보여주는 인물이라는 관점으로 생각해 보게 된다. 대학시절 처음 책을 읽었을 때의 강렬한 느낌 때문인지, 나는 조르바에 대한 섣부른 미화美化의 위험성에 대해서 지적하고 싶었다. 그래서 제안한 주제가 조르바와 〈까라마조프 형제들〉의 주인공인 아버지 표도르 까라마조프와 인물 비교를 해 보자는 것이었다.

현재적 감각에 충실함을 최종적 가치로 추구한다는 것이라면, 조르바와 표도르 까라마조프와의 차이가 무엇이겠느냐는 하나의 질문을 던져 보고 싶었다. 문제 제기 자체가 엄밀하지는 않지만, 논의를 촉발시키기에는 충분하다고 생각한다. 이 주제와 관련해서는 '정신을 육신으로 채우려는' 조르바, 이와 대비되는 인간관계에 있어서의 배려, 법과 도덕의 문제, 공자의 종심소욕불유구從心所欲不踰矩에 이르기까지 다양한 이야기가 나왔다. 젊은 세대의 정열과 나이 든 세대의 분별의 문제로 간단하게 대비해서 정리하기에는 아까울 정도로, 사실 이야기할 만한 내용이 많은 주제일 것이다. 대학생들끼리 이야기해 보더라도 충분히 논쟁의 여지가 있는 주제라고 생각한다.

반딧불의 묘^墓

일본의 다카하타 이사오 감독의 애니메이션 〈반딧불의 묘〉를 감상하기로 한 것은 일반 영화와도 구별되는 애니메이션을 한 번 접해 보기 위한 것이다. 물론 학생회원들이 애니메이션에 많은 관심을 갖고 있어서 대화의 소재로 삼아보고 싶어서이기도 했다. 미야자키 하야오 감독의 유명한 애니메이션도 많은 것으로 알고 있지만, 주변 지인들에게 많은 자문을 구한 끝에 〈반딧불의 묘〉를 선택했다. 가족에 관한 이야기라는 점에서 네오클에서 함께 이야기하기 좋은 소재라는 점도 고려되었다.

저자 : 다카하타 이사오 감독의 애니메이션 ‖ 감상한 때 : 2009년 11월

일본의 다카하타 이사오 감독의 1988년 작 애니메이션 영화다. 태평양전쟁 끝 무렵인 1945년 6월 5일부터 9월 21일까지 일본의 어린이 남매 세이타와 세츠꼬가 전쟁으로 인해 겪는 불행과 죽음에 관한 이야기다. 슬프고 기구한 이야기지만 그 소재 자체가 기발하거나 독특한 것은 아니고, 전쟁 중에 흔히 일어남직한 매우 전형적인 이야기다. 등장인물들은 어떤 개성을 드러내지 않고, 전쟁에 의해 이리 떠밀리고 저리 떠밀리는 그냥 '사람들'에 불과하다. 마치 사람이 주인공이 아니라 전쟁이 주인공인 것처럼, 등장인물들은 전혀 주도적이지 않다.

'인간'이 아닌 '전쟁'을 주인공으로 내세우자는 것은 감독의 중요한 의도인 듯하다. 가장 평범한 사람들의 이야기를 가장 평범하게 그려냄으로써 '전쟁'의 위력과 비참함을 강조하고자 한 것이다. '인간'을 극도로 억제함으로써 '전쟁'을 드러내고자 한 것이다. 또한 '전쟁'만을 크게 드러나게 함으로써, 그러면 도대체 '인간'이란 무엇인가를 관객으로 하여금 스스로 다시 되묻게 하려는 것이다. 중첩적인 홍운탁월烘雲拓月의 기법처럼 생각되었다.

그런 관점에서 보면, 이 영화에서 애니메이션이라는 수단은 매우 적절하다고 생각된다. 애니메이션이기 때문에 감독은 배우들의 개성에 의해 방해 받지 않고, 등장인물들을 마음대로 통제한다. 배우들의 개성에서 우러나오는 부가적附加的인 자유, 예기치 않은 풍요로움을 모두 포기하는 대신, 감독은 고독한 절제를 통해 말하고 싶은 바를 혼자만의 목소리로 말한다. 감독과 똑같은 피와 살로 이루어졌고, 심장도 각각 따로 뛰고 있는 배우들을 완전히 장악한다는 것은 사실 가능한 일이 아닐 것이다.

이야기 진행의 모든 짐은 오빠인 세이타 한 사람에게 지워져 있다. 어머니의 죽음을 감당하는 일, 자기 자신과 동생을 먹여 살리는 일, 동생을 정서적으로 돌보고 지켜 주는 일, 주변 사람들과의 인간 관계를 꾸려나가는 일 등. 심지어는 죽은 다음에도 회상 형식으로 이야기를 거슬러 설명하는 책무마저도 오직 세이타 혼자서 감당한다. 동생 세츠꼬는 주로 울고 있거나 아니면 웃고 있다. 이 세상을 살아가는 모든 고통과 부담은 다른 사람과 함께 나누어 짊어질 수 있는 것이 아니고, 결국 '나' 혼자서 감당해야 한다는 메시지처럼 느꼈다.

세이타와 세츠꼬가 친척집에서 쫓겨나와 선택한 주거지가 인가人家를 벗어난 연못 옆의 동굴이라는 점도 중요하게 생각된다. 도심의 빈민합숙소 같은 곳이 아니라, 완전히 야생적인 생활을 대안으로 선택했다는 것은 감독의 중요한 지향志向이라고 본다. 감독은 인간 사회를 믿지 않았고, 인간 사회에 아무런 희망을 두지 않았다. 차라리 자연으로 비약하고 초월하는 곳에서 삶을 이어가고자 했다. 동굴 앞을 지나가던 동네 꼬마들의 심술궂은 표정과 고약한 태도는 감독에 대한 인간 사회의 차가운 시선이다. 또는 인간 사회에 대한 감독의 차가운 시선이다.

자연으로 비약한 삶이 삶으로 이어지지 못하고 결국 죽음에 이르게 되더라도 어쩔 수 없다고 본다. 자연이 삶의 장소가 아니라 죽음의 장소가 되더라도 어쩔 수 없다는 것이다. 세이타와 세츠꼬의 삶은 영롱하게 반짝이며 피어오르는 반딧불 속에서만 가능한 것이라고, 영화는 그 시작에서부터 반복적으로 강조한다. 결국 처음부터 삶 자체를 부정하는 것으로 보인다. 이 영화의 비극의 핵심은 바로 그 점, 즉 "현실 사회 속에서의 삶이 사실은 가능하지 않다."는 감독의 판단이라고 생각한다.

삶이 가능하지 않다는 것은 결국 죽음이라는 것인데, 사실 영화 전체에 걸쳐 죽음이 강조되어 있다. 영화의 제목부터 '반딧불의 무덤'이고, 영화는 "나는 1945년 9월 21일에 죽었다."라는 세이타의 대사로부터 거슬러 시작된다. 굳이 이미 죽은 사람의 독백에 의한 회상 형식으로 이야기를 진행한 점은 의도적이다. 영화 속에서 죽음은 언제나 단정적이고, 당연한 것처럼 선언된다. 어머니의 죽음, 세츠꼬의 죽음, 세이타의 죽음은 모두 간결하며, 감정의 군더더기 하나 없이 마무리된다. 죽음은 작품 전체를 뒤덮고 있고, 이쯤 되면 '죽음'으로써 전쟁의 비참함을 표현하려 한다는 의도를 이미 초과하고 있다.

이 영화의 주된 테마가 삶과 전쟁과 죽음이라면, 전쟁은 삶을 이겼고, 죽음은 전쟁을 이겼다. 모든 인간은 죽을 수밖에 없고, 전쟁은 언제나 있어왔으며, 전쟁은 대량의 죽음을 가져온다는 것도 모두 사실이다. 하지만 세이타와 세츠꼬의 이야기가 무덤가의 수많은 반딧불 가운데에서만 아름답게 반짝인다고 보는 것은 극히 일본적인 죽음의 미학이라는 생각이 든다. 한 줄기 바람에 화사하게 웃으며 떨어져 내리는 벚꽃잎들처럼, 스러져가는 짧은 순간이 아름다움의 전부라고 보는……. 삶이 곧 죽음이라고 보는……. 일본 영화를 많이 보지 않아서인지, 삶에 대한 조금의 긍정도 찾아볼 수 없는 특이한 영화라고 생각되었다.

네 오클 모임에서 책이 아니라 음악, 미술 감상을 주제로 삼은 적도 있고, 영화나 연극을 감상한 적도 있다. 영화로는 2007년 12월에 〈영화란 무엇인가?〉라는 거창한 제목의 열린토론을 하면서 이창동 감독의 〈밀양〉을 각자 본 후 감상문을 쓰고 토론도 한 바 있다. 연극에 대해서는 2008년 10월에 대학로에서 함께 연극을 감상하고 토론한 일이 있는데 그때 관람한 연극은 역시 2006년 2월에 네오클 도서로 접한 바 있는 〈폭풍의 언덕〉이었다. 다양한 문화생활을 일상적인 생활의 부분으로 받아들인다는 것은 자라나는 세대를 위한 좋은 배려가 될 수 있다고 생각한다. 생활의 기쁨과 행복을 넓혀나가는 길이라고 생각한다.

이번 일본의 다카하타 이사오 감독의 애니메이션 〈반딧불의 묘〉를 감상하기로 한 것은 일반 영화와도 구별되는 애니메이션을 한 번 접해 보기 위한 것이다. 물론 학생회원들이 애니메이션에 많은 관심을 갖고 있어서 대화의 소재로 삼아 보고 싶어서이기도 했다. 미야자키 하야오 감독의 유명한 애니메이션도 많은 것으로 알고 있지만, 주변 지인들에게 많은 자문을 구한 끝에 〈반딧불의 묘〉를 선택했다. 가족에 관한 이야기라는 점에서 네오클에서 함께 이야기하기 좋은 소재라는 점도 고려되었다. 각자 집에서 비디오를 구하여 시청한 후 감상문을 올리기로 했다. 예상대로 학생회원들은 많은 관심을 보였다. 감상문도 많이 올라왔고, 토론모임에서도 활발하게 많은 이야기를 나눌 수 있었다.

독후감이나 토론모임에서는 작품 내용 뿐 아니라 애니메이션이라는 장르 자체에 대한 여러 이야기가 나왔다. 작은아이 민석도 독후감에서 애니메이션의 '비현실적인' 수단과 '창조성'의 관계에 대한 본인의 생각을 전개했다. 토론모임에 앞서 한 회원이 애니메이션의 의미, 종류, 기원 등에 대한 인터넷 검색 자료를 토대로 간단한 소개를 했다. 기원전 1만 년에서 5천 년 경에 스페인 북부 알타미라 동굴벽화에 다리가 4개가 아닌 8개로 그려져 있는 멧돼지 그림이 있는데, 사냥꾼에게 쫓기는 멧돼지의 움직임을 표현해 보려는 시도로 보이는 이 그림을 애니메이션의 기원으로 본다는 설명이 기억에 남는다.

토론모임에서 부모 세대와 자녀 세대의 여러 애니메이션 작품에 대한 추억을 이야기하는 시간도 있었다. 부모들은 〈우주소년 아톰〉, 〈요괴인간〉 등에 대한 감상을 소개하고, 학생회원들은 컴퓨터 애니메이션의 최근작들에 대해 이야기 해 주었다. 민석은 미야자키 하야오 감독의 〈바람계곡의 나우시카〉의 감동적인 면에 대해 소개했고, 본인이 독후감에서도 관심을 표명한 〈애니메이션에서 보여주는 가상형태의 비현실성이 현실에 어떠한 영향을 주는가〉에 대한 의견도 개진했다. 확실히 애니메이션이라는 소재가 부모 세대와 자녀 세대를 이어주는 하나의 매개가 될 수 있음을 확인한 즐거운 시간이었다.

누구를 위한 역사인가

아이들은 역사에 대한 관심이 많았다. 어린 시절에 역사에 대해 많은 관심을 가진다는 현상을 어떻게 이해

해야 할지는 모르겠지만, 그런 관심을 집중적인 지적 호기심으로 연결시키는 에너지로 삼으면 좋겠다고

생각한다. 여러 문학작품이나 전기 등을 읽을 때도 그 역사적 배경을 알아보거나 역사적 관점에서 통찰해

보는 것은 재미있기도 하고, 많은 도움도 되리라고 생각한다.

● ●

저자 : 케이스 젠킨스 ‖ 원제 : Re—thinking History ‖ 읽은 때 : 2009년 12월

"'과거'와 '역사'는 다른 것으로서 서로 동일시될 수 없다. 우리 자신이
과거의 산물이듯이 '인식된 과거'(역사)는 우리의 창작물이다. 우리는
과거의 진실을 알 수 없다. 역사는 상호 주관적이고 이데올로기적으로
자리매김 한다. 역사란 다른 집단에게는 상이한 의미를 갖는 논쟁적 용
어 혹은 담론에 불과하다. ('역사 자체를 위한') 역사의 순수성이란 지
배적 담론이 자기 이해를 표명해 온 방식에 불과하다."

역사란 무엇인가에 대한 저자의 견해다. "역사를 그저 과거에 대한
진실한 지식의 획득을 목표로 하는 학문분야로 고찰할 것이 아니라,
오히려 현재의 마음을 그대로 갖고 과거로 들어가서 과거를 깊이 탐
구하고 그것을 자신의 필요에 맞게 적절하게 재조직하는 담론적 실천
으로 이해해야 한다."는 결론으로 압축된다. 포스트모더니즘적 시각
에 의한 역사의 상대화에 의해 역사는 한없이 재규정될 수 있다는 것
이다. 권위적인 역사와 포스트모던의 과거 부재라는 진퇴양난의 틈바

구니 안에서, 가능한 한 많은 사람들이 자신의 역사를 만들어 세계에 실질적으로 영향력을 행사할 수 있도록 이끌겠다는 것이 저자의 의도이다.

'진실'에 대한 저자의 냉소적 회의주의에 대해 생각한다. 저자의 주장과 같이, 진실이란 단지 언어론적 기호, 즉 하나의 개념에 불과한 것일까? 진실은 결코 현상 세계에 접근할 수 없는 언어의 자기암시적인 얼굴에 불과한 것일까? 역사에 있어서의 '진실'이란 실제로 권력을 통해 담론 속에 자리매김 한 '유용한 허구'에 불과한 것일까? '진실'에 대한 회의와 부정은 오로지 보다 정확한 '진실'에 다가서기 위한 것일 뿐이라고 생각한다. 그런 점에서 저자가 주장하는 상대주의적 견해에 모두 공감할 수는 없었다. '진실하다는 것', '옳다는 것'은 '불변적'인 어떤 것이라기보다는, '틀린 견해에 머무르지 않으려는 것'에 가깝다고 생각한다.

포스트모더니즘의 상대주의라는 것도 스스로 다시 '상대적'임을 벗어날 수 없다고 생각한다. 포스트모더니즘에 의해 '중심'이나 '이성'이 부정되는 것도 오히려 제한적이며, 사실 종국적인 것도 아니라고 생각한다. 포스트모더니즘을 포함한 현대 사회의 사상이 크게 보아 이성주의의 범위 안에 있다고 꽤나 태평스럽게 파악하는 리쩌허우(李澤厚)의 견해가 떠오른다.[44] 그에 의하면 포스트모더니즘은 이성을 분쇄하고 타개하는 것이 아니라 이성을 보충하고 해독한다는 것이다. 역사를 연구하는 목적은 오직 오늘의 '너와 나', 오늘의 '우리'가 진정 누구인지를 알기 위함이라고 생각한다. 실증주의든, 회의주의든, 포스트모더니즘이든 간에, 모두 '인간'을 규명하기 위한 노력일 뿐이다.

콜링우드(Collingwood)는 모든 역사는 마음의 역사라고 주장했다. 저자는 '감정이입'(생생한 역사이해를 얻기 위해서, 즉 과거를 과거 사람의 관점에서 이해하기 위해서는 과거에 살았던 사람들의 상태와 관점을 포괄적으로 인식해야 한다는 주장)이 불가능하다고 말한다. 일종의 '인간본성의 불변성'을 바탕으로 한 잘못된 전제 때문에, 과거 사람들의 마음으로 제대로 들어갈 수 없다는 것이다. 그래서 결국 모든 역사는 '과거 사람들의 마음의 역사'가 아니라 '역사가의 마음의 역사'일 뿐이라는 것이다. 그러나 '인간본성의 불변성'을 굳이 전제하지 않더라도, 우리는 과거 사람들의 마음에 들어가려고 노력할 수 있으며, 그러한 노력은 가치 있다고 생각한다. 고대 이집트의 사제司祭, 서양 중세의 기사騎士, 나폴레옹 휘하의 병사의 마음은 오늘날의 우리의 마음과는 많이 다를 것이다. 그렇더라도 우리는 우리의 마음을 그 과거의 사람들에게 투영하지 않고, 그들의 마음을 직접 짐작해 볼 수도 있다고 나는 생각한다.

과거 사람의 마음을 이해할 수 있다고 보는 이유는 그 사람들이 오늘날의 우리와 어떤 식으로든 연결되어 있다고 생각하기 때문이다. 우리가 매우 원시적인 초기 인류에게조차 비상한 관심을 가지는 것은 현재의 우리와의 어떤 연관성 때문일 것이다. 이해의 가능성이 없는 것에 대해 우리는 관심을 가질 수 없다. 우리와 조금이라도 연관되어 있는 어떤 것에 대해서도 우리는 생각할 수 있고 이해하려 할 수 있다. 인간의 마음이 다른 인간의 마음과 조금이라도 연결되어 있는 한, 이해의 가능성은 열려 있다고 본다. 우리의 마음의 어딘가에는 고대 시베리아 무당巫堂의 정신세계, 고대국가 성립 이전에 순장殉葬하고 순장 당하며 죽어갔던 모든 사람들의 정신세계도 담겨있다고 생각한다. 그러므로 우리는 그 사람들의 정신세계를 (불완전하게나마) 이해할 수 있다. 옛날 사람들의 정신세계에 대한 이해는 오늘의 '나'와 '우리'를 이해하는 데 도움이 된다고 생각한다.

44. 이택후 〈역사본체론〉 도서출판 들녘 2004, 56–59쪽

네오클을 처음 시작할 무렵, 아직 아이들이 어렸을 때부터 아이들은 역사에 대한 관심이 많았다. 어린 시절에 역사에 대해 많은 관심을 가진다는 현상을 어떻게 이해해야 할지는 모르겠지만, 그런 관심을 집중적인 지적 호기심으로 연결시키는 에너지로 삼으면 좋겠다고 생각한다. 여러 문학작품이나 전기 등을 읽을 때도 그 역사적 배경을 알아보거나 역사적 관점에서 통찰해 보는 것은 재미있기도 하고, 많은 도움도 되리라고 생각한다.

역사에 관한 입문서로는 2007년 1월에 E. H. 카의 〈역사란 무엇인가〉를 네오클에서 이미 읽은 바 있다. 1991년에 나온 이 책 〈Re—thinking History〉는 1963년에 출판된 E. H. 카의 〈역사란 무엇인가〉를 넘어서려는 시도로서, 포스트모던 역사학의 윤곽을 보여주는 책으로 평가된다고 한다. 사실 2007년도에 〈역사란 무엇인가〉를 읽을 때 학생회원들이 충분히 이해하기에는 어려운 책이 었는데, 이번에 읽은 〈Re—thinking History〉도 이해하기 어렵기는 마찬가지였다. 이번에도 '역사'에 대한 지적 자극을 줄 수 있다는 정도의 소박한 효과만을 기대해야 될지도 모르겠다.

작은아이 민석은 독후감을 올리지 않은 데 비하여 큰아이 정석은 상당히 긴 독후감을 올렸다. 민석보다는 정석이 역사에 관심이 많았음을 어렸을 적부터 알 수 있었다. 정석은 대학교 교양과목으로 수강한 〈역사학 입문〉 시간에 배운 포스트모더니즘 역사학을 소개하며 소박하게나마 역사에 대한 자신의 생각을 전개했다. "기존의 '메타 이야기'를 거부하고 포스트모더니즘적 방법론만을 강조하는 것도 부당하게 느껴진다."는 개인적인 견해도 피력했다. 이 책의 주된 논조라고 할 수 있는 '역사지식에 대한 회의주의'의 문제는 〈역사란 무엇인가〉 때에도 그랬지만, 여전히 상당한 혼란을 느끼게 하는 어려운 문제다. 포스트모더니즘 역사학의 기본 개념에 대한 설명을 읽어보더라도, 정리된 이해를 갖기에는 어려움을 느끼게 된다. 최근의 학문적 성과나 주류적 견해가 어떤 것인지 궁금하기도 하다. 이번 책 역시 역사학을 전공한 교수님의 도움말이 필요하지 않았나 하는 생각이 든다.

토론모임에서는 포스트모더니즘에 대해 좌충우돌 이야기하기도 했지만, 너무 어려운 토론을 피한다는 의미에서 가벼운 이야기도 나누었다. 예를 들어 〈역사소설이나 역사드라마의 가치를 어떻게 볼 것인가?〉라는 주제로도 이야기했는데, 〈선덕여왕〉 등 최근 방송되고 있는 역사 드라마에 대해서도 많은 이야기를 나누었다. 또한 역사교육과 관련하여, 자국이나 자민족 중심의 역사교육의 문제점에 대한 이야기도 있었는데, 이 또한 정리된 이해를 갖기 어려운, 힘든 주제였다. 아무튼 '역사'에 대해서 많은 이야기를 했고, 많은 생각을 할 수 있는 즐거운 시간이었다. '역사'는 매우 흥미로운 소재임에는 틀림없다.

괴짜경제학

2010년 첫 달 모임에 우리 가족 4명은 모두 독후감을 올리고 참여했다. 모두 대학생이 된 아이들도 보다 시간적인 여유를 가지고 참여할 수 있을 것이다. 이 책은 시사적인 관점에서 화제가 된 책인데, 책을 재미 있게 읽었는지에 관하여 회원들 간에 의견이 심하게 갈린 경우였다.

●●●●●●●●●●●●●●●●●●●●●●●●●●●●●●●●●●●●●●

저자 : 스티븐 레빗 · 스티븐 더브너 ‖ 원제 : Freakonomics ‖ 읽은 때 : 2010년 1월

스티븐 레빗 · 스티븐 더브너 저 〈괴짜경제학〉, 〈슈퍼괴짜경제학〉을 함께 읽어보았는데, 예로 드는 사례들만 다를 뿐, 저자가 말하고자 하는 바는 두 책이 크게 차이가 나지 않았다. 실험경제학자 존 리스트의 연구 결과 입증한 것은 "인간은 천성적으로 이타적인가?"라는 질문이 잘못되었다는 것이다. 사람들은 '나쁘거나 좋은' 존재가 아니고, 사람들은 그저 사람들일 뿐이라는 것이다. 사람들은 '인센티브에 반응하는' 존재이기 때문에 적절한 레버만 찾을 수 있다면 나쁜 방향으로든 좋은 방향으로든 인간을 쉽게 조종할 수 있다는 것이 저자의 생각이다.

사람들이 인센티브에 반응할 수밖에 없는 존재라는 것은 사람들이 무력無力하고 무지無知하기 때문일 것이다. 사람들이 무력하고 무지하다는 것은 당면한 과제가 너무 해결하기 어렵기 때문일 것이다. 사람이 살아가는 데 있어서의 위험이나 우연, 불확실성이 너무 크다고 볼 수도 있다. '먹고 사는' 경제 문제의 해결만 보아도 원시시대부터 현

대에 이르기까지 결코 해결하기 쉽지 않은 문제이다. 그 밖의 일상생활에서의 여러 문제도 사실 쉽게 선택할 수 있는 것은 거의 없다. 이 책에서 나오는 사례와 같이, 암에 걸렸을 때 화학요법을 사용할 것인가, 지구 온난화를 방지하기 위하여 이산화탄소 발생을 억제해야 하는가, 자녀 교육에 부모가 어느 정도 영향을 미칠 수 있는가, 원하지 않는 임신에 낙태를 허용할 것인가 등의 문제에 대한 선택은 어느 것도 쉽지 않다.

그토록 문제 해결이 어렵기 때문에 이른바 '전문가'의 견해에 의존하게도 되지만, 그 '전문가' 또한 '인센티브에 반응하는' 약한 사람에 불과하기 때문에, 사람들은 언론과 결합된 '전문가'들이 만들어 낸 잘못된 '통념'에 흔히 속게 마련이라는 것이다. 다른 사람의 무지와 무력을 이용하여 더 많은 이익을 취하려는 것이 '인센티브에 반응하는' 본성을 지닌 인간의 경제학적 행동 패턴일 수밖에 없다고 저자는 파악한다. 우리의 일상생활에서 '상업전문가'들이 조작하는 광고뿐 아니라, 대중매체에 의한 문화와 생활에 대한 근원적 왜곡은 사실 매우 심각하게 느껴진다. 저자의 주장대로 "우리가 알고 있는 대부분의 정보는 사실이 아니다."[45]

그러나 다른 한편으로는, 이 책의 내용 역시 위에서 말한 '전문가'에 의해 조작된, 또 하나의 '잘못된 통념'을 낳을 수 있는 것은 아닌지 의심이 들기도 한다. 거대한 데이터 세트를 마련한 후 그에 '적절한 질문'을 던지며, 인간의 행동방식을 수학적 확률로 압축하는 저자의 방식이 널리 적용될 수 있다고는 생각한다. 또 그러한 방식이 비이성적으로 행동하는 인간의 패턴조차도 분석의 대상으로 포함할 수 있는 '과학'이라는 점도 인정한다. 하지만 나의 근본적인 의심은, 그와 같은 분석의 결과가 우리의 행동양식에 관한 '사실'을 설명할 수 있다고 하더라도, 그것이 '우리가 실제 행동하는 데 어떠한 지침이나 참고가 될 수 있을 것이냐'에 관한 것이다.

그런 의심이 드는 대목은 예를 들어 다음과 같은 주장이다.

"비전형적인 사람들이 무한히 다양한 방식으로 존재할 수 있는 복잡다단한 세상에 우리가 살고 있기 때문에 오히려 기준선을 발견하는 것에 큰 가치가 있다. 그리고 평균적으로 무슨 일이 일어나는지 아는 것이 무엇이든지 시작하기에 좋은 지점이 된다."[46]

나의 의심은 '기준선을 발견하는 것'이 과연 어떤 가치가 있느냐는 것이며, '평균적으로 무슨 일이 일어나는지 아는 것'이 왜 중요한지 등이다. 결국 이 책에서 다룬 여러 사례 분석을 통해 다른 사람이 어떻게 행동하는지를 알았다고 해도, 그것이 내가 어떻게 행동해야 하고, 어떻게 행동하고 싶은지를 아는 데 도움이 되느냐의 문제다.

우리는 일반적으로 최대한의 합리성을 추구하고 우선 그에 따라 행동하려고 애쓴다. 그러나 아주 어렵고 절박한 문제에 맞닥뜨렸을 때 어떤 '기준'에 의해서나 '평균적으로' 행동하고 싶지는 않을 것 같다. 우리에게 실제 도움이 필요한 경우는 합리성으로 해결하기 어려운 '어렵고 절박한' 문제일 것이다. 그런데 이 책의 분석 내용은 그런 문제에 관한 도움을 주기는 어렵다고 생각한다. 이 책이 혹여 '아주 어려운 문제들'에 대해서도 합리적으로, 사실적으로, 경제학적으로 접근하면 해결할 수 있다는 듯한 뉘앙스를 풍길 경우, 그것은 '전문가'에 의한 또 하나의 '잘못된 통념'으로 작용할 수 있다고 생각한다.

또한 현실에 대한 분석은 '사실'이라고 하더라도 사후적인 것일 뿐이므로, 우리 행동의 실천적인 면에 도움을 주기 어렵다고 생각한다. 저자의 분석과 같이 인간이 '인센티브에 반응하는' 존재라는 것이 '사실'로 밝혀졌다고 하더라도, 그와 상관없이 우리는 '인센티브에 반응하여' 행동하려고 하지는 않는다. 우리가 어떻게 행동하느냐보다는 어떻게 행동하려고 하느냐가 중요하다. 우리가 실제 행동할 때는 통계 같은 것을 참고하는 것이 아니라, 오히려 심리적, 윤리적, 종교적 사실이나 견해의 영향을 받게 될 것 같다. 즉, 우리는 어떤 '경향傾向'

에 따라 행동하고 싶은 것이 아니라, '마음에 들거나' '좋다고 생각되는' 어떤 행동을 굳이 하고 싶은 것이다.

제멜바이스Ignatz Semmelweis가 의사들로 하여금 염소鹽素로 손을 씻게 하여 수많은 산모와 신생아들을 구해낸 것을 이 책에서는 통계적 분석을 통해 극적으로 설명했지만, 제멜바이스의 업적은 실천적인 면에서 보면 오로지 윤리적 책임감이나 종교적 열정에서 우러나온 것뿐일지 모른다. 의사들이 '인센티브에 반응하여' 손을 씻기 시작한 것이 '사실'일지는 모르지만, 그것이 중요한 것이 아니라 의사들이 해야 할 일은 책임감이나 사랑의 마음으로 손을 씻으려고 애쓰는 것뿐이다. 의사들에게 손을 씻게 하기 위하여 '인센티브를 부여하려고' 힘들게 고안하고 애쓰는 마음도 그런 책임감과 사랑에서 나올 것이다.

우리는 합리성을 최대한 추구한다. 주식투자나 사업경영 등 경제활동은 경제적 합리성에 충실해야 할 것이다. 그밖에 소송제기, 자녀교육, 건강관리 등에서도 합리성이 물론 중요할 것이다. 그러나 합리성은 우리 삶의 극히 일부분밖에 밝혀주지 못한다. 합리성이 다하는 '어렵고 힘든' 지점에서 다시 정서와 윤리와 종교가 있을 것이다. 우리의 행동은 합리성뿐만 아니라, 합리성을 넘어서 결국 진眞 · 선善 · 미美의 세계를 건립하고자 하는 것이다. 타고르의 말과 같이, "우리는 사실 안에서 존재하는 것보다 그 이상으로 진리 안에서 존재한다(He is more in truth than he is in fact)."

---

45. 〈괴짜경제학 플러스〉 웅진지식하우스 2009, 109-115쪽
46. 위 〈슈퍼괴짜경제학〉 33쪽

...

2010년 첫 달 모임에 우리 가족 4명은 모두 독후감을 올리고 참여했다. 모두 대학생이 된 아이들도 보다 시간적인 여유를 가지고 참여할 수 있을 것이다. 이 책은 시사적인 관점에서 화제가 된 책인데, 책을 재미있게 읽었는지에 관하여 회원들 간에 의견이 심하게 갈린 경우였다. 새로운 관점의 묘미를 느낄 수 있었다는 견해와 이 책의 관점 자체에 동의할 수 없기 때문에 재미가 없었다는 견해가 대립되었다.

우리 가족은 부정적인 의견으로 거의 일치되었는데, 가족의 의견이 미리 의논이라도 한 듯이 대체로 비슷하게 나아가는 것은 네오클 운영에서 보는 재미있는 현상이라고 할 수 있다. 작은아이 민석은 독후감에서 구체적인 통계자료를 동원한 끈질긴 추론이 이 책의 가치인 동시에 한계임을 지적하면서, 어떤 사회현상과 그 안에서의 인간의 행위를 얼마나 정확히 볼 수 있을까 의문이 든다고 하였다. 그러면서 까뮈의 〈시지프 신화〉의 한 대목을 인용하고 있다.

"우리에게 감동을 주는 것은 오직 자명함과 서정 사이의 균형뿐이다."

큰아이 정석도 역시 나의 독후감과 비슷한 논조인데, 이 책을 재미있게 읽지 못한 이유는 "나에게 도움을 주지 못할 것 같다는 생각이 계속 들기 때문이다."라고 단적으로 표현하고 있다. 저자가 기존의 사회 통념을 비판하지만 결국 그의 분석도 피상적이고 수많은 견해 중의 하나일 수밖에 없다는 점을 고려하지 않은, 확신에 찬 어투가 거슬린다는 점도 지적한다. 처는 저자가 말하는 인센티브의 개념을 확대하여 "정말 크고 중요한 인센티브가 무엇인가?"라는 점을 지적하고 있는데, 역시 저자의 '인센티브론'에 대한 반대의 뉘앙스로 이해된다.

주로 통계적 방법으로 어떤 현상의 이면을 들여다보려는 이 책은 대중의 눈높이에 맞도록 재미있게 설명해야 한다는 부담과 제한을 안고 있다고 생각한다. 자극적인 소재, 지나친 단순화가 논리의 치밀성을 떨어뜨릴 수도 있을 것이다. 상업적인 목적으로 어떤 책을 쓸 때 제기될 수 있는 이런 문제들은 사실 우리의 삶 앞에 펼쳐진 진짜 '문제'들일 수 있다고 생각한다. 이 책의 논리나 서술 방법 이야말로 이 책에서 말하고자 하는 실물적 '진실'과 가짜(허상)의 차이를 그대로 보여주고 있다는 생각도 든다.

Banner in the Sky

내가 제안한 주제는 '알프스나 히말라야의 높고 험한 산을 처음으로 정복하는 일은 얼마나 가치 있는 일일

까? 올림픽에서 금메달을 따거나 노벨물리학상을 받은 것과 그 가치를 비교해 볼 수 있을까?'였는데, 학생

회원들을 중심으로 상당히 열띤 토론이 이루어져서 즐거웠다. 마침 토론모임이 동계올림픽에서 김연아 선

수가 막 금메달을 따는 날에 진행되어서 그런지 더욱 실감나는 토론이 되었다. 젊은 학생들이 열광하는 연

예계나 스포츠의 스타들도 떠올려 보면서, 어떤 행위나 업적의 진정한 가치가 무엇이라고 생각하는지에

관해 다양한 이야기를 할 수 있었다.

● ●

저자 : 제임스 램지 울만 ‖ 읽은 때 : 2010년 2월

국내에 〈시타델의 소년〉이라는 제목으로 번역본이 나와 있는 이 책
은 오직 산에 관한 이야기다. 평소 산을 매우 좋아한다고 주장한다.
산을 빼놓고는 지금까지 살아온 인생을 설명하기 어렵다고까지 이야
기한 기억도 있다. 그러나 루디 맷에게 시타델 산이 가지는 절실한 의
미 앞에 산에 대한 나의 사랑은 퍽이나 제한되고 왜소한 것처럼 생각
되기도 한다. 평소 이른바 '등산 전문가', '산 사나이'를 자처하는 사
람들에게서 그다지 달갑지 않은 인상을 받은 것도 사실이다. 하지만
이 작품을 통해 대자연인 산 앞에 자기 자신을 모두 바치는 숭고한 열
정을 접하면서 '산'에 대해 다시 한 번 깊게 생각해 보게 된다. 나에게
있어 '산'이란 진정 무엇일까? 진짜 '산 사나이'란 어떤 사람인가? 우
리 각자의 삶에서 루디 맷의 시타델 산과 같은 존재는 과연 무엇일까?
산에 오른다기(登山)보다는 산으로 들어가서(入山) 산 속에 머물러
있고(在山中) 싶다는 생각을 더 많이 하게 된다. 등산을 시작할 때 얼
른 산꼭대기(頂上)에 오르겠다는 마음보다는 산 속으로 빨리 파묻히

고 싶어진다. 나에게 있어서 '산'은 인간사회를 잠시 떠나 머물러 있을 수 있는 곳으로 주로 생각된다. 힘차게 오르기도 하고 하염없이 걸을 때도 있지만 크게 보면 모두 산에 '머무는' 것이다. 그 머무는 곳이 우리에게 기쁨을 주는 이유는 그곳이 바로 인간에게는 근원적인 고향 같은 곳이기 때문이다. 인류 역사를 500만 년으로 잡는다면 499만 년 이상을 모두 산이나 숲 같은 '자연' 속에서 살아왔기 때문에 그곳은 사실 우리에게 가장 친숙하고 마음이 편한 곳이다. 그래서 어쩔 수 없이 마음이 끌리고 깊은 감동을 받게 되는 곳이다. 그러한 '자연'이 그나마 가장 잘 보존되어 있는 유일한 현실적 공간이 바로 '산'일 것이다.

인간사회를 잠시 떠나 '산'으로 간다고는 하지만, 그 떠난다는 것은 사실은 오로지 인간사회로 다시 돌아오기 위한 것일 뿐이라고 생각한다. 역설적이긴 하지만 "돌아오기 위해 떠나는 것이다." '산'에 간다는 것은 인간사회를 절실하게 사랑하기 때문에 오히려 가장 멀고 가장 적막한 곳으로 떠나보려는 것이다. 사랑하는 아기를 더 제대로 보기 위해 팔을 뻗어 가장 멀리 떨어뜨려 놓은 상태로 들고 보는 것과 마찬가지다. 시타델 산 꼭대기 같은 곳에서 홀로 밤을 보내게 된다면 바로 그 시간에, 내가 떠나온 사랑하는 사람들을 가장 가깝게, 진하게 느낄 수 있을 것 같다.

"사랑하기 때문에 가장 멀리 떠난다."는 점에서, 멀고 한적한 산을 오랜 시간 등산하는 것이 좋다고 생각한다. 잊으려 애쓸수록 더욱 선명하게 떠오르는 어떤 얼굴처럼, 산이 깊고 적막할수록 인간사회는 우리 가슴속에 더욱 분명해진다. 산 속에 있으면서 인간사회에 관해 골똘히 생각하게 된다는 것은 물론 아니다. 눈부시게 반짝이는 나뭇잎, 죽어 넘어져 있는 커다란 나무들과 그 나무들이 풍기는 괴괴한 숲속의 향기. 수만 년 전 짐승을 사냥하러 뛰어다니던 그 숲속은 오늘날의 우리에게는 낯설게만 느껴진다. 세상과는 무관한 듯한 그 적막하고 고요한 숲속에, 인간 세상에 대한 뜨거운 사랑이 삼켜진 울음처럼 숨어 있는 것이다.

루디 맷이나 그 아버지 요제프 맷, 또는 캡틴 윈터 같은 사람들이 시타델 산을 정복하고자 하는 열정은 내가 산을 좋아하고 사랑하는 마음과는 조금 다른 듯하다. 높고 험한 산을 목숨을 걸고 '처음으로 정복하려는' 의지는 평범한 애호가 수준과는 다른, 영웅적인 열정에 속한다. 미술 감상을 즐기며 아름다움을 찬미하더라도, 고흐나 고갱 같은 위대한 예술가의 열정에 미칠 수 없는 것에 비유할 수 있을 것 같다. 자신의 귀를 칼로 잘라낸 고흐처럼, 진정한 의미의 '산 사나이'는 산에 기꺼이 목숨을 거는 사람일 것이다.

어쨌든 나는 산을 좋아하고 산을 사랑한다. 언제든지 눈만 감으면 설악산이나 지리산의 어느 한적한 숲길을 홀로 걸을 수 있다. 차가운 바위나 사소한 돌부리, 숨죽이며 나를 빤히 쳐다보던 어둑한 숲속의 산나리 꽃. 주말의 도봉산이나 관악산을 줄지어 오르는 수많은 등산객들. 설악산, 지리산 능선을 수놓는 울긋불긋한 등산복의 행렬. 우리는 모두 자신의 힘겨운 삶을 산에 견주고 있다. 삶과 산이 팽팽하게 서로를 지탱하고 있다. 우리는 그 산에서 사랑하는 사람의 이름을 불러보는 것이다. 히말라야 고봉高峰 위에서 홀로 죽어간 '산 사나이'들이 끝까지 그러했듯이.

1865년 시타델Citadel이라는 가공의 산을 처음으로 정복하는 이야기를 소재로 한 작품이다. 같은 해에 처음 정복된 알프스의 정상 마테호른Matterhorn 등정에 관한 실화를 참조하였다고 한다. 책의 내용은 어린이가 읽어도 좋을 만한 평이한 내용이지만, 산을 소재로 한 것이어서 이야깃거리가 풍성한 토론모임이 될 수 있었다. 네오클 회원 중에 등산 애호가가 많기 때문이기도 할 것이다. 이 책을 선정한 것은 사실 산에 대한 이야기를 학생회원들과 함께 공식적인 자리에서 진지하고 깊이 있게 해 보고 싶은 욕심에서였다.

토론모임에서는 등산에 대한 개인적 경험, 등산과 관련한 인생관에 대한 이야기도 나왔지만, 등산과 비교되거나 등산에서 연상될 수 있는 다른 이야기들도 오히려 더 재미있었다.

내가 제안한 주제는 '알프스나 히말라야의 높고 험한 산을 처음으로 정복하는 일은 얼마나 가치 있는 일일까? 올림픽에서 금메달을 따거나 노벨물리학상을 받은 것과 그 가치를 비교해 볼 수 있을까?'였는데, 학생회원들을 중심으로 상당히 열띤 토론이 이루어져서 즐거웠다. 마침 토론모임이 동계올림픽에서 김연아 선수가 막 금메달을 따는 날에 진행되어서 그런지 더욱 실감나는 토론이 되었다. 젊은 학생들이 열광하는 연예계나 스포츠의 스타들도 떠올려 보면서, 어떤 행위나 업적의 진정한 가치가 무엇이라고 생각하는지에 관해 다양한 이야기를 할 수 있었다.

두 번째 주제도 첫 번째 주제와 연결되는데, 역시 내가 제안한 것이다. '루디 맷의 경우는 아버지의 이루지 못한 꿈 때문에 시타델 산을 정복하는 일이 주관적으로 큰 가치를 가지는 것으로 볼 수 있다. 어떤 일(업적)의 주관적인 가치와 사회적으로 널리 인정 받을 수 있는 (객관적인) 가치의 차이에 대해 어떻게 생각하는가?'였다. 대입 논술문제나 입사시험에서의 면접문제로 나올 듯한 주제이기도 한데, 이런 주제에 관해 자신의 의견을 정리해 보고 다른 사람 앞에서 발표해 보는 것은 좋은 연습이 될 것이다. 실용적으로도 도움이 되겠지만, 어떤 주견을 자연스럽게 형성해 나가는 것은 실용성을 넘어서는 도움이 되리라고 생각한다.

안나 카레니나

저자 : 톨스토이 ‖ 읽은 때 : 2010년 3월

톨스토이가 안나 카레니나라는 여인의 생애를 통해 우리에게 무엇을 말하고자 한 것인지를 파악하려는 심정으로 읽었다. 주인공 안나 카레니나의 가장 특징적인 경향은 사랑을 위해서 모든 것을 버리는 사랑 지상주의至上主義에 있다. 그녀의 사랑은 사랑 이외의 것을 돌아보지 않는다. 유부녀인 안나와 브론스키의 사랑이 다른 사람들의 관념이나 사회 윤리와 충돌하는 데서 빚어지는 비극이 작품의 주된 줄거리를 이루고 있다.

사랑은 이성異性에 대한 욕망이다. 사랑이 순수하다는 것은 욕망이 순수하다는 것이다. 욕망이 순수하려면 여러 방해나 제한에도 불구하고 욕망이 스스로 선명하게 드러나 유지되고 있어야 한다. 따라서 욕망이 크고 강할 때 욕망은 순수하며, 곧 사랑도 순수하다. 그럴 때 욕망은 욕망 이외의 것으로부터 영향을 받지 않는다. 순수한 욕망은 통제를 잃고, 자신을 낳아준 삶마저도 뒤덮으며 넘실거린다. 욕망은 욕망을 위해 온 세상을 불태우거나, 그 주인이 죽더라도 어쩔 수 없다고 생각한다. 파에톤의 불붙은 태양의 마차가 미친 듯이 달리며 하늘로 날아오르다가 주인을 내팽개쳐 버리듯이.

문학작품 속에서의 '금지된 사랑'은 그 '사랑'의 순수한 힘으로 '금지'를 넘어설 수 있다. '금지된 사랑'의 주인공들은 뭇 사람들로부터 비난받고 고통받다가 스스로 목숨을 끊기도 한다. 특히 여성이 비극의 주인공인 작품들이 먼저 떠오른다. 안나 카레니나에 앞서 용감하게 사랑에 몸을 던진 여인들, 〈적과 흑〉(1830)의 레날 부인, 〈주홍글씨〉(1850)의 헤스터 프린, 〈보바리 부인〉(1857)의 엠마 보바리 등. 그녀들의 불운과 비참은 아직 개인주의·자유주의가 확대되지 않았고, 여성의 권리가 상대적으로 무시되던 19세기의 시대 상황 때문으로 볼 수도 있을 것이다. 집단 내에서의 체면과 전통이 중요시되고 남성 중심을 아직 벗어나지 못한 사회에서, 위 여주인공들은 '개인'과 '자유'를 선도先導하며 갑자기 등장한 '사랑'으로부터 불의의 일격을 맞은 것이다.

순수한 사랑에 자신을 던져버린 안나 카레니나를 우리는 동정하며 그녀에 공명하기도 한다. 억지로 가정을 지키려는 알렉세이 알렉산드로비치의 위선과 둔감함이 밉살맞게 생각되기도 한다. 그러나 개인과 자유가 더 확대된, 100년이 지난 요즈음에 보더라도 안나가 보여준 일탈은 여전히 비판받을 수 있고, 그 비판에는 여전히 정당한 면이 있다고 생각한다. 오늘날에도 개인의 사랑은 무제약적으로 보장되거나 보호되지 못하기 때문이다. 배우자와 자녀가 있는 사람이 다른 이성異性에 강하게 마음이 끌린다는 이유로 가족을 버리고 사랑을 따른다면 얼마든지 비판받을 수 있을 것이다. 사랑에는 끝이 없지만 생활에는 제한이 있다. 우리의 정신은 무한하지만 육체는 물리적 조건에 속박되어 있다. 사랑의 감정이 진실하다는 것은 그 욕망이 진실하다는 것에 불과하며, 개인적 욕망의 진실성이 곧바로 우리의 세계를 구성하고 있는 진실의 전부는 아니다. 순수한 사랑은 귀하고 아름다운 것이지만, 인간의 길은 그것이 다는 아니다.

톨스토이가 말하고자 한 핵심적 주제가 바로 그 점이라고 생각한다. 안나가 그토록 갈구하던 브론스키와의 사랑을 확실하게 얻고 난 후에도 결코 행복을 달성할 수 없었고, 오히려 몰리고 몰리다가 비참한 죽음을 택하도록 설정한 것이다. 사랑을 이루지 못해 죽은 것이 아니라 사랑을 모두 이루고도 삶에 실패하여 죽고 만 것이다. 톨스토이는 안나와 브론스키를 비롯한 모든 인간은 '순수한 사랑'만으로 충분하지 않다고 본 것이다. 그 대신 '순수한 사랑'이 인간 사회에서 실제로 어떻게 뿌리내리고 행복으로 연결될 수 있는지를 레빈과 키티를 통해서 설명하려고 한 것 같다. 〈전쟁과 평화〉의 안드레이와 삐에르를 합쳐놓은 것 같은 레빈과 안드레이와 삐에르 모두로부터 사랑받는, 각성된 나타샤의 재현과도 같은 키티. 두 사람의 정신적 성장과정과 행복을 불행하게 죽어간 안나의 '완성되지 못한' 사랑과 대비시키려 한 것으로 이해했다.

어쨌든 사랑스런 인간의 한 모습인 안나를 우리는 여전히 잘 이해할 수 있으며, 그녀의 불행에 깊이 마음이 쓰인다. 그녀의 슬프게도 빗나간, 절실한 외침이 귓가를 맴돈다.

"내가 불행하다고요?" 그녀는 그의 옆으로 바싹 다가가서 꿈을 꾸는 듯한 사랑이 넘치는 미소를 띠고 그의 얼굴을 바라보면서 말했다. "난 마치 먹을 것이 주어진 굶주린 사람과도 같아요. 물론 그 사람은 추울지도 몰라요. 옷이 찢어지기도 했을 거고, 부끄러울지도 몰라요. 그렇지만 그 사람은 불행하지 않아요. 내가 불행하다고요? 아네요, 이것이 바로 내 행복이에요……."

카르멘

작곡자 : **조르쥬 비제** ‖ 감상한 때 : **2010년 4월**

오페라를 감상한 경험은 많지 않지만, 오페라 〈카르멘〉과는 그런대로 상당한 인연이 있는 편이다. 첫 번째는 고등학교 1학년 때인 1975년, 국립극장에서의 〈카르멘〉과의 만남이다. 홍연택이 지휘하는 국립교향악단, 메조소프라노 김청자가 카르멘으로, 오현명이 에스카밀료로 출연했던 것으로 기억된다. 그 당시 아무런 배경 지식이나 관심도 없이, 학교 음악숙제를 하기 위해 처음으로 클래식 음악회에 간 것이다. 시작하기 전의 애국가 연주에 갑자기 예기치 않은 눈물이 주르르 흐르던 기억이 난다.(당시에는 공연 시작 전에 애국가를 연주했었다) 학교 밴드부와 비교되어, 감당하기 힘든 오케스트라의 음향, 그 첫 경험! 투우사 오현명의 굵직한 목소리에 너무 놀랐던 기억도 생생하다.

두 번째 경험은 그로부터 오랜 세월이 지난 후인 2004년 11월, 뉴욕에서 본 메트로폴리탄 오페라의 〈카르멘〉이었다. 해외출장 중 당시 공연 중이던 〈카르멘〉을 우연히 보게 된 것 역시 특별한 인연처럼 생

가족과 함께한 행복한 독서여행

각된다. 다른 가수들은 잘 기억이 나지 않고 미카엘라로 출연한 스프라노 홍혜경이 매우 노래를 잘 불러서 카르멘이나 돈 호세보다도 더 많은 박수를 받았던 것이 기억난다. 〈카르멘〉의 스토리를 이해하면서 재미있게 보았다. 말로만 듣던 그 유명한 제임스 레바인이 바로 내 눈앞에서 씩씩하게 지휘를 하고 있는 것이 아닌가! 거대한 객석을 가득 메운 미국인들 한가운데 파묻힌 채, 무서운 아름다움의 힘으로 노래하는 카르멘 앞에서, 나는 그저 압도되어 가고만 있었다. 깊어가는 뉴욕의 가을, 어느 밤이었다.

그러니까 이번에 DVD로 2006년 12월에 런던 코벤트 가든, 안토니오 파파노 지휘의 〈카르멘〉을 본 것이 세 번째인 셈이다. 카르멘 역의 안나 카테리나 안토나치보다 돈 호세 역의 요나스 카우프만에게 더 호감을 느낄 수 있었다. 안나 카테리나 안토나치는 '카르멘'이라는 배역에 너무 중압감을 가진 것처럼 느껴졌다. 무서운 아름다움과 강함을 지닌 '카르멘'이어야 한다는 부담감에 짓눌려, 너무 힘이 들어간 얼굴 표정으로 연기하는 것처럼 보였다. 지금까지 연기했던 이전의 여러 가수들의 모든 '카르멘'들을 한 몸에 짊어진 듯한 표정이었다. 그녀는 단 하나의 '카르멘', 자기 자신의 '카르멘'만을 연기했어도 좋았겠다고 생각했다. 또는 차라리 카르멘을, 강한 여인이 아닌 섬세하고 부드러운 아름다움을 지닌 여인으로 연기하면 어떨까 하는 상상도 해 보았다. 자기 스스로는 그저 가냘프게 아름다울 뿐인데, 당하는 남자에게로는 거부할 수 없는 치명적인 힘이 저절로 뻗쳐가는 '카르멘'으로 연기하는 것도 괜찮지 않을까 하는 엉뚱한 생각도 들었다.

그에 비하면 돈 호세 역의 요나스 카우프만은 매우 감탄스러웠다. 특히 2막에서 감옥에서 석방된 돈 호세가 카르멘의 유혹에 굴복하면서 부르는 유명한 아리아 '당신이 던져 준 이 꽃은'은 특히 감동적이었다. 사실 〈카르멘〉의 모든 갈등은 돈 호세 한 사람에게 집중된다. 갈등하고 괴로워하는 사람은 오직 돈 호세밖에 없다. 어머니, 미카엘라, 고향, 군대에 대한 사랑과 의무를 모두 저버리고 카르멘 앞에 무릎을 꿇는 돈 호세의 애끓는 그 노래는 이 세상의 모든 남자, 아니 이 세상의 모든 인간의 처절하게도 아름다운 고백이다. 〈카르멘〉을 왜 연극 대사로 하지 않고, 꼭 오페라로 노래해야 하는지 이 대목에서 가장 쉽게 와 닿았다.

투우사 에스카밀료 역의 일데브란도 다르칸젤로 역시 눈부시게 아름답고 강한 모습이 인상적이었다. 힘 있고 잘 생긴 얼굴로 정면을 응시하면서 부르는 2막의 유명한 아리아 '축배를 듭시다'는 역시 가슴에 강한 충격을 준다.

"자, 칼을 준비하여라. 검은 눈동자의 여인이 너를 지켜보고 있지 않은가?"

그에게 있어서는 투우에 있어서의 죽음을 두려워하지 않는 힘과 용기가 여인을 향한 사랑의 정열과 구분되어 있지 않다는 것을, 그 힘차고 무서운 노래를 통해 단박에 느끼지 않을 수 없다. 등장하자마자 부르는 단 한곡의 노래로써, 카르멘이 돈 호세를 버리고 에스카밀료를 선택할 수밖에 없는 필연성에 그대로 빠져들게 한다.

싸움과 사랑, 죽음과 삶 사이에 아무런 구분도 간극도 없는 투우사 에스카밀료를 상대로, '갈등하는 인간'에 불과한 돈 호세는 도대체 대적할 수 없다. 이미 죽음을 힘 있게 넘어서려 하고 있는 카르멘에게도 역시 대적할 수 없다. 돈 호세에게 있어서, 죽음을 품고 있는 하나의 자연이며 원리와도 같은 카르멘과 하나가 되는 길은 바로 (카르멘 자신이기도 한) 죽음과 하나가 되는 길 뿐이라는 점은 명백하다. 돈 호세의 그와 같은 깨달음과 실천이 우리들 '인간'의 길이라는 점이 가슴 아프게 느껴지는 것이다. 낭만주의 시대의 정열적인 사랑의 감정을 소재로 하는 〈카르멘〉이 오늘날까지 갖는 감동의 힘은 카르멘과 돈 호세가 보여주는 인간의 운명과 비극에 대한 각성에서 나온다고 생각한다. 카드 점을 치며 죽음을 예감하고, 그 죽음을 받아들이는 카르멘. 사랑이자 죽음인 카르멘과 하나가 되고자 하는 돈 호세. 그리스 비극과도 같은 구조다. "모든 인간은 죽는다, 사랑과 함께 죽는다."는 바로 그 비극이다.

...

네오클에서 책 이외에 클래식음악, 영화, 연극을 함께 감상한 적이 있지만, 이번에는 오페라를 함께 감상해 보기로 했다. 코엑스 메가박스 영화관의 뉴욕 메트로폴리탄 오페라 공연실황(Met Opera on Screen)을 함께 관람하기로 한 것이다. 그 이전에 다른 버전의 오페라 〈카르멘〉을 DVD 등으로 미리 보고 감상문을 올리기로 했다. 여러 유명한 오페라 중에 낭만적이고 운명적이며 비극적인 사랑 이야기를 소재로 한 〈카르멘〉이 가장 적합하다는 의견이 많아 채택되었다.

달콤한 나의 도시

대중소설에 대한 아이들의 지나치게 비판적인 견해에 대해서 어떻게 이해를 해야 할지 잘 판단되지 않는다. 어쨌든 젊은 시절에 높은 기준을 가지려고 애쓰고, 높이 추구하는 것은 바람직한 태도가 아닐까 막연하게 생각해 본다. 균형감 있는 조정 같은 것은 나중에 언제라도 할 수 있다고 본다면, 젊은 시절에는 그저 앞으로 밀고 나가고, 위로 치고 올라가는 것이 중요할 수도 있을 것이다.

• •

저자 : 정이현 ∥ 읽은 때 : 2010년 5월

31세의 미혼 직장여성 오은수의 일상을 흥미롭게 읽었다. 오은수와 그 주변 인물들을 통해 고상하고 이상적인 모습이 아닌, 있는 그대로 널브러진 우리의 자화상을 사실적으로 그려 보인 작품이다. 미소와 공감을 자아내는 대목도 간간이 있었지만, 오은수라는 인물이 그다지 현실감 있게 와 닿지는 않았다. 또한 오은수와 그 주변 인물들이 제대로 풀리는 일이 하나도 없고, 어떤 해결점도 찾지 못하고 맴도는 모습에서 착잡한 마음을 금할 수 없었다. 그들의 모습을 쓸쓸하고 안타깝게 지켜본다는 기분이 전반적인 독후감이라고 하겠다.

오은수가 마주한 문제는 이성 교제, 결혼, 가족과의 관계, 직장생활 등 우리 생활의 중심을 이루는 중요한 문제들이다. 오은수는 예민한 감수성, 솔직하고 용기 있는 쿨한 성격 등 장점도 많아 보이는데, 위의 중요한 문제들에 있어서 잦은 실패를 겪기도 하고 전체적으로 좋지 않은 결과를 보여준다. 단순히 운이 나빠서 그런 것이 아니라면, 오은수나 주변 인물들에게 어떤 부족함이라도 있다는 것인지, 그들이 심각한 정도로 무언가 크게 방향이 잘못되기라도 한 것은 아닌지 의심이 들기도 한다.

결혼이나 직장생활은 삶을 이어가는 데 있어서 매우 중요한 일생일대의 문제들이다. 그래서 전 생애에 걸친 장기적인 디자인으로 정교하고 용의주도하게 접근해 가야 하기도 하고, 때로는 건곤일척乾坤一擲의 위험한 승부를 걸기도 해야 할 문제라고 생각한다. 일회적인 인생에 있어서 그 중요한 일들은 어쩌면 단어의 엄밀한 의미에서의 '실수' 같은 것이 용납되지 않는 영역이라는 생각도 든다. 그런 문제들에 있어서 '반드시 성공해야 한다'는 것은 '사람은 살아가야 한다'는 명제와 마찬가지로 너무도 당연하고 분명하기 때문이다.

어린 시절의 수많은 나날들은 모두 결혼이나 직장생활 같은 인생의 중요한 문제들에 대비하는 준비로서 의미가 있다고 생각한다. 어느한 순간을 위한 길고 긴 준비라고 할 수 있다. 그런 의미 때문에 어린 시절은 중요하고, 중요하기 때문에 그 시절은 빛나고 아름다운 것이다. 어린 시절의 모든 기쁨과 고통, 갈고 닦은 지식과 지성, 정신적·육체적 역량은 모두 젊은이로 성장하여 마주하게 될 결혼이나 직장생활 같은 문제에 초점이 맞추어진 채로, 그 문제들과 직접 맞닿아 있다. 또한 결혼이나 직장생활은 그 이후의 삶, 죽음에까지 길게 이어져 있는 하나뿐인 우리의 삶 전체와 어쩔 수 없이 맞닿아 있는 것이다.

그와 같이 모든 것이 '맞닿아 있다'는 연결된 이해만이 우리의 삶에 있어서의 중요한 포인트를 제대로 이해하고 놓치지 않게 할 수 있다는 생각이 든다. 삶의 이른 시기에 그러한 이해에 도달한 사람은 결국 '지혜로운' 사람일 것이다. 그러나 주인공 오은수와 그 주변 인물들은 그런 '연결된 이해'가 부족하다고 생각한다. 자기 자신이 이제껏 살아온 삶과 결혼, 결혼과 그 이후의 삶이 서로 연결되어 있지 않아 보인다. 오로지 단절된 현재적 감각으로 현재의 문제를 돌파하려는 무모한 시도, 현재의 '나'로서 '결혼'이라는 장애물을 그저 뛰어넘으려고

만 애쓸 뿐이다. 자신의 감각적 판단에만 의존하는 것이 불충분한 것이라는 인식조차 없는 듯이 보인다. 그런 태도는 요행을 바라는 것과 같은 어리석음에 불과하다고 생각한다.

오은수는 아버지와 오빠 등 가족들과의 관계에서 보듯이, 긍정적인 인간관계의 설정에 어려움을 겪고 있는 듯하다. 오은수와 그녀의 남자들인 태오, 김영수, 유준 등과의 관계에는 일관된 사랑의 마음이 결여되어 있다. 오은수의 어린 시절, 소녀 시절, 그 모든 시간의 간절한 기도와 정성을 담아낸 사랑의 마음으로 남자들을 대하지 못하고 있다. 자신의 감각에 솔직하고 충실하다는 것만으로는 부족하다. 자신의 인생 전체를 하나의 큰 사랑으로 가꾸어 내겠다는 깨달음의 바탕이 없는 인간관계는 성공할 수 없다고 생각한다.

오은수 등이 당면한 어려움과 피곤한 상황은 인간사에 있어서의 흔한 모습일 수는 있겠지만, 인간사의 자연스럽고 당연한 귀결이라고는 생각하지 않는다. 흔하게 벌어지는 일이라고 해서 반드시 내 앞에 똑같이 다시 일어난다는 법도 없거니와, 우리 앞의 삶을 예측할 수 있는 어떤 기준이나 방향도 될 수 없다. 오은수와 주변 인물들을 윤리적이지 못하다고 비난하는 것도 의미가 없다고 생각한다. 윤리적이라는 것 자체는 아무런 해결책이나 보장도 될 수 없다고 생각한다.

오은수는 자신의 어린 시절의 의미를 이해하고, 자신을 사랑하고, 다른 사람을 사랑하면 좋을 것이다. 눈앞의 감각적 현상이나 단기적인 결과에 너무 집착하지 않으면 좋을 것이다. 보이지 않는 것을 보고 이해되지 않는 것을 이해하려고 애써야 할 것이다. 인간의 길은 마음의 완성을 향하고 있다. 인간의 어린 시절에 하는 모든 공부는 생존을 위한 준비는 물론, 마음의 완성을 향한 준비에도 해당한다. 어린 사자가 사냥을 배우는 일에 관심을 가지지 않을 수 없듯이, 인간의 어린 시절에 그런 공부에 관심을 가지지 않을 수 없다.

2008년 3월 은희경의 〈새의 선물〉 이후 네오클에서 오랜 만에 국내의 근작 소설을 읽게 되었다. 비교적 가볍게 읽을 수 있는 대중적인 작품으로, 〈새의 선물〉과는 다르게 젊은 여성을 주인공으로 하여 사랑과 결혼에 관한 통속적인 풍경을 그리고 있다. 〈새의 선물〉에서도 그랬지만, 이번 〈달콤한 나의 도시〉에 대한 우리 가족의 독후감은 대체로 비판 일색이다.

작은아이 민석은 "이 소설의 주인공의 심리는 전혀 깊이를 획득하고 있지 못하고 껍데기에서 껍데기로 흐르고 있다.", "주인공에게는 현상에 대한 피상적인 관찰과 피상적인 느낌이 있을 뿐이고, 기껏해야 재치 있어 보이는 심리적인 단상에서 감각적인 깊이를 조금 획득하고 있는 것에 그치고 있다."고 썼다. 냉혹한 평가라고 하지 않을 수 없다.

큰아이 정석도 거의 마찬가지인데, "'일상'의 제시 자체는 바람직한 시도이고 가벼운 재미 정도는 줄 수 있지만, 그 이상이 전혀 없다.", "이 책에서 느껴지는 것은 오로지 한 여자의 푸념, 세상 한탄, 그리고 그것을 도시적 색깔로 풀어내는 작가의 이야기 솜씨 정도이다."고 쓰고 있다. 대학 초년생들의 시각이라는 점에서 신랄한 비판은 어느 정도는 이해된다. 대중소설에 대한 아이들의 지나치게 비판적인 견해에 대해서 어떻게 이해를 해야 할지 잘 판단되지 않는다. 어쨌든 젊은 시절에 높은 기준을 가지려고 애쓰고, 높이 추구하는 것은 바람직한 태도가 아닐까 막연하게 생각해 본다. 균형감 있는 조정 같은 것은 나중에 언제라도 할 수 있다고 본다면, 젊은 시절에는 그저 앞으로 밀고 나가고, 위로 치고 올라가는 것이 중요할 수도 있을 것이다.

아내도 독후감에서 젊은이들의 결혼관에 대한 의견을 피력했다. 결혼은 오은수가 추구하는 바와 같이 신데렐라가 되거나 로또의 행운을 얻는 것이 아니라고 쓰고 있다. "여자가 운이 좋아 부자 집에 시집가거나 남자가 조건이 좋은 여자와 결혼하게 되었다고 해서 보장되는 행복은 없다."는 아내의 주장은 부모 세대에서는 당연히 할 수 있는 말일 것이다. "내가 스스로에게 그리고 세상에게 공들인 것만큼 적합한 배우자를 얻을 수 있기 때문에, 결혼을 잘 하려는 노력도 불필요한 것 같다."는 것이 아내의 다소 극단적인 주장이다.

결혼에 대한 생각은 세태에 따라 급변하는 면이 있는가 하면, 인류가 사회를 형성해서 살기 시작한 이래 근본적으로 변함이 없는 측면도 있을 것이다. 부모 세대는 이미 결혼을 했고, 우리의 자녀들도 결혼을 하든지 하지 않든지 결정해야 할 것이다. 한다면 누구와 어떻게 할 것인지, 어쨌든 실제적인 결정을 언젠가는 내려야 할 것이다. 그런 점에서 결혼에 대해서 깊이 생각해서 정확한 견해를 가질 필요가 있다고 생각한다. 평소 우리의 젊은이들이 결혼에 대한 주체적인 생각이 없이 결혼을 너무 관습적이고 통념적으로 대하고 있는 것에 놀랍다는 느낌을 받을 때가 있다. 어느 사회나 시대에 있어서도 젊음이란 어차피 미숙할 수밖에 없는 것이라고 이해는 하면서도, 결혼에 대한 정확한 입장이나 준비 없는 모습이 안타깝게 보이기도 한다. 부모 세대의 결혼관은 아무래도 보수적인 경우가 많겠지만, 〈달콤한 나의 도시〉 같은 책을 통해서 최근의 세태를 어느 정도 접할 수 있었고, 그런 점에 관해 여러 사람이 이야기를 나눌 수 있어서 좋았다. 부모와 자녀들이 함께 이야기하면서 '결혼'에 대한 이해, 부모와 자녀 간의 이해를 넓혀가는 기회가 되었다고 생각한다.

차이의 존중

저자 : 조너선 색스 ‖ 원제 : Dignity of Difference ‖ 읽은 때 : 2010년 6월

현재 인류가 당면하고 있는 커다란 위기인 세계화의 폐해와 위험을 지적하고 그에 대한 해결방안을 제시한 책이다. 저자는 계몽주의에서 발단된 과학과 이성에는 한계가 있으므로 인류 지혜의 원천인 종교로 다시 돌아가 그 답을 찾아야 한다고 주장한다. 세계화에 대한 대책, 역사적 분석도 흥미 있었지만, 그보다는 저자의 종교적 확신과 진지한 열정에 관심이 끌리면서 재미있게 읽을 수 있었다.

저자는 세계화의 거센 도전에 직면하여 흔히 자포자기적이 되기 쉬운 우리의 자세에 대해 경계한다. 세계화를 불가피한 대세로 인정하고 모든 책임을 전문가나 역사적 과정에 떠맡기거나, 아니면 반대로 세계화나 시장 경제에 대해 무작정 반대하고 싶은 커다란 유혹을 느끼기 쉽다는 것이다. 이는 둘 다 옳지 않은 태도이며 우리의 진지한 노력과 참여로 시장을 변화시킬 수 있고, 변화시켜야 한다는 것이다. "인간은 시장에 봉사하기 위해 창조된 것이 아니다. 시장이 인간에게 봉사하기 위해 만들어진 것이다.", "우리는 용납할 수 없는 일을 용납

할 필요가 없다."는 저자의 단호한 신념이 인상적이었다.

유대교 랍비인 저자의 히브리 성경을 중심으로 한 설명은 이전에 접해보지 못한 놀랍고 새로운 이야기였다. 흔히 편협한 교리라고 일컬어지는 유대교의 〈유일신, 인격신〉은 이스라엘이라는 특정한 민족의 신이라는 부족주의와 그것의 반대인 보편주의를 모두 뛰어넘는 것이라는 주장은 매우 독특하면서 중요하게 생각되었다. "그는 나의 하느님이지만 또한 전 인류의 하느님, 심지어는 나와 관습과 생활방식이 다른 사람들의 하느님이기도 하다."는 것이다. 유일신 신앙의 핵심적인 통찰은, 유일한 하느님은 모든 인간의 어버이이므로 우리는 모두 한 가족의 일원이라는 것이며, 이러한 인식이야말로 과거 어느 때보다 현실적인 의미를 띠게 되었다는 것이다. 또한 하느님이 인격신이라는 것을 하느님이 "부모가 자식을 낳듯 우주를 창조한 것이니, 우주는 우리에게 냉담하지도 적대적이지도 않다."고 해석하며, 이를 성서적 상상력의 위대한 도약이라고 설명하는 대목도 뜻 깊게 받아들일 수 있었다.

히브리 성경의 하느님은 추상적인 인간을 사랑하는 플라톤적인 신이 아니고, 자식들을 있는 그대로 사랑하는 하느님이라는 설명이 마음에 와 닿았다. ["우리는 한 아버지를 가지지 아니하였느냐?"(말라기 2장 10절), "어미가 자식을 위로함과 같이 내가 너희를 위로할 것인 즉."(이사야 66장 13절)] 도덕적 배려의 보편성은 우리가 보편적인 존재가 되어야 배우는 것이 아니라 특수한 존재가 되어야 배운다는 설명과 연결된다. 부모가 되어 내 아이를 사랑할 줄 알게 된 다음에야 다른 부모의 마음도 헤아릴 줄 알게 되듯이, 우리는 특정한 사람을 사랑하는 것으로 인류 전체를 사랑하는 법을 배운다는 것이다. 보편과 특수를 넘나드는 이러한 설명에서 가족과 혈연관계에서 출발하여 도덕과 종교로 발전시킨 중국의 유가儒家 사상과 상통한다는 느낌도 받게 된다.

소련 붕괴에 따른 공산주의 몰락 이후의 미래에 대한 가장 유명한 논쟁으로 프랜시스 후쿠야마의 '역사의 종말'과 새뮤얼 헌팅턴의 '문명의 충돌'이 소개된다. 각각 보편주의와 부족주의에 중점을 둔, 대립되는 이론으로 설명된다. '역사의 종말'로 표현되는 세계 자본주의의 승리가 야기한 문제점인 소비주의, 불평등, 가족과 공동체의 파괴, 도덕적 담론의 무력화 등에 대한 저자의 지적에 공감하지 않을 수 없다. 그에 대한 대안으로서의 종교의 중요성과 도덕 회복의 필요성에 대해서도 역시 공감한다. 도덕성이란 '익명의 힘이 난무하는 바다에 상호 인간적인interpersonal 의미의 섬을 만드는 것'이며, '운명을 인간화하려는 문명의 가장 위대한 시도'로서 삶에 연속성과 존엄함을 부여한다는 것이다.

저자의 주장과 조금 달리 생각해 본 점은 과연 지금 이 시대가 과거의 어느 시대와 비교하여 가장 새롭고 위험한 시대인가 하는 의문이다. 어느 시대에나 불평등과 기아와 전쟁은 끊인 적이 없었고, 세계 자본주의의 폐해라는 것도 인류가 끊임없이 직면해 온 무수한 고통과 시련의 한 모습에 지나지 않으며, 종교는 인류의 어느 시대에서나 인간의 근원적인 문제들을 감당해오지 않았는가 하는 생각이다. 즉, 저자의 주장과 같이 현재의 세계가 '모든 인류가 위대한 종교인 서양 일신교의 근원으로 되돌아가 대처해야만 할' 궁극의 도전의 시기인가 하는 의문이다.

또한 차이와 다양성을 존중해야 한다는 근거로서 저자가 들고 있는 "우리가 존엄한 것은 어느 누구도 다른 사람과 같지 않기 때문"이라는 설명도 정확하게 이해되지는 않았다. 서로 다른 많은 사람들이 마음속에 모두 함께 지니고 있는 공통된 '같음'이 우리를 존엄하게 하는 것으로 이해할 수는 없는가? 그리고 저자로부터 시종일관 심하게 비판받는 '제국의 논리'나 '플라톤의 유령(보편주의)' 같은 것도 인류 역사의 어느 시기에 있어서는 인간들을 고통에서 구해내기 위해 비상

하게 고안되고 추진되었던 것일 수 있다는, 다소 다른 방향에서의 생
각도 해 보게 되었다.

역사본체론

저자 : 리쩌허우 ‖ 읽은 때 : 2010년 7월

두껍지 않은 책이지만 매우 근본적인 의문에 대한 대답을 담고 있는 책이다. 결국 사람은 어떻게 살아야 하느냐에 대한 대답이다. 아주 어려운 문제에 대해서 너무도 간단하고 쉽게 해답을 내리는 것에서 조금 놀라게 된다. 서양철학의 난삽한 분석과 동양사상의 여러 흐름들을 한데 간추려 그토록 간결하게 결론을 지어도 되는 것인지 의심이 들 정도다.

　인간의 행동은 근본적으로 '먹고 살기 위한' 것이라고 본다(經濟決定論). '먹고 살기 위한'노력과 경험들이 쌓인 것이 인간의 역사이고, 역사가 인간의 이성理性을 형성했다는 것이다. 즉 역사는 이성의 어머니이며, 역사가 이성을 만든다는 것이다(歷史建理性). 그러니까 종교나 절대적 도덕 원리와 같은 선험적 진리가 따로 있는 것이 아니라, 경험이 변하여 선험이 되었다는 것이다(經驗變先驗). 종교적 도덕도 본래는 특정한 집단의 존속, 유지를 위한 사회적 도덕으로부터 나온 것에 불과하다는 것이다("예禮는 습속習俗에서 기원한다.").

그러나 인간에게 있어서 '먹고 사는 것'이 전부는 아니다. 먹고 살 만하게 된 이후에는 다른 욕구가 생기기 때문이다. 여러 다른 욕구들은 결국 유한한 삶을 넘어서서 영원한 시간에 속하고자 하는 장대한 욕구로 이어진다. 그래서 인간은 이성만으로는 해결할 수 없는 문제를 안게 된다. 종교에서는 세상을 벗어난 초월적인 영역에서 그에 대한 답을 찾으려고도 하지만, 리쩌허우는 생활 속의 즐거움과 정서, 예술 감정 속에서 찾아야 한다고 주장한다. 이성만으로는 인간의 궁극적 관심을 충족시킬 수 없고, 우연성과 정감을 포함하는 심미審美로써 이성을 보충할 수 있다는 것이다. 이것이 리쩌허우가 말하는 "미로써 참을 연다(以美啓眞)."는 것이다.

우리의 일상생활에서 '먹고 사는' 문제가 많은 관심을 차지하면서 마음에 큰 부담을 주기도 한다. 그러나 우리의 마음을 잘 들여다보면 '먹고 사는' 문제를 넘어선 영역에서의 강한 욕구 또한 감지된다. 두 영역은 당연히 모두 중요하며, 때로는 서로 명확하게 분리되지 않고 뒤섞인 상태로 추구되기도 한다. 생활에서의 방향을 잃지 않고 균형을 잡아 나가기 위해서는 이 두 영역을 구분해서 인식해 보는 것이 도움이 될 경우도 있다고 생각한다.

플라톤의 구분에 따르면, 인간의 정신에는 '욕망'이 있고, 욕망을 충족시키기 위한 수단으로서의 '이성'이 있고, 그것들과 관계없는 비이성적인 '패기(Thymos)'라는 것이 있다고 한다. '패기'는 생존의 유지와 그에 부수되는 여러 욕구를 넘어선, 전혀 다른 차원의 욕구다. '패기'는 명예심, 자존심이라고도 설명되지만, 궁극적으로는 광막한 우주 한가운데에서 자신의 존재와 영원성을 확인하고자 하는 인간 정신을 지칭할 것이다.

그러한 최종적인 욕구는 이루어질 수 없는 불가능한 희망일지도 모른다. 배고플 때 밥을 먹어 허기를 면하거나, 비교적 쉽게 채워질 수 있는 안락이나 쾌락에 대한 추구와는 전혀 다른 종류의 욕구인 것이다. 그러나 가능한 것만이 인간의 내용으로 되는 것은 아닐 것이다. 결국은 달성하기 불가능한 것일지라도 그 최종적 욕구와 그에 대한 희망은 '인간'을 설명하는 중요한 표지標識가 될 수 있다. 공자가 말하는 "안 되는 줄 알면서도 한다(知其不可而爲之)."는 것이다. 생존을 위해 투쟁하는 모습뿐만 아니라, 어떤 종교에 귀의함으로써 죽음을 초월하고자 하는 인간의 모습, 리쩌허우처럼 인간 사이의 사랑과 정감, 예술을 통해 인간은 영원해질 수 있다고 선언하는 모습 또한 '인간'의 본연일 수 있다고 생각한다.

인간과 상징

토론모임에서는 민석이 대학교 같은 과 친구를 데리고 와서 함께 이야기했다. 네오클 모임은 개방적인 모임으로 누구든지 와서 참여하면 좋을 것이다. 학생들 스스로 독서모임 같은 것을 만들 때라도 우리 네오클 모임이 참고가 될 수 있을 것이다. 본격적인 토론에 들어가기 전에 융 심리학의 주요 개념들에 대한 정리를 했다. 심리학을 전공한 회원이 몇 가지 개념에 대한 설명을 해 주었다.

● ●

저자 : 칼 구스타프 융 ‖ 읽은 때 : 2010년 8월

젊은 시절, 가장 힘들었던 시절에 몰두해서 읽었던 책이다. 삶이 위기에 처하여 자기 자신을 다시 들여다보지 않을 수 없었던 시절, 자기 자신을 용서할 수 없었던 시절. 마음을 통째로 불사르던 그 시절의 넘실거리는 태양 아래, 아무 죄 없이 푸르기만 했던 길가의 하찮은 풀잎 사귀 하나하나도 생생하게 떠오른다. '나는 누구인가'라는 막막한 의문에 대해 그래도 하나의 대답을 건네준 고마운 책으로 기억한다.

내 스스로가 '나'라고 생각했던 것이 사실은 '나'가 아닐 수 있다는 융의 설명은 당시에 놀라운 것이었고, 도움이 되었다. 내가 '나'라고 생각했던 '자아ego'는 사실은 '나'의 극히 일부분에 불과하고, 나의 의식되지 않은 부분을 포함하는 '자기self'가 있다는 설명을 그 시절에 심각하고 절실하게 받아들이지 않을 수 없었다. 그러한 개념들이 얼마나 타당한 것인지, 지금에 와서는 오히려 확신할 수 없지만, 당시에는 어찌되었든 매우 도움이 되는 하나의 접근방법이었다. 어떤 것이라도 붙잡고 어디로든지 올라가야만 했던 시절이었다. '자기 자신'

은 당연하게 쉽게 알 수 있는 것이 아니고, 어렵게 '도달'해야 하는 것이라는 설명도 고뇌에 찬 마음속에 깊이 새겨졌다.

어린 시절이 끝나고 한 사람의 남성, 어른으로서 살아가야만 하는, 인생의 새로운 단계를 맞이하는 것은 누구에게나 힘겹고 위태로운 일이다. 고통스런 통과제의通過祭儀(rite of passage)와도 같던 그 시절의 마지막 시기에 융을 읽게 된 것은 매우 뜻 깊은 사건이었다. 융을 읽지 않았다면 그 시절을 빠져나올 수 있었을까? 또한 융을 읽으면서 그 시절을 빠져나왔다는 사실이 그 이후의 내 삶의 방향과 성격을 이미 어느 정도 규정하고 있지 않은가 하는 생각도 든다.

그로부터 많은 세월이 지나 오랜만에 다시 읽은 융은 헤어진 지 수십 년 후에 길에서 우연히 만난 옛 애인과도 같이, 다소 어색한 느낌을 주었다. 한 마디로 "무의식(의 중요성)이 너무 강조되어 있다."는 느낌 때문이다. 무의식에 대한 지나친 강조는 의식의 극단적인 확대에 대한 그 시대의 전반적인 공포심을 반영하는 것 같다. 햇빛이 너무 눈부셔 그림자가 더욱 짙은 것과 같다. (프로이트의) 무의식의 개념은 서구에서 칸트 이래 이성理性이 극단적으로 강조되었던 것에 대한 여러 반발의 한 갈래로서 등장했다는 리쩌허우의 설명이 생각난다.

동양적인 사고로 평이하게 생각해 본다면, 이성이나 의식이 우리 마음속에서 '절대적'인 것으로 되지 않는 한 무의식에 그토록 신경 쓰거나 무의식을 두려워할 필요도 없을 것 같다. 젊은 시절에 융에 몰두했던 시기를 돌이켜 보더라도, 내 자신이 너무 이성을 중요시했고, 의식 쪽으로 심하게 기울어져 있었던 것이다. 그래서 무의식이 그렇게 크게 보였다고 생각한다. 선험적인 이성이 부당하게 강조되거나 의식이 강박적으로 될 때만 무의식은 우리 앞에 스스로를 드러낼 수 있는 것이라는 생각도 든다.

고대의 '영웅 신화'를 한 개인이 정신적으로 성숙해 가는 과정을 상징한 것으로 해석하는 부분은 지금 다시 읽어 보아도 매우 재미있다.

테세우스가 아리아드네의 안내를 받아 크레타의 미궁으로 들어가 미노타우로스를 죽이는 대목도 마찬가지다. 미노타우로스는 크레타의 가모장적家母長的인 불건전성과 퇴폐를 상징하고, 테세우스는 아테네의 젊은 가부장적 정신을 표현한다. (모든 문화에서 미궁은 모성적 의식세계의 착종과 혼란을 상징한다고 한다.) 괴물을 죽이고 여인을 구출하는 모티프는 탐욕스런 어머니의 이미지로부터 자기 아니마anima상을 해방시키는 것을 상징한다.

'미녀와 야수' 모티프 또한 언제 읽어도 아름다운 이야기다. 아버지를 떠나 한 남성을 사랑하게 되는 젊은 여성의 입문의례入門儀禮 과정을 상징한다는 설명은 언제나 의미심장하게 받아들이게 된다. 왜 미녀의 상대가 반드시 '야수'이어야만 하는지도 잘 이해할 수 있을 것같다.

별들이 뿌려진 끝없는 우주와 같이, 우리의 마음은 태고太古 이래의 모든 깊이를 담고 있다는 융의 생각은 젊은 시절의 나에게 많은 도움을 주었다. 우리의 자아는 '마음의 전체성'에 항상 귀를 기울여야 한다는 융의 충고는 나 자신이나 다른 사람을 대할 때 많은 도움을 주었다.

젊은 시절 어느 한 시기에 푹 빠져서 심취했던 책이다. 다 자라 이제 대학생이 된 아들들과 함께 이 책을 다시 읽는다는 것은 감개무량한 일이다. 그러나 그것은 나의 마음일 뿐, 아이들의 반응은 신통치 않은 것 같다. 작은아이 민석은 독후감에서 "분석심리학의 여러 주요 개념들이 널리 퍼져서 그런지, 읽으면서 아주 새롭게 느껴지는 내용은 없었다."고 시큰둥하게 쓰고 있는 것이 아닌가? 그러고 보니 우리의 대학 초년시절 무렵에 프로이트나 융의 정신분석학이 특별히 유행이었던 것 같기도 하다. 어쨌든 젊은 날의 추억이 깃든 책을 다시 되짚어 읽으며 감회에 잠길 수 있었던 시간이었다.

토론모임에서는 민석이 대학교 같은 과 친구를 데리고 와서 함께 이야기했다. 네오클 모임은 개방적인 모임으로 누구든지 와서 참여하면 좋을 것이다. 학생들 스스로 독서모임 같은 것을 만들 때라도 우리 네오클 모임이 참고가 될 수 있을 것이다. 본격적인 토론에 들어가기 전에 융 심리학의 주요 개념들에 대한 정리를 했다. 심리학을 전공한 회원이 몇 가지 개념에 대한 설명을 해 주었다. 〈자아ego와 자기self〉, 〈집단무의식collective unconsciousness〉과 〈원형archetype〉, 〈아니마anima와 아니무스animus〉, 〈그림자shadow와 페르조나persona〉, 〈개성화과정individuation〉 등.

첫 번째 주제는 〈'미녀와 야수' 이야기가 상징하는 바는 무엇인가?〉였다. 젊은 여인이 아버지를 떠나 한 남자를 사랑하게 되는 심리적 자기 성숙의 과정(개성화과정)을 상징하는 것으로 이해하더라도, 융의 설명과 같이 반드시 '근친상간'의 관념을 집어 넣어서 해석해야 하느냐는 의문이 제기되기도 했다. 또 '개성화과정'과 관련해서 우리나라의 경우 대부분의 남자들이 군에 입대하는 것이 사실상 개성화과정의 효과를 거두는 면이 있지 않느냐는 의견도 나왔다. 따라서 군대생활을 일종의 '입문의례'적 효과를 거둘 수 있도록 프로그램화하는 방안이 필요하다는 색다른 주장도 있었다.

두 번째 주제는 〈융의 인간유형론〉에 관한 것이었다. 인간을 유형화해서 이해하는 것의 가치는 무엇인가, 유형화의 유용성과 위험성, 유형론과 특질론의 차이 등에 대한 의견을 나누었다. 세 번째 주제는 청소년기의 자기이해나 자아 확립 과정에서 융의 분석심리학과 같은 '개념적 접근'이 도움이 될 수 있는가라는 다소 어려운 주제였다. 상당히 난삽하게 토론이 진행되었는데, 급기야는 "우리가 바람직한 삶을 살아가는 데 있어서 지식이나 지혜가 반드시 필요한가?"라는 원초적인 주제로까지 환원시켜 토론이 계속 이어졌다. 학생회원들도 적극 참여하여 치열하게 토론했다.

마지막으로는 융 심리학의 가치에 대한 이야기를 했다. 융 심리학의 이론들은 이미 낡은 이론이고 오늘날의 관점에서 과학적 설득력을 갖지 못하는 것이 아니냐는 의견이 제기되었다. 반면, 융 심리학은 엘리아데, 레비스트로스와 더불어 신화, 종교, 영성 등에 관하여 여전히 많은 통찰과 시사점을 줄 수 있다는 반대 의견도 있었다. 마르크스, 다윈, 뉴턴의 이론도 모두 새로운 이론에 의해 극복되었지만, 그 시대에 그런 의견을 제시해서 인류 사회에 큰 영향을 미친 점이 위대한 것처럼, 융 심리학도 마찬가지의 가치가 있는 것이 아니냐는 의견도 나왔다. 전문적인 수준의 토론은 되지 못했지만, 융 심리학의 여러 이론들을 다시 음미하고 그 가치에 대해 생각해 본 시간이었다.

내 이름은 빨강

저자 : 오르한 파묵 ‖ 읽은 때 : 2010년 9월

〈내 이름은 카라〉라는 제목으로 써본 글

교수형을 당한 유대인의 집에서 셰큐레가 나를 만나고 집으로 돌아와 발견한 것은 머리가 부서져 너덜너덜해진 에니시테 에펜디의 시체였다. 그때 그녀가 취한 행동은 이야기의 흐름을 갑자기 뛰어넘는 매우 독특한 것이었다.(아무리 총명하고 단호한 셰큐레라고 해도 이것은 너무 비약적이지 않은가!) 그녀는 아버지의 죽음을 큰 소리로 통곡하며 이웃에 알리는 대신, 그 죽음을 나와 결혼하는 데 이용하기로 결심했다. 어쨌든 셰큐레의 순간적인 판단은 그녀와 나의 운명을 단 한 번에 결정지어 버렸다.

셰큐레가 반드시 내가 아니라 하산을 택할 수도 있다는 사실은 나에게 분노를 일으키지 않는다. 나의 분노는 페르시아의 눈 덮인 산들과 떠돌아다니던 슬픈 도시들 사이에 이미 스며들어 버렸다. 그녀가 제시한 결혼 조건을 거절할 길이 나에게는 없었다. 12년 동안 가슴에 품고 살아 온 나의 사랑보다 그녀의 사랑이 더욱 크다는 사실을 부정할 수 없으므로 나는 그녀의 사랑을 따른다. 그녀가 선택한 세계만이 그녀의 세계다! 그리고 나는 그녀를 선택했다!

세큐레는 왜 나에게 에니시테의 책을 완성해 달라고 요구했을까? 아버지에 대한 의무감이나 죄책감 때문에? 아니면 술탄이 명령한 그 책의 완성에 어떤 가치를 두고 있을까? 두 아들에게만 온 정신이 쏠려 있는 세큐레나 저 능글맞은 방물장수 에스테르 같은 여인네들이 그런 것에 관심을 둘 리 없다. 세상을 보이는 대로 그리려는 베네치아 화가들의 화풍이 신이 보는 것처럼 세상을 그리려는 헤라트파의 화풍을 무너뜨리건 말건 관심이 있을 리가 없다. 비흐자드의 눈을 멀게 한 바늘로 자신의 두 눈을 찌른 화원장 오스만이나 눈물과 피로 범벅되어 미쳐가는 나비, 올리브, 황새의 고뇌에 대해 세큐레가 과연 무엇을 알기나 하겠는가?

그러나 다른 한편으로, 아버지를 죽인 살인자를 찾으라며 나를 술탄의 보고寶庫와 고문관들의 손아귀로 밀어넣은 것이나, 아름다운 자신의 모습을 '있는 그대로' 그린 초상화를 원했던 것을 보면, 세큐레가 혹시 유럽의 화풍에 대한 동경이라도 있었던 것은 아닐까? 나와 결혼한 26년 후까지 그녀가 평생 바랐던 또 하나의 그림은 헤라트파 장인의 화풍인, 시간이 멈추어 진 '행복의 그림'이라고 하니, 세큐레의 진정한 바람은 과연 무엇이라고 해야 좋을지 나로서는 도저히 알 길이 없다.

그녀에게는 어쩌면 그림 속에서 바라보는 행복이 아닌, 삶의 행복만이 중요한 것일지 모른다.(사랑과 결혼도 행복해지기 위해서 필요한 것이라고 그녀는 나에게 협박하듯이 외치지 않았던가!) 하지만 그녀가 살아온 삶은 화원장 오스만이나 엘레강스, 나비, 올리브, 황새가 평생 동안 등이 굽고 눈이 멀도록 그린 그림들과 그들의 피, 그리고 에니시테, 나 카라가 뿌린 피 속의 빨강과 아주 같은 색깔일 것이다. 만약 그렇지 않다면 그녀가 오르한을 시켜서 그녀와 나의 슬픈 사랑을 이렇게 하나의 이야기로 엮어낼 생각을 어떻게 했겠는가? 그렇지 않느냐고 내가 다시 물어도 아무 대답도 없이 창밖을 바라보기만 할 그대 셰큐레여! 초상화도 남기지 못한, 검은 눈동자의 셰큐레여! 아름다운 나의 셰큐레여!

문학과 예술의 사회사

저자 : 아르놀트 하우저 ‖ 읽은 때 : 2010년 10월

"예술은 그 시대의 사회적 조건에 좌우된다."는 어찌 보면 당연한 주제가 모든 시대에 걸친 풍부한 사례와 분석을 통해 일관되게 제시된다. 감상자 내지 발주자를 의식한 데서 나온 고대 이집트의 '정면성의 원리', 자유경쟁과 이윤추구를 기조로 하는 경제구조의 소산인 소피스트 철학과 그에서 나온 그리스의 계몽주의, 정교합일의 권위주의가 반영된 비잔틴제국의 인물화, 교회재산의 엄청난 증가 때문에 가능했던 로마네스크식 교회 건축, 중세의 봉건적 위계질서와 금욕적 폐쇄성에서 비롯된 기사騎士의 허구적 연애시戀愛詩 등 흥미진진한 사례들이 소개된다.

  예술의 발생 자체가 인간의 사회적 조건의 변화에서 비롯되었다는 설명이 흥미롭다. 식량을 채집하거나 수렵하던 구석기시대에 그려진 동굴벽화는 예술이 아니라 마술魔術에 해당하고(그것을 예술이라고 하더라도 예술의 목표는 심미적 효과가 아니라 마술적 효과를 노렸다는 것이다.), 결국 신석기시대에 이르러 '식량의 생산'이라는 새로운

경제형태의 산물로서 예술이 탄생했다는 것이다. 들판을 달리는 사자떼나 얼룩말의 무리는 식량을 생산하지 않으므로 경제적 잉여가 있을수 없고, 사람도 어느 시기 이전에는 그와 마찬가지여서 예술 활동이 불가능했을 것이다.

그러나 저자는 인간의 예술 활동이 단순하게 사회적 조건을 반영하거나 그에 의존되어 있다고만 보지는 않는 것 같다. "정신의 발현인 예술형식은 그 최초의 실제적 사명에서 벗어나 독립할 수 있는 가능성과 경향, 즉 애초의 목적에서 떠나 자율적 존재가 되고자 하는 가능성과 경향을 지니고 있다."고 하며 이를 '형식의 자율성'이라는 제목에서 설명한다. 또한 '예술의욕과 기술'과의 관계에 대해 언급하면서, "예술의 형식은 그때그때의 실용목적 및 그 목적을 수행하기 위한 기술적 수단에 의해 생겨났다."고 하는 설도 있지만, "예술의 이념은 주어진 기술적 조건으로부터의 저항을 배제하면서 자기를 관철하는 경우가 많고 기술적인 해결 자체도 부분적으로는 형식적인 예술의욕에 의해 이룩된다."는 설이 대립하고 있다고 설명한다.

이 문제에 관하여 좀 더 생각해 본다면, 인간이 먹고 살만 하게 된 이후에야 비로소 예술 활동을 할 수 있게 된 것은 맞지만, 그 이후 인간의 예술 활동은 사회적 조건을 단지 반영하기만 한 것이 아니라, 사회적 조건에 의해 전적으로 좌우되면서도 그것을 뛰어넘으려는 긴장과 압력으로 사회적 조건에 작용했을 것 같다. 예술(형식)의 '자율성'이라는 개념이 특히 중요하게 생각되는 것은 예술이란 인간 정신의 어떤 부분에 대응하는 것인지, 다시 말하면 인간이 도대체 어떤 존재이길래 예술 활동을 하게 되는 것인지를 탐구하는 열쇠처럼 생각되기 때문이다.

사회적 조건에 대한 예술의 자율성은 인간이 사회적 조건을 극복한 정도에 비례한다는 생각을 해 본다. 예술은 신석기시대 이후 인간이 생존에 대해 최초로(또한 최소한도로) 자유로워짐으로써 생겨날 수 있었다는 점에서, 사회적 조건에 대해 자율적인 것은 오히려 예술 본래의 속성으로 볼 수 있다. 신석기시대 이후에도 지금까지 인간은 거의 전적으로 생존에 얽매어져 왔고, 그만큼 예술도 거의 전적으로 사회적 조건에 얽매어져 왔을 것이지만, 인간이 생존에 대해 획득한 자유의 정도만큼 예술도 사회적 조건에 대해 자율성을 가져왔을 것 같다는 것이다.

식량을 생산하면서 인간은 자연을 장악하고 이해하기 시작했다. 자연의 일부로서 자연에 속한 것이 아니라 처음으로 자연을 '이해하기' 시작했다. 그렇게 '이해된 삶'은 자연 속에서 '그대로 살아가는 삶'과 다르며, 그러한 분리와 구분은 정신 영역에서의 자유를 확대했을 것이다. "인간은 생활을 위한 직접적인 걱정에서 해방되어 비교적 안전해졌다고 느끼는 순간 종전에 필요에 따라 무기나 도구로서 발명한 정신적 수단을 유희의 수단으로 삼기 시작한다."는 본문의 내용처럼, 생존의 실용적 목적에서 조금씩 벗어나기 시작한 유희가 예술을 발생시켰을 것이다.

저자도 말하고 있듯이, 구석기시대의 인간에게는 내세의 관념도 없었고 종교도 없었다. 신석기시대에 이르러 자연을 최소한도로 장악하면서 인간은 삶을 '의식'하게 되었고 그에 따라 죽음도 의식하게 되었을 것 같다. 인간은 비로소 영원히 살고 싶다는 생각, 즉 삶을 영속화시키고자 하는 욕망을 품게 되었다. 즉 죽음을 극복할 생각을 처음으로 하게 되면서 내세의 관념과 종교가 생겨났을 것이다. 그와 같은 새로운 관점과 욕망은 새롭게 확장된 '인간적 삶'의 내용으로 되었다. 예술은 그 '인간적 삶'을 밖으로 표현해 내고자 하는 것이라고 이해해 본다. 그런 점에서 예술은 죽음을 극복하려는 인간의 새로운 욕망, 즉 종교적 심성을 감각할 수 있도록 표현해 내려는 것이라는 생각이 든다. 예술의 시작이라는 '유희'도 오늘날의 용어나 관념과는 달리 보아야 할 것 같기 때문이다.

방드르디, 태평양의 끝

저자 : 미셸 투르니에 ‖ 읽은 때 : 2010년 11월

1967년에 발표된 미셸 투르니에의 처녀작인 이 작품은 영국 작가 다니엘 디포가 1719년에 쓴 〈로빈슨 크루소〉를 바탕으로 하고 있다. 〈방드르디…〉를 읽으면서 〈로빈슨 크루소〉에 대한 새로운 해석이라거나, 현대적이라거나 참신하다는 생각보다는 오히려 〈로빈슨 크루소〉의 '동어반복'에 불과하다는 느낌을 받았다. 바다와 섬 가운데에 홀로 내버려진 주인공의 치열한 감각과 고독한 울부짖음도 200여 년 전의 원작과 비교하여 새롭다고 할 만한 점이 거의 없어 보인다. 이 책을 읽으면서 오히려 원작 〈로빈슨 크루소〉에 대해 더 많이 느끼고 생각하게 되었다는 것이 솔직한 소감이다.

〈로빈슨 크루소〉의 로빈슨도 〈방드르디…〉의 로빈슨이 느낀 모든 것을 이미 일일이 다 느꼈다고 생각하기에 〈방드르디…〉의 로빈슨의 이야기가 그다지 새롭다고 느껴지지 않는 것이다. 다만 〈로빈슨 크루소〉에서는 그 시대와 사회의 주된 관심사를 따라 이야기를 진행시켰기 때문에 〈방드르디…〉에서와 같이 개인적인 상념이나 감각에 대해 구

구절절하게 묘사하지 않은 것뿐이라고 생각한다. 1719년의 로빈슨은 알지 못하거나 느끼지 못한 것이 아니라 단지 말하지 않은 것뿐이다.

〈방드르디…〉의 로빈슨이 말하는 주체와 대상, 존재와 비존재, 문화와 야만, 고독, 관능 같은 나름의 절절한 이야기들도 〈로빈슨 크루소〉의 근본적인 세계관을 벗어나는 것은 아니라고 생각한다. 200년이 넘는 시간 동안 서구 정신에는 큰 변화가 없었구나 하는 생각마저 든다. 〈로빈슨 크루소〉 이야기의 핵심적인 가치는 '무인도에 홀로 내버려진 인간'이라는 설정 자체라고 생각한다. 그러한 설정은 인간이 처한 근본적인 조건에 대한 각성을 포함하기 때문이다. 그런 점에서 〈방드르디…〉에서 주장해 본 '인간의 길'은 1719년의 깨달음에서 사실은 거의 앞으로 나아가지 못했다고 보는 것이다.

오래 전에 우리의 고전인 〈심청전〉에 바탕을 둔 새로운 작품을 구상해 본 적이 있다. 심청이 남경선인南京船人에게 몸이 팔려 집을 떠난 후 임당수에 도착할 때까지의 항해 시간을 포착하여[47] 희곡이나 소설을 써 보자는 것이다.* 부친을 이별한 후 인제수人祭需로 죽기 위해 임당수로 향하는 망망대해의 배 안에서 심청이라는 15세 소녀의 정신에 떠오른 모든 상념, 감각을 오늘의 관점에서 되살려 끌어내 보자는 구상이다. 미셸 투르니에가 〈방드르디…〉에서 200여 년 전의 '로빈슨'을 현대정신을 가진 인간으로 되살려 내려 한 것과 비슷한 시도라고 할 수 있다.

나는 심청을 출천대효出天大孝의 유교적 여성상으로부터 구출하여, 피와 살을 가진 15세의 소녀로 되살려 낼 수는 있을 것이다. 심청의 실존적 고통과 갈등을 절절하게 그려내 보일 수도 있을 것이다. 그러나 그러한 시도는 결국 꽤나 부질없는 〈심청전〉의 '동어반복'에 불과할 것이라는 우려가 앞선다. 아버지의 눈을 뜨게 하기 위해 치마를 머리에 뒤집어쓰고 임당수에 뛰어드는 심청은 결코 무지몽매하지 않다.(〈로빈슨 크루소〉의 로빈슨이 무지몽매하지 않은 것과 같다) 〈심청전〉도 그 시대와 사회의 주된 관심사 위주로 줄거리를 이어간 것뿐이다. 심청은 알지 못하거나 느끼지 못한 것이 아니라 단지 말하지 않은 것뿐이다. 심청이 '알았고 느꼈으면서도 말하지 않았던 것'을 지금에 와서 내가 되살려 낸다고 해도 그것이 '새로운' 이야기는 될 수 없다. 내가 심청의 주체적인 자각, 회의와 고독, 관능을 아무리 절절하게 되살려 내더라도 결국 〈심청전〉이 달성한 근본적 가치를 조금이라도 넘어서지 못할 것 같다. 〈심청전〉은 인간 세상의 위험과 그 위험에 대응하는 '인간의 길'을 인간의 도리라는 관점, 즉 '인간관계'의 측면으로 설명해 본 것이다. 그런 이야기가 오늘의 우리에게 계속 감명을 주는 것이다. 〈심청전〉이 달성한 세계의 큰 틀은 심청의 개인적인 측면 등 '말해지지 않은' 많은 관점들을 이미 포함하고 있다. 〈로빈슨 크루소〉나 〈심청전〉 등 고전 작품은 인간성의 근원을 탐구하여 그 결과로 비로소 하나의 세계를 제시하는 것이고, 그렇게 탐구되어 제시된 세계는 자체로서 완결적이기 때문이다.

다니엘 디포의 로빈슨 앞에 놓인 바다, 그 막막한 섬과 바다는 마치 인간과의 대결을 기다리고 있는 듯하다. 미셸 투르니에의 로빈슨 앞에 놓인 바다도 거기에서 거의 벗어나지 않는다. 그러한 로빈슨들은 1719년부터 1967년 사이에 살았던 모든 서구인일 것이다. 그러나 로빈슨들이 생각하는 것처럼 바다는 우리 인간의 앞을 가로막고 있는 대결적 존재로만 정의될 수 없다. 다니엘 디포에서 미셸 투르니에를 거쳐 온 바다는 오늘의 우리 앞에 새롭게 열려 있다. 심청의 바다, 인간의 바다, 아버지를 위해 몸을 던져 황후가 되는 임당수 푸른 바다 또한 오늘의 우리 앞에 열려 있는 것과 마찬가지로.

47. 심청을 태운 남경선인들의 배가 임당수에 도달할 때까지 걸린 시일은 어느 정도일까? 40일 내지 50일, 4개월 내지 5개월? 〈심청가〉에는 단 한 구절로 나올 뿐이다.
"(진양) 배의 밤이 몇 밤이며 물의 밤이 몇 날이나 되든고, 무정한 사오삭(四五朔)을 물과 같이 흘러가니…….."─판소리 〈심청가〉 중에서
48. 배 안이라는 한정된 공간과 시간을 배경으로 하여, 남경선인 중 뱃사람 청년 한 명을 등장시켜 심청과 많은 대화를 나누게 하고, 심청의 회상 형식으로 심봉사나 곽씨 부인도 불러내는 연극으로 만들면 좋겠다는 구상이었다.

관촌수필

토론모임에서 주로 '고향'에 집중해서 이야기가 진행되었다. 주제로는 〈우리에게 고향이란 무엇인가?〉, 〈오늘날 우리는 고향에 대한 상실감을 지니고 있는가?〉, 〈앞으로 우리가 만들어가야 할 고향은 어떠한 모습이어야 하는가?〉 등이었다. 결국은 우리의 삶에서 '고향'이 차지하는 비중과 가치, '고향성'의 실체가 무엇인지에 대한 의문이 주된 내용이었다.

저자 : 이문구 ‖ 읽은 때 : 2010년 12월

진한 사투리 사이로 엮여져 나오는 슬픈 이야기들은 이미 지나가 버린 시대의 이야기처럼 멀고 아련하게 느껴진다. 작가가 그토록 이야기하고 싶어 하는 잃어버린 고향, 돌아갈 수 없는 시절에 대한 향수鄕愁도 사실 그다지 강하게 다가오지는 않았다. 어렸을 적부터 서울에서 살아온 나에게 〈관촌수필〉의 고향은 너무 일찍부터 없어져 버렸기 때문일까. 이 작품이 처음 발표된 1970년대 초 이후 2010년이 며칠 남지 않은 오늘까지도 우리의 환경과 정신세계가 또 다른 엄청난 변화를 쉼 없이 겪어왔기 때문이기도 할 것이다.

어렸을 때 시골에서 자란 경험이 없으면서도, 고향이 없어져 가는 것에 대해 큰 안타까움과 우려를 느낀 적도 있었다. 자라나는 우리의 아이들이 '고향의 봄' 노래의 정서를 전혀 이해하지 못하게 되어 버렸고, '새벽의 숲 속에서 새 알을 꺼내 먹는' 경험을 할 수 없게 된 것에 대한 안타까움이다. '나의 살던 고향'인 '꽃 피는 산골', '복숭아꽃, 살구꽃'이 모두 없어져 버리는 것에 대한 안타까움이다. 그러나 사실은 나 자신도 숲 속에서 새 알을 꺼내 본 적이 없고, 어릴 때부터 서울의 아스팔트 골목에서 전봇대를 골대 삼아 공을 차며 자라난 것이다.

고향(조상 대대로 살아온 마을)은 작가의 어린 시절까지만 해도 너무도 당연한 우리의 환경이었다. 그러나 〈관촌수필〉의 이야기처럼 고향과 그 정서는 급속히 붕괴되고 일실되었다. 고향 또는 마을의 붕괴인 도시화는 우리만의 문제는 아니고 지역에 따른 편차는 있겠지만 약 100년 전부터 가속화되어 거의 완성되어 가는 세계적인 현상일 것이다. 물론 우리의 경우 도시화가 산업화뿐만 아니라 서구 사상의 유입, 외세의 침탈, 동족간의 전쟁과 함께 밀어닥쳐 그에 따른 충격이 더 클 수밖에 없었을 것이다.

서구화, 근대화의 대세 속에서 단지 살아남기 위해 우리의 고향을 어쩔 수 없이 희생하고 포기한 것이라고만 생각하지는 않는다. 우리 고향의 문제점과 불충분성에 대해서도 비판적으로 볼 수 있다고 생각한다. 작가가 그토록 아름답고 애틋하게 그려낸 〈관촌수필〉의 고향으로 다시 돌아갈 수 있다고 해도, 나는 사실 돌아가고 싶지 않다. 근대화의 격변이나 전쟁이 없었다고 하더라도, 옹점이나 대복이 같은 사람들과 함께 사는, 인정으로 얽힌 가난한 그 고향이 아름답게만 생각되지 않는다. 〈관촌수필〉의 고향은 결국 그런 상태로 유지될 수 없었으며, 그런 상태로 계속 유지되어서도 안 된다고 나는 생각하는 것 같다.

전통적인 고향이 우리의 마음에 흡족하고 감명을 줄 수 있었던 것은 혈연에 기초한 장소적 터전이 '경제 공동체'나 '정서 공동체' 또는 '진리 공동체'로서 성공적으로 기능했기 때문이라고 생각한다. 예전의 고향은 우리를 위로하고 끌어올릴 수 있었지만, 언제부턴가 그러한 기능들을 급속하게 잃어간 것이다. 오늘날 우리가 누리고 있는 경제적 풍요, 자유, 평등, 개인의 존엄 등의 가치는 〈관촌수필〉의 고향과는 양립하기 어렵다고 생각한다. 우리가 현재 누리고 추구하는 가치가 불변의 절대적인 것일 수는 없지만, 우리는 더 나은 곳을 향하여 이리로 나아왔고 어쨌든 다시 돌아갈 수 없는 것이다.

그러나 다시 돌아갈 수 없고 다시 돌아가고 싶지 않음에도, 〈관촌수필〉의 고향이 여전히 우리의 마음을 애틋하게 자극하는 면이 있다면, 그것은 우리에게 그 어떤 '고향'이 꼭 필요하기는 하기 때문일 것이다. 전통적 의미의 고향인 '옛적의 자연 풍경과 혈연집단의 터전'으로 다시 돌아갈 수는 없다고 하더라도, 우리가 인간인 한 그 어딘가 마음과 정서를 의탁할 데는 필요할 것이다. 그와 같은 새로운 의미의 '고향'은 장소적으로 확장될 수도 있고, 나아가 특정한 장소적 개념으로 제한되지 않을 수 있다고 생각한다.

교통, 통신의 발달은 전통적인 고향의 이미지와는 언뜻 상반되는 방향처럼 생각되지만, 그 덕분으로 우리는 언제, 어느 곳이라도 쉽게 '고향'으로 삼을 수 있다. 보다 자유로워진 정신과 풍부한 정서가 뒷받침된다면, 태어나고 자라온 곳이 아니더라도 '고향'으로 넓혀 생각할 수 있을 것 같다. 우리는 고려시대나 조선시대 사람에 비하여 훨씬 쉽게 설악산이나 지리산의 깊은 숲 속을 마음의 '고향'으로 삼을 수 있다. 비행기 덕분에 히말라야 산맥의 고적한 봉우리에 올라 태초 인류의 정서를 체험하면서 그 어떤 '고향'을 느낄 수도 있을 것이다. 인류의 터전인 자연환경을 중시하면서도, 동시에 발전된 과학기술을 타고 올라 정신적 자유를 확대해 나간다면 '고향'은 장소적으로 얼마든지 확장될 수 있다고 생각한다.

또한 고향을 마음과 정서의 의지처로 본다면 반드시 어떤 장소가 아니라 (인간)관계 자체가 '고향'일 수 있다. 비행기나 고속철도, 화상통화 덕분에 쉽게 만날 수 있게 된 사랑하는 가족과의 반가운 관계가 바로 '고향'일 수 있다. 여러 가족이 모여서 함께 하는 독서활동, 봉사활동에서 볼 수 있듯이, 전통적인 혈연관계도 폐쇄성을 벗어나 새로운 의미를 띠고 확장될 수 있다. 나아가 최근의 경향인 혈연을 벗어난 각종 동호회, 자원봉사단체, 사이버 공간 등도 모두 '새로운 고향'을 향한 간절한 모색으로 생각된다. 요컨대 사이버 공간에서의 접속을 포함한 그 어떤 새로운 인간관계의 터전이라도, 그것이 '정서 공동체', '진리 공동체'에 합당하다면 모두 새로운 '고향'이라고 할 만하다.

고향을 제한된 어떤 장소로 보지 않는다면, 우리가 고향을 '상실했다'는 것은 정확한 표현이 아닐 수 있다. 고향은 인간에게 없어서는 안 되는 것이기 때문에 '상실할' 수 있는 어떤 것이 아닐지 모른다. 우리에게는 돌아갈 고향이 아닌, 만들고 이룩해 나갈 고향이 있을 뿐이라는 생각이 든다. 방학 때면 완행열차에서 내려 걷고 걸어서 찾아가던 먼 옛날의 고향은 이제 없기 때문이다. 복숭아꽃 살구꽃이 흐드러지게 피어있는 나의 살던 고향, 초가지붕 위로 밥 짓는 연기가 피어나는 고향은 이제 없기 때문이다. 논두렁길을 뛰어 달려가 품에 안길 할아버지나 할머니도…….

...

이문구의 유명한 작품 〈관촌수필〉은 회원들에게 상당한 인기가 있었다. 독후감을 보면 회원들 모두 〈관촌수필〉을 읽으면서 즐거운 시간을 보낸 것을 알 수 있다. 어렸을 적의 고향에 대한 아련한 회상, 부모님들이 겪은 6.25 전쟁에 관한 고통스러운 기억들을 끌어낼 만큼, 아름답고 힘 있는 작품이라고 생각한다. 다시는 나오기 어려운 작품이라고 생각한다. 정석과 민석도 모두 독후감을 정성스럽게 썼는데, 그 방향이 대조적으로 다른 점이 재미있게 생각된다. 사회과학과 외국문학을 전공하는 두 아들의 매우 다른 관심 방향이 나타난 독후감을 재미있게 읽었다.

큰아이 정석의 관심은 주로 가치의 문제, 사회적인 문제에 쏠려 있는 것 같다.

"내 머리 다른 곳엔 이 소설에서 느껴지는 어떤 소중한 가치들이 빠르게 사라지고 있다는 상실감과 함께 그것이 이미 비가역적임을 인정해야 할 것 같은 씁쓸함이 자리하고 있었던 것이다. 나아가 나의 세대에 그런 소중한 가치들을 대체할 그 어떤 것이 존재하는지에 대한……"

등으로 독후감이 전개되고 있다. 독후감의 뒷부분도 우리 사회에 대한 걱정으로 마무리하고 있다.

"성리학, 농업을 기반으로 한 공동체사회는 조선조 500년을 지탱했지만, 끝내 내부 모순과 외부 압력을 극복하지 못하고 붕괴했다. 과연 현대의 우리들이 신조처럼 떠받들고 있는 자유민주주의, 시장경제 등은 얼마나 완전한 이데올로기인가. 〈관촌수필〉에 나타난 전통적 가치들이 없이도 우리 사회가 충분히 행복해질 수 있고, 또 조선조만큼이나 영속적일 수 있을까? 전통적 가치들을 재건한다고 해도 그것이 과연 현대의 사회 시스템과 조화로울 수 있을까?"

에 대한 궁금증이 담겨있다. '고향'이란 '돌아갈 곳'이 아닌, '만들고 이룩해 나가야 할 어떤 것'이라는 나의 독후감과 비슷한 관심을 가졌던 것 같다.

그러나 작은아이 민석의 독후감은 판이하다. 작가 이문구의 토속적인 정서와 사투리가 섞인 문체에 집중하여, 정서와 문체의 관계, 번역의 어려움 등을 주로 다루고 있다. "만약 어떤 외국인이 〈관촌수필〉을 완벽하게 이해하기 위해서는 그 사람은 평생 한국어만 공부해야 할 것이다."고 전제한다. 개인이나 민족의 고유한 정서를 어떻게 표현해 낼 수 있을 것인가의 문제에 골몰하는 것이 나타나 있다. 또 어떤 민족의 고유한 정서는 옳고 그른 것으로 판단할 수 없는 가치라고 이해하면서 생텍쥐페리의 〈인간의 대지〉에서 다음 대목을 인용하고 있다.

"진리란 증명되어지는 것이 결코 아니다. 한 농부가 이 땅이 아니라 저 땅에서 풍부한 결실을 거두었다면 이 농부에게는 이 땅이 아니라 저 땅이 진리인 것이다. 만일 다른 어떤 것들보다도……. 이 종교, 이 문화, 이 가치가 인간에게 행복을 가져다주고 커다란 기쁨을 준다면, 이 가치 이 문화가 인간의 진리인 것이다."

토론모임에서도 주로 '고향'에 집중해서 이야기가 진행되었다. 주제로는 〈우리에게 고향이란 무엇인가?〉, 〈오늘날 우리는 고향에 대한 상실감을 지니고 있는가?〉, 〈앞으로 우리가 만들어가야 할 고향은 어떠한 모습이어야 하는가?〉 등이었다. 결국은 우리의 삶에서 '고향'이 차지하는 비중과 가치, '고향성'의 실체가 무엇인지에 대한 의문이 주된 내용이었다. 〈관촌수필〉 덕분에 네오클 회원들의 '고향이야기'를 재미있게 들을 수 있었다. 먼 옛날의 어린 시절과 그 시절의 삶의 터전을 애틋하게 떠올리는 복된 시간을 누릴 수 있었다.

아들과 연인

저자 : D. H. 로렌스 ∥ 읽은 때 : 2011년 1월

작가가 20대 후반에 쓴 자전적 소설인 이 작품은 어머니에 대한 깊은 애정과 여인들에 대한 사랑이 서로 얽혀서 시종 해결되기 어려운 갈등 구조를 이루고 있다. 자전적인 작품이라서 그런지 작가의 젊은 시절의 내면적 고민이 적나라하게 드러나 있다. 나이 든 입장에서 작가의 '젊은이다운'고통과 혼란스러움에 그대로 흔연히 공감하기는 어려웠다. 그러한 고통과 혼란스러움은 젊은 시절의 보편적인 경험에 속하기도 하지만, 기독교 전통 등 우리와는 다른 문화나 시대에 기인한 부분이 많기 때문이기도 할 것이다.

무지하고 난폭한 아버지와 논리적이고 예민한 어머니 사이에서 태어난 아들들은 어머니의 심한 불행을 보고 자라나며 어머니로부터 깊은 영향을 받는다. 그 아들이 성장하여 여인을 만나 사랑하게 될 때 겪게 되는 어려움, 어머니와의 대립관계가 주된 줄거리다. 주인공들은 모두 어머니나 아버지의 영향을 강하게 받는데, 그 영향은 대체로 부정적이다. 폴과 윌리엄은 물론이고, 미리엄이나 클라라에게 어떤

문제점이 있다면 모두 그 어머니의 영향 때문인 것처럼 암시된다. 근본적으로는 어머니 모렐 부인 또한 신학서적만을 읽고 오직 사도 바울에만 공감을 느끼며 일체의 감각적 쾌락을 거부하는 아버지로부터 강한 영향을 받았다. 그녀가 월터 모렐과 잘못된 결혼을 하게 되는 것도 아버지로부터 물려받은 정신적 경향 때문인 것으로 설명된다.

작가는 부모로부터의 영향을 부정적으로 볼 뿐 아니라 그 영향을 절대적이고 숙명적인 것으로 보는 듯하다. 그런 작가의 관점은 결국 인간의 삶 전체를 비극적으로 이해하는 데까지 이른 것으로 보인다. 결혼에 실패한 불행한 어머니인 모렐 부인은 오직 자식들에게 희망을 걸 수밖에 없게 되고, 아들들은 그러한 어머니의 애정과 집착으로부터 벗어나지 못한다. 더구나 큰 아들 윌리엄이 죽자 모렐 부인은 둘째 아들 폴에게 삶의 모든 희망과 가능성을 걸게 됨으로써 갈등과 비극은 더욱 깊어진다. 작가는 한 사람의 불행이 다른 사람의 불행으로 반복되는 비극적인 순환이 인생의 과정이라고 보는 것 같다.

어머니와의 애정에서 비롯된 갈등 구조를 떠나서 생각해 보더라도, 폴의 연인인 미리엄과 클라라는 크게 대비되는 여성들로서 흥미로운 주인공들이다. 그 두 여인과의 사랑만을 소재로 하여 독립적인 이야기를 풀어나갈 수도 있을 것 같다. 폴에게 어머니의 영향에서 비롯된 어려움이 있듯이, 미리엄에게도 종교적인 분위기에 치우친 그 어머니의 영향이 어려움을 주고 있다. 미리엄의 주관적인 내향성의 정도는 그녀로 하여금 일상의 현실감을 잃게 할 정도여서 모렐 부인이 그토록 중요하게 생각하는 폴의 행복과는 어울리지 않는다. 이와 대비되어 극도의 외향성을 띠는 클라라도 폴의 내면을 충족시켜 줄 수 있는 접점을 찾기 어렵다.

폴이 미리엄이나 클라라와의 사이에서 겪는 고통이 모두 어머니의 영향 때문만은 아니고, 성장에 따른 보편적인 고통으로 이해되는 면도 있다. 정신적인 사랑과 육체적인 사랑 사이에서의 갈등, 순결에 대한 고민 등은 주인공들이 속한 기독교 윤리에 원인이 있기도 하겠지만, 수동적인 삶에서 주체적인 삶으로 나아가는 젊은이들이 겪게 되는 보편적인 경험의 측면도 있을 것이다. 그러한 고통은 가상적인 삶에서 실제의 삶으로 나아가는 긴박하고 비약적인 과정에서, 어렵고 위험한 과제를 처음으로 맞닥뜨리는 젊은이들에게 당연히 필요한 경고 같은 것으로 이해할 수도 있을 것이다. 따라서 그런 고통과 고민은 강박적으로 작용해서도 안 되지만, 무조건 제거되어야 할 불필요한 것으로 취급되어서도 안 된다고 생각한다.

작가가 제기한 이 소설의 갈등 구조는 소설이 계속 진행되어 나가고, 끝부분에 이르러서까지도 전혀 해결될 기미를 보이지 않는다. 책을 다 읽고 나서도 뭔가 산만하고 마무리되지 않은 듯한 아쉬움과 부족함을 느끼게 된다. 당시 20대 후반에 불과했던 작가가 자전적인 이야기를 통해 문제 제기만을 한 것으로 이해할 수 있을 것인가? 로빈 후드의 고향을 배경으로 한, 100년 전에 출간된 작품을 통하여 오늘 우리의 젊은이들의 고민에 대해 다시 생각해 볼 수 있는 기회였다.

연을 쫓는 아이

저자 : 할레드 호세이니 ‖ 원제 : The Kite Runner ‖ 읽은 때 : 2011년 3월

주인공 아미르가 하산을 구하려 하지 않고 도망친 스스로의 비겁함 때문에 평생 동안 겪게 되는 고통이 작품의 주된 갈등 구조를 이루고 있다. '감당하기 힘든 거대한 폭력 앞에 인간은 어떻게 대응해야 하는 가'라는 무거운 주제이지만, 이를 작품의 핵심적 갈등 구조로 삼은 것에 전적으로 공감하기는 어려웠다. 사랑하는 사람을 위해 자신의 목숨을 걸고 악에 대항하는 것은 오직 인간만이 가질 수 있는 용기요 미덕이다. 그러나 그것이 인간 양심의 유일하고 궁극적 표현이라고는 생각하지 않는다. 따라서 하산을 구하려 나서지 못한 아미르의 행동이 지울 수 없는 잘못으로 각인되고, 모든 갈등과 고통의 출발점으로 설정되는 것은 설득력이 떨어진다고 생각한다.

인간 사이의 폭력이나 전쟁은 생명 전체의 멸절滅絕을 가져오는 천재지변과 마찬가지로 인간이 처한 위험이자 근원적인 환경이라고 할 수 있다. 그에 대응하는 인간의 옳은 태도를 일률적으로 규정할 수는 없다고 생각한다. 파키스탄으로 탈출하는 트럭에서 바바가 러시아 군

인을 상대로 보여준 목숨을 건 용기는 물론 고귀하지만, 인간이 가야 하는 유일한 길은 아니라고 본다. 아브라함이 그 아내 사라가 아내라는 사실을 숨기고, "누이라 칭하며" 이집트의 파라오나 그랄 왕 아비멜렉에게 넘겨주었다가 되찾는 구약성경의 이야기[49]도 궁박한 상황에 대응하는 인간의 한 모습이며, 자신을 박해하는 자들을 위하여 기도하며 죽어가는 순교자도 인간성과 용기를 구현하는 한 모습일 수 있기 때문이다.

아미르의 아버지인 바바라는 인물에게서 일관성을 느끼기 어려웠다는 점도 지적하고 싶다. 아프가니스탄에서의 바바의 뛰어난 업적이나 전설적인 일화들과 미국에 와서 바바가 보여주는 모습 사이에 상당한 불일치가 있다는 느낌을 받았다. 바바의 '사나이다운' 세계는 아미르가 추구하는 세계, 미국이라는 나라로 대표되는 보편적이고 민주화된 질서와는 근본적으로 대립되는 권위주의적인 세계로 이해된다. '축구를 싫어하고 소설을 좋아하는' 아미르와 바바의 사이에는 사실은 화해하기 어려운 세계관적 대립이 있다고 본다. 아미르는 궁극적으로 '바바'에 도달하려고 하는 것이 아니라 '미국'에 도달하려고 하는 것이다. "왕과 악수를 나누고, 왕과 함께 사냥을 하는" 바바의 세계는 왕정에서 공화정으로, 독재에서 민주로 이행해야 하는 아미르의 세계, 또는 새로운 아프가니스탄이 나아갈 방향과는 다른 길이라고 생각한다.

아미르는 바바와의 대립을 통해 주체적으로 성장한다. 그가 아내 소라야나 주변 사람들에게 보여주는 이해심과 관용은 '아미르의 세계'가 성취한 성과의 일부라고 이해한다. '아미르의 세계', 새로운 아프가니스탄은 바바의 세계를 회복하는 것이 아니라 바바의 세계를 부정하고 극복해야 한다는 것이 사실은 저자의 진심일 것 같다. 그럼에도 불구하고 저자는 바바를 어떤 일면이라도 초인적이고 이상화된 인물로 남기고자 애쓴다. 아마도 아버지에 대한 사랑, 조국 아프가니스탄에 대한 뗄 수 없는 애틋한 자부심 때문이라고 이해한다. 또는 아프가니스탄과 미국 사이에서의 저자 자신의 정체성의 혼란이 반영된 것일 수도 있을 것이다.

소설 전반부에서의 바바와 아미르 사이의 긴장, 알리와 하산 등 하자라인의 신분 차별에 따른 비극적인 이야기들은 아프가니스탄이라는 낯선 문화의 차이를 뛰어넘어 몰입할 수 있었다. 가난과 폭력과 전쟁이 배경으로 깔린 긴장된 흐름은 아프가니스탄의 전통적인 정서와 어우러져 연싸움 대목에서 아름다움의 절정을 이룬다. 그러나 바바와 아미르가 미국으로 이주한 후반부에는 전반부의 긴장과 밀도를 제대로 지탱하지 못했다고 본다. 특히 라힘 칸의 연락을 받고 아프가니스탄으로 들어가 소랍을 구출하는 대목은, 그 이야기 자체로서는 매우 흥미진진함에도 불구하고 긴장감은 현격하게 떨어진다고 느꼈다.

아미르와 아세프의 대결 장면도 할리우드의 첩보액션 영화를 연상하게 하는 어색하고 엉성한 전개라고 생각한다. 소랍이 수십 년 전에 아버지 하산이 아세프에게 한 것과 똑같은 방법인, 새총으로 아세프의 눈을 쏜다는 반복적인 설정도 마찬가지다. '하산의 출생의 비밀'이 바바의 사후死後에 라힘 칸에 의해 밝혀지는 극적인 구성 역시 작위적이라고 느껴진다. 마치 추리소설과도 같은 치밀한 구성이 오히려 안일하게 느껴진다.

'하산의 출생의 비밀'은 이야기의 전개를 위한 무리한 설정일 뿐 아니라, 바바라는 인물의 일관성을 크게 해쳤다는 생각을 지울 수 없다. 카리스마 넘치는 '파쉬툰 인의 영웅' 바바의 면모에 걸맞지 않기 때문이다. 바바에 대한 윤리적인 비난을 말하려는 것은 아니다. 설령 바바가 하산을 임신하게 하는 과오를 저질렀다고 하더라도, 바바와 같이 죽음도 가벼이 여길 만큼 극단적으로 강하고 과단성 있는 인물이 부끄러운 상황을 어정쩡한 상태로 계속 끌고 가면서, 평생 죄의식에 시달리는 것이 전혀 어울리지 않는다는 것이다. 물론 저자 스스로도 지적했다시피, 알리의 입장에서 그런 상황을 묵인했다는 점도 그의 강직하고 종교적인 성품에 비추어 납득하기 어렵기는 마찬가지다.

저자는 이 이야기를 아프가니스탄 인으로서 시작해서 미국인으로서 결말을 맺는다. 아프가니스탄 인으로서 저자는 하고 싶은 말이 가슴 벅차도록 많았지만, 그 풍부한 이야기들을 다 담아내서 현재의 결론을 이끌어 내기는 쉽지 않았을지 모른다. 저자의 미국인으로서의 결말은 통속적인 미국 드라마의 전개방식과 크게 다르지 않을 뿐 아니라 메시지도 분명치 않아 석연치 않은 끝맺음이라는 아쉬움이 많이 남았다.

49. 창세기 12장 10−20절, 창세기 20장 1−13절

비극의 탄생

저자 : 니체 ‖ 읽은 때 : 2011년 4월

"그리스적 의지의 어떤 형이상학적인 기적을 통하여 디오니소스적인 것과 아폴로적인 것이 결혼하여 나타나고, 이로 인하여 그리스 비극이 탄생했다."는 것이 니체의 주장이다. 디오니소스적 세계를 중심으로 그리스 비극을 설명한 점은 오늘날의 예술을 생각하는 관점에도 도움이 된다. 디오니소스적인 것과 아폴로적인 것의 결합은 어느 지역에서 일어난 특별한 '역사적 사건'이라기보다는 예술의 발전 내지 탄생 과정을 표현한 것이라는 생각이 든다. 디오니소스적인 것은 인류 초기의 원시적 충동이나 정서와 연관되고, 아폴로적인 것은 이러한 충동이나 정서를 이해하고 규명하려는 인류 후대의 '진전된' 모습이라고 이해할 수 있을까? 충동이 없으면 예술이 생겨날 수 없지만 충동 자체만으로는 역시 예술이 아니기 때문에, 디오니소스적인 것과 아폴로적인 것의 결합이 예술이라고 주장한 것일까?

니체는 디오니소스적 황홀경은 음악과 밀접한 관계가 있다고 본다. "음악은 근원적 한 사람의 가슴에 있는 근원적 모순과 근원적 고통에 상징적인 관계를 맺고 있다."는 것이다. 그런데 소크라테스에 의하여 지혜와 유덕有德이 최고의 가치로 강조되면서, 그리스 비극이 음악과 분리되고, 예술에서 벗어나게 되었다는 것이 니체의 주장이다. 디오니소스적 충동은 예술의 밑바탕을 이루는 광대한 에너지일 것이다. 그러한 충동, 인류 초기의 경험인 모든 공포와 고통을 포함하는 심연深淵이 예술적 감동의 원천일 것이다. 니체의 소크라테스에 대한 비판은 문명이 인간 본연의 원시적 충동으로부터 멀어지는 것을 우려한 것으로 이해해 본다.

그리스 비극이 셈족의 득죄신화得罪神話와는 구별되게, 인간의 '능동적 죄'인 모독행위에 존엄성을 부여하고 이를 염세주의적 비극의 토대로 삼고 있다는 주장도 의미심장하게 읽었다. 과인過人한 지혜로 스핑크스의 수수께끼를 푼 오이디푸스나 인간에 대한 '거인적인 사랑'으로 신을 모독한 프로메테우스의 고통이 그리스 비극의 윤리적 토대를 이루고 있으며, 이는 아폴로적인 것이 아니라 디오니소스적 지혜인 신화의 힘이라는 것이다. 그리스 비극이 자연과 신에 대한 인간의 모독행위와 그에 따른 고통을 '인간의 운명'으로 받아들임으로써 성립되었다는 설명이라고 이해했다. 니체의 기독교 윤리에 대한 비판과 연결되는 주장이다.

19장에서는 디오니소스적 음악에서 멀어진 예술형식으로서 오페라에 대해 신랄하게 비판하고 있다. 평소 뮤지컬이나 대중음악의 '예술성'에 대해 막연한 의심을 품고 있던 나로서는 오페라에 대한 비판에 귀가 솔깃했다. 우리는 과연 어떤 것을 예술이라고 해야 할 것인가? 또한 어떤 것을 예술이라고 보느냐는 우리의 삶에서 어떤 의미를 지니는가? 이런 의문들에 대해 숙고하면서 음미할 만한 대목이라고 생각한다. 지나치다고도 생각되는 오페라에 대한 니체의 독설毒舌을 옮겨본다.

"오페라는 이론적 인간의 산물, 즉 세속의 산물이며 예술가의 산물이 아니다. 오페라는 모든 예술의 역사 속에서 가장 기괴한 사실의 하나이다. 여기서 요구된 것은 문자 그대로 비음악적 청중이었다."

"따라서 오페라의 얼굴에는 영원한 상실을 슬퍼하는 비가적 고통은 떠오르지 않는다. 오히려 사람들이 최소한 매순간 사실이라고 믿을 수 있는, 영원한 부활의 명랑성과 목가적 현실에 대한 안일한 기쁨이 나타나 있다. 이 경우 어쩌면 사람들은 이 현실이 단지 환상적이고 분별없는 장난거리에 지나지 않는다는 것을 한번쯤 예감하게 될는지도 모른다. 그리고 이 장난거리를 진정한 자연의 무서운 엄숙성에 의해서 인류 초기의 진정한 원시적 정경과 비교할 수 있는 사람이라면, 누구나 이 상상의 현실에 대해서 구역질나는 목소리로, 허깨비야 꺼져라라고 외치지 않을 수 없을 것이다."

"음악은 디오니소스적인 세계의 거울이라는 진정한 존엄성을 박탈당하고 현상의 노예가 되어 현상의 형식적인 존재만을 모방함으로써 선과 균형의 유희 속에서 외면적 즐거움을 일으키려고 하는 일 이외에는 아무것도 할 일이 남아있지 않다. 음악 그 자체에 미친 오페라의 불행한 영향을 엄밀히 관찰하면 현대음악의 발전 자체와 일치한다. 오페라의 발생과 오페라에 의해 대표되는 문화의 본질 속에 깃들어 있는 낙천주의는 음악으로부터 그 디오니소스적 세계관을 박탈하고 음악에 형식유희이고 오락적인 성격을 새겨 넣는 데 성공하였다."

니체가 오페라를 왜 군이 예술이 아니라고 하는지 이해할 수 있을 것도 같다. 예술이란 디오니소스적인 것, 인류 초기의 공포와 고통, '자연의 무서운 엄숙성'이 아로새겨진 인류의 마음 속 깊은 곳과 맞닿아 있지 않으면 안 되는 것이다. 삶과 죽음의 문제에 직접 관련된 것이 아니라면 예술이 아니다. 사람이 중요하지 않은 문제에 큰 재미나 감동을 느낄 수는 없기 때문이다. 그것에 미치지 못하는 것은 비록 예술의 형태를 지니고 있더라도 예술이 아니고 기분전환이나 오락에 불과할 것이다. 대중예술을 포함한 어떠한 형태의 '예술'이라도 '삶과 죽음의 문제와의 관련성'의 정도에 따라 '예술성'의 차이가 날 수 있다고 생각한다.

예술이 안일한 취미나 소일거리가 아니라면, 예술이 한 개인에게나 어떤 민족, 국가에게 어떤 의미를 가지는지가 문제된다. 니체는 23장에서 루터의 종교개혁의 목소리에 응하여 독일음악이 탄생했고 이를 디오니소스적인 것의 재탄생으로 설명한다. 예술정신은 한 개인이나 민족의 넋이며, 삶의 의의를 표현할 수 있다. 그런 정신이 모여 인류 세계 전체의 나아갈 방향에 영향을 미칠 수 있다. 우리가 예술을 찬미하고, 존중하는 이유라고 생각한다.

분례기

아내의 독후감이 다소 독특하게 느껴진 것은 〈분례기〉에 묘사된 비참한 현실에도 불구하고 똥예를 비롯한 등장인물들이 열등감이나 자격지심 같은 것이 전혀 없는, 매우 힘 있고 긍정적인 인물들이라고 강조한 점이다. (…) 〈분례기〉에 대한 상당히 독특한 독후감일 것이라고 생각한다.

• •

저자 : 방영웅 ‖ 읽은 때 : 2011년 7월

1940년대 충청남도 예산의 산골마을을 배경으로 매우 불행하고 고단한 인간 군상들을 보여준다. 〈똥예(糞禮), 석서방, 석서방네〉 집안, 〈철봉, 승봉, 벙어리〉 집안, 〈노랑녀, 배불뚝이 노파, 채영감, 영철, 동평〉의 집안 등 어느 집 하나 사람이 제대로 살아가는 모습이 아니다. 누구에겐가 능욕당하여 목매달아 죽은 봉순, 주막집에서 몸을 파는 선주 등, 가히 지옥도^{地獄圖}를 연상케 하는 풍경이다. 더구나 삶에 곤고하게 얽매어 있는 위 등장인물들보다 더 삶에서 떠밀린 사람들, 실존인물이라고 하는 콩조지나 옥화 같은 사람들은 그러한 삶에서나마 버티지 못하고 떠밀려 힘겨운 삶의 경계를 벗어나려 하고 있다.

위 등장인물들이 추구하는 것은 매우 엄연한데, 그것은 바로 '삶'이다. 배불리 먹고, 시집 장가가서 아이를 낳고 살아가는 그런 삶을 계속하고자 원하는 것이다. 주인공 똥예도 척박한 환경 속에서 작은 행복을 향해 꿈틀거려 보지만 '똥예'라는 이름에서 이미 운명지워진 듯한 불행으로부터 벗어나지 못한다. 시집갈 길은 막막하고 기웃거리는 남자라고는 이웃집 바보 철봉이밖에 없는 처지에서, 용팔로부터 능욕당한 사건은 불행으로 치닫는 비약적인 단서가 된다. 자기가 이미 '헌것'이라는 생각 때문에 여자를 계속 갈아치우는 애꾸눈 노름꾼 영철에게 시집가도록 내몰리게 되기 때문이다.

똥예는 영철에게 시집가면서, 아들딸 많이 낳고 '죽어도 그 집 귀신이 되겠다'는 결심을 하는데 그 갸륵한 결심은 불행하게도 결국 성취되지 못한다. 얼마든지 가능할 것도 같았던 똥예의 작은 소망마저 산산이 부서지면서 인생의 비극은 그 참다운 깊이를 드러낸다. 똥예를 결정적으로 파멸시킨 계기는 어찌 보면 아주 사소한데, 그것은 똥예가 몰래 숲 속에 숨겨두고 밥을 주어가며 길렀던 '처녀 쥐' 때문이다. 그 쥐에게 밥을 주는 장면을 외간남자와 바람을 피우는 것으로 오해받은 것이 똥예가 죽도록 얻어맞고 시집에서 쫓겨나 실성하게 되는 계기가 되는 것이다.

그 '처녀 쥐'는 똥예가 변소에서 똥을 누다가 건져내 살려준 쥐인데, 그 쥐를 자기 자신의 처지와 동일시하여 동정하게 된 것이 파멸의 단서가 된다는 설정은 매우 의미심장하다. 문제는 역시 똥이다! 변소 바닥에서 태어난 똥예의 운명은 똥에 의해서 뒤틀리어 결정적인 파국을 맞게 되는 것이다. 실성해서 집을 떠나가는 똥예가 봉순의 무덤 위에 올라가 똥을 누는 장면이 마지막 부분에 나오는데, 그 똥이야말로 똥예의 운명에 대한 종지부처럼 생각되는 것이다.

작품 속에서 유일하게 힘 있는 인물로 등장하는 사람은 용팔이다. 고자鼓子로 알려진 용팔은 사실은 고자가 아닐 뿐 아니라, 얼굴도 잘 생겼고 힘도 장사며 피리와 노래에도 능하다. 다른 주인공들이 현실을 회피하거나 현실에 짓눌려 있는 데 반하여 용팔의 행동은 언제나 늠름하고 확신에 차 있다. 소설의 초반에 똥예를 범하고 나서도 아무런 갈등이나 죄의식도 보이지 않는 용팔에게서 어떤 신비스러운 힘마저 느껴진다.

"왜 고자가 아니라고 말하지 안 했유."

똥예는 용팔 쪽에 소리치고 얼굴을 땅에 박으며 격렬한 통곡을 한다. 그러나 용팔은 아무런 죄책감도 느끼지 않는지 구김없는 표정이다. 나뭇짐을 새끼로 묶으며 저쪽에서 소리친다.

"비밀여 비밀……."

뻔뻔스럽기까지 한 용팔의 태도는 삶에 대한 긍정적 확신에서 비롯된 것으로 보인다. 한 점 거리낌도 없는 용팔의 충동은 건강한 삶을 뒷받침하고 있다. 〈분례기〉는 용팔이, 실성해서 정처 없이 집을 떠나가는 똥예를 붙잡거나 보호하지 않고 그대로 떠나보내며 노래를 흥얼거리는 대목에서 끝난다. 용팔의 행동은 윤리적인 배려와는 거리가 멀지만, 삶에 대한 일종의 결단을 표현하고 있는 것처럼 느껴진다. 용팔이 부르는 노래는 똥예를 범하던 동짓날, 산속에서 나무를 하면서 불렀던 바로 그 노래다.

용팔은 말뚝처럼 서서 똥예를 바라본다. 수혼탑獸魂塔이란 세 글자 외엔 아무것도 쓰여 있지 않은 싱거운 물건이 떠오른다. 그것은 장황한 비문도 왜 세운다는 이유도 언제 세웠다는 날짜도 '이놈아 너희들을 왜 잡아먹는지 아니?' 소나 돼지에 대한 저들의 변명도 없다. 그러나 그것을 가만히 보면 무엇인가 써 주려고 애쓴 백정들의 흔적은 보인다. 그것은 보면 볼수록 더 뚜렷하게 보인다. 그러나 나오는 것은 웃음뿐이다. 수혼탑이란 글자 외엔 더 못 쓰지 않았던가. 용팔도 마찬가지다. 아무리 생각해도 할 말이 없는 것이다. 다만 잘 가라는 말은 할 수 있다. 용팔은 까마득하게 사라져 가는 똥예를 마지막으로 쳐다보며 양손을 입에 가져간다. 이것은 똥예에게 세워주는 용팔의 수혼탑인지도 모른다.

"똥예야 잘 가라."

용팔의 음성은 넓은 벌판에 쩡 울린다. 그러나 똥예는 벌써 보이지 않고 있다. 용팔은 수철리를 향하여 흥얼거리며 걸어간다.

달래야 달래야 진달래야
바위야 바위야 가새바위
구름 같은 말을 타고
수철리 고개를 넘어가서
곱사대야 문 열어라
춘향이 얼굴 다시 보자
너 죽어서 꽃이 되고
나 죽어서 나비 된다
나비 됐다 서러 마라
꽃밭으로 날아든다.

용팔이 부르는 노래가 소설의 처음과 마지막에 놓이면서, 작품을 관통하는 일관성은 비로소 달성된다. 그 일관된 메시지는, 용팔이 능욕한 것이 원인이 되어 똥예가 비극적인 최후를 맞이하건 말건 용팔의 노래는 언제까지나 계속되어야 한다는 것이다. 죽어간 수많은 짐승들을 위해 백정들은 그저 '수혼탑' 하나만을 세워 줄 수밖에 없듯이, 아무런 잘못도 없는 똥예의 불운한 최후를 그저 담담하게 지켜볼 수밖에 없는 것이 바로 우리의 삶이라고 작가는 냉철하게 이해하는 듯하다.

용팔이라는 인물이 근대적인 자각에 도달하고 있는지는 의문이고, 작가의 관심도 그 너머에 있는 것 같기는 하다. 하지만 적어도, '똥예에게 수혼탑을 세워준다'는 인식이 있었던 만큼은 용팔은 역시 작품을 이끌어가는 정신적 중심이라고 생각된다. 마지막에 똥예가 봉순의 무덤 위에 눈 똥을 용팔이 풀잎으로 덮어주는 대목은 용팔에 대한 작가의 기대와 따뜻한 시선을 반영하는 듯하다. 용팔과 병춘이 콩조지가 몰래 갖다 놓은 옥화의 아이 '무문無聞이'를 용의주도하게 자신의 아이로 속여가면서 정성스럽게 키우는 대목 또한 생명의 신성함과 풍요로운 생산력, 계속되어야 하는 삶에 대한 강한 긍정을 느끼게 한다.

작가가 마치 지옥도와도 같은 똥예 등의 비참하고 불운한 삶을 적나라하게 묘사함으로써 삶 자체를 비하하고 조롱하고자 한 것은 아니라고 생각한다. 용팔이 보여주는 음험하면서도 건강한 충동이 바로 우리의 삶이며, (똥예의) 불행과 고통을 직시하고 감당하는 것이 삶에 대한 우리의 태도라고 말하려는 것처럼 느꼈다. 수철리를 향해 걸어가며 흥얼거리는 용팔의 끝없는 노래처럼, 세상이 다하는 날까지 우리의 삶은 엄연하게 계속되어야 한다는 뜻으로 이해했다. 그러기에 똥예도 자신을 범한 용팔을 원망하면서도 언뜻언뜻 떠오르는 용팔에 대한 그리움을 끝까지 떨쳐버리지 못했던 것이 아닐까.

대학시절인 1980년대 초반에 〈창작과 비평〉에 실린 방영웅의 〈분례기〉를 재미있게 읽은 기억이 있다. 그 이후 방영웅의 다른 단편들도 재미있게 읽은 것이 〈분례기〉를 네오클 도서로 추천하게 된 계기다. 지난 해 말의 〈관촌수필〉과 마찬가지로 진한 충청도 사투리에 실린 토속적인 정서에 빠져들 수 있는 작품이다. 비참한 현실과 주인공 똥예의 비극적인 운명에 대한 적나라한 묘사 때문인지 회원들 모두 재미있게 읽은 것 같았다.

아내의 독후감이 다소 독특하게 느껴진 것은 〈분례기〉에 묘사된 비참한 현실에도 불구하고 똥예를 비롯한 등장인물들이 열등감이나 자격지심 같은 것이 전혀 없는, 매우 힘 있고 긍정적인 인물들이라고 강조한 점이다. 인터넷 댓글에 상처받아 자살하는 현대인의 나약한 점을 지적하며, 비참한 현실에 대응하는 씩씩한 주인공들이 현대를 살아가는 우리에게 오히려 위안과 위로를 줄 수 있다고 쓰고 있다. 〈분례기〉에 대한 상당히 독특한 독후감일 것이라고 생각한다.

큰아이 정석은 〈분례기〉에서도 정치, 사회문제 위주로 독후감을 썼다.

"우리나라는 탄생에서부터 친일의 원죄에서 시작하여, 군부독재, 경제성장, 도시화, 양극화 등의 문제가 어느 단계에서 어느 정도 정리되지 않은 채 너무나 빠르게 잊히고, 다음 단계로 넘어간 역사였던 것 같다. 압축성장이 한 나무의 외형을 크게 만들 수는 있지만, 켜켜이 쌓여 온 지층이 뒷받침되지 않는다면 그 열매는 결코 풍성할 수 없을 것이란 생각이 든다."

상당히 일관된 관심 방향이며, 〈분례기〉를 읽고 난 독후감으로도 역시 독특하다고 생각한다.

토론모임을 하면서 새로운 생각이 떠올랐다. 〈분례기〉의 시대나 사회가 지금 우리의 시대나 사회보다 더 비참하고 힘든 것일까? 우리는 〈분례기〉의 주인공들의 삶을 비참하다고 생각하고 안타깝게 여기지만, 현재 우리의 삶도 그에 못지않게 결핍되어 있고, 제대로 서 있지 못하며, 그런 점에서 마찬가지로 비참하지 않느냐는 것이다. 우리가 해결하지 못하고 있는 정치, 사회적 갈등과 고통은 사실 〈분례기〉에 나오는 극도의 가난이나 무지몽매 등 전근대적 현실보다 크게 나아졌다고 보기도 어렵다. 물론 그 시절로 돌아가라면 돌아가고 싶지 않을 수도 있지만, 어느 시대 어느 사회이든 간에 '온전한 삶'이라는 것은 결코 쉽지 않다는 마음 무거운 생각을 〈분례기〉를 통해 새삼스레 해 보게 된다.

역사의 종말

〈역사의 종말〉이 한창 인기가 있을 무렵인 2002년 말, 이 책을 텍스트로 하여 몇몇 가족이 모여 세미나를 해 보자는 생각을 하게 되었다. 당시 아이들이 초등학교 고학년이나 중학교 저학년이었을 때이긴 했지만, 아이들 대부분이 '역사'에 상당한 흥미를 가지고 있다는 데서 착안한 것이다. 역사를 '옛날에 일어났던 일들에 대한 이야기' 정도로 이해하고 있는 아이들과 조금 더 어렵고 조금 더 진척된 '역사'에 대한 이야기를 해 볼 수 있다면, 어쩌면 의미 있는 지적 자극을 줄 수 있겠다는 생각을 한 것이다.

● ●

저자 : 프랜시스 후쿠야마 ‖ 읽은 때 : 2011년 8월

'역사의 종말'이라는 다소 선정적인 제목은 책이 발간된 지 약 20년이 지난 오늘날 그 선정성의 위력을 어느 정도 잃었을 것이다. 제목과 같이 "역사가 종말을 맞이했다."는 결론을 진정으로 주장하고자 하는 것이 아니라, 하나의 도발적인 제언提言을 시도한 것으로 이해한다. 역사가 끝났는지 끝나지 않았는지는 사실 중요하지 않다. 자본주의와 자유민주주의의 범세계적 확산이 역사 발전의 필연이며, 자유민주주의 이념의 도래 자체를 '역사의 종말'이라고 파악한 점이 의미 있다고 생각한다. 저자의 단호한 세계관적 태도가 느껴진다.

　자연과학의 발전이 필연적으로 자본주의와 자유민주주의에로의 이행移行을 가져왔고, 그것을 넘어서는 새로운 이념이나 제도의 발전은 있을 수 없다는 것이 핵심적 주장이다. 또한 역사의 필연성을 경제적 측면에서의 부富의 확대와 정신 영역에서의 '인지認知를 위한 투쟁(struggle for recognition)'에서 찾는 것이다. 프랑스혁명과 미국혁명에 의하여 자유민주주의의 이념이 선언되었고, 그 이후의 역사는 그

이념과 체제의 세계적 확산 과정에 불과하기 때문에 1806년 예나전투에서 역사는 사실상 종말을 맞이했다는 것이다.

이 책이 발간된 후 약 20년 동안에도 제3세계의 '민주화'는 계속 진행되었고 자본주의는 더욱 고도화되어 가는 점에서 저자의 주장에는 여전히 유효한 면이 있다고 생각한다. 그러나 역사 분석은 항상 '현재의' 입장에서 지나온 날들을 되돌아보는 '사후적' 관점을 피할 수 없다는 점에서, '역사의 종말'은 하나의 이념적인 수사修辭처럼 생각되기도 한다. 한 개인의 일생도 마찬가지지만, 인류가 지나온 과정 또한 오직 단 한번 뿐인 일회적 '사건'이다. 인류의 역사는 마치 '생명체의 탄생'과 같은 사건처럼, '오직 단 한번만 일어난' 사건이다. 그 일회적인 '사건'의 의미를 어떻게든지 이해하기 위해 우리는 어떤 규칙이나 경향을 찾고자 하는 것이다.

예를 들어 후쿠야마는 자연과학의 발전이 필연적으로 자본주의와 자유민주주의를 초래했다고 하지만, 헉슬리의 '멋진 신세계(The Brave New World)'에서처럼 과학의 발전이 중앙집권적인 체제를 불러올 수도 있지 않을까 하는 의심도 할 수 있는 것이다. 요컨대 한번 뿐인 역사에서, 우리의 관찰 기간이나 범위가 너무 제한적이라는 생각이 든다. 우리가 '과학의 발전'이라고 쉽게 말은 하지만 그것은 '우리가 알고 있는' 과학의 발전을 말할 수 있을 뿐이다. 앞으로의 과학기술의 발전이 우리가 상상할 수 있는 범위를 넘어설 경우, 어떤 체제가 도래할지 역시 상상하기 어려울 것이라는 생각도 든다.

또한 저자는 헤겔의 '인지를 위한' 투쟁에 있어서의 '인지', 즉 하나의 '인간으로서' 어떠한 가치나 존엄성을 지닌 존재로 인정받고 싶어하는 욕구를 역사발전의 원동력이라고 주장한다. 저자는 헤겔의 '인지'를 플라톤이 말하는 '패기(Thymos)'에 기원을 둔 인류 보편의 오래된 개념이라고 설명하지만, 헤겔이 말하는 '인지'는 인권 의식이 대두된 근대에 와서 비로소 등장한 개념이라는 생각도 든다. 물론 인간에게는 플라톤이 말하는 바와 같이, '욕망'과 '이성' 이외에 '패기'에 해당하는 어떤 속성이 있을 것이다. 또한 자기보존의 동물적 욕망을 초월하는 것이 인간만의 중요한 특징이고, 헤겔이 거기에서 인간의 자유의 가능성을 보았다는 설명에도 공감한다. 그러나 플라톤의 '패기'는 인간성의 비합리적인 부분이나 규명되지 않은 모든 영역을 포괄하며, 헤겔의 '인지' 개념과는 반드시 일치하지 않을 것 같다는 생각이 든다.

다시 말하면, 인간의 본성인 '패기'는 근대적인 인권 개념에 어울리는 존엄성 뿐 아니라 주군主君이 죽으면 따라서 순장殉葬되겠다고 고집을 부리는 고대 노예의 (이해할 수 없는) '패기'도 포함할 것이다. 따라서 '원시시대의 두 전사戰士'나 고대의 노예는 반드시 '헤겔이 말하는' '인지'를 구하기 위해서 투쟁하지 않았을 것이라는 생각이다. '자유', '개인주의', '인간 존엄성' 등의 관념은 인류의 역사 전체로 보면 매우 최근의 관념이다. 인간의 본성 중에 '패기'가 있다고 하더라도 인간 존엄성 등의 관념과는 매우 무관한 것일 수 있다. 따라서 최근의 관념인 헤겔의 '인지'로써 인류 역사 전체를 거슬러서 설명하는 것은 타당하지 않을 수 있다는 생각이 드는 것이다.

'최후의 인간'에 대한 저자의 우려에 대해서도 이해되지 않는 부분이 있다. 저자는 자유민주주의를 통하여 보편적이고 상호적인 인지가 달성되었기 때문에(역사가 종말을 맞이했기 때문에) 아무런 긍지도 열정도 없는 '최후의 인간'으로 전락할 우려가 있다고 한다. 그러나 인간의 '패기'는 보편적이고 평등한 인지가 달성되더라도 어차피 궁극적인 만족을 얻기 어려울 것이라고 생각한다. 그렇기 때문에 '패기'를 인간의 본성이라고 할 수 있다고 본다. 인간의 '패기'는 예전처럼 사냥이나 결투 같은 것에서 발휘되는 대신 오늘날에는 모험적인 사업, 위험한 스포츠 등으로 발휘되고 있을지 모른다. 인간이 왜소해지고, 게을러지고 나약해질 수도 있지만, 근본적으로 어떠한 '패기'도 없는 인간은 오히려 불가능할 것 같다. '패기'가 발휘되고 표현되는 양상이 크게 변화하는 것은 물론 가능할 것이다.

저자의 주장과 같이 근대 과학기술의 급속한 발전이 자유민주주의를 탄생하게 한 것은 명백하다. 그 '사건'은 물론 우리에게 매우 놀랍고 중요한 사건이었다. 그렇다고 해도 자유 등의 근대적 관념을 통해서 역사 전체를 설명한다는 것은 지극히 어려운 일로 생각된다. 콜링우드(Collingwood)는 "모든 역사는 마음의 역사"라고 말했지만, 인간의 마음 자체가 규명되기 어려울 것 같다. 인간의 마음이 모두 규명되지 않는 한 역사는 종말을 맞지 않았다고 생각한다. 그러나 언젠가 인류의 역사는 종말을 맞이할 것이다. 고등생물의 경우 종種의 평균 수명은 약 400만 년이라고 하니, 어느 시점에서인가 인류의 멸절로 역사는 당연히 종말을 맞이할 것이다.

ㅍ랜시스 후쿠야마의 〈역사의 종말〉은 네오클 모임을 구상하게 된 단초가 되었던 책이다. 〈역사의 종말〉이 한창 인기가 있을 무렵인 2002년 말, 이 책을 텍스트로 하여 몇몇 가족이 모여 세미나를 해 보자는 생각을 하게 되었다. 당시 아이들이 초등학교 고학년이나 중학교 저학년이었을 때이긴 했지만, 아이들 대부분이 '역사'에 상당한 흥미를 가지고 있다는 데서 착안한 것이다. 역사를 '옛날에 일어났던 일들에 대한 이야기' 정도로 이해하고 있는 아이들과 조금 더 어렵고 조금 더 진척된 '역사'에 대한 이야기를 해 볼 수 있다면, 어쩌면 의미 있는 지적 자극을 줄 수 있겠다는 생각을 한 것이다.

더욱이 가까운 친구나 이웃의 가족들이 모두 모여서 '역사'라는 주제를 가지고 진지하게 토론하는 것은 새로운 문화적인 자극을 줄 수 있겠다는 생각이었다. 아이들이 엄마 아빠와 새로운 지적 분위기로 함께할 수 있다는 것이 당시의 기본적인 기대였다. 주변 친구나 이웃들(나중에 네오클의 회원이 된 분들이 많지만)과 연락하여 주제발표문, 토론문 같은 일반 학회와 비슷한 형식을 갖추고, 분당중앙도서관의 큰 세미나실을 빌려 비교적 성대하게 세미나를 진행했었다. 세미나를 개최한 날자는 2002년 12월 22일이었다. 일회성이긴 했지만 의미를 느낄 수 있는 행사였고, 가족독서모임인 네오클의 가능성을 확인할 수 있었던 행사였다. 그로부터 약 3개월 후인 2003년 3월 네오클 모임은 시작되었다.

사실 2002년 당시에는 아이들이 너무 어려서 책을 제대로 읽거나 이해할 수 없었을 것이기 때문에 이번에 네오클 모임에서 다시 〈역사의 종말〉을 읽기로 한 것이다. 10년 전의 추억을 더듬어 당시에 만들었던 세미나 초대장과 중학교 2학년이었던 큰아이 정석의 발표문 파일을 찾아서 네오클 카페에 올렸다. 그때에 비하여 이번 토론모임에서는 〈역사의 종말〉에 관해 아이들과 함께 보다 여유롭고 심층적인 이야기를 나눌 수 있었다. 토론 주제는 〈역사가 종말을 맞이했다는 저자의 주장의 의미〉, 〈헤겔이 말하는 '인지에의 욕구'가 과연 역사 발전의 원동력으로 볼 수 있는가?〉였다.

　토론모임 날은 마침 둘째 민석이 군 입대하는 바로 전날이었다. 몇 시간 후 훈련소에 입소하기 위해 머리를 완전히 깎은 모습으로 토론모임에 참석하여, 네오클의 발단이 된 〈역사의 종말〉에 대해 이야기하는 민석을 보면서 많은 감회가 있었다. 참으로 긴 세월 동안 네오클 모임을 지속해 왔구나! 아이들이 참 많이 컸구나!

잉카 최후의 날

역사적 사실을 최대한 정확하게 소개하는 형식을 취하고 있으나 역사서라고 볼 수는 없을 것이다. 소설적 흥미로 보더라도 매우 재미있게 읽을 수 있는 책이고, 상당한 울림도 있는 책이라고 생각한다. 비교적 근세사라고 할 수 있는 잉카 제국의 비극적인 멸망에 대한 충실한 묘사는 그 자체로 감동적이다. 뿐만 아니라, 그 이후 남미 국가의 운명, 오늘날의 세계 정세까지 연결해서 함께 생각해 본다면 여러 가지 시사점을 얻을 수 있는 책이다.

● ●

저자 : 킴 매쿼리 ∥ 읽은 때 : 2011년 9월

1532년 11월 16일 토요일 아침, 카하마르카 광장에서 벌어진 전투에서 168명의 에스파냐인들은 8만 명의 잉카 군대를 무참하게 살육하고 아타우알파 황제를 순식간에 사로잡았다. 1000만 명을 다스리며 신처럼 군림하던 황제가 한 순간에 포로로 잡혀 죽음 앞에 서게 되었다. 잉카 멸망의 결정적 계기가 된 첫 번째 전투다. 에스파냐인과 잉카인의 싸움은 현저하게 힘의 균형이 맞지 않은 싸움이다. 총포로 무장한 병력과 원시부족 간의 최초의 전투는 역사적인 문명 충돌의 한 장면이다. 전투라기보다는 일방적인 살육에 가까워 전혀 공정하지 않아 보인다. 그러나 인간의 욕망과 피로 얼룩진 고래古來의 모든 싸움에서 사실 '공정함'이라는 것이 있을 수 있는 것인가 하는 의문도 든다.

선사시대에 청동기, 철기를 먼저 갖게 된 부족이 그렇지 못한 부족을 잔인하게 멸망시킨 싸움뿐만이 아니라, 위 카하마르카 전투 약 300년 후의 중국에서의 아편전쟁이나 최근의 미국과 이라크의 전쟁에 이르기까지, "사실 전혀 상대가 되지 않는" 싸움은 항상 있어왔던 것이다. 오히려 그러한 심한 불균형은 인간들 사이의 투쟁, 인간관계의 갈등에 있어서의 일반적인 경우라는 생각마저 든다. 그런 점에서 이 책에서 카하마르카 전투를 소개하기 직전에 인용한 다음 문장은 매우 인상적이다.

> "우리가 메디아를 전복했으니 제국을 통치할 정당한 권리가 있다거나, 그대들이 잘못을 저질렀으니 우리가 공격하는 것이라고 말하는 것은 그대들을 혼란시키기 위한 헛말일 뿐이니, 그대들도 속지 않을 것이 분명합니다……. 우리도 그대들이 믿지 않을 연설은 하고 싶지 않습니다. 우리들만큼이나 그대들도 잘 알고 있지 않습니까. 세계의 섭리가 그렇듯 정의란 오직 동등한 힘을 가진 나라 사이의 문제입니다. 강대국은 그에 상응하는 위세를 떨치고 약소국은 응당 고통을 받을 수밖에 없지 않습니까."
>
> —투키디데스, 〈펠로폰네소스 전쟁사〉, 기원전 5세기

아타우알파가 카하마르카를 향해 다가오고 있는 에스파냐인들을 지방 족장들로 하여금 처단하도록 명령하지 않은 것은 168명에 불과한 그들을 자신이 손가락만 하나 까딱해도 언제든지 죽여버릴 수 있다고 생각했기 때문이다. 그는 이렇게 조그만 군대를 보내는 왕이라면 그 왕국도 분명히 보잘것없을 것이라고 생각했다. 다만 이방인들과 그들이 타고 온 이상하게 생겼다는 짐승(말)에 대한 호기심 때문에 에스파냐인들을 카하마르카까지 일부러 깊숙이 들어오게 했던 것이다. 자기 자신의 힘이 어느 정도인지, 자기 자신이 처한 상황이 어떠한지 전혀 이해하지 못하는 '인간'의 근원적 한계를 상징하는 듯한 대목이다. 잉카인들에게는 신처럼 군림하면서, 자신을 포로로 잡은 에스파냐인들에게는 한없이 약하고 비겁한 아타우알파는 절대 권력이 더 강력한 힘 앞에서 얼마나 무력할 수 있는지를 적나라하게 보여준

다. 아타우알파는 막대한 금은을 갖다 바친 보람도 없이, 체포된 수개월 후인 1533년 7월 26일 에스파냐 정복자들에 의해 처형되었다.

그 이후 에스파냐의 꼭두각시 황제 노릇을 하던 망코 잉카는 1535년 11월 에스파냐에 대한 전쟁을 선포했다. 그러나 1572년 9월 24일 망코 잉카가 반란을 시작한 지 36년 만에 잉카의 마지막 황제 투팍 아마루가 에스파냐 추격대에 의해 죽고 잉카 제국은 종말을 고한다. 잉카를 멸망시킨 에스파냐 정복자들, 피사로와 그 형제들, 피사로의 동업자인 알마그로도 처형당하거나 암살당하여 모두 비참한 최후를 마치게 된다.

이 책은 잉카제국의 멸망 과정을 최대한 기록에 의지하여 사실적, 객관적으로 설명하고 있다. 에스파냐인들의 파렴치한 욕망과 잔인성이 강조되지만, 그렇다고 특별히 약자인 잉카인들의 편에 선 것도 아니다. 사람이나 자연을 너무도 당연하게 정복의 대상으로 삼던 시대의 에스파냐인들을 오늘날의 인도적 기준으로 비판하는 것은 그다지 의미가 없을 것이다. 또한 잔인한 정복전쟁이나 제의祭儀를 위해 무수한 인명을 살상한 잉카 문명을 두둔하기도 어렵다. 에스파냐인들의 정복이 잉카 문명의 악행을 저지하기 위한 것이었다는 식의 주장은 논의를 더욱 착잡하게 몰아갈 뿐이다.

욕망과 죽음, 피와 눈물로 얼룩진 적나라한 이야기를 긴장감을 가지고 재미있게 읽을 수 있었다. 잉카 제국의 멸망 과정을 전체적으로 볼 때, '이해할 수 없는 거대한 힘 앞에 선 약자의 운명'이라는 주제가 가장 먼저 떠오른다. 잉카를 멸망시킨 서구 제국은 카하마르카 전투 약 300년 후에 일본, 중국, 조선 등 동양의 여러 나라에 같은 방식으로 접근했다. 잉카의 키소 유판키 장군과 같이 서구 제국에 대항하여 용감하게 싸운 인물도 있었고 침략자에게 협력한 세력도 있었다. 잉카 문명은 완전히 멸망했지만, 동양의 여러 나라들은 현재 민족과 문화를 유지하고 있다. 만약 서구 제국이 1500년대에 남아메리카가 아니라, 동양 제국에 상륙해서 정복전쟁을 벌였으면 어떠한 결과가 빚어졌을까? 역사에 있어서 전혀 무의미할지도 모르는 가정을 한 번 해 보게 된다.

19세기 말 개항開港을 강요받았던 우리 조상들이 개화파와 수구파로 나뉘어 치열하게 고민하고 투쟁했던 역사는 우리에게서 아직 멀리 떨어져 있지 않다. 한 공동체나 개인의 생존을 위해 어떤 판단과 행동이 필요할 것인지에 대한 절박함은 그때나 지금이나 마찬가지일 것이다. 잉카인들의 공포와 절망의 역사를 읽으면서 1, 2백 년 전 이 땅에 살았던 사람들의 곤고하고 당황스러운 얼굴들이 함께 겹쳐진다. 비참한 최후를 맞이한 피사로와 그 형제들, 알마그로, 아타우알파, 망코 잉카, 쿠라 오크요 같은 인물들도 마치 살아있는 인물처럼 실감나게 다가온다.

...

이 책은 미국에 살고 있는 친구가 네오클 도서로 추천해준 책이다. 이 책의 한국어 번역에 관계했다고 한다. 어렸을 적부터 흥미진진한 역사 이야기의 소재가 되었던 잉카 문명의 멸망사라는 점에서 일단 관심이 끌리는 책이다. 역사적 사실을 최대한 정확하게 소개하는 형식을 취하고 있으나 역사서라고 볼 수는 없을 것이다. 소설적 흥미로 보더라도 매우 재미있게 읽을 수 있는 책이고, 상당한 울림도 있는 책이라고 생각한다. 비교적 근세사라고 할 수 있는 잉카 제국의 비극적인 멸망에 대한 충실한 묘사는 그 자체로 감동적이다. 뿐만 아니라, 그 이후 남미 국가의 운명, 오늘날의 세계 정세까지 연결해서 함께 생각해 본다면 여러 가지 시사점을 얻을 수 있는 책이다.

특히 구대륙에서 막강한 세력을 떨치고 있던 잉카 제국이 신무기인 총포로 무장한 서구 제국에 의해 철저하게 유린 당하는 과정은 많은 생각을 하게 한다. 약육강식의 역사는 그 이후에도 지금까지 계속되고 있다고 보아야 할 것이다. 큰아이 정석도 독후감에서 에스파냐인의 잉카인에 대한 학살을 2차대전 당시의 유태인 학살과 비교하고 있다. 무엇보다 잉카인들의 입장에서는 에스파냐인들의 침략이 그야말로 '하늘에서 떨어진 날벼락'처럼 도저히 예상하거나 대처할 수 없는 일이었다는 점이 중요하게 생각된다.

토론모임에서도 〈잉카의 황제 아타우알파가 처음 에스파냐인들을 맞닥뜨렸을 때 어떻게 대처했어야 했나?〉에 관해 많은 이야기를 했다. 그 300년 후에 서구 열강에 의해 개항을 강요당했던 조선의 조정과 비교해 보기도 했다. 잉카 황제의 나이가 너무 어렸던 점, 황제의 교만, 신정정치의 폐단 등이 거론되기도 했지만, 너무나 큰 힘과 기술의 차이로 인한 대세를 어차피 막을 수 없는 것이 아니냐는 의견이 더 많았다. 가공할 만한 기술력을 지닌 외계인이 지구를 침공했을 경우 속수무책일 수밖에 없는 것과 마찬가지 상황으로 보아야 하는 것이 아니냐는 의견도 나왔다. 나아가 이와 같은 절대적 불균형은 어느 시대에도, 개인 간의 관계에도 사실은 존재하는 것이 아니냐는 의견도 나왔다. 단순하다고 볼 수도 있는 재미있는 역사소설임에도 의외로 다양한 이야기를 나눌 수 있는 책이다.

그 후

작은아이도 군대에서 독후감을 올렸다. 〈그 후〉에 대한 민석의 독후감은 삶의 방식에 대한 모색과 그에 대한 해결로서의 '아름다움의 추구'에 집중되어 있다. "다이스케의 경우처럼 열정을 포기해야 하는가, 혹은 도덕적이어야 하는가, 퇴폐적이어야 하는가의 판단을 전적으로 우리 전체 인생을 아름답게 완성하기 위한 기준에서 내려야 하는 것이다."라고 쓰고 있다.

● ●

저자 : 나쓰메 소세키 ‖ 읽은 때 : 2011년 11월

주인공 다이스케는 예민하고 지성적인 청년이지만 경제관념의 면에서 독립적이지 못하고 무책임하다. 친구인 히라오카와 논쟁할 때의 다이스케의 주장은 언뜻 그대로 받아들이기 어렵다. "빵과 관련된 경험은 절실한 것일지는 모르지만 사실은 저열한 거지. 빵을 떠나고, 물을 떠난 고상한 경험을 해보지 않고서야 인간으로 태어난 보람이 없지. 자네는 나를 아직도 철부지로 보고 있는 것 같은데, 내가 살고 있는 고상한 세계에서는 자네보다 내가 훨씬 더 연장자라고 생각하네." 다이스케의 무책임성이나 부족한 부분은 히라오카의 처 미치요에 대한 사랑을 통해 혹독한 사회적 책임에 내몰리게 되고, 새로운 자기 이해와 각성을 촉구받게 된다.

부족함이 없는 환경에서 살던 다이스케는 미치요에 대한 금지된 사랑을 선택하면서 가족과의 의절, 그로 인한 경제적 파국, 친구인 히라오카와의 절교와 사회적 매장을 모두 감당하게 된다. 다이스케는 본래 자족적인 감각과 냉철한 무관심의 소유자이다. "일반적인 도시인

은 정도의 차이는 있지만 모두 게이샤라고" 생각하고, "요즘 같은 세상에 변함없는 사랑을 입에 담는 사람을 제일가는 위선자라고" 간주하던 냉소적인 사람이었다. 그러나 유부녀인 미치요에 대한 사랑은 그러한 생각을 더 이상 유지할 수 없게 했다. 나약한 인간이라면 어떤 고통스런 결정에 맞닥뜨리는 것을 피하기 위해서 예기치 않은 사랑의 감정을 모른 체하고 스스로 눈감아 버릴 수도 있을 것이다. 그런 점에서 다이스케가 미치요에 대한 사랑을 '깨달은' 사실은 중요하다. '깨달음' 속에는 그에 따른 행동이 이미 스스로 준비되어 들어 있기 때문이다.

3년 전에 다이스케는 친구의 동생인 미치요에 대한 사랑(의 중요성)을 미처 깨닫지 못하였다. 그래서 친구인 히라오카와 결혼하도록 주선하기까지 한 것이다. 너무나도 뒤늦게 미치요에 대한 사랑을 깨달은 다이스케가 모든 것을 버리고 '사랑'을 택한 것은 소설이 발표된 1909년 당시에 매우 '현대적'인 것으로 평가되었을 것 같다. 그러나 그러한 선택은 사실은 오늘날에도 여전히 '현대적'이고, 여전히 어려운 선택이라고 생각한다. 형으로부터 절교를 선언당하는 마지막 파국의 순간에도 다이스케는 "스스로가 정당한 길을 걸었다는 자신이 있었다."고 강조하고 있는데, 이는 실천하기 쉬운 일은 아닐 것이다. 경제·사회적 기반과 사랑 사이의 선택의 문제는 생존과 그에 대한 초월의 문제로서, 쉽고 간단하게 생각할 수 있는 일이 아니며, 실로 인류의 오래된 주제라고 생각한다.

다이스케의 인생에 있어서 미치요와의 만남은 일생일대의 사건이다. 그래서 인생을 걸 수 있었던 것이다. 어떤 사건이 인생을 걸만큼 중요하다고 판단하는 것은 쉽지 않은 일이기에 우리는 그것을 '깨달음'이라고까지 일컫게 된다. 명석하고 예민한 다이스케조차도 그 사랑을 제때에 깨닫지 못했다는 점도 여러 가지 생각을 하게 하는 대목이다. 우리가 평소에 갈고 닦는 감각과 지성, 지식과 교양이라는 것도 결국은 그런 일생일대의 중요한 문제에 관해 미리 감지하고, 깨닫고, 해결해 나가기 위한 준비로서 의미가 있다고 생각한다.

다이스케의 파멸에도 불구하고 미치요에 대한 사랑의 발견은 그의 자랑스러운 업적이라고 생각한다. 미치요에 대한 사랑을 '깨달은' 이후 다이스케는 갑자기 더욱 강한 주체성과 자기 확신을 보여준다. 작가는 현실의 사회생활과 순수한 사랑의 세계를 이원적으로 대비시키려고 한 것 같지는 않다. 시작 부분에서 다이스케와 히라오카의 두 번의 토론을 통해서 대립적 관점을 제기하는 듯도 하지만, 다이스케의 미치요에 대한 '사랑의 대오각성'을 통해 소설의 갈등 구조를 일거에 해소한 것으로 이해했다. 다이스케는 상당한 고심을 하긴 했지만 결국 명쾌한 확신에 도달했다. 개인을 넘어 사회적 책임의 문제까지 포함하는 해결이라고 생각한다.

다이스케가 미치요를 만난 것이나 미치요가 다이스케를 만난 사건은 모두 아름답고 소중한 그들의 운명이다. 그런 기회가 비극이나 고통으로 이어질 수도 있겠지만 그 또한 우리가 껴안아야 할 우리의 삶이므로, 피해서는 안 된다고 생각한다. 우리에게 문득 다가온 소중한 기회를 통해 자기 자신과 인생의 의의를 이해하고자 하는 것이 '인간의 길'이라고 생각한다. 인간에게 행복은 가장 중요한 것이지만, 행복은 얻어지는 것이 아니라 이룩하는 것이기 때문이다. 행복의 달성이란 위험 속을 뚫고 나가, 결국 비극과 고통을 자기의 것으로 이해하는 것이라고 생각한다.

다이스케가 미치요에게 사랑을 고백하는 비약적인 장면은 매우 탐미적이다. 어렵고도 힘든 '인간의 길'로 다가서는 다이스케와 미치요의 고통이 빛난다. 빗소리에 고립된 남녀. 숨 막히는 백합의 향기.

"비는 여전히 세차게 소리를 내며 그침 없이 내렸다. 두 사람은 비에 의해, 빗소리에 의해 세상에서 격리되었다. 그리고 같은 집에 살고 있는 가도노와 아주머니로부터도 격리되었다. 두 사람은 고립된 채 흰 백합의 향기 속에 갇혀 있었다."

네오클에서 접한 일본 작품으로서는 2006년 4월의 〈설국〉, 2009년 11월의 애니메이션 〈반딧불의 묘〉에 이어서 세 번째다. 일본문학에 대해 잘 알지 못하기 때문에 네오클 도서로 선뜻 선정하지 못하는 것일 게다. 역시 잘 몰라서 그런 것이겠지만, 1909년에 발표되었다는 점을 믿기 어려울 정도로 '현대적'이라는 느낌을 받는 작품이었다. 동시대의 세계문학 수준에 비추어도 손색이 없지 않을까 하는 생각도 들었다. 〈설국〉도 물론 매우 훌륭한 작품이지만, 〈그 후〉는 20세기 초반의 작품이라는 점에서 일본문학의 역사와 힘을 느낄 수 있는 작품이었다.

작은아이 민석도 군대에서 독후감을 올렸다. 〈그 후〉에 대한 민석의 독후감은 삶의 방식에 대한 모색과 그에 대한 해결로서의 '아름다움의 추구'에 집중되어 있다.

"다이스케의 경우처럼 열정을 포기해야 하는가, 혹은 도덕적이어야 하는가, 퇴폐적이어야 하는가의 판단을 전적으로 우리 전체 인생을 아름답게 완성하기 위한 기준에서 내려야 하는 것이다."

라고 쓰고 있다. 죽음은 삶을 생각할 때 반드시 맞닥뜨리게 되는 문제라고 전제하며,

"열정적인 삶도 열정을 포기한 삶도 모두 죽음 앞에서 허무해진다. 그러므로 우리는 아름다움을 갈구하고, 그 아름다움에서 어떤 영원성을 느끼려고 하는 것이다."

라고 부연하고 있다. 그러한 모색은 민석의 앞으로의 삶의 방향을 짐작하게 하는 내용일 것인가? 아무튼 〈그 후〉라는 작품에 걸맞은 모색이라고 생각한다.

토론모임은 주인공 다이스케를 긍정적이고 따뜻한 시선으로 볼 것인가, 아니면 비판적인 관점으로 볼 것인가를 중심으로 주로 이야기가 진행되었다. 예민하고 용기 있는 사람인가, 아니면 무위도식하는 비현실적인 인간에 불과한 것으

로 보느냐에 따라 회원들의 입장이 나뉘었다. 가장 핵심적인 토론 주제는 '다이스케가 미치요를 선택한 것은 과연 옳은 결정이었나?', '이는 옳다 그르다로 평가할 수 있는 문제인가?', '도덕적인 비난을 뛰어넘을 만큼 중요한 선택으로 볼 수 있는가?'였다. 사랑과 도덕의 문제는 2010년 3월에 읽었던 톨스토이의 〈안나 까레니나〉를 생각나게 한다. 〈안나 까레니나〉가 1877년에 발표되었으니, 사랑과 도덕의 문제는 그 무렵의 세계에서 특히 중요한 주제였던 것 같다.

참을 수 없는 존재의 가벼움

저자 : 밀란 쿤데라 ‖ 읽은 때 : 2011년 12월

남녀 간의 사랑을 끝까지 파헤쳐 그 비밀을 드러내려는 작가의 치열함에 승복하지 않을 수 없다. 작가가 밝혀낸 토마시의 남자로서의 속성, 테레자의 여자로서의 속성에 충분히 공감한다. 이 세상의 남자와 여자를 대표할 만할 뿐 아니라, 오히려 뛰어난 남자와 여자라고 본다. 하나뿐인 삶을 온 힘을 다하여 살아가는 숭고하고 장엄한 모습을 보여준다. 그들의 여러 가지 난항難航과 모색 또한 어떤 것과도 타협할 수 없는 정직함 때문이라고 이해한다.

　토마시와 테레자의 만남은 매우 아름답다. 사랑은 결코 대등할 수 없고, 언제나 일방적으로 구제救濟하는 것이다. 그들의 만남은 본래 그토록 불평등한 사랑의 전형을 반복했기 때문에 아름답다. 사랑이란 어쩐지 결정적인 도움을 받을 것 같다는 본능적 예감이다. (사람은 누구나 결정적인 도움이 필요하다.) 한번 잡으면 죽을 때까지 절대 놓칠 수 없는 강력한 예감이다.

"그녀가 토마시를 처음 만났을 때 그런 상태였다. 그녀는 술집에서 주정뱅이들 사이를 돌아다녔고 쟁반 위에 올려놓은 맥주잔의 무게로 허리가 휘었으며 영혼은 위장, 혹은 췌장 깊숙이 감춰져 있었다. 그 순간 그녀를 부르는 토마시의 목소리를 들었다. 그 목소리는 중요했다. 그 목소리는 그녀의 어머니를 모르고, 매일 음탕하고 끈적끈적한 말을 건네는 술주정뱅이들도 모르는 어떤 사람으로부터 나온 것이기 때문이다. 모르는 사람이라는 점 때문에 그는 다른 사람들보다 높이 자리 잡고 있었다."

"아무튼 방금 그녀를 불렀던 남자는 낯설고 동시에 은밀한 동지 중 한 사람이었다. 그는 정중한 말투로 말했고, 테레자는 자신의 영혼이 그 남자에게 모습을 드러내려고 그녀의 모든 정맥, 모세혈관, 모공을 통해 표면으로 튀어 오르는 것을 느꼈다."

자신의 육체를 토마시에게 유일하고 대체 불가능한 것으로 만들기 위해 그와 함께 산 테레자와 '한 여자를 다른 여자와 구분 짓는 100만 분의 1의 상이성에 사로잡힌' 바람둥이 토마시의 대결이 펼쳐진다. 그러나 두 남녀의 그러한 갈등의 양상은 남녀의 속성과 관련된 보편적인 것이라고 생각되지 않는다. 남녀 사이의 사랑을 이루어 가는 데 있어서 극복해야 할 개인적인 한계의 여러 모습 중의 하나일 뿐이라고 생각한다. 그들은 각자 자신의 역량을 다하여 사랑에 임하였고, 그들의 삶 속에서 어느 정도 각자의 사랑을 구현했다고 본다. 그래서 소설 끝부분의 테레자의 토마시에 대한 회한과 반성이 반드시 필요했다고 보지 않는다.

사랑에 결코 엮이지 않는 사비나는 매력적이며 우월한 지위를 차지하고 있는 듯하지만, 어차피 인간은 사랑 속에서 살아가야 한다고 본다면 그다지 동질감을 느끼기는 어려웠다. 계속 그런 식으로 살아간다면 나중에 자신의 삶을 무엇이라고 이해할 수 있을 것인지 따져 묻고 싶다. 군더더기 없고 쿨한 사비나 같은 사람이 현실의 생활에서 어떤 설 자리가 있는 것인지, 쉽게 공감할 수 없었다. 사비나와 같은 식으로 살아가(려)는 사람이 실제로 있겠지만, 찬성할 수 없다. 사비나와 같이 살아서는 안 되고, 토마시나 테레자와 같이 살아야 한다고 생각한다. 사비나를 추종하는 프란츠도 같은 지적을 피할 수 없다. 결국 불운하고 희화적인 죽음을 피하지 못했다. 프란츠를 추종하는 안경 낀 여학생은 더 말할 것이 없다.

사비나를 통해서 '존재의 참을 수 없는 가벼움'에 대해 이야기한다. 사비나는 그렇다고 하더라도, 사랑하며 늙어가는 쇠잔한 두 남녀, 토마시와 테레자의 삶은 '참을 수 없게 가벼운' 것으로 보이지는 않는다. 삶은 가볍거나 무겁지 않다. 삶을 가볍거나 무겁다고 규정하고 싶을 때가 있긴 하지만, 모두 삶에 더 가까이 다가서 보려는 것에 불과하다. '존재의 가벼움'이라는 주제에 치중한 점이 소설의 전체적인 힘을 오히려 약화시켰다는 느낌을 받았다. 아니면, 초기 작품인 〈농담〉에서의 무시무시한 감수성과 힘이 토마시(쿤데라)의 노쇠와 함께 다소 정리되고 잦아들고 있다는 것일까?

오만과 편견

저자 : 제인 오스틴 ‖ 읽은 때 : 2012년 1월

작품의 시대적 배경과는 관련 없이, 오늘날의 관점으로만 무심하게 읽어보더라도 나름대로의 재미를 느낄 수 있다. 책의 주된 내용은 베넷 씨 딸들의 결혼에 관한 이야기인데, '결혼'이라는 소재는 오늘날에도 여전히 뜨거운 관심거리이기 때문이다. 작품 속에서는 당시의 경제적 약자인 여성에게 있어서 결혼이 생활의 중요한 타개책으로 부각된다. 오늘날 여성의 지위에 많은 변화가 있긴 하지만, 결혼은 어쨌든 남녀 모두에게 있어서 여전히 중요한 타개책이고 관심이 집중되는 영역인 점은 여전하다.

〈오만과 편견〉에 있어서 주인공 엘리자베스 베넷을 비롯한 여성들이 결혼으로 인해 얻고자 하는 가장 중요한 이익은 경제적 안정임이 명백해 보인다. 고대 세계에 있어서도 결혼은 전쟁으로부터의 평화나 경제적 안정을 목적으로 널리 행해졌다고 알려져 있다. 현대에도 고대나 〈오만과 편견〉의 시대와 비교하여 경제적 불안정이 해소되었다고 볼 수 없다면, 결혼의 목적으로서 경제적 안정의 중요성 또한 여전하다고 보아야 할 것이다. 오늘날 〈오만과 편견〉에서와 같이 결혼을 통해 경제적 신분상승을 꾀하려는 희망도 여전하겠지만, 어쨌든 결혼으로 이루어진 새로운 가정이 '먹고 살아가야 하는' 경제적 대책은 결혼에 있어서 제일 먼저 고려해야 할 현실적인 문제라고 생각한다.

엘리자베스 베넷의 경우는 그렇다고 하더라도, 상대방인 다아시의 경우에 결혼으로 얻는 이익은 무엇일까? 큰 부자인 다아시가 중산층인 엘리자베스로부터 경제적인 이익을 얻으려 했을 리는 없고, 우리가 흔히 '사랑'이라고 부르는 감정으로부터 얻는 이익일 것이다. '사랑'은 인간의 생물학적 욕망에 바탕을 두면서도, 결국은 그것을 훨씬 넘어서는 큰 욕망이다. 그 욕망은 너무 거대해서 세속적인 이득의 범위를 벗어나기도 하고, 생애를 통해서 쉽게 도달할 수 없더라도 어쨌든 포기할 수 없는 야심찬 욕망이다. 다아시는 엘리자베스와의 '사랑'이 자신의 그러한 큰 욕망을 채워줄 수 있다고 믿었기에 결혼을 결심했을 것이다. 그러한 '사랑'은 오늘날에도 결혼하고자 하는 근원적인 에너지이며, 남자뿐만 아니라 당연히 남녀 모두에게 중요한 결혼의 요인이다.

결국 결혼을 하려는 이유는 경제적 안정의 확보(생존)를 비롯한 생물학적 욕망뿐만 아니라, 이를 포함하면서 이를 넘어서는, 형이상학적 욕망으로 표현될 수도 있는, 인간의 궁극적 욕망을 달성하는 데 서로 도움을 받고자 하는 것이다. 결혼이란 결국 '도움을 받고자 하는' 인간적인 의사표시 또는 희망이다. 따라서 '누가, 어떻게, 결혼에 성공하느냐'의 문제는 이러한 관점에서 냉정하게 접근할 필요가 있다. 결국 결혼에 성공하려면 상대방에게 궁극적이고 결정적인 도움을 줄 수 있거나 줄 수 있을 것처럼 보여야 할 것이다. 결혼식에만 성공하려는 것이 아니라 결혼생활에까지 성공하려면 실제로 궁극적이고 결정적인 도움을 주고받을 수 있어야 할 것이다. 우리가 흔히 말하는 "사랑하기 때문에 결혼한다."는 말의 실질적인 의미가 위와 같다고 생각한다.

〈오만과 편견〉의 주인공인 엘리자베스와 다아시는 오늘날의 관점에서 보더라도 성공적인 결혼을 할 만한 능력이 출중한 인물들이다. 베넷씨의 다른 딸인 리디아나 메리가 결혼에 성공하기 어려운 인물로 그려지는 것과 쉽게 비교될 수 있다. 결혼은 삶의 다른 국면과 마찬가지로 냉혹한 승부처다. 결혼에 있어서 요행의 여지는 크지 않다고 생각한다. 그 중요성을 본능적으로라도 직감하여, 배우자 선택에 있어서 누구나 상당한 정도 신중하게 최선을 다해 분별력을 발휘하기 때문이다. 결혼을 하려는 사람은 결혼의 목적을 스스로 명백하게 하는 것이 도움이 되리라고 생각한다. '큰 도움을 받아 더 좋아지려고' 결혼하는 것이기 때문에 결혼의 목적에 들어맞지 않는 결혼이라면 굳이 할 필요가 없을 것이다.

감미롭고 아름다운 사랑! 그 사랑의 자연스럽고 풍성한 결실로서의 결혼! 낭만적이고 목가적인 결혼의 축복이 거짓이나 환상이라고 주장하려는 것은 아니다. 다만 그 풍경은 결혼의 어느 일면만을 포착한 것에 불과하다는 것이다. 활짝 웃는 아름다운 꽃들이 만발한 황홀한 봄날의 정원. 시간도 멈춰버린 근심 없는 그 풍경 속에는 수천 년 동안 쉼 없이 윙윙거리는 벌들의 기약 없는 노고勞苦가, 수천 년 동안 집요하게 기다리는 꽃들의 인내심이 숨어 있는 것이다. 절박한 생물학적 외침이, 숨 막히는 웃음을 참으면서 숨어 있는 것이다.

명상록

저자 : 마르쿠스 아우렐리우스 ‖ 읽은 때 : 2012년 2월

거의 2,000년 전의 다른 문화권 작품이라는 점에서 제대로 이해하기 어려웠다. 번역의 정확성 여부를 떠나서, 우선 그 번역된 용어가 오늘날 우리가 사용하는 뜻과 같지 않을 것 같다는 불안감이 든다. 예를 들어 '이성' '종교' '신' 등으로 번역된 개념적 용어들이 오늘날 우리가 '이성적인 사람' '이성주의' '무신론' 등에서 사용하는 의미와 어느 정도 일치하는지 걱정되는 것이다. 같은 문화권이라 하더라도 역사의 변천에 따른 개념의 차이가 클 텐데, 번역된 용어가 같다고 해서 아무런 구분 없이 오늘날의 개념과 같은 뜻으로 받아들인다면 뭔가 큰 착오가 있을 수 있다는 생각이 든다. 마르쿠스 아우렐리우스가 말하려 한 내용을 최소한도로 짐작해 볼 수밖에 없을 것이라는 조심스런 심정으로 읽을 수밖에 없었다.

어쨌든 간에 '이성'이 인간의 중요한 가치로 설명된다. 이성을 통해 "죽음과 관련된 잘못된 인상을 벗겨내고, 쾌락이나 고통, 허영 등 잘못된 감각으로부터 벗어나야 한다."고 강조하고 있다. 오늘날 근대

서구의 '이성주의'에 반발하는 사상도 많이 대두되었지만, '이성'이라는 말을 어떻게 이해하고 규정할 것인가 자체도 문제이다. 복잡한 논의를 떠나서라도, 마르쿠스 아우렐리우스 황제처럼, "육신과 영혼과 삶 모두가 허망한 것이지만 오직 한 가지 '철학'만이 우리의 길라잡이가 될 수 있다."고 생각하는 자세야말로 참으로 '이성적'이라고 생각한다.

우리는 살아가면서 마음의 혼돈과 무질서에서 벗어나 평화와 안정을 얻고자 이성에 의지하여 '정신을 차리려' 애쓰기도 하고, 때로는 이성의 답답함을 견디지 못하고 열정 속으로 비약하기도 한다. 우리는 혹시 자기 자신이 '이성적'인 상태에 있다고 생각할 때 스스로 안심하게 되는가? 자신이 '이성'에서 벗어났다고 알게 되면 자책하거나 후회하기도 하는가? 그러나 반면에 이 세계에 대해 스스로가 '이성적'이라는 것만으로 충분히 만족할 수 있는가? 마르쿠스 아우렐리우스 황제가 "죽음 앞에서도 언제나 이성적이고 초연해야 한다."고 할 때, 황제가 말하는 '이성'의 정확한 의미가 무엇일지 의문이다.

'이성'을 '인과관계에 관한 추론의 결과에 따르는' 것을 의미하는 '합리성'의 뜻으로 본다면 지나치게 좁은 해석일 것 같다. 인간의 사유思惟와 경험은 합리성의 범위에 제한될 수 없기 때문이다. 그런 의미의 이성이 자기 자신의 욕망을 제대로 채워줄 수 없음을 알면서도 이성에 머무르거나 이성에 의지해서는 안 될 것이다. 이성의 한계를 느껴 이성을 무시하고 이성을 넘어서려는 마음가짐이야말로 인간의 양심에 가까우며, 그런 점에서 진정한 '이성적' 태도라고 생각한다. 이성이란 '이성 스스로를 심판할 수 있는 마음의 자세'라는 생각이 마르쿠스 아우렐리우스 황제가 말하는 '이성'이나 '철학'에 가깝지 않을까 짐작해 본다.

"만물은 그것에 대한 우리의 의견에 지나지 않는다."는 견해는 지나치게 유심주의唯心主義에 치우쳤다고 생각한다. "'내 아이를 잃지 않았으면 좋으련만!' 하고 기도하는 대신, '나는 내 아이를 잃을까 두려워하지 않게 되기를!' 하고 기도하라!"는 구절도 마찬가지다. 이별의 슬픔이 두려워 아예 사랑을 하지 말라는 말처럼 들리기 때문이다. 그러나 "남이 너에게 저지른 잘못은 그 잘못이 발생한 곳에 그대로 두라."든지 "남에게 죄를 짓는 자는 자신에게 죄를 짓는 것이다. 불의를 저지르는 자는 자신을 악하게 만듦으로써 자신에게 불의를 저지르는 것이다."는 등의 말은 매우 현명하고 실용적인 지혜처럼 생각되었다.

이 책을 쓴 사람이 로마의 황제라는 점이 특별하게 생각되기도 한다. 사상 최대의 제국의 전성기에 최고 지도자의 위치에 있던 사람의 관심 방향과 통찰이기에 오늘 우리의 삶과 관련해서도 더욱 중요하게 생각된다. 죽음에 대한 마음의 자세 등, 개인의 철학을 중요한 가치로 생각하는 황제가 사실상 그 당시 서구 세계의 전부나 마찬가지인 로마제국을 어떻게 통치했을 것인지에 생각이 미치게 된다. 개인의 철학과 국가의 통치를 전혀 구별하지 않는 황제의 글을 보면서 오늘 우리가 사는 시대의 정치에 대해 생각하게 되는 것이다.

거대하고 복잡한 오늘의 세계에서 철인왕哲人王, 철인황제哲人皇帝, 수신修身—제가齊家—치국治國—평천하平天下 등의 관념은 고대의 소박한 사상으로 치부될 수도 있을 것이다. 그러나 지역이나 인구의 규모 차이가 '세상을 다스리는 이치'에 있어서의 근본적인 차이를 가져올 것 같지 않다. 사람이 모여 사는 사회, 국가, 세계는 우리 각자의 마음이 모인 것에 불과할 것이다. 흔히 '사람의 마음을 얻는 것'이라는 정치에 있어서 개인의 철학이 얼마나 중요한 것인지는 오늘날의 세계와 로마 시대 사이에 큰 차이가 없을지 모른다. 옛날의 황제나 국왕, 오늘날의 대통령이나 수상은 역사 이전 제정일치 시대의 군장君長이나 그 이후의 군사적 우두머리에 상응하는 존재일 것이다. 현실 정치에는 복잡한 세력 간의 조정과 타협 등 기술적 측면이 필요하겠지만, 이 역시 인간성에 대한 탁월한 통찰이 전제되어야 할 것이다. 그런 점에서 정치 지도자는 모두 탁월한 철학자, 시인, 과학자이어야 한다고 생각한다. 먼 옛날 로마의 황제, 마르쿠스 아우렐리우스는 그런 면이 잘 드러난 하나의 실례에 불과할지 모른다고 생각한다.

분노의 포도

사회주의 시각에서의 자본주의 비판은 약간 철 지난 느낌이 들지만, 한 가족의 고통과 사랑에 관한 진한 이야기는 네오클 도서로서 기억에 남을 만하다. 사회 비판적 메시지와 문학적 아름다움 중 어느 쪽에 초점을 맞추어 읽게 되느냐에 따라 다양한 감상이 있을 수 있는 작품이라고 생각한다. 나는 후자 쪽에 관심을 더 갖고 읽었지만 작은아이의 독후감을 보면 사회와 개인의 관계에 대한 느낌을 서두에 적고 있다.

●●●

저자 : 존 스타인벡 ‖ 읽은 때 : 2012년 3월

〈분노의 포도〉의 감동의 원천은 고난에 대응하는 인간에 대한 끈기 있는 관찰과 사랑이다. 급격하고 전면적인 환경의 변화와 불확실성 속에 인간의 고통과 비극이 놓여 있다.(개인의 죽음이나 인류의 멸망과 같은 사건은 극단적인 예가 될 수 있을 것이다) 하루아침에 '뿌리째 뽑혀 고속도로 위로 내던져진' 조드 가족의 처지는 사실은 인류의 원초적 환경이다. 아무런 보장이나 기약도 없이 전 가족과 살림을 싣고 고향을 떠나 캘리포니아로 가기 위해 고물트럭 앞에 모여서 가족회의를 하는 조드 일가의 근심스런 모습, 살아남기 위해 버리거나 팔아야 할 물건과 가지고 갈 물건을 고르는 '가족'은 인류의 오래된 모습이다.

낯설고 혹독한 우주 자연 앞에 그저 떨고 서 있을 수밖에 없는 인간들의 모습은 우리 모두의 깊은 곳에 잠겨 있는 오래된 고통과 비극을 다시 일깨운다. 그래서 고통받는 인간들에 대한 충실한 묘사만으로도 감동을 받게 된다. 짐 케이시의 어떤 신학적 주장이나 설명보다도, 큰

아버지 존, 먼저 사라져 버린 노아, 끝까지 애쓰는 앨 같은 상대적으로 비중이 작은 인물들에게서 더욱 진한 애틋함을 느낀다. 캘리포니아로 무작정 달려가는 '오키'들의 절망적인 모습이 오늘날의 풍요로운 미국의 풍경과 대조되면서 더욱 비감이 느껴진다.

> 이주하는 사람들이 탄 자동차들이 길가에서 기어 나와 국토를 가로지르는 거대한 고속도로로 올라서서 서쪽으로 향했다. 밝은 햇빛 속에서 그들은 마치 벌레처럼 서쪽으로 허둥지둥 달려갔다. 어둠이 내리면 그들은 잠자리와 물이 있는 곳 근처로 벌레처럼 모여들었다. 그들은 외로움 속에서 어찌할 바를 모르고 있었으므로, 모두들 슬픔과 근심과 패배로 가득 찬 곳에서 왔으므로, 모두들 실체를 알 수 없는 새로운 곳으로 가고 있었으므로, 서로 옹기종기 모여들었다. 그들은 서로 이야기를 나누며 자기들이 어떻게 살아왔는지 들려주기도 하고, 음식을 나눠 먹기도 하고, 새로운 땅에서 무엇을 원하는지 이야기하기도 했다.

산업자본주의에 대한 비판 부분은 오늘날의 시각에서 보면 조금은 생경하고 불충분하게 생각되었다. 비판이 지나치게 일방향적일 뿐 아니라 근본적인 전망이 부족해 보여 답답하게 생각되었다. 자본주의에 대해서 당연히 비판할 수는 있겠지만, 그 비판이 노예제도나 귀족제도에 대한 비판보다 특히 더 심해야 할 이유는 없을 것 같다. 모든 인간이 평등했던(?) 원시사회는 지상낙원이 아니라 지옥이었을 것이다. 공포와 기아의 기회가 평등하고 충분하게 주어진 지옥. 이를 극복하기 위한 인간 노력의 결과인 여러 제도들에는 모두 불충분한 점이 있었기에, 어느 제도 하에서도 언제나 고통받고 슬퍼하는 사람들이 있었다. 작가의 시선이 인간의 근원적 고통 쪽으로 더 관심을 기울였더라면 〈분노의 포도〉는 새로운 깊이를 얻을 수 있었을까?

"시대가 변했다니까요. 그런 생각을 하고 있으면 아이들한테 줄 밥이 생기겠어요? 하루에 3달러를 벌어서 아이들을 먹여야죠. 다른 사람 애들 말고 아저씨네 애들만 걱정하세요. 아저씨가 그런 얘기를 하고 다닌다고 소문이 나면 절대 하루에 3달러를 벌 수 없을 거예요. 아저씨가 하루에 3달러를 벌 생각 말고 다른 생각을 조금이라도 하고 있으면, 높은 양반들이 아저씨한테 3달러짜리 일자리를 안 줄 거라고요."

"자네가 버는 3달러 때문에 거의 몇 백 명이나 되는 사람들이 거리로 나앉았다니까. 우리가 어디로 가겠나?"

"그 말을 들으니 생각나는데, 아저씨도 빨리 떠나시는 게 좋을 거예요. 저녁 먹고 나서 제가 아저씨네 앞마당으로 트랙터를 몰 거니까."

조드 일가의 고통에 동일시되어 소설을 읽는 내내 힘들었지만, 그들이 행복하게 생각될 때도 있었다. 가족 간의 뜨거운 사랑! 그런 사랑을 서로 나누는 사람들은 과연 행복하다고 해야 할 것이다. 그런 행복은 진짜이며, 리얼real한 것이다. 경제적 고통은 사람을 불행하게 하지만, 경제적 고통이 없다고 꼭 행복한 것은 아니다. 죽음은 누구나 싫어하지만, 죽지 않고 있다고 해서 꼭 행복한 것은 아니다. 조드 일가가 당연하게 누렸던 가족 간의 사랑, 그런 진한 행복을 한 번도 느껴보지 못하고 살다 죽은 사람들은 조드 일가보다 분명히 더 불행하다고 해야 할 것이다. 조드 일가가 부럽게까지 느껴지는 것은, 그들이 매우 힘든 상황에서도 행복을 정확하게 붙잡고, 끝까지 놓지 않았기 때문이다. 하루하루 기아飢餓의 위협 속에서, 애인도 도망가 버린 만삭의 딸을 위로하는 조드 일가 '어머니'의 부드러운 사랑의 목소리다.

"변화의 시기라는 게 있어. 그때가 오면 죽음은 모든 죽음의 한 조각이 되고, 출산도 모든 출산의 한 조각이 돼. 그리고 아이를 낳는 것과 죽는 것은 똑같은 일의 양면에 지나지 않지. 그때가 되면 세상이 더 이상 외롭지 않을 게다. 상처를 입어도 별로 심하게 아프지 않을 테고. 이젠 외로운 상처가 아니니까, 로저샨. 네가 알아듣기 쉽게 말해 줄 수 있으면 좋으련만, 그게 잘 안 되는구나."

어머니의 목소리가 너무나 부드럽고 거기에 너무나 많은 사랑이 담겨 있었기 때문에 샤론의 눈에 눈물이 고이기 시작했다. 눈물이 흘러내려 앞이 보이지 않을 정도였다.

...

〈분노의 포도〉는 헤밍웨이의 작품들과 〈위대한 개츠비〉에 이어서 네 오클에서 접하는 미국문학 작품이다. 물론 그 이전에 포우의 단편과 헉슬리의 〈멋진 신세계〉를 읽기도 했다. 대공황 시절 미국인들이 비참하게 고생하는 내용은 요즘의 미국과 대비되어 미국에 대한 새로운 이해를 갖게 한다. 고등학교 시절에 TV 주말의 명화에서 헨리 폰다 주연의 영화를 재미있게 본 기억이 있을 뿐, 책은 이번에 처음으로 읽어 보았다. 회원들도 〈분노의 포도〉를 대부분 처음 읽어 보는 것 같았는데, 매우 재미있다는 의견이 많았다. 사회주의 시각에서의 자본주의 비판은 약간 철 지난 느낌이 들게 하지만, 한 가족의 고통과 사랑에 관한 진한 이야기는 네오클 도서로서 기억에 남을 만하다.

사회 비판적 메시지와 문학적 아름다움 중 어느 쪽에 초점을 맞추어 읽게 되느냐에 따라 다양한 감상이 있을 수 있는 작품이라고 생각한다. 나는 후자 쪽에 관심을 더 갖고 읽었지만 작은아이 민석의 독후감을 보면 사회와 개인의 관계에 대한 느낌을 서두에 적고 있다.

"조드 일가가 겪은 고생은 낯선 것이 아니었다. 그것은 내가 늘 봐 왔던 것이었다. 조드 일가의 살기 위한 투쟁은 다름이 아니라 인간으로서의 개인과 이 세계의 모순, 갈등이었다. 우리는 우리 자신을 인식할 때 자연에 대한 인간, 이 사회에 대한 개인으로써 인식한다. 그것은 결국 자연과 사회에 대한 개인의 갈등, 투쟁으로 이어진다. 우리는 평상시에 우리 자신을 독립적으로 완전한 개체라고 생각하는데 결국 우리는 물질적으로나 정신적으로나 이 자연세계, 사회공동체로부터 결코 절연되지 못할 운명을 가진 개체인 것이다."

토론모임에서는 조드 가족이 겪는 생존을 위한 투쟁과 사랑에 대해 주로 이야기했다. 첫 번째 주제는 〈전쟁, 가난 등 사회적 고난이나 한계상황은 개인이나 사회의 발전을 가져오는가?〉였다. 다시 말하면, 짐 케이시나 톰 조드의 한계적 상황에서의 깨달음이나 어머니나 로져산이 보여주는 원초적 생명력이 새로운 발전의 원동력이 될 수 있을 것인가의 문제였다. 고통과 발전은 작용과 반작용과 같은 상관관계가 있다고 볼 것인가? 쉽게 결론을 내리기는 어렵지만, 개인적인 경험이나 역사적 사례를 통해 이야기할 내용이 많은 주제라고 생각한다.

두 번째 주제는 〈조드 일가는 위선적이라고 할 수 있는가?〉라는 조금 특이한 제목이었다. 조드 일가가 보여주는 이타적 '사랑'이나 천막촌에서의 공동체 의식이 커다란 위기의 본질, 즉 산업자본주의의 폐해에 대한 근본적인 해결방안이 될 수 있는가? 아니면 위선적이라는 비판을 받을 만큼 근본적인 해결과는 거리가 먼 것인가에 대한 문제 제기였다. 요즘 많이 거론되는 기부문화, 자본주의 4.0 등으로 이야기가 옮아가면서 다양한 논의가 진행되었다. 결국 무한한 생존 경쟁의 사회(현재의 고도화된 자본주의)에서 개인들의 행동원리와 도덕의식은 어떠해야 하는가 하는 매우 심각한 주제로까지 논의가 이어졌다. 작품의 마지막에 나오는 〈로져산이 낯선 남자에게 젖을 물리는 장면〉에 이르러, 찬성과 비판으로 의견이 극명하게 나누어지면서 토론은 더욱 치열해졌다.

반야심경

최근에 나온 책을 보니 마음에 들지 않아 작은아이 민석과 둘이서 헌책방을 토요일 한나절 동안 뒤져보았다. 1978년에 나온 청담스님 설법의 〈해설 반야심경〉을 비롯해서 몇 권의 책을 건졌다. 헌책방을 오랜 만에 뒤져보았는데, 예전의 청계천에 있던 헌책방집들은 거의 없어졌고, 동묘역 부근에 조금 큰 헌책방집들이 모여 있었다. 〈반야심경〉 덕분에 민석과 둘이서 고리타분한 책 냄새 속에 묻혀서 한나절의 즐거운 시간을 보낼 수 있었다.

●●

읽은 때 : 2012년 4월

〈반야심경〉의 첫머리인 오온개공五蘊皆空, 즉 "물질과 감각과 생각이 사실은 모두 없는 것이다."는 선언은 〈반야심경〉뿐 아니라 불교사상의 핵심이다. 그 다음에 나오는 유명한 '색즉시공色卽是空 공즉시색空卽是色'은 오온개공의 '공'을 다시 풀어서 설명한 것이다. 즉 그 '공'이라는 것은 '있음'에 대한 상대개념으로서의 '없음'을 말하는 것이 아니라, "물질이 바로 없는 것이요, 없는 것이 바로 물질인", 그러한 의미의 '공'을 말한다는 것이다. 즉 있는 것도 없는 것도 아니면서 모든 것의 원동력인 동시에 만사의 주체인 이것을 〈진공묘유眞空妙有〉라고 부른다고 한다.

오온개공, 즉 색수상행식色受想行識이 모두 공하므로 감각기관을 통해서 인식하고, 사고하는 것은 그 근본부터 잘못된 것이기 때문에 그로써 우주의 실상實相을 알 수는 더욱 없다는 것이다. 시간은 실제로 있는 것이 아니라 생각이며 꿈에 지나지 않고, 공간 또한 그러하므로 모든 현상계와 객관세계는 관념으로만 있는 환幻이라는 것이다. 꿈도 꿈이고 생시도 꿈이라는 것이다.

불교사상을 그냥 오온개공, 즉 "이 세계의 실체가 없다."는 것이 바로 진실이라고만 설명한다면 비교적 이해하기 쉬울 것 같다. 그런데 그 공을 다시 '색즉시공色卽是空 공즉시색空卽是色'으로 설명했기 때문에 더 이해하기 어려운 것 같다. 반야심경의 공空 사상을 연기론적으로 설명한 다음 내용은 매우 간명하여 이해에 도움이 되었다.

> 연기적 시각에서는 모든 존재를 '상호 의존적 연관구조'이며 '끊임없는 변화과정'으로 파악한다. 따라서 연기는 시간적 연기관으로서의 제행무상諸行無常과 공간적 연기관으로서의 제법무아諸法無我의 두 측면에서 바라본 세계관이라 할 수 있다. 제법무아란 모든 존재는 절대적 자기 실체가 없다는 진리이며, 제행무상은 모든 존재는 결코 항상 자기 동일성을 유지할 수 없다는 진리이다.[50]

이 세계(우주)는 너무 크고 끝이 없으며 우리 존재는 너무 작고 일시적이기 때문에 인간은 자기 자신이나 객관세계인 우주만물의 실상에 대해 정확하게 알 수 없다. 따라서 오온개공을 비롯한 불교 사상을 증명하거나 비판할 만한 근거를 가질 수도 없다. 그러나 우리가 '이 세계의 실상을 알지 못한다는 것'과 '이 세계가 공하다는 것'은 같은 말이 아니다. 즉, 우리가 이 세계의 실상을 알지 못한다고 해서 곧 이 세계가 공한 것으로 파악되는 것은 아니라고 생각한다.

이 세계가 공하다는 것은 이 세계의 실상에 관한 하나의 독특한 판단이다(생시를 꿈과 동일하다고 보는 관점은 독특하다고 할 수 있다). 구약의 〈창세기〉가 그러하듯이, '알 수 없는 이 세계의 실상에 대한 이해 방법 중의 하나'라고 생각한다. 그러한 이해들은 인간 이전부터 본래 있었던 어떤 원리 같은 것을 발견해 낸 것이 아니고, 이제까지 삶을 이어 온 인간 정신의 산물이라고 생각한다. 이 세계가 공하다는 판단은 우리의 삶을 넘어서는 세계에 대한 판단을 포함한다. 결국 삶에서 그 삶의 너머를 바라본 것이다. 삶을 넘어선 세계에서 거꾸로 삶을 바라보거나, 삶을 넘어선 세계에서 삶을 넘어선 세계를 바라볼 수는 없을 것이기 때문이다.

오온개공이나 〈창세기〉는 우리 삶의 비밀인, 세계에 대한 이해의 어려움을 그대로 표현하고 있다. 세계에 대한 이해는 어려우며 완전한 이해는 불가능하기도 하지만, 우리의 삶은 어쨌든 삶에서 더 나아간 이해를 원하고 있다. 삶은 삶뿐 아니라 삶의 너머에 대한 이해를 욕망하므로 그에 대한 '어떤 하나의 이해'가 필요하다. 삶은 그런 '어떤 하나의 이해'를 기꺼이 '진리'로 받아들이고자 한다. 그 '진리'는 삶의 과정 자체에 대한 이해(세상사에 관한 여러 이치)보다 더 정밀하고 정확하며 진전된 것이라서 삶에 더욱 기여할 수 있으리라고 생각한다. 죽음은 죽음을 볼 수 없고, 종교적 진리는 삶의 편에서 죽음을 바라본 것이므로, 종교적 진리의 중요성은 삶 가운데에 놓여 있다.

50. 법륜 저 〈반야심경 이야기〉 101쪽

2005년 12월의 〈불타 석가모니〉와 2008년 1월의 〈육조단경〉에 이은 세 번째 불교 관련 책이다. 불경 중에서 가장 널리 읽히는 책이지만 어떤 책으로 읽어야 할지가 우선 어려웠다. 최근에 나온 책을 보니 마음에 들지 않아 작은아이 민석과 둘이서 헌책방을 토요일 한나절 동안 뒤져보았다. 1978년에 나온 청담스님 설법의 〈해설 반야심경〉을 비롯해서 몇 권의 책을 건졌다. 헌책방을 오랜 만에 뒤져보았는데, 예전의 청계천에 있던 헌책방집들은 거의 없어졌고, 동묘역 부근에 조금 큰 헌책방집들이 모여 있었다. 〈반야심경〉 덕분에 민석과 둘이서 고리타분한 책 냄새 속에 묻혀서 한나절의 즐거운 시간을 보낼 수 있었다.

민석은 독후감에서 불교 사상, 특히 '해탈'이라든지 반야심경의 핵심인 '공'에 대해 진지하게 거론했는데, 불교에 대해서는 대체로 비판적인 입장인 듯하다. "불교에서 자신의 본래 '마음자리'로 되돌아가야 한다는 것은 그 이전의 축소된 욕망들을 다 떨쳐버리고 저 끝이 없는 새롭고 눈부신 욕망에 대한 새로운 긍정이다. 진실된 존재의 장에 서 있는 인간에게 불안과 고뇌는 끊이지 않는다. 그러나 그에게 인생은 '고통의 바다(苦海)'가 아니라 '진실의 바다'일 수밖에 없다. 해탈이 싸늘한 시체에서만 실현될 수 있는 것이 아니라면, 불안과 고뇌의 과정 그 자체, 즉 '진실의 바다'에서 벗어난 피안으로의 이행, 그 단절을 해탈이라고 한다면, 그 해탈한다는 생각 자체가 거대한 망상이며……" 등으로 생각을 전개하고 있다. 자유롭게 뻗쳐나가는 자기 자신만의 힘찬 생각으로 종교와 삶과 죽음을 정면으로 마주하고 있다. 아이들이 어느새 자라나 그 정도의 시기에 이르면 네오클을 통해 함께 책을 읽어 온 목표는 거의 완성된 것이라고 생각한다. 더 이상 무엇을 가르치거나, 무엇을 전달할 것이 남아 있겠는가! 대견하면서도 쓸쓸함이 느껴지는 것은 어쩔 수 없다.

이번에 〈반야심경〉을 다시 읽는 무렵에 마침 진달래꽃과 벚꽃이 만개했다.

〈반야심경〉에 몰두한 심경과 만개한 꽃들의 영상이 버무려져 어쭙잖은 시상詩 想이 떠올랐다. 네오클 카페에 올려놓은 부끄러운 시 한 수의 제목은 〈반야심경 을 읽고 난 어느 해 봄〉이다.

반야심경을 읽고 난 어느 해 봄

한 가지에 핀 벚꽃이 몇 개라고 셀 수 없고,
한 그루 전체의 벚꽃도 수천 수만 송이라고 셀 수 있는 것은 아니다.
꽃 한 송이가 몇 개의 꽃잎으로 이루어진 것도 물론 아니다.
이 세상 수천억 송이의 벚꽃이 일시에 피어나
일시에 밝아진 것은 내 마음일 뿐,
수천억 마리 꾀꼬리가 일시에 날아오를 때.

꽃은 피어나기를 욕망한 것이 아니고,
어떤 순간을 오래 기다린 적도 없고,
더 이상 견딜 수 없는 어떤 힘에 밀려서 피어난 것도 아니다.
꽃은 피어난 적이 없고,
피어난 것은 내 마음이다.
한 송이도 두 송이도 수천만 그루도 아닌 내 마음이다.

아직 어둑한 아침 숲길에
꿈꾸듯 먹먹하게 피어있는 진달래꽃,
그러나 사실은 나의 꿈이며 나의 꿈길,
보랏빛이 더 짙어 보이는 것은 내 마음의 농담濃淡일 뿐.

일찍이 어떤 꽃도 핀 적이 없고
피지 않은 꽃잎이 펄펄 떨어져 날리는데

떨어져 쌓이는 곳은 내 마음 속 마당.

장독대도 있는 어렸을 적의 정갈한 마당 위에

더 이상 환幻도 아닌,

핀 적이 없는 꽃잎들이 떨어져 쌓인다.

모래 알갱이가 있는 풍경

토론모임에서 쉼보르스카의 시가 지나치게 주지적인 느낌이 든다는 의견도 있었는데, 그렇기에 우리가 더 잘 이해하고 다가갈 수 있다는 생각도 든다. 쉼보르스카의 매우 이지적이면서도 날카로운 감성을 통하여, 우리가 시에 대해서 막연하게 가지고 있는 '시는 감상感傷적'이라는 선입견을 쉽게 벗어날 수 있다는 점도 매력적이다. 금년(2012년) 2월에 향년 88세로 타계한 쉼보르스카를, 우연하게 올해 네오클 도서로 선정하게 되어 함께 만난 것을 매우 뜻깊게 생각한다.

●●●

저자 : 쉼보르스카 ‖ 읽은 때 : 2012년 5월

모래 알갱이가 있는 풍경

우리는 그것을 모래 알갱이라 부르지만
그에게는 알갱이도 모래도 아니다.
그는 이름이 없어 만족스럽다.
보편적인, 특별한,
스쳐 지나가는, 오래 남는,
잘못된 것이든, 적당한 것이든.

우리가 보건 손대건 그에게는 아무 상관도 없다.
만져지든, 보여지든 느끼지 않는다.
창턱에 떨어졌다는 것은
우리의 일일 뿐 그의 고난은 아니다.
어디에 떨어지든 그에게는 똑같다.

벌써 떨어졌는지, 떨어지고 있는지
확신하지 못한 채.

창으론 아름다운 호수의 풍경,
그러나 그 풍경은 자기를 못 본다.
색깔 없이, 형태 없이
소리 없이, 향기 없이
이 세상에서 그에게는 아픔도 없다.

호수 바닥한테는 바닥이 없고
기슭에게는 기슭이 없다.
호수물은 젖지도 마르지도 않았고,
작지도 크지도 않은 돌 둘레에
스스로의 물결치는 소리에
귀먹은 파도는 낱개도 여러 개도 아니다.

태양이, 지지 않으면서 지고
알아채지 못하는 구름 너머 숨지 않은 채 숨어 있는,
본래 하늘 없는 하늘 아래 모든 것.

분다는 이유 외에는 아무런 다른 이유 없이,
바람이 구름을 몰고 다닌다.

일초가 지나가고
두 번째 초
세 번째 초
그러나 그것은 오직 우리의 삼 초일 뿐.

중요한 소식을 가진 사자使者 같이 시간은 급히 달려갔다.
하지만 그건 우리의 비유일 뿐.
그의 서두름이 불러일으킨, 상상의 인물,
그리고 비인간적인 소식.

View with a Grain of Sand

We call it a grain of sand,
but it calls itself neither grain nor sand.
It does just fine, without a name,
whether general, particular,
permanent, passing,
incorrect, or apt.

Our glance, our touch means nothing to it.
It doesn't feel itself seen and touched.
And that it fell on the windowsill
is only our experience, not its.
For it, it is not different from falling on anything else
with no assurance that it has finished falling
or that it is falling still.

The window has a wonderful view of a lake,
but the view doesn't view itself.
It exists in this world
colorless, shapeless,

soundless, odorless, and painless.

The lake's floor exists floorlessly,

and its shore exists shorelessly.

The water feels itself neither wet nor dry

and its waves to themselves are neither singular nor plural.

They splash deaf to their own noise

on pebbles neither large nor small.

And all this beneath a sky by nature skyless

in which the sun sets without setting at all

and hides without hiding behind an unminding cloud.

The wind ruffles it, its only reason being

that it blows.

A second passes.

A second second.

A third.

But they're three seconds only for us.

Time has passed like courier with urgent news.

But that's just our simile.

The character is inverted, his haste is make believe,

his news inhuman.

— Wislawa Szymborska, 〈View With a Grain of Sand〉

우리는 그것을 모래 알갱이라고 부르지만 사실은 모래라고도 알갱이라고도 규정할 수 없다. 태양은 뜨는 것도 아니고 지는 것도 아니다. 지구가 스스로 도는 것이다. 호수 바닥이니 기슭이니 하지만, 바닥이나 기슭이라고 할 만한 실체는 본래 없다. 호수물은 젖었다거나 말랐다고 할 수 없다. 물결치는 파도는 낱개도 여러 개도 아니다. 호숫가의 돌들은 사실은 작지도 크지도 않은 것이다. 우리는 그것들을 모래, 태양, 호수라고 생각하기도 하고 그렇게 부르기도 하지만, 사실은 모래, 태양, 호수라고 할 만한 실체가 본래 없는 것이다. 일체개공一切皆空이다!

태양은 구름 뒤로 숨지 않으며, 숨을 이유도 전혀 없다. 시간은 급히 달려가지 않는다. 우리의 서두름이 있을 뿐. 바람은 불지 않으며, 구름을 몰고 다니는 것도 아니다. 흔들리는 것은 깃발도 아니고, 바람도 아니다. 흔들리는 것은 우리의 마음일 뿐이다. 일체유심조一切唯心造다!

쉼보르스카는 물질계의 실체를 규정할 수 없다는 것을 매우 쓸쓸하게 생각하고 있다. 무엇보다도, 물질계의 일부라고 생각하는 자기 자신을 규정할 수 없을지 모른다는 우려 때문인 것 같다. 그러나 팡둥메이(方東美)는 우주는 기계적 물체가 존재하는 '공간—시간'이 아니라 '정신적 의미로 가득 찬 생명'이라고 주장한다. 이 생명은 "시간과 공간이 부여한 어떠한 제한에도 대항하여 영원히 압력을 가하고 있으며, 자랑스럽게도 완전한 자유의 새로운 의식을 가지고 있다."고 한다.[51]

그와 같이 본다면 쓸쓸하지 않은 것이다. '본래 하늘 없는 하늘 아래 모든 것All this beneath a sky by nature skyless'이라고 목 놓아 노래할 만큼, 그토록 규정할 수 없고 그토록 쓸쓸한 것이 아니라, 차라리 '정감 어린 하늘 아래의 모든 것All this beneath a sky full of warmth'이라고 할 수 있다. 우리는 어떤 것을 마음 놓고 '모래 알갱이'라고 정답게 부를 수 있다. 호수 바닥한테는 바닥이 있고, 기슭에게는 기슭이 있다. 호수물은 분명히 젖어 있고, 그것도 매우 시원하고 상쾌하게 젖어 있다고 확신해도 좋다. 물론 태양은 구름 뒤로 살짝 숨기도 한다. 나무 뒤로 몰래 숨은 그녀처럼.

해가 뜨거나 진다고 보는 것은 무지無知이고 망상妄想이며, 지구가 돈다는 것이 우리가 반드시 깨달아야 할 진실이라고 생각하지 않는다. 지동설地動說이 알려지기 이전에 살다가 죽은 모든 사람들은 망상에서 벗어날 수 없었던, 무지하고 불행한 사람들이라고 생각하지 않는다. 인류의 먼 옛날에 올려다보던 밤하늘. 쏟아지는 별들. 우리의 우주는 어느 때나 정감으로 가득 차 있다! 이러한 우주관이야말로, 팡둥메이의 표현에 따르면 '인류의 생존 환경에 대한 합리적 해석'인 것이다.[52] 우리가 살아가는 곳이 우주이다. 우주가 없으면 사람이 없고, 사람이 없으면 우주가 없는 것이다.

51. 方東美, 〈중국인이 보는 삶의 세계 The Chinese View of Life: The Philosophy of Comprehensive Harmony〉 이제이북스 2004. 53쪽
52. 같은 책 51쪽

1997년인가, 쉼보르스카가 노벨문학상을 받은 지 얼마 지나지 않은 때에 쉼보르스카의 시집 〈모래 알갱이가 있는 풍경〉을 선물 받은 일이 있다. 당시 쉼보르스카의 시를 매우 감명 깊게 읽었는데, 시에 대한 새로운 개인적 경험이라고 느낄 정도였다고 기억된다. 네오클에서 시를 여러 번 다루기는 했지만, 언젠가 쉼보르스카의 시를 네오클에서 꼭 함께 읽어보고 싶다고 생각해 왔다. 그런데 막상 네오클 도서로 〈모래 알갱이가 있는 풍경〉을 정해 놓고 나니 그 책이 절판되어 구할 수 없다는 것이다. 다행히 다른 출판사에서 나온 〈끝과 시작〉이라는 제목의 시집이 있어서 대체할 수 있었다. 특별히 어떤 시를 정하지 않고 쉼보르스카의 시 중에서 마음에 드는 시를 한두 편 선정하여 그 시에 대한 감상문으로 독후감을 대신하기로 했다. 토론모임에서는 각자 감상문을 중심으로 발표한 후에 그에 대해 질문과 토론을 하는 식으로 진행하기로 했다.

감상문을 올린 회원은 여럿 있었지만 실제로 토론모임에서는 시간 관계상 세 편의 시에 대해서밖에 이야기하지 못했다. 내가 발표한 〈모래 알갱이가 있는 풍경〉, 작은아이 민석이 발표한 〈풍경과의 이별〉, 다른 회원이 발표한 〈포르노 문제에 대한 발언〉에 대해서 이야기했다. 특히 마지막 〈포르노 문제에 대한 발언〉에 관해 논의가 집중되었는데, 그 시는 다음과 같다.

포르노 문제에 대한 발언

사유보다 더 음란한 것은 없다
이런 희롱은 바람에 날려온 잡초처럼
데이지꽃을 위해 마련된 화단에서 번식한다.

사유하는 자들을 위한 성스러운 것은 아무것도 없다.

방종한 해석과 저속한 야합
오만하게 이름 지어진 것들,
드러난 것에 대한 원시적이고 방탕한 추구.
말 많은 주제들에 대한 음탕한 촉진.
관점의 산란─그들에겐 바로 오락.

밝은 낮이나 밤의 장막 아래서
그들은 짝을 지어 얽힌다, 삼각형들이나 원들로.
파트너의 성별과 연령엔 상관하지 않는다.
그들의 눈은 반짝이고 볼은 달아오른다.
친구가 친구를 타락으로 이끌고.
탈선한 딸이 아버지를 타락시키며.
오빠가 여동생에게 매춘을 알선한다.

포르노 분야의 스냅사진 전부가
인쇄된 대중잡지의 분홍색 엉덩이보다,
금지된 지식의 나무에 달린
과일의 맛을 선호한다.
그들이 즐기는 책에는 아무런 그림도 없다.
단 하나의 다양성이란 손톱이나
크레용으로 표시된 특별한 문장.

억제되지 않은 천진난만함으로
마음으로 임신시키는 데 성공한
어떤 체위들, 충격!
카마수트라조차 모르는 그런 체위들.

밀회 중엔 홍차만이 교접한다.

사람들은 의자에 앉아 입술만 움직인다.

각자 다리를 꼬고 앉는다.

한쪽 발은 땅에 대고

다른 한 발은 공중에서 흔들면서.

가끔 누군가가 일어서서,

창으로 다가가고,

커튼 틈으로

거리를 훔쳐본다.

On the Question of Pornography

No debauchery compares with thinking.

This licence breeds like some weed whose seed is carried by the wind

onto a bed laid out for daisies.

To all those who think nothing is ever sacred,

The shamelessly direct saying what they are driving at,

dissolute analyses, excessive syntheses,

rackish and hot pursuit of bare facts,

touching upon prickly subjects,

idea spawning, that is what they like best.

By daylight or under cover of the night,

they join in pairs, triangles and circles.

The partners' sex and age are immaterial.

Their eyes flash, their cheeks blush.

A friend leads a friend astray.

Degenerate daughters corrupt their father.

A brother procures his younger sister.

They delight in a fruit

Of the forbidden tree of knowledge

different from pink buttocks in illustrated magazines

which are, actually, a good—natured kind of pornography.

The books they enjoy have no pictures.

The only excitement comes from special sentences

marked with a fingernail or a pencil.

It is most shameful in what positions

and with what licentious ease

a mind manages to impregnate another mind.

Such positions have not been detailed even in Kamasutra.

All they do during these dates,

is making tea. Moving the lips,

people sit on chairs with their own legs crossed.

This way, one foot touches the floor while

the other one swings freely in the air.

Sometimes someone stands up,

approaches the window

and through the slit between the curtains

peeps at the street.

"사유보다 음란한 것은 없다."라는 첫 문장이 주제어처럼 무겁고 야무지게 다가오는 시다. '포르노'라는 자극적인 소재를 내세워 인간의 사유思惟 전반에 대해 날카로운 비판을 가한 시라서 그런지 회원들 간에 상당히 흥미 있고 진지하게 토론이 이루어졌다. 이 시는 폴란드어로 씌어진 것이겠지만, 영어 번역과 비교하여 해석상의 문제점에 대한 의견도 나왔다.

우리가 어떤 것에 대해 '음란하다'고 평가하지만, 그러한 평가는 실제 어떤 상황을 설명할 수 있는 것인지, 또한 그와 같은 판단의 근저에 있는 우리의 마음은 본래 깨끗하거나 더러울 수 있는 것인지……, 지난달의 〈반야심경〉에 나오는 불구부정不垢不淨이라는 말이 떠오른다.

나의 독후감에서 〈반야심경〉 등 불교 용어를 언급할 만큼 쉼보르스카의 시는 동양사상과 상당한 관련이 있다는 느낌이다. 인터넷에서 쉼보르스카와 관련된 글을 찾아보니 〈비스바와 쉼보르스카의 시와 노장사상에 나타난 무無를 통한 존재의 인식 연구〉라는 제목의 논문도 발견할 수 있었다. 논문의 소제목인 〈쉼보르스카의 메타언어와 노장철학의 무명 천지지시無名 天地之始〉, 〈존재의 본질에 대한 근원적인 의문과 장자의 호접몽胡蝶夢〉 등을 살펴보더라도 상당한 흥미를 불러일으킨다.

토론모임에서 쉼보르스카의 시가 지나치게 주지적인 느낌이 든다는 의견도 있었는데, 그렇기에 우리가 더 잘 이해하고 다가갈 수 있다는 생각도 든다. 쉼보르스카의 매우 이지적이면서도 날카로운 감성을 통하여, 우리가 시에 대해서 막연하게 가지고 있는 '시는 감상感傷적'이라는 선입견을 쉽게 벗어날 수 있다는 점도 매력적이다. 금년(2012년) 2월에 향년 88세로 타계한 쉼보르스카를, 우연하게 올해 네오클 도서로 선정하게 되어 함께 만난 것을 매우 뜻깊게 생각한다.

새벽의 약속

〈새벽의 약속〉에서 로맹가리가 말하고자 한 바가 자녀교육의 문제에 한정된 것은 아니겠지만, 토론모임에서는 '부모의 자녀교육에 대한 관심' 문제에 집중해서 이야기가 진행되었다. "너는 영웅이 되고, 장군이되고, 단눈치오가 되고, 프랑스 대사가 될 것이다."는 어머니의 아들에 대한 무지막지한 선언은 참으로 많은 이야깃거리를 제공할 수 있을 것이다.

저자 : 로맹가리 ‖ 읽은 때 : 2012년 6월

어머니의 사랑과 강한 집착이 아들인 로맹가리의 인생에 결정적인 영향을 미쳤다는 것을 중심적 이야기로 삼은 자전적 소설이다. 저자 로맹가리는 1914년에 타타르의 피가 섞인 유대계 러시아인으로 태어나 폴란드를 거쳐 니스에 정착하여 난민의 신분으로 성장하면서, 미혼모인 어머니의 유일한 꿈이 된다. 궁박한 환경이나 처지를 고려하더라도, 저자의 어머니가 보여주는 아들에 대한 집착은 광신적이라고 할 만큼 정도가 심하다. 요즈음의 관점으로는 그 정도의 집착이라면 당연히 미쳤다고 취급받거나, 적어도 '자식에게 해가 되는' '빗나간 사랑'이라고 비판받기에 충분하다.

그러나 다른 한편으로는, 부모의 자식에 대한 사랑과 집착은 어차피 '정도에 맞도록 적당하게' 할 수는 없을 것 같고, 본래 '도를 넘을 수밖에 없는' 것이라는 생각도 든다. 청춘남녀가 만나 사랑하고 결혼에 이르게 될 때, '결혼하기에 적당한 정도만큼'만 사랑한다는 것이 반드시 바람직하거나 가능하지 않은 것과 마찬가지다. 사랑이란 결국 감당할 수 없는 가혹한 범람氾濫이며, 범람에 의해 파괴되고 비옥해진 농지를 다시 복구하고 정리하는 것이 바로 구체적으로 '사랑하는 일'이라는 생각이 드는 것이다.

로맹가리는 배우 출신인 어머니의 '예술가의 꿈'을 대신 실현하기 위해 자신의 일생을 바치기로 결심하고 이를 기꺼이 실천하려 했다. 그는 어떤 의미에서 '어머니의 대리인으로서만' 존재하며, 스스로 '어머니의 해피엔드'임을 자처한다. 어머니와의 이런 애정은 강박적이며, 자녀에게 재앙이 될 수 있다고 비난받을 것 같다. 특히 요즈음의 민주적 자녀교육 입장에서 보면, 부모의 '이루지 못한 꿈'을 자녀에게 요구하기는커녕 '기대하는 것'조차 죄악시 되는 분위기일 것이다.

그러나 로맹가리의 어머니처럼 자기 아들이 세상의 '진정한 영웅'이 되기를 바라지 않는다면, 자녀에게 과연 어떤 '바랄 만한' 것이 있을까? 아무 탈 없이 자라나 사회 안에서 그저 삶을 유지하고 살아가는 것을 '바라야' 하는 것인가? 자녀에게 아무것도 바라서는 안 되고, "자녀가 자기 자신의 욕구와 개성에 맞는 삶을 주체적으로 개척하도록 도와주어야 한다."고들 한다. 그러나 부모 스스로의 강한 욕망이나 높은 이상理想을 떳떳하게 제시하지 않고, 그저 '지켜보며 도와주는' 것에 도대체 어떤 내용이 있는 것인지, 그런 것이 과연 '진정한' 교육이며 인간과 인간의 진실한 관계인지 의심되기는 한다.

로맹가리와 같은 정도는 물론 아니겠지만, 홀어머니의 '유일한 희망'으로서, 장래에 대한 큰 기대와 희망을 한 몸에 받아왔던 지난 세월이 있었다. 어머니의 기대와 간절한 희망은 어린 시절의 나에게 엄청난 부담이었으며, 상처이기도 했다. 그 당시의 어머니의 입장에서 기대와 희망을 조금 완화할 수는 없었는지, 그 부담과 상처가 결과적으로 나에게 도움이 되었는지 여부는 현재 나의 중요한 관심사는 아니다. 기대와 희망은 오로지 어머니의 것으로서 어머니의 삶을 이루었고, 부담과 상처는 오로지 나의 것으로서 나의 삶을 이루었다.

부모가 자녀 교육에 거는 기대나 희망은 사자가 그 새끼들에게 사냥하는 법을 전수할 때 거는 기대나 희망과 같을 것이다. 사자의 반복되는 집요한 교육은 그 새끼가 거칠고 위험한 초원에서 단연코 살아남아, 진정한 '백수의 왕'이 되기를 강력하게 기대하고 희망한다. 그 기대와 희망은 사자에게 주어진 본능이며, 그에 따르는 부담과 상처가 있다고 해도, 이는 새끼사자들에게 주어진 그들의 몫일 뿐이다. 사자는 새끼들에게 '백수의 왕'이 아닌 '평범한 사자'가 될 것을 기대하거나 희망할 수 없다. '평범한 사자'란 바로 '백수의 왕'이기 때문이다.

그런 관점에서 보면, 로맹가리의 어머니가 아들에게 건 기대와 희망이 그다지 독특하거나 무모하다고만 할 수도 없다. 사람이 사람에게 희망할 수 있는 것일 뿐이다. 사랑이나 사랑의 표현은 평범할 수도 온건할 수도 없다. 로맹가리의 어머니가 아들에게 희망하거나 제시한 것은 아들의 소질이나 개성을 고려한 것도 전혀 아니었다. 무조건 빅토르 위고와 같은 대문호와, 히틀러를 적시에 암살하는 전쟁 영웅이 동시에 되라고 요구하는 식이다. 그런 '무리한 요구'들은 강한 사랑의 독특한 표현일 뿐이라고 생각한다.

세차게 범람하는 사랑은, 결과적으로는 차분한 물길로 정착될 수도 있지만, 그 자체로는 합리적이지도 실현가능하지도 않으며, 모든 것을 뛰어넘는 무제약적인 것이다. 또한 최초로 범람한 방향과는 완전히 다르게 물길이 형성되었다고 해서 그 범람이 잘못된 것도 아니라고 생각한다. 범람에는 어차피 방향이 없기 때문이다. 나중에 대문호나 대음악가가 될 자녀에게 의사가 되기를 강요한 부모에게 잘못이 전혀 없을 수 있다고 생각한다. 진정한 사랑의 힘이 어떤 사람에게 '하나의 생'을 부여했느냐가 중요하다고 생각한다.

로맹가리가 어머니의 억척스런 기대와 집착 덕분에 성공했다고 생각지는 않는다. 어머니의 사랑은 로맹가리에게 '고유한 하나의 인생을 부여하는 데' 성공했을 뿐이라고 생각한다. 이 책을 읽으면서 어 렸을 적 부모로부터 받은 무수한 '빗나간 사랑'들에 대해 고마움을 느 낀다. 그 사랑들은 고유한 나의 삶을 있게 한, 진정한 '나의 것'이었음 을 깊이 느낀다. 우리가 아주 미약했던 어린 시절로부터 자라나서, 이 렇게 '평범하게나마' 살아갈 수 있는 것은 어린 시절 부모로부터 받은 부당할 정도로 과분하게 균형을 잃은, 어불성설의, 결코 '평범치 않 은', 빗나간, 큰 사랑의 여력餘力 덕분이라고 깨닫는다.

저자 로맹가리는 〈자기 앞의 생〉의 저자인 에밀 아자르라는 이름으로 더 유명하지만, 죽을 때까지 두 작가가 같은 사람이라는 사실을 숨기고 살았다. 그의 극적인 삶과 자극적인 서술방식은 많은 생각을 하게 한다. 〈새벽의 약속〉에서 로맹가리가 말하고자 한 바가 자녀교육의 문제에 한정된 것은 아니겠지만, 토론모임에서는 '부모의 자녀교육에 대한 관심' 문제에 집중해서 이야기가 진행되었다. "너는 영웅이 되고, 장군이 되고, 단눈치오가 되고, 프랑스 대사가 될 것이다."는 어머니의 아들에 대한 무지막지한 선언은 참으로 많은 이야깃거리를 제공할 수 있을 것이다. 로맹가리나 그 어머니에 대한 긍정적 입장과 부정적 입장이 시종 극명하게 대립되었다.

토론모임의 첫 번째 주제는 '로맹가리는 성인으로 잘 성장했다고 볼 수 있는가?'였다. 긍정적인 의견은,

"열악한 조건임에도 불구하고 사랑이 깔린 믿음이 그를 잘 성장하게 만들었다."

"인간으로서의 고유성과 일관성을 취득했다는 점에서 잘 성장했다고 볼 수 있다."

"어머니가 보여주는 악조건에도 불구하고 그런 어머니를 이해하고 사랑했다는 점만으로도 감동적이다."

등이었다. 특히 마지막 의견은 아내의 의견인데 아내의 약간은 독특하다고 할 수 있는 독후감을 옮겨 보면 다음과 같다.

"그는 어머니에 의해 아무런 상처도 받지 않았다고 생각한다. 아니, 혹시 상처를 받았다고 하더라도 그 모든 것을 이겨냈다고 생각한다. 이런 멋진 자전적 소설을 쓸 수 있는 것도 그가 모든 것을 극복했기 때문이고, 어머니를 사랑하고 있다는 것이 무엇보다 중요하다. 어머니를 사랑하는 사람은 실패한 사람이 될 수 없다. 부모를 이해하고 사랑하는 것은 당연한 것 같지만, 어쩌면 너무 어려운

일인 것 같다. 그가 어머니를 사랑하는 데 있어서, 어머니의 잘못은 결국 중요하지 않았다고 생각한다."

그에 반해 부정적인 의견은,

"로맹가리가 해안에 조난당한 이미지로 등장하고, 자신의 과거에 대해 시종일관 블랙유머로 처리했다는 점 자체가 정상적 성장이 아님을 의미하고 있다."

"주체적이지 못하고 어머니의 대상으로서만 존재하며, 이 때문에 다른 여인들과의 관계에서 실패를 보이게 된다."

"자신의 고유성을 절실하게 원했으나 다가서지 못했고 어머니와의 분리를 이루지 못했다."

"사랑을 위해서는 삼자관계를 통한 수정의 과정을 거쳐야 하는데 로맹가리는 이자관계 속에 묶여있다."

"로맹가리는 자서전을 통해 자신의 삶을 결핍으로 규정하고 있다."
등이었다.

두 번째 주제도 첫 번째 주제와 거의 같은 맥락인데, 〈로맹가리에 대한 어머니의 행동은 집착인가, 정당한 기대인가?〉였다. 긍정적인 의견은,

"부모의 자식에 대한 기대는 본래 합리적이기 어렵고 그것이 오히려 자연스러운 것이다."

"자녀에게 무엇을 기대하고 어떤 다양성을 제시하느냐가 아니라, 부모가 제시하는 '욕망의 크기'가 중요하다고 생각한다."

"어머니의 태도와 행동에 어떤 문제가 있다고 하더라도 그에 대한 로맹가리의 대응이 더 중요하다고 본다."

"어머니는 로맹가리에게 허용되는 것과 그렇지 않은 것에 대한 일관된 계획을 가지고 있었으며 이는 일반적이고 훌륭한 어머니의 모습이다."

"어머니의 행동이 본받을 만하다는 것은 아니지만, 부모는 어떤 식으로든지 자녀에게 영향을 미치지 않을 수 없는 것이다."

"사람은 누구나 어디에든지 종속될 수밖에 없으며, 중요한 것은 성숙의 과정을 겪느냐의 여부이다."

"어머니는 로맹가리에게 수치심을 불러일으키기도 했지만, 뜨겁고 중요한 것을 일깨워주었다."

등이었다. 반면 부정적인 의견은,

"어머니는 로맹가리에게 폐쇄적인 길을 제시하였다."

"로맹가리에게 있어서 어머니의 상은 매우 억압적이고, 이는 반드시 알아야 할 자기 자신에 대한 인식을 억압한다."

"자식에 대한 강한 집착은 로맹가리로 하여금 '태어나지 않은 나'를 경험하게 하였다."

"어머니는 로맹가리의 현재를 자꾸 비워내게 하는 잘못을 하였다."

"어머니는 행동의 일관성을 보이지 못했으며, 부모 자녀 간의 관계가 시간의 흐름에 따른 변화를 하지 못했다."

등이다.

우리 모두는 부모이며 자녀이다. 〈새벽의 약속〉은 우리의 성장과정을 되돌아보게 하고, '성숙한 인간으로 성장한다는 것'의 의미를 되짚어 보게 하는 기회를 주었다고 생각한다. 로맹가리의 신랄한 어투가 마음에 들지 않을 수도 있지만, 아무튼 많은 생각거리를 제공해 준 고마운 책이라고 생각한다.

풀하우스

작은아이는 〈풀하우스〉의 독후감을 매우 장문의 글로 작성하였다. 주로 '풀하우스적 세계의 불충분성', 인문과학과 자연과학, 우연과 필연의 문제에 대하여 거대한 질문과 대답을 시도한 치열하고 진지한 글이었다. 나의 독후감에서의 '과학과 종교의 문제'와 같은 문제의식일 것이다. 이번 책을 읽는 기회에 민석과 많은 대화를 나눌 수 있었다. 민석에게 도움말을 주기에는 나의 독서량과 생각하는 능력이 너무 모자람을 깊이 느낄 따름이다.

● ●

저자 : 스티븐 제이 굴드 ‖ 읽은 때 : 2012년 7월

다윈의 진화론은 〈창세기〉를 완전히 몰아내지 못했으며, 앞으로도 그럴 가능성은 없다고 생각한다. 다윈 이전의 코페르니쿠스 · 갈릴레이 · 뉴턴의 지동설이나 다윈 이후의 프로이트의 무의식, 나아가 상대성원리나 양자역학이 모두 힘을 합하더라도 결과는 크게 달라지지 않을 것이다. 〈창세기〉가 절대적으로 옳기 때문에 그런 것은 아니다. 〈창세기〉는 인류의 어느 시기, 지역에 있어서 매우 절실하게 필요한 질서였고, 지금도 어느 정도는 그렇기 때문이다. 붓다나 공자, 마호메트의 가르침 또한 〈창세기〉와 마찬가지다.

　인류에게 꼭 필요한 것은 어떤 하나의 질서 자체다. 어떤 질서를 부정하는 것 또한 곧 별도의 다른 질서의 내용을 이루게 됨은 물론이다. 코페르니쿠스를 재판하던 종교재판소 재판관들이나 도스토예프스키의 〈까라마조프 형제들〉 중 〈대심문관〉에 나오는 대심문관이 준엄하게 지적한 것은 '질서의 부재'에 대한 우려였다. 마하트마 간디는 "어떠한 나쁜 질서도 무질서보다는 낫다."고 말했다. 질서란 인간에게

어쨌든 하나씩은 필요한, '죽음을 비롯한 근본적인 질문들에 대한 답변들'의 체계다. 그러한 의미의 '질서'는 삶을 살아갈 수 있게 하는 기준이 된다. 진화론을 비롯한 자연과학적 진실은 하나의 '질서'로 되기위해 아직 애쓰고 있는 과정에 있다고 생각한다.

〈풀하우스〉에서는 생명의 역사, 즉 진화가 '진보의 경향'을 보이지 않는다는 점을 강조한다. 즉, 진화의 세계에서의 인류의 오만한 지위를 부정한다. 그러나 '인간 중심을 벗어나려는' 시각 역시 '인간적인' 노력과 시도의 한 모습일 뿐이라고 생각한다. 그러한 노력과 시도는 (인간을 벗어난다는 의미에서의) '객관적' 결과에 결코 도달할 수 없을 것이다. 진화는 인류의 입장에서 바라본 것이기 때문에, 박테리아나 딱정벌레의 시각으로 진화를 바라보는 것은 어차피 불가능하다. 인류가 아직 없었던 시대의 지구도 인간이 바라본 '인간의 지구'일 수밖에 없다. '나'가 없다면 '나의 빈자리'라는 것도 없다. 어쩌면 생명현상 자체가 '인간적인' 관점의 산물이라는 생각도 든다. 모든 생명은 우리가 바라보아 이해하는 생명일 뿐이다. 우주를 바라보면서 '인간은 우주의 주인이 아니다'라고 말하는 것은 공허하다. 우리가 아는 우주는 오직 '인간의 우주'이기 때문이다.

'4할 타자 이야기' 등 스포츠나 공연예술에 있어서의 '오른쪽 벽' 이론은 흥미로웠으며, 어느 정도 이해가 갔다. 그러나 창작예술에 있어서 '오른쪽 벽' 이론을 진지하게 고려해 보아야 한다는 저자의 주장에는 공감하기 어려웠다. 고전음악을 비롯한 정신적 영역은 스포츠나 공연예술과는 달리 물리적 인과법칙으로 설명할 수 없다고 생각한다. 인간(의 정신)은 인과법칙의 대상이 아니라 인과법칙의 주인이기 때문이다. 4할 타자는 '오른쪽 벽'에 막혀 있지만, 창조적 음악가는 모차르트나 베토벤에 막혀있지 않다. 카프카는 셰익스피어에 막혀 있지 않다.

4할 타자가 '실체'가 아니듯이, 모차르트나 베토벤도 어떤 '실체'나

정점頂點이 아니라고 생각한다. 미켈란젤로나 인상파 화가의 작품이 어떤 정점에 있지 않은 것과 마찬가지다. 창작예술에 있어서의 '오른쪽 벽'을 인정하지 않는다고 해서 예술이 무한히 '발전'한다고 파악하는 것은 물론 아니다. 예술 정신은 인간 정신에 맞닿아 무한히 열려있다고 생각한다. 발전이나 퇴보나 회귀 등으로 규정될 수 없을 만큼 충분히, 열려있다고 생각한다.

다윈의 '자연선택 이론'은 새삼 심오하고 감명 깊게 마음에 와 닿았다. 자연선택을 통한 진화의 우연성을 강조한 다음 문장이 특히 인상적이었다.

"기후 등 환경변화가 무작위적이기 때문에 그 지역 생물의 진화적 변화도 무작위적일 수밖에 없다."

그러나 환경변화가 '무작위적'인 것이 아니라 그 환경변화의 인과법칙을 인간이 알지 못하는 것은 혹시 아닌가? '무작위적'이라는 것은 우리가 어떤 것을 알지 못한다는 표현 중의 하나일 수 있다. 영원히 알 수 없는 것을 확실하게 안다고 표현하는 것이야말로 '인간의 진리'일 것이다. 위 인용문과 거의 비슷한 느낌을 주는 어떤 문장이 갑자기 떠오른다. 심한 '작위'로 심한 '무작위'를 표현했다는 느낌. 심한 '창조'로 심한 '진화'를 표현했다는 느낌.

"20. 하나님이 가라사대 물들은 생물로 번성하게 하라 땅 위 하늘의 궁창에는 새가 날으라 하시고 21. 하나님이 큰 물고기와 물에서 번성하여 움직이는 모든 생물을 그 종류대로, 날개 있는 모든 새를 그 종류대로 창조하시니 하나님의 보시기에 좋았더라……."(창세기 1장)

비 슷한 종류의 책으로 2006년 9월의 네오클 도서였던 리쳐드 도킨스의 〈이기적 유전자〉보다 훨씬 재미있게 읽었다. 네오클 회원이 추천해 준, 역시 진화론에 관한 책인 자크 모노의 〈우연과 필연〉도 이번 기회에 〈풀하우스〉와 함께 읽을 수 있어서 더욱 좋았다. 생명의 진화를 우연에 의한 자연선택으로 설명하는 것은 두 책이 마찬가지다. 진화론에 대한 설명은 〈우연과 필연〉에서 더욱 명확했던 것 같다. 불변성과 요란搖亂의 개념, 같은 말이지만 DNA의 자기복제와 돌연변이의 개념은 진화에 대한 관념을 더 분명하고 풍부하게 해 주었다. 특히 "돌연변이는 그 자체로 미시적이고 양자적인 사건이므로 '불확정성의 원리'의 적용을 받는다."거나 "분자적 보존은 생명체가 특권적으로 가진 독특한 본성이고, 진화란 보존 메커니즘의 불완전성으로 인해 일어나는 것이기 때문에 진화는 결코 생명체의 속성이 아니다."라는 등의 표현은 그 과학적 엄밀성을 떠나서 시적인 함축마저 느껴질 정도였다.

〈풀하우스〉의 핵심 주장인 '본질과 변이'도 매우 흥미롭고 의미 있는 이론으로 생각되었다. 플라톤이 추구하는 '본질' 대신에 '변이'가 사유되어야 '이 세상의 진실'에 다가설 수 있다는 뜻으로 이해된다. 즉, 4할 타자라는 영웅적 야구선수라는 '본질'에 집착하면 다양한 선수군群과 수많은 개개의 선수에 대한 진실을 놓칠 수 있다는 것이다. 레비 스트로스가 말하는 '야생의 사고'와 '개념적 사고'의 대비가 연상되기도 한다. 개념적 '본질'과 우연적 '변이'라는 대립되는 관념은 일상사의 여러 문제에 관한 '진실'을 탐구하는 데도 도움이 된다고 생각한다.

작은아이는 〈풀하우스〉의 독후감을 매우 장문의 글로 작성하였다. 주로 '풀하우스적 세계의 불충분성', 인문과학과 자연과학, 우연과 필연의 문제에 대하여 거대한 질문과 대답을 시도한 치열하고 진지한 글이었다. 나의 독후감에서의 '과학과 종교의 문제'와 같은 문제의식일 것이다. 이번 책을 읽는 기회에 많은 대화를 나눌 수 있었다. 민석에게 도움말을 주기에는 나의 독서량과 생각하는 능력이 너무 모자람을 깊이 느낄 따름이다. 민석 독후감의 몇 부분을 옮겨본다.

"풀하우스적 세계는 인과로 이루어진 세계를 객관적인 세계라고 생각한다. 그러나 명심해야 할 것은 '객관적'이라는 말도 분명히 '풀하우스'안에서만 타당성을 가진다. 초월객관적인 '이 세계 자체'에서 보면 '풀하우스'또한 인과에 의해 재단된 하나의 세계 해석에 불과하다."

"우연처럼 보이는 모든 일도 그 이전 원인에 의한 것일 수밖에 없다. 이러한 인과의 연쇄에서 '풀하우스'의 세계는 외길을 따라갈 수밖에 없으며, 따라서 인류의 발생도 필연이라고 말할 수밖에 없는 것이다. '풀하우스'에서는 우연이라고 말하는 순간 필연이 된다."

"후썰이 말하려고 했던 것도 현상학적 지향성은 물질적인 것으로 환원될 수 없다는 것이었다. 이러한 근본물음을 방기하고 유물론적 인과로 모든 것을 설명하려고 한다면 우리는 필연성의 늪으로 빠질 것이다."

"그러나 '풀하우스'와 '이 세계 자체'를 동일시하는 혼동을 범하지 않는다면, 우리는 유물론적 인식 또한 우리의 모든 다른 세계 인식처럼 무한하다는 것을 알게 된다."

"'이 세계 자체'는 결코 충분히, 그리고 적극적으로 기술되거나 설명될 수 없으며 그것을 어떻게든 이해하려는 인간의 정신만이 유일하게 자유롭다."

"다만 역사적 존재로서의 인간은 '인간을 위한 세계'의 건립에 힘써야 한다고 주장한다. 이러한 세계 이해에서 우리의 정신은 무한으로 해방되어 있다. 우리는 필연에 의해서도 우연에 의해서도 구속되지 않는다."

참으로 치열하다!

장미의 이름

저자 : 움베르트 에코 ‖ 읽은 때 : 2012년 8월

1,300년대 중세유럽의 수도사 아드소가 기록한 형식으로 시작되는
〈장미의 이름〉은 가장 중요한 중세적 현실, 그 시대의 핵심적 사건과
사상을 다루고 있다. 당시 사람들의 뜨거운 피와 욕망이 지배적 정신
인 기독교와 부딪치며 어우러질 때 어떤 일이 벌어졌겠는가? 오늘날
우리의 삶과 대비해 볼 만한 흥미진진한 이야기다. 아드소의 사부인
윌리엄 수도사는 작품 속에서 그 친구로 소개되는 동시대의 윌리엄
오컴과 사실은 동일인처럼 생각된다. 윌리엄 오컴이 1349년 뮌헨의
한 수도원에서 흑사병으로 추측되는 병으로 사망한 점도 윌리엄 수도
사의 일생과 비슷하다.

윌리엄 수도사와 아드소가 목숨을 걸고 파헤치는 '수도원 연쇄 살
인사건'은 사실은 중세 전체의 비밀을 상징하는 것처럼 보인다. 나아
가 두 사람이 마주 대적하는 비밀이란 모든 시대에 걸친 영원한 비밀,
곧 이 세상의 진리라는 것이 차츰 밝혀진다. 돌치노파를 비롯하여 이
단異端으로 고문당하고 화형당하여 죽어가는 수많은 사람들의 안타

까운 삶의 모습에서 중세적 현실의 아름다움이 강하게 느껴진다. 그들의 삶은, 모든 인간의 삶이 언제나 그렇듯이, 하나의 질서를 꿈꾸는 것이며 결코 무지몽매無知蒙昧가 아니다.

호르헤를 악마라고 몰아세우는 윌리엄 수도사는 그 시대를 다소 벗어나 보인다. 그 이후의 시대를 풍미하고 있는 과학적 이성에 물든 정신을 토대로 호르헤를 비판하는 것은 시대를 소급한, 불공정한 역사적 관점처럼 생각되었다. 중세적 삶과 중세적 인간성의 풍요로움을 훼손할 수 있다고 본다. "선지자를 두렵게 여겨라. 그리고 진리를 위해 죽을 수 있는 자를 경계하라."고 외치는 윌리엄 수도사는 '철학에 대한 증오로 일그러진 얼굴의' 호르헤에 비하여 중세적 현실과 걸맞지 않아 보인다는 것이다.

윌리엄 수도사가 아리스토텔레스의 서책을 두려워하는 호르헤를 비판하는 것은, 비슷한 이유로 고대 세계의 무당을 비판하는 것과 마찬가지로 타당하지 않아 보인다. 오늘날 호르헤처럼 광적인 살인마가 있다면 물론 당연히 제지되고 비판받아야 할 것이다. 그러나 하나의 시대정신으로서의 호르헤는 윌리엄 수도사의 지성적 사고에 비하여 전혀 열등하지 않은, 인류의 참모습 중의 하나라고 생각한다.

삶은 그 순간이 가지는 의미로 설명되어야 한다. (자기도 모르는 사이에) 현재를 기준 삼아 지나간 일에 대해 평가하고 판단하는 것은, 그 작업이 비록 쉬울 수는 있지만, 정확한 파악은 아니다. 인류가 어떤 방향으로 발전해 왔다는, 결과론적인 역사적 파악은 실제 인류의 삶을 제대로 설명할 수 없다. 참모습이 아닌 과거는 현재를 이해하거나 앞날을 예측하는 데 도움이 되지 않는다.

이 책에 나오는, 돈과 권력에 집착하는 중세의 교황이나 추기경, 수도원장은 인류의 참모습 중의 하나이다. 오늘날에도 그런 사람은 어렵지 않게 찾아볼 수 있다. 먹고 사는 문제를 포함한, 세상사의 욕망은 극복되지 않았고, 영원히 극복될 수 없는 문제일 것이다. 그와 마찬가지로, 돌치노파나 호르헤의 열정은 다른 차원에서의 인류의 욕망과 인류 정신의 온전한 한 모습을 그대로 보여준다고 생각한다. 윌리엄 수도사와 그의 후세대 제자들의 지성과 과학은 우리가 흘러온 경로이긴 하지만, 곧바로 그것을 인류 정신의 방향이라고 규정할 수는 없다. 따라서 그 뒤로써 앞을 비판하는 것은 의미 없다고 생각한다.

호르헤와 같은 종교적 열정이 오늘날 흔적 없이 자취를 감추었다고 볼 수도 없다. 로저 베이컨에서 윌리엄 수도사, 그 이후 뉴턴에서 아인슈타인에 이르는 경로는 인류가 걸어온 많은 길들 중 하나에 대한 파악에 불과하다고 생각한다. (그와 같이 빼어난 '인류의 업적'과 관련 없이) 그 사이에 살았다가 죽은 많은 사람들의 삶은 헛된 것도 의미가 없는 것도 아니다. 과학과 이성이 종교를 약화시켰다면, 그 이후의 반이성反理性 사상 또는 지나친 세속화의 경향은 인간의 숨어 있는 종교적 열정의 또 다른 드러남일지도 모른다.

미디어의 이해

저자 : 마셜 맥루언 ‖ 읽은 때 : 2012년 9월

전화와 텔레비전만 있던 시대에, 눈앞에 보이지 않는 인터넷과 이동통신의 세상을 마음껏 펼쳐내는 현란함 앞에 당혹감마저 느끼게 된다. "미디어는 메시지다."라는 메시지가 맥루언이 처음으로 새롭게 제시한 것이라면, 반세기가 지난 지금에 와서 볼 때 그의 예언은 참으로 적중했으며, 더욱 중요하고 의미심장하게 되었다. 맥루언이 말하는 '미디어'는 테크놀로지에 국한되지 않고 더 넓은 범위를 넘나드는 개념인 듯지만, 미디어의 프로그램이나 내용이 아닌, 미디어 그 자체의 중요성에 대한 갈파는 어쨌든 매우 날카롭게만 느껴진다. 아직도 여전히 우리 생각의 틀에 영향을 미칠 만하다.

"맥루언의 책을 읽으면서 방송 드라마의 진부함이나 저녁 뉴스의 헛소리에 대한 나 자신의 부적절한 언급들을 떠올렸다."는 루이스 래펌의 반성이 깃든 서문과 마찬가지로, 미디어에 대한 나 자신의 오해와 무지를 인정하지 않을 수 없었다. 새로운 미디어의 기술과잉, 대중문화의 천박성에 대한 흥분이나 개탄은 '문자문화적 교양인'의 애처로운 반발에 지나지 않는다는 것인가! 전전긍긍하면서도 스마트폰을 힘겹게 거부(?)하고 있는 나의 모습은 인쇄술에 대항하여 필사筆寫를 사수하려는 중세 수도원의 고집불통 수도사의 심술궂은 결연함에 불과하다는 말인가!

미디어에 관한 맥루언의 다양한 주장 중에서 가장 공감하면서 의미심장하게 받아들이게 되는 것은 단연 문자문화(알파벳, 종이, 인쇄술)가 미친 강력한 영향과 그 종말로서의 전기시대의 도래에 관한 것이다. '시각적, 선형적, 개인적, 배타적, 파편적, 전문화' 경향의 종말, 즉 '선線적인 형型과 조직으로 성립된 평탄하고 획일적인 구텐베르크 시대'의 종말을 전기시대, 즉 '전화와 텔레비전, 큐비즘, 상징주의 문학, 하이파이 음악, 현대물리학'으로 연관시키는 일관성은 과연 새롭고도 의미심장하다. 맥루언이 책을 쓸 당시 페이스북이나 카카오톡을 알았다고 하더라도 그의 설명은 크게 달라지지 않았을 것 같다.

특히 문자문화 시대를 부족주의 시대와 전기시대 사이의 일시적인 기간, 즉 "2, 3천 년에 걸친 다양한 정도의 기계화는 두 개의 위대한 유기적 문화기 사이에 끼어든 막간幕間"이라고 파악한 점에 주목하게 된다. 맥루언의 주장에 대한 이의라고까지 할 수는 없지만, 위 '막간' 개념에 대해서는 조금 달리 생각해 본다. 즉, 맥루언이 말하는 '부족주의 시대→ 문자문화 시대→ 전기시대'의 시대 구분은 사실상 이해의 편의를 위한 개념상의 구분에 불과하지 않느냐는 것이다. 문자문화 시대를 '일시적인' 기간이라고 보고, 전기시대로의 전환을 '근본적이고 의미 있는' 변화 또는 부족주의 전통으로의 복귀로 파악하는 것에 어떤 근거라도 있는 것인지 의문이 든다. 요컨대 전기시대가 문자문화 시대의 부정 위에 서 있다는 생각은 오히려 상당히 '문자문화적'인 견해 같다는 것이다.

문자문화 시대에도 인간 정신의 상당한 부분은 여전히 부족주의 전통 속에 잠겨 있었으며, 전기시대에 본격적으로 들어서더라도 많은 부분은 역시 문자문화 시대에 빚을 질 수 밖에 없다고 생각한다. 큐비즘은 원근법을 극복하고 새로운 관점을 열었지만, 원근법은 '버려야 할' '잘못된' 것은 아니다. 원근법을 '버리고' 큐비즘을 '택해야' 하는 것도 아니다. 원근법도 큐비즘 못지않게 새롭고 의미 있는 관점으로 등장했었고, 지금에 봐도 도대체 '잘못된' 점이라고는 없다. 굳이 표현하자면 큐비즘은 원근법의 심화라고 부르면 좋을 것 같다. 아니, 스티븐 제이 굴드의 〈풀하우스〉적 표현으로는 큐비즘은 원근법의 '변이'라고 불러야 할 것이다. "천동설天動說은 거짓이고, 지동설地動說이 옳다."거나 "뉴턴은 틀렸고 아인슈타인이 맞다."는 말도 모두 인간 정신의 장場(field)을 혼동한 서술들인 것과 마찬가지라고 생각한다.

인간은 동물과는 매우 다르고 동물을 분명히 '벗어났'지만 99%는 여전히 동물에 머물러 있듯이, 문자문화 시대나 전기시대에도 인간의 99%는 여전히 그 전 시대들에 속해 있다고 생각한다. 이런 관점에서 보면 "(문자문화 시대의) 시각적인 것이 우주를 탈신성화했고 '현대사회의 비종교적 인간'을 만들어 냈다."는 맥루언의 주장도 조금은 완화해서 받아들일 수 있을 것 같다. 인간은 신성神聖의 세계 또는 종교의 세계에 속해 있는 면이 여전히 크기 때문이다. 오늘날의 인간은 여전히 거의 동물이며, 아직도 부족주의 전통에 사로잡힌 공동체적 영혼이며, 아직도 문자와 책에 의해 인도되는 개인과 조직의 빛나는 지성이며, 이제 새롭게 '모자이크적 전체성'으로 깊은 참여에 내몰리는 '전기시대의 유목민'이기도 한 것이다. '현대인'은 동시에 그 모든 것이다.

문자문화 시대와 전기시대의 구분은 동물 시대와 인간 시대의 구분만큼 선명하거나 또는 그만큼 흐릿하다. 인간의 생물학적 존재는 우주의 생성이나 생명의 진화와 같은 시간 단위를 감당할 수 없다. 그러나 자기 자신을 궁극목적으로 하는, 하이데거가 말하는 '세계—내—존재로서의 현존재'는 그 모든 시간 단위와 모든 사물과의 관계에 걸처 두루 타당한 존재로서 자기 자신을 인식하려 한다. 동물시대의 자신의 모습, 진화의 원동력과 방향, 우주의 소멸과 그 이후까지 동시에 인식하려 한다. 그러므로 버스나 전철에서 이어폰과 스마트폰에 휘감긴 채, 부족주의적 삼매경에 빠져 있는 수많은 젊은이들이라고 해서 이제 더 이상 책을 읽지 않아도 되는 것은 아니다. 문자문화나 인류의 지성은 인간의 본질도 아니고 영원한 것도 아니지만, '없었던 일'로 될 수도 없다고 생각한다.

소크라테스의 변명

소크라테스의 〈변명〉을 재미있게 읽었다는 회원이 많았다. 토론모임에서는 소크라테스의 재판과 죽음을 통해 소크라테스가 보여준 '지성'이란 무엇인가에 주로 집중해서 이야기가 진행되었다. (…) 2,400여 년 전에 일어난 소크라테스의 재판과 죽음은 오늘날에 있어서도 여전히 중요한 사건이라고 생각한다. 그 사건은 오늘날의 서양이나 오늘날의 세계를 이룩해 나온 중요한 출발점이었을 뿐 아니라, 현재 살고 있는 사람에게 지금도 계속 실질적으로 영향을 미치고 있는 중인 사건이라고 생각하기 때문이다.

● ●

저자 : 플라톤 ‖ 읽은 때 : 2012년 11월

소크라테스에 대한 재판과 죽음에 관한 이야기는 제자 플라톤이 기록한 것이다. 〈변명〉, 〈크리톤〉, 〈파이돈〉, 〈향연〉에 나오는 소크라테스의 사상에 대한 설명보다도, 재판과 죽음에 대처하는 소크라테스의 언행과 태도에서 더 큰 재미와 감명을 느꼈다. 소크라테스는 그의 재판과 죽음 때문에 오늘날까지 그토록 유명한 '소크라테스'로 될 수 있었다는 생각이 든다. 그런 점에서 내가 읽은 책[53] 작품 해설은 공감이 간다.

> "그의 죽음은 그의 삶의 가장 빛나는 순간이며 그의 사상의 정점이었다. 그가 죽음을 피했더라면 그의 사상은 오늘날 우리들에게 현실감을 주지는 못했을 것이다."

소크라테스 시대 당시의 제도나 관념은 지금과는 너무 다를 것이기 때문에, 당시의 상황을 정확하게 재현하듯이 이해하는 것은 어차피 불가능할 것이다. 그러나 오늘날의 관념으로 번역된 글을 통해 읽어 보더라도, 소크라테스의 재판과 죽음의 중요한 의미에 대해서는 나름대로 짐작할 수 있다. 소크라테스의 지성과 용기는 그 당시에는 매우 새롭고 놀라운 사건이었을 것 같다. 그래서 소크라테스를 '최초의 철학자'라고 할 만큼, 중요한 '전환'의 계기를 열 수 있었을 것이다.

물론 소크라테스 이전에도 전쟁터에서의 죽음을 두려워하지 않는 '용기' 같은 것은 널리 미덕으로 알려져 있었을 것이다. 그러나 〈지성의 양심에 따라 죽음을 택하는 '용기'〉는 당시로서는 매우 새로운 것이어서 사람들이 쉽게 이해할 수 없었을 것 같다. 소크라테스가 "신을 믿지 않고 청년을 타락시켰다는" 불명확한 이유로 사형을 선고받은 것도 그 때문일 것이다. 무엇보다 지성적 양심 때문에 죽음을 택한다는 자기 이해를 통하여, 소크라테스는 새로운 '지성'의 시대를 열었다고 본다. '지성'의 개념을 새롭게 확립함으로써 스스로 '최초의 지성인'이 된 것이다. 당시 아테네의 주류 세력은 소크라테스의 새로운 태도에 너무 놀라서 어떻게 대응해야 할지 몰라 당황했을 것 같다. 소크라테스의 언행이 자신들의 위상과 이익에 현실적인 피해를 주기도 했지만, 소크라테스가 제시한 새로운 세계가 그들에게 큰 상처와 모멸감을 주었을 것이다. 그래서 소크라테스가 무고하다는 사실을 알면서도 사형선고를 내리게 되었을 것 같다.

물론 오늘날에도 소크라테스가 보여준 '지성의 양심에 따른 용기'는 이해하거나 실천하기가 여전히 어렵다고 생각한다. 그토록 어려운 것을 그토록 먼 옛날에 처음으로 명확하게 이해해서 보여주었기에 위대한 것이다. 재판과 죽음에 대처하는 소크라테스의 언행에 관해 읽으면서, 오늘날의 서양 사람들을 비로소 조금 이해할 수 있겠다는 생각이 들었다. 서양 정신의 원류源流 같은 것을 본 듯한 기분 때문일 것이다. 소크라테스의 〈변명〉은 어떠한 비약도 없이 합리적이고 정확하며, 투철하면서도 유머에 가득 차 있다. 〈신약성서〉를 통해 알 수 있는 약 400년 후의 예수보다도 더 서양 정신의 원류라는 느낌이 든다. 서양 사람들의 훌륭한 점의 핵심을 소크라테스가 확실하게 잘 보여주는 것 같다.

소크라테스는 자신의 죽음과 관련하여 신의 섭리를 따른다고 말하긴 했지만, 철학자의 양심을 이유로 스스로 죽음을 선택함으로써 신의 섭리를 인간적 이해와 실천의 범주로 '인간화' 했다고 생각한다. 소크라테스의 죄목인 "신을 믿지 않고 청년을 타락시켰다."는 부분은 그런 뜻에서 나온 것으로 생각된다. 소크라테스가 말하는 '철학자'가 근대의 '합리적 지성'과 똑같은 것은 아니겠지만, 당시 아테네의 종교적 신앙심과는 다른 입장이었을 것 같다. 경외敬畏와 미신迷信에 머물러 있던 당대의 종교와 구별되는 새로운 '지성'을 제시한 것이 그의 죽음의 한 이유일 수 있다고 생각한다. 그 이후 인류는 소크라테스의 '지성'의 길을 따라 지금까지 걸어 나왔다.

소크라테스가 처한 재판과 죽음의 상황은 예수 그리스도의 경우와 마찬가지로, 인류가 처한 근본적인 상황을 잘 표현하고 있다는 생각도 든다. 소크라테스가 받은 오해와 모함의 상황은 어찌 보면 인간 사회생활의 일반적인 환경이라고 볼 수도 있다. 특히 소크라테스의 생각이 정당하면 정당할수록, 바로 그 이유 때문에, 그에 대한 박해가 더욱 가혹해진다는 점도 그러한 환경의 일면을 이루고 있다고 본다. 소크라테스는 (예수가 그러했듯이) 그러한 인간 환경에 대하여 인간이 취할 바에 대한 해답을 선언하고, 실천해 보였다. 소크라테스의 '변명'과 죽음이 바로 그것이다.

소크라테스는 자기가 받은 오해와 모함이 잘못되었음을 끝까지 지적하고 비판했지만, 인간의 삶이나(죽음까지도) 인간 사회(아테네)를 끝까지 긍정했기에 그러한 긍정의 마음을 인류(서양) 지성의 근본으로 삼을 수 있었다. 소크라테스는 신의 섭리를 받아들이고 죽음을 선택하면서도, 자신을 재판하고 사형시킨 아테네인들을 원망하지 않았다. 이웃과 동족을 널리 사랑하고 오히려 염려했다. 동양의 유가 사상에서 말하는 경천애인(敬天愛人, 하늘을 공경하고 사람을 사랑함)을 생각하게 한다. 또한 소크라테스가 사형을 피하기 위해 아테네를 탈출하지 않은 중요한 이유는 그가 살고 있는 사회와 국가의 법을 어기는 것이 그의 지성의 양심에 반하기 때문이었다. 사회와 국가에 대한 강한 긍정이 전제되어 있다. 소크라테스는 탈옥을 권하는 크리톤에게 이렇게 되묻는다.

"아버지나 어머니에게 폭행을 가해서는 안 된다면 더군다나 국가에 대해 폭행을 가할 수는 없지 않은가?"

소크라테스의 말로 잘못 알려졌다는 "악법도 법이다."라는 유명한 말은 근대 서구에서 법치주의가 탄생한 먼 배경이 될 수 있는 것일까?

53. 소크라테스의 변명(크리톤, 파이돈, 향연) 문예출판사, 옮긴이 황문수

소크라테스의 〈변명〉을 재미있게 읽었다는 회원이 많았다. 토론모임에서는 "소크라테스의 재판과 죽음을 통해 소크라테스가 보여준 '지성'이란 무엇인가."에 주로 집중해서 이야기가 진행되었다. 다음 두 개의 주제가 결국 같은 방향으로 모아졌다.

첫 번째 주제는 '지혜롭다는 것은 무엇인가?'였다. 소크라테스가 말하는 삶의 궁극적 지혜, 즉 죽음을 두려워하지 않을 정도의 철학자의 지혜와, 우리가 일상적인 삶을 살아가면서 흔히 '지혜롭다'고 말할 때의 지혜의 차이에 대한 주제였다. 그 두 가지의 지혜가 전혀 성격을 달리하는 것이냐(이원론적 입장), 아니면 그 대상이나 시간적 범위만을 달리할 뿐 우리의 삶에서 마주하는 문제들을 해결하는 인식의 과정이라는 점에서 질적인 구별이 있는 것은 아니라는 견해(일원론적 입장)로 나뉘어 열심히 토론했다. 세상사에 있어서 지혜롭게 대처하거나 실질적인 일에서 성공을 거두는 일과 소크라테스가 지성의 양심 때문에 스스로 죽음을 선택함으로써만 이해되고 구현되는 차원의 지혜는 별개의 것인가? 이를 같다고 보느냐 다르다고 보느냐는 확실히 어떤 의미를 지니는 세계관적 차이로 설명될 수 있다고 생각한다.

두 번째 주제는 '우리가 현명하다거나 훌륭한 사람이라고 평가하는 사람은 반드시 (소크라테스가 말하는 바와 같은 의미에서의) 지성적인 사람이어야 하느냐?'였다. 〈변명〉에서 소크라테스가 정치가, 시인, 장인들을 철학자에 비하여 모두 현명하지 않고 우월하지 않다고 비판한 것에서 착안한 주제였다. 철학자적 지혜, 즉 책을 읽거나 지적 탐구를 통해 어떤 것을 분별하고자 하는 지적 활동은 인간에게 있어서 근본적이고 중요한 방향이라고 보아야 하는가? 아니면 지적 탐구와는 관련 없이, 예술의 세계에 몰입하는 삶이나 〈그리스인 조르바〉에서의 조르바와 같은 유형의 삶도 인간의 바람직한 궁극의 삶의 방향으로 될 수 있을 것인가의 문제다. 이에 관해서도 의견이 팽팽하게 대립했다. 소크라테스의 지혜뿐만 아니라, 조르바도 방향이 다른 삶의 지혜를 달성한 것으로 보아야 한다는 입장이 그 하나였다. 반대로 조르바는 소크라테스가 비판적인 예로 든 '시인'과 같은 수준의 사람으로서, 소크라테스가 말하는 '인간적인 지혜'에 이르는 과정에 불과한 단계의 사람으로 보아야 한다는 견해가 대립했다. 이는 결국 소크라테스가 말하는 지혜를 인간 보편적인 것으로 볼 수 있느냐의 문제로도 생각된다. 결국 교육의 목표나 방향을 어떻게 잡아야 할 것인가의 복잡한 문제로까지 이야기가 전개되었는데, 시간 관계상 충분히 토론하지는 못했다.

2,400여 년 전에 일어난 소크라테스의 재판과 죽음은 오늘날에 있어서도 여전히 중요한 사건이라고 생각한다. 그 사건은 오늘날의 서양이나 오늘날의 세계를 이룩해 나온 중요한 출발점이었을 뿐 아니라, 현재 살고 있는 사람에게 지금도 계속 실질적으로 영향을 미치고 있는 중인 사건이라고 생각하기 때문이다.

가족과 함께한
독서여행

셋째 마당

도서목록

도서목록 2003~2012

도서목록 선정은 상당히 고민스러운 문제였다. 고전을 위주로 한다고 생각은 했지만, 막상 어떤 책을 선정할지가 막연했다. 여러 출판사의 출판목록, 주요 일간지의 도서소개 기사 수년 분을 스크랩해서 도서목록을 준비했다. 그 스크랩한 내용을 한 권의 책으로 만들어서 여러 사람들에게 보여주며 자문을 구하기도 했다. 당시 중학교 2학년이던 둘째 민석이가 대학교 2학년이 될 때까지 매월 어떤 책을 읽으면 좋을 것인가를 기준으로 책을 선정했다. 당시 회원이 될 것으로 예상하고 있었던 가까운 지인들의 자녀 중에 중학교 2학년 학생이 유달리 많았기 때문이기도 했다. 많은 시간을 보내며 궁리를 계속한 끝에 2009년까지 매월 1권씩의 7년 분 도서목록 초안을 겨우 만들었다. 아이들이 어느 해에 몇 학년이 되는지를 하나하나 따져가면서 점차 난이도를 높여가는 적절한 책을 고르기 위해 애썼다. 분량이 많거나 읽기가 힘든 책들은 여름방학이나 겨울방학에 해당하는 달에 배치했다. 네오클의 초기 2년 동안은 그때 작성한 도서목록대로 진행을 했었고, 그 후에는 매년 말에 몇 명이 모여 회의를 하여 다음 해 1년 분의 도서목록을 정해 나가는 방식으로 변경하여 진행하였다.

—프롤로그에서.

년	월	제목	저자	비고
2003	3	삼총사	알렉산더 뒤마	
	4	몬테크리스토 백작	알렉산더 뒤마	
	5	대위의 딸	푸시킨	
	6	쿠오바디스	셍키에비치	
	7	얼어붙은 눈물	슬라보미르 라비치	
	8	로빈슨 크루소	다니엘 디포	
	9	무한의 신비	애머 액젤	
	10	돈끼호테	세르반테스	
	11	일리아스	호머	
	12	플루타크 영웅전	플루타르코스	
2004	1	프린키피아의 천재	리처드 웨스트폴	
	2	골짜기의 백합 / 고리오 영감	발자크	
	3	새열린경제학	이준구	
	4	첫사랑 / 유년시절	투르게네프	
	5	삶과 언어	박희석, 장복명	
	6	나는 내가 아니다 (원제:프란츠 파농 평전)	패트릭 엘렌	
	7	포우 단편선 : 검은고양이	에드거 앨런 포	

	8	모택동 자서전	모택동	
	9	레미제라블	빅토르 위고	
	10	어린왕자	생텍쥐페리	
	11	멋진 신세계	올더스 헉슬리	
	12	음악 감상 : 모차르트 '주피터' / 베토벤 '합창'	-	
2005	1	적과 흑	스탕달	
	2	서양화 자신있게 보기	이주헌	
	3	셰익스피어 4대 비극 : 리어왕	셰익스피어	
	4	영시선	워즈워드/외	
	5	죄와 벌	도스토예프스키	
	6	데미안 / 지와 사랑	헤르만 헤세	
	7	서정주 시선	서정주	
	8	개선문	레마르크	
	9	전쟁과 평화	톨스토이	
	10	광장 / 난장이가 쏘아올린 작은 공	최인훈 / 조세희	
	11	무진기행 / 젊은 날의 초상	김승옥 / 이문열	
	12	불타 석가모니	와타나베 쇼코	
2006	1	의사 지바고	파스테르나크	
	2	폭풍의 언덕	에밀리 브론테	
	3	25시	게오르규	
	4	설국	가와바타 야스나리	
	5	창세기 / 요한복음	-	
	6	아웃사이더	콜린 윌슨	
	7	신화, 인류 최고의 철학	나카자와 신이치	
	8	이방인	알베르트 카뮈	
	9	이기적 유전자	리처드 도킨스	
	10	보바리 부인	귀스타브 플로베르	
	11	잠수복과 나비	장 도미니크 보비	
	12	호밀밭의 파수꾼	제롬 데이비드 샐린저	
2007	1	역사란 무엇인가	E.H. 카	
	2	논어	공자	
	3	까라마조프가의 형제들	도스토예프스키	
	4	열린토론〈우리문화의 아름다움 : '금빛 기쁨의기억'〉	강영희	
	5	죽은 경제학자의 살아있는 아이디어	토드 부크홀츠	
	6	달과 6펜스	서머싯 몸	
	7	변신 / 심판 / 성	카프카	

	8	열린토론 〈여성과 남성 : 그 남자의 뇌, 그 여자의 뇌〉	사이먼 배런코언	
	9	마하트마 간디 / 간디 자서전	간디	
	10	한시의 아름다움	진여의 외	
	11	노인과 바다/외	헤밍웨이	
	12	열린토론 〈영화 '밀양'을 보고〉	-	
2008	1	육조단경	혜능	
	2	걸리버 여행기	조나단 스위프트	
	3	새의 선물	은희경	
	4	위대한 개츠비	스콧 피츠제럴드	
	5	김산 평전	이원규	
	6	열린토론 〈인간과 과학〉	-	
	7	스키너의 심리상자 열기	로렌 슬레이터	
	8	만들어진 신 / 성과 속	리처드 도킨스 / 엘리아데	
	9	사다나	타고르	
	10	열린토론 〈연극 '폭풍의 언덕'을 보고〉	-	
	11	포르노그라피아	비톨트 곰브로비치	
	12	목민심서/외	정약용	
2009	1	아라비안나이트	-	
	2	파우스트	괴테	
	3	학교의 탄생	이승원	
	4	칼의 노래	김훈	
	5	왜 나는 너를 사랑하는가	알랭 드 보통	
	6	춤추는 물리	게리 주커브	
	7	월든	소로우	
	8	에밀	루소	
	9	중용	주희	
	10	그리스인 조르바	카잔차키스	
	11	열린토론 〈애니메이션 '반딧불의 묘'를 보고〉	-	
	12	누구를 위한 역사인가	케이스 젠킨스	
2010	1	괴짜경제학 / 슈퍼괴짜경제학	스티븐 레빗, 스티븐 더브너	
	2	배너 인 더 스카이	제임스 램지 울만	
	3	안나 까레니나	톨스토이	
	4	열린토론 〈오페라 '카르멘'을 보고〉	-	
	5	달콤한 나의 도시	정이현	
	6	차이의 존중	조너선 색스	

	7	역사본체론	리쩌허우(李澤厚)
	8	인간과 무의식의 상징	칼 구스타프 융
	9	내 이름은 빨강	오르한 파묵
	10	문학과 예술의 사회사	아르놀트 하우저
	11	방드르디, 태평양의 끝	미셸 투르니에
	12	관촌수필	이문구
2011	1	아들과 연인	D.H. 로렌스
	2	신곡	단테
	3	연을 쫓는 아이	할레드 호세이니
	4	비극의 탄생	니체
	5	아가멤논	아이스퀼로스
	6	100회 기념 야유회	-
	7	분례기	방영웅
	8	역사의 종말	프랜시스 후쿠야마
	9	잉카 최후의 날	킴 매쿼리
	10	야생의 사고	레비 스트로스
	11	그 후	나쓰메 소세키
	12	참을 수 없는 존재의 가벼움	밀란 쿤데라
2012	1	오만과 편견	제인 오스틴
	2	명상록	마르쿠스 아우렐리우스
	3	분노의 포도	존 스타인벡
	4	반야심경	-
	5	모래알갱이가 있는 풍경	쉼보르스카
	6	새벽의 약속	로맹가리
	7	풀하우스	스티븐 제이 굴드
	8	장미의 이름	움베르트 에코
	9	미디어의 이해	마셜 맥루언
	10	말테의 수기	릴케
	11	소크라테스의 변명	플라톤
	12	열하일기	박지원

가족과 함께한
독서여행

넷째 마당

에필로그

에필로그

우리 가족의 10년간의 독서여행을 일단 마쳤다. 책을 열심히 읽고 지적인 사색에 몰두하는 삶의 자세가 훌륭한 인생을 사는 데 꼭 필요한 것일까? 둘째 민석과 최근에 열띠게 토론했던 주제다. 열심히 공부해서 좋은 대학을 나와, 고소득 전문직업인으로 사회에 기여하며 살아가는 것만이 성공적인 인생의 모습일까? 첫째 정석과 최근에 진지하게 토론했던 주제다. 둘 다 쉽게 결론을 내지 못했다. 조금은 부끄러움을 느끼면서, 아이들로부터 새롭게 배운 바가 많은 토론이었다.

가족이 함께 책을 열심히 읽는 것은 참으로 아름답고 중요한 일이라고 믿고 살아온 즐거운 10년이었다. 아이들의 교육에 도움이 되고자 출발한 네오클 모임을 통해 주변의 공감을 얻기도 하고 득의양양한 자기 확신에 빠지기도 했다. 그 방향이 과연 옳은 것인지 스스로 의심의 한가운데에 외롭게 서 있다고 느낄 때도 있었다. 그러나 우리는 매 순간에 어느 특정한 삶의 방향을 어쨌든 선택하지 않을 수 없음을 어쩌랴! 10년이라는 세월을 돌이켜 보더라도 역시 같은 느낌일 뿐이다.

　나의 생각도 틀릴 수 있고, 아이들의 생각도 틀릴 수 있다. 나의 생각도 변할 수 있고, 아이들의 생각도 변할 수 있다. 그런 변화의 방향과 추이를 잘 관찰하고 예측하는 지혜가 필요할 만큼은 인생은 충분히 길다. 중요한 것은 역시 시간이다. 교육을 비롯한 어떤 시도나 어떤 사건의 의미는 고정되어 있지 않다. 시간에 따라 변화한다. 인간적인 여러 사정들로 구성된 우리의 인생은 비록 짧지만, 시간에 따른 변화의 중요성을 알아챌 만큼은 충분히 길다. 교육에 있어서의 input과 output을 너무 간단하게 생각하면 예상과는 심하게 다른 결과를 맞이하기 쉽다.

　네오클 모임을 통해 얻은 것을 단 하나만 말해 보라고 한다면, "교육의 목표를 큰 시간 단위로 잡아야 한다."는 것이다. 처음 네오클을 시작할 무렵에도 어렴풋이 짐작하긴 했었지만, 10년의 세월을 보낸 지금에 와서도 가장 확신이 드는 메시지다. 좋은 학교 입학이나 좋은 직장 취업은 인생의 매우 중요한 계기임에 틀림없지만, 그럼에도 불구하고 교육의 궁극적 목표가 될 수는 없을 것이다. 아이들이 보다 어릴 때, 보다 큰 시간 단위로 교육의 목표를 잡아야 한다는 생각은 갈수록 분명해진다. 자녀가 공부를 잘하거나, 똑똑하거나, 지적이거나 하는 것을 너무 크게 생각하거나 그에 집착할 필요도 없을 것이다. 그런 자질들은 인생을 이해해 가는 조그맣고 부분적인 힘에 불과하다고 생각한다.

　성공해도 실패하는 인생이 되어서는 안 된다. 실패해도 성공하는 인생이 되어야 한다. 나의 인생, 나의 자녀의 인생, 우리 모두의 인생은 한 번뿐이다. 소중하고 아름다운 인생이다. 구체적인 목표에 성공하고도 인생 전체로 보아 실패로 떨어져서는 안 된다. 구체적인 목표에서 좌절을 겪더라도 전체적인 인생에서 기어이 행복을 얻고 의미와 가치에 도달해야 한다. 교육의 모든 결실을 20대나 30대에 다 거두려고 해서는 안 된다고 생각한다. '나의 자녀가 20대에 어떤 모습을 갖출 것인가'에만 집중해서는 안 된다고 생각한다. 나의 자녀가 40대, 50대, 60대 또는 죽음에 임박했을 때 어떠할 것인가 하는 식으로, 보다 큰 시간 단위로 볼수록 정확성이 높아진다고 생각한다.

자녀가 지금 다섯 살이나 열 살이라면 그 자녀가 스무 살이 될 때까지만 염두에 두고 자녀를 대하지 말고, 마흔 살, 쉰 살이 될 때까지 염두에 두고 대하면 좋을 것이다. 그런 안목과 분별력과 인내심과 용기가 바로 '교육'일 것이다. 인생은 의외로 길고, 삶은 의외로 다양한 깊이를 지니고 있다. 자녀의 삶에 끝까지 개입하고 간섭하자는 취지는 물론 아니다. 다만 큰 시간 단위를 염두에 두면 둘수록 '현재의 당면한 목표'를 정확하게 설정해 나갈 수 있다는 것이다.

자녀 교육은 어려운 일이다. 교육이란 불가능하게 느껴질 정도의 큰 역량이 필요한 일이기에 자녀를 교육하면서 오히려 부모가 인생을 처음부터 다시 깨닫는 어려움을 겪게 되는 것이리라. 교육에 관해 쉽고 간명한 길을 제시하는 모든 주장은 거짓이라고 생각한다. 본래 어려운 일을 쉽다고 설명하는 것은 고의든 아니든 남을 속이는 것이다. 사람의 약함과 어리석음, 공포심을 파고드는 것에 불과하다. 본래 어려운 일을 쉽게 할 수 있는 길은 이 세상에 당연히 없다. 본래 어려운 일은 어렵게 접근해야 한다. 어려운 일을 조금이라도 쉽다는 식으로 제시하는 것은 거짓 위로다. 요즘 유행하는 '힐링'이란 말의 정확한 의미를 알 수는 없지만 거짓 위로는 조금의 위안이나 도움도 되지 않는다고 생각한다. 오히려 그 일이 본래 어려운 정도보다 나는 훨씬 더 어려운 방식으로 접근하겠다는 기백으로 부딪칠 때 어려움을 극복할 가능성은 높아질 것이다.

교육은 인생의 다른 일들과 마찬가지로 이해하기도 실천하기도 어렵지만 아이들에 대한 지나간 모든 '교육'을 흥미진진한 과정이었다고 되돌아본다. 무수한 시행착오의 주인공이자 책임자인 나 스스로를 이해하고 용서하며 받아들인다. 가족과 함께 고전을 읽어 온 네오클 모임 10년의 수확처럼 생각되는 아름다운 순간들, 정다운 얼굴들, 즐거운 상념들을 떠올리며 글을 마친다.

2013년 3월 20일

곽 규 홍